Polina Daschkowa

In ewiger Nacht

Roman

Aus dem Russischen
von Ganna-Maria Braungardt

aufbau

Die Originalausgabe unter dem Titel
Вечная ночь
erschien 2006 im Verlag Astrel , Moskau.

ISBN 978-3-351-03271-5

Aufbau ist eine Marke der Aufbau Verlag GmbH & Co. KG

1. Auflage 2010

Einbandgestaltung capa, Anke Fesel
Druck und Binden CPI – Clausen & Bosse, Leck
Printed in Germany

www.aufbau-verlag.de

Ein Abgrund tut sich vor uns auf,
Erfüllt von Angst und Finsternissen,
Und keine Macht kann uns beschützen –
Drum flößt die Nacht uns Grauen ein!

F. I. Tjutschew

Erstes Kapitel

»Sie wären gern ein kleines Mädchen, Sie möchten, dass jemand Ihnen über den Kopf streicht, die Decke zurechtzupft und Ihnen ein Märchen vorliest, ein schön gruseliges. Mochten Sie als Kind Gruselmärchen? Erinnern Sie sich an die Geschichten vom roten Klavier im Pionierferienlager, nachts im dunklen Schlafraum? Aus dem Klavier kam eine Totenhand und erwürgte erst den Großvater, dann die Großmutter, dann die Mutter und den Vater. Und zum Schluss die Tochter. Ihnen stockte das Herz in Erwartung der eiskalten Hand, die nach der Kehle griff. Lange Finger, geschmeidig wie Würmer. He, Frau Doktor, warum sagen Sie nichts?«

Doktor Olga Filippowa ging durch eine menschenleere dunkle Gasse, und in ihrem Kopf klang der heisere Bariton nach. Sie redete sich ein, dass sie sich dieses Gespräch mit einem Patienten absichtlich in Erinnerung rief. Er war nur ein Patient, mehr nicht. Einer von Hunderten Unglücklichen, die sie in den letzten fünfzehn Jahren behandelt hatte.

»Die Psychiatrie kann nicht heilen, das wissen Sie doch. Sie kann höchstens aus einem Menschen ein Tier machen und aus dem Tier eine Pflanze. Sie müssen mich nicht mit giftigen Psychopharmaka abfüllen. Ich werde nicht toben, Pionierehrenwort. Übrigens – Sie waren doch bestimmt auch Pionier, oder? Haben jeden Morgen das Halstuch gebügelt, Sie erinnern sich noch an den Geruch des heißen nassen Stoffs, der unterm Bügeleisen zischt, und an die nervtötende Stimme im Radio: ›Guten Morgen, Kinder! Hier ist euer Pionierfunk!‹«

Olga schlug die Kapuze ihrer Pelzjacke hoch und verbarg ihr Gesicht im hohen Kragen ihres Pullovers. Noch vor ein paar Tagen war die Sonne warm gewesen, morgens hatten die Vögel gesungen, die Knospen waren prall, und man hatte glauben können, dass der Winter nun endlich vorbei sei. Statt der ewigen Winterjacke ein leichter heller Mantel, statt des dicken Schals ein Seidentuch. Doch dann war ein Gewitter gekommen, und eine schwarze Wolke hatte eiskalte Hagelkörner über der Stadt ausgeschüttet. Am Abend hatte es aufgeklart und Frost gegeben. Zurück in die schwere Jacke und den Pullover.

Aprilfröste haben etwas von Verrat. Zumindest empfand Olga es so. Vorgestern hatte sie ihren alten Shiguli in die Werkstatt gebracht, und nun musste sie zu Fuß von der Metro nach Hause laufen, denn die hundertfünfzig Rubel für ein Taxi konnte sie sich nicht leisten.

Der Wind blies ihr die Kapuze vom Kopf, sie musste sie festhalten. Sie war ohne Mütze und Handschuhe aus dem Haus gegangen, ihre Hände waren eiskalt, die Finger ganz steif.

Ringsum war keine Menschenseele. Mitten in Moskau, kurz nach Mitternacht. Der arktische Zyklon hatte alle nach Hause getrieben, selbst die Obdachlosen, die Hundebesitzer und die jungen Leute, die sonst den Boulevard bevölkerten. Olga lief schneller, sie rannte fast. Die hohen Absätze ihrer Stiefel klapperten hell auf dem sauberen Asphalt. Eis und Matsch waren von den warmen Märzregen schon weggewaschen worden, darum hatte Olga die neuen weißen Schnürstiefel mit den hohen Absätzen und den modischen runden Kappen angezogen.

»Sind Sie als Kind Schlittschuh gelaufen? Ihre Stiefel sehen danach aus. Konnten Sie eine Waage? Und eine Schwalbe? Wie hoch konnten Sie das Bein schwingen? Ach, wissen Sie, zu weißen Schuhen gehört eigentlich eine weiße Tasche. Und möglichst helle Strumpfhosen. Zwei Töne heller als die, die Sie jetzt tragen, und fast durchsichtig. Sie haben übrigens schöne Beine. Hat Ihnen das schon mal jemand gesagt? Sie sollten kurze Röcke tragen. Sie meinen, dafür seien Sie zu alt? Sie irren sich. Sie sehen viel jünger aus und gar nicht wie eine Frau Doktor. Soll ich Ihnen sagen, wie Sie aussehen?«

Olga bog in einen Hof ein. Sie sollte lieber nicht den Weg an den Abrisshäusern vorbei nehmen, doch er war nun mal um hundert Meter kürzer. Der erste eigene Gedanke, der durch den Strom des fremden Monologs drang, war der an ein heißes Bad.

Die Badewanne war der einzige Ort, wo Olga allein sein konnte. Ihre Familie, sie, ihr Mann und zwei Kinder, hauste in einer engen Zweizimmerwohnung. Die Kinder gingen spät schlafen, ihr Mann noch später. Sie standen alle früh auf, trotzdem war der Tag immer zu kurz. Wenn Olga von der Arbeit kam, stürmten alle mit dringenden Anliegen auf sie ein.

Ihr Mann Alexander, wissenschaftlicher Mitarbeiter in der Handschriftenabteilung eines Forschungsinstituts für die Kunst des Altertums, schilderte seiner Frau allabendlich ausführlich seinen Tag. Das hatte sich auch auf die Kinder vererbt, die zwölfjährigen Zwillinge Andrej und Katja. Die beiden redeten meist gleichzeitig. Sie gingen in dieselbe Klasse und reagierten auf ein und dieselben Ereignisse ganz entgegengesetzt. Was Katja schrecklich fand, reizte Andrej zu schallendem Gelächter.

»Sie sehen aus wie ein kleines Mädchen, das sich Lidschatten angemalt hat und ein strenges Gesicht macht, damit man sie in einen Erwachsenenladen reinlässt. In einen Sexshop. Oder in einen Nachtklub mit Männerstriptease. Aber Sie sind eine ehrbare Mutter und Ehefrau. So etwas würden Sie sich nie erlauben. Geben Sie zu, Sie haben ihre Ehrbarkeit schon lange satt. Dieser Gedanke beschämt Sie und macht Ihnen Angst. Sie fürchten sich vor sich selbst. Übrigens leiden Ärzte laut Statistik am häufigsten unter den Krankheiten, die sie selbst zu heilen versuchen. Onkologen haben Krebs, Psychiater werden verrückt. Woran mögen wohl männliche Gynäkologen leiden? Oh, ich weiß! Sie werden entweder impotent oder sexuelle Psychopathen. Wobei das eine das andere nicht ausschließt.«

Olga erinnerte sich plötzlich genau, dass sie an dieser Stelle dachte: Unter der Gürtellinie. Sie war sich fast sicher gewesen, dass sein Monolog früher oder später in diese Richtung abgleiten würde – Gynäkologie, Impotenz, sexuelle Psychopathen. Sie wusste noch nichts über diesen neuen Patienten, argwöhnte aber bereits nach den ersten zehn Minuten Gespräch, dass er nicht der war, für den er sich ausgab. Er litt keineswegs unter Amnesie, und die reaktive Psychose, mit der man ihn in die Klinik eingeliefert hatte, war gekonnt simuliert.

»Ich weiß absolut nichts über mich, die Fragen können Sie sich sparen«, erklärte er. »Auf mich stürmen eine Menge Gedanken ein, aber die haben nichts mit mir zu tun. Ich denke an Sie, Frau Doktor. Darüber kann ich mit Ihnen reden, wenn Sie wollen.«

Im Durchgangshof brannte keine einzige Lampe. Im schmalen Torbogen des alten Hauses war ein einziges Fenster. Durch dicke Schmutzschichten drang Licht, so schwach, dass der Schein nicht einmal bis zur gegenüberliegenden Wand reichte. Olga wusste, dass hinter diesem Fenster ein kleines Zimmer lag, das nichts enthielt als stinkende Matratzen und einen zerschrammten Hocker. Auf dem Boden lagen Lumpen und Zeitungspapier herum. Auf den Matratzen schliefen unter Lumpen zwei Kinder, ein Junge und ein Mädchen. Der Junge mochte etwa vier sein, das Mädchen höchstens zwei. Sie hatten eine Mutter, die Väter wechselten jeden Monat.

Letztes Jahr, im Frühherbst, war Olga ebenso wie jetzt nach Mitternacht auf dem Heimweg von der Arbeit gewesen, als sie im Torbogen von einer Kinderstimme angesprochen wurde.

»Tante, bring uns bitte nach Hause.«

Sie hatte die beiden, die auf dem nackten Asphalt an der Wand saßen, nicht gleich erkennen können und darum ihr Feuerzeug aus der Tasche geholt und angezündet.

»Auf der Treppe ist es dunkel, wir haben Angst.«

Gesprochen hatte der Junge. Das Mädchen war so klein, dass Olga fast staunte, dass es schon allein laufen konnte.

»Mama ist da drüben auf dem Hof mit den Onkeln, sie sind alle betrunken, aber wir wollen schlafen«, erklärte der Junge. »Wir wohnen hier, im dritten Stock.«

»Wie alt bist du?«, fragte Olga.

»Dreieinhalb. Ich heiße Petja. Und das ist Ljuda. Sie ist ein Jahr und vier Monate.«

»Soll ich euch nicht lieber zu eurer Mama bringen?«

Hinter dem Torbogen, in einem Winkel des schmutzigen Hofs, tönten betrunkene Stimmen und lautes Gelächter.

»Nein. Wir wollen schlafen.«

Der Junge umklammerte ihre Hand.

Zum ersten Mal betrat Olga den Hauseingang, den alle anständigen Mieter der umliegenden Häuser mieden. Gestank, Dunkelheit und Kälte. Das Gas in ihrem Feuerzeug ging zu Ende. Die Flamme zitterte und flackerte und taugte nicht zum Leuchten.

»Hier ist eine Stufe kaputt«, warnte Petja.

Olga hätte nicht sagen können, wer wen in die dritte Etage brachte.

»Wir sind da, Tante. Mach du Licht an, ich komme nicht an den Schalter.«

Olga warf einen Blick in die Küche: Fetzen von dreckstarrendem Wachstuch, verkrustete Schmutzschichten. Ein riesiger Plastiksack voller leerer Flaschen. Das Zimmer sah nicht viel besser aus. Ein roter Spielzeuglaster aus Plastik war der einzige normale Gegenstand in dieser Müllgrube.

Sie war gegangen, ohne sich noch einmal umzudrehen, war die Treppe hinuntergerannt, beinahe ohne die maroden Stufen zu berühren.

Ob das Haus wohl noch beheizt wird? Wie haben sie hier bloß den Winter überlebt?, dachte Olga mit einem Blick auf das einsame Fenster. Für einen Moment glaubte sie dort hinter der trüben Scheibe einen dunklen Schatten zu sehen. Sie spürte sogar einen Blick. Vielleicht schaute eins der Kinder aus dem Fenster?

Olga passierte im Laufschritt den Torbogen, schlüpfte in ihren vertrauten warmen Hauseingang und befahl sich: Vergessen! Vor allem den geschwätzigen neuen Patienten ohne Namen und Alter. Auch die Katze Dussja, den Liebling der Station. Sie war am Abend verschwunden, nicht zum Fressen erschienen und reagierte auf kein Rufen. Die Kinder vergessen, die leben, wo eigentlich kein Mensch leben kann, und ihre Mutter, die drogensüchtige Prostituierte, die erst achtzehn Jahre alt war.

»Sie sind zu sensibel für Ihren Beruf, Olga. In Ihrem Sprechzimmer lebt eine Katze. Dussja, hab ich gehört. Sie ist weiß und lieb. Wenn ihr was passieren sollte, werden Sie weinen. Oh, ich kann mir gut vorstellen, wie Sie weinen. Wie ein Kind, untröstlich und rührend. Die meisten Männer mögen es nicht, wenn Frauen weinen, aber ich schon. Mich macht das unheimlich an.«

Zu Hause angekommen, stellte Olga erleichtert fest, dass ihre Familie bereits schlief. Die Kinder in ihrem durch Bücherregale zweigeteilten Zimmer – Andrej war im Sitzen auf dem Fußboden eingeschlafen, zwischen Tisch und Bett, in seinen zerschlissenen Hausjeans, mit Kopfhörern, aus denen hektischer Rap klang; Katja hatte sich immerhin die Mühe gemacht, einen Pyjama anzuziehen und sich ins Bett zu legen.

Olga weckte niemanden, schaltete Fernseher und Stereoanlage aus, entledigte sich der Jacke und der Stiefel, griff nach dem Telefon, ging barfuß auf Zehenspitzen ins Bad, schloss die Tür hinter sich und rief in der Klinik an.

»Hat Dussja sich wieder angefunden?«

»Nein. Wer weiß, wo die sich rumtreibt«, antwortete die diensthabende Schwester Galja nach einem langen Gähnen. »Es ist Frühling, sie streunt durch die Gegend. Ist nun mal eine Katze.«

»Und was macht der Neue?«

»Alles in Ordnung. Er schläft.«

»Sieh bitte mal nach. Ich bleibe am Apparat.«

»Wozu denn? Ob er vielleicht abgehauen ist?«

Stimmt, ist ja Unsinn, tadelte sich Olga. Wo soll er hin?

Galja ging trotzdem nachsehen. Olga hörte, wie sie den Telefonhörer auf den Tisch legte und in Pantoffeln über das abgewetzte Linoleum schlurfte. Einen Moment lang fühlte sich Olga unbehaglich, ganz allein mit der lebendigen Stille im Hörer. Sie saß auf dem Wannenrand. Aus dem Hahn tropfte es träge.

Olga schloss die Augen, um ihr Gesicht nicht im Spiegel zu sehen. In dem hellen Licht wirkte es grau und alt. Sofort erschien im regenbogenfarbenen Schimmern unter ihren Lidern das Gesicht des Unbekannten. Ein Mann zwischen fünfunddreißig und vierzig. 1,80 groß, 73 Kilo schwer, der Kopf kahlgeschoren. Kleine braune Augen, rundes Gesicht. Gerade, platte Nase. Volle, glänzende, leuchtend rote Lippen, wie geschminkt. Rosa Pusteln unterm Kinn, eine Hautreizung vom Rasieren. Keine besonderen Kennzeichen zur Identifizierung.

»Nehmen Sie einfach an, dass Sie einen Toten vor sich haben. Eine Person ohne Papiere, ohne Namen, ohne Gedächtnis – das ist doch ein Toter, stimmt's? Sie werden mich reanimieren müssen, Olga. Ist zwar nicht ganz Ihr Metier, aber was tun?«

Nach einer Ewigkeit kam die Nachtschwester wieder ans Telefon.

»Wie ich gesagt habe, er schläft, der verdammte Karussellfahrer. Ihnen auch eine gute Nacht.«

Am Vortag hatte der Nachtwächter des Kulturparks am frühen Morgen in einer Riesenradkabine einen Mann entdeckt. Die Kabine schwebte ganz oben. Der Strom war abgeschaltet und der Mann vergessen worden. Er hatte die ganze Nacht dort verbracht. Am Morgen, als das Riesenrad wieder eingeschaltet und die Kabine mit dem Unglücklichen heruntergeholt wurde, wollte er nicht aussteigen. Auf Fragen reagierte er nicht. Er klammerte sich an die stählernen Kabinengriffe und starrte ausdruckslos vor sich hin.

Die vorläufige Diagnose des Notarztes lautete: psychogene Starre. Plus Unterkühlung. Der Mann war für die Aprilfröste viel zu leicht gekleidet: T-Shirt, Flanellhemd und dünn gefütterte Jeansjacke. Seine Taschen enthielten lediglich zweihundert Rubel und etwas Kleingeld, eine halbleere Schachtel Marlborogh light und ein billiges Wegwerffeuerzeug. Auf der Station bekam er den Namen »Karussellfahrer« verpasst – schließlich musste man ihn ja irgendwie nennen.

Er redete erst am Abend, bei Doktor Olga Filippowa.

Boris Rodezki öffnete die Augen und sah einen schwarzen Busch, der von Autoscheinwerfern angeleuchtet wurde und sich bewegte. Der Park war menschenleer. Rodezki saß auf einer eiskalten Bank und war so durchgefroren, dass seine Zähne klapperten. Er hatte nicht die Kraft, aufzustehen und nach Hause zu gehen.

Ganz in der Nähe tönte Musik, mal lauter, mal leiser, als spiele jemand am Lautstärkeregler. Hinter dem Park, auf der anderen Straßenseite, lag ein bunt beleuchtetes Kasino. Rodezki wusste, dass dort an der Fassade ein Clown mit Zylinderhut mit einem Kartenspiel jonglierte.

Das Kasino war vor drei Jahren eröffnet worden; in dem Gebäude hatte sich früher ein Dienstleistungszentrum befunden, im Erdgeschoss Wäscherei und chemische Reinigung, im ersten Stock Schneiderei, Kunststopferei und Fotoatelier.

Eines Abends war an der renovierten Fassade der Clown mit den Spielkarten aufgeleuchtet. Rodezki war gerade auf dem Heimweg aus der Klinik, in der seine Frau im Sterben lag. Der Clown tauchte unvermittelt aus der Dunkelheit auf und hing in der Luft, unter der halbrunden Leuchtschrift: Kasino. Er warf Karten in die Luft, zwinkerte und lachte.

An jenem Abend war Rodezki zum ersten Mal bewusst geworden, dass sich kein Wunder ereignen würde. Nadja verließ ihn. Nicht einmal in Gedanken konnte er sagen: Sie stirbt. Er saß am Steuer seines alten Shiguli und weinte. Der elektrische Clown schaute auf ihn herab und lachte.

Inzwischen waren drei Jahre vergangen. Irgendwie lebte Rodezki trotzdem weiter, ohne Nadja. Er wusste, dass sie sich bald wiedersehen würden. Rodezki hatte keine Angst mehr vorm Tod. Sterben hieß für ihn nur, zu Nadja gehen.

Doch nun erfuhr er, dass es Schlimmeres gab als den Tod. Trauer und Scham. Dinge, mit denen man nicht fortgehen konnte.

»Hast du vergessen, dass keine gute Tat ungestraft bleibt?«

Rodezki redete mit sich selbst. Er kniff die Augen zusammen, hielt sich die Hände vors Gesicht und hauchte in die eiskalten Handflächen. Wenn er hier nur noch ein paar Minuten sitzenblieb, würde er nie mehr aufstehen können.

Die Musik verstummte. Einige Sekunden lang herrschte eine seltsame Stille, erfüllt vom Rascheln und Flüstern der kahlen Zweige. Rodezki war nun nicht mehr allein im Park. Jemand kam die Allee entlang. Weiche Schritte näherten sich. Den alten Lehrer erfassten Angst und ein Zittern. Er wagte nicht, den Kopf zu drehen, um zu sehen, wer da kam. Plötzlich fragte eine Stimme neben ihm: »Ist Ihnen nicht gut?«

Vor ihm stand eine Frau in seinem Alter. Strickmütze, Jacke, Jeans und eine große Einkaufstasche über der Schulter.

»Hören Sie mich?« Die Frau tippte ihn an.

»Haben Sie vielleicht Nitroglyzerin dabei?«, fragte er mühsam, mit trockenen Lippen. Er sprach undeutlich, es klang wie »Niglin«, aber die Frau verstand.

»Das Herz, ja? Augenblick. Ich hab was dabei. Das nehme ich immer mit, für alle Fälle. Soll ich vielleicht den Notarzt rufen? Ich habe ein Handy.«

»Nicht nötig, danke.« Er schob sich zwei Tabletten in den Mund und nahm nicht einmal den widerlichen bittersüßen Geschmack wahr. Der Schmerz im Herzen betäubte alle anderen Empfindungen.

»Soll ich Sie begleiten?«

»Nein, danke. Gehen Sie nach Hause. Es ist schon spät. Und kalt.«

Das Sprechen fiel ihm schwer, er keuchte heftig. Die Frau ging nicht, sondern setzte sich neben ihn auf die Bank.

»Ist etwas passiert?«

Sie hatte eine so warme, sanfte Stimme und so mitfühlende Augen, dass Rodezki ihr am liebsten alles erzählt hätte. Er konnte sich sonst niemandem mitteilen. Aber er würde es nicht so erklären können, dass sie verstand.

»Ein Herzanfall, aber es wird schon besser. Danke. Es ist alles in Ordnung.«

Sie half ihm aufstehen. Er erklärte, wo er wohnte. Es war nicht weit. Unterwegs erzählte ihm die Frau von ihren beiden Söhnen, den Schwiegertöchtern, den Enkeln und von ihrem Mann, der im Alter mit dem Trinken angefangen hatte, der alte Esel.

Na also, es gibt noch etwas Normales, Lebendiges, dachte Rodezki, mühsam laufend und gegen die Atemnot ankämpfend. Sie hilft mir ganz uneigennützig, aus Herzensgüte. Es gibt viele gute Menschen. Es scheint nur so, als sei die ganze Welt vertiert. Sobald man einmal mit etwas wirklich Bösem konfrontiert wird, glaubt man gleich, dass es nichts anderes mehr gebe. Vielleicht sollte ich ihr alles erzählen?

Aber er wusste: Er würde niemandem je erzählen, was ihm widerfahren war, warum er am späten Abend auf einer Bank im kalten, menschenleeren Park gesessen und so heftige Herzschmerzen bekommen hatte. Nicht einmal mit Nadja, wenn sie noch am Leben wäre, hätte er dieses Geheimnis teilen können. Dabei hatte er ihr immer alles erzählt.

»Ist jemand bei Ihnen zu Hause?«, fragte die Frau vor seiner Haustür.

»Ja, natürlich«, schwindelte er. »Ich danke Ihnen.«

»Gern geschehen.« Sie nickte und lächelte.

Im stillen Hof ertönte plötzlich Glockengeläut. Die Frau seufzte und zog ein Telefon aus der Handtasche.

»Ich komme schon, bin gleich da, schrei nicht so! Du bist doch kein kleines Kind! Kannst du es dir nicht selber warmmachen? Steht alles im Kühlschrank, tu's in eine Pfanne und stell's auf den Herd.«

Sie nickte Rodezki noch einmal zu und ging rasch davon, noch immer ins Telefon sprechend. Er bedauerte, dass er sie nicht nach ihrem Namen gefragt hatte.

Zweites Kapitel

Der Zeuge Oleg Krasnoschtschokow war erstaunlich ruhig. Kaum zu glauben, dass er wirklich vor einer halben Stunde im Wald auf eine Leiche gestoßen war. Er hatte sie nicht nur gesehen, er war im Dunkeln ausgerutscht und direkt daraufgefallen. Er hatte etwas Kaltes, Glitschiges unter der Hand gespürt, es mit dem Feuerzeug angeleuchtet und da erst entdeckt, dass es ein totes Mädchen war.

Während er seine Aussage machte, zitterten ihm nur ein wenig die Hände.

»Ich hab gehalten, weil ich pinkeln musste. Na, und Kusja ist auch mit raus. Er ist eigentlich sehr folgsam und ruhig, aber plötzlich rastete er total aus. Er rannte los in den Wald, bellte und heulte. Ich rief ihn, aber er kam nicht zurück. Ich hörte ihn ganz in der Nähe wie verrückt bellen. Gut, dass ich eine Taschenlampe im Auto habe. Ich bin also Kusja nach, durch den ganzen Dreck und Schneematsch. Dabei bin ich ausgerutscht und direkt auf sie draufgefallen, stellen Sie sich das vor! Ein Wunder, dass ich keinen Herzschlag gekriegt hab. Aber mein Kusja, der Dummkopf, hat gar nicht sie gewittert, er hat bloß einer Krähe nachgebellt. Alberner Jagdinstinkt!«

Er sprach leise und langsam. Seine Freundin dagegen war vollkommen hysterisch. Als die Einsatzgruppe ankam, hatte sie geschrien und geheult und später im Notarztwagen leise vor sich hin gejammert: »O Gott, o Gott, o Gott!«

Sie hatte eine Beruhigungsspritze bekommen.

»Nein, ich habe nichts angefasst, ich hab natürlich gleich die 02 angerufen. Aber ich bin im Dunkeln auf sie draufgefallen. Vielleicht hab ich dabei irgendwelche Spuren verwischt.« Der Zeuge zündete sich erneut eine Zigarette an. »Verdammt, sie war noch ganz jung, ein Kind, höchstens zwölf! Sie wird mir für den Rest meines Lebens im Traum erscheinen.«

In den siebzehn Jahren bei der Kriminalmiliz war Dmitri Solowjow bisher nur viermal mit Kinderleichen konfrontiert gewesen. Dies war die fünfte. Der Fundort war ein Waldrand an der Pjatnizkoje-Chaussee, zwanzig Kilometer entfernt vom Moskauer Stadtring. Die Tote war ein Mädchen, zwölf bis vierzehn Jahre alt. Sie hatte langes dunkles Haar. Der Körper war nackt. Ihre Kleider – Jeans, Stiefel, Pullover und Jacke – waren im Umkreis von zwei Metern um den Fundort verstreut. Mutmaßliche Todesursache: mechanische Asphyxie durch Erwürgen. Bei der ersten Untersuchung wurden außer den Würgemalen am Hals keinerlei Anzeichen für sonstige Verletzungen festgestellt.

»Aber ich glaube, die Position war irgendwie anders. Ich glaube, sie hat gesessen, an einen Baumstamm gelehnt. Sie ist umgekippt, als ich auf sie drauffiel. Ein Wunder, dass ich keinen Herzschlag gekriegt hab. Da war was Kaltes, Glitschiges unter meinen Händen, und es hat sich irgendwie bewegt, stellen Sie sich das vor! Und dann dieser Geruch, so komisch süß. Wie Bonbons oder Kaugummi, in der Art.« Der junge Mann verzog das Gesicht und betrachtete seine Hände.

»Öl«, sagte seine Freundin. »Körperöl. Deine Hände riechen immer noch danach, und auf deinem Pullover sind Fettflecke.«

Die junge Frau war unbemerkt herangetreten und stand nun neben ihm. Sie hatte sich fast beruhigt, sie zitterte nur vor Kälte.

»Wie kommen Sie darauf?«, fragte Solowjow.

»Dazu braucht man nicht viel Grips.« Das Mädchen zündete sich eine Zigarette an. »Liegt doch auf der Hand. Psychopath ist Psychopath. Die denken sich doch immer irgendwas Originelles aus. Für die ist Mord eine Art Performance. Ein schöpferischer Akt. Ein Kunstwerk, verdammt. Wieso – haben Sie eine andere Theorie?«

Solowjow zuckte wortlos die Achseln, sprang über den Straßengraben und tauchte unter dem Absperrband hindurch. Die Zeugen blieben am Straßenrand stehen.

»Den kriegen Sie sowieso nie. Übrigens ist gerade Vollmond. Da werden Psychopathen besonders aktiv.«

»Woher weißt du denn das?«

»Ich lese eben schlaue Bücher.«

Solowjow schaute sich um. Die Zeugen standen Arm in Arm da und beobachteten, wie die blasse, vollkommen runde Mondscheibe hinter den Wolken hervorglitt.

»Hier sind überall Büsche und Zweige abgeknickt«, sagte der Spurensicherer leise. »Wie von einem Orkan.«

Der Strahl einer Taschenlampe bewegte sich langsam im Kreis.

»Bei dieser Dunkelheit hat das keinen Sinn«, sagte Oberleutnant Anton Gorbunow. »Wir müssen warten, bis es hell wird.«

Solowjow schwieg. Der Lichtstrahl fiel auf den dünnen Stamm einer jungen Birke. Der Baum stand schräg, als hätte in der Tat ein Orkan daran gerüttelt und ihn entwurzeln wollen. Solowjow kehrte zu dem Leichnam zurück.

Ein süßer Geruch schlug ihm entgegen. Stimmt, wie Bonbons oder Kaugummi. Der Täter musste eine ganze Flasche Öl ausgekippt haben. Die leere Plastikflasche lag gleich daneben. Auf dem Etikett prangte ein lächelndes Kind, in ein rosa Handtuch gehüllt. »Babydream«. Pflegeöl nach dem Baden. Fünfhundert Milliliter. Das gab es in jeder Apotheke. Solowjow registrierte, dass der Deckel wieder ordentlich aufgeschraubt worden war. Die Fingerabdrücke waren vermutlich abgewischt worden. Ein ordnungsliebender Mörder.

Der Lichtstrahl glitt über eine Hand mit grell lackierten kurzen Fingernägeln.

»Sie ging noch zur Schule«, murmelte Solowjow, »war bestimmt eine gute Schülerin.«

»Wie kommen Sie darauf?«, fragte der Kriminaltechniker.

»Die charakteristische Verdickung am obersten Glied des Mittelfingers. Typisch für jemanden, der viel mit der Hand schreibt.«

Da haben wir schon den ersten Unterschied, dachte Solowjow. Die anderen Kinder hatten glatte Finger, ohne Schwielen. Sie haben nicht viel geschrieben. Sie gingen nicht zur Schule, sonst hätte sie irgendwer identifiziert.

»Ach, was haben wir denn hier?« Solowjow bog vorsichtig ein Büschel vertrocknetes vorjähriges Gras beiseite.

»O mein Gott«, stöhnte der Kriminaltechniker und hob mit einer Pinzette einen hellblauen Babynuckel auf.

Einen Augenblick schwiegen alle. In der eintretenden Stille schien es irgendwie besonders kalt. Die Hände in den Gummihandschuhen waren steif vor Kälte. Solowjow meinte einen einsamen Vogel zwitschern zu hören. Aber es konnte keine Vögel geben hier in diesem Wald, Anfang April, bei Frost, höchstens Krähen. Doch das Zwitschern hörte nicht auf. Solowjow ging dem Geräusch nach und leuchtete mit der Taschenlampe jeden Zentimeter ab.

Es war ein Mobiltelefon. Es lag unter einem Baum, grellrosa, mit einem kleinen goldenen Schuh als Anhänger.

Solowjow hob es vorsichtig auf und drückte auf Annahme.

»Hallo! Shenja! Wo steckst du? Hallo! Melde dich doch! Shenja, mein Kind …«

Die heisere Frauenstimme traf Solowjows Ohr wie ein Trommelfeuer. Das Telefon piepste und verstummte. Der Akku war alle.

Der Wanderer war aus dem Reich des Lichts, wo alles klar war, zurückgekehrt in die Realität, in die ewige Nacht, wo nichts verständlich war. Er hatte seine heilige Mission erfüllt. Einen Engel gerettet.

Er erinnerte sich nur vage daran, wie er durch die nächtliche Stadt geirrt und wieder zu seinem Auto gelangt war. Er schaute sich um, als sähe er das alles zum ersten Mal. Nacht. Mitten in Moskau. Der Fluss. Eine Brücke. Dunkle Häuserblocks. Der ölige Lichtschimmer der Straßenlaternen, rote, blaue und gelbe Neonreklame.

Öde und beängstigend war diese Stadt voller Leben, voller Menschenleiber – unter der Erde, über der Erde, in den Tiefen der Metro und in den obersten Etagen der Hochhäuser. Drogen, Prostitution, dumpfer Existenzkampf, geschäftige Befriedigung schmutziger Lüste. Ein Triumph des Bösen, auf Millionen Fernsehbildschirme, Computermonitore und Zeitungsseiten gebannt.

Das Ende der Welt war bereits da, aber niemand hatte es bemerkt, weil niemand es bemerken konnte. Die Welt war voller Hominiden, Mutanten, Dämonen in Menschengestalt. Im Grunde waren sie alle Tiere, Affen. Sahen aber aus wie Menschen. Doch der Mensch hatte eine Seele, der Affe dagegen nicht. Ein Hominide war ein fleischfressendes Scheusal, hinterlistig, aggressiv, für ein Stück Fleisch zu allem bereit. Aber sie begnügten sich nicht mit Fleisch allein, nein, das reichte ihnen nicht. Wie jede Ausgeburt der Hölle fraßen sie Seelen.

Der Mythos von der tierischen Abstammung des Menschen hat mit den Hominiden zu tun. Sie und der Homo sapiens haben ganz verschiedene Wurzeln. Die menschenähnlichen Wesen sind Geschöpfe des Teufels. Sie entstanden zur gleichen Zeit wie die Menschen, als teuflische Alternative zum vernunftbegabten, geistigen Menschen.

Der kräftige große Mann in der dunklen Jacke stand auf der Krimbrücke, beugte sich über das Geländer und sah seiner Zigarettenasche nach. Das Wasser war genauso grau und trübe wie die Asche. Nach einer langen Tauwetterperiode herrschte nun erneut Frost, doch der Fluss war ohne Eiskruste.

Die Zigarette war bis zum Filter heruntergebrannt. Er warf die Kippe in den Fluss, beugte sich noch tiefer hinunter und beobachtete, wie das Glutfünkchen in der schwarzen Tiefe langsam erlosch. Der gierige schwarze Abgrund schaute direkt in seine Seele und flüsterte: He, was hast du denn? Hab keine Angst!

»Ich war halbnackt, ja, schließlich muss ich die Klamotten ja anprobieren. Und da zieht der Typ den Vorhang auf, starrt mich an und meint: Oh, pardon, ich dachte, hier wäre frei. Eine glatte Lüge! Ich weiß Bescheid, der macht das mit Absicht! Immer, wenn ein Mädchen in eine Kabine geht, zieht der Kerl den Vorhang auf, von wegen: Oh, pardon! Verschafft sich ne kostenlose Peepshow, der Arsch!«

Die Stimme klang so nahe, so durchdringend, dass der Wanderer beinahe von der Brücke gestürzt wäre.

»Ach, Scheiße, meine Kippen sind alle!«

»He, Sie, haben Sie mal ne Zigarette?«

Zwei etwa vierzehnjährige Mädchen sahen den Wanderer an und klapperten mit den dick geschminkten Lidern. Im Licht der Straßenlaterne funkelten Piercingringe, bei der einen in der Augenbraue, bei der anderen in der Nase. Die glänzenden, geschminkten Lippen der beiden lächelten. Trotz der Kälte trugen die Mädchen enge Miniröcke, die tief unter der Taille saßen, und extrem kurze Jacken, die ihre flachen Bäuche entblößten. Die eine hatte einen Metallstift mit einer glänzenden Kugel im Nabel, die andere ein Tattoo, eine farbige Rose. Beide hatten lange, schlanke Beine, die in Netzstrumpfhosen und Lackstiefeln mit sehr hohen Absätzen steckten.

»He, Sie!« Eines der Mädchen wedelte vor seinen Augen mit der Hand. »Haben Sie vielleicht eine Zigarette? Sind Sie taub, oder was?«

Er konnte nicht antworten. Er sah sie an, ohne zu blinzeln. Sie lachten und gingen weiter.

Durch das heisere Lachen, den Gestank nach Alkohol und billigem Parfüm, durch die Leiber der jungen Hominidinnen hindurch hörte er deutlich leises Weinen. Es waren die Engel, die da weinten, sie waren schon sehr schwach, aber noch am Leben. Er sah sie aus den dick umrandeten Augen dieser beiden unglücklichen, verlorenen Geschöpfe blicken, sie schauten ihn durch die geschminkten Wimpern hindurch an wie durch Gefängnisgitter: Hilf uns, rette uns! Wer, wenn nicht du?

Die Mädchen liefen laut lachend weiter über die Brücke. Ihm wurde heiß. Seine Hände waren schweißnass, sein Mund war trocken. Er folgte den Mädchen, erst langsam, dann immer schneller. Er wusste, dass er das nicht tun sollte, mit zweien würde er nicht fertig werden.

Eines der Mädchen drehte sich um, sah, dass er ihnen folgte, sagte etwas zu ihrer Freundin, und die beiden rannten los. Sie kamen nicht sehr schnell voran, dazu waren ihre Absätze zu hoch und zu schmal. Er hätte sie mühelos einholen können. Aber nur ein Verrückter würde sie hier mitten im Zentrum verfolgen. Der Wanderer aber handelte stets überlegt.

Er blieb stehen, atmete durch und ging dann in die entgegengesetzte Richtung, weil ihm einfiel, dass er dort sein Auto geparkt hatte.

Der unbekannte Patient, der Karussellfahrer, lag mit offenen Augen im Bett. Draußen vorm Fenster schaukelte eine Lampe hin und her. Der Schatten des Fenstergitters kroch langsam über die Decken und die Gesichter der Patienten. Einer murmelte im Schlaf vor sich hin, einer wälzte sich herum, und das Quietschen der panzerharten Matratze hallte im Kopf wider wie das Knirschen von Sand zwischen den Zähnen.

Irgendwo weit weg klingelte ein Telefon. Der Karussellfahrer geriet in Panik. Vielleicht galt der Anruf ihm? Er wusste, dass das unlogisch war, dennoch brach ihm vor Angst der Schweiß aus.

Das Klingeln hörte auf. Endlich hatte jemand abgenommen. Nach einer Weile näherten sich im Flur Schritte. Der Karussellfahrer zog sich sicherheitshalber die Decke über den Kopf, bis auf einen kleinen Spalt, damit er sehen konnte, wer hereinkam.

Ein Schlüssel knirschte im Schloss. Eine Schwester betrat das Zimmer. Die Schwestern hier waren eine wie die andere kräftige Matronen mit schweren Fäusten. Er hielt die Luft an, als sie an sein Bett trat.

Warum kommt sie zu mir? Wieso steht sie hier und sieht mich an?

Die Schwester gähnte herzhaft, reckte sich, murmelte etwas vor sich hin und schlurfte davon. Die Tür wurde wieder geschlossen. Der Karussellfahrer atmete erleichtert auf, und ihm wollten schon die Augen zufallen, als der Alte im Bett neben ihm sich plötzlich aufsetzte und laut rief: »Natascha!«

»Was hast du?«, fragte der Karussellfahrer flüsternd.

»Natascha, meine Frau. War sie gerade hier?«

»Nein. Das war sie nicht.«

»Wer denn?«

»Eine Schwester.«

»Wieso?«

»Woher soll ich das wissen? Schlaf weiter.«

Doch der Alte dachte nicht an Schlaf. Er schaute sich unruhig um, starrte den Karussellfahrer an, zeigte dann mit dem Finger auf die Tür und sagte: »Das Telefon. Das Telefon hat geklingelt. Haben Sie das gehört?«

»Ja. Und?« Der Karussellfahrer drehte sich weg. Er hatte absolut keine Lust, sich mit seinem verrückten Nachbarn zu unterhalten.

»Das war Natascha, ich weiß es.« Der Nachbar berührte seine Schulter. »Das war sie, aber sie haben mich nicht ans Telefon geholt. So ist das immer. Sie ruft an, und sie holen mich nicht und sagen mir nicht Bescheid. Das machen sie mit Absicht. Natürlich, unser Verhältnis wirkt ein bisschen komisch, sie könnte meine Tochter sein. Moment, ich zeige Ihnen ein Foto, dann verstehen Sie, was ich meine.«

Meinetwegen, was soll's, dachte der Karussellfahrer, ist immerhin eine Ablenkung, ich kann sowieso nicht mehr einschlafen.

Er drehte sich zu seinem Nachbarn um und warf einen flüchtigen Blick auf ein Farbfoto. Der Alte hielt es ihm direkt vor die Nase, gab es ihm aber nicht in die Hand und versteckte es hastig wieder unter seinem Kopfkissen.

»Sehen Sie, wie schön sie ist? Wenn wir zusammen weggehen, dann schauen alle Männer sie an. Ich habe mich mein Leben lang für einen anständigen, vernünftigen und nüchternen Mann gehalten, ich dachte, ich hätte meine Gefühle vollkommen im Griff und mich immer unter Kontrolle. Aber das war wie eine Heimsuchung, wie Hypnose, ich habe meine Familie verlassen und verraten, und nun muss ich dafür büßen. Ich habe es verdient. Was soll ich machen? Ich habe es verdient …«

Die Worte des Alten wurden immer undeutlicher, er fiel mit dem Gesicht aufs Kissen, murmelte weiter, schluchzte, verstummte schließlich und schlief ein.

Die Nacht neigte sich zum Morgen. Im Zimmer war es schwül, es roch nach Chlor und schwarzer Schwermut.

Nein, tröstete sich der Karussellfahrer, das hier ist nicht die Hölle. Das hier ist viel besser. Die Hölle, das war, als sie mir dicht auf den Fersen waren. Die Hölle, das war in der Riesenradgondel, als ich vor Kälte fast krepiert wäre. Hier dagegen kann man's aushalten. Hier werde ich überleben.

Boris Rodezki liebte seine kleine, saubere Wohnung. Im Wohnzimmer ein runder Tisch mit einer weinroten Tischdecke, ein Sofa und zwei Sessel, alles schon ziemlich zerschlissen, aber sehr bequem. Im Schlafzimmer, das ihm auch als Arbeitszimmer diente, stand ein alter Schreibtisch, der drei Kriege und Tausende korrigierter Schulaufsätze mitgemacht hatte. Das schwere Eichenmöbel mit der ledernen grünen Schreibtischunterlage passte nicht recht zu der schmalbeinigen Liege aus den siebziger Jahren, doch über der Schaumgummimatratze lag ein grüner Überwurf, passend zur Schreibtischunterlage. Grün waren auch die Vorhänge und der Schirm der Schreibtischlampe. Das Licht mit dem hellgrünen Schimmer schuf eine Illusion von ewigem Frühling, von frischem Waldgrün, von Ruhe und Glück.

In beiden Zimmern und im winzigen Flur reichten Bücherregale vom Boden bis zur Decke. Zweimal in der Woche putzte Rodezki gründlich, wischte feucht, saugte und polierte. Er duldete keine Unordnung.

Wo keine Bücherregale standen, hingen Fotos an der Wand. Klassenfotos von 1965 bis 2002. Seine Schüler.

Die ältesten Fotos waren mit Ähren, den Profilen von Lenin, Marx und Engels, den Silhouetten der Kremltürme und Fabrikschloten geschmückt. Unverzichtbar waren Hammer und Sichel, das Staatswappen der UdSSR. In den siebziger Jahren tauchte hin und wieder Breshnew mit seinen buschigen Augenbrauen auf. Je näher die Neunziger rückten, desto seltener wurde die Sowjetsymbolik. Das bärtige kommunistische Dreigespann wich Puschkin, Tolstoi, Gorki und Majakowski. Auf den letzten beiden Fotos prangte statt Gorki Dostojewski, statt Majakowski Pasternak.

Rodezki übernahm alle drei Jahre eine neue Klasse und führte sie von der Achten bis zur Zehnten. In siebenunddreißig Jahren hatte er zwölf Klassen gehabt. Fast viertausend Schüler. Er erinnerte sich an jeden namentlich.

Außer den Schulfotos gab es noch Familienfotos. Mehrere Generationen Rodezki. Die junge Großmutter Maria in der Uniform der barmherzigen Schwester (Kunstfoto von I. I. Rosenblatt, Jekaterinburg 1912), der junge Großvater Stanislaw Rodezki in Offiziersuniform, Fähnrich der Zarenarmee, ein Pole aus dem niederen Adel. Dasselbe Jahr, dieselbe Stadt. Und der Stempel desselben Fotoateliers. Die beiden lernten sich kennen, als sie die Fotos abholten.

Ein erschrocken wirkendes Kleinkind im Spitzenhemd vor einer felsigen Grotte, einer Sperrholzdekoration, fotografiert von Fr. de Maizière, Moskau 1917 – der einjährige Sascha Rodezki, der Vater von Boris.

Auf den übrigen Fotos gab es keine verschnörkelten Fotografenstempel, keine Spitze und keine Sperrholzgrotten. Großvater Stanislaw in Rotarmistenuniform, Großmutter Maria in einer abgewetzten Lederjacke, streng und mit kurzen Haaren. Boris' Vater als Schüler mit Pionierhalstuch unter einem Stalinbild.

1912 war der katholische Großvater zum orthodoxen Glauben übergetreten, um die aus einer strenggläubigen Kaufmannsfamilie stammende Maria Kusina heiraten zu können. 1919 lief der Großvater als Offizier zur Roten Armee über, um nicht erschossen zu werden.

Rodezki kannte seinen Großvater nur als Invaliden, als zahnlosen, schrecklich dünnen Greis in Wattejacke. Er war 1954 in der Familie aufgetaucht, als Boris elf Jahre alt war. Dem Kind wurde erklärt, der Großvater sei von einer langen Dienstreise aus Sibirien zurückgekehrt. Er habe dort an einem geheimen Rüstungsbetrieb mitgebaut. Aber Boris wusste, dass das keine Dienstreise gewesen war. Großvater hatte im Lager gesessen, von Stalin eingesperrt. Nun war Stalin tot, und Chruschtschow hatte den Großvater rausgelassen.

Großvater Stanislaw rauchte stinkende Papirossy und hustete nachts dumpf. Er hatte Parkinson, sein Kopf zitterte, was aussah, als ob er jemandem zuhörte und dazu nickte.

Die Fotos von Rodezkis Mutter und seiner Frau Nadja steckten zusammen in einem Rahmen. Beide hatten helles, glatt zurückgekämmtes und im Nacken zu einem schweren Knoten gebundenes Haar, gerade, dunkle Augenbrauen und weiche Gesichtszüge. Seine Mutter hatte braune Augen, seine Frau graublaue. Auf den Schwarzweißfotos sah man den Unterschied nicht. Auch den zeitlichen nicht. Seine Mutter war auf dem Foto fünfunddreißig, seine Frau im selben Alter. Sie ähnelten sich wie Schwestern.

Daneben, auch zusammen in einem Rahmen, hingen die Fotos seines Vaters Alexander und seines Sohnes Stanislaw, ebenfalls im selben Alter, beide mit siebenunddreißig. Doch sie sahen sich kein bisschen ähnlich. Sein Vater hatte eine

Glatze, eine große, breite Nase und trug eine runde Brille. Sein Sohn hatte dichtes helles Haar, ein längliches, regelmäßiges Gesicht und eine edle schmale Nase.

Von den vier Rodezki am nächsten stehenden Menschen lebte nur noch sein Sohn. Rodezki hatte ihn vor drei Jahren zum letzten Mal gesehen, nach Nadjas Tod. Stanislaw, inzwischen Augenarzt, war aus Amerika angereist, hatte es aber nicht mehr zur Beerdigung seiner Mutter geschafft. Nach einer Woche bei seinem Vater war er zurückgeflogen nach Boston. Dort hatte er eine hochbezahlte Stelle in einer Klinik, seine amerikanische Frau Joy und zwei Kinder, die fünfjährige Sonja und die dreijährige Nadja. Boris Rodezki hatte seine Enkelinnen noch nie gesehen. Das große Farbfoto der beiden blonden Mädchen stand auf einem Ehrenplatz auf dem Schreibtisch.

Stanislaw lud seinen Vater immer wieder ein, nach Boston zu kommen, aber Rodezki zögerte jedesmal, er wollte erst seine jeweilige Klasse zum Abschluss führen.

Die Schule, in der er sein Leben lang unterrichtet hatte, galt als eine der besten Moskauer Spezialschulen. Die Regierung wechselte, die Lehrbücher wurden umgeschrieben, Direktoren kamen und gingen. Boris Rodezki aber unterrichtete nach wie vor russische Sprache und Literatur in den oberen Klassen.

Er fand die Literatur interessanter und verlässlicher als das reale Leben. Mit zusammengekniffenen Augen tauchte er ein in die Texte der russischen Klassiker und fühlte sich in diesem vertrauten Element wie ein Fisch im Wasser. Doch sobald er daraus auftauchte, benahm es ihm den Atem, nicht nur im übertragenen Sinn, sondern ganz direkt. Er bekam Asthmaanfälle.

Die Probleme in der Schule, die schwierigen Schüler, die Intrigen im Lehrerkollektiv, der Tod der Eltern, die Abreise des Sohnes nach Amerika, die Geldreform und die Krisen, das kleine Gehalt – all das berührte ihn nur oberflächlich. Bis die eiserne Hand der Realität zuschlug und ihn zerquetschte wie eine Fliege.

»Boris, ich habe Krebs«, sagte Nadja eines Tages. »Hör mir genau zu und hilf mir, eine Entscheidung zu treffen. Variante eins, die traditionelle: Operation, Chemotherapie, das volle Programm. Das bedeutet im besten Fall anderthalb bis zwei Jahre Leben. Variante zwei: Alles lassen, wie es ist. Dann bin ich in fünf, sechs Monaten tot. Aber es wird ein leichter Tod sein. Die Schmerzen sind mit Medikamenten sehr gut zu behandeln.«

Gemeinsam entschieden sie sich dennoch für Variante eins, und das darauffolgende Jahr wurde ein qualvoller, nutzloser Kampf. Von der Chemotherapie fielen die Haare aus, und jede kleine Schramme brauchte Monate zum Verheilen, schwoll an und eiterte. Dann die Operation, nach der ein künstlicher Darmausgang gelegt wurde. Rodezki konnte bis zum letzten Monat nicht glauben, dass seine Nadja starb, und als es dann geschah, starb er gleichsam mit ihr.

Er arbeitete weiter, ging jeden Tag in die Schule, korrigierte Aufsätze und gab Nachhilfestunden. Einmal stieß er auf zwei vollkommen identische Aufsätze zu »Krieg und Frieden«, recht flüssig geschrieben von zwei sehr schwachen Schülern.

»Die haben sie sich aus dem Internet geholt«, erklärte ihm ein jüngerer Lehrer.

Rodezki hatte von seinem Sohn einen Computer geschenkt bekommen, damit sie per E-Mail Kontakt halten konnten. Das Mailprogramm benutzte er auch, ging aber ansonsten nie ins Internet. Nun wollte er es doch einmal versuchen. Der neue Zeitvertreib gefiel ihm. Im Netz hatte man Zugang zu einer riesigen Informationsmenge, ohne das Zimmer verlassen zu müssen, die Wohnung mit Büchern oder Zeitschriften zuzuschütten oder den Fernseher einzuschalten.

Nun blätterte er sich abends durch Enzyklopädien, wanderte durch die berühmtesten Museen der Welt und durch Städte, die er nie besuchen würde. Er stöberte in Artikeln zu

Literaturthemen und Bestsellerlisten. Hin und wieder schaute er in Chatrooms und las, was andere Benutzer schrieben, ohne sich selbst an den Debatten zu beteiligen.

Beim Surfen stieß er häufig auf Schmutz. Im Internet trieben sich viele Verrückte herum: Vampire, Hexen, schwarze und weiße Magier, Satanisten, Faschisten und Perverse aller Art. Vor allem gab es jede Menge Pornographie. Rodezki umging diese Dinge rasch und vorsichtig, wie schmutzige Pfützen, bemüht, nicht hineinzugeraten.

Doch eines Tages geschah es trotzdem.

In einem durchaus seriösen Chat mit klugen Diskussionen über Literatur. Einer der Teilnehmer behauptete, ein gewisser Mark Moloch sei ein Genie, ein neuer Nabokov. Das interessierte Rodezki. Er verließ den Chatroom und gab »Mark Moloch« in die Suchmaschine ein.

Der »neue Nabokov« entpuppte sich als einer der üblichen Pornographen. Doch beim flüchtigen Überfliegen seiner Texte stellte Boris immerhin fest, dass Mark Moloch eine recht flotte Schreibe hatte und nicht ohne literarisches Talent war. Als der alte Lehrer die Seite verlassen wollte, drückte er versehentlich auf einen falschen Button, und auf dem Bildschirm erschien eine Szene aus einem Pornofilm. Die Darsteller waren Kinder. Zwei Mädchen und zwei Jungen zwischen zehn und vierzehn Jahren.

Was ist denn das? Wie ist das möglich? Für so etwas muss es doch eine Zensur geben! Das ist ja kriminell! Noch dazu so offen, so ungeniert!

Boris bekam einen schweren Asthmaanfall. Er lief ins Bad, um sein Spray zu holen. Als er an den Computer zurückkehrte, war der Pornofilm ins Detail gegangen, die Kinder waren nackt und produzierten sich in verschiedenen Posen. Bloß weg damit, raus und vergessen! Sonst würde er noch verrückt. Boris griff nach der Maus und erstarrte – auf dem Bildschirm erkannte er eine Schülerin, die Achtklässlerin Shenja Katschalowa.

Drittes Kapitel

Olga Filippowa wurde einfach nicht wach. Der Wecker hatte geklingelt, sie hatte ihn auf Wiederholung gestellt und sich die Decke über den Kopf gezogen. Nach fünf Minuten klingelte er erneut. Olga setzte sich auf, und ihr Blick fiel sogleich auf den Spiegel auf der alten Frisierkommode im Schlafzimmer. Es war der freundlichste Spiegel in der Wohnung, doch heute schmeichelte auch er ihr nicht.

»Was verlangst du?«, fragte der Spiegel kalt. »Du bist einundvierzig, du bekommst nie genug Schlaf, deine Schläfen werden langsam grau. Wenn dir das nicht gefällt, färb dir die Haare. Rauch nicht so viel, reg dich weniger auf, verbring mehr Zeit an der frischen Luft, arbeite nicht mehr an Wochenenden, quäl dich nicht mit Dingen, an denen du nicht schuld bist, und auch nicht mit denen, an denen du schuld bist, denn deine Selbstvorwürfe nützen keinem etwas.«

In der Wohnung herrschte schrecklicher Lärm. In der Küche dröhnte der Fernseher, aus dem Kinderzimmer drang Rock 'n' Roll. Katja sang den Presley-Titel mit und machte dazu ihre Gymnastik. Zwanzig Übungen für die Taille, zwanzig für die Hüften, dann ein paar spezielle Sprünge und Drehungen und schließlich Laufen auf dem Gesäß.

»Mama!« rief der Sohn. »Mama, ich kann meine Schulsachen nicht packen, wenn Katja auf dem Hintern durchs ganze Zimmer rutscht!«

»Mama!«, rief die Tochter. »Papa blockiert seit einer halben Stunde das Bad, ich muss jetzt duschen, sonst komme ich zu spät zur Schule!«

»Olga!«, ertönte, entfernt und klagend, wie ein Gebirgsecho, die Stimme ihres Mannes. »Olga! Ein sauberes Handtuch! Bitte!«

Der Wecker klingelte erneut. Ohne die Augen zu öffnen, schwang Olga die Beine aus dem Bett und ertastete mit dem Fuß einen Pantoffel.

»Mama, die Haferflocken sind alle, ich weiß nicht, was ich zum Frühstück essen soll«, verkündete die Tochter.

»Mama, hast du vielleicht mein Mathebuch gesehen, so ein blaukariertes?«, fragte der Sohn.

»Olga! Ein sauberes Handtuch! Ich warte schon seit einer Stunde!«, erinnerte sie ihr Mann.

Olga schlurfte mit nur einem Pantoffel über den Flur in die Küche.

»Heute Nacht wurde in einem Waldgebiet zwanzig Kilometer entfernt vom Moskauer Stadtring der nackte Leichnam eines etwa zwölfjährigen Mädchens gefunden«, verkündete eine muntere Stimme nach der Werbung.

»Lasst mich in Ruhe«, sagte Olga leise, öffnete endlich die Augen und merkte, dass sie in der Küche vorm Fernseher stand. »Andrej, bring Papa ein Handtuch.«

»Wieso ich?«, empörte sich der Sohn.

»Na, ich doch wohl nicht!«, sagte die Tochter kichernd.

»Vermutlich treibt sich in Moskau wieder einmal ein perverser Serientäter herum.«

Olga erstarrte vor dem Fernseher. Auf dem Bildschirm erschienen ein Stück Landstraße, eine Reihe von Milizautos, ein Straßengraben, ein Waldrand und ein Absperrband.

»Mama, wo sind die sauberen Handtücher?«, fragte der Sohn.

»In der Kammer, du Blödmann!«, antwortete an Olgas Stelle die Tochter. »Also echt, Andrej, du lebst hier wie im Hotel!«

Auf dem Bildschirm hielt eine Journalistin einem müde wirkenden Mann ein Mikrophon unter die Nase. Er war grauhaarig und sah deshalb ziemlich alt aus, doch Olga wusste, dass er erst einundvierzig war, genau wie sie.

»Konnte die Identität der Toten schon ermittelt werden?«

»Ja.«

»Wie heißt sie? Wie alt ist sie? Wie …«

»Wir stehen erst am Anfang der Ermittlungen und können

zum gegenwärtigen Zeitpunkt keinerlei Informationen herausgeben. Wenden Sie sich an die Pressestelle.«

»Mama, kuck mal, dein Dima Solowjow!«, bemerkte Katja und schaltete den Wasserkocher ein.

»Mama, hast du mein Mathebuch wirklich nicht gesehen? Es ist wichtig! Darin liegt ein Zettel mit den Aufgaben für die Klassenarbeit!«, rief Andrej aus dem Zimmer.

»Olga, die Rasierklingen sind alle!«, klagte Alexander. Er war aus dem Bad gekommen, in einem alten Frotteebademantel.

»Das war garantiert ein Psychopath!«, erklärte überzeugt eine adrette Blondine, die nach Solowjow ins Bild kam. »Er hat den Leichnam mit Babyöl begossen, das riecht man jetzt noch. Außerdem lag ein Nuckel neben ihr.«

»Woher haben Sie diese Information?«

»Wir waren auf dem Heimweg, haben angehalten …«

Der Fernseher wurde ausgeschaltet. Olga schrak zusammen und drehte sich um. Hinter ihr stand Alexander, die Fernbedienung in der Hand.

»Nein, Olga. Nein.«

»Was?«

»Das weißt du genau. Du wirst dabei nicht mehr mitmachen. Niemals.«

»Wobei?«

»Du weißt sehr gut, wovon ich rede. Du bist damals fast verrückt geworden und hast uns alle verrückt gemacht, mich, die Kinder und deine Eltern.«

Olga wollte ihrem Mann die Fernbedienung wegnehmen und den Fernseher wieder einschalten. Aber er gab sie ihr nicht, versteckte sie hinter seinem Rücken.

»Wer hätte gedacht, dass Solowjow, dieses hässliche Entlein, sich zu einer so starken Persönlichkeit mausern würde. Macht sich gut im Fernsehen, der attraktive Grauhaarige. Du kannst ja den Blick gar nicht abwenden.«

Olga zwang sich zu lächeln und küsste ihren Mann auf die stachlige Wange.

»Reg dich nicht so auf, Alexander. Ich gehe mich jetzt duschen, und dann frühstücken wir. Beruhige dich, es ist alles in Ordnung.«

Er seufzte beleidigt.

»Du hast mir nicht geantwortet.«

»Hast du mich denn etwas gefragt?«

»Mama! Hast du vielleicht meinen roten Kamm?«, rief Katja aus dem Bad.

»Ich habe dich nichts gefragt.« Alexander schüttelte den Kopf. »Ich habe dich um etwas gebeten. Versprich mir, dass du dabei nicht mitmachen wirst. Selbst wenn sie dich dazu überreden wollen – weigere dich einfach. Ganz entschieden. He, warum sagst du nichts?«

Das ermordete Mädchen hieß Shenja Katschalowa. Eine Woche zuvor war sie fünfzehn geworden. Auf dem Nachtschränkchen neben ihrem Bett stand noch ein vertrockneter Strauß roter Rosen. Fünfzehn Stück. An der Vase klebte eine Postkarte, die Kopie einer berühmten Fotografie: Marilyn Monroe steht auf einem Lüftungsschacht der New Yorker U-Bahn und versucht, ihren Rock zu bändigen, der von der heißen Luft angehoben wird. Auf der Rückseite der Karte stand in krakeliger Schrift:

»Ich gratuliere meiner geliebten Tochter Shenja zum Geburtstag, sei immer schön und glücklich! Papa.«

Darunter das Datum und eine schwungvolle Unterschrift. Dmitri Solowjow registrierte mechanisch, dass der Autor des Glückwunsches offenbar wenig von Hand schrieb, bis auf ein Dutzend Autogramme am Tag.

Auf dem Schreibtisch des Mädchens stand das Foto eines recht verlebten Mannes in einem billigen weißrosa Rahmen mit Teddybären und Blümchen. Dünne lange Haare verdeckten das halbe Gesicht und fielen ihm wie Schlangen auf die Schultern. Geschminkte Augen schauten schmachtend unter dem Haarschopf hervor. Über der vollen Oberlippe prangte ein sehr schmaler, wie mit Tusche gezeichneter Schnurrbart.

Valeri Katschalow, ein Schlagerstar der frühen achtziger Jahre, hatte sechs Kinder von verschiedenen Frauen. Shenja war seine vierte Tochter.

»Er ist nie länger als drei Jahre bei einer geblieben«, sagte Nina, Shenjas Mutter. »Eine Frau über fünfundzwanzig ist für ihn alt.«

Der tiefsitzende Hass auf Shenjas Vater betäubte ihren Schmerz ein wenig. Solowjow hörte zu, ohne sie zu unterbrechen.

Bei der Identifizierung war sie in Ohnmacht gefallen. Auf der Heimfahrt im Auto hatte sie geschwiegen. Bei der Haussuchung hatte sie reglos dagesessen, die Hände im Schoß gefaltet, auf Fragen nur mit »ja« oder »nein« geantwortet und sich die ganze Zeit hin und her gewiegt wie eine Puppe. Sie hatte überhaupt etwas Puppenhaftes. Solowjow konnte sich gut vorstellen, dass sie vor zehn Jahren wie eine hübsche neue Barbie ausgesehen hatte. Lange Beine, Wespentaille, Katzenaugen. Jetzt saß ihm eine abgenutzte Barbie gegenüber, mit der niemand mehr spielte. Die einstige Model-Schlankheit war zu ungesunder Knochigkeit geworden. Ihr ursprünglich dunkelblondes gewelltes Haar war nun ein matter, gelber Besen. Sie hatte es jahrelang mit Wasserstoff und Glättungsmitteln ausgebrannt, denn Seine Hoheit Valeri mochte Blondinen mit glattem Haar.

Seine Hoheit hatte sie, die Zehntklässlerin Nina, einst in einer Moskauer Vorstadt kennengelernt, wo er nur ein einziges Konzert im Kulturhaus eines Betriebes gab. Nina war ihm in der Menge seiner Verehrerinnen aufgefallen.

Zu Hause, in der Provinz, hatte sie nicht als Schönheit gegolten: Zu dünn, zu lang, ein zu großer Mund. Sie genierte sich für ihre Größe, ging gebeugt und knickte die Knie ein. Und plötzlich beugte sich der Moskauer Star Valeri Katschalow vor aller Augen von der Bühne zu ihr herunter, packte sie bei den Händen und pflückte sie aus der Menge wie eine Blume vom Beet.

»Mein Gott, ich dachte, ich dreh durch! Ich musste einen ganzen Song lang neben ihm stehen. Er legte den Arm um meine Taille und flüsterte: ›Steh nicht so krumm, Dummchen!‹ Ich war damals total verblüfft, einmal, weil er so klein war, er ging mir nur bis zur Schulter, und weil er gar nicht sang, sondern nur den Mund auf und zu machte und herumhopste. Ich hatte keine Ahnung von ›Playback‹. Als der Song zu Ende war, dachte ich, nun ist alles aus, das ganze Leben. Ich wollte runter von der Bühne, wegrennen und mich in Großmutters Schuppen verkriechen. Ach, hätte ich das nur getan! Aber dann hätte ich Shenja nicht bekommen.«

Sie verstummte und blickte Solowjow aus trockenen Augen an. Sie wirkte, als sei sie aus einer langen Narkose erwacht. Solowjow fürchtete, sie würde gleich wieder in Starre verfallen, die Arme um sich schlingen und sich vor und zurück wiegen. Aber nein. Sie griff nach einer Zigarette.

»Vorgestern ist Shenja zu ihrem Vater gefahren. Sie sollten mal mit ihm reden.«

»Unbedingt.« Solowjow nickte und ließ sein Feuerzeug aufschnappen. »Wollte sie bei ihm übernachten?«

»Ja. Sie liebte das. Bei ihm ist ständig was los. Dauernd neue Leute, von früh bis spät Party. Hier zu Hause ist es öde. Ich nerve sie, zwinge sie zum Lernen. Wissen Sie, ich möchte nämlich, dass sie einen guten Schulabschluss macht und studiert.«

Solowjow stand schweigend auf und ging durch die winzige saubere Küche zum Fenster. Es fiel ihm schwer, ihr in die Augen zu sehen, die so trüb und erloschen wirkten wie auf totes Plastik gemalt. Sollte er sie etwa daran erinnern, dass Shenja nun nie mehr die Schule abschließen, nie mehr studieren würde? Sie hatte alles vergessen – die Pathologie, den Marmortisch, das Laken mit dem Stempel, das kurz angehoben worden war, um ihr Shenjas Gesicht zu zeigen. Nein, sie erinnerte sich genau daran. Aber es war leichter für sie, wenn sie von Shenja in der Gegenwart sprach. Sie konnte einfach noch nicht anders.

»Bei der Identifizierung hat der Arzt gefragt, warum mein Mädchen so dünn ist. Ich habe darauf nicht geantwortet, weil mir schlecht wurde. Aber ich will es Ihnen sagen. Shenja ernährt sich nur von Äpfeln und grünem Salat ohne Öl. Sie möchte Model werden. Und leidet furchtbar, weil sie so klein ist. Da kommt sie nicht nach mir, sondern nach ihrem Papa. Er ist nur eins siebenundfünfzig. Auf der Bühne fällt das nicht weiter auf, außerdem trägt er Schuhe mit Plateausohlen. Ist zwar unbequem, macht aber drei Zentimeter größer. Plus fünf Zentimeter hohe Absätze. Wissen Sie, als er mich verließ, war ich nicht sehr verzweifelt. Er überließ mir und Shenja die Wohnung hier und gab uns Geld. Manchmal kam er für ein paar Tage oder eine Woche zurück. Wenn er mich auf einer Party traf, feststellte, wie gut ich aussah, oder erfuhr, dass ich einen anderen hatte, dann kam er sofort angelaufen, der Mistkerl, wie ein Hund, der sein Terrain verteidigt. Aber dann hörte auch das auf. Das heißt, Geld gibt er uns immer noch. Nicht regelmäßig, aber immerhin. Im Prinzip verdiene ich selbst. Ich besuche Lehrgänge für Psychologie und Psychoanalyse und habe schon ein paar eigene Klienten. Mein Gott, an allem ist nur er schuld! Warum habe ich sie bloß zu ihm gehen lassen? Ich war doch dagegen, als hätte ich es geahnt! In der Schule werden gerade in allen Fächern Klausuren geschrieben. Wir haben uns gestritten, ich wollte, dass sie sich hinsetzt und lernt. Hab sie natürlich angeschrien. Wenn wir uns streiten, wissen Sie, dann sagt sie keinen Ton, sieht mich nur an. Schrecklich! Ich verstehe sie überhaupt nicht mehr.«

»Haben Sie bei Shenjas Vater angerufen, als sie dort war?«, fragte Solowjow in ihre Atempause hinein.

»Nein. Ich rufe ihn nie an. Nur Shenja, auf ihrem Handy. Ich wollte mich mit ihr versöhnen. Aber sie ist nicht rangegangen.«

»War ihr Telefon die ganze Zeit angeschaltet?«

»Nein. Sie hat es erst gestern Abend angeschaltet und dann vergessen. Wahrscheinlich lag es dort irgendwo rum. Die Wohnung ist riesengroß, ein Haufen Leute, laute Musik. Valeri hat Shenja übrigens vor kurzem in einem seiner Videoclips mitmachen lassen. Sie hat sogar Geld dafür gekriegt. Wollen Sie mal sehen?«

Solowjow wusste nicht, was er antworten sollte. Er saß schon seit über einer Stunde in dieser Küche, mit einer Mutter, deren einziges Kind ermordet worden war. Wenn er ging, war sie ganz allein.

Er hatte erfahren, dass Shenja im Grunde sehr kontaktfreudig war, hin und wieder aber düstere Phasen hatte, und dann sprach man sie lieber nicht an. Drogen hatte sie wie alle Kinder heutzutage natürlich probiert, aber ihrer Mutter war bislang nichts Beunruhigendes aufgefallen. Diskos, Cafés – ja, das mag sie. Allerdings kann sie materiell mit ihren Freunden nicht mithalten, deren Eltern sind von ganz anderem Kaliber. Nina kann ihrer Tochter nicht so viel Geld für Vergnügungen geben wie andere. Deshalb fühlt sich Shenja benachteiligt, obwohl sie hübscher ist als die meisten ihrer Freundinnen.

Endlich hatte Nina die Kassette gefunden. Solowjow erkannte den Clip sofort, er lief dauernd im Fernsehen.

Die Lippen rot geschminkt, die Augen kindlich rein.
Warum willst du schon erwachsen sein?,

sang Valeri Katschalow, die Vokale dehnend wie süßen Kaugummi.

Ein entzückendes dünnes Mädchen von höchstens elf Jahren drehte sich vorm Spiegel, malte sich Augen und Lippen an, schlüpfte in Mamas Kleider, skatete durch einen Park, machte eine große Kaugummiblase und saß im Kino neben einem Jungen, der den Arm um sie legte.

Popcorn im Kino und Kekse mit Zuckerguss,
Nichts ist so geil wie ein Zungenkuss.

Das Mädchen hatte glattes, hüftlanges blondes Haar und große blaue Augen. Hin und wieder kam Katschalow mit Gitarre ins Bild: auf einer Parkbank, am Fenster der Schule, rittlings auf dem Ast einer alten Linde. Ein weiser, liebender Vater, verständnisvoll und ein wenig lächerlich. Der Inbegriff des Mädchentraums von einem echten Mann. Wenn das Mädchen Unannehmlichkeiten hat (eine böse Lehrerin schickt es aus dem Klassenraum, der angebetete Junge sitzt mit einer anderen im Café), schickt Papa eine SMS: »Sei nicht traurig, Kätzchen, alles wird gut!«, und sie liest sie und lächelt unter Tränen. Am Ende des Clips gehen der Sänger und das Mädchen Arm in Arm die Allee eines blühenden Parks entlang, unterhalten sich lebhaft und lachen.

»Manchmal wird sie auf der Straße erkannt«, raunte Nina, als das Video zu Ende war. »Obwohl sie im Clip eine Perücke trägt und auf ganz jung geschminkt ist.«

Solowjow nickte. »Ja, das ist mir aufgefallen.«

»Das ist sein bester Clip.« Nina zündete sich eine Zigarette an und blies den Rauch gegen den erloschenen Bildschirm. »Das heißt, eigentlich ihrer, den hat sich Shenja ganz allein ausgedacht. Er hat damit gar nichts zu tun. Valeri Katschalow ist total unbegabt. Kein Gehör, keine Stimme. Auf der Bühne lässt sich das manchmal durch Sinnlichkeit und Charme kompensieren, aber auch das hat er nicht.«

»Was hat er dann?«, fragte Solowjow.

»Eine irrsinnige Hartnäckigkeit. Selbstbewusstsein. Und Beziehungen. Entschuldigen Sie, ich muss einkaufen gehen, wir brauchen Äpfel, Salat und Nüsse. Shenja kommt gleich nach Hause, und es ist nichts zu essen da.«

Solowjow hatte schon verschiedene Reaktionen auf den Tod erlebt. Ninas Verhalten grenzte an geistige Verwirrung.

Sie hatte Shenja gesehen, hatte sie identifiziert, ihre Sachen erkannt und alle nötigen Papiere unterschrieben. Für sie war Valeri Katschalow schuld am Tod ihrer Tochter, direkt oder indirekt. Aber an deren Tod selbst glaubte sie nicht.

»Gehen wir rüber ins Zimmer, ich muss dort ein bisschen aufräumen«, sagte Nina und erhob sich schwerfällig von ihrem Küchenhocker.

»Kennen Sie jemanden von Shenjas Freunden?«, fragte Solowjow und sah zu, wie sie Sachen in den Schrank legte.

»Wie gesagt, Shenja geniert sich, sie nach Hause einzuladen. Außerdem sind das gar keine richtigen Freunde. Klassenkameraden, Jungs aus der Disko und aus Nachtklubs. Hin und wieder war die Beziehung etwas enger, aber nie lange. Sie findet leicht Kontakt und trennt sich noch leichter wieder. Die Einzigen, die sie wirklich liebt, sind ich und er.« Nina nickte zu dem gerahmten Foto hinüber.

Solowjow nahm es in die Hand und las auf der Rückseite: »Mein Papa ist der Schönste und Begabteste!« Mit buntem Filzstift auf graue Pappe geschrieben. Die Büroklammern, die Foto und Pappe zusammenhielten, waren schon ziemlich ausgeleiert. Zwischen Foto und Pappe entdeckte Solowjow vier 100-Euro-Scheine.

Müssen wir etwa noch eine zweite Durchsuchung vornehmen, überlegte er und schaute sich im Zimmer um.

Ein zweites Geheimfach fand sich in einer bunten Kosmetiktasche. Zwischen aufgetrenntem und sorgfältig wieder angenähtem Futter hatte Shenja fünf Hunderterscheine versteckt. Weitere fünfhundert Euro steckten in den Hosentaschen einer großen Stoffpuppe.

Nina betrachtete das Geld schweigend, die Hand auf den Mund gepresst. Im Flur klapperte ein Schlüssel im Schloss.

»Nina, bist du zu Hause?«, fragte ein voller Frauenbass.

»Ja«, antwortete Nina und setzte etwas leiser hinzu: »Das ist Maja, meine Freundin. Sie hat einen Schlüssel.«

Gleich darauf kam eine große, kräftige Frau im Jeansoverall ins Zimmer. Ihr kurzes scheckiges Haar stand nach allen Seiten ab, ihre Pausbacken waren von gesunder Röte.

»Hallo, Leute. Was kuckt ihr so bedripst, wie auf einer Beerdigung? Ich bin Maja.« Sie reichte Solowjow die Hand.

Sie hatte einen kräftigen, männlichen Händedruck. Solowjow stellte sich kurz vor und taufte die Dame im Stillen die Sportlerin.

»Kriminalist?«, fragte Maja erstaunt. »Hat Shenja was angestellt?«

»Ja«, sagte Nina, »das hat sie. Sie ist tot.«

»He, bleib ruhig, mal nicht den Teufel an die Wand!« Die Sportlerin schüttelte entschieden den Kopf. »Sag nicht solche Sachen. Ich weiß, Shenja ist schwierig, du bist erschöpft, aber damit scherzt man nicht, hörst du.«

Nina sah Solowjow an. Ihre Lippen formten ein zaghaftes Lächeln.

»Sehen Sie, keiner glaubt es.«

Der Wanderer duschte, rasierte sich und zog frische Sachen an. Er schaute lange in den Spiegel, als sähe er sich zum ersten Mal. Ein Fremder, ein Unbekannter, zurückgekehrt aus der Welt des Lichts, von dort, wo am Rand des Abgrunds Kinder im Roggen spielen. Eine unvorsichtige Bewegung, und die Kinder stürzen hinab, in den Abgrund, in die ewige Nacht. Ihr klagender Schrei verhallt in der Unendlichkeit. Die anderen Kinder hören ihn nicht, sie wissen nichts von der Gefahr und spielen weiter. Unglückliche, verlorene Geschöpfe.

Die Verwandlung eines Menschen in einen Hominiden geschieht schleichend. Ein kleines Kind hat noch die Eigenschaften eines Menschen. Je älter es wird, desto verdorbener wird es. Doch im Körper der Mutanten lebt eine Zeitlang noch ein Engel. Er weint, will hinaus in die Freiheit. Er braucht Hilfe. Nun, der Wanderer hat ihm geholfen. Mit dem Gefühl, seine Pflicht getan zu haben, ist er aus dem Reich des Lichts zurückgekehrt.

Zum Schluss hatte er ihr die Augen geöffnet. Ihr Leben war grob, schmutzig und lasterhaft. Einfach abscheulich. Die Kirche vergibt Selbstmord nur in einem einzigen Fall: Wenn eine Jungfrau sich tötet, um ihre Reinheit zu retten. Verstehst du, was das heißt? Reinheit ist wichtiger als das Leben. Der Engel in dir, den du verraten hast, ist wichtiger als du, Mädchen. Er weint. Er leidet und fürchtet sich in deinem Körper, im Körper eines kleinen Flittchens, das Männern den Kopf verdreht.

Anderthalb Jahre lang hatte er sich gestattet, in der platten, sinnlosen Realität zu leben, jenseits der Apokalypse, die bereits angebrochen war, ohne dass es jemand bemerkt hätte. Achtzehn Monate hatte er sich gestattet, in der Welt der fünf Sinne zu leben, der Welt der Hominiden, und war in dieser Zeit natürlich ebenso taub und blind gewesen wie sie.

Die Zahl achtzehn besteht aus drei Sechsen. Die Zahl des Tieres. Drei Sechsen Untätigkeit. Klar, zu wessen Vorteil. Ja, das war ein weiteres Zeichen.

Der Mann im Spiegel verzog das Gesicht, dann lächelte er. Er fuhr sich mit der Hand durch das feuchte Haar. Vielleicht hatte er die Wanderung nur geträumt? Das Gefühl hatte er jedes Mal, wenn ihn eine unbekannte Macht aus der Welt des Lichts zurückschleuderte in die ewige Nacht. Die Finsternis war ihm vertraut, sie schuf die Illusion von Komfort und Frieden. Aber sie saugte ihm die Kraft aus. Den Hominiden erschien sie als Licht, denn das echte Licht war ihnen unbekannt, es hätte sie augenblicklich geblendet. Sie begriffen nicht, dass sie sterben mussten, und lebten, als gebe es keinen Tod.

Auf dem Fußboden im Bad lagen seine Kleider, Jeans und ein kariertes Flanellhemd. In den Jeanstaschen fand er einen Kaugummiklumpen, in die Zellophanhülle einer Zigarettenschachtel eingewickelt.

»Spuck das aus!«, hatte er im Auto zu dem Mädchen gesagt. »Eine scheußliche Angewohnheit! Du bist doch keine Kuh.«

Sie hatte genickt und den Kaugummi in seine Hand gespuckt. Natürlich – sie hatte gelernt, jeden Wunsch ihrer Kunden zu erfüllen. Die Schlampe.

In der hinteren Jeanstasche steckte noch das Geld, das er aus der Innentasche ihres Anoraks genommen hatte, als alles vorbei war. 250 Euro und 100 Dollar. Die Dollar waren der

Aufpreis, den sie von ihm verlangt hatte, das geldgierige dumme Ding. Er hatte sagen wollen, dass er ihrem Zuhälter schon alles bezahlt habe, sich aber rechtzeitig besonnen. Er wollte sie nicht unnötig misstrauisch machen.

Die Euro musste ihr jemand anders gegeben haben, vor ihm. Nun würde dieses schmutzige Geld der großen reinen Sache dienen; es würde helfen, noch mehr Engel zu befreien.

Sein Hemd hatte zwei Brusttaschen. In der einen lagen ein dünnes, schmales Goldkettchen mit einem kleinen Anhänger, einem ovalen dunkelblauen Stein in Goldfassung, und eine rosa Haarspange aus Plastik. Die Kette hatte er der toten Hominidin vom Hals genommen. Dass die Kette aus Gold war und der Stein vermutlich ein echter Saphir, spielte dabei keine Rolle. Er war kein Dieb. Wenn man einen Engel befreit, wird eine Menge Energie freigesetzt. Sie ist so gewaltig, dass sie Totes lebendig machen kann. Diese Energie heißt Bioplasmid – das ist im Grunde reines Leben in Form von Energiestrom. Der Stein hatte einen Teil des Bioplasmids aufgenommen; er war warm und pulsierte in seiner Hand.

Die Haarspange hatte der Wanderer gefunden, als er das Wageninnere säuberte. Sie war nicht weiter von Bedeutung, konnte ihm aber womöglich einmal nützlich sein. In der anderen Brusttasche lag das Wichtigste: Ein weicher kastanienbrauner kleiner Zopf, sorgfältig in ein Papiertaschentuch gewickelt. Er wickelte ihn aus, sog den schwachen Apfelduft des Mädchenhaars ein, und ihm wurde siedendheiß.

Ja, es war also wirklich geschehen. Ein weiterer befreiter Engel flog nun munter da oben zwischen den Wolken herum, am reinen, strahlenden Himmel.

Nina, bleich wie die Wand, rauchte und betrachtete das Geld.

»So viel hat er ihr nicht gegeben«, sagte sie kaum hörbar und hustete. »Und das Geld für den Videoclip hat sie gleich für Klamotten rausgeworfen.«

»Vielleicht hat sie ja gespart?«, fragte Solowjow.

»Wer? Shenja?«, mischte sich Maja ein. »Ausgeschlossen. Sie hat immer alles ausgegeben, bis auf die letzte Kopeke. Wie viel haben Sie insgesamt gefunden?«

»Bis jetzt 1 400 Euro.«

»Was soll das heißen – bis jetzt?« Nina drückte die Zigarette aus und stand auf.

»Ich fürchte, ich muss die Durchsuchung wiederholen, diesmal gründlicher«, sagte Solowjow und griff nach einem großen, zerliebten Plüschteddy.

»Nein!«, rief Nina. »Das ist Mika, ihr Lieblingsplüschtier, den nimmt sie immer mit ins Bett. Fassen sie ihn nicht an! Legen Sie ihn zurück!«

Der Teddy war weich und schlaff. Auf seinem Rücken entdeckte Solowjow eine ordentliche Naht, der Faden fiel kaum auf. Maja reichte ihm wortlos eine Nagelschere. Nina sank auf den Fußboden, schlang die Arme um die Knie und barg ihr Gesicht darin. In dem Teddy steckte ein Packen Scheine, in eine Heftseite gewickelt und von einem Gummi zusammengehalten. Zehn 50-Euro-Scheine.

Maja fluchte laut und ließ sich in einen Sessel fallen. Unter ihrem mächtigen Hinterteil piepste es, gleich darauf ertönte ein schmachtender Gitarrenakkord und ein angenehmer Bariton:

Am blassen Hals der jungen Angelina
Glitzern Tropfen von Blut, rot wie Rubine.
In meiner Hand der Griff aus Elfenbein.
Ach, Angelina, ich bin so allein.

Nina schrak zusammen und sah sich beunruhigt um. »Was ist das?«

»Entschuldige. Ich hab mich aus Versehen auf die Fernbedienung gesetzt.«

Maja schaltete die Stereoanlage aus und sah Solowjow an. »Das ist Vaselin. Ein Sänger. Kennen Sie den? Den hört Shenja dauernd. Hat sie gehört … Mein Gott, ich kann es nicht glauben …«

Solowjow rief die Einsatzgruppe. Bereits nach einer Stunde war die Summe auf zwanzigtausend angewachsen. Ein Teil davon steckte in der Geheimtasche einer Winterjacke, ein Teil unter den Innensohlen der Skistiefel.

»Das hat sie bestimmt nicht gestohlen«, sagte Maja fest. »Ich kenne Shenja seit ihrer Geburt.«

Nina schwieg. Während der ganzen Durchsuchung hatte sie auf dem Boden gesessen, die Knie umschlungen, und auf keine Frage geantwortet.

»Was meinen Sie, woher sie das Geld hat?«, fragte Solowjow leise.

Maja zuckte die Schultern. »Verdient vielleicht? Die Frage ist nur, wie? Ich bin vierzig Jahre alt und habe zwei Hochschulabschlüsse, aber ich habe in meinem ganzen Leben noch nie auch nur halb so viel Geld auf einmal in der Hand gehabt.«

»Es reicht!« Nina stand abrupt auf, ging zu Solowjow und starrte ihn mit bösen, trockenen Augen an. »Das ist mein Geld. Ich hatte es versteckt. Shenja hat damit nichts zu tun.«

Maja packte sie bei den Schultern. »Spinnst du? Wieso schwindelst du? Warum?«

»Fass mich nicht an! Und überhaupt, verschwindet, alle, lasst uns in Ruhe! Mischt euch nicht in unser Leben! Ihr nehmt hier einfach das ganze Haus auseinander, macht die Sachen meiner Tochter kaputt. Mit welchem Recht? Shenja ist bald zurück, und ihr Zimmer ist total verwüstet, und es ist nichts zu essen im Haus, wegen euch bin ich nicht zum Einkaufen gekommen.«

Alle im Zimmer erstarrten und sahen sie an.

»Soll ich vielleicht einen Arzt rufen?«, fragte ein Kriminaltechniker leise.

»Nina, Kleines, hör mir zu.« Die Sportlerin schluchzte auf und umarmte die Freundin. »Shenja ist tot, sie wurde ermordet. Weine ruhig, dann wird dir leichter.«

»Ja, ich habe verstanden.« Nina machte sich ruhig von ihr

los. »Ich habe alles verstanden. Aber bitte, ich bitte Sie sehr, gehen Sie, und du auch, Maja. Ich muss jetzt allein sein.«

Als die Kriminalisten das Haus verließen und in ihre Autos stiegen, fiel Solowjow ein, dass seine Zigaretten alle waren. Auf der anderen Straßenseite war ein Kiosk. Als er hinüberlief, bemerkte er direkt gegenüber vom Hauseingang am Straßenrand ein blaues Peugeot-Coupé. Der Wagen wirkte bescheiden, kostete aber rund fünfzigtausend. Solowjow warf einen Blick auf die Silhouette hinter den getönten Scheiben.

Ein Mann saß auf dem Fahrersitz. Solowjow ging ganz dicht heran und sah, dass die Scheiben einige Zentimeter heruntergelassen waren und Tabakqualm aus dem Wagen drang.

Na und, sagte sich Solowjow. Der Mann sitzt in seinem Wagen und raucht – vielleicht wartet er auf jemanden oder macht einfach eine Pause.

Durch die Windschutzscheibe des Peugeot hatte man einen guten Blick auf den Hauseingang, aus dem die Kriminalisten gerade gekommen waren.

Ohne zu wissen warum, blieb Solowjow eine Weile neben dem Wagen stehen, kramte Kleingeld aus der Tasche und ließ ein paar Münzen fallen. Während er sie aufsammelte, hörte er ein Mobiltelefon klingeln. Der Mann im Auto ging sofort ran.

»Nein. Ich bin im Büro. Ich habe Leute hier. Entschuldige, ich kann jetzt nicht. Natürlich sagt sie, dass ich nicht da bin, ich habe sie darum gebeten. Sie lügt nicht, sie tut ihre Pflicht. Ich habe hier wichtige Verhandlungen. Nein, entschuldige, meine Liebe. Ich dich auch … Ja, Häschen, ich rufe dich sofort an, wenn ich fertig bin.«

Der Unsichtbare hatte eine tiefe, kräftige Stimme.

Was geht mich der Kerl an und sein Häschen, das er anschwindelt, dachte Solowjow, warf einen Blick auf die Nummer des Peugeot, ging zum Kiosk und wandte sich nicht mehr um. Während er die Zigaretten kaufte, hörte er einen

Motor anspringen. Der Peugeot fuhr los und verschwand hinter der nächsten Ecke.

Solowjow schrieb die Autonummer in sein Notizbuch.

Viertes Kapitel

Nachdem Rodezki im Internet zufällig auf die grässlichen Bilder gestoßen war, überlegte er zehn Tage lang, was er tun sollte.

Sie wurde dazu genötigt, gezwungen, durch Betrug, Erpressung, mit Drohungen, dachte der Lehrer, ein Kind lässt sich ja leicht täuschen und einschüchtern. Der Vater ist eine Berühmtheit, aber sie lebt nicht bei ihm. Die Mutter ist nervös und überfordert; Alkoholikerin oder irgendwie krank. Das Mädchen ist sich selbst überlassen, und das in dem schwierigen Alter. Sie ist frech und vulgär. Natürlich aus Hilflosigkeit gegenüber dem groben erwachsenen Bösen, das ihr widerfahren ist. Womöglich bin ich der Einzige, der davon weiß? Vielleicht braucht sie Hilfe?

Das Vernünftigste – das Ganze zu vergessen und diesen Schmutz nicht zu berühren – erschien Rodezki auf einmal niederträchtig. Die Miliz verständigen? In seinem Notizbuch fand er sogar die Nummer eines ehemaligen Schülers, der beim Innenministerium war und wohl schon Major. Aber er konnte sich nicht entschließen anzurufen. Er fürchtete, dann würde die Sache publik werden und das Mädchen von der Schule gewiesen. Eine Schande fürs ganze Leben. Außerdem hatte er kein Vertrauen zur Miliz. Er konnte sich nicht vorstellen, dass sie nichts von dieser Scheußlichkeit im Internet wussten. Doch warum taten sie nichts dagegen? Weil sie nicht konnten? Oder nicht wollten? Weil sie vielleicht bei diesem schmutzigen Geschäft abkassierten?

Rodezki entschied, erst einmal mit dem Mädchen zu reden. Sie saß still und blass im Unterricht, ihre Augen waren rot und entzündet; sie wirkte ganz hohlwangig – vom Weinen, wie er meinte. Das Herz tat ihm im Leibe weh vor Mitleid. Wer sollte ihr helfen, wenn nicht er, der alte Lehrer? Das war seine Aufgabe, seine wichtigste Bestimmung im Leben.

»Shenja, ich muss mit dir reden.«

»Ja bitte.«

»Nicht hier und nicht jetzt.«

Sie war ein wenig erstaunt, schien sogar erschrocken, als er sie nach dem Unterricht ansprach.

»Was ist los, war meine Frisur mal wieder Thema auf der Lehrerkonferenz?«

»Nein. Es geht nicht um deine Frisur.«

»Sondern?«

»Wie gesagt – nicht hier und nicht jetzt.«

Sie schaute ihn von unten herauf an. Er sah die dünnen weißen Streifen zwischen ihren albernen Zöpfchen, die reine, gewölbte Stirn, die schwarzen, wie mit Dachshaarpinsel gemalten Augenbrauen. Die blauen Augen funkelten seltsam heftig. Als habe sie ihn bei etwas Geheimem, Beschämendem ertappt. Oder kam ihm das nur so vor? Er war nervös.

»Können Sie nicht wenigstens andeuten, was los ist?«

»Du fehlst sehr oft.« Er hüstelte heiser und gekünstelt und bedauerte, dass er dieses Gespräch angefangen hatte.

»Ich bin krank. Chronische Bronchitis. Ich hab ein Attest vom Arzt.«

Ihr Ton, ihr harter, unbewegter Blick ließ ihn frösteln.

Hör auf, bevor es zu spät ist! Wo mischst du dich da ein, alter Dummkopf, flüsterte seine innere Stimme. Sei kein Feigling! Das ist deine Pflicht, als Lehrer und als Mensch, beharrte das Gewissen.

»Du hast keine Bronchitis, Shenja. Die Atteste sind gefälscht. Genau darüber will ich mit dir reden. Ist deine Handynummer noch dieselbe? Gut. Ich rufe dich an, und wir treffen uns irgendwo.«

Sie nickte nur wortlos.

Er ging. Etwas zu eilig, als liefe er weg.

Klar, das hier ist nicht gerade ein Alpenkurort, aber eine Woche lässt es sich gut aushalten, überlegte der Patient mit dem Spitznamen Karussellfahrer.

Er fühlte sich beinahe unsichtbar. Er hätte bei Doktor Filippowa bestimmt nicht so eine Lippe riskiert, würde sie seinen Namen kennen. Insgeheim wusste er natürlich, dass er nur aus Angst so aufdrehte. Als wolle er alle überlisten, nicht nur die Ärztin, sondern auch sich selbst und seine eigene Panik, die er bis obenhin satt hatte.

Eine Schwester schaute zur Tür herein und rief: »Marik! He, hör auf mit dem Quatsch, was soll der Zirkus?«

Der namenlose Patient zuckte zusammen und starrte die Schwester an. Sie sah an ihm vorbei. Er folgte ihrem Blick und entdeckte einen kahlgeschorenen, feminin wirkenden jungen Mann in weiten geblümten Satinunterhosen, der bellend und mit dem Hintern wedelnd, als habe er einen Hundeschwanz in der Unterhose, auf allen vieren auf die Schwester zulief.

»He, Spinner, wieso kommst du nicht frühstücken?«

Die quiekende Frauenstimme war direkt an seinem Ohr. Mark legte sich wieder hin und drehte sich zur Wand. Die Pflegerin rüttelte an seiner Schulter. Er beschloss, nicht zu reagieren. Ein Irrer hatte das Recht, zu schweigen und zu reden, wann er wollte, und nicht, wenn es von ihm erwartet wurde.

Dima Solowjow hasste den Sektionssaal, und jedes Mal, wenn er zu den Gerichtsmedizinern ging, musste er gegen das Bedürfnis nach einem Schluck Wodka ankämpfen.

Das Leichenschauhaus im alten Gebäude des Medizinischen Instituts war alt, die Seziertische waren nicht aus Zink, sondern aus Marmor. Die Schule, in die Solowjow gegangen war, lag in der Nachbarstraße. In der fünften Klasse hatte Petka Tschuwilin, ihr einziger Sitzenbleiber, Legende und Plage der Schule, eines Tages nach dem Unterricht das schönste und stillste Mädchen der Klasse, Olga Luganskaja, an die Hand genommen und geheimnisvoll geflüstert: »Ich zeig dir was, ich zeig dir was!« Dima war natürlich hinterhergelaufen. Tschuwilin mochte Olga, aber Dima mochte sie noch mehr, und zwar seit der ersten Klasse.

Es war Mai und sehr heiß. Der kräftige Petka schwitzte und keuchte laut. Sie krochen durch ein Loch im Zaun und standen auf einem unbekannten asphaltierten Hof. Vor ihnen ragte ein düsteres altes Gebäude aus dunkelrotem Backstein auf.

»Und jetzt die Augen zumachen!«, sagte Petka. Er nahm sie beide an die Hand und führte sie weiter.

Als Erstes hörten sie eine bekannte Schlageraufnahme, dann Lachen und fröhliche Stimmen. Petka blieb stehen und schrie: »Überraschung!«

Sie standen vor einem breiten Souterrainfenster. Es war weit offen. Sie sahen einen riesigen Saal, geflieste Wände, weiter hinten Glasschränke mit großen Gläsern darin, in denen in einer Flüssigkeit Unbegreifliches, Schauriges schwamm. Direkt unterm Fenster ein Tisch, darauf ein nackter Mann mit aufgeschnittenem Bauch. Am Fußende zwei Männer in grünen Kitteln; sie aßen Mohnbrötchen und tranken dazu Milch aus einem Tetraeder. Ein Mädchen daneben, ebenfalls im grünen Kittel, lackierte sich die Fingernägel rot und trällerte den Schlager mit.

»Na, Kinder, wollt ihr mal kucken? Kommt rein, geniert euch nicht!«, rief einer der jungen Burschen.

Wie auf Kommando rannten sie blindlings davon, zu dem Loch im Zaun.

Dima träumte noch lange von den Leichen auf den Tischen. Außer dem Mann war da noch eine sehr dicke Frau gewesen. Aus ihren Füßen ragten Drähte. Olga erzählte ihm später, sie habe überhaupt nicht schlafen können, obwohl sie eigentlich gelassener hätte reagieren müssen. Ihre Mutter war nämlich Ärztin, sie selbst wollte ebenfalls Ärztin werden und würde also auch in der Pathologie arbeiten und Leichen aufschneiden müssen wie die jungen Leute in den grünen Kitteln.

An diese Geschichte musste Solowjow zum wiederholten Mal denken, als er auf den Parkplatz hinter dem Institutsgebäude fuhr.

Im Radio lief just derselbe Schlager wie damals.

Petka Tschuwilin war inzwischen in Amerika. Er besaß mehrere angeblich florierende Restaurants in Miami. Olga Luganskaja hieß jetzt Filippowa, war Psychiaterin und Doktor med. Sie hatte zwei Kinder, Andrej und Katja, ihr Mann Alexander war Historiker. Und bei ihm selbst, Dima Solowjow, stand auch alles bestens: Leitender Ermittler für Kapitalverbrechen, zweimal geschieden, sein siebzehnjähriger Sohn Kostik beendete in diesem Jahr die Schule und wollte Jura studieren. Er lebte bei seiner Mutter und dem Stiefvater, besuchte den Vater am Wochenende und in den Ferien. Was noch? Eine intime Freundin, Ljuba. Graphologin. Schön und klug, achtundzwanzig Jahre alt, eine ausgezeichnete Köchin. Ihre Beziehung währte bereits das vierte Jahr, es war eigentlich an der Zeit, sie zu legitimieren.

»Heirate sie«, hatte Olga gesagt, als sie sich das letzte Mal trafen. Sie saßen in einem Café in der Neglinnaja und tranken Olgas geliebten Tokayer. »Heirate Ljuba. Sie ist wirklich in Ordnung.«

Du gibst mir noch Ratschläge? Ist dir klar, dass du mein ganzes Leben durcheinandergebracht hast?

Das hatte er natürlich nicht laut gesagt. Wozu?

»Das ist das Alter, Dima«, hatte Olga bei ihrer letzten Begegnung gesagt.

Er hatte geklagt, dass die Zeit neuerdings so raste, dass ihn außer der Arbeit nichts mehr interessierte und ihn nur noch Vergangenes rührte – alte Lieder, Filme und Bücher. Die Gegenwart dagegen ärgere ihn nur und erscheine ihm fremd und kalt.

»Vergrab dich nicht in der Vergangenheit«, riet Olga, »sonst bist du bald ein alter Nörgler.«

»Das bin ich schon. Hier, ich bin schon ganz grau.«

»Das steht dir. Und überhaupt, red nicht so viel vom Alter. Wir beide sind nämlich gleich alt.«

»Du siehst viel jünger aus, Olga.«

»Hm, ich bin eine jugendliche Alte. Schluss jetzt, Dima. Hör auf zu jammern. Sieh dir Guschtschenko an, der ist bald sechzig, aber er sprüht vor Intellekt und Energie.«

»O ja, der reinste Generator.«

Olga sah ihn traurig und zärtlich an. Sie stießen an und tranken ihren Tokayer aus.

Dima schaltete den alten Schlager ab und stieg aus dem Wagen. Vor ihm lag das düstere alte Institutsgebäude. Hier hatte sich nichts verändert. Schmutzige Fenster, dicke, rußgeschwärzte dunkelrote Backsteinmauern. Nur die Tür war jetzt aus Eisen und mit einem Codeschloss versehen, und der Zaun hatte keine Löcher mehr. Am Tor saß ein schläfriger Wachmann. Die Kinder aus der benachbarten Schule kamen bestimmt nicht mehr herein. Richtig, gut so. Sie sahen heutzutage schon genug Schreckliches.

Shenja Katschalowa lag auf dem nämlichen Tisch am Fenster. Der Gerichtsmediziner Andrej Korob saß daneben und aß einen Hamburger von McDonald's. Sein Mund war mit Ketchup beschmiert.

»Schwanger, siebzehnte Woche. Ein Junge«, erklärte Korob mit vollem Mund.

»Wer?«, fragte Solowjow.

»Na, ich nicht!«

»Moment mal, sie war doch noch ein Kind.«

Korob aß seinen Hamburger auf, trank die Cola aus und wischte sich die Lippen ab.

»Hier, das wollte ich dir zeigen.« Er zog Gummihandschuhe an, ging zum Seziertisch und fuhr durch das Haar des Mädchens. »Ich glaube, hier hat jemand mit einer Schere einen Zopf abgeschnitten. Siehst du das?«

»Ja.« Solowjow nickte.

»Und hier, ein großes Hämatom am Hinterkopf. Das heißt, jemand hat sie mit einem schweren stumpfen Gegenstand auf den Kopf geschlagen.«

»Hatte der Täter den Stein dabei? Oder hat er ihn zufällig aufgehoben?«

»Es muss nicht unbedingt ein Stein gewesen sein.« Korob schüttelte den Kopf. »Vielleicht war's auch ein Hammer, eine Hantel oder so. Ihr habt am Tatort nichts in der Art gefunden?«

»Nicht dass ich wüsste. Wir haben ein paar mittelgroße Pflastersteine mitgenommen und sie im Labor untersuchen lassen, aber die zeigen keine Spuren.«

»Vielleicht hatte er irgendwas Rituelles dabei? Eine kleine Götterfigur zum Beispiel? Die anderen drei hatten, wenn du dich erinnerst, auch Hämatome am Hinterkopf. Sieht doch sehr ähnlich aus, oder? Er schlägt sie nieder, erwürgt sie, zieht sie aus, übergießt sie mit Babyöl, vergewaltigt sie aber nicht. Auch bei den anderen dreien waren Haare abgeschnitten. Sonst fehlte nichts.«

»Diesmal fehlt ein Goldkettchen mit einem Saphiranhänger. Ein Geburtstagsgeschenk vom Vater.« Solowjow atmete tief ein und wandte sich ab.

»Ach ja!« Korob hob den Zeigefinger und runzelte die Stirn. »Bei den anderen dreien wurde auch keinerlei Schmuck gefunden. Aber ich bin sicher, sie haben welchen getragen. Die Ohren der Mädchen waren durchstochen, und sie hatten Piercinglöcher im Bauchnabel.«

»Shenja Katschalowa könnte die Kette schon vor der Begegnung mit ihrem Mörder verloren haben«, sagte Solowjow zögernd, den Blick starr auf einen Punkt gerichtet.

»Sie hat sie nicht verloren. Der Täter hat sie ihr abgenommen.«

»Und warum hat er die Ohrringe dringelassen? Sie sind immerhin aus Gold.«

»Aber ohne Steine.«

»Na und?« Endlich sah Solowjow Korob an und bemerkte dessen seltsam trauriges, nachdenkliches Gesicht.

»Weiß der Geier«, murmelte Korob nach einer langen Pause, klopfte sich eine Zigarette aus der Schachtel, fing sie geschickt mit dem Mund auf und ließ ein Feuerzeug klacken.

»Die teure Cartier-Uhr hat er auch nicht angerührt«, sagte Solowjow und griff ebenfalls zur Zigarette.

»Was soll er mit der Uhr?« Korob gab Solowjow Feuer. »Er raubt die Kinder nicht aus, er missbraucht sie nicht einmal. Er zieht sie nur aus, schlägt sie auf den Kopf und erwürgt sie. Er ist kein Raubmörder. Und kein Vergewaltiger. Er ist ein Missionar. Er hat eine Mission. Deine Filippowa hat recht.«

Die letzten Worte murmelte Korob leise vor sich hin. Solowjow antwortete nicht darauf. Eine Weile rauchten sie schweigend, ohne sich anzusehen. Schließlich sagte Korob: »Dima, es ist wieder derselbe.«

»Wer?«

»Moloch. Was siehst du mich so an?«

Der Serienmörder, der anderthalb Jahre zuvor mehrere Kinder getötet hatte, lief bei ihnen dank Olga Filippowa unter dem Namen Moloch. Ihrer Hypothese war damals niemand gefolgt, aber der Spitzname war haftengeblieben.

Olga hatte im Internet einen Pornographen mit dem Pseudonym Mark Moloch entdeckt und behauptet, der habe irgendwie mit den Morden zu tun. Natürlich hatten sie versucht, den Mann ausfindig zu machen, doch die Website war im Ausland registriert. Sie hatten es in Chatrooms versucht, sich mit Moloch verabredet und einen verdeckten Ermittler als Käufer von Kinderpornos auftreten lassen, aber der Verkäufer war zum Treff nicht erschienen. Anschließend hatte sich ein Spezialteam für Internetkriminalität noch eine Zeitlang mit ihm beschäftigt, leider ohne Erfolg.

Moloch brachte seine Produktion noch immer an den Mann, genau wie Tausende anderer dieser Bastarde, die Kinderpornos produzierten. Russland lag mit der Anzahl der Pornoseiten nach den USA weltweit an zweiter Stelle. Die im Internet angebotenen Videos und Kinder wurden von Pädophilen aus England, Frankreich und Italien nachgefragt. Sogar aus Amerika kamen Interessenten, weil Kinderpornographie in Russland billiger und risikofreier zu haben war.

»Deine Filippowa hat von Kinderpornographie gesprochen, erinnerst du dich? Und darauf verweist ein weiteres Detail: Die Schamhaare des Mädchens waren genau wie bei den vorigen Kindern vollkommen abrasiert. Durchaus möglich, dass die Kinder tatsächlich mit Pornoproduktionen zu tun hatten. Hast du sie angerufen?«

»Wen?«

»Olga. Ich an deiner Stelle würde es tun.«

»Wozu? Sie befasst sich nicht mehr damit.«

»Schade. Die meisten Psychiater sind Langweiler, aber sie hat Phantasie. Die Arbeit mit ihr war interessant.«

Mark nahm heimlich den fremden Apfelsaft aus dem Nachtschrank, riss mit den Zähnen die Ecke der Tüte ab und trank. Beim Frühstück hatte er nichts angerührt, nur dagesessen und zugeschaut, wie die Verrückten ihr Essen herunterschlangen. Dann war er ins Zimmer zurückgekehrt, hatte sich auf sein Bett gelegt, den Kopf ins Kissen gepresst und wehmütig an die Schweinerippchen, den Rucola-Salat und die Karamellcreme gedacht – wie gut hatte er in dem stillen Restaurant »Parus« gegessen! Nicht einmal die Gegenwart des dreisten Beschatterpärchens hatte ihm den Appetit verdorben.

Sie hatten ihn nicht von seinem Haus an verfolgt, sondern von den Orten, an denen er sich mit seinen Kunden traf, vom Kulturpark und vom Weißrussischen Bahnhof. Woher kannten sie Zeit und Ort? Hatten sie sein Telefon abgehört? Nein, er rief seine Kunden grundsätzlich von Münztelefonen auf der Straße an. Waren sie von der Miliz? Nein, die ging anders vor, die mimte den Käufer und verhaftete einen dann auf frischer Tat.

Einmal wäre er um ein Haar auf diese Weise aufgeflogen. Er war zu einem Treff gegangen, hatte den Kunden von weitem eine Weile beobachtet und ihn ziemlich schnell als Bullen identifiziert. Der Mann, der auf ihn wartete, sah zu gesund und gelassen aus. Wie ein Kerl mit völlig normalen sexuellen Interessen. Ein echter Pädophiler war nervös und feige, besonders beim ersten Treffen. Und schaute vor allem keinen hübschen Frauen nach.

Mark konnte noch rasch in der Metro verschwinden, ehe der falsche Kunde ihn entdeckte.

Seitdem war Mark vorsichtiger. Bevor er sich mit einem potentiellen Kunden traf, verhandelte er im Chatroom ausführlich mit ihm, analysierte Satzbau, Lexik und emotionale Spannung. Am Treffpunkt beobachtete er den Interessenten lange und machte sich beim geringsten Verdacht aus dem Staub. Alles lief bestens. Ohne den kleinsten Reinfall.

Und nun, nach fast zwei Jahren, wurde er regelrecht gejagt, von allen Seiten eingekreist. Das waren nicht die Bullen, dahinter steckte jemand anders.

Sein Nachbar war zurück, setzte sich auf sein Bett und murmelte: »Ich kann nicht mehr, ich kann nicht mehr, ich kann nicht mehr!«

Er hieß Nikonow. Mark wusste inzwischen, dass er Wissenschaftler war, sogar Akademiemitglied, irgendwas mit Landwirtschaft. Er hatte sich vor kurzem scheiden lassen und seine Sekretärin geheiratet, eine üppige Blondine namens Natascha, zwanzig Jahre jünger als er.

Mit seinen beiden erwachsenen Kindern war er zerstritten, selbst die Enkel hatten keinen Kontakt mehr zu ihm. Aber er brauchte auch niemanden außer Natascha.

»Natascha«, sagte er immer wieder, »mein Mädchen, meine Schöne.«

Und dann jammerte er wieder: »Ich kann nicht mehr, ich kann nicht mehr, ich kann nicht mehr!«

Mark hielt sich die Ohren zu. Er hätte schrecklich gern heiß geduscht, sich die Zähne geputzt, einen starken Kaffee getrunken und eine Zigarette geraucht. Nach ein paar Minuten hallte es in seinem Kopf in Endlosschleife, wie auf einer kaputten CD: »Ich kann nicht mehr, ich kann nicht mehr, ich kann nicht mehr!« Dabei war der alte Nikonow längst verstummt und auf den Flur hinausgegangen.

Fünftes Kapitel

Könnte man doch eine Linie ziehen von einem Zeitpunkt B zu einem Zeitpunkt A und auf dieser Linie wie auf einem Seil zurückkehren zu der Person, die man vor zwanzig Jahren war! Olga stellte sich das langsame Gleiten über dem geheimnisvollen Abgrund lebhaft vor. Ihr schwindelte, ihre Arme zuckten, als wollten sie sich heben, sich ausbreiten, um die Balance zu halten.

Hör auf! Du hast schon graue Haare, Schluss mit dem Seiltanz. Du willst wieder zwanzig sein? Wie sagt deine vernünftige Mutter immer? »Überlege, was du in diesem Augenblick willst, und dann tu genau das Gegenteil.«

»Hören Sie mich, Olga?«

Doktor Filippowa schüttelte energisch den Kopf, zupfte ihren Kittelsaum zurecht und trank ihren inzwischen kalten Kaffee aus. Sie saß im Büro des Chefarztes.

Der Chefarzt, ein untersetzter, brünetter Fünfzigjähriger, sah mürrisch an ihr vorbei. Seine buschigen Augenbrauen standen nach allen Seiten ab. Die Bartstoppeln auf Kinn und Wangen schimmerten bläulich. Aus seiner Nase ragte ein langes dickes Haar, gewellt wie ein Fragezeichen. Unter seinem

Kittel sah Olga den V-Ausschnitt eines dunklen Pullovers, den er auf dem nackten Oberkörper trug – anstelle eines Hemdkragens quoll dichtes schwarzes Haar aus dem Ausschnitt.

Er hat wieder mal Streit mit seiner Frau, konstatierte Olga.

Wenn bei ihm zu Hause Frieden herrschte, hing kein Fragezeichen-Haar aus seiner Nase, das riss seine Frau ihm aus. Und unter dem Pullover trug er dann stets ein sauberes Hemd.

Olga balancierte in Gedanken noch immer über dem geheimnisvollen Abgrund. Der Weg von B nach A erschien ihr verdächtig kurz und leicht. Am Punkt A war sie zwanzig Jahre alt, und ab hier konnte sie noch einmal neu anfangen, ihrem nachfolgenden Leben eine andere Richtung geben. Die vielleicht falsch war und krumm, aber wer sagte denn, dass alles immer richtig und gerade sein musste?

Überlege, was du im Augenblick willst, und dann tu genau das Gegenteil.

Jedesmal, wenn Olga nach ihrem eigenen Willen handelte, fühlte sie sich schuldig. Richtete sie sich dagegen nach ihrer Mutter, war sie unglücklich. Zwei Extreme. Dazwischen war ein Seil gespannt. Die Kunst bestand darin, darüberzulaufen, ohne herunterzufallen.

»Olga, ich frage Sie noch einmal: Sind Sie sicher, dass Sie den Aufsatz von Herrn Iwanow gründlich genug gelesen haben?«

Der Chefarzt hatte schlechte Laune. Außer dem Streit mit seiner Frau hatte er noch andere Probleme, für ihn offenbar weit ernstere.

»Ja, ich habe ihn gelesen und dem Verfasser zurückgegeben.«

Der Verfasser saß dabei. Ein schlaffer junger Mann mit dem Gesicht eines überfütterten Säuglings und blauen Puppenaugen. An seinem Handgelenk prangte eine große, brillantbesetzte goldene Uhr. Er hieß Jegor Iwanow. Als der Chefarzt ihn Olga vor zehn Tagen vorstellte, hatte er ihr ins Ohr geflüstert, Iwanow heiße er nach seiner Mutter, sein Vater sei … Dann hatte sich der Chefarzt besonnen und ihr den Namen des Vaters nicht genannt. Nur, dass es ein sehr, sehr einflussreicher Mann sei, so viel wie ein Oligarch, aber keiner von denen, die heutzutage eingesperrt wurden.

Anschließend hatte er Olga eine dünne Mappe überreicht und erklärt, sie enthalte einen fundamentalen Aufsatz von diesem Iwanow, der bereits promoviert habe, nun an seiner Habilschrift arbeite und für die Zulassung zur Verteidigung eine gewisse Anzahl gewichtiger Publikationen brauche. Doktor Filippowa sei mit dem von ihm gewählten Thema bestens vertraut, und ob sie nicht so liebenswürdig sein wolle, dem begabten jungen Kollegen bei der Zusammenstellung des Faktenmaterials zu helfen, das er nicht nur für seinen Aufsatz, sondern auch für die Habilschrift brauche.

Das Thema war Olga in der Tat vertraut: Das depressiv-paranoide Syndrom vor dem Hintergrund zerebral asthenischer psychopathogener Zustände. Der Text, den sie las, war ein Konglomerat aus Zitaten ohne Anführungszeichen und ohne den kleinsten Quellenverweis.

Olga wollte dem Chefarzt umgehend sagen, dass dies keineswegs ein wissenschaftlicher Aufsatz sei, dass der Verfasser keinen Schimmer habe, nicht nur von diesem Thema, sondern überhaupt von Psychiatrie, und dass sie sich nicht vorstellen könne, wie er zu seinem Doktortitel gekommen sei. Doch der Chefarzt war zu einem Symposium gefahren. Also tat Olga nur eines: Sie setzte Anführungszeichen und vermerkte in den Fußnoten die Namen der Autoren, bei denen Iwanow sich bedient hatte – das war zum Glück nicht weiter schwierig. Der begabte junge Verfasser hatte nämlich ohne viel Federlesens nur eine einzige Quelle benutzt, ein Lehrbuch der Gerichtspsychiatrie für Medizinstudenten.

Nach einigen Tagen rief der Sohn des Oligarchen sie um neun Uhr abends zu Hause an. Der begabte junge Kollege erwischte Olga im ungünstigsten Moment. Ihre Tochter verlangte, dass sie ihren Englischaufsatz durchsah, ihr Mann erzählte gerade von einem Skinheadüberfall in der Metro, dessen Zeuge er auf dem Heimweg geworden war, und der Sohn brauchte dringend und sofort das Telefon. Olga selbst briet gerade Fisch.

»Haben Sie meinen Aufsatz gelesen?«, fragte Iwanow.

»Ja.«

»Haben Sie für mich Beispiele aus der Praxis herausgesucht?«

Olga verschluckte sich beinahe angesichts von so viel Frechheit, entschied aber, dass sie sich jetzt lieber nicht in lange Gespräche einließ, sonst würde der Fisch anbrennen, und bestellte den jungen Kollegen für den nächsten Tag in die Klinik.

Am nächsten Morgen erschien ein hübsches Mädchen, erklärte, Jegor habe sie geschickt, und holte die Mappe ab. Dann kam der Chefarzt vom Symposium zurück und rief Olga zu sich.

»Ich verstehe nicht, was Sie mir hier reingeschrieben haben«, sagte Iwanow. »Ich habe kein einziges Beispiel aus der Praxis gefunden.«

»Und ich verstehe nicht, wovon hier überhaupt die Rede ist. Sie benutzen einfach fremde Texte und machen sich nicht einmal die Mühe, zu überlegen, ob sie etwas mit Ihrem Thema zu tun haben. Ganz zu schweigen davon, dass man Zitate normalerweise in Anführungszeichen setzt und die Quellen angibt. Genau das habe ich getan. Ihre einzige Quelle ist ein Hochschullehrbuch der Gerichtsmedizin.«

Während sie sprach, balancierte sie noch immer über die unsichtbare Linie von B nach A. Sie dachte an ihren ehemaligen Mitschüler Dima Solowjow.

Ich muss Solowjow anrufen und ihm von dem Karussellfahrer erzählen. Außer Dima hat mir vor anderthalb Jahren niemand geglaubt, und auch jetzt wird mir niemand glauben. Niemand außer Dima.

Die Fingerabdrücke des Karussellfahrers wurden zur Zeit durch das Suchsystem des Innenministeriums geschickt. Doch ohne Solowjows Einmischung würde diese Überprüfung mindestens einen Monat dauern. Dima könnte das Ganze beschleunigen. Obwohl das kaum etwas bringen würde. Doktor Filippowa war überzeugt, dass der Karussellfahrer nicht vorbestraft war und seine Fingerabdrücke nicht registriert waren.

»Ja«, sagte der Chefarzt, nickte, und das Fragezeichenhaar in seiner Nase zitterte, »die Arbeit ist natürlich noch roh, ein Entwurf gewissermaßen, aber gerade darum habe ich mich ja an Sie gewandt, Olga. Ich habe erwartet, dass Sie als erfahrene Ärztin dem jungen Kollegen helfen. Er braucht für seine Habilschrift Beispiele aus der Praxis, ohne sie kann er die Generallinie seiner Untersuchung nicht ausarbeiten.«

Die beiden wollten also, dass Doktor Filippowa dem Oligarchensohn erst den Aufsatz und dann die Habilarbeit schrieb. Wie viel mochte der junge Kollege dem Chefarzt dafür gezahlt haben? Und wie viel beabsichtigte Iwanow wohl für sie lockerzumachen? Wie es aussah, erst einmal gar nichts. Diese beiden klugen, nüchternen, tüchtigen Männer hielten sie für eine Idiotin.

»German, warum helfen Sie dem jungen Kollegen nicht, seine Generallinie auszuarbeiten?«, fragte sie sanft.

»Ach Olga, Sie wissen doch, ich bin eher ein Manager. Mein Terrain ist seit langem weder die Wissenschaft noch die Praxis. Außerdem habe ich absolut keine Zeit.«

»Aber ich.« Sie lächelte breit. »Ich habe einen Haufen Zeit, ich weiß gar nicht, wohin damit. Entschuldigen Sie, ich muss jetzt gehen. Alles Gute.« Sie stand auf und verließ das Büro.

Sie war sich sicher, dass der Oligarchensohn sie, kaum war sie zur Tür raus, übel beschimpfen und dass der Chefarzt ihm dienstbeflissen anbieten würde, einen anderen kostenlosen wissenschaftlichen Idioten für ihn aufzutreiben.

Na ja, dafür habe ich es hier wenigstens nicht mit Triebtätern, Vergewaltigern und Serienmördern zu tun, tröstete sich Olga, während sie durch den Klinikpark zu ihrer Station eilte.

Am Mittwoch hatte der Lehrer mit Shenja gesprochen. Am Donnerstag war sie nicht in die Schule gekommen, auch am Freitag nicht. Am Sonntag entschloss sich Rodezki, sie auf ihrem Handy anzurufen. Sie sagte, sie könne jetzt nicht reden und würde später anrufen – im Hintergrund hörte Rodezki Lärm und Lachen. Er wartete. Sie rief nicht zurück. Er wählte nochmals ihre Nummer.

»Na schön. Sagen wir um halb zehn im Park hinter dem Kasino. Sie wissen, wo das ist?«

Er sah sie schon von weitem und bemerkte, dass sie weit jünger aussah, als sie war. Höchstens wie zwölf.

»Also, da bin ich. Aber beeilen Sie sich bitte, ich habe wenig Zeit.«

»Shenja, wie konnte dir nur so etwas passieren? Wurdest du gezwungen? Wirst du bedroht oder erpresst? Brauchst du Hilfe?«

»Ich weiß nicht, wovon Sie reden …«

Sie schien noch aufgeregter als er, sie sprach sehr leise, leckte sich dauernd nervös die Lippen und platzte schließlich heraus: »Haben Sie unsere Aufsätze schon durchgesehen? Da …«

»Wie kommst du jetzt auf die Aufsätze? Nein. Deinen habe ich noch nicht durchgesehen.«

Ganz in der Nähe hupte ein Auto. Zweimal kurz, einmal lang.

»Nein? Wirklich nicht?« Sie atmete erleichtert auf, dann schaute sie in die Richtung, aus der das Hupen gekommen war.

»Wissen Sie, ich … Ich hab es gerade furchtbar eilig.«

Sie wollte weglaufen, aber Rodezki griff nach ihrem Arm.

»Shenja, du lässt dich in Kinderpornos filmen.«

»Was?« Sie riss sich von ihm los.

»Du hast mich sehr gut verstanden. Ich habe dich gesehen. Im Internet, auf der Website von Mark Moloch.«

Erneut wurde gehupt, zweimal kurz, einmal lang. Shenja schaute in die Richtung, wo zwischen den kahlen dunklen

Büschen Scheinwerfer leuchteten. Sie trat nervös von einem Fuß auf den anderen, ungeduldig wie ein angebundenes Fohlen.

»Sie spinnen ja. So ein Schwachsinn. Aber Sie kucken sich also Pornoseiten an, ja? Gefällt Ihnen wohl, wie?«

Das Licht einer Straßenlaterne blendete ihn, er konnte ihr Gesicht nicht sehen. Aber ihre Stimme klang gemein und schrill. Sie war natürlich nervös und furchtbar wütend.

»Nein, Shenja. Mir gefällt so etwas nicht. Ich bin zufällig auf die Seite gestoßen.«

»Sie irren sich.« Sie flüsterte nervös, beinahe hysterisch. »Sie stehen einfach auf kleine Mädchen, trauen sich aber nicht. Kein Wunder! Sie als Verdienter Lehrer, ein hochgeachteter Mann, der Stolz der Schule. Mir ist übrigens schon längst aufgefallen, wie Sie mich immer anstarren. Viele Pädophile sind Lehrer, sie suchen sich extra einen Beruf, wo sie mit Kindern zu tun haben!«

Erneutes Hupen. Die Scheinwerfer hinter dem Gebüsch wurden aufgeblendet. Shenja warf einen raschen Blick in die Richtung, wo das Auto stand, dann einen auf den alten Lehrer. Sein Herz schlug immer heftiger, der Schmerz zog sich bis in den linken Arm. Außerdem bekam er einen Asthmaanfall. Er hustete und griff nach dem Spray in der Tasche.

»Sie bestellen mich zu Nachhilfestunden zu sich nach Hause. Sie leben allein. Was meinen Sie, was los ist, wenn ich in der Schule das Gerücht verbreite, dass Sie mich belästigt haben?«

»Aber das ist eine Lüge, Shenja! Schämst du dich denn gar nicht?« Seine Stimme klang klagend und lächerlich. »Ich wollte dir doch nur helfen. Ich habe nicht die Miliz informiert, auch nicht die Schule, ich habe nicht einmal deine Mutter angerufen. Ich habe dir eine Chance gegeben …«

»Sie wissen ja, wer mein Vater ist. Er macht Sie fertig.«

Das Auto hupte erneut, laut und beharrlich. Shenja schrak zusammen, schaute sich um und rannte aus dem Park.

»Sie haben sich geirrt, klar? Und lassen Sie mich endlich in Ruhe! Alter Kinderschänder!«

Das waren ihre letzten Worte.

Rodezki sank auf eine Bank. Die Herzschmerzen wurden immer unerträglicher. Er hörte jenseits des Parks eine Autotür zuschlagen, dann wurde der Motor angelassen, und die Lichtkegel der Scheinwerfer huschten durch das Gebüsch.

Vielleicht habe ich mich ja wirklich geirrt, dachte er, mit offenem Mund krampfhaft nach der eiskalten Abendluft schnappend.

Er blieb sitzen, bis die fremde ältere Frau ihn ansprach und nach Hause brachte. Schade, dass er sie nicht nach ihrem Namen gefragt hatte.

Sechstes Kapitel

»Nikolai, Ihre Frau hat dreimal angerufen, außerdem jemand von der Bank, wegen der Werbung. Und Lawrentjew, er wollte wissen, ob es bei dem Termin heute bleibt. Ich habe es bestätigt. Sie sind in einer Viertelstunde hier.« Die Sekretärin lächelte und klapperte mit den getuschten Wimpern. »Möchten Sie einen Tee?«

»Nein danke, Nastja. Sonst hat niemand angerufen?«

»Ich glaube nicht.« Sie runzelte die Stirn und blätterte im Schreibtischkalender. »Nein, sonst niemand. Erwarten Sie einen bestimmten Anruf?«

Er winkte nur wortlos ab und verschwand hinter der Doppeltür, in seinem Büro. Hier fühlte er sich wohler als zu Hause. Hier musste er sich nicht ständig anstrengen und die Rolle des treuen Ehemannes spielen. Hier war alles so, wie er es mochte. Ein riesiger Tisch aus dunklem Holz in T-Form, Ledersessel, dunkelbraun wie Bitterschokolade, und hinter einer Wand aus Rankenpflanzen eine Ecke zum Ausruhen und für inoffizielle Gespräche.

Nikolai zog die Jacke aus und hängte sie auf einen Bügel im

Schrank. Mechanisch strich er sich vorm Spiegel das kurze graue Haar glatt. Sein Spiegelbild gefiel ihm nicht – geschwollene Tränensäcke, düsterer, gehetzter Blick.

Er hatte heute nicht gefrühstückt. Er war um sieben aufgestanden, hatte rasch geduscht, sich angezogen, seiner Frau gesagt, er wolle im Büro frühstücken, und war, statt sich von seinem Chauffeur abholen zu lassen, in seinen eigenen Wagen gestiegen und anderthalb Stunden durch die Stadt gefahren. Ein Versuch, sich selbst etwas vorzumachen. Er schaltete das Radio ein, hörte die Börsennachrichten und erstellte daraus nach alter professioneller Gewohnheit sogar im Kopf Prognosen. Aber nichts half. Es zog ihn unweigerlich in eine stille Straße im Bezirk Sokolniki, zu einem neungeschossigen Plattenbau.

Er sollte dort nicht auftauchen. Das war dumm und gefährlich. Als er in einem kleinen Stau auf dem Komsomolski-Prospekt stand, sagte er sich, er würde an der nächsten Kreuzung wenden, in Richtung Zentrum steuern, vor einem ruhigen teuren Café halten, ordentlich frühstücken und dann ins Büro fahren. Er war sicher, dass er das tun würde, tat jedoch genau das Gegenteil. Als sich der Stau auflöste, fuhr er weiter und kam erst in der bewussten Straße zu sich.

»Es ist vorbei«, murmelte er, die trockenen Lippen kaum bewegend. »Ich bin frei. Ich bin geheilt. Das war doch eine Krankheit. Zwei Jahre gefährlicher Geistesverwirrung. Zwei Jahre krankhafter Liebe, voller Risiken, strikter Konspiration und unermesslichen Glücks. Shenja, Shenetschka, mein Leben, mein Tod, mein zynisches kleines Luder.«

Fast drei Stunden saß er im Auto, hinter den getönten Scheiben, dem Haus gegenüber, und beobachtete den Eingang. Der schmuddelige Plattenbau, die Eisentür voller Graffiti, die kaputte Wechselsprechanlage, selbst die Luft in der Straße – alles hatte mit ihr zu tun, war durchtränkt von ihrem Atem, erfüllt vom Echo ihrer Stimme, von ihren leichten, raschen Schritten.

Ein Minibus der Miliz fuhr vor und parkte hinter einem schwarzen Dienstwolga. Drei Männer in Zivil stiegen aus und verschwanden im Haus.

Es sind rund vierzig Wohnungen, sagte er sich, die Miliz kann zu sonst wem wollen.

Seine Frau rief an, er war verwirrt und erschrocken, als könne sie aus seiner Stimme etwas heraushören. Doch der Anruf brachte ihn zur Besinnung, als hätte ihm jemand einen Eimer kaltes Wasser über den Kopf geschüttet. Er fuhr ins Büro.

Die Vertreter der Presseabteilung des Politikers Lawrentjew, des Chefs der Duma-Fraktion von »Vaterland«, erschienen fünf Minuten zu früh. Nikolai war noch nicht so weit, hatte sein Gesicht noch nicht voll unter Kontrolle, und deshalb galt die erste Frage der Besucher seiner Gesundheit.

Sie waren zu zweit; ein kleiner schnauzbärtiger Glatzkopf und eine große, schlanke Frau, die aussah wie ein gealtertes Model. Sie erkundigte sich teilnahmsvoll nach seiner Gesundheit und hielt bei der Begrüßung seine Hand ein wenig länger fest als üblich. Solche Frauen mochten ihn, auch seine Ehefrau gehörte zu diesem Typ.

Der Politiker Lawrentjew bereitete sich auf die Wahlen vor.

Bei so großen Aufträgen verhandelte der ehemalige Diplomat und jetzige Vorstandschef der Aktiengesellschaft Media-Prim Nikolai Sazepa persönlich mit den Kunden. Zu einer Wahlkampagne gehörte auch indirekte Werbung in Hochglanzmagazinen mit Millionenauflage. Interviews, Doppelseiten mit Farbfotos der Familie, offenherzige Gespräche über Liebe, Freundschaft und kulinarische Vorlieben. Der Politiker und die Kinder. Der Politiker und die Alten. Der Politiker im Wald, in der Natur, in einer Fabrikhalle, bei Melkerinnen im Kuhstall.

»Wissen Sie, unsere Konkurrenten haben eine Serie gemeiner Lügen abgedruckt, sie werfen Lawrentjew sonstwas vor, von Schmiergeldern in Millionenhöhe bis zu Kindesmissbrauch.«

»Ach?« Sazepa wurde lebhaft. »Kindesmissbrauch? Gibt es denn dafür Beweise? Ich meine, haben sie was fabriziert?«

»Schön wär's!« Die Dame seufzte und verdrehte vielsagend die Augen. »Dann könnten wir gerichtlich gegen sie vorgehen. Aber sie bedienen sich der bewährten alten Methode der Verbreitung nebulöser Gerüchte. Lauter Andeutungen, nichts als Andeutungen, dagegen sind unsere Juristen machtlos. Andeutungen und Gerüchte sind nicht justitiabel.«

Die Dame hieß Mascha. Sazepa begriff plötzlich, dass er es mit der berühmten Mascha Bojegolowka zu tun hatte; sie war tatsächlich Model gewesen und nun PR-Beraterin, beförderte den Aufstieg vieler demokratischer Politiker. Vor Lawrentjew hatte sie Kusnezow betreut, davor Kudrjasch. Und vor rund fünfzehn Jahren war sie die Geliebte des Oligarchen Schwarz gewesen.

»Wir müssen zurückschießen, gezielt und durchdacht.« Mascha drehte an dem Brillantring am Mittelfinger, strich sich das Haar glatt, klapperte mit den Wimpern, schaute auf Sazepas Lippen und leckte sich unauffällig die ihren.

Ach, hätte mein Mädchen doch nur einmal ein so offenes weibliches Interesse an mir bekundet, dachte er. Mein Sonnenschein leckte sich nur bei Eis und großen Euroscheinen die Lippen. Mein heißgeliebtes kleines Dreckstück war schon mit ihren dreizehn Jahren gerissener und kaltblütiger als die erfahrene, in die Jahre gekommene Schönheit Mascha es ist. *Generation Next.* Keinerlei Komplexe, keine moralischen Schranken. Offene, schamlose Berechnung und höllischer, unglaublicher Zynismus. Ich würde zu gern mal einen Blick darauf werfen, wie sich Herr Lawrentjew heimlich mit kleinen Mädchen vergnügt. Oder bevorzugt er Knaben? Das mit den Schmiergeldmillionen ist die reine Wahrheit, darauf wird er nur nicht festgenagelt, weil diejenigen, die das gern täten, selber Schmiergelder nehmen. Und bei Kindesmissbrauch ist sowieso Pumpe. Deswegen wurde in Russland noch kein ernstzunehmender Politiker verhaftet, und das wird sich auch in den nächsten hundert Jahren nicht ändern. In Europa und Amerika laufen ständig Prozesse. Parlamentsabgeordnete, Minister, Generäle und Bischöfe müssen sich wegen Pädophilie verantworten. Bei uns dagegen herrscht Funkstille. Ab und zu schnappen sie mal einen kleinen Perversen, einen verwahrlosten Obdachlosen, zeigen ihn im Kriminalreport im Fernsehen, sperren ihn kurz ein und lassen ihn gleich wieder laufen. Seriöse Männer landen bei uns wegen so was nicht hinter Gittern. Allerdings gibt es außer dem Gefängnis noch viele andere mögliche Unannehmlichkeiten.

Die Verhandlungen gingen ihren Gang. Die Sekretärin brachte Kaffee. Der Glatzkopf schwieg, entnahm seiner Aktentasche auf Maschas Kommando Papiere und reichte sie Sazepa. Mascha machte eine durchsichtige Andeutung in Richtung »schwarze PR«, bot dafür eine unanständig geringe Summe und erwartete seine Gegenforderung.

Aus der Ferne, wie von einem anderen Planeten, ertönten leise ein paar Takte aus Vivaldis »Jahreszeiten« – das war eins von Sazepas Handys. Es steckte in seiner Jackentasche, er musste sich also entschuldigen, aufstehen und den Schrank öffnen.

»Wir haben ihn verloren«, teilte eine heisere Frauenstimme mit.

»Wo?« Sazepa warf einen Blick auf Mascha, die aufmerksam lauschte und ihn beobachtete.

»Im Kulturpark.«

Im Kulturpark … Was für ein seltsamer, geradezu mystischer Zufall, dachte Sazepa und sagte zerstreut: »Gut.«

»Klar, besser geht's gar nicht.« Die Frau am anderen Ende lachte sarkastisch.

»Wir reden später darüber. Ich habe Leute hier.«

Sazepa schaltete das Telefon aus, ging an den Tisch zurück, setzte sich und schenkte seinen Besuchern zum ersten Mal ein freundliches Lächeln.

»Mascha«, sagte er ruhig und sanft, »Sie wissen genau, dass so ein Auftrag weit mehr kostet.«

Der Krankenhauspark lag in strahlender Sonne. Sie war unvermittelt aus einer nassen, samtigen Wolke aufgetaucht, blendend und kalt. Die kahlen Linden und Pappeln, die Schneewehen am Rand der Allee, die Allee selbst – alles war mit einer durchsichtigen Eisglasur überzogen und glitzerte in der Sonne wie Kristall. Bevor Doktor Filippowa in ihr Gebäude ging, setzte sie sich auf eine Bank, zündete sich eine Zigarette an, nahm ihr Telefon aus der Tasche und wählte die Nummer des Kriminalisten Solowjow. Sein Handy war ausgeschaltet.

He, warum bist du so nervös? Ist doch egal, was vor zwanzig Jahren zwischen euch war. Ihr seid inzwischen beide erwachsen, beinahe alt. Ihr habt vor kurzem eine Weile zusammengearbeitet, habt versucht, ein Ungeheuer zu fassen. Nur manchmal, wenn ihr abends allein wart, seid ihr beide erstarrt, und jede Gesprächspause hätte wer weiß wie enden können. Ein Glück, dass ihr beide so beherrscht und vernünftig seid. Du hast einen Mann und zwei Kinder. Du solltest dich schämen! Es geht doch jetzt nicht um dich und Dima. Es geht um das Mädchen, das im Wald an der Landstraße gefunden wurde, und um deinen unbekannten Patienten, den Karussellfahrer.

Olga trat die Zigarette aus und lief, den gefrorenen Pfützen ausweichend, zu ihrem Gebäude.

Die Sonne war wieder verschwunden, und sofort wurde es dunkel und roch nach Frost. Stechende Körner flogen Olga ins Gesicht, nicht Regen, nicht Schnee. Dort oben im Himmel mahlte jemand in einer riesigen Mühle Eisblöcke und streute sie nervös über der Erde aus.

Man kann keine Gerade von B nach A ziehen. Die beiden Punkte liegen in verschiedenen Dimensionen. Man kann nicht zu sich selbst mit zwanzig zurückkehren und sagen: »Was tust du da, besinn dich! Das wirst du dir nie verzeihen.«

Wieder in ihrem Sprechzimmer, konnte Olga sich lange nicht aufwärmen. Was für ein verquerer Vormittag. Sie wäre jetzt gern allein gewesen, um ihre Gedanken zu ordnen und endlich Dima anzurufen. Aber wie zum Trotz hatte sie keine Minute Ruhe.

»Sagen Sie, Olga, gibt es denn irgendeine Hoffnung, dass er wieder gesund wird?«

Auf der Liege in ihrem Zimmer saß eine hagere, erschöpfte Frau um die sechzig und sah sie an, als könne Doktor Filippowa einen Zauberstab aus der Schublade holen, ihn schwingen, und der kranke Mann dieser Frau wäre wieder jung und gesund.

»Wir stabilisieren ihn mit Medikamenten, aber vollständig heilen können wir Ihren Mann nicht.«

»Kann ich ihn mit nach Hause nehmen?«, fragte die Frau.

»Frühestens in einer Woche.«

»Was bringt die eine Woche? Wie viele Wochen hat er überhaupt noch? Hören Sie, er arbeitet doch, er beantwortet Briefe, man fragt ihn um Rat, schickt ihm Bücher und Aufsätze zum Rezensieren. Er ist ein Wissenschaftler von Weltrang. Und Sie sagen, sein Gehirn stirbt ab. Er hat Tausende Formeln im Kopf, arbeitet am Computer, liest und schreibt in drei Sprachen.«

»Die beruflichen Kenntnisse und Fähigkeiten verschwinden als Letztes«, sagte Olga.

»Na also! Das heißt, er kann noch arbeiten!«

»Arbeiten ja. Aber ohne ständige Aufsicht leben, sich im Alltag selbst versorgen, allein auf die Straße gehen – das nicht mehr. Sie selbst haben ihn zu uns gebracht«, erinnerte Olga die Frau.

»Ja, aber doch nur zur Untersuchung. Ich wollte mich überzeugen, dass mit ihm alles in Ordnung ist. Und Sie sagen mir, sein Gehirn stirbt ab, und es gibt keine Hoffnung.«

»Sie haben vierzig Jahre zusammengelebt. Sie haben zwei Kinder und drei Enkel. Sie lieben ihn, und er liebt sie. Ja, sein

Gehirn stirbt ab, und zwar unaufhaltsam. Wsewolod wird nach und nach wieder zum Kind. Darum braucht er Sie gerade jetzt mehr denn je«, sagte Olga rasch.

Aber die Frau schien sie nicht zu hören. Sie stand auf, öffnete die Tür und drehte sich noch einmal zu Olga um.

»Das Gehirn stirbt ab, ein unaufhaltsamer Prozess ... Mein Gott, warum seid ihr Ärzte so grausam? Wissen Sie, auch Sie werden einmal alt. Und dann wird irgendjemand so über Sie sprechen.«

Sie ging hinaus und knallte die Tür zu. Olga schloss die Augen und massierte sich die Schläfen.

Stimmt, ich werde auch einmal alt. Durchaus möglich, dass ich ebenfalls Arteriosklerose bekomme. Ich rauche, schlafe zu wenig und trinke literweise Kaffee. Ich bin freiwillig durch die Hölle gegangen, die ich jetzt gern vergessen würde. Die Grenze zwischen Gesundheit und Wahnsinn ist dünn, sie kann sich jederzeit auflösen, wie die Horizontlinie bei dichtem Nebel.

Olga stand auf, nahm die Zigaretten aus der Handtasche, öffnete das Fenster und zündete sich eine an, was sie in ihrem Sprechzimmer normalerweise nicht tat. Der Rauch stieg ihr in die Augen, ihre Wimperntusche zerlief. Sie ging mit einem Papiertaschentuch zum Spiegel. Doch sie sah darin nicht sich selbst, sondern das Gesicht des ersten Opfers, des Mädchens, das vor zwei Jahren ermordet worden war.

Weiches goldblondes Haar. Hohe helle Augenbrauen. Ein vollkommen kindliches Gesicht. Zu kindlich, um tot zu sein. Von jenen drei Opfern war sie die Jüngste gewesen. Höchstens zwölf. Die Zweite, rotblond und sommersprossig, war größer und rund zwei Jahre älter. Dann war ein Junge gefunden worden, im selben Alter wie die Rothaarige. Alle drei wirkten sehr zart und feingliedrig. Glatte, schlanke, gepflegte Körper ohne ein einziges Haar und ohne einen einzigen Pickel. Gepflegte Hände und Füße. Die Fingernägel der Mädchen lackiert. Professor Guschtschenko hatte Nabokov zitiert: »Zwei

Nympchen und ein kleiner Faun.« Das war für Olga der Anstoß gewesen, sich auf Pornoseiten im Internet umzusehen. Das und dass die Kinder nicht identifiziert werden konnten. Sie sahen nicht aus wie Obdachlose. Die neben den Leichen verstreuten Kleider waren neu und modisch, die Plomben in den Zähnen der Kinder aus teurem, ausländischem Material. Die Lippen des rothaarigen Mädchens waren mit Silikon aufgespritzt. Ein winziger kosmetischer Eingriff, aber nicht billig.

Ein Erwachsener musste sich um sie gekümmert haben, um ihre Gesundheit und ihr Äußeres. Aber er hatte es nicht für nötig gehalten, ihr Verschwinden zu melden oder zu reagieren, als über die Massenmedien landesweit nach jemandem gesucht wurde, der die toten Kinder identifizieren konnte.

Ich will vergessen. Ich will nie wieder in diese Hölle zurückkehren, dachte Olga und flüsterte: »Moloch. Du hast dich doch nicht beherrschen können. Du hast es wieder getan. Das ist deine Handschrift, nicht wahr? Die Abstände zwischen den ersten drei Morden waren nur kurz, du hast die drei innerhalb von sechs Monaten getötet. Normalerweise forcieren Psychopathen ihr Tempo, die Abstände werden immer kürzer. Aber du hast aufgehört, dich in deine Höhle verkrochen. Anderthalb Jahre keine einzige Leiche. Und nun dieses Mädchen. Du hast sie aus dem Netz gefischt, genau wie die drei anderen. Sie hat wie die drei in Pornofilmen mitgemacht. Du wolltest sie bestrafen. Oder vor ihrem sündigen Leben retten. Doch bei aller Vorsicht bist du bei deinem Ritual geblieben: Babyöl. Und diesmal noch ein Nuckel. Soll das heißen, dass du dich demnächst an Babys vergreifst?

Olga hatte einen ganz trockenen Mund; sie fand im Kühlschrank eine Flasche Wasser und trank einen Schluck daraus.

»Aber wir kriegen dich, du Bastard.« Olga kniff die Augen zusammen und schüttelte den Kopf. »Du bist ganz in der Nähe. Nein, du bist nicht der Karussellfahrer, das wäre zu einfach. Aber es gibt eine Verbindung zwischen euch.«

Die Tür ging auf, draußen stand eine Schwester.

»Olga, Sie werden auf der Frauenstation gebraucht, dringend. Dort wurde ein Mädchen aus der Unfallklinik eingeliefert, ein Selbstmordversuch. Achtzehn Jahre alt. Sie sollen sie untersuchen.«

»Ich kann nicht mehr, ich kann nicht mehr!«

Mark wusste nicht, ob er selbst das murmelte oder ob Nikonow seine Leier wieder aufgenommen hatte. Der Alte war aus dem Flur zurückgekommen, hatte sich aufs Bett gesetzt, den Kopf gesenkt und die Hände vors Gesicht geschlagen. Er konnte ewig so sitzen, vor sich hin murmelnd oder sich vor und zurück wiegend wie ein Pendel.

Mark rekapitulierte in Gedanken zum zehnten Mal die Ereignisse der letzten Tage.

Vor über einer Woche, wohl am letzten Sonntag, war Mark nach einem Treff mit einem Kunden zum Abendessen in ein Restaurant gegangen. Im Vorgefühl eines Erfolgs bekam er immer enormen Appetit. Er war sich sicher: Der große graubärtige Mann, der an einem trüben Tag eine Sonnenbrille trug, war ein potentieller Stammkunde. Er war sehr rasch bereit gewesen, vom passiven Betrachten zu aktiven Handlungen überzugehen. Mark hatte gesehen, wie er sich quälte, verzehrt von einer Leidenschaft, die in der modernen Zivilisation als schändlich, ja kriminell galt.

»Was mögen Sie lieber, Jungen oder Mädchen?«

Diese Frage stellte Mark stets gleich zu Anfang, bekam aber darauf nicht immer sofort eine Antwort. Seine Kunden waren schüchtern und verschlossen. Wenn sie sich mit ihm trafen, trugen sie dunkle Brillen oder klebten sich sogar einen Bart an. Der Bart von dem Kunden eben war bestimmt auch nicht echt. Aber die ganze Tarnung war beim Teufel, wenn sie den Wunsch äußerten, die Kinder kennenzulernen, die sie auf den Videos gesehen hatten. Solche Mädchen und Jungen wie Mark hatte keiner seiner Konkurrenten anzubieten.

Die meisten Pornoproduzenten benutzten Obdachlose, meist Flüchtlingskinder. Sie arbeiteten für Essen, Drogen und ein kurzzeitiges Dach überm Kopf und sahen jämmerlich aus. Zudem hatten sie oft AIDS, Syphilis, Läuse, Krätze und Tuberkulose. Dabei waren die meisten Pädophilen begüterte, gebildete Männer mit hohen ästhetischen Ansprüchen und stets sehr vorsichtig.

Mark lieferte exzellente Ware. Er hielt sich mit Recht für den Besten auf dem Kinderporno-Markt. Er arbeitete mit kleinen Profis, sie taten ihre Arbeit gern oder verstanden sich zumindest darauf, Lust vorzutäuschen. Er hatte sie alle selbst ausgebildet. Seinen Kunden garantierte er nicht nur Videos von höchster Qualität, sondern auch absolute hygienische Sicherheit, wenn sie den Wunsch nach unmittelbaren Kontakten äußerten.

Als Mark im gemütlichen Halbdunkel des Restaurants wunderbare gebratene Spanferkelrippchen aß, dachte er an den neuen Kunden. Ja, an diesem schüchternen Herrn würde er ordentlich verdienen, denn er bevorzugte Mädchen.

Ika und Shenja waren zuverlässiger als die Jungen. Sie verstanden sich darauf, einen Kunden an sich zu binden und ihn zu schröpfen. Die Jungen dagegen wurden schnell unsicher, besonders Stas, ein hübscher Halbwüchsiger, aber sehr nervös und dauernd mit seinen häuslichen Problemen beschäftigt. Wenn sein Vater mal wieder eine Saufphase hatte und die Mutter verprügelte, konnte Stas überhaupt nicht arbeiten. Einmal war er sogar einem Kunden weggelaufen. Hatte sich entschuldigt, er müsse nur einen Moment raus, und war nach Hause zu seiner misshandelten Mutter gerannt. Mark hatte sich bei dem Kunden entschuldigen und ihm einen Ersatz schicken müssen, Jegorka. Der war nicht so hübsch wie Stas und ein bisschen grob und primitiv, aber dafür fügsamer und gewissenhafter.

Der neue Kunde hatte sich für Shenja entschieden. Am Ende des Gesprächs hatte er ihr Foto von der Internetseite aus der Tasche gezogen, sich schüchtern geräuspert und erklärt, er würde dieses Mädchen gern kennenlernen. Mark hatte seine Wahl gebilligt und war erstaunt, als der Kunde sofort das Geld zückte – keinen Vorschuss, sondern die komplette Summe, und zwar gleich für zwei Treffen.

Der Rucola-Salat mit Roquefort, Oliven und geröstetem Knoblauchbrot war ausgezeichnet. Mit Behagen verzehrte Mark das Geld für Shenja. Er konnte sich jetzt viel mehr leisten als früher. Sein Geschäft florierte, er würde bald an eine Aufstockung seines Personals denken müssen. Die Kundentreffs und den Videoverkauf sollte jemand anders übernehmen. Das war der nervenaufreibendste Teil der Arbeit; dauernd glaubte er sich dabei verfolgt.

Vielleicht war er nur überlastet, und seine Wachsamkeit hatte sich zum Verfolgungswahn ausgewachsen.

Als Dessert bestellte Mark Karamellcreme. Er nahm das Minzeblatt von der mit Puderzucker bestreuten zarten, zitternden Pyramide, steckte es in den Mund und warf einen Blick auf ein Pärchen am Nebentisch. Nichts Auffälliges. Beide um die dreißig; eine stämmige falsche Blondine mit länglichem Gesicht in engen, perlen- und paillettenbestickten hellblauen Jeans und weißer Satinbluse, und ein kahlgeschorener, wohlgenährter, rundgesichtiger Mann in weiten Hosen aus weichem, beigem Flanell und einem weiten schwarzen Pullover. Sie waren kurz nach Mark ins Restaurant gekommen und hatten seinen Argwohn geweckt, weil er das Mädchen erkannte: Er hatte sie zwei Tage zuvor am Belorussischen Bahnhof gesehen; sie stand an einem Kiosk, als warte sie auf jemanden, und blätterte zerstreut in einem Hochglanzmagazin, ohne die Seiten anzusehen. Sie ließ ihre Blicke über die Passanten schweifen, verharrte bei Mark und schaute rasch wieder weg, als habe sie sich verbrannt. Dann spürte er erneut ihren Blick.

Heute war sie zwar anders gekleidet und frisiert, aber ihr Gesicht war sehr prägnant – herzförmige Nase und spitzes, vorgerecktes Kinn.

Mark trank einen Schluck Kaffee und bat um die Rechnung. Und bemerkte sofort die gespannte Aufmerksamkeit am Nebentisch. Ja, das Pärchen war weit mehr mit ihm beschäftigt als miteinander. Auch die beiden baten um die Rechnung.

»Was wollt ihr von mir, Freunde?«, fragte Mark, als die Serviererin gegangen war.

Die beiden schauten sich an. Der junge Mann runzelte die Stirn.

»Sie verfolgen mich seit zwei Tagen, junge Dame. Gefalle ich Ihnen so sehr?«

Das Mädchen maß Mark mit einem gleichgültigen Blick und schwieg.

Der junge Mann sah ihn nicht einmal an und griff nach seinem Telefon, das auf dem Tisch leise summte und vibrierte.

»Ja. Verstanden«, murmelte er in den Apparat. »Ja, selbstverständlich.«

Seine Begleiterin zündete sich gelassen eine Zigarette an, als hätte sie Mark vergessen.

Die Rechnung kam. Mark legte einen Geldschein in die Mappe und ging hinaus, ohne auf das Wechselgeld zu warten. Es hatte sich stark abgekühlt. Er rannte die Straße entlang zur Hauptstraße und hob den Arm. Ein grüner VW hielt an. Verdächtig schnell, als habe er auf ihn gewartet. Und genau in diesem Augenblick bog das Pärchen um die Ecke.

»Wohin soll's gehen?«, fragte der Fahrer.

Seine Visage kam Mark verdächtig vor. Ein quadratischer Gorilla mit Knopfnase und ohne Augen und Hals. Der faltete einen zusammen, ehe man piep sagen konnte, mit einem Messer oder einem Schlag auf den Kopf.

Das Pärchen kam langsam näher. Ohne weiter zu überlegen, rannte Mark los. Der Gorilla im Wagen hupte. Klar, der gehörte zu den beiden.

Mark kannte sich in dem Viertel aus und überlegte sich eine ungefährliche Route. In die nächste Gasse, dann über einen Durchgangshof in eine weitere Gasse, von dort zum

Prospekt und in die Metro. Um ihn einzuholen, musste der VW wenden und in verkehrter Richtung durch die Einbahnstraße fahren. Das Mädchen konnte mit den hohen Absätzen bestimmt nicht schnell laufen. Blieb nur der junge Mann. Er folgte Mark auch gewissenhaft bis zur Ecke, dann blieb er stehen und schaute verwirrt ins Dunkel.

An diesem Abend war Mark der Verfolgung entkommen. Als er aus der Metro stieg, schlug er noch ein paar Stunden lang Haken durch verschiedene Nebenstraßen und Höfe, und erst als er sicher war, dass kein Verdächtiger in der Nähe war, ging er in sein Haus und in seine Wohnung.

Es war eine seiner drei Mietwohnungen. In dieser lebte er. Außerdem gab es noch das Studio, wo er seine alternativen Filme drehte, und das »Hotel«, in dem sich Kunden ohne eigene Räume für intime Vergnügungen mit den Jungen und Mädchen trafen.

Am nächsten Tag wiederholte sich das Ganze. Auf der Straße, vor der Metro. Wieder entkam er, musste aber den Termin mit dem Kunden sausenlassen. Am Abend entdeckte er die falsche Blondine mit der Herzchennase im Supermarkt in der Nähe seines Hauses. Er verschwand auf verschlungenen Wegen, mit dem Taxi, dann mit der Metro, fuhr den ganzen Sadowoje-Ring ab, und erst als er sie wirklich abgehängt hatte, kehrte er nach Hause zurück.

Nun hatte er keine Zweifel mehr.

Er wurde tatsächlich verfolgt, und zwar dreist und offen. Er sollte also vor allem eingeschüchtert werden. Nicht getötet – das hätten sie längst tun können –, sondern nur eingeschüchtert.

Nikonow jammerte wieder: »Ich kann nicht mehr, ich kann nicht mehr!« Doch plötzlich schüttelte er den Kopf, leckte sich die Lippen und fragte sachlich: »Hast du vielleicht was Süßes?«

»Nein.«

»Also, Genossen, alle herhören! Heute findet eine Sitzung der Kommission für außerordentliche Ideologie statt, Erscheinen Pflicht«, übertönte eine hohe, schrille Stimme das Stöhnen, Schniefen und Murmeln.

Vor dem Waschbecken an der Tür stand ein dicker alter Mann namens Schpon, schaute in den Spiegel und legte sorgfältig seine langen, dünnen Haarsträhnen über die Glatze. Er hatte einmal im Moskauer Parteikomitee gearbeitet und dort eine Abteilung geleitet. Er leitete noch immer, nur jetzt in einer anderen Dimension, im behaglichen Filznest seiner Altersdemenz.

Schpon ging es gut. Nikonow dagegen schlecht. In der Nacht hatte er Mark mit Geschichten von seiner schönen Natascha genervt, ihm erzählt, dass alle Männer ihr nachschauten, ob alt, ob jung, und ihm sogar ein Foto von ihr gezeigt. Ein dralles Weib mit großen Brüsten, süßem Lächeln und kalten, frechen Augen.

»Hast du zufällig ein Handy dabei?«, fragte Nikonow im Flüsterton. Dabei beugte er sich dicht zu Mark, und dieser spürte seinen sauren Atem.

»Ich muss unbedingt meine Frau anrufen. Wir haben uns lange nicht gesehen. Sie macht sich Sorgen.«

»Bist du sicher? Vielleicht ist sie im Gegenteil ganz froh?«

»Was? Was sagst du da?«, kreischte der Alte und sprang auf. Seine Lippen waren mit Speichelkruste überzogen, seine Augen quollen hervor und füllten sich mit Tränen.

»Sie hat längst einen anderen Kerl, gesund und stark. Was soll sie noch mit dir altem Scheißer? Sie hat dich mit Absicht hier abgeladen, damit du schneller krepierst und sie die Wohnung kriegt.«

Fünf Minuten später wurde der heulende, zitternde Nikonow von Pflegern fortgebracht. Die anderen Insassen des Zimmers bemerkten nichts, sie liefen schlurfend und vor sich hin murmelnd in den Flur – sich die Beine vertreten, auf Besuch warten oder fernsehen.

Siebtes Kapitel

Die flache, mit schwarzem Samtpapier ausgeschlagene Holzschatulle lag in einem Geheimversteck auf dem Hängeboden. Sie enthielt in Zigarettenpapier eingewickelte Haarsträhnen. Eine goldblond, wie Chrysanthemenblätter, daneben ein Paar silberne Ohrringe mit Amthysten. Eine rot wie eine Flammenzunge, dazu ein goldener Ring mit einem winzigen dunklen Rubin. Eine aschblond, kurz und dick, nebst einem Silberkettchen mit Kreuzanhänger.

Der Wanderer setzte sich auf den Fußboden und bewunderte seine Schätze, ein abwesendes, fast schwachsinniges Lächeln im Gesicht.

Nach zwanzig Minuten zuckte er zusammen wie von einem Stromschlag. Sorgfältig verstaute er seine Trophäen wieder in der Schatulle, darunter auch die neueste, einen weichen kastanienbraunen Zopf und ein Medaillon.

Der Wanderer war hungrig. Während in der Mikrowelle Hähnchenflügel auftauten, räumte er auf. Er brachte die Leiter zurück in die Toilette, spülte das Geschirr, wischte den Herd ab und fegte den Boden. Normalerweise hörte er beim Putzen Musik, am liebsten Mozart oder Wagner. Doch jetzt brauchte er Stille.

Ein kräftiger Mann im Trainingsanzug. Düsteres, angespanntes Gesicht. Starke, schöne Hände. Präzise Bewegungen.

»Du hast alles richtig gemacht. Aber das ist zu wenig, zu wenig. Du darfst deine heilige Mission keinen Augenblick vergessen.«

Er ließ Besen und Kehrschaufel fallen, sank langsam auf den Boden und presste die Hände auf die Schläfen.

»Ich weiß, wie weh dir das tut, wie schwer es dir fällt, aber wer, wenn nicht du? Du willst sagen, sie tun dir leid?«

»Ja. Sie tun mir leid, und ich habe Angst. Leid tun mir diejenigen, die ich nicht retten kann. Und ich habe Angst, weil ich allein bin, und sie sind so viele, und weil ich wieder in ihre Welt gehen und nach ihren Gesetzen leben muss.«

»Du lebst nicht nach ihren Gesetzen. Du bist ein Aufklärer in Feindesland.«

Die Mikrowelle klingelte. Er hörte es nicht. Das Flüstern erfüllte die ganze Küche, und in seinem Kopf war für nichts anderes mehr Platz.

»Sie sind Opfer der Apokalypse. Es sind Kinder. Du rettest Kinder. Wie in deinem Lieblingsbuch, Salingers ›Der Fänger im Roggen‹, erinnerst du dich? Du bist allein, und viele kleine Kinder spielen nah am Abgrund. Du fängst sie, damit sie nicht hinabstürzen. Die Hominiden sind überall, du spürst den Gestank ihres giftigen Atems in der Luft; an den Türklinken in öffentlichen Gebäuden klebt der Schweiß ihrer Lüsternheit. Sie ernähren sich vom Tod der Kinder, die sie zu ihresgleichen machen. Du weißt, dass alles Böse von der Lüsternheit rührt. Die ersten Menschen wurden durch den Sündenfall freiwillig zu Tieren. Sie zogen die Lust, die Vereinigung, der Glückseligkeit im Paradies vor. Sie verließen das Reich des Lichts für die ewige Nacht. Du bist ein Aufklärer, ein Agent im Reich der Finsternis, du bist ein Abgesandter der Reinheit im Reich des Schmutzes, du bist ein Wanderer, dein Haus ist weit entfernt von hier.«

Das Flüstern schwoll an, wurde zum Dröhnen. Er verstand keine einzelnen Worte mehr, er hatte das Gefühl, sein Kopf müsste gleich platzen. Nein, er war doch noch nicht aus dem Reich des Lichts zurückgekehrt, er konnte nicht im Hier und Jetzt leben, wie er es musste.

Er versuchte, sich an etwas Reales zu klammern. Das einzige Geräusch, das durch das jenseitige Dröhnen zu ihm durchdrang, war sein Magenknurren. Hunger.

Er nahm die Hähnchenflügel aus der Mikrowelle, goss Olivenöl in eine Pfanne, stellte sie auf den Herd und schälte Knoblauch. Das Öl zischte. Er legte eine Knoblauchzehe in die Presse. Die Hähnchenflügel in der Pfanne, weiß und zart, erinnerten ihn plötzlich an die verschlungenen zarten Gliedmaßen der Kinder in einem Pornofilm.

Er setzte sich an den Tisch und zappte durch die Fernsehsender, bis er Nachrichten fand. Der Wanderer wartete auf einen Beitrag über sich.

Ein stark geschminkter Sprecher berichtete über langweilige, unwichtige Ereignisse. Nach dem Sport kam der Wetterbericht; Ende der Woche sollte es wärmer werden. Kein Wort über den Körper.

Vor kurzem war ein halbes Jahr lang im Fernsehen oft und ausführlich von ihm die Rede gewesen. Er hatte es genossen, der Einzige auf der Welt zu sein, der wusste, was in dem Waldstreifen unweit des Stadtrings geschehen war und warum dort der nackte Körper eines toten Kindes gefunden wurde.

Sazepa hatte die Verhandlungen mit einer Eins minus abgeschlossen. Er hatte den Preis auf ein Maximum getrieben und es abgelehnt, an »schwarzer PR« mitzuwirken. Er hatte Mascha davon überzeugt, dass es nichts Besseres gebe als positive Informationen über den Kandidaten, professionell aufbereitet, taktvoll und unaufdringlich. Ein gezielter Gegenangriff würde Lawrentjew in den Augen der Wähler als ebenso zynischen Mistkerl dastehen lassen wie seine Konkurrenten. Das Volk hatte die Nase voll von Politikern, die einander mit teurer gedruckter Scheiße bewarfen. Lawrentjew sollte lieber in einem ruhigen Interview erklären, dass er es den Verleumdern mit gleicher Münze zurückzahlen und schwarze PR arrangieren könne, jedoch nie so weit sinken würde.

Mascha hatte anfangs die Stirn gerunzelt und ungeduldig mit dem Bein im hohen Lackstiefel gewippt, sich aber irgendwann entspannt. Sazepa hatte sie überzeugt.

Das Minus gab sich Sazepa im Stillen, weil er sein Handy vor der Verhandlung nicht ausgeschaltet hatte. Es war ein Reservetelefon mit einer in Rom gekauften Simcard auf einen falschen Namen. Vor zwei Jahren hatte er sich geschworen, diesen Apparat nie in Gegenwart von Fremden einzuschalten oder gar zu benutzen.

Im Büro, bei hohen Staatsbeamten, auf dem Tennisplatz, im Restaurant und im Bett mit seiner Frau quälte und langweilte er sich. Er lebte in einer eigenen Zeitrechnung, von einer Begegnung mit Shenja Katschalowa zur nächsten. Shenja war das einzige Wesen auf der Welt, das er liebte, zum ersten und letzten Mal im Leben.

Jede Geste von ihr, jede Grimasse ihres kleinen Gesichts, die Wölbung ihres schmalen Rückens, das Gewicht und der Duft ihres Haars, die durchsichtigen leichten Finger, alles an ihr war für ihn wie eine Droge, ohne sie durchlebte er einen furchtbaren Entzug. Er hatte nie geahnt, dass ihm einmal so etwas passieren könnte.

Nikolai Sazepa war ein normaler, gesunder, starker Mann. Ehemaliger Musterschüler und Komsomolfunktionär, Studium am Institut für Internationale Beziehungen, Dienst im sowjetischen Konsulat in Rom, Heirat mit der Tochter des Botschafters. Zwei Söhne. Eine glänzende diplomatische Karriere. Im ganzen Leben kein überflüssiges Wort, keine einzige falsche Tat. Keiner seiner Bekannten, Freunde und Mitarbeiter, schon gar nicht seine Frau und seine Söhne kämen auf die Idee, dass er sich leidenschaftlich zu halbwüchsigen Mädchen hingezogen fühlte.

Er erfüllte regelmäßig seine ehelichen Pflichten – schloss die Augen und stellte sich anstelle seiner Frau eine Mitschülerin seines ältesten, später seines jüngeren Sohnes vor.

Es existierten zwei Sazepas. Der eine war ein vollwertiger Mann und vorbildlicher Vater, der andere ein lüsternes Tier.

Er hatte jahrelang in Rom gelebt, las mühelos Italienisch und Englisch, er hätte sich pornographische Bücher und Magazine kaufen, unter gewissen Vorsichtsmaßnahmen in Kinos mit einem reichhaltigen Pornoangebot für jeden Geschmack gehen und minderjährige Prostituierte aufsuchen können. Doch das hatte er nie getan. Er ließ sich von seinem hässlichen zweiten »Ich« nicht unterkriegen, machte ihm keine Zugeständnisse.

Der Intellektuelle Sazepa konnte nicht ohne Bücher leben, gestand sich aber nicht ein, dass ihn in der Literatur, ob Belletristik oder Sachbuch, in erster Linie das Thema der körperlichen Liebe zwischen einem erwachsenen Mann und einem kleinen Mädchen interessierte.

Der Verkehr zwischen einem Erwachsenen und einem Kind roch immer nach Blut, nach Alptraum, nach psychischer Krankheit. Sazepas glückliche Gesinnungsbrüder waren Tiberius, Caligula, Marquis de Sade, Lawrenti Berija, buntbemalte afrikanische Stammeshäuptlinge, fette orientalische Scheichs, mittelalterliche Hexer, Vampire, Satanisten, Kriminelle und Psychopathen.

Gäbe es eine Möglichkeit, sein hässliches zweites Ich loszuwerden, zu entfernen wie ein Geschwür, Sazepa hätte sich ohne zu zögern unters Messer gelegt.

Der einzige Trost des Leidenden war Nabokovs großartiger Roman »Lolita«. Seine geheime Leidenschaft barg also nicht nur Grausames und Schmutz, sondern auch hohe Poesie. Er gehörte zu einem geheimen Clan Auserwählter, besaß eine besondere Sensibilität für das Schöne, die normalen Menschen fremd war.

Sazepa hatte »Lolita« bestimmt zehnmal gelesen; er kannte es fast auswendig. Unter dem Eindruck dieses Buches verheilte und vernarbte seine innere Spaltung allmählich, bis er ein durchaus freundschaftliches Verhältnis zu seinem zweiten Ich aufgebaut hatte. Es mischte sich nicht in Sazepas steriles offizielles Leben, ließ ihn nicht erröten und den Blick senken, und er seinerseits schenkte seinem heimlichen Freund stille, gefahrlose Freuden. Das geniale Buch enthielt viele Rezepte, wie ein armer Künstler sich trösten konnte, ohne die Reinheit eines Mädchens zu gefährden und ohne seine eigene Haut zu riskieren.

Stadtparks, Sportplätze, Schwimmhallen, Tennisplätze, Eisbahnen, Schülerkonzerte in der Botschaft, familiäre Abende mit Freunden, deren Töchter nicht älter waren als fünfzehn, und schließlich Meer und Strand. Da gab es Gelegenheiten, einem zarten Mädchen das Schwimmen, das Eis- oder Rollschuhlaufen beizubringen, ihm zu zeigen, wie man den Tennisschläger richtig hält, es auf ein Fahrrad oder ein Pony zu setzen.

Alle wussten: Nikolai Sazepa liebt Kinder und knüpft leicht Kontakt mit Halbwüchsigen. Seiner Frau und seinen Freunden erzählte er, er habe sich immer eine Tochter gewünscht. Söhne seien großartig, aber er hätte gern auch noch ein Mädchen.

Sazepa war fünfzig. Die Söhne waren erwachsen und nicht mehr von minderjährigen Feen umgeben, sondern von reizlosen jungen Mädchen. Sazepa wurde wehmütig. Da sandte ihm das Schicksal neue Hoffnung. Seine sechsundvierzigjährige Frau war schwanger, und laut Ultraschall war der Embryo weiblich.

Ende des sechsten Monats gebar seine Frau ein totes Kind. In Sazepas Seele tobte ein schwarzer Sturm. Er verfiel in Depression, fühlte sich schuldig: Er habe den Embryo auf metaphysische Weise erschreckt oder das arme kleine Geschöpf mit seinem heißen Biostrom getötet, indem er sein Ohr auf den Bauch seiner Frau legte.

Indessen lief Sazepas diplomatische Karriere glänzend, der neue Minister wollte ihn zum Botschafter ernennen. Doch Sazepa hatte andere, verlockendere Perspektiven im Sinn. Er nahm seinen Abschied, wurde Vorstandsmitglied eines mächtigen internationalen Konzerns und rechte Hand eines russischen Schatten-Oligarchen, kam mit sagenhaftem Kapital in Berührung, das aus dem ruinierten Russland gepumpt wurde, geriet in das Umfeld von Bandenkonflikten, Skandalen und Auftragsmorden. Aber Sazepa war zu vorsichtig, um eine Kugel in den Kopf zu bekommen, im Gefängnis zu landen oder richtig reich zu werden. Im kritischen Augenblick zog er sich in eine komfortable Nische zurück, auf den Posten des Vorstandschefs der Aktiengesellschaft Media-Prim. Unter seiner Ägide erschienen mehrere dicke Monatszeitschriften und dünne Hochglanz-Wochenmagazine.

In Rom hatte er eine Wohnung gehabt und eine Villa am Meer, in Moskau bewohnte er mit seiner Frau ein kleines Penthouse auf dem Kutusow-Prospekt; außerdem baute er ein großes Haus in einer Sommersiedlung zwanzig Kilometer entfernt von Moskau.

Die Söhne hatten in England studiert, der Jüngere war dort geblieben und hatte eine Engländerin geheiratet, der Ältere war in Moskau Chefredakteur des angesehensten Magazins von Media-Prim. Seine Frau Eva, Fotomodell, hatte ein Mädchen geboren, Lisa. Nun hatte Sazepa eine entzückende kleine Enkelin.

Sein zweites Ich war alt und friedlich geworden. Sazepa liebte seine Enkelin, wie es sich für einen Großvater gehört – rein und uneigennützig.

Im Internet wurden Hunderte, Tausende Mädchen angeboten, jeden Alters und für jeden Geschmack. An Chausseen und Magistralen standen jede Nacht zu allem bereite Minderjährige. In Zeitungen und Zeitschriften wimmelte es von bunter Werbung für VIP-Saunen und Massagesalons, wo man auf Wunsch garantiert nicht nur eine erwachsene, sondern auch eine kindliche Fee bekam. Aber Sazepa wollte sich in seinem Alter nicht mit einer groben Parodie auf echte Liebe trösten.

In der warmen Jahreszeit kam Sazepa manchmal in den Kulturpark und schaute halbwüchsigen Mädchen beim Rollschuhlaufen zu. Dabei war er vor zwei Jahren Anfang Mai mit einem Mädchen zusammengestoßen, sie war direkt gegen ihn geprallt, ein dünnes, erhitztes kleines Mädchen von höchstens elf. Ihre langen kastanienbraunen Haare schimmerten in der Sonne kupfern. Sie raste in voller Fahrt auf die Gleise der Parkeisenbahn zu und konnte nicht mehr bremsen, doch Sazepa fing sie auf.

»V-vorsicht!« Vor Aufregung stotterte er.

Sie hielt es für einen Akzent und glaubte, einen Ausländer vor sich zu haben. Die vielen Jahre in Italien hatten Spuren hinterlassen – Sazepa wurde in Moskau oft für einen Ausländer gehalten. Das Mädchen sah ihn mit durchsichtigen blauen Augen an, nicht erschrocken, sondern neugierig, und sagte, noch immer in seinen Armen: »Oh, sorry! Thank you very much!«

Die Melodie aus Vivaldis »Jahreszeiten« ließ Sazepa zusammenzucken. Das Reservehandy vibrierte in seiner Hand.

»Ich glaube, wir haben eine Adresse«, sagte die heisere Frauenstimme, »was sollen wir tun?«

»Beobachtet das Haus.« Sazepa atmete tief durch. »Wenn er auftaucht, nehmt Kontakt mit ihm auf. Und dann weiter wie geplant.«

»Und wenn er nicht auftaucht?«

»Wartet bis zum Abend.«

Das Festnetztelefon klingelte, seine Sekretärin nahm sofort ab und teilte ihm im nächsten Moment mit: »Nikolai, Ihre Frau.«

Sazepa schaltete das Handy ab und räusperte sich.

»Ja, Häschen?«

Achtes Kapitel

Eine klinikeigene Wattejacke über dem weißen Kittel, ging Doktor Filippowa durch den Krankenhauspark von einem Gebäude zum anderen und murmelte vor sich hin, sodass man sie statt für eine Ärztin durchaus für eine Psychiatrie-Patientin halten konnte.

Professor Guschtschenko hatte sie gelehrt, mit dem unbekannten Mörder in einen Dialog zu treten.

»Hab keine Angst. Sprich mit ihm. Früher oder später wird er dir antworten. Irgendwann wirst du spüren, dass er da ist, und seine Stimme hören. Das riecht zwar nach Spiritismus und Schamanentum, aber scher dich nicht darum. Pfeif drauf, wie es von außen aussieht. Rede weiter mit ihm.«

Fünf Jahre hatte Doktor Filippowa in Guschtschenkos Gruppe in einem Institut des Innenministeriums gearbeitet. Sie sammelten und analysierten Daten zu Serienmördern und entwickelten das computergestützte Suchsystem »Profil«. Zu dem Team gehörten Psychologen, Psychiater, Kriminaltechniker, Gerichtsmediziner, Ermittler und sogar einige Wunderheiler. Der damalige Innenminister, ein Verehrer alles Amerikanischen, wollte gern in Russland etwas Ähnliches aufbauen wie die Profiling-Abteilung des FBI.

Im Westen gab es bereits seit den sechziger Jahren Profiler. Sie erarbeiteten psychologische Täterprofile, um eine genauere Vorstellung von der Persönlichkeit eines Täters zu erhalten und seine Handlungen vorherzusagen. Psychologen und Psychiater waren für die Ermittlungsarbeit mitunter von großem Nutzen. In einigen Fällen konnten Serientäter ausschließlich dank solcher Täterprofile gefasst werden.

In Russland arbeiteten Gerichtspsychologen und -psychiater nur mit bereits inhaftierten Tätern. Sie beurteilten ihre Zurechnungsfähigkeit – psychisch kranke Täter wurden nicht verurteilt, sondern isoliert und behandelt.

Professor Guschtschenko galt als einer der besten Spezialisten für Serientäter, nicht nur in Russland, sondern auch in Europa und Amerika. Das FBI hielt seine Methode des Dialogs für eine der effektivsten – dabei ging es um einen möglichst engen Kontakt zum Täter, das Einfühlen in seine Persönlichkeit.

Viele Beamte des Innenministeriums hielten seine Formel »Ich bin er« für mystischen Unsinn und eine Profanierung, aber sie funktionierte. Allerdings waren nur wenige Psychiater diesem unheimlichen Spiel gewachsen. Als Guschtschenko sein Team zusammenstellte, hatte er jeden Kollegen nach seinem eigenen System geprüft. Neben professionellen Fähigkeiten musste der Kandidat über eine enorme Intuition, eine reiche Phantasie und ein hochentwickeltes emotionales und sinnliches Gedächtnis verfügen.

Doktor Filippowa hatte nicht geahnt, dass sie alle diese Eigenschaften besaß. Es hatte ihr geschmeichelt, dass sie den Test als eine der Besten bestanden hatte. Sie wollte gern im Team des legendären Guschtschenko arbeiten.

Anfangs hatte Olga nur eine vage Vorstellung davon gehabt, was es hieß, in die alptraumhaften Tiefen des Bewusstseins eines Triebtäters hinabzusteigen, Schritt für Schritt alle Stadien seiner Psychosen zu durchmessen. Die Körper seiner Opfer zu studieren, ihre Verletzungen zu lesen wie ein Buch. Die Tatorte zu besichtigen und zu versuchen, die grauenvolle Sprache der Symbole zu verstehen.

Die Details eines Mordes sind eine verschlüsselte Botschaft, in der der Täter praktisch alles über sich mitteilt. Man muss nur den Schlüssel finden. Sich in den Mörder hineinversetzen. Ohne dabei verrückt zu werden.

Olgas erster Patient war der Kannibale D. Er machte Pelmeni und Hackwürstchen aus Frauen. Es bereitete ihm keine Lust, seine Opfer zu quälen oder zu foltern – er tötete und verzehrte sie wie Schlachttiere. Der kräftige, breitschultrige Mann mit dem derben, männlichen Gesicht schloss mühelos Bekanntschaft mit Frauen, lud sie zu sich nach Hause ein, machte sie mit Wodka betrunken, schlief mit ihnen und schnitt dem schläfrigen Opfer mit einem Küchenmesser rasch die Kehle durch. Er war Tierarzt, lebte auf dem Land, besaß ein großes Grundstück und genoss den Respekt aller Nachbarn. Denen er übrigens hin und wieder billig frisches Fleisch abließ – Wild, wie er behauptete.

Er hatte keine schwere Kindheit gehabt und keine Potenzprobleme. Er verachtete Frauen, betrachtete sie als niedere, lasterhafte Geschöpfe. Er behauptete, jede Frau, selbst die anständigste, sei tief im Innersten eine Prostituierte, und wenn eine ihren Körper nicht verkaufe, dann lediglich deshalb, weil sie nicht attraktiv genug war. Er mordete nicht nur aus Lust, sondern auch aus Prinzip: Lebensenergie sei eine wertvolle Gabe, und niedere Geschöpfe seien dieser Gabe nicht würdig, sie verplemperten sie sinnlos, indem sie tranken, rauchten und mit jedem x-Beliebigen schliefen. Sie müssten vernichtet werden, er müsse ihnen ihre Lebensenergie nehmen und sie sich als einem höheren Geschöpf einverleiben.

Das Töten und Verzehren seiner Opfer bedeutete für ihn einen gewaltigen Energieschub. Das empfanden übrigens alle Serientäter, und fast alle berichteten davon. Der Energiestrom eines sterbenden Opfers war eine mächtige Energiequelle.

»Du glaubst plötzlich, du kannst alles: fliegen, übers Wasser laufen, mit deinem Blick Gegenstände verrücken. Dieses unvergleichliche Gefühl allumfassender Macht kann man nicht vergessen, darauf kann man nicht mehr verzichten, und wenn es allmählich vergeht, muss man nach einer neuen Energiequelle suchen.«

Ein anderes Forschungsobjekt, der pädophile Vergewaltiger K., der Mädchen und Jungen von zwei bis zwölf Jahren überfallen hatte, war ausgesprochen mitteilsam. Seine Ergreifung war das Verdienst von Professor Guschtschenko. Er hatte ein derart genaues und ausführliches Täterprofil erstellt, dass die Ermittler ihn nur zu verhaften brauchten.

K. konnte sich stundenlang darüber auslassen, wie er seine Opfer ausgesucht, sie angelockt, vergewaltigt und erwürgt hatte. Bei der Tatrekonstruktion mit einer Stoffpuppe hatte er sexuelle Erregung empfunden.

»Kinder haben eine reine, gesunde Energie«, sagte er zu Doktor Filippowa, »die römischen Kaiser waren keine Dummköpfe, wenn sie jeden Morgen auf nüchternen Magen eine Portion frisches, mit Muttermilch vermischtes Kinderblut zu sich nahmen.«

Olga musste ihm zuhören. Sie hatte diese Arbeit selbst gewählt. Guschtschenko riet jedem, gut zu überlegen, bevor er zusagte. Der Kinderschänder K. bot ergiebiges Forschungsmaterial. Olga nahm seine Monologe mit einem Diktiergerät auf. Da er während der Tatrekonstruktion am gesprächigsten war, begleitete sie die Ermittler dabei und war ständig in der Nähe des Ungeheuers.

K. machte im Umkreis von Moskau Jagd auf Kinder, in einem Radius von sechzig Kilometern Entfernung vom Stadtring. Er wählte meist Dörfer und arme städtische Siedlungen, wo Flüchtlingsfamilien lebten und die Kinder ohne Aufsicht waren. Er handelte vorsichtig und mit Bedacht, wählte den Tatort vorher sorgfältig aus und übersah keine Kleinigkeit. Die Vergewaltigungen und Morde beging er im Wald. Nie tauchte er an einem Ort ein zweites Mal auf.

Während der ersten Tatrekonstruktion bemerkte Olga, dass das Ungeheuer, mit Handschellen an einen Kriminalisten gekettet, die freie Hand auf dem Hosenschlitz hatte und masturbierte. Eine ganze Weile beherrschte sie sich, dann rannte sie ins Gebüsch und erbrach sich.

»Das passiert, halb so schlimm«, tröstete sie der alte Gerichtsmediziner, klopfte ihr auf die Schulter und reichte ihr eine Packung Erfrischungstücher und eine Flasche Wasser.

Bis heute Morgen war Olga sich sicher gewesen, dass sie nie wieder zu diesem Alptraum zurückkehren würde. Sie hatte die Gerichtspsychiatrie verlassen – endgültig, wie sie glaubte.

Du versteckst die Leichen nicht, stellst sie aber auch nicht offen aus. Du lädst sie ab, wo es für dich am bequemsten ist. Dir geht es nicht um Schmerzen, nicht einmal um eine Vereinigung. Du brauchst das Ritual und den engen Kontakt zum Opfer im Augenblick des Todes. Du betäubst das Opfer mit einem Schlag auf den Hinterkopf, ziehst es aus, erwürgst es, schneidest ihm als Souvenir eine Haarsträhne ab, dann begießt du es mit Babyöl und berührst den Körper nicht mehr. Du hinterlässt keine Spuren, weder auf der Kleidung der Opfer noch auf ihrer Haut. Du tötest mitten in der Nacht, im Wald, im Dunkeln. Ich bin fast sicher, dass du ein Nachtsichtgerät besitzt. Der Lichtschein einer Taschenlampe im Wald könnte von der Landstraße aus bemerkt werden. Das Einzige, was du dir erlaubst, ist, Sträucher niederzutrampeln und Baumstämme mit Fußtritten zu traktieren. Ein paar Minuten wilder Raserei. Was ist das? Wut? Freude? Ein Ablassen der überschüssigen Energie, die der Mord in dir erzeugt hat? Oder ein Anfall von Verzweiflung, weil du deinen Durst nicht stillen kannst und es wieder tust? Zum wievielten Mal? Du hast schon früher getötet. Du hast die Grenze vor langer Zeit überschritten, vor vielen Jahren. Es hat ein erstes Opfer gegeben, ein Mädchen in deinem Alter oder jünger. Sie hat dich zum ersten Mal deine schreckliche männliche Unzulänglichkeit spüren lassen. Wahrscheinlich hat sie dich ausgelacht, und das hast du nicht ertragen. Dann hast du einen Beruf erlernt, gearbeitet, warst äußerlich ruhig und erfolgreich. Aber du bist ein grenzenlos einsamer Mensch geblieben, so einsam, dass du dir ein zweites Ich geschaffen hast. Du existierst in zwei Gestalten, lebst zwei Leben.

»He, Filippowa, was ist los mit dir?«

Auf dem Treppenabsatz stand Olgas ehemalige Kommilitonin Lida Pjatakowa. Sie hatte Olga vor anderthalb Jahren überredet, aus der Gerichtspsychiatrie an diese Klinik zu wechseln.

Lida leitete die Frauenstation, praktizierte nebenbei privat und verdiente damit sehr gut. Sie betrachtete die Stelle in der Klinik nur als notwendiges Statusattribut und rieb sich damit nicht auf – bei der miserablen Bezahlung!

In ihrer Jugend war sie eine mollige stille Brünette aus der Saratower Provinz gewesen, nun war sie eine sehnige, laute Blondine, Moskauerin, Besitzerin einer Zweizimmerwohnung im Zentrum. Sie hatte im Laufe von zwanzig Jahren fünf Ehemänner gehabt, kein einziges Kind geboren und behauptete, vollkommen glücklich zu sein.

»Alles in Ordnung mit dir?« Sie maß Olga mit einem strengen Blick. »Du wirkst irgendwie angeschlagen. Hör mal, ich hab hier ein Mädchen nach einem Suizidversuch, die saugt enorm Energie, einfach schrecklich. Ich kann nicht mit ihr reden, ich hab gerade Null Widerstand. Aber du bist ja neutral, dir macht das nichts aus.«

Lida hatte seit einiger Zeit einen Bioenergie-Tick und unterteilte die Menschen in Neutrale, Spender und Vampire. Sich selbst rechnete sie zu den Spendern, und wenn ein Patient ihrer Meinung nach ein Vampir war, reichte sie ihn möglichst an einen anderen Arzt weiter. Olga war ihrer Ansicht nach ein Muster an Neutralität, denn niemand war vampirischer veranlagt als Serienmörder, und da Doktor Filippowa es fünf Jahre mit ihnen ausgehalten hatte, musste sie einfach immun sein.

»Hört du mich, Olga? Siehst du dir das Mädchen mal an?«

»Ja, klar.«

»Du bist ein Engel.«

Valeri Katschalow fand Solowjow im Restaurant »Hollywood«, wo der Sänger mit seinem Produzenten aß. Solowjow hatte am Telefon keine Erklärungen abgegeben, sich lediglich vorgestellt und erklärt, dass sie sich dringend treffen müssten.

Das Restaurant war gemütlich und fast leer. Es wurde alter Jazz gespielt, von den Wänden lächelten Hollywood-Stars. Es roch nach Gewürzen und gebratenen Zwiebeln. Nur zwei Tische waren besetzt, an einem saßen drei gepflegte strenge Damen, am anderen zwei Männer. Der Große, Korpulente mit dem strohblonden gegelten Haar und dem kleinen Pferdeschwanz aß eine Suppe, der Dünne, Gebeugte mit den fettigen schulterlangen Strähnen nagte an einem gebratenen Hähnchen. Solowjow erkannte in dem Sehnigen, Kläglichen nicht gleich den berühmten Valeri Katschalow.

»Sie sind Kriminalist? Was ist denn passiert?«, krächzte der Sänger, kaum dass Solowjow an den Tisch getreten war. Solowjow fragte sich, wie er mit dieser Stimme singen konnte.

Der Dicke vergaß seine Suppe, zerfloss in einem Lächeln, stand auf und rückte einen Stuhl für Solowjow heran.

»Setzen Sie sich. Was kann ich für Sie bestellen? Ich heiße Michail, ich bin Valeris Produzent. Und Sie heißen Dmitri, wenn ich richtig verstanden habe.«

Der Produzent schwatzte ohne Pause in schrillem, unangenehmem Falsett.

»Halt die Klappe, sei so gut«, bat der Sänger. »Lass den Mann sagen, was passiert ist.«

»Nichts ist passiert, gar nichts«, miaute der Produzent, »iss weiter, reg dich nicht auf. Dmitri, kann ich Sie einen Augenblick sprechen?«

Der Dicke nahm Solowjows Arm und ging mit ihm ans andere Ende des Speisesaals.

»Ich flehe Sie an, sagen Sie es ihm nicht jetzt. Er hat in drei Stunden ein Konzert. Lassen Sie ihn erst auftreten und sagen Sie es ihm hinterher. Es ändert doch sowieso nichts. Mein Gott, was für ein Unglück, was für ein entsetzliches Unglück! Und was für ein Glück, dass sie nicht sein einziges Kind ist. In der Hinsicht war Valeri Gott sei Dank fleißig, er hat eine Menge unnütze Esser mit verschiedenen Frauen gezeugt.« Das alles flüsterte der Produzent Solowjow direkt ins Ohr, wobei er feucht ausatmete und sich mehrfach hastig bekreuzigte. Solowjow bemerkte an seiner Hand einen Siegelring und eine farbige Tätowierung, ein zierliches Seepferdchen.

»Entschuldigen Sie, wieso wissen Sie denn Bescheid?«

»Ich? Woher ich es weiß?« Er runzelte die Stirn. »Ach ja, eine Frau hat angerufen, auf Valeris Handy. Er war im Bad, ich bin rangegangen. Sie hat es mir gesagt. Eine Freundin von Shenjas Mutter oder so. Also, sind wir uns einig?«

»Worüber?«

»Dass Sie es ihm vorerst nicht sagen. Wenn das Konzert ausfällt, ist das eine Katastrophe, das kostet uns ein Heidengeld. Und jetzt essen Sie in aller Ruhe mit uns, ich lade Sie ein. Reden Sie mit ihm über die Prügelei beim letzten Konzert.

Davon haben Sie bestimmt gehört, von der schlimmen Prügelei in Chimki, es gab sogar einen Toten. Valeri war Zeuge. Also, sind wir uns einig? Ich flehe Sie an, soll ich vor Ihnen niederknien?«

Der Produzent griff nach Solowjows rechter Hand. Solowjow spürte das hastige Nesteln der feuchten Finger und riss sich los. Mehrere zerknitterte Hundertdollarnoten fielen zu Boden.

»Heben Sie das sofort auf und seien Sie nicht so hysterisch«, sagte Solowjow.

Der Produzent fluchte leise. Solowjow ging zurück zum Tisch, während der Dicke die Scheine aufsammelte.

Der Sänger hatte sein Hähnchen aufgegessen und rauchte. Solowjow setzte sich neben ihn.

»Sie sind bestimmt wegen der Schlacht in Chimki hier? Und Mischa hat Sie angefleht, mich vor dem Konzert nicht anzurühren? Scheren Sie sich nicht um ihn, er ist ein Psychopath«, sagte der Sänger und starrte dabei weiter vor sich hin.

»Valeri, wann haben Sie Ihre Tochter Shenja zum letzten Mal gesehen?«

»Shenja?« Katschalow drückte die Zigarette aus und drehte sich abrupt zu Solowjow um. »Ist ihr etwas passiert?«

»Ja. Sie wurde heute Nacht im Wald an der Pjatnizkoje-Chaussee gefunden, zwanzig Kilometer entfernt vom Stadtring. Ich weiß, wie wenig Worte in dieser Situation bedeuten, aber nehmen Sie trotzdem mein Beileid entgegen.«

»Was soll das heißen – sie wurde gefunden?« Der Sänger schüttelte nervös den Kopf. »Was reden Sie da?«

»Sie wurde getötet«, sagte Solowjow und schaute in die von Schlaflosigkeit geröteten, zornig hervorquellenden, beinahe irren Augen des Sängers.

»Wer? Shenja? Getötet? Gefunden?« Er griff nach der Serviette, warf sie wieder hin, zuckte mit dem Arm und warf eine Weinflasche um. Ein Kellner eilte herbei, mit ihm der schnaufende, schweißnasse Produzent.

»Mischa!«, rief der Sänger. »Mischa, er sagt, meine Shenja wurde ermordet!«

Der Dicke plumpste auf einen Stuhl, warf einen schiefen Blick auf Solowjow und murmelte heiser: »Ich hatte ihn gebeten zu warten. Du musst erst dein Konzert durchstehen.«

Der Kellner tupfte hastig die Flecken von der Tischdecke und lief weg. Solowjow zündete sich eine Zigarette an und wandte sich an den Sänger: »Valeri, ich muss Ihnen ein paar Fragen stellen. Wir müssen den Mörder finden. Jede Stunde zählt. Wann haben Sie Shenja das letzte Mal gesehen?«

»Nein, warten Sie, wissen Sie genau, dass es wirklich meine Shenja ist? Vielleicht eine Verwechslung?«, murmelte Katschalow.

Er sackte in sich zusammen, das Blut wich aus seinem Gesicht. Er wurde so bleich, dass Solowjow fürchtete, er würde gleich das Bewusstsein verlieren.

»Ihre Mutter hat sie erkannt. Sie sagt, Shenja sei am Abend zuvor bei Ihnen gewesen. Wann ist Sie von Ihnen weggefahren?«

»Bei mir? Wir haben uns das letzte Mal an ihrem Geburtstag gesehen, vor einer Woche. Wir waren in der Stadt, in einem Restaurant, ich habe ihr einen Anhänger mit einem Saphir geschenkt.« Er schlug die Hände vors Gesicht. Seine Schultern bebten, Solowjow hörte ihn dumpf schluchzen.

»Ich hatte Sie doch gewarnt, verdammt!«, zischte der Produzent. »Was haben Sie da angerichtet? Warum haben Sie es ihm gesagt? Das ist ungeheuerlich. Sehen Sie, in welchem Zustand er jetzt ist? Alles Ihretwegen!«

Das Handy des Produzenten klingelte. Er stand polternd auf und ging ein Stück weg. Solowjow hörte ihn leise und nervös fluchen. Das Gespräch drehte sich um das Konzert, das womöglich ausfallen müsste, und dann sei alles im Arsch usw.

Der Sänger nahm die Hände vom Gesicht. Solowjow goss ein Glas Wasser ein und reichte es ihm. Katschalow leerte es in einem Zug, zündete sich eine Zigarette an, inhalierte mehrmals gierig und drückte die Zigarette aus. Tränen rannen ihm aus den Augen. Er wischte sie mit einer Serviette ab.

»Gut. Alles in Ordnung. Ich weiß, das ist Ihr Job. Aber lassen Sie uns nicht hier reden. Gehen wir zu mir. Ich wohne gleich um die Ecke, zehn Minuten zu Fuß.«

Als der Dicke sie aufbrechen sah, murmelte er ins Telefon: »Okay, ich rufe zurück!« und rannte hinterher.

»Wo willst du hin, verfluchte Scheiße! Denk an deine anderen Kinder, wer soll die ernähren, wenn sie dich auspusten? Und das werden sie, jede Wette, wenn du diese seriösen Leute hängenlässt, dann pusten sie dich aus!«

Das Mädchen hieß Sonja. Sie war aus der Sklifossowski-Unfallklinik hergebracht worden. Sie saß auf der Stuhlkante und blickte zu Boden. Achtzehn Jahre alt, klein und dick. Ein Piercingloch in der Nase. Rote Flecke auf der blassen Haut, alte Narben, frischer Schorf – Spuren des erbitterten Kampfes gegen Pickel, Zeugnisse von Einsamkeit, Depression und Selbsthass. Ansonsten ein ganz normales Mädchen. Nicht drogensüchtig, nicht hysterisch. Wenn sie ein bisschen abnähme und ihr Gesicht in Ruhe ließe, wäre bald alles in Ordnung. Aber dafür brauchte sie Hilfe. Nicht von Ärzten, sondern von ihrer Mutter. Sie war noch ein Kind, und ihre Kindheit zog sich hin, weil es darin an Liebe gemangelt hatte. Sie konnte den Stress des Erwachsenwerdens noch nicht bewältigen, sie hatte unbewusst Angst vor der Erwachsenenwelt, weil ihr das Hinterland fehlte – eine glückliche Kindheit.

Die Schwestern auf der Intensivstation nannten solche Mädchen »Selbstaufschlitzerinnen« und konnten sie nicht leiden. Venen zu vernähen war schwierig und kompliziert. Sonja hatte selbst den Krankenwagen gerufen, aus Angst, sie könnte tatsächlich sterben. Das wollte sie ja gar nicht. Sie wollte Aufmerksamkeit, nicht nur von dem jungen Mann, der ihr so sehr gefiel, sondern auch von ihren Eltern. Sie flehte Olga an, die Sache nicht ihrem Institut zu melden, und wollte ihre Mutter nicht sehen.

»Warum nicht?«, fragte Olga.

»Sie wird mit mir schimpfen«, flüsterte das Mädchen und zog den Kopf zwischen die Schultern.

Ihre Mutter, noch sehr jung, straff und gepflegt, saß im Flur und sagte immer wieder: »Warum? Warum tut sie mir das an?«

Der Stress hatte sie nicht daran gehindert, sich Augen und Lippen zu schminken, das Gesicht zu pudern und sich zu parfümieren.

»Nicht Ihnen, sondern sich«, sagte Olga und setzte sich neben sie.

»Was?«

»Sonja hat nicht Ihnen die Pulsadern aufgeschnitten, sondern sich.«

Die Mutter entlud sich in einem Monolog, was für eine gute, selbstlose Mutter sie sei, ihr ganzes Leben opfere sie der Tochter, aber die wisse das nicht zu schätzen und wolle sich wegen irgendeines Jungen das Leben nehmen.

»Sie ist so anders, ganz anders als ich in ihrem Alter. Sie kennt nur ihre Leidenschaften, ihre augenblicklichen Wünsche. Sie leidet, weil sie zu dick ist, und hungert tagsüber, und nachts macht sie sich über den Kühlschrank her. Sie kann sich einfach nicht beherrschen. Ich mühe mich ab, arbeite Tag und Nacht, damit es dem Kind an nichts fehlt. Wissen Sie, was die angeblich kostenlose Hochschulbildung kostet? Und anständige Kleidung, Auslandsreisen? Seit ihrem zwölften Lebensjahr fährt sie jedes Jahr nach England, spricht aber noch immer nicht Englisch. Nein, das sind keine Komplexe, das ist Faulheit und Schlamperei. Sie ist wie von einem anderen Stern, ich verstehe meine Tochter nicht«, erklärte die Mutter, wobei sie ein Papiertaschentuch zerknüllte.

»Sie versuchen gar nicht, sie zu verstehen. Sie sagen nur: Ich bin gut, und sie ist schlecht! Als Kind hat sie versucht,

Ihre Liebe zu gewinnen. Sie spürte, dass sie so sein sollte wie Sie, sie versuchte, Ihnen in allem nachzueifern, und hat dabei gnadenlos ihr eigenes Ich gebrochen. Und nun sind davon nur noch stechende, schmerzende Trümmer übrig. Sie ist nicht von einem anderen Stern. Sie sprechen beide dieselbe Sprache, aber Ihre Kommunikation ist eher ein Monolog. Machen Sie einen Dialog daraus. Üben Sie keinen Druck auf das Kind aus, versuchen Sie ihr zuzuhören und sie zu verstehen. Sagen Sie ihr öfter mal etwas Nettes – ist denn das so schwer? Sonja fehlt es einfach an Liebe.«

Wem nicht, dachte Olga, während sie die Treppe hinunterlief. Na, die beiden habe ich wohl miteinander versöhnt. Die Barriere zwischen ihnen ist noch nicht ganz gefallen, aber sie hat einen Riss bekommen. Ich habe Sonja auf meine Verantwortung nach Hause entlassen. Wenigstens etwas Gutes habe ich also heute getan. Ich werde nicht mehr an Moloch denken. Ich kann und will das nicht mehr. Wenn ich an ihn denke, sinke ich in bedrückende Finsternis, in ewige Nacht, als würde ich mit jedem seiner Opfer sterben. Wie viele waren es? Bestimmt nicht nur vier. Mindestens zehn. Es gibt noch ungelöste Fälle, vielleicht wurde jemand anders an seiner Stelle verurteilt und hingerichtet oder hat sich in seiner Zelle umgebracht, wie Anatoli Pjanych, der Würger von Dawydowo.

Pjanych war der erste Serienmörder, mit dem Olga am Institut für Gerichtsmedizin zu tun gehabt hatte; das war 1986. Er hatte von 1983 bis 1986 in Dawydowo gemordet, einem Vorort von Moskau. Fünf Tote hatte er auf dem Gewissen. Kinder zwischen sieben und zwölf, vier Mädchen und einen Jungen aus einem Heim für Blinde und Sehbehinderte.

Vor zwei Jahren, beim Fall Moloch, hatte Olga wieder an Pjanych denken müssen. Molochs Handschrift ähnelte der des Würgers von Dawydowo: Erwürgen, Blutergüsse am Hinterkopf, abgeschnittene Haare.

Der Mörder betäubte seine Opfer, zog sie aus und erwürgte sie. Schnitt ihnen Haare ab. Übergoss sie allerdings nicht mit Babyöl, sondern warf sie in den See. Erst Wasser, später Öl.

»Hör auf zu phantasieren!«, sagte Guschtschenko. »Der Fall Pjanych ist absolut klar.«

Ja, es war tatsächlich alles klar gewesen. Erdrückende Indizien. Ein Geständnis. Selbstmord in der Zelle, vor der Gerichtsverhandlung. Besser gesagt, Mord. Denn Pjanych in einer Gemeinschaftszelle unterzubringen war Mord. Was, wenn das Gericht nach genauer Betrachtung aller Indizien zu dem Schluss gekommen wäre, dass sie für einen Schuldbeweis nicht ausreichten? Aber es kam gar nicht zur Verhandlung. Und sämtliche Materialien zum Fall waren aus den Archiven verschwunden.

Das Telefon in Olgas Kittel klingelte.

»Hallo, Olga. Hier ist Mischa Ossipow. Erinnern Sie sich? Von der Sendung ›Ermittlungsgeheimnisse‹.«

Olga blieb abrupt stehen, als habe jemand sie mit eiskaltem Wasser übergossen. Es ging wieder los!

Valeri Katschalow bewohnte mit seiner jungen Frau Marina und seinem vier Monate alten Sohn Nikita die oberste Etage eines siebengeschossigen Hauses in einer ruhigen Straße unweit der Metrostation Nowoslobodskaja. Der weißrosa Neubau mit Türmchen und Glaskuppel auf dem Dach stand hinter einem hohen gusseisernen Zaun.

Unterwegs versöhnte sich der Sänger wieder mit seinem Produzenten.

»Also, was willst du heute Abend tun? Heulen? Ja, es ist furchtbar, es ist ein Alptraum, aber das Leben muss trotzdem weitergehen.«

»Beruhige dich, das Konzert heute findet statt.«

Zu dritt gingen sie durch das Tor.

»Sie kommt nie wieder«, murmelte der Sänger.

Er zitterte heftig, seine Zähne klapperten.

»Sie ist das begabteste und hübscheste von meinen Kindern«,

sagte Katschalow dumpf, nachdem er mehrmals krampfhaft geschluckt und sein Zittern ein wenig eingedämmt hatte. »Ich wollte immer, dass Shenja bei mir lebt. Nur mit ihr kann ich arbeiten. Sie haben bestimmt den Clip gesehen, er läuft ständig im Fernsehen. Das war alles ihre Idee. Können Sie sich das vorstellen? So klein sie ist, hat sie sich das alles ganz allein ausgedacht.«

In der Wohnung dröhnte Musik, Hardrock, der unangenehm in die Magengrube fuhr. Nach dem Vorspiel brüllte eine Männerstimme: »Dein za-artes Herz ... a-a-oh ... die geschmeidige Leber ... a-ah.«

Im halbdunklen Flur tauchte eine Frauengestalt auf, groß und schlank, in einem kurzen Bademantel, das Haar mit einem Handtuchturban umwickelt, das Gesicht mit einer körnigen grünlichen Masse bedeckt.

»Oh!« Das Mädchen wich zurück und lief davon.

Nach mehrfachem Seufzen und Schnaufen, das von der Stereoanlage derartig verstärkt wurde, als fauche ganz in der Nähe ein gigantischen Ungeheuer, setzte erneut Rock ein.

»Schalt das aus!«, schrie Katschalow. »Marina, verdammt, hörst du nicht, du sollst das ausschalten!«

Nervös und laut fluchend rannte er ins Zimmer, und kurz darauf war es still.

»Sie hört dauernd Vaselin«, erklärte der Produzent Solowjow.

»Was?«

»Sagen Sie bloß, Sie kennen Vaselin nicht?« Der Produzent schaltete das Licht im Flur ein und sah Solowjow erstaunt an.

»Ein Sänger vermutlich?«

»Ja, wenn man das so nennen kann. Kommen Sie, wir gehen ins Wohnzimmer.«

Sie stiegen eine hallende Metalltreppe hinauf und standen in einem riesigen Raum mit einer halbrunden Kuppel als Zimmerdecke. Ein Billardtisch, eine Stereoanlage, ein Kamin, ein giftigrosa Flügel. Der Produzent ließ sich auf ein Sofa fallen und streifte die Schuhe ab. Sein Handy klingelte. Und gleich darauf ein weiteres Telefon, vermutlich ein Festnetzanschluss. Solowjow hörte eine Frauenstimme unten schreien: »Nein! Er kann jetzt nicht mit Ihnen reden! Seine Tochter wurde ermordet!«

Der Hörer wurde aufgeknallt, dann eilten leichte Schritte die Treppe herauf. Marina kam herein. Sie hatte sich das Gesicht gewaschen und den Turban abgenommen, trug aber noch immer den kurzen Bademantel und war barfuß. Ihre langen Haar waren feucht. Sie warf sie mit einer eleganten Bewegung zurück, setzte sich aufs Sofa und zündete sich eine Zigarette an. Sie sah fast aus wie Nina, nur zehn Jahre jünger.

»Schreckliche Sache«, sagte sie, die klaren blauen Augen auf Solowjow gerichtet. »Ich heiße Marina. Und Sie?«

Solowjow stellte sich vor. Sie nickte und blies den Rauch durch die Nase aus.

»Entschuldigen Sie, Valeri kommt gleich hoch.«

»Was ist mit ihm?«, fragte der Produzent besorgt.

»Er ist auf dem Klo und kotzt«, sagte Marina leise und dann lauter, an Solowjow gewandt: »So reagiert er immer auf Stress. Aber sagen Sie, solange er weg ist – wie wurde sie denn getötet? Und von wem?«

»Sie wurde erwürgt.« Solowjow räusperte sich. »Die Todesursache war Erwürgen. Wer es getan hat, wissen wir bislang nicht. Wann haben Sie Shenja das letzte Mal gesehen?«

»Erwürgt? Schrecklich! Wann ich Shenja das letzte Mal gesehen habe? Lassen Sie mich überlegen.« Sie runzelte die schmalen hohen Brauen, strich sich das Haar glatt, drückte die Zigarette aus und zündete sich sofort die nächste an.

»Vor zwei Wochen hast du Shenja gesehen, bei Vaselins Konzert im ›Non-Stop‹«, sagte der Produzent. »Du hast erzählt, sie sei mit einem alten Knacker da gewesen.«

Ein leichter Schatten huschte über das frische, hübsche Gesicht, die Mundwinkel zuckten, die Lider bebten kurz.

Entweder war Marina erschrocken oder plötzlich nervös geworden, oder sie versuchte nur, die Tränen zurückzuhalten. Sie schüttelte energisch den Kopf, hatte sich sofort wieder im Griff und sprach ganz ruhig.

»Ach ja! Ein Italiener. So um die sechzig. Aber kein Wort zu Valeri.« Sie presste den Finger auf die Lippen. »Ich hab ihr versprochen, ihm nichts zu erzählen.«

»Von dem Italiener?«, fragte Solowjow.

»Aber nein! Der Italiener war in Ordnung, sogar sehr nett. Ein Professor, Historiker, beschäftigt sich mit dem alten Rom. Nein, vom ›Non-Stop‹ sollte ich nichts erzählen und von Vaselin. Valeri hat was dagegen, dass sie sich in Nachtklubs rumtreibt, und mit Vaselin ist er verfeindet.«

»In welchem Verhältnis stand Shenja zu dem Professor?«

Marina schnäuzte sich in ein Papiertaschentuch. Ihre Nasenspitze war gerötet. Aber ihre Augen blieben klar und trocken.

»Fragen Sie mich was Leichteres. Ich habe die beiden nur einmal zusammen gesehen, höchstens zehn Minuten. Und das in einem Nachtklub, bei Schummerbeleuchtung und lauter Musik. Er spricht kein Wort Russisch, nur Englisch. Er heißt Nicolo, wie weiter, hat er nicht gesagt. Ich hab Shenja danach auf der Toilette getroffen, und sie hat erzählt, er sei der Vater einer Freundin von ihr, einer Italienerin, die sie letzten Sommer auf ihrer Englandreise kennengelernt hätte. Und dann bat sie mich, Valeri nicht zu erzählen, dass ich sie im Klub getroffen habe.«

Unten klappte eine Tür, und ein Kind weinte. Marina sprang auf und rannte zur Treppe.

»Mein Sonnenschein ist wieder da! Aber warum weinst du denn? Mein Süßer, sei wieder lieb, komm zu deiner Mama, gleich gibt's was zu essen. Herrgott, Vera, er ist ja ganz nass!«

Das Weinen verstummte. Erneut klingelte das Festnetztelefon. Katschalow kam ins Zimmer. Blass, dunkle Ringe unter den Augen, schlurfte er unsicher zum Sofa, ließ sich darauf fallen und schloss die Augen. Der Produzent rannte zu ihm.

»Was ist, Valeri? Hier, trink einen Schluck Wasser. Oder lieber einen starken Kaffee?«

»Nicht nötig.« Er nahm das Glas und verschüttete auf dem Weg zum Mund die Hälfte, so heftig zitterten seine Hände. Er trank einen Schluck, sah Solowjow an und sagte klar und deutlich, wie ein Automat: »Entschuldigen Sie, dass ich Sie habe warten lassen. Ich bin jetzt bereit, Ihre Fragen zu beantworten.«

»Haben Sie Shenja Geld gegeben?«

»Natürlich. Sie ist doch meine Tochter. Warum fragen Sie?«

»Wir haben bei ihr zu Hause in mehreren Verstecken zwanzigtausend Euro gefunden.«

»Zwanzigtausend Euro?« Katschalow runzelte die Stirn. »Und was hat Shenja damit zu tun?«

»Wir haben das Geld bei ihr gefunden. In einem Plüschteddy, hinter dem Rahmen mit Ihrem Foto, unter der Innensohle ihrer Skates und in der Hose einer alten Puppe.«

»Dieses Aas!«

Das war Marina. Sie war lautlos wieder heraufgekommen und stand an der Treppe, gegen die Wand gelehnt.

»Was?!«, rief Katschalow. »Wie kannst du es wagen, so von meiner Tochter zu reden?!«

»Ich rede nicht von Shenja, ich rede von Nina. Das Aas hat die ganze Zeit die mittellose Verlassene gespielt.«

»Sie meinen, das Geld gehöre Nina?«, fragte Solowjow.

»Wem denn sonst?« Katschalow lachte nervös. »Sie sind doch ein vernünftiger, erwachsener Mann. Woher sollte ein Kind von gerade mal fünfzehn Jahren so viel Geld haben? Klar hab ich ihr was zugesteckt, mal hundert, mal zweihundert Dollar im Monat. Und mit dem Clip hat sie anderthalbtausend verdient. Sagen Sie, hat Nina wirklich behauptet, das Geld gehöre Shenja?«

»Nein.« Solowjow seufzte. »Nina sagt, es sei ihr Geld.«

»Wenigstens so weit hat ihr Anstand gereicht«, knurrte Marina.

»Wussten Sie, dass Shenja schwanger war?«, fragte Solowjow.

Auf einmal herrschte lastende Stille. Katschalow sah Solowjow eine Weile stumpf an und begann plötzlich leise zu lachen.

»Na also, damit ist alles geklärt.« Er griff nach dem Wasserglas und leerte es. Seine Hände zitterten nicht mehr. »Ich wusste gleich, dass das Ganze ein Irrtum ist. Es ist ein anderes Mädchen. Shenja ist vor einer Woche fünfzehn geworden. Aber von ihrer körperlichen Entwicklung her ist sie nicht älter als elf oder zwölf. Sie ist noch nicht einmal eine Halbwüchsige, sie ist noch ein Kind. Wie kann ein Kind schwanger sein? Wie?«

Neuntes Kapitel

Während der Ermittlungen im Fall Moloch hatte Olga zweimal in der wöchentlich ausgestrahlten Sendung »Ermittlungsgeheimnisse« mitgewirkt. Mit Hilfe des Fernsehens sollte die Identität der getöteten Kinder geklärt werden. Beide Male hatte sich Doktor Filippowa direkt an den Täter gewandt. Guschtschenko glaubte an diese Methode, trat aber nicht gern vor die Kamera. Außerdem meinte er, im Fall Moloch sei es besser, wenn eine Frau mit ihm redete.

»Ja, ich erinnere mich an Sie, Mischa«, sagte Olga zu dem Fernsehmoderator und schlug den Kragen ihrer Wattejacke hoch.

»Danke, das freut mich. Könnten Sie heute zu uns ins Studio kommen? Wir machen eine Sendung über den Mord an Shenja Katschalowa, dafür hätten wir gern einen Kommentar von Ihnen.«

»Shenja Katschalowa? Warten Sie, Mischa, ich bin nicht …«

Ohne sie ausreden zu lassen, sprach er hastig und nervös weiter.

»Ich flehe Sie an, Olga, geben Sie mir keinen Korb! Die Sendung wird morgen Abend ausgestrahlt, wir haben sie schon angekündigt. Wir schicken Ihnen einen Wagen, wann immer es Ihnen passt, meinetwegen nachts um zwölf.«

»Mischa, ich habe mit den Ermittlungen in diesem Mordfall nichts zu tun.«

»Ich weiß. Darum wenden wir uns ja an Sie. Ihnen sind nicht die Hände gebunden. Sie äußern sich als unabhängige Expertin.«

»Aber ich besitze keinerlei Informationen. Selbst den Namen des Opfers habe ich von Ihnen zum ersten Mal gehört. Sie hieß also Shenja Katschalowa?«

»Ja. Sie ist vor kurzem fünfzehn geworden. Sie ist die Tochter des bekannten Schlagersängers Valeri Katschalow. Ich erzähle Ihnen alles, was unsere Quellen hergeben, und Sie kommentieren es.«

»Hören Sie, Mischa, ich mache inzwischen etwas ganz anderes. Laden Sie lieber jemanden von der Pressestelle der Innenverwaltung ein.«

»Die Pressestelle wurde zu Stillschweigen verdonnert. Es heißt nur, man halte diesen Mord nicht für eine Fortsetzung der Serie von Moloch, obwohl es viele Übereinstimmungen gibt. Allerdings konnte die Identität des Opfers diesmal sofort festgestellt werden.«

»Wie das?«

»Ganz in der Nähe der Toten lag ihr Handy.«

»Haben Sie mit jemandem vom Ermittlerteam gesprochen?«

»Die weigern sich, unsere Fragen zu beantworten. Solowjow hat mich sogar beschimpft.«

»Haben Sie Guschtschenko angerufen?«

»Wozu? Guschtschenko ist genau wie Sie nicht an den Ermittlungen beteiligt und verfügt über keinerlei Informationen.

Und im Gegensatz zu Ihnen ist er obendrein kamerascheu. Er war noch nie bereit, in unsere Sendung zu kommen. Bitte, Olga!«

»Ich kann nicht, Mischa. Was wollen Sie mit meiner unqualifizierten Meinung, wenn ich überhaupt nichts weiß?«

Olgas Herz schlug immer heftiger. Sie war so aufgeregt, dass sie sich auf den Rand einer nassen Parkbank setzte. Der Moderator redete weiter auf sie ein.

»Es ist Ihr Moloch, Olga! Sie werden sowieso darüber nachdenken, analysieren, Sie können nicht einfach auf halbem Wege stehenbleiben. Sie bekommen von uns alle Informationen, wir werden zusammenarbeiten. Wir planen unabhängige journalistische Recherchen. Innenverwaltung und Staatsanwaltschaft leugnen wie üblich, dass es sich um eine Serie handelt. Olga, ich habe das Profil zu Moloch gelesen, das Sie vor anderthalb Jahren erstellt haben, und ich sage Ihnen offen, nur Kretins wie die Beamten unserer Staatsanwaltschaft konnten das nicht ernst nehmen. Sie haben ihn doch faktisch genau beschrieben.«

»Moment, Mischa, wie sind Sie an das Profil gekommen?«

»Unwichtig. Wir haben unsere Quellen.«

»Vielleicht sollten Sie dann lieber diese Quellen um einen Kommentar bitten?«

»Ich bitte Sie, Olga! Unsere Informanten können nicht vor die Kamera. Aber Sie müssen es tun.«

»Ich muss darüber nachdenken.«

»Dazu ist keine Zeit! Ich weiß, Sie werden gleich Solowjow und Guschtschenko anrufen und sich mit ihnen beraten. Aber Sie haben eine Pflicht gegenüber dem nächsten möglichen Opfer von Moloch. Ist Ihnen nie der Gedanke gekommen, dass die anderthalb Jahre Pause etwas damit zu tun haben, dass Sie sich an den Mörder gewandt haben? Er hat gespürt, dass Sie zu viel über ihn wissen, und Angst gekriegt.«

»Nein. Das ist unmöglich. Das gibt es nicht.«

»Wann soll ich Ihnen den Wagen schicken?«

»Um neun. Ich arbeite jetzt …«

»Wir wissen, wo Sie arbeiten. Punkt neun steht der Wagen vor der Pförtnerbude der Klinik.«

Das war's. Olga atmete tief durch und steckte das Telefon weg. Nun bin ich wieder im Spiel.

Die Fernsehleute verstanden sich aufs Überreden. Aber das war es nicht. Olga wusste bereits, dass sie keine Ruhe finden würde, bis Moloch gefasst war. Der Fernsehaufritt war der erste Schritt. Der zweite war der Karussellfahrer, ihn konnte man in der Sendung nächste Woche zeigen. Der dritte Schritt war Dawydowo. Sie hatte schon lange dorthin fahren wollen. Niemand außer ihr sah Parallelen zwischen Moloch und dem Würger von Dawydowo. Sie hatte es satt, sich anzuhören, dass sie phantasiere. In Guschtschenkos Team hatte jeder alles, was er tat und dachte, jede Idee und Hypothese, im Kollektiv besprechen müssen. Ohne Guschtschenkos Einverständnis hatte sie nicht in den Moskauer Vorort fahren können. Und Guschtschenko hielt ihren Gedanken, dass sich die Handschriften ähnelten und dass nicht Pjanych die blinden Waisen getötet hatte, für absolut hirnrissig.

Das Telefon klingelte erneut, als Olga die Treppe zu ihrer Station hochstieg.

»Was ist mit deiner Stimme?«, fragte ihre Mutter.

»Nichts, alles in Ordnung.«

»Glaub ich nicht. Ich habe heute früh deinen Solowjow im Fernsehen gesehen. Er hat jetzt ganz graue Haare. Ich hoffe, du willst dich nicht einschalten?«

»Wo, Mama?«

»Tu nicht so. Du weißt genau, wovon ich rede. Untersteh dich, Olga! Hörst du?«

»Mama, du siehst dir doch nie den Kriminalreport an.«

»Papa und ich waren beim Frühstück und wollten den Wetterbericht sehen, dabei sind wir zufällig auf den Kriminalreport gestoßen.«

»Hallo, meine Tochter!«, trompetete ihr Vater in den zweiten Hörer. »Ich stimme Mama vollkommen zu. Du darfst dich nicht mehr mit diesen schrecklichen Dingen befassen. Du hast Familie, denk mal an uns und an Katja und Andrej, du hast einfach nicht das Recht dazu!«

»Ich weiß gar nicht, warum ihr so über mich herfallt«, unterbrach ihn Olga. »Bis jetzt hat mich noch niemand um meine Mitarbeit bei den Ermittlungen gebeten.«

»Was denn, auch Solowjow hat nicht angerufen?«, fragte ihr Vater erstaunt.

»Nein.«

»Merkwürdig. Übrigens, ist er eigentlich noch immer unverheiratet?«, erkundigte sich die Mutter betont gleichgültig.

»Keine Ahnung.«

Das Gespräch mit ihren Eltern hatte sie gewärmt und erheitert. Es gefiel ihr, dass die beiden im Alter unzertrennlich waren wie siamesische Zwillinge. Als Kind und als Teenager hatte sie schreckliche Angst gehabt, sie könnten sich trennen.

Ihre Mutter war schön, ihr Vater das ganze Gegenteil. Herausgekommen war Olga, etwas dazwischen. Jemand, der über ein gespanntes Seil lief, wenn man ebenso gut auf festem Boden gehen konnte. Wohlmeinende behaupteten, Olga sähe ihrer Mutter ähnlich, Unfreundliche meinten, sie sei ganz der Vater.

Von der Mutter hatte sie das Haar, dick und glatt, nicht direkt rot, eher wie Buchweizenhonig, vom Vater die weiße, sonnenempfindliche Haut, die hohe, gewölbte Stirn und das kleine runde Kinn. Die Augen waren nur von der Form her die der Mutter, groß und länglich. Die schweren Lider ließen ihren Blick ein wenig verschlafen und hochmütig wirken. Aber die Augenfarbe war nicht die ihrer Mutter, blau, sondern die unbestimmte ihres Vaters – um die Pupille herum hell, grüngold, und am Rand schwarz. Die Brauen hatte sie leider vom Vater – weißblond und formlos. Sie musste sie auszupfen und tuschen. Dafür hatte sie die zierliche, wohlproportionierte Figur ihrer Mutter und deren schlanke Taille. Besonders dankbar war Olga der Mutter für ihre Haltung. Die rührte allerdings nicht von den Genen her, sondern von den ständigen Klapse auf den Rücken und der Aufforderung: »Halt dich gerade, Olga!«

Die Mutter küsste den Vater jeden Morgen auf die Glatze und sagte: »Ich liebe dich.« Die Glatze des Vaters war immer weiter gewachsen, bis sie den ganzen Kopf einnahm. Der Vater sagte gern, seine Oase sei zur Wüste geworden. Er scherzte ständig, und die Mutter lachte darüber. Olga zuckte zusammen wie von einem Stromschlag.

In Wirklichkeit hatte Mama viele Jahre einen anderen Mann geliebt, einen Arbeitskollegen. Er war Chirurg, sie Narkoseärztin. Mit ihm verband die Mutter echte Leidenschaft, mit dem Vater dagegen Verantwortungs- und Pflichtgefühl und die unbewusste Angst vor der Einsamkeit.

Der Chirurg hatte eine Frau und zwei Kinder und nicht die Absicht, seine Familie zu verlassen. Außerdem hatte er nicht nur mit Olgas Mutter eine Affäre, sondern auch mit anderen Frauen, Ärztinnen und Krankenschwestern. Er war ein genialer Chirurg, aber ein schlechter Mensch. Und ihn, den Schlechten, liebte Olgas Mutter, den Vater, einen guten Menschen, dagegen nicht.

Als Olga schon Medizin studierte und ihr Praktikum in der Klinik machte, in der ihre Mutter arbeitete, erzählte eine OP-Schwester die ganze Geschichte. Olga glaubte ihr nicht, hielt das alles für ein Gerücht.

Vor drei Jahren war der Chirurg gestorben. Olgas Mutter hatte schrecklich geweint und war schlagartig in sich zusammengesunken und gealtert. Der Vater war überzeugt, sie weine um den Kollegen, mit dem sie so viele Jahre eng zusammengearbeitet hatte, Seite an Seite am OP-Tisch, bedauerte sie sehr und begleitete sie auf die Beerdigung und zur Totenfeier.

Nun waren die beiden ein ideales Paar, zwei alte Leute, die fast zu einem Organismus geworden waren. Wenn der Mutter die Beine weh taten, humpelte der Vater, wenn der Blutdruck des Vaters stieg, verspürte die Mutter ein Pochen in den Schläfen. Die früheren Leidenschaften und Lügen spielten längst keine Rolle mehr.

Olga hätte damals, mit zwanzig, die Worte ihrer Mutter nicht ganz so ernst nehmen, sie nicht als Wahrheit in letzter Instanz betrachten und ihr eigenes Leben nicht nach der sinnlosen, scheinheiligen Formel »an erster Stelle kommt die Pflicht« ausrichten sollen. Nun konnte sie nur sich selbst die Schuld geben.

Der alte Lehrer lief unruhig durch die Wohnung, trank kaltes Wasser aus dem Teekessel, versuchte zu lesen, aber die Zeilen verschwammen vor seinen Augen.

In den vielen Jahren als Lehrer hatte er wahrlich schon schwierige, ja schlimme Kinder gehabt. Diebe, Drogensüchtige, Prostituierte, Denunzianten, üble Gauner. Er war damit fertig geworden, hatte in Gedanken Puschkin und Tjutschew rezitiert, hatte Hilfe gesucht bei Tolstoi und Dostojewski. Aber nun?

Sie haben sich geirrt, klar? Und lassen Sie mich endlich in Ruhe! Alter Kinderschänder!

Rodezki schaltete den Computer an und suchte nach der Kinderporno-Werbung. Er ging auf die Website von Moloch, doch da standen nur dessen Texte. Er fuhr mit der Maus über verschiedene Zeichen, drückte Tasten – nichts. Beim ersten Mal war er zufällig auf die Filmszenen gestoßen, nun fand er sie nicht wieder.

Jetzt war er beinahe sicher, dass er sich geirrt und Shenja Katschalowa furchtbar unrecht getan hatte. Sie hatte recht gehabt mit ihrer wütenden Attacke. Wie hatte ihm das passieren können, ihm als erfahrenem Pädagogen, einem Kenner der kindlichen Psyche?

Im Herbst war Shenja zusammen mit anderen Kindern mehrmals zu Nachhilfestunden bei ihm zu Hause gewesen. Ein ganz normales Mädchen, vielleicht ein bisschen zu klein und zu dünn für ihr Alter. Und sehr hübsch, wie ein Weihnachtsengel auf alten Postkarten. Selbst die albernen Rasta-Zöpfchen standen ihr.

Als Rodezki im September eine neue achte Klasse übernommen hatte, prüfte er den Wissensstand der Schüler nach seinem eigenen dreifachen System: Diktat, Nacherzählung, Aufsatz. Den Schwächsten erteilte er Nachhilfeunterricht bei sich zu Hause. Früher, zu Sowjetzeiten, hatte er dafür kein Geld genommen, jetzt war er darauf angewiesen, denn sein Lehrergehalt reichte nur knapp zum Leben. Außerdem ließen sich alle Kollegen Nachhilfestunden bezahlen; die Schule galt als elitär, und die Eltern der Schüler waren zahlungskräftig.

»Wissen Sie, wer mein Vater ist?«, hatte Shenja Katschalowa ihn in der ersten Stunde gefragt.

Rodezki wusste es, die Kolleginnen hatten ihn aufgeklärt. Das arme Mädchen setzte einen hochmütigen Blick auf und schob die Unterlippe vor, wenn es von seinem Vater sprach. Genau diesen Gesichtsausdruck hatte Shenja auch bei ihrer letzten Begegnung gehabt.

Sie wissen ja, wer mein Vater ist. Er macht Sie fertig.

Am meisten fürchtete Rodezki sich davor, Shenja am Montag in der Schule wiederzusehen.

Aber sie kam nicht.

Bevor Mark untergetaucht war, hatte er sicherheitshalber seine Website aufgeräumt, alle Bilder gelöscht und nur die Texte übriggelassen. Er war in letzter Zeit leichtsinnig geworden, hatte Fotos und Videoclips eingebunden, auf denen die Gesichter der Mädchen und Jungen deutlich zu erkennen waren. Natürlich war eine solche Werbung effektiver, aber auch die Gefahr wuchs damit um ein Vielfaches. Wer weiß, vielleicht wurde er ja deswegen verfolgt.

Als er eine seiner angemieteten Wohnungen verließ, nahm er weder Papiere noch Mobiltelefon mit. Auf einem Kleidermarkt in der Nähe der Metrostation kaufte er sich ein billiges

Flanellhemd, eine gefütterte Jeansjacke, eine alberne Strickmütze und einen Schal.

Mit der Kleidertüte unterm Arm streifte er eine Weile ziellos umher und redete sich zu, nicht panisch zu werden. Es war doch gar nicht gesagt, dass ihm im Augenblick jemand folgte. Vielleicht hatte er sich das alles nur eingebildet.

Nach anderthalb Stunden verschwand er in einem Friseursalon. Während ein schweigsames Mädchen ihn bediente, schaute er immer wieder zum Fenster.

Glattrasiert und kahlgeschoren, fragte er das mürrische Mädchen nach der Toilette. Er glaubte, draußen jemanden stehen zu sehen. Es wurde schon dunkel, deshalb konnte er die Gestalt nicht genau erkennen. Er lief zur Toilette und zog sich um, wobei seine Hände heftig zitterten.

Draußen war ihm ungewohnt kalt an Wangen und Kopf. Er setzte die Mütze auf und wickelte den Schal um. Die billige Wolle-Synthetik-Mischung kratzte unangenehm auf der rasierten Haut. Die langen Haare, die er normalerweise zu einem Pferdeschwanz band, sowie Bart und Schnurrbart hatte er im Frisiersalon gelassen, seine Kleider in die Plastiktüte gesteckt und in den nächsten Papierkorb geworfen. Wieder lief er kreuz und quer durch die Stadt, um seine Verfolger zu verwirren. Zu Fuß erreichte er den Kulturpark und sah sich dauernd um, konnte aber nicht ausmachen, ob er sie abgehängt hatte oder nicht. Er kaufte eine Eintrittskarte und ging in den Vergnügungspark. Wegen der Kälte war er ziemlich leer. Die meisten Fahrgeschäfte standen noch still, doch das Riesenrad drehte sich gemächlich.

Mark war erschöpft. Er war seit mehreren Stunden auf den Beinen und hatte zuvor zwei Nächte nicht geschlafen. Die Riesenradgondel erschien ihm als sicherer Ort für eine Verschnaufpause. Und von oben konnte er gut sehen, ob unten jemand auf ihn wartete.

»In zwanzig Minuten machen wir Schluss«, sagte das Mädchen an der Kasse.

In der Gondel fühlte er sich zum ersten Mal seit zwei Tagen sicher. Das Riesenrad kroch langsam hinauf, die Gondel schwankte und quietschte anheimelnd. Er döste ein und hörte im Halbschlaf, dass das Riesenrad gleich abgeschaltet werden sollte. Er schaute hinunter – in der Nähe der Kasse standen ein Mann und eine Frau. Ob es die bewussten beiden waren, konnte er nicht erkennen, aber sein Magen zog sich vor Angst zusammen, und bei der letzten Umdrehung, als die Gondel unten war, setzte er sich auf den Boden, um nicht gesehen zu werden.

Das Riesenrad drehte noch eine halbe Runde, ruckte ein paarmal und blieb stehen. Seine Gondel hing ganz oben. Er zog die Mütze über die Ohren und steckte die Hände in die Jackenärmel. Zusammen mit dem Riesenrad schien auch die Zeit stehengeblieben. Es war still und dunkel. Weit unten blinkten bunte Lichter und lärmte dumpf die nächtliche Stadt.

»Nur keine Panik«, sagte er laut und erschrak vor der eigenen Stimme – so einsam klang sie.

An diese Nacht dachte er lieber nicht zurück. Er hatte mehrmals versucht, aus der Gondel zu steigen und an den Sprossen des Riesenrades hinunterzuklettern, aber ihm wurde schwindlig, und sein Herz pochte dumpf. Es kostete ihn gewaltige Anstrengung, sich zu beruhigen und den Morgen abzuwarten. Selbst wenn er es schaffte, hinunterzuklettern, hätte er nicht gewusst, wie weiter und wohin.

Als das Riesenrad am nächsten Morgen wieder anlief und Mark herausgeholt wurde, musste er sich nicht einmal besonders verstellen. Er wurde behandelt wie ein echter Irrer. Im Krankenwagen wickelten ihn die Sanitäter in eine Decke und gaben ihm heißen Tee aus einer Thermoskanne.

Während er untersucht, in der hässlichen Krankenhausdusche gewaschen und in einen Klinikpyjama gesteckt wurde, schwieg er. Später schlang er gierig einen Teller Graupensuppe hinunter. Im Krankenzimmer rollte er sich in seinem

Bett unter zwei Decken zusammen und schlief wie ein Toter den ganzen Tag durch. In der Nacht wurde er von Schlaflosigkeit geplagt.

Im Morgengrauen überlegte er plötzlich, dass es nicht unbedingt Konkurrenten sein mussten, die ihn verfolgten. Womöglich hatte eines der Kinder auf eigene Faust gehandelt, die Kleinen waren nicht dumm. Sie waren gerissen und geldgierig. Vielleicht hatte sich jemand nebenbei was dazuverdienen wollen, sich einen Klienten geangelt und erpresste ihn nun.

Mark bekam Schüttelfrost.

Sein Computer enthielt auch die Telefonnummern der Kunden und ihre Pseudonyme. Anhand der Telefonnummern ließen sich mühelos ihre richtigen Namen herausfinden, manchmal auch die Adresse und sogar ihre Arbeitsstelle.

Einige waren natürlich so extrem vorsichtig, dass es schon an Paranoia grenzte. Sie bestanden auf einer einseitigen Verbindung; sie riefen Mark von öffentlichen Telefonzellen aus an und zahlten jede beliebige Summe. Mit den Kindern trafen sie sich nur auf ihrem eigenen Terrain, in eigens dafür angemieteten Wohnungen, fremden Sommerhäusern oder privaten Hotels. Aber so waren die wenigsten. Die meisten benutzten für den Kontakt Handys oder sogar ihre Diensttelefone.

Mark stockte jedesmal der Atem, wenn er die Identität eines weiteren Liebhabers kleiner Jungen oder Mädchen enthüllt hatte. FSB- und Miliz-Generale, Abgeordnete, hohe Staatsbeamte, Männer, die in politischen Talkshows auftraten und öffentlich den Verfall der Sitten beklagten und den kompromisslosen Kampf gegen Schmutz und Pornographie predigten.

Für Mark waren Informationen die wichtigste Währung. Er wollte niemanden erpressen, nein, er war kein Selbstmörder. Aber irgendwann einmal, wenn er die Nase voll hatte von diesem gefährlichen Geschäft, hoffte er, seine Sammlung günstig zu verkaufen und vom Erlös bis ans Ende leben zu können. Dass er einen großzügigen Abnehmer für das gesamte Paket finden würde, war keine Frage.

Die meisten Filme bewahrte er bei sich zu Hause auf. Sie unterschieden sich keinen Deut von den Hunderten anderer Kassetten und standen auch nicht gesondert, sondern wahllos zwischen all den anderen. Sie waren nicht beschriftet, nur mit Chiffre-Nummern versehen. Kassetten, die Kunden mit den Kindern zeigten, waren mit einem kleinen schwarzen Sternchen markiert. Vor einigen Monaten hatte er angefangen, die Filme auf DVDs zu überspielen, die er dann in einem Bankschließfach deponierte.

Davon wusste niemand außer ihm. Den Kindern predigte er immer wieder, Erpressung sei Selbstmord, sie sollten es gar nicht erst versuchen.

»Wer?«, flüsterte er ins Kissen. »Ika? Ausgeschlossen. Sie ist nicht mehr minderjährig. Sie ist zweiundzwanzig, auch wenn sie aussieht wie vierzehn. Außerdem ist sie mir treu ergeben, wie ein Hündchen, sie würde mich nie in die Pfanne hauen. Stas? Zu träge und außerdem feige. Rennt bei jeder Kleinigkeit gleich zu seiner Mama. Jegorka? Zu blöd. Leicht schwachsinnig, glaub ich. Darum ist er so sexy, könnte rund um die Uhr vögeln. Shenja? Ja, die ist zu allem fähig. Hat gewaltige, ganz unkindliche Ambitionen. Sie ist verrückt, unberechenbar und verschlossen. Die Klügste und Geldgierigste der vier. Treibt sich in Nachtklubs rum, hat mit wer weiß wem Kontakt. Und bestimmt noch ein heimliches Nebengeschäft und ihre eigenen Einkunftsquellen. Sie kassiert garantiert bei irgendwem ab, schon lange und nicht zu knapp. Angenommen, dieser Jemand kann nicht mehr zahlen, oder ihre Forderungen sind ausgeufert und sie versucht es mit einer kleinen Erpressung. Hat ihm erzählt, es sei alles auf Video, und die Kassetten lägen bei mir, sie wisse bloß nicht, wo genau.

So mutmaßte Mark ins Blaue hinein – es gab viele Möglichkeiten, ganz unterschiedliche und überraschende. Und vor allem wusste er noch immer nicht, was er tun sollte.

Zehntes Kapitel

Soja Sazepa brauchte dringend den Rat ihres Mannes wegen der Fliesen für das Badezimmer im Sommerhaus. Sie erwartete Nikolai in einem Café in der Nähe eines exklusiven Sanitärgeschäfts auf dem Lenin-Prospekt. Sie war aufgedreht, am Telefon hatte ihre Stimme einen metallischen Klang gehabt. Der Bau des Sommerhauses war in den letzten zwei Jahren zu ihrem wichtigsten Daseinszweck geworden. Das hatte Sazepa erlaubt, sein eigenes Leben zu führen, das geheim und gefährlich war, von dem er aber immer geträumt hatte.

Soja hielt sich für eine verkannte große Designerin. Um den gesamten Innenausbau des Hauses kümmerte sie sich selbst. Sie fuhr mit ihrem weißen Honda auf Baumärkte, beaufsichtigte die Handwerker, stritt und versöhnte sich mit dem Bauleiter, hielt akribisch sämtliche Ausgaben fest, besichtigte die Sommerhäuser und Villen ihrer wohlhabenden Bekannten, betastete Wände und klopfte Fußböden ab. An ihren Mann wandte sie sich nur in zwei Fällen – wenn das Geld alle oder wenn eine Etappe beendet war. Im ersten Fall erwartete sie von ihm nur Scheine. Im zweiten – Begeisterung.

Doch manchmal brauchte sie darüber hinaus dringend die Hilfe ihres Mannes. Wie zum Beispiel vor einiger Zeit bei den Steinen für die Außenfassade. Sie hatte sich nicht für den richtigen Farbton entscheiden können, und Nikolai hatte sich nicht nur Katalogbilder ansehen, sondern sie auch zu der Firma begleiten müssen, weil die Bilder die Farbnuancen und die Körnigkeit des Materials nicht richtig wiedergaben. Nun waren die Fliesen ein Problem, und Nikolai wusste, dass er sich nicht drücken konnte.

Als er an der Moskwa entlangfuhr, am Kulturpark vorbei, dachte er daran, dass er im Mai zwei Jahre mit Shenja zusammen gewesen wäre, und versank wieder in seinen Erinnerungen.

Das Mädchen kommt ihm auf Skates entgegengerast, und er fängt es auf. Die Parkeisenbahn fährt dröhnend vorbei. Er hält das Mädchen in den Armen. Zum ersten Mal widerfährt ihm so etwas in Wirklichkeit. Zugleich ist es wie eine Halluzination, ein Anflug von Fieberwahn. Das Mädchen hält ihn für einen Ausländer, spricht mit ihm Englisch. Ein Geschenk des Schicksals, ein magisches Zeichen. Genau, er ist Ausländer, beherrscht nur ein knappes Dutzend russische Wörter.

Zu sich gekommen, löste er die Umarmung und fragte sie auf Englisch, ob alles in Ordnung sei und sie sich den Fuß verstaucht hätte. Ja, das hatte sie wohl, es tat ein bisschen weh. Sie sprach gut Englisch, ging bestimmt in eine Spezialschule.

Er half ihr zur nächsten Bank, zog ihr den schweren Plastikschuh aus, tastete den zierlichen Knöchel ab, streichelte und drückte den schmalen Fuß in der ulkigen gestreiften Zehensocke. Sie verzog das Gesicht und stöhnte.

Er fürchtete, dass plötzlich ein Erwachsener auftauchte, die Mutter oder der Vater, und alles zu Ende war. Ein kurzes Dankeschön, und er würde dieses Wunder nie wiedersehen. Doch das Wunder zerstreute seine Sorgen.

»Ich bin mit Freunden gekommen, aber wir haben uns gestritten. Sie wollten ins Kino, irgendein Quatsch mit Außerirdischen. Ich laufe gern allein. Aber heute ist nicht mein Tag. Ich bin heute Nacht zu lange in der Disko rumgehopst, jetzt tun mir sämtliche Muskeln weh, ich kann mich nicht mal richtig bücken.«

Auf ihrem Rücken baumelte ein Rucksack, darin lagen Turnschuhe. Sazepa hockte sich hin und zog ihr die Schuhe an wie einem Kleinkind. Sie hatte nichts dagegen, schaute auf ihn herab und lächelte ihr rätselhaftes, schwindelerregendes Lächeln.

»Nach einer so anstrengenden Nacht muss man sich stärken, damit man wieder zu Kräften kommt«, sagte Sazepa. »Ich wollte gerade essen gehen. Leistest du mir Gesellschaft?

Ich bin zum ersten Mal in Moskau und kenne kein anständiges Restaurant hier in der Nähe.«

Was rede ich da? Sie ist ein Kind, was versteht sie schon von Restaurants, dachte er.

Das Lächeln auf ihrem Gesicht erlosch. Das Mädchen zog die Brauen zusammen und biss sich auf die Oberlippe.

Aus, Ende! Gleich sagt sie: nein danke. Das würde jedes normale Mädchen an ihrer Stelle tun. Welches Kind schließt schon auf der Straße Bekanntschaft mit einem erwachsenen Mann? Oder bin ich für sie kein Mann mehr? Ein Opa, noch dazu Ausländer. In Russland hat man ja ein besonderes Verhältnis zu Ausländern, das kommt noch aus der Sowjetzeit, als es nur wenige Ausländer gab; Vertreter einer anderen, freien, verlockenden Welt ... Kaugummi, Jeans ... Nein, das ist lange vorbei, eine neue Generation, Demokratie ... Der Fieberwahn hielt an, seine Gedanken hüpften wild durcheinander. Er hatte offenbar sogar erhöhte Temperatur, ihm war abwechselnd kalt und heiß.

»Ich kenne ein Lokal, das ist nicht übel«, sagte das Mädchen nach einer für ihn qualvollen Pause. »Da war ich mal mit meinem Papa. Wissen Sie, wer mein Papa ist? Ein bekannter Sänger. Wenn Sie hier mal den Fernseher anmachen, den Musiksender, dann sehen Sie ihn auf jeden Fall. Er ist so was wie bei euch Celentano, er hat auch schon in Filmen mitgespielt. Sie wollen also mit mir in ein Restaurant gehen? Gern. Aber ich habe kein Geld.«

Er strich ihr übers Haar.

»Wirklich? Schade, ich dachte, ich werde heute mal von einer netten kleinen Moskauerin eingeladen.«

Ja, an jenem Tag war alles irreal gewesen. Die Kleine hatte über seinen unbeholfenen Scherz gelacht und seine Einladung zum Essen ohne Zögern angenommen. Diese Leichtigkeit hatte ihn nicht stutzig gemacht, sondern im Gegenteil ein romantisches Beben ausgelöst. Die Kleine war rein und vertrauensselig. Wie hätte Sazepa, trunken vor Glück, ahnen können, dass dieses Kind zynisch und erfahren war wie eine mit allen Wassern gewaschene Nutte?

Zu lange und zu quälend war das Warten gewesen, als dass er noch einen Funken Verstand hätte bewahren können, als sie endlich vor ihm stand. Sein Mädchen. Klein, zierlich, hilflos. Jeder Humbert trifft eines Tages seine Lolita.

Humpelnd und auf seinen Arm gestützt, führte sie Sazepa aus dem Park. Der Rucksack mit ihren Skates baumelte auf ihrem Rücken.

»Ich heiße übrigens Shenja.«

»Nicolo«, stellte er sich vor. Nun hatte sein zweites Ich endlich einen Namen.

Professor Nicolo Castroni lebte in Rom, lehrte an der Universität antike Geschichte und war zum ersten Mal in Moskau, als Gast einer wissenschaftlichen Konferenz. Sie fragte natürlich nicht weiter nach, nickte nur gleichmütig und erklärte, sie träume schon lange von einer Italienreise, vorigen Sommer sei sie in England gewesen, um Englisch zu lernen. Dort habe es ständig geregnet, es sei furchtbar langweilig gewesen und das Essen grässlich. Jeden Tag Cornflakes mit bläulicher Milch zum Frühstück.

Im Restaurant entschied sie sich für Kaviar und Hummer in Basilikumsoße, die teuersten Gerichte auf der Karte. Signor Castroni war gerührt von der Unbefangenheit der kleinen Signorina. Er selbst konnte nichts essen, er schaute sie an und schmolz dahin vor Glück.

»Nikolai, endlich! Ich mache mir schon Sorgen!« Soja kam aus dem Halbdunkel des Raumes auf ihn zu und küsste ihn auf die Wange. »Hu, du bist ja ganz stachlig.«

Er hatte es also geschafft, den Wagen geparkt und war nun im Café.

»Kaffee trinken wir später, ich habe schon bezahlt, jetzt komm erst mal, komm, ich bin schon total erschöpft vom Warten! Es ist gleich nebenan.«

Rodezki hielt seine Stunde ganz mechanisch ab, er registrierte kaum, wovon er redete, wen er an die Tafel rief. Sein Blick klebte an dem leeren Stuhl in der vierten Fensterreihe.

Shenjas Banknachbarin Karina Awanessowa, ein hässliches dickes Mädchen, sah ihn verdächtig durchdringend an. Er wusste, dass die beiden befreundet waren, jedenfalls war Shenja in der Schule meist mit ihr zusammen.

Ob sie es ihr schon geflüstert hat, das Gerücht ausgestreut, wie sie sich ausgedrückt hat?

Er sprach über Puschkins Prosa, über die »Hauptmannstochter«.

Seine eigene Stimme erreichte ihn wie aus weiter Ferne, als stünde vor der achten Klasse ein mechanischer Doppelgänger, während er selbst noch immer auf der eiskalten Bank saß.

Sie haben sich geirrt, klar? Und lassen Sie mich endlich in Ruhe! Alter Kinderschänder!

Noch nie hatte ihn jemand derartig beleidigt. Aber auch er hatte noch nie jemanden derartig beleidigt. Wenn er sich wirklich geirrt hatte, dann war seine Behauptung »Shenja, du lässt dich in Kinderpornos filmen« schlimmer als eine Ohrfeige. Was hatte ihn da nur geritten? Er hätte ihr das nicht so auf den Kopf zusagen sollen. Ihre Reaktion war ganz verständlich und berechtigt. Er hatte es verdient.

»Aus Puschkins Handschriften ist ersichtlich, dass die Idee zum Roman über Schwanowitsch bereits während der Arbeit am ›Dubrowski‹ entstand.«

Die Klasse hörte schweigend zu. Fünfundzwanzig Augenpaare waren unverwandt auf den alten Lehrer gerichtet. Im Laufe der vielen Jahre hatte sich Rodezki an die Stille in seinem Unterricht gewöhnt, er bemerkte sie gar nicht mehr, hielt die gespannte Aufmerksamkeit der Schüler für normal. Jetzt aber erschienen ihm ihre Blicke allzu aufmerksam. Sie hörten nicht zu, sie musterten ihn. Spott, Verachtung, Ekel – das meinte er in ihren Augen zu sehen.

Nein. So geht das nicht. Ich muss die Wahrheit herausfinden. Wenn ich mich geirrt habe und das im Internet ein anderes Mädchen war, muss ich mich bei Shenja entschuldigen und in Rente gehen. Dann darf ich nicht mehr mit Kindern arbeiten. Aber wenn es doch kein Irrtum war, muss ich wenigstens versuchen, ihr zu helfen. Und mit ihrer Mutter reden.

»In den ersten Entwürfen zur ›Hauptmannstochter‹ tauchen Grinjow und Mascha Mironowa noch nicht auf. Hauptfigur war Iwanowitsch, ein adliger Verräter. Nach Meinung einiger Literaturhistoriker hat Puschkin die positiven Figuren nur der Zensur wegen eingeführt, denn ein Roman, dessen Hauptfigur ein Verräter, ein Staatsverbrecher war, wäre zum Verbot verurteilt gewesen. Doch selbst wenn an dieser Hypothese etwas Wahres ist, sollten wir der zaristischen Zensur dankbar sein für diese wunderbaren Gestalten der russischen Literatur. Mascha Mironowa, Grinjow, der alte Kommandant und seine Frau und schließlich Saweljitsch. Sie sind bis heute lebendig und uns allen eine Stütze, wie Generationen russischer Menschen vor uns. Ihr Edelmut, ihre Reinheit und ihre Liebe erinnern uns daran, dass wir noch immer Menschen sind.«

Die Klingel schrillte. Rodezki schrak zusammen. Ein paar Sekunden lang saß die Klasse noch reglos da. Derartiges weckte in seinen offenen Unterrichtsstunden bei einigen Kollegen heftigen Neid. Normalerweise sprangen die Schüler beim Klingelzeichen sofort auf und rannten lärmend hinaus, als hätten sie die ganzen fünfundvierzig Minuten nur auf diesen glücklichen Augenblick gewartet.

»Wie schaffen Sie das nur?«, fragte die Direktorin achselzuckend. »Als ob Sie sie verhext hätten.«

»Schluss für heute, Kinder, die Hausaufgabe steht an der Tafel, die Aufsätze bekommt ihr am Mittwoch zurück.«

Er ließ sich auf seinen Stuhl fallen und wischte sich die feuchte Stirn.

»Boris Alexandrowitsch!« Die dicke Karina trat an den Lehrertisch. Ihre schwarzen Augen wirkten erschrocken.

»Ja, Karina?«

»Haben Sie die Aufsätze schon korrigiert?«

»Nicht alle. Warum?«

»Das Heft von Shenja Katschalowa ...« Sie stockte und wurde rot. »Wissen Sie, Shenja ist krank und hat mir ihr Heft gegeben, ich sollte es für sie abgeben. Das war am Donnerstag, und am Abend hat sie mich angerufen und gesagt, es wäre das falsche Heft gewesen. Und mich gebeten, es auszutauschen. Hier, ich hab es mitgebracht. Hier ist der Aufsatz drin.«

Karina legte ein liniertes Schulheft auf den Tisch.

»Geben Sie mir das andere bitte zurück. Ich sollte es schon am Freitag umtauschen, aber ich hab nicht dran gedacht, ich hab das Heft jetzt erst in meiner Tasche gefunden.«

»Natürlich gebe ich es dir zurück. Aber erst morgen. Ich habe es zu Hause.«

»Zu Hause?!« Karina schien gleich losheulen zu wollen.

»Ja. Aber warum bist du denn so aufgeregt?«

»Ich? Ich bin überhaupt nicht aufgeregt. Das kommt Ihnen nur so vor. Es ist nur ... Es ist mir peinlich Shenja gegenüber, sie hat mich drum gebeten, und ich hab's vergessen.«

»Übrigens – was ist eigentlich mit Shenja?«

»Das Übliche. Chronische Bronchitis.«

Der Wanderer kam tagelang fast ohne Schlaf aus. Zwei, drei Stunden genügten ihm, um sich frisch und ausgeruht zu fühlen. Für Hominiden war Schlaflosigkeit schädlich und gefährlich. Ihr Gehirn brauchte acht Stunden Erholung.

Tiere schlafen viel. Der Mensch kann und muss wach sein. Seine Zeit ist zu kurz, um sie mit Schlaf zu vergeuden.

Der Wanderer lebte nicht ein, sondern zwei Leben. Am schwersten war jedesmal der Übergang von einer Welt in die andere, aus dem Licht in die Finsternis und umgekehrt. Die Hominiden-Haut war wie eine Art Gummianzug, in den er sich hüllen musste, um in die eiskalte, dunkle Tiefe zu tauchen.

Den ersten Engel hatte er vor langer Zeit befreit, in seiner frühen Jugend. Eher durch Zufall, er hatte es nicht gewollt.

Er war sechzehn, sie vierzehn. Sie hatte ihn auf den Dachboden gelockt, ihm Hemd und Hose aufgeknöpft und ihr Röckchen hochgehoben. Flanellunterwäsche, Strümpfe mit Haltern, Geschnaufe, schwitzige Balgerei, ein Geruch nach Erdbeerseife. Und dann ihr Lachen. Böses, verächtliches Lachen.

Er hatte sie nicht töten wollen. Er musste es tun, damit sie verstummte.

Niemand hatte sie zusammen auf den Dachboden hinaufsteigen sehen. Niemandem wäre es in den Sinn gekommen, ihn, den braven Musterschüler, zu verdächtigen. Es gab in der Gegend genügend kriminelle Jugendliche, und das Mädchen galt als Flittchen. Eine alte Klatschtante erklärte: »Selber schuld, das hat sie davon.«

Von seiner Großmutter hörte er den Satz: »Der Engel ist fortgeflogen.« Er fragte: »Wohin?« Und die Großmutter antwortete: »In den Himmel.«

Er begriff, dass er den Engel befreit hatte. Seitdem sah und hörte er die Engel, und mit jedem Jahr wurden ihre Stimmen deutlicher und klagender.

Viele Jahre bewegte er sich in der Routine der Realität, tief in der ewigen Nacht, jenseits der Apokalypse, sich seiner Mission zwar bewusst, aber noch nicht mutig genug, um zu handeln. Er sah und hörte die Engel, überlegte sich alles ganz genau, schlich um Schulen und Spielplätze herum, doch stets hielt ihn etwas zurück. Er kehrte in die Realität zurück, erschöpft und ausgelaugt, und tröstete sich damit, dass seine Zeit noch nicht gekommen war.

»Sie sind blind und schutzlos, die Erde ist für sie eine Hölle, sie gehören nicht in die Hölle, sie gehören in den Himmel, denn sie sind Engel. Ich bin lange durch den dunklen Tunnel unerklärlicher Leiden gegangen. Warum bin ich so? Warum bin ich anders als Millionen anderer Menschen? Ich habe qualvoll nach Antworten gesucht, und eines Tages waren sie da, wie eine Erleuchtung. Ich bin anders als die anderen, weil die anderen keine Menschen sind. Seligkeit erlangen, Mensch werden im ursprünglichen, göttlichen Sinn kann man nur, wenn man sich reinigt, sich von der giftigen Wurzel der Lüsternheit befreit. Hundertfach selig aber ist, wer von Geburt an frei davon ist. Er ist ein Auserwählter.«

Der Wanderer entdeckte, dass er auf dem Fußboden saß und eine Kassette hörte. Wann war er aufgestanden, hatte die Kassette vom Regal genommen und das Gerät eingeschaltet? Ein paar Minuten, ein paar simple Handlungen hatten sich aus seinem Gedächtnis verflüchtigt wie Atemhauch auf einer Fensterscheibe. Die Stimme vom Band ähnelte der in seinem Kopf. Hoch und sanft, ein wenig träge, als befände sich der Sprechende in tiefer hypnotischer Trance. Das verlieh den Worten absolute Glaubwürdigkeit. Im Schlaf log der Mensch nicht.

»Ich habe sie darüber sprechen hören, was sie heute im großen Haus Gutes zu essen bekommen würden. Ein Mädchen erklärte einem anderen, es tue nur am Anfang weh, dann nicht mehr. Wenn sie von dort zurückkehrten, schaute ich aus der Dunkelheit in ihre Gesichter, in ihre blinden Augen, und mir schien, als schlügen darin lebendige, reine Engel hilflos mit den Flügeln wie Vögel im Käfig. Warum tötete ich nicht die Schweine, die die blinden kleinen Waisen missbrauchten? Weil sie ohnehin tot waren.

Eines Nachts sah ich einen dieser Toten aus dem Wasser steigen. Er hatte gewettet, dass er über den ganzen See schwimmen könnte, und die Wette gewonnen. Nackt, nass und fett hüpfte er am Ufer herum und schwenkte triumphierend die Arme. Er war betrunken. Ich wurde sehr schnell mit ihm fertig. Ich überfiel ihn von hinten, presste seinen Hals zusammen und drückte auf die Schlagader. Als er nicht mehr zappelte, schleifte ich seinen Körper auf das Steilufer und stieß ihn hinunter ins Wasser. Es war widerlich, ich fühlte mich, als hätte ich einen gigantischen Wurm zerquetscht. Es verlieh mir keine neue Kraft, im Gegenteil, ich war erschöpft. Vom üblen Gestank des Bösen.

Er war General, Held der Sowjetunion. Er kam oft in das große Haus am anderen Ufer, er mochte die jüngsten Mädchen, die Siebenjährigen. Als ich im Lebensmittelladen an der Bahnstation nach Wurst anstand, hörte ich eine Erzieherin der Heimköchin zuflüstern, Gott habe den verfluchten Teufel bestraft. Wenn sie wüssten, dass ich dieser Gott war!

Als sie die Leiche aus dem Wasser zogen, erklärte der Arzt sofort, es sei ein Unfall gewesen. Ein Herzanfall.

Den Herzanfall hatte er vermutlich bekommen, als ich ihn im Dunklen überfiel. Ich glaubte, ihn zu töten, dabei war er schon tot. Er war immer tot gewesen. Tote zu töten ist sinnlos. Ich muss die Lebenden retten.«

Der Wanderer schaltete das Gerät aus, entnahm die Kassette, zog das Band heraus, knüllte es zusammen, ging damit in die Küche, holte eine große Obstschale aus Messing vom Regal, legte das Band hinein und zündete es an. Bevor er die leere Hülle wegwarf, kratzte er den Papieraufkleber ab, auf dem mit kleinen Buchstaben stand: Dawydowo. 1983–1986.

Der Wanderer ging zum großen Flurspiegel und betrachtete sich. Er war sauber rasiert, ordentlich gekämmt und trug einen tadellosen teuren Anzug. Er verzog die starren Lippen zu einem Lächeln. Seine großen weißen Zähne blitzten auf, Glanz trat in seine Augen, die er zusammenkniff. Er sah aus wie ein Hominide. Er war gewappnet, furchtlos und ohne Zweifel erneut in die Finsternis der ewigen Nacht zu tauchen.

Der alte Nikonow hatte einen Anfall. Olga hörte seine Schreie schon auf der Treppe.

Nikonow litt an involutionärer Depression. Der Grund dafür war seine Frau. Die zwanzig Jahre jüngere, auffällige mollige Blondine besuchte ihn relativ häufig, doch dem alten Mann erschienen die Abstände zwischen ihren Besuchen wie eine Ewigkeit.

»Sie wird nie mehr kommen! Ich will nicht mehr leben! Keiner braucht mich, ich bin allen im Wege!«

In letzter Zeit hatte sich sein Zustand gebessert, Doktor Filippowa wollte ihn sogar entlassen, und nun auf einmal diese abrupte Verschlechterung. Zwei Pfleger hielten ihn im Sprechzimmer fest, und er wehrte sich, weinte und versuchte, sich das Gesicht zu zerkratzen.

»Was ist passiert, Pawel?«

Auf ein Zeichen von ihr ließen die Pfleger den Alten los. Als er merkte, dass er nicht mehr festgehalten wurde, ließ er sich kraftlos zu Boden sinken, krümmte sich zusammen, verschränkte die Arme über dem Kopf und fing an zu schluchzen.

»Sie wird nie mehr kommen, sie hat mich absichtlich hierher abgeschoben. Kein Wunder, sie ist eine schöne junge Frau, und ich bin alt und hässlich. Ich kann sie verstehen. Sie will die Wohnung? Sie soll sie haben, das wäre nur gerecht. Ich war glücklich mit ihr, ganz unverdient glücklich. Ich habe ihr ihre Jugend gestohlen, ihre besten Jahre. Ich habe meine Familie verraten, meine Frau, meine Kinder und meine Enkel. Was bedeutet da schon eine Wohnung?«

Doktor Filippowa half ihm auf und setzte ihn auf einen Hocker. Der Alte weinte und zitterte.

»Ich weiß jetzt die Wahrheit, die schreckliche Wahrheit. Ich will nicht mehr leben.«

»So, was denn für eine Wahrheit?«

»Meine Frau hat mich absichtlich hierher abgeschoben. Hier werde ich schneller sterben als zu Hause. Sie hat einen anderen, jünger, gesünder und schöner als ich. Sie will die Wohnung. Sie will mich loswerden und ein neues Leben anfangen.«

»Wer sagt das?«

»Mein Bettnachbar.«

»Welcher?«

»Der Neue mit der Glatze, der vom Riesenrad.«

»Unsinn, hören Sie nicht auf ihn. Er ist einfach boshaft. Er kennt weder Sie noch Ihre Frau. Er kennt nicht einmal sich selbst und erinnert sich an nichts, und Sie lassen sich von ihm so verunsichern.«

»Sie brauchen mich nicht zu bedauern!«, rief der Alte und schüttelte den Kopf. »Ihr Mitleid verlängert nur meine Qual.«

Olga schaffte es nicht, Nikonow zu beruhigen. Er schluchzte erneut. Ein Monat intensiver Therapie zum Teufel. Nun musste sie ganz von vorn anfangen.

Das traurigste aber war: Seine Frau war bei einem ihrer letzten Besuche zu Doktor Filippowa ins Zimmer gekommen, hatte die Tür geschlossen, ein teures Parfüm auf den Tisch gestellt und erklärt, sie sei Olga so dankbar für alles, sie sei eine wunderbare Ärztin – um sich dann zu erkundigen, wann sie am besten mit einem Notar vorbeischauen könne, damit ihr Mann das Testament unterschreibe, und Olga schließlich zu bitten, ihren Mann offiziell für geschäftsunfähig zu erklären und ihn am besten in ein Heim für Demenzkranke einzuweisen.

»Sie müssen nicht denken, dass ich so eine bin, die ihren Mann loswerden will. Verstehen Sie mich nicht falsch. Aber ich gehe arbeiten, ich kann ihn zu Hause nicht allein lassen, und für eine Pflegerin reicht weder mein Gehalt noch seine Rente«, erklärte sie und schnäuzte sich dezent in ein Papiertaschentuch.

Olga hatte das Parfüm nicht genommen und der Dame erklärt, ihr Mann sei keineswegs ein so hoffnungsloser Fall, dass er ins Heim müsse. Es wurde ein recht unerquickliches Gespräch. Besonders missmutig reagierte die Dame, als Olga sagte, ihr Mann brauche nur Zuwendung, einfache menschliche Wärme. Er sei in keiner Weise eine Gefahr, weder für sich selbst noch für seine Umgebung. Die Dame ging, ohne sich zu verabschieden. Später sah Olga, wie sie Nikonow im Flur mit Joghurt fütterte, ihm über den Kopf strich und ihn »mein Vögelchen« nannte. Das Gesicht des Alten spiegelte vollkommenes Glück.

Wenigstens etwas, dachte Olga seufzend. Jeder dritte Patient bekommt überhaupt nie Besuch. Wir behalten sie hier, solange es geht, dann werden sie auf die Chronikerstation verlegt, und da bleiben sie dann, bis sie sterben. Alle tun einem leid, und niemandem kann man wirklich helfen.

Nikonow wurde von den Pflegern hinausgetragen.

Olga stand auf, ging zum Spiegel und strich sich das noch regenfeuchte Haar glatt. Der schwache Schrei des Alten hallte in ihren Ohren nach.

Warum bin ich so bedrückt? Fällt mir die Arbeit mit den unglücklichen depressiven Alten etwa schwerer als das Wühlen in Psychopathengehirnen?

Ja, sie fiel ihr tatsächlich schwerer. Hier war sie ständig mit der Unausweichlichkeit von Alter und Tod konfrontiert. Sie beobachtete, wie der Verstand erlosch, wie der Mensch ins Dunkel abtauchte, und konnte nichts dagegen tun. Sah den Schmerz und die Verzweiflung der Angehörigen oder ihren mit Selbstrechtfertigungen gewürzten Verrat. Eisige Barrieren zwischen Menschen, die sich nahestanden, die Schrecken von Einsamkeit und Egoismus. Es gab keine Schuldigen. Nur Opfer. Auch diejenigen, die Verrat übten und ihre alten Angehörigen im Stich ließen, waren Opfer. So viele überzeugende Gründe sie sich auch ausdachten, so sehr sie zu vergessen suchten – es gelang ihnen nicht. Das Gewissen quälte sie, an ihnen nagte die Angst, dass auch sie eines Tages von ihren Kindern und Enkeln zum Sterben abgeschoben werden würden.

Alter, Krankheit und Tod – das alltägliche, unpersönliche Böse. Gegen das man nicht kämpfen konnte. Psychopathen dagegen waren das außergewöhnliche, konkrete Böse. Dagegen konnte man ermitteln und es unterbinden.

Als Moloch aufgetaucht war, hatte Olga sofort an den Würger von Dawydowo Anatoli Pjanych gedacht und nach Material zu dem alten Fall gesucht. Was immer die anderen meinten – sie sah eine offenkundige Übereinstimmung zwischen seinem *modus operandi* und dem von Moloch. In den Archiven des Instituts fand sich nur eine Kopie des offiziellen Gutachtens der Kommission.

»Weißt du nicht mehr? Sämtliche Materialien kamen zu den Ermittlungsakten und wurden der Staatsanwaltschaft übergeben«, sagte Guschtschenko. »Aber was willst eigentlich du damit?«

Olga war auf eine Zeitungsnotiz über einen Brand im Heim für Blinde und Sehschwache in Dawydowo gestoßen – im Novemer 1986, also genau zu der Zeit, als Pjanych Selbstmord begangen hatte. Bei dem Feuer waren drei Kinder, zwei Erzieherinnen und eine Lehrerin umgekommen. Im Krankenhaus starben später noch eine Pflegerin und ein Pförtner. Als Ursache für die Tragödie galt offiziell ein defektes Stromkabel.

Normalerweise wurden bei Kapitalverbrechen Unmengen von Zeugenaussagen gesammelt, die alle registriert und aufbewahrt werden mussten. Doch im Fall Pjanych war alles spurlos verschwunden.

Auch Solowjow war erstaunt, als Olga ihn bat, eine Anfrage an das Informationszentrum des Innenministeriums zu richten. Und erkundigte sich: »Was willst du eigentlich damit?«

Wenn sie ehrlich war, wusste sie es selbst nicht recht.

»Der *modus operandi* ist wirklich ähnlich«, sagte Solowjow, »aber das war trotzdem nicht Moloch. Du weißt doch, der Mörder hat sich in der Zelle erhängt. Oder glaubst du, Pjanych war gar nicht der Mörder?«

»Ja, das glaube ich«, bekannte Olga. »Noch immer, wie schon damals.«

»Na schön, aber sprich darüber mit niemandem außer mir, ja? Ich kriege so schon dauernd zu hören, dass du phantasierst.«

Sie griff zum Telefonhörer, wählte Solowjows Dienstnummer und lauschte lange dem Freizeichen. Sie wollte seine Handynummer wählen, doch es klopfte an der Tür, und gleich darauf strömte eine Schar Studenten im Praktikum herein.

Die Sitzung beim stellvertretenden Minister verlief recht träge. Solowjow äußerte seine Hypothese, dass es sich bei dem Mord um die Fortsetzung einer Serie handele, die vor zwei Jahren begonnen habe. Die drei nicht identifizierten Jugendlichen und Shenja Katschalowa seien höchstwahrscheinlich vom selben Täter getötet worden. Darauf deuteten viele Übereinstimmungen: der Ort, ein Waldstreifen an der Landstraße, rund zwanzig Kilometer vom Stadtring entfernt; die Tötungsart, das Alter der Opfer. Das Fehlen von Hinweisen auf eine Vergewaltigung. Der Mörder hatte seine Opfer mit einem Schlag auf den Hinterkopf betäubt, sie erwürgt und ausgezogen und die Leichen anschließend mit Babyöl übergossen. Solowjow empfahl, sich die vom Team um Professor Guschtschenko damals erstellten Täterprofile noch einmal anzusehen. Vermutlich deckten sie sich vollkommen mit dem aktuellen Fall.

»Aber es gab damals mindestens fünf Profile, alle ganz verschieden«, erinnerte der stellvertretende Minister. »Was ist Ihre Meinung, Professor?«

Guschtschenko saß bescheiden in einer Ecke, die Beine übereinandergeschlagen, und kritzelte konzentriert etwas in den Notizblock auf seinen Knien. Solowjow bemerkte ihn erst jetzt, und ihm fielen Olgas Worte wieder ein: Guschtschenko ist bald sechzig, aber er sprüht vor Intellekt und Energie.

Der Professor sah gut aus. Breite Schultern, nach hinten und zur Seite gekämmtes dichtes dunkelblondes Haar mit attraktiven grauen Strähnen, glatte, fliehende Stirn, glanzlose kleine graue Augen, große, etwas stumpfe Nase, schmaler, beweglicher Mund. Ein verlässlicher, ruhiger, selbstbewusster Mann. Ein Typ, bei dem Frauen den Kopf verloren.

Solowjow war sogar einmal eifersüchtig auf ihn gewesen, zumal der Professor Junggeselle war.

»Wir sollten keine voreiligen Schlüsse ziehen«, sagte Guschtschenko und riss sich von seinem Notizblock los. »Es könnte ein Nachahmungstäter sein. Und was die Profile angeht – wir hatten tatsächlich viele. Ich denke, wir sollten die Fehler der Vergangenheit nicht wiederholen. Einige Mitglieder meines Teams sind damals ihren Phantasien aufgesessen.«

»Allerdings, besonders Doktor Filippowa«, knurrte Solowjows Chef, General Schatalow.

Sawidow, der Chef der Ermittlergruppe, verzog das Gesicht. »Ihre ganze Wühlerei in Richtung Kinderporno – damit haben wir eine Menge Zeit und Kraft unnütz verschwendet!«

»Nicht unnütz«, widersprach Solowjow, »dank dieser Wühlerei, wie Sie sich ausdrücken, wurde das Netz von *Verbene* ausgehoben.«

Stille trat ein. An die Geschichte mit *Verbene* wollte niemand erinnert werden.

Ein Netz von Websites, Produktion und Verkauf von Videos, Handel mit Kindern. Dieses gewinnbringende, straff organsierte Geschäft hatte faktisch legal existiert und existierte noch immer – unter anderem Namen. *Verbene* war nur die Spitze des Eisbergs gewesen. Von den fünfzehn Produzenten und Händlern, deren Namen ermittelt worden waren, konnten nur drei verhaftet werden. Und daran wollte niemand erinnert werden, denn diese drei hatten die Namen ihrer Stammkunden preisgegeben – darunter zwei ausländische Diplomaten, vier Duma-Abgeordnete, ein General des Innenministeriums und ein FSB-Oberst.

Der Skandal wäre um ein Haar in die Presse gelangt. Es hatte große Mühe gekostet, die Sache unter den Tisch zu kehren und die allgegenwärtigen Journalisten fernzuhalten.

Der neue Minister hatte per Anordnung die Arbeit von Guschtschenkos Team beendet.

»Es gibt bis heute keine Beweise für eine Verbindung zwischen den getöteten Jugendlichen und *Verbene*«, meldete sich der stellvertretende Minister. »Und überhaupt – wir sollten uns nicht ablenken lassen. Betrachten wir die Hypothese von Chefermittler Solowjow als eine unserer Arbeitshypothesen. Ich würde vorerst nicht von einer Fortsetzung der Serie von Moloch sprechen. Ja, Professor, Sie wollten etwas sagen?«

Guschtschenko riss sich erneut von seinem Notizblock los und bedachte die Anwesenden mit einem nachdenklichen Blick.

»Tatsächlich gibt es viele Übereinstimmungen«, sagte er und runzelte die Stirn, »aber ich sehe auch wesentliche Unterschiede. Vor allem das aktuelle Opfer. In den ersten drei Fällen waren es obdachlose Jugendliche, vermutlich Waisen. Niemand hat nach ihnen gesucht. Sie konnten bis heute nicht identifiziert werden. Diesmal ist es die Tochter eines bekannten Sängers. Nicht auszuschließen, dass es sich um Rache, Erpressung oder das Begleichen persönlicher Rechnungen mit dem Vater des Mädchens handelt. Ich wiederhole noch einmal, das Ganze könnte inszeniert sein, eine Nachahmungstat. Ich rede von dem Babyöl. Wie Sie sich erinnern werden, hat die Presse damals sämtliche Einzelheiten der drei Morde ausposaunt.«

»Tja.« Der stellvertretende Minister seufzte. »Dafür haben wir uns damals bewusst entschieden, in der Hoffnung, mit Hilfe der Medien Angehörige der getöteten Kinder zu finden. Diesmal liegt der Fall völlig anders.«

»Übrigens haben sich die Amerikaner, die ja auch nicht ganz blöd sind«, mischte sich Schatalow ein, »beim FBI speziell mit Informationsepidemien unter Serientätern beschäftigt. Sobald in der Presse Details zu Mordfällen auftauchen, kann man direkt auf ein Plagiat warten. Fremder Ruhm wirkt ansteckend.«

»Lassen wir uns nicht ablenken.« Der stellvertretende Minister klopfte mit einem Bleistift gegen eine Wasserkaraffe. »Zurück zum Mord an Shenja Katschalowa. In den drei früheren Fällen hatte die Hypothese von Doktor Filippowa, Moloch sei ein ›Missionar‹, spezialisiert auf Kinder, die mit Prostitution oder Pornoproduktionen zu tun hatten, meiner Ansicht nach eine gewisse Logik. Doch diesmal greift sie nicht. Die Tochter von Katschalow war alles andere als eine obdachlose Waise. Aber wie wir wissen, wird dieses Geschäft ausschließlich mit Waisen, mit Obdachlosen und Flüchtlingskindern betrieben.«

»Und das Geld?«, fragte Solowjow leise. »Woher hat ein fünfzehnjähriges Mädchen zwanzigtausend Euro? Und der sechzigjährige Italiener, mit dem sie im Nachtklub gesehen wurde? Und schließlich ihre Schwangerschaft.«

»Was hat die Schwangerschaft damit zu tun?«, fragte Major Sawidow verärgert.

Guschtschenko wippte mit dem Bein, das Notizbuch fiel zu Boden, und ein junger Hauptmann, der neben ihm saß, hob es auf. Solowjow sah ein spöttisches Lächeln über das Gesicht des Hauptmanns huschen, als er einen Blick auf den Block warf. Guschtschenko schrieb bei solchen Sitzungen selten etwas auf, er kritzelte mit wichtiger Miene Krakel und Zickzacks.

»Das Geld, zumal eine so beträchtliche Summe, ist natürlich ein ernstes Indiz, und es spricht im Grunde für eine Erpressung«, sagte der stellvertretende Minister. »Was den älteren Italiener angeht – in der Hinsicht, denke ich, ist alles sauber. Shenja war zweimal in England, in einer internationalen Sprachschule. Da kann sie sich durchaus mit einem Mädchen aus Italien angefreundet haben. Dann kommt der Vater des Mädchens, ein Professor, nach Moskau, und Shenja geht mit ihm in den Klub. Schön, versuchen wir, diesen Professor über Interpol zu finden, obwohl ich bezweifle, dass uns das weiterhilft, zumal wir zu wenig über ihn wissen.«

Eine Kleinigkeit haben wir doch, dachte Solowjow, einen dünnen, sehr unsicheren Faden. Aber den gebe ich euch vorerst nicht in die Hand. Ich versuche ihn erst mal selbst aufzuwickeln, ganz vorsichtig und unauffällig.

Bei der zweiten Durchsuchung von Shenjas Wohnung war ihm ein Parfümflakon aufgefallen, versteckt in einem kaputten Schulranzen. Der Ranzen lag ganz hinten im Kleiderschrank im Zimmer des Mädchens und enthielt alte Hefte, Kugelschreiber, Filzstifte, zerbrochene Haarspangen, diversen Krimskrams und diesen halbleeren kleinen Flakon aus geschliffenem Glas. Das Etikett war handgefertigt oder antik. Darauf stand in kalligraphischen lateinischen Buchstaben »Materozoni«, darunter ganz klein »Rom«, eine Adresse und eine Telefonnummer. Und ein Code aus Zahlen und Buchstaben. Die Sportlerin Maja hatte gesagt, Shenja habe das Parfüm in England gekauft, in einer kleinen Parfümerie, und noch hinzugefügt, dass es ihrer Ansicht nach zu erwachsen roch.

Zu dem Zeitpunkt hatte Solowjow noch nichts von dem italienischen Professor gewusst, den Flakon aber vorsichtshalber mitgenommen und einem alten Bekannten zur Untersuchung gegeben.

Anschließend berichteten die Kriminalisten. Es gab reichlich Informationen, aber nur zum Opfer, keinerlei Hinweise auf den Täter. Vermutlich hatte der Täter das Mädchen mit einem Auto zum Tatort gebracht. Möglicherweise hatte das Mädchen ihn gekannt und war freiwillig eingestiegen. Der Wagentyp konnte noch nicht ermittelt werden. Die Befragung der Verkehrsposten, der Leute aus umliegenden Ortschaften und der Fahrer von Linienbussen hatte nichts erbracht. Die Ermittler hatten allen ein Foto von Shenja gezeigt; jemand hatte sie sogar erkannt, aus dem Videoclip. Aber in einem Auto oder zusammen mit einem Mann hatte sie am Abend vor dem Mord niemand gesehen.

Der stellvertretende Minister schwieg mürrisch, drehte den Bleistift hin und her und fragte schließlich: »Professor, wollen Sie diesmal allein mit uns arbeiten, oder möchten Sie vielleicht jemanden aus Ihrem früheren Team hinzuziehen?«

»Nur nicht Filippowa«, flüsterte Major Sawidow laut.

»Was haben Sie gegen Doktor Filippowa?«, fragte der Professor mit einem höflichen kalten Lächeln. »Olga ist eine exzellente Spezialistin, vielleicht die Begabteste von meinem ganzen Team, das Sie so forsch aufgelöst haben.«

»Mag sein, das können Sie besser beurteilen.« Sawidow errötete und wandte sich ab.

Der Professor sah Solowjow an und zwinkerte ihm fröhlich zu. Dann wurde er wieder ernst und wandte sich an den stellvertretenden Minister.

»Sie wissen, ich helfe Ihnen stets gern.«

Er ist noch immer beleidigt, dachte Solowjow, kein Wunder, fünf Jahre Arbeit für die Katz. Er ist eine internationale Leuchte, aber bei uns behandelt man seine Forschungen nur mit leiser Ironie, als wäre er eine Art Schamane. Nett von ihm, dass er Olga verteidigt hat. Er ist in Ordnung.

Elftes Kapitel

Soja Sazepa sah mit ihren achtundfünfzig Jahren herausfordernd sexy aus. Groß, rothaarig, große Brüste, wohlgeformte Hüften und Wespentaille – dank operativer Entfernung der unteren Rippen.

Je älter Soja wurde, desto tiefer wurde der Ausschnitt ihrer Pullis. Ihre Röcke waren meist kurz; sie hatte in der Tat schöne Beine. Auch ihr Gesicht war einst schön gewesen, doch das Alter hatte bereits seine hässlichen Spuren hinterlassen. Nach mehreren Liftings war ihr Mund nun breit wie der von Buratino; die Lippen waren mit Silikon aufgespritzt. Die Augenwinkel waren in Richtung Schläfen in die Länge gezogen, was durch schwarzen Konturstift noch betont wurde, und die Augen wirkten riesig. Keine Falte, nicht der geringste Fleck im Gesicht. Perfekte glatte, reine Haut. Nur die Hände waren mit kaum sichtbaren Altersflecken übersät.

»Also, Nikolai, was mir vorschwebt: Die Dusche am Gästezimmer in kühlen Türkistönen, für das große Badezimmer etwas Wärmeres, vielleicht Milchkaffee, ein weiches Beige oder tiefes Korallenblau.«

Die Verkäufer breiteten dienstfertig farbige Fliesen vor ihnen auf dem Tisch aus wie ein Mosaik. Sazepa nickte, lächelte, zog vielsagend die Brauen zusammen und blies die Backen auf. Seine Nüstern bebten, er atmete Sojas Parfüm ein, und ihm wurde ein wenig schwindlig.

Vor zehn Jahren hatte die alte Parfümerie Materozoni in Rom für die reiche russische Signora Sazepa ein individuelles Parfüm kreiert, und seitdem benutzte sie kein anderes mehr. Die kleinen geschliffenen Flakons waren sündhaft teuer. Vor jeder Reise nach Rom rief Soja in der Parfümerie an, und wenn sie kam, stand eine neue Portion bereit, zusammen mit kleinen Aufmerksamkeiten der Firma: Seife und Handcreme mit demselben einzigartigen Duft.

»Wonach riechst du?«, hatte Shenja eines Tages gefragt. »Ein toller Duft. Aber eher für eine Frau, glaub ich.«

Einen Monat nachdem sie sich kennengelernt hatten, mietete Sazepa eine Wohnung im Zentrum, ganz in der Nähe des teuren Fitnessklubs, den er seit einigen Jahren einmal in der Woche aufsuchte. Er erzählte Shenja, eine private Uni in Moskau habe mit ihm einen langfristigen Vertrag über eine Vorlesungsreihe zur antiken Geschichte geschlossen, sodass er nun häufig und für länger kommen werde. Shenja stellte ihm nie Fragen nach seiner Arbeit, die Legenden erfand er eher für sich selbst als für sie. Er brauchte eine Illusion von Normalität und Plausibilität.

Ihre Beziehung entwickelte sich in der besonderen aufgeladenen Atmosphäre gegenseitiger Lügen. Die Luft zwischen ihnen knisterte förmlich. Normales Tageslicht wirkte künstlich, die Sonne wie eine Lampe. Abends imitierte der Kronleuchter an der Decke die Sonne, die Decke war der Himmel.

Der echte Himmel war auf die Seite gekippt und wirkte wie die grobe Kulisse einer Laienbühne. Draußen raschelten die papiernen Blätter lebendiger Bäume, im Zimmer zwitscherten die Vögel auf den Tapeten und schlugen mit den Flügeln. Sazepa erneuerte die Dekorationen hin und wieder, damit die Farben nicht stumpf wurden, nicht verwesten wie totes Fleisch.

An jenem Tag war er zum ersten Mal mit ihr in die Wohnung gegangen, bis dahin hatten sie nur in seinem Wagen allein sein können, hinter den getönten Scheiben. Den Peugeot hatte Professor Castroni gemietet – aber das interessierte die Kleine ohnehin nicht. Sie erklärte den Wagen nur für »cool«.

Bei der ersten Annäherung an die kleine Signorina hatte sich der schüchterne Signor Castroni an Humberts Rezept gehalten. Das Mädchen blinzelte häufig, wenn es in den Spiegel schaute. Signor Castroni nahm ihr Gesicht in die Hände und fuhr mit der Zunge über einen Augapfel. Dann küsste er ihr Gesicht, ihren Hals, die mageren Schlüsselbeine und verging vor Glück und Furcht.

Die Lehnen der Vordersitze ließen sich mühelos zurückklappen.

Sie war nicht erstaunt oder erschrocken, im Gegenteil, sie schmiegte sich an ihn wie ein kleines Kätzchen, ließ ihn aber nicht bis unter die Gürtellinie. Nein, und Schluss. Der kluge und vorsichtige Sazepa erklärte dem ungeduldigen Castroni, dass es im Auto ohnehin gefährlich sei und zudem unbequem, und einen anderen Ort hatten sie nicht.

Nun waren sie endlich allein in einer Wohnung. Castroni zitterte vor Ungeduld. Die Signorina war düster und launisch, ließ sich aber dennoch ausziehen und in die Arme nehmen. Die Lippen dicht an seinem Ohr, flüsterte sie: »Aber sei bitte vorsichtig, du bist mein Erster …«

Das kluge Kind hatte es so eingerichtet, dass hinterher Blut auf dem Laken war.

Aber das begriff Sazepa erst später. Sie hatte sich sehr echt verkrampft und geschrien und anschließend an seiner Schulter geweint. Dabei sagte sie plötzlich: »Wonach riechst du? Ein toller Duft. Aber eher für eine Frau. Sag bloß, du benutzt Frauenparfüm?«

Das Hemd, das er trug, hatte lange neben den Sachen seiner Frau im Schrank gehangen. Er war an den Geruch gewöhnt und bemerkte ihn nicht mehr, doch Shenjas sensible Nase hatte ihn gerochen. Also musste er sich etwas ausdenken.

»Ich stand heute früh im Fahrstuhl neben einer Französin. Sie hat ihre Handtasche aufgemacht, dabei ist ihr Parfüm rausgefallen, der Deckel ging ab, und ich habe ein paar Tropfen abbekommen.«

»Hast du gesehen, was für ein Parfüm das war? Wie es heißt? Ich will es haben. Nick, mein Lieber, erinnere dich bitte, wie der Flakon aussah. Nein, ich weiß – kannst du nicht diese Französin finden und sie fragen?«

Er versuchte sich herauszuwinden – vergeblich. Wenn die Kleine etwas wollte, war sie nicht aufzuhalten, wie eine Naturkatastrophe. Ein Tsunami.

»Finde sie, frag sie, beschaff es mir!«

»Aber das ist ein Parfüm für eine erwachsene Frau, und du bist noch ein Kind.«

»Ein Kind? Ha! Jetzt nicht mehr. Dank deiner Hilfe.«

»Shenja, es gibt in jeder Parfümerie Hunderte wundervoller Düfte. Ich kaufe dir, was immer du willst, so viel, dass du darin baden kannst.«

»Nein! Ich will nicht irgendein Parfüm! Und fass mich ja nicht an!« Sie riss sich von ihm los und rannte nackt in die Dusche.

Sazepa stand auf, tappte barfuß in den Flur und nahm die Brieftasche aus dem Jackett. Als sie zurückkam, reichte er ihr mit einem kläglichen Lächeln fünfhundert Euro.

»Sei mir nicht böse, Kleines. Hier, dir haben doch die Jeans in der Boutique an den Patriarchenteichen so gut gefallen.«

Sie schnappte sich mürrisch das Geld, sah ihn mit trockenen, funkelnden Augen an und sagte: »Du wirst mir dieses Parfüm besorgen, Nick. Oder du fasst mich nie mehr an.«

»Hörst du mir zu, Nikolai? Wo bist du denn mit deinen Gedanken?« Sojas Hand wedelte vor seiner Nase herum, die langen roten Fingernägel leuchteten wie Flammenzungen.

»Ja, Häschen.« Er betrachtete brav die Fliesen.

»Koralle ist wohl doch zu satt, was meinst du? Obwohl, wenn wir dazu Art-déco-Armaturen und Beschläge nehmen, auf Bronze gemacht, und zur Auflockerung dekorative Elemente mit Wasserlilien ...«

Sazepa billigte alles – die Beschläge, die Lilien und das Korallenrot, bezahlte mit seiner Kreditkarte und bekam dafür einen saftigen Kuss auf die Schläfe, dessen Spuren sofort mit einem Papiertaschentuch beseitigt wurden.

»Ich weiß, du bist müde, aber ich habe in einer italienischen Boutique ganz in der Nähe eine Jacke gesehen, von Leonardo, sündhaft teuer, doch zum Glück ist Schlussverkauf, und ich habe schon vorgefühlt – ich bekomme einen großzügigen Rabatt.«

Sie fuhren mit zwei Autos den Prospekt hinunter ins Zentrum und hielten nach zehn Minuten vor einem eleganten Schaufenster. Ein Wachmann öffnete die Tür und begrüßte sie freundlich. Sazepa wankte und wäre gefallen, hätte Soja ihn nicht gehalten.

»Was ist los, Nikolai? Ist dir schwindlig?«

»Ja, Häschen. Ich bin erschöpft. Der Blutdruck.«

»Schon gut, setz dich hin, mein Lieber, ruh dich aus. Ich beeile mich.«

Sie drückte ihn in einen Sessel im Verkaufsraum und verschwand in einer Anprobekabine. Er griff nach einem Hochglanzmagazin und spürte, dass ihn jemand ansah. Im nächsten Augenblick fragte eine hohe Männerstimme auf Englisch: »Guten Abend. Wie geht es Ihnen? Wo ist denn Ihre reizende Tochter?«

Über eine offizielle Anfrage von der Innenverwaltung waren die Daten aus Shenjas Mobiltelefon frühestens nach zehn Arbeitstagen zu bekommen. Der Vermerk »dringend« verkürzte die Frist um die Hälfte. Nur auf Anfrage aus der Verwaltung des Präsidenten und über FSB-Kanäle standen solche Auskünfte in zwei Tagen zur Verfügung.

Bereits vor der Sitzung beim stellvertretenden Minister hatte Solowjow erfahren, dass er vom Generalstaatsanwalt keine Hilfe erwarten konnte. Der Mord an Shenja Katschalowa war zwar ernst, aber nicht staatswichtig. Persönliche Beziehungen zur Präsidialverwaltung hatte Solowjow nicht. Dafür aber einen Bekannten beim Sicherheitsdienst einer Telefongesellschaft – Pawel Dymow.

»Gut«, sagte Dymow, »ich versuch's. Aber wir werden im Moment überhäuft mit Anfragen zur Teilnehmererkennung, und alle sind dringend. Terrorismus, internationale Finanzmanipulationen und so weiter. Unsere Mädels kommen kaum hinterher.«

Solowjow schickte einen seiner Männer mit der ausgedruckten Anrufliste von Shenjas Handy, einer Flasche Kognak für Pawel und einem Flakon Parfüm für die Tochter des Mannes, der die Nummern zuordnen würde, zu seinem Freund.

Der Kriminalist berichtete Solowjow anschließend, Dymow habe die Geschenke mit saurer Miene angenommen und versprochen anzurufen, sobald sich etwas ergab.

Solowjow saß in der Kantine des Staatsanwaltschaft, aß eine Suppe und dachte gereizt an die Sitzung beim stellvertretenden Minister. Das Telefon klingelte – Dymow.

»Hör mal, du hast Pech. Bei uns läuft gerade eine Überprüfung.«

»Ich verstehe nicht.«

»Manche von uns verdienen sich nebenbei mal was mit Informationen über Teilnehmer«, erklärte Dymow. »Du wirst zum Beispiel angerufen, und keiner meldet sich, oder du wirst bedroht und willst wissen, wer der Anrufer ist. Der offizielle

Weg über die Miliz dauert endlos lange und ist praktisch aussichtslos. Also gehst du zu einem unserer Mädchen und einigst dich mit ihr privat. Du verstehst? Tja, und solche Fälle werden hier gerade überprüft. Diese Kontrollen sind selten, und normalerweise wissen wir vorher Bescheid. Aber diesmal – wie ein Blitz aus heiterem Himmel. Jedenfalls, du musst entschuldigen, aber ich kann dir nicht helfen.«

»Moment mal, die Überprüfung betrifft doch nur illegale Anfragen, meine ist ja offiziell.«

»Offiziell ja, aber nicht dringend. Wir hatten hier schon angebliche offizielle Anfragen von der Miliz oder der Staatsanwaltschaft, auf Vordruck, mit Stempel und Unterschrift, und dann stellte sich heraus, dass sie in Wirklichkeit von Kriminellen kamen.« Dymow war nervös und flüsterte, im Hintergrund hörte Solowjow Geräusche und Stimmen.

»So ein Blödsinn!«, sagte Solowjow. »Du weißt doch, dass ich kein Krimineller bin!«

»Dima, sei mir nicht böse, aber sie haben ausgerechnet dich rausgepickt. Ich hab ihnen die offizielle Anfrage gezeigt, aber sie meinten, da stünde nichts von dringend und warum wir das gleich bearbeiteten, wo die Anfrage doch erst heute gekommen sei. Sie wollten wissen, ob ich vielleicht geschmiert wurde. Also, deine Anfrage wird innerhalb der üblichen Fristen bearbeitet, innerhalb von zehn Arbeitstagen.«

»Warte, Pawel, wer genau macht diese Überprüfung?«

Die Stimmen im Hintergrund wurden immer lauter, Dima hörte jemanden rufen: »Pawel, wir warten auf Sie!«

»Tut mir leid, Dima, ich muss Schluss machen«, sagte Dymow und setzte flüsternd hinzu: »Du brauchst jemanden von der Föderalen Agentur für Information und Telekommunikation, die erledigen das in vierundzwanzig Stunden und hören obendrein noch ab, wen immer du willst.«

Solowjow lauschte eine Weile reglos dem Tuten im Telefon.

Verrückt. Ich als Kriminalist komme einfach nicht an notwendige Informationen für die Ermittlungen in einem Mordfall ran, ich muss tricksen, Leute bestechen, betteln und kriege trotzdem nicht, was ich brauche. Ich kenne niemanden bei der Föderalen Agentur. Pech für mich. Diese solide Behörde wird sich wohl kaum auf meine Bitte hin mit dem Mord an Shenja Katschalowa beschäftigen. Komisch, wieso kommt diese Überprüfung ausgerechnet jetzt, warum hat meine offizielle Anfrage einen solchen Wirbel ausgelöst? Was ist hier eigentlich los?

Ihm fiel ein, wie bei Olgas Computer zu Hause plötzlich der Internetzugang gesperrt gewesen war. Genau an dem Tag, als sie bei einer Operativsitzung zum ersten Mal ihre Kinderporno-Hypothese geäußert hatte. Als sie am Abend den Computer anschaltete, war der Internetzugang blockiert. Der Spezialist von ihrem Provider zuckte nur die Achseln und konnte ihr nicht weiterhelfen. »Irgendwer hat Sie gesperrt. Aber nicht wir.«

Die Verbindung war wieder freigeschaltet worden, brach aber ständig zusammen, bis Guschtschenkos Team aufgelöst wurde.

»Aber ich kann doch jeden anderen Computer benutzen, im Institut, in deinem Büro oder in einem Internetcafé«, sagte Olga. »Ich verstehe nicht, was das soll!«

»Vielleicht ist es ja nur Zufall?«, versuchte Solowjow sie zu beruhigen. »Wir beide sind schließlich keine Spezialisten.«

»Nein, aber der Spezialist sagt, dass mich jemand ständig abschaltet.«

»Wer, Olga? Wem sollte das nützen?«

»Ich weiß es nicht.«

Er wusste es auch nicht. Er wollte nicht darüber nachdenken. Wo war die Grenze zwischen Zufall und böser Absicht? Wenn man hinter allem eine Verschwörung witterte, konnte man leicht verrückt werden. Wie jetzt. Warum waren die dringend benötigten Informationen auf einmal unerreichbar?

»Sagen Sie Ihrer Schulfreundin, sie soll ihre alberne Suche in Richtung Kinderporno unterlassen!«, hatte damals der

Stellvertreter des Generalstaatsanwalts gesagt. Übrigens war er in Pension gegangen, nachdem *Verbene* aufgeflogen war.

Fast genauso hatte sich Sawidow heute auf der Sitzung ausgedrückt. »Ihre ganze Wühlerei in Richtung Kinderporno …«

Das Grau vorm Fenster, der Nieselregen, die kahlen Pappeln, die nasse fette Krähe auf dem Mauersims – das alles machte Solowjows Stimmung noch trüber. Die Suppe schmeckte nicht. Er dachte: Moloch kriegen wir nie. Der Mord an Shenja Katschalowa gehört zweifellos zu seiner Serie. Nachahmer, so ein Quatsch! Das ist anderthalb Jahre her. Nachahmer hätten damals auftauchen müssen, nicht jetzt erst.

Natürlich hatte keiner Lust auf eine Serie. Das hätte nämlich die Gründung einer Sonderkommission verlangt, gewaltige Informationsmengen müssten verarbeitet und spezielle Karteien angelegt werden. Das bedeutete Dutzende Einsatzkräfte, Experten, Kriminalisten und Staatsanwälte.

Solowjow hielt sein Telefon in der Hand und blätterte mechanisch das eingespeicherte Telefonbuch durch. Sein Blick blieb auf der Nummer von Anton Gorbunow haften, seinem fähigsten und zuverlässigsten Mitarbeiter.

»Hör mal, Anton, wo bekommt man schwarzgebrannte CDs mit Kundendaten verschiedener Telefongesellschaften?«, fragte Solowjow leise, die Hand um den Hörer gelegt.

»Praktisch auf jedem Trödelmarkt.«

»Hast du einen Ausdruck der Anruflisten von Shenjas Handy?«

»Selbstverständlich. Alles klar. Ich sehe zu, was ich tun kann.«

Nach einigen Löffeln Suppe klingelte Solowjows Telefon erneut.

»Dima, ich habe nur eine Frage.«

Das war Wjatscheslaw Lobow, Solowjows ehemaliger Dozent, ein erfahrener Kriminaltechniker. Er war schon lange in Rente, zog Enkel und Enkelin groß und schrieb seine

Memoiren. Ihm hatte Solowjow das Parfüm aus Shenjas altem Ranzen geschickt.

»Der Junge, der mir den Flakon gebracht hat, war verschwiegen wie ein Partisan. Ich hab ihn gelöchert, mit ihm Tee getrunken, aber er hat mir nichts verraten. Also, Solowjow, sag du mir wenigstens: Was habt ihr da zu Moloch?«

»Zu Moloch? Nichts. Nach wie vor zappenduster.«

»Du schwindelst, Dima! Von wegen zappenduster – es gibt eine neue Leiche! Ich sehe mir jeden Kriminalreport an. Er hat ein Mädchen getötet. Hast du den Fall?«

»Ja. Aber die Chefs meinen, dieser Mord habe mit der Serie nichts zu tun.«

»Wie bitte? Ist doch sonnenklar, dass es derselbe Täter war! Ihr müsst das volle Programm auflegen, auf höchster Ebene, zumal das Opfer diesmal identifiziert wurde. Der Flakon hat nicht zufällig damit zu tun?«

»Doch. Ich habe ihn im Zimmer des toten Mädchens gefunden, zwischen ihren Sachen.«

Lobow schwieg eine Weile, dann sagte er: »Also, Dima, ich erwarte dich heute Abend bei mir, dann erzählst du mir alles in Ruhe. Und ich verrate dir was über deinen Flakon. Abgemacht?«

»Haben Sie etwas herausgefunden?«

»Komm her, dann erfährst du es.«

Der Verkäufer lächelte Sazepa an und erkundigte sich nach seiner reizenden Tochter. Sazepa tat, als habe er nicht gehört, nicht verstanden, blätterte weiter in der Zeitschrift und wäre am liebsten im Erdboden versunken. Aus der Anprobekabine drang Sojas laute, herrische Stimme.

»Ich zeige mich erst einmal meinem Mann, dann entscheiden wir zusammen.«

Endlich schaute Sazepa den Verkäufer an.

»Hören Sie, junger Mann, ich glaube, Sie verwechseln mich mit jemandem«, sagte er kalt.

»Ja?« Der Verkäufer sprach nun Russisch. »Merkwürdig, ich habe eigentlich ein sehr gutes Personengedächtnis.«

»Nikolai! Schau, wie gefällt sie dir?«

Soja kam langsam auf ihn zu geschwebt. Auf die rosa Lippen des Verkäufers trat ein unverschämtes spöttisches Lächeln und erlosch sofort wieder.

Ich habe nicht genug Bargeld bei mir, ich muss mit Kreditkarte zahlen, dann kennen sie hier meinen Namen. Wenn dieser Typ auch nur ein Wort sagt, bringe ich ihn um.

Sazepa war erst vor einigen Wochen mit Shenja hier gewesen, und sie hatten wie immer getan, als wären sie Ausländer, Vater und Tochter. Der großzügige Signor Castroni hatte der Signorina ein Kleid und ein paar T-Shirts aus der frisch eingetroffenen Frühjahrskollektion gekauft.

Er hatte damals für Shenja weit mehr Geld ausgegeben, als Sojas Leonardo-Jacke kostete. Der Verkäufer war um Shenja herumscharwenzelt und hatte ihr Kleiderstapel in die Kabine geschleppt. Sie hatte mit ihm geflüstert und gekichert. Kein Wunder, dass er sich an sie beide erinnerte.

»Warum sagst du nichts, Nikolai? Gefällt sie dir?«, fragte Soja. »Hier, fühl mal, ganz weiches Wildleder, feinste Qualität.«

Ich war ein Idiot, dachte Sazepa, während er brav die Kreditkarte zückte. An wie vielen Orten in Moskau war ich zusammen mit der Kleinen? Diese Boutique, noch ein paar andere, genauso teure, einige Restaurants und natürlich dieser scheußliche Nachtklub. Der Besuch im Klub war der Gipfel der Blödheit gewesen.

»Keine Sorge, da drin ist es dunkel und laut«, hatte Shenja gesagt, »wenn ich einen Bekannten treffe, sage ich, du bist der Vater meiner italienischen Freundin, mit der ich in England zusammengewohnt habe.«

»Was willst du da, Kleines? Ich bin raus aus dem Alter für solche Etablissements.«

»Woher willst du das wissen? Es ist cool da, es wird dir

gefallen. Da tritt der beste russische Popsänger auf, Vaselin, er schreibt seine Songs selber, und er hat eine tolle Stimme, er ist ein echtes Genie.«

Er wollte nicht dorthin. Aber Signor Castroni hatte sich längst an die Launen der kleinen Signorina gewöhnt und widersetzte sich ihnen selten. Außerdem interessierte ihn das Leben des Mädchens außerhalb der Kulissen, in denen sich ihre Affäre abspielte. Er wusste nichts von diesem anderen Leben und malte sich ein idyllisches Klischee aus: Schule, Hausaufgaben, ein Kinderzimmer voller Spielzeug, gesunder kindlicher Schlaf, Arm in Arm mit einem Plüschteddy.

In dem Nachtklub war es tatsächlich dunkel, zudem stickig und verraucht. Die Musik dröhnte, und der alte Professor bekam sofort Kopfschmerzen und tränende Augen. Der Sänger betrat die kleine Bühne und sang davon, wie er seiner Freundin mit einem elektrischen Messer den Kopf abtrennte. Der Saal brüllte. Shenja sprang auf und rannte zur Bühne, kämpfte sich durch die Menge und warf sich dem Sänger an den Hals. Castroni sah, wie der Sänger die Signorina umarmte und küsste. Das tat er mit den anderen nicht. Nur mit ihr.

Offenbar ein Gleichgesinnter, dachte Sazepa spöttisch.

Doch hoffentlich kein Rivale?, erschrak Castroni.

Das Gesicht des Sängers konnte Sazepa nicht sehen, die Scheinwerfer huschten zu rasch über die Bühne. Die Verehrerinnen hüpften und kreischten. Beim nächsten Song kehrte Shenja an ihren Tisch zurück.

»Schade, dass du den Text nicht verstehst!« rief die Signorina dem Professor zu. »Vaselin ist ein Genie! Der letzte russische Dichter. Wär doch toll, ihn auch in Italien zu promoten. Hör mal, hast du vielleicht Bekannte, die sich für aktuelle russische Musik interessieren?«

»Was ist das eigentlich für ein Genre?«, rief der Professor zurück, die Lippen am warmen Ohr der Signorina.

»Ach, ohne Text ist das schwer zu verstehen! Aber glaub mir, es ist genial.«

Sazepa nickte ergeben. Er hätte viel darum gegeben, eine Zeitlang wirklich kein Russisch zu verstehen.

> Ach, mal unter ihr lag ich, mal auf ihr,
> meiner schweigsamen jungen Maid Lisa.
> Ich genoss die eiskalte Awdotja,
> ihren Körper, in dem ich versank.
> Die betörende üppige Vera,
> nahm ich stets und ausschließlich von oben.

In dem Lied ging es um die Abenteuer eines Nekrophilen auf dem Friedhof. Professor Castroni verschluckte sich an einer gesalzenen Nuss, hustete und musste beinahe würgen. Vielleicht nehme ich das zu wörtlich? Vielleicht ist das ja ironisch gemeint?

Er musste die Toilette aufsuchen. Dort schütteten zwei zierliche junge Männer, von denen einer sich als Mädchen entpuppte, ein weißes Pulver auf einen Taschenspiegel.

Kokain!, dachte Sazepa entsetzt und verschwand in der Kabine.

Als er in den Saal zurückkam, saß Shenja nicht am Tisch. Er entdeckte sie auf der Bühne, erneut in den Armen des Sängers. Er stand entschlossen auf und ging zu ihnen, ohne zu wissen, was er sagen sollte.

»Nick! Komm her, ich mach euch bekannt«, rief Shenja.

Der Händedruck des Sängers war schlaff und feucht.

»Ich geb ihm deine CDs, er nimmt sie mit nach Rom, er kennt dort Produzenten«, schrie Shenja dem Sänger auf Russisch zu, strahlte dann Castroni an und wandte sich auf Englisch an ihn: »Nick, sag ihm, dass er ein Genie ist! Bitte, tu es für mich, sag ihm, dass du begeistert bist von seinen Songs!«

»Sie singen gut«, sagte Castroni brav und einfältig, »allerdings verstehe ich kein Wort.«

»Vielen Dank. Ich schenke Ihnen unbedingt ein paar von meinen CDs«, erwiderte der Sänger in schlechtem Englisch.

Shenja machte einen Freudensprung und klatschte in die Hände. Neben ihr stand eine etwa achtzehnjährige puppenhafte Blondine.

»Marina, meine Stiefmutter«, stellte Shenja sie vor.

Dann waren da noch ein schwitzender Dickwanst – ein Produzent –, ein hässliches mürrisches Mädchen namens Natascha und andere. Shenja erzählte ihnen, Professor Castroni sei der Vater ihrer italienischen Freundin. Er sei zum ersten Mal in Moskau und wolle sehen, wie sich die jungen Leute hier amüsierten.

Als sie endlich im Wagen saßen, fragte der Professor die Signorina, ob ihre Eltern wüssten, wo sie sich nachts rumtrieb.

»Nein. Aber sie wissen auch nichts von dir.« Sie lachte.

Ihr Lachen klang ein wenig hysterisch. Sie war merkwürdig, irgendwie ungut erregt. Sazepa sah das junge Kokain-Pärchen auf der Klubtoilette vor sich.

»Shenja, es ist nicht gut, dass du solche Orte besuchst.«

»Warum?« Sie hörte auf zu lachen und starrte ihn an.

Sie standen an einer Ampel. Shenjas Augen wirkten schwarz, so geweitet waren ihr Pupillen. Ihre Hände, die am Verschluss ihrer Tasche nestelten, zitterten merklich.

»Da gibt es Drogen und wer weiß was noch für Schweinereien.«

»Keine Sorge, ich schnupfe und fixe nicht. Ich trinke und rauche nicht mal.« Wieder lachte sie.

Sie fuhren durch das leere, vormorgendliche Moskau. Sazepa hatte das Gefühl, ihr hysterisches Lachen könnte das Auto sprengen. Schon lange war der Punkt abzusehen, an dem alles zu Ende sein würde, an dem sie sich trennen müssten.

Jetzt aber raste Castroni in Richtung Tscherjomuschki und dachte nur noch an ihr wundervolles Nest, in dem er sie, heiß und erregt wie sie war, gleich ausziehen würde. Alles andere war egal.

Der vorsichtige Sazepa ahnte das Unheil.

»Wo fährst du hin?«, rief Shenja plötzlich. »Ich hab dich doch gebeten, mich zu Papa zu fahren!«

»Nein. Das hast du nicht.« Castroni war verwirrt. »Wir haben gar nicht darüber gesprochen. Ich dachte …«

»Gar nichts hast du gedacht! Ich bin müde, kapiert? Ich will schlafen. Und das lässt du mich in Tscherjomuschki wieder nicht!«

Das Rendezvous fiel ins Wasser. Der arme Castroni fühlte sich betrogen. Er bekam nicht einmal eine Belohnung für den schrecklichen Abend im Klub, für die nekrophilen Songs und dafür, dass er hatte zusehen müssen, wie seine Signorina den Sänger umarmte.

»Nikolai, wollen wir nicht in Ruhe essen gehen?« Soja legte die Tüte mit der Jacke in den Kofferraum. »Hier in der Nähe ist ein nettes Lokal.«

Das »nette Lokal« war just jenes, in das Shenja ihn am ersten Tag ihrer Bekanntschaft geführt hatte und in dem sie seither öfter gegessen hatten, das letzte Mal erst vor zehn Tagen.

Solowjow schob den Teller mit der erkalteten Suppe von sich, stocherte in dem Kartoffelpüree herum und schnitt sich ein Stück Huhn ab. Das Fleisch war zäh und sehnig.

»Sie hätten den Zander nehmen sollen. Der ist durchaus genießbar«, sagte eine bekannte tiefe Stimme hinter ihm. »Guten Appetit.«

Professor Guschtschenko stellte eine Tasse Kaffee auf den Tisch und setzte sich Solowjow gegenüber.

»Sie wirken so bedrückt, Dmitri. Ist es das Huhn oder die Sitzung?«

»Alles zusammen, Kirill.«

»Ja«, Guschtschenko nickte, »ich fühle mich auch mies. Es ist mir sehr unangenehm, dass meine Bemerkung über die Phantasie als Anspielung auf Doktor Filippowas angebliche

Inkompetenz missverstanden wurde. Dabei habe ich nicht nur sie gemeint, sondern uns alle, die ganze Gruppe. Wir haben uns ja damals mit diesem Moloch ziemlich verrannt. Und dann hat man uns zum Teufel geschickt wie Versager. Vielleicht zu Recht. Aber wenn ich recht verstanden habe, glauben Sie, es sei wieder derselbe Täter?«

Solowjow kaute mühsam das Stück Hühnerfleisch hinunter und trank einen Schluck Apfelsaft.

»Ja, ich bin sicher, er ist es.«

Guschtschenko lehnte sich in seinem Stuhl zurück und schaute aus dem Fenster.

»Scheußliches Wetter. Mal Frost, mal Regen. Es wird überhaupt nicht Frühling. Sagen Sie, Dima, erinnern Sie sich an das Täterprofil, das Doktor Filippowa erstellt hat?«

»In groben Zügen, ja. Wieso?«

»Sie sollten es noch einmal lesen. Ich glaube, da steht etwas Interessantes drin. Ich rede nicht von der Idee, der Täter sei ein Missionar, darin irrt sie. Aber mit einem hat sie recht, nämlich damit, dass der Täter beruflich mit Kindern zu tun hat, mit Jugendlichen. Kinderarzt, Trainer, Lehrer. Allerdings trifft das vor allem für den aktuellen Fall zu. Wissen Sie, in der Theorie, bei uns wie im Westen, wird davon ausgegangen, dass ein Serientäter niemals jemanden anrührt, den er gut und seit langem kennt. Ich glaube, das war unser Hauptfehler im Fall Moloch.«

»Inwiefern?«

»Er ist nicht typisch, verstehen Sie? Er ist anders. Olga hat eine Spur gefunden, aber keiner hat sie ernst genommen, weil es uns allen leichter fällt, in Klischees zu denken. Ja, ein Kinderarzt, ein Lehrer, der erwachsene Liebhaber des Mädchens – das geht mir nicht aus dem Sinn.« Er klackte mit dem Feuerzeug.

»Hier ist Rauchen verboten«, sagte Solowjow.

»Ja? Seit wann?«

»Seit drei Monaten. Sehen Sie – nirgends Aschenbecher.«

»Schweinerei! Und wo darf man?«

»In der Raucherecke am Ende des Flurs.«

»Na dann, gehen wir.«

Wieso der Liebhaber, dachte Solowjow auf dem Weg zur Raucherecke. Oder gar ein Lehrer? Moloch – ein Pädophiler, der eine Zeitlang mit einem Kind zusammenlebt und es dann auf so raffinierte Weise tötet?

»Darum keine Spuren einer Vergewaltigung«, sagte Guschtschenko nach einem leisen Räuspern. »Er muss nicht seine Lust befriedigen. Er ist satt. Er tötet aus Angst vor Entdeckung, aber das ist nur das äußere Motiv. Es gibt noch ein anderes, inneres. Er schämt sich für seine schmutzige Leidenschaft, er rächt sich an dem Kind; mit dem Opfer vernichtet er jedes Mal seine eigene schlimme Kindheit. Er hat als Kind selbst Gewalt und Erniedrigung erlebt, das hat ihn moralisch verkrüppelt.«

Solowjow fühlte sich ein wenig unbehaglich. Der Professor lief hinter ihm und schien seine Gedanken zu lesen. Über Guschtschenko kursierten diverse Legenden. Er beherrschte die Kunst der Hypnose, es hieß, er sei eine Art Seher, er könne Gedanken lesen und an einem Foto erkennen, ob jemand tot sei oder noch lebe. Der Professor selbst bestritt das allerdings und sagte immer wieder, den Rang eines Hexers habe er sich bislang nicht verdient.

»Tschikatilo hat übrigens eine Zeitlang als Lehrer gearbeitet«, sagte Guschtschenko, als sie die Raucherecke erreicht hatten.

»Er hat nie seine Schüler getötet«, wandte Solowjow ein.

»Stimmt.« Guschtschenko nickte. »Aber er hat sie belästigt, besonders Mädchen, das war bekannt. Mit einer Schülerin hat er sich nach dem Unterricht in einem Klassenraum eingeschlossen und hätte sie beinahe vergewaltigt. Sie hat geschrien und ist aus dem Fenster gesprungen. Als die Sache rauskam, musste er nicht mal ins Gefängnis, er wurde nur still und heimlich entlassen. Hätte jemand die Sache damals,

Ende der Sechziger, gleich ernst genommen, Tschikatilo genau untersucht und isoliert, hätte das eine Menge Leben gerettet! Viele pädophile Mörder haben mit Kindern gearbeitet. Sudaruschkin war ein begabter Kinderarzt, er behandelte Zerebrallähmung bei Kindern und tötete seine kleinen Patienten. Sliwko, der zwanzig Jahre lang kleine Jungen quälte, grausam tötete und ihre Agonie mit einer Amateurkamera filmte, war sogar Verdienter Lehrer der russischen Sowjetrepublik.«

»Die drei Jugendlichen damals gingen nicht zur Schule«, sagte Solowjow.

»Sind Sie sicher?« Der Professor kniff die Augen zusammen. »Wir wissen noch immer nichts über sie.«

»Eben deshalb bin ich mir sicher. Wenn sie irgendwo zur Schule gegangen wären, hätte sich jemand gemeldet und sie identifiziert, Klassenkameraden oder ein Lehrer.«

»Meinen Sie?« Guschtschenko stieß einen perfekten Rauchkringel aus. »Vergessen Sie nicht, dass die Ermittlung kein einziges Lebendfoto zur Verfügung hatte, nur die Fotos der Leichen. Der Tod verändert ein Gesicht sehr, aber wem sage ich das? Presse und Fernsehen haben nur Totenmasken verbreitet.«

Darauf konnte Solowjow nichts erwidern. Der Professor argumentierte wie immer absolut logisch.

Plötzlich wechselte Guschtschenko das Thema.

»Sagen Sie, Dima, Sie stehen Doktor Filippowa doch recht nahe, oder? Sie sind zusammen zur Schule gegangen und waren sogar ein bisschen verheiratet?«

»Wir waren nicht verheiratet«, widersprach Solowjow und fühlte, dass er rot wurde.

»Schade«, sagte Guschtschenko nachdenklich. »Sie passen gut zusammen. Aber der Mord an Shenja, das war nicht Moloch. Es könnte jemand gewesen sein, den Shenja kannte. Zum Beispiel der Vater ihres Kindes. Ziehen Sie diese Möglichkeit in Betracht. Wissen Sie übrigens schon, wer es ist?«

»Nein.«

»Versuchen Sie ihn zu finden, ich versichere Ihnen, das ist wichtig. Vielleicht ist er verheiratet, hatte Angst vor Entdeckung, vor der Rache von Shenjas Vater, und hat deshalb die Handschrift von Moloch nachgeahmt, um den Verdacht von sich abzulenken. Das wäre nicht das erste Mal in der Kriminalgeschichte. Meinen Sie nicht?«

»Dass so etwas in der Kriminalgeschichte schon vorgekommen ist, da stimme ich Ihnen zu. Aber dass es eine Nachahmungstat war – nein, daran glaube ich nicht«, sagte Solowjow.

Guschtschenko drückte seine Zigarette aus und sah auf die Uhr.

»Oh, ich habe mich mit Ihnen verplaudert. Ich müsste längst weg sein. Viel Erfolg bei den Ermittlungen. War mir ein Vergnügen.«

»Doktor, haben Sie früher wirklich mit Serienmördern gearbeitet?«, fragte ein Praktikant.

»Ja.«

»Und warum sind Sie da weg?«, erkundigte sich eine Praktikantin.

»Weil ich ausgebrannt war. Hören Sie, meine Damen und Herren Studenten, ich glaube, das ist nicht unser Thema.«

Sie standen um Doktor Filippowa herum und sahen sie mit glühenden Augen an. Eben noch hatten sie sich gelangweilt. Depressionen, Altersdemenz – nicht gerade lustig. Doch nun hatte einer nach den Triebtätern gefragt, und schon waren alle hellwach.

»Warum wurde das Team von Guschtschenko aufgelöst?«

»Auf Anordnung des Ministers.«

»Ist der Kannibale, der aus den Frauen Pelmeni gemacht hat, wirklich aus der Klinik abgehauen und läuft jetzt frei rum?«

»Ja.«

»Empfinden Triebtäter Reue, Gewissensbisse?«

»Ja.«

»Alle?«

»Fast alle, in der einen oder anderen Form.«

»Warum wird jemand zum Triebtäter?«

»Das weiß niemand.«

»Aber findet man wenigstens manchmal heraus, warum jemand so geworden ist? Eine schwere Kindheit? Ein Schädeltrauma? Schizophrenie?«

»Manchmal, aber nicht immer. Die menschliche Psyche ist noch zu wenig erforscht, um allgemeingültige Schlüsse zu ziehen.«

»Haben Sie Tschikatilo mal gesehen? Mit ihm gesprochen?«

»Ja, beides.«

»Und?«

»Nichts. Jämmerlich, höflich, ein Langweiler, redete gern über sich und klagte, dass man sich so wenig für seine Persönlichkeit interessiere, sich zu wenig mit seinem reichen, komplizierten Innenleben beschäftige.«

»Erzählen Sie von dem schlimmsten Mörder, mit dem Sie zu tun hatten.«

»Das hier ist eigentlich keine Pressekonferenz.«

»Also, ich möchte später in die Gerichtspsychiatrie«, erklärte ein großes, schlankes Mädchen, den Blick unter ihrem roten Haarschopf auf Olga gerichtet. »Ich weiß nicht, was die anderen meinen, ich jedenfalls will mehr darüber wissen.«

Olga begriff: Das Mädchen würde tatsächlich nicht lockerlassen.

»Was genau willst du denn hören?«

»Wer war der Schlimmste? Wer empfand keine Reue, überhaupt keine? An wem war nichts Menschliches mehr? Kein Mitgefühl, kein Gewissen, nichts.«

»Mörder, die überhaupt keine Reue kannten, habe ich kaum getroffen. Womöglich nur einen Einzigen. Ja, er war wohl der Schlimmste. Wjatscheslaw Redkin.«

Kaum hatte sie den Namen genannt, sah sie deutlich sein Gesicht vor sich und überlegte: An wen erinnert er mich bloß?

Ein rotwangiger, weißhäutiger Mann, der mit seinen siebzig aussah wie vierzig. Chefingenieur einer Werkzeugmaschinenfabrik. Moskauer mit technischer Hochschulbildung. Verheiratet, zwei Kinder, vier Enkel. Hatte sich heimlich eine zweite Frau zugelegt, ein dreiundzwanzigjähriges Mädchen, Inna, für die er eine bescheidene Wohnung am Stadtrand von Moskau mietete. Eine ziemlich banale Situation, bis auf die Details: Inna war geistig zurückgeblieben, debil. Jedes Jahr wurde sie schwanger und brachte ein Kind zur Welt. Geburtshilfe leistete Redkin selbst. Die Plazenta aß er sofort; Blut, Leber, Herz und Gehirn der Säuglinge lagerte er im Kühlschrank, verzehrte sie nach und nach und trank dazu die Muttermilch seiner Geliebten.

»Schauen Sie doch, wie blendend ich aussehe«, sagte er zu Olga und Professor Guschtschenko. »Ich studiere und nutze die alten Rezepte der Jugendelixiere. Sie nehmen doch auch tierisches Eiweiß zu sich, und Eisenpräparate aus Kälberblut, nicht wahr? Benutzen aus Plazentapräparaten hergestellte Kosmetika. Die Downkinder, die Inna geboren hat, waren nichts anderes als Kälber. Und sie selber, war sie etwa ein vollwertiger Mensch?«

»Redkin empfand nicht die geringste Reue. Er wurde für schuldfähig erklärt und im Gefängnis von Mitinsassen erwürgt.« Olga schaute die verstummten Studenten an. »So, genug jetzt.«

»Träumen Sie manchmal von ihm?«, fragte das Mädchen mit dem roten Schopf.

»Ich habe gesagt, es reicht.«

Olga träumte tatsächlich manchmal von Redkin, in den schlimmsten Alpträumen erschienen ihr sein selbstzufriedenes Lächeln, seine weißen Zähne, seine gesunde Röte, seine klaren blauen Augen.

Der Karussellfahrer lächelt ähnlich, er hat genauso weiße Zähne, so rote Lippen und ebenso zarte, rosige Haut, und seine Augen sind genauso klar, bloß nicht blau, sondern braun.

Zwölftes Kapitel

Es war tatsächlich ein ganz normales Schulheft. Kein Wunder, dass das Mädchen es mit dem Aufsatzheft verwechselt hatte. Noch nie im Leben hatte Rodezki ein fremdes Tagebuch gelesen. Die Entscheidung fiel ihm schwer, er fühlte sich fast wie ein Dieb.

Die Schrift war so krakelig und schwer entzifferbar, dass er zur Lupe greifen musste.

März, Mitternacht.
Mein liebes neues Tagebuch! Entschuldige, dass du nicht so schön bist wie das vorige, der dicke Taschenkalender. Aber Mama hat mich einmal damit erwischt und wollte wissen, was ich da schreibe. Ich habe behauptet, es sei ein Entwurf für einen Bio-Vortrag, und das Heft zugeklappt. Mama wurde misstrauisch. Sie fragte nach dem Thema des Vortrags. Ich schwindelte irgendwas zusammen, aber mir war klar: Sobald ich das Haus verlasse, wird sie alles durchwühlen, das Tagebuch finden und lesen. Und da standen Sachen drin …

Ich habe es in Papas Kamin verbrannt. Mama würde eine Menge dafür geben, wenn sie mein Tagebuch lesen könnte. Sie wirkt in letzter Zeit sehr angespannt. Sie besucht sogar Psychologie-Kurse, um mit mir klarzukommen. Meine arme, dumme Mama! Jetzt schreibe ich ganz in Ruhe. Wenn sie reinkommt, sieht sie ein normales Schulheft, und ich sage, dass ich am Entwurf für den Aufsatz sitze. Meine Schrift ist sowieso ziemlich schwer zu entziffern, und Mama sieht nicht besonders gut.

Aber warum schreibe ich eigentlich? Ich weiß doch, dass das gefährlich ist. Trotzdem – ich muss mich einfach jemandem an-

vertrauen, wenigstens dir, liebes Tagebuch. Ich glaube, ich bin bis über beide Ohren verliebt. Mark hat gestern gesagt, da wäre wieder mal ein alter Sack scharf auf mich. Er hat gleich zwei Treffen im Voraus bezahlt. Ich hab gesagt, ich kann nicht mehr, ich will mal ausruhen, es geht mir nicht gut. Mark hat gesagt: Na schön, den bedienst du noch, dann machst du mal Pause.

Ich hatte absolut keine Lust, zu dem alten Knacker zu fahren. Ich liebe V., ja, ich liebe ihn wirklich. Das Kind ist auch von ihm. Bei den anderen habe ich immer verhütet, bei ihm nicht. Ich kann mir vorstellen, was Mama für ein Theater machen wird, wenn ich einen dicken Bauch kriege. Und Papa dreht sowieso durch. Er hasst V. Sie sind Todfeinde.

Tja, Papa, ihr wart Feinde, und nun werdet ihr Verwandte. Du wirst dich damit abfinden müssen.

Ehrlich gesagt, hab ich die Nase voll von den alten Säcken, ich kann nicht mehr. Sogar von Nick, obwohl der eigentlich ganz in Ordnung ist. Er stinkt nicht aus dem Mund und ist nett zu mir. Und außerdem eine gute englische Sprachpraxis für mich. Aber sein ganzes Gerede – von den Onyxsäulen, auf die kleine Mädchen in der Antike gesetzt wurden, davon, dass die römischen Patrizier Kinder gevögelt haben und wie wunderbar und natürlich das war, geht mir auf die Nerven. Scheißhistoriker! Sexprofessor! Wenn Mark erfährt, dass ich mich mit Nick treffe und wie viel Kohle er mir gibt, ist der Teufel los. Er warnt uns doch immer, wir sollten ja nicht versuchen, heimlich nebenbei was zu verdienen.

Ich hab echt keinen Bock, diesen neuen alten Sack zu bedienen! Mark sagt, der Neue sieht aus wie sechzig, wahrscheinlich so ein Typ wie der Professor. Still und kultiviert. Bart, womöglich falsch, dunkle Brille. Das erste Treffen ist in unserem »Hotel«. Ich hoffe, er bringt's nicht mehr.

Viele Kunde können nicht mehr, und das macht sie verrückt. Sie stehen auf Kinder, weil sie Leben aus uns saugen. Stas hatte letztes Jahr einen, uralt, um die siebzig. Der konnte gar nichts mehr, hat nur gegrapscht, gegeifert und geschnauft. Aber Stas war hinterher völlig fertig, war ganz wacklig auf den Beinen und wurde richtig krank.

Mark sagt, das ist alles Einbildung. Dieses Schwein! Er scheißt natürlich drauf, was aus uns wird. Ob wir erwachsen werden oder krepieren wie kleine Ratten, ist ihm egal. Dann sucht er sich eben neue Kinder, quatscht sie voll und bringt ihnen alles bei, wie uns damals. Früher hab ich nicht geahnt, wie scheißegal ihm alles ist, aber jetzt weiß ich Bescheid. Der Mistkerl, er hat doch versprochen, dass man im Internet unsere Gesichter nicht sehen würde. Hat man zu Anfang auch nicht, nur Körper im Nebel. Aber dann tauchten plötzlich die Gesichter auf. Mir wurde ganz schlecht, als ich das sah. Stas auch, sogar Jegorka, dabei ist der total blöd. Bloß Ika juckt das nicht, aber bei ihr ist das ja auch was anderes.

Ich frage also Mark, warum zum Teufel zeigst du unsere Gesichter? Und er, ganz gelassen grinsend: Wovor hast du denn Schiss? Meinst du, deine Mama, dein Papa oder dein Schuldirektor besuchen meine Seite?

Ich würde ihn am liebsten eigenhändig töten, echt! Aber warum soll ich mir die Hände schmutzig machen? Irgendwer wird dieses Schwein sowieso früher oder später umbringen. Ich hasse ihn!

Ich bin blöd. Als ich da reingeraten bin, war ich noch klein, gerade elf. Erst waren es nur Videos. Stas, Ika, Jegorka und ich. Wir fanden es lustig, nackt vor der Kamera rumzuspielen. Mark hat gemeint, dann habt ihr später im Leben keine Komplexe.

Na ja, und natürlich die Kohle.

Olga schickte die Praktikanten zu Doktor Pjatakowa auf die Frauenstation und rief den Karussellfahrer zu sich.

»Warum haben Sie das getan?«

»Erst mal guten Tag. Zweitens – Sie sehen heute phantastisch aus. Drittens – was habe ich denn Schlimmes getan?«

»Warum haben Sie den alten Nikonow gekränkt?«

»Ich? Einen alten Mann gekränkt? Um Gottes willen, das

ist vollkommen ausgeschlossen. Ich bin ein herzensguter Mensch. Mitgefühl und Barmherzigkeit, das ist meine Devise.«

»Sehr schön.« Sie nickte und lächelte. »Was können Sie mir noch über sich mitteilen? Wie heißen Sie? Wann und wo sind Sie geboren? Was tun Sie?«

»Was ich tue?« Er blickte zur Decke. »Ich werde verrückt.«

»Vielleicht versuchen wir es mal mit einem Wahrheitsserum? Ein Amythal-Koffein-Mix zur Enthemmung?«

»Was für ein Zeug?« Er verzog das Gesicht.

»Eine Spritze. Vollkommen harmlos. Man entspannt sich und hört auf zu lügen. Hat keine Nebenwirkungen, wird nach einigen Stunden mit dem Urin wieder ausgeschieden.«

Er senkte den Kopf, starrte auf die Krankenhauslatschen aus rotem Kunstleder, schwieg einen Moment und sagte dann: »Ich habe gehört, man nennt mich hier Karussellfahrer. Wissen Sie, warum?«

»Sie wurden vom Riesenrad im Kulturpark runtergeholt.« Sie seufzte müde. »Nicht sehr originell. Vor kurzem gab es in den Fernsehnachrichten einen Bericht – ein Vater saß mit seinem kleinen Sohn auf diesem Riesenrad fest. Allerdings haben die beiden im Gegensatz zu ihnen um Hilfe gerufen. Sie wurden ziemlich rasch heruntergeholt und hatten keine Amnesie.«

»So was.« Er schüttelte den Kopf. »Ich habe also nicht geschrien und um Hilfe gerufen? Interessant. Und wie lange war ich da oben?«

»Etwa sieben Stunden. Davor waren Sie beim Friseur, haben sich kahlscheren und den Bart abrasieren lassen.«

»Super! Ich wusste gar nicht, dass ich mal einen Bart hatte. Wie sind Sie darauf gekommen?«

»Die Haut auf Oberlippen, Wangen und Kinn ist viel heller. Und frisch gereizt vom Rasieren. Außerdem fassen Sie sich dauernd ins Gesicht und betasten Ihren Kopf. Sie fühlen sich nackt, das ist ungewohnt für Sie.«

»Oho!« Er spitzte die Lippen und schnalzte mehrmals ironisch-anerkennend mit der Zunge. »Sie sind nicht zufällig nebenbei noch Kriminalistin?«

»Wissen Sie was, ich werde Sie wohl entlassen.«

»Wie?«

»Ganz einfach. Ich entlasse Sie, und Sie gehen, wohin Sie wollen.«

»Wohin? Wohin soll ich denn gehen? Ich erinnere mich weder an meinen Namen noch an meine Adresse.«

»Sie erinnern sich sehr wohl. Schluss mit dem Theater. Sie sind vermutlich in ernstlichen Schwierigkeiten, darum haben Sie sich bei uns verkrochen.«

»Ja«, er nickte ergeben, »ich bin wirklich in Schwierigkeiten. Ich habe vergessen, wer ich bin. Bitte, Sie dürfen mich nicht entlassen. Dann setze ich mich draußen auf eine Bank und bleibe einfach da sitzen. Ich weiß nämlich nicht, wohin. Wir haben einen ziemlich kalten April, mit Nachtfrösten. Ich werde mich erkälten und sterben. Und Sie sind schuld. Hat sich übrigens die Katze Dussja wieder angefunden?«

»Nein.«

»Das dachte ich mir. Es ist Frühling. Sie dürfen mich nicht einfach ohne Diagnose entlassen. Und eine psychiatrische Diagnose, das ist ein weites Feld. Ich kann gern den Irren markieren, den Tobsüchtigen oder den Stillen, wie Sie wollen. Erinnern Sie sich an den Film ›Einer flog übers Kuckucksnest‹?«

Er krümmte sich, öffnete den Mund, rollte mit den Augen und begann zu zittern.

»Hören Sie auf.« Olga verzog das Gesicht. »Aus Ihnen wird kein Nicholson.«

»Das will ich gar nicht.«

»Sondern? Was wollen Sie dann?«

»Hilfe. Nichts weiter als Ihre professionelle Hilfe. Helfen Sie mir, mich zu erinnern, wer ich bin. Womöglich haben Sie recht und ich versuche wirklich, mich zu verstecken. Aber wohl kaum vor äußeren Problemen, eher vor inneren. Vor mir selbst. Ich habe mich bis obenhin satt, ich will nicht mehr ich sein, in meinem Kopf ist etwas blockiert. Eine Art Selbstmord, bloß nicht physisch, sondern psychisch.«

Olga sah ihn eine Weile nachdenklich an.

»Sie wollen sich also wirklich erinnern?«

»Tja, was soll ich dazu sagen?« Er runzelte die Brauen und senkte den Kopf. »Es riecht übrigens sehr schlecht hier bei Ihnen.«

»Das hier ist ein Haus der Trauer, keine Parfümerie.«

»Ja, ja, ich weiß. Aber gerade Gerüche sind wichtige Stimuli für mich. Ich möchte nach Hause, mir die Zähne putzen, duschen, etwas Sauberes anziehen, meine eigenen Sachen, und mich endlich ausschlafen.«

Olga stand auf und ging zum Schrank. Im obersten Fach lag eine Schachtel mit Hygieneartikeln für Patienten ohne Angehörige. Eine Zahnbürste, eine kleine Tube Zahnpasta, ein Stück Hotelseife in einer Plastiktüte. Vor einem Monat hatte die Klinik vom Internationalen Roten Kreuz dreihundert solcher Tüten bekommen, zusammen mit Einwegspritzen, Bettwäsche und Pyjamas.

Um das obere Fach zu erreichen, musste Olga auf einen Stuhl steigen. Der Karussellfahrer musterte sie dabei mit einem Blick, dass sie ihm am liebsten eins in die Visage gegeben hätte.

»Hier, für Sie.« Sie warf ihm die Plastiktüte in den Schoß und schloss den Schrank ab.

»Ergebensten Dank. Und ein besonderes Dankeschön dafür, dass ich Ihre reizenden Beine betrachten durfte.«

»Hören Sie endlich auf mit dem Theater!«

»Entschuldigung. Mir geht es wirklich sehr schlecht. Vielleicht hat mich irgendetwas zu Tode erschreckt. Vielleicht will mich jemand töten. Sehen Sie – handfester paranoider Verfolgungswahn.«

»Wer will Sie denn töten?«

»Wenn ich das wüsste! Ehrlich, dann hätte ich nicht solche Angst. Aber ich tappe total im Dunkeln.«

Er verstummte und versuchte kläglich dreinzuschauen. Doch seine Augen blieben kalt und böse.

»Wir behalten Sie erst einmal zwei Wochen hier. In dieser Zeit werden wir alles tun, um Ihre Identität festzustellen, Kontakt zu Ihren Angehörigen aufzunehmen. Gelingt das nicht, werden Sie ins Serbski-Institut überwiesen. Dort gibt es eine Spezialabteilung für Leute, die nicht wissen, wer sie sind.«

»Ach, gibt es denn davon so viele?«

»Nicht sehr viele. Vor kurzem wollte ein Wohnungsspekulant auf diese Weise untertauchen. Er wurde relativ rasch identifiziert. Ein Aufruf im Fernsehen mit Foto, und sofort meldeten sich Dutzende Geschädigte. Sie werden wir übrigens auch im Fernsehen zeigen.«

»Oh, bitte, gern. Ist bestimmt schön, mal Fernsehstar zu sein, wenn auch nur kurz.«

»Was meinen Sie, wird sich jemand melden?«

»Ich hoffe.« Er lächelte breit.

»Na schön, Sie können gehen. Aber ich warne Sie, sollten Sie noch einmal einem meiner Patienten zu nahetreten, dann wird es Ihnen leidtun.«

»Dann werden Sie mich bestrafen?«

»Nein, behandeln. Sich an psychisch kranken Menschen zu vergreifen ist eine offenkundige pathologische Störung. Sie werden die Medikamente bekommen, vor denen Sie sich so fürchten.«

»Dazu wären Sie wirklich fähig? Einen gesunden Menschen mit grässlichen Psychopharmaka zu behandeln? Wie gemein, wie inhuman! Ich dachte, die Zeiten der Strafpsychiatrie wären vorbei.«

»Ach, Sie sind also gesund? Was machen Sie dann hier?«

»Das habe ich doch schon gesagt – ich werde verrückt.« Er seufzte. »Ich brauche nur ein bisschen Wärme und Verständnis, wie jeder Mensch in unserer schrecklichen, harten, zynischen Welt.«

»Gehen Sie in Ihr Zimmer, ich habe zu tun.«

Vielleicht sollte sie ihn unverblümt fragen: Sind Sie der Pornoautor Mark Moloch?

Was würde das bringen? Nichts. Selbst wenn seine eiskalten Augen Panik spiegeln sollten, würde er alles abstreiten. Eine offene Frage würde ihn nur aufschrecken und misstrauisch machen.

Er stand unter großer Anspannung, er markierte nur den Frechen und Gleichgültigen.

Als Olga wieder allein war, wühlte sie nervös in ihren Schreibtischfächern. Sie suchte einen grünen Plastikordner, den sie vor einem Jahr mit an ihren neuen Arbeitsplatz gebracht hatte. Sie wollte ihn nicht zu Hause aufbewahren, damit er nicht zufällig ihren Kindern in die Hände geriet. Sie hatte ihn weit weg geräumt, unter Haufen von Papieren, und nun erinnerte sie sich nicht mehr genau, ob sie ihn damals womöglich doch weggeworfen hatte.

Ein Mann mittleren Alters, kräftig gebaut. Angenehmes Äußeres, wirkt seriös. Vertrauenerweckend. Alter zwischen fünfzig und sechzig. Moskauer. Hochschulbildung, Mediziner oder Jurist. Könnte beruflich mit Jugendlichen zu tun haben, verfügt über Kenntnisse über die Psyche Heranwachsender, in Gerichtsmedizin und Kriminalistik.

Leidet an Impotenz. Hat sich nie behandeln lassen, hält das für unter seiner Würde. Zudem ist sein Gebrechen vermutlich unheilbar. Unverheiratet, lebt allein. Sehr reinlich. Legt großen Wert auf sein Äußeres. Stabiles, relativ hohes Einkommen. Wird von den Kollegen geachtet, hat aber keine Freunde.

Ein spätes Kind, langersehnt, keine Geschwister. Ohne Vater aufgewachsen, ohne Mann in der Familie, großgezogen von der Mutter, die ihn verwöhnte, übermäßig behütete und ihm direkt oder indirekt die Überzeugung einimpfte, er sei etwas

Besonderes, anders als alle anderen. Besser, begabter, schöner. In der Kindheit schlechtes Verhältnis zu Gleichaltrigen (Muttersöhnchen). Wurde gehänselt. Konnte sich sozial nicht anpassen. Fraß die Kränkungen in sich hinein, rächte sich in der Phantasie an den Beleidigern.

In der Kindheit erlittene Kränkungen, das Bewusstsein der eigenen verborgenen Unzulänglichkeit, seiner Verletzlichkeit und zugleich seiner Einzigartigkeit dominieren seine Persönlichkeit. Daraus resultierende Unfähigkeit zu Empathie. Emotionale Kälte, gleichzeitig extreme Verletzlichkeit.

Den ersten Mord beging er vermutlich schon in seiner Jugend. Beim ersten Versuch sexuellen Kontakts zu einer Frau erlitt er eine schlimme Niederlage, wurde ausgelacht und tötete in einem Wutanfall. Das Verbrechen blieb unaufgeklärt und für ihn ohne strafrechtliche Konsequenzen. Die Erinnerung an die erlittene Demütigung, an den »Sieg« über deren Zeugin und »Verursacherin«, die beim Töten empfundene Ekstase, aber auch die Angst vor Entdeckung – das alles manifestierte sich zu einem permanenten psychotraumatischen Faktor.

Der erste Mord geschah zweifellos spontan. Später wurden sämtliche Einzelheiten in der Erinnerung immer wieder abgespult. Mit der Zeit wurde das zu einem Ritual, zunächst nur in der Phantasie. Doch eines Tages wurde das Ritual in der Realität umgesetzt.

Viele Jahre konstruierte Moloch komplizierte Selbstrechtfertigungen, denn sein eigenes Ich musste für ihn ideal bleiben, »göttlich«. Lange beherrschte er seinen Trieb zu töten. Auf einer Waagschale lagen die beim ersten Mord empfundenen starken Emotionen, auf der anderen die Angst, gefasst zu werden. Möglicherweise wählte er einen Beruf, der ihm die Möglichkeit gibt, seine krankhafte Neigung zum Phänomen Tod teilweise zu sublimieren (Medizin, Gerichtsmedizin, Kriminalistik). Er konzentrierte sich auf sein Studium und seine berufliche Karriere, suchte darin Selbstbestätigung und Verwirklichung seiner Ambitionen, vor allem sozialer.

Ein Versuch, in einen Dialog mit den Ermittlern zu treten, in ein Spiel, die sogenannte Wettbewerbsmotivation, die bei sexuellen Triebtätern mitunter vorliegt, ist in diesem Fall auszuschließen. Moloch ist ein Snob. Er verachtet alle Menschen und hält sie für geringer als sich. Dabei ist ihm die Meinung anderer über sich selbst sehr wichtig. Im täglichen Umgang, im Beruf ist er mitunter überheblich, spöttisch. Lächelt und scherzt häufig. Versteht sich auf subtile Beleidigungen.

In seinem zweiten, geheimen Leben scherzt er nicht. Da beleidigt er nicht, sondern tötet. Dort ist er ohne jeden Humor. Sein geheimes Leben ist voller Pathos, symbolischer Zeichen und Botschaften. Moloch ist eine Art Einmann-Sekte; betrachtet man seine Innenwelt unter diesem Aspekt, steht er ideologisch den russischen Skopzen nahe.

Die Sekte der Skopzen entstand in Russland Mitte des achtzehnten Jahrhunderts. Ihre Mitglieder, nicht nur Männer, sondern auch Frauen, kastrierten sich freiwillig, um sich vollkommen von der Sünde zu reinigen, indem sie die Möglichkeit zu sündigen beseitigten. Nach dem Ritual der Kastration wurden die Sektenmitglieder in das »Geheimnis« eingeweiht, dessen Kenntnis ihnen grenzenlose Macht verlieh, die Fähigkeit, Wunder zu vollbringen, Krankheiten zu heilen, wahrzusagen usw.

Moloch ist vom Wesen her ein fanatischer Kastrat, aber mit einem hohen Prozentsatz männlicher Hormone. Äußerlich ist er ein vollwertiger Mann mit ausgeprägter Libido, allerdings unfähig, seine sexuelle Lust zu befriedigen. Um das zu kompensieren, hat er seine männliche Unzulänglichkeit zum Fetisch erhoben, und daraus entstand die Wahnidee von einer besonderen Mission. Er hat sich sein eigenes philosophisches Konzept konstruiert, mit dem er sein Gebrechen zu einer höheren Idee der Reinheit hochstilisiert.

Es ist nicht auszuschließen, dass es in dem langen Zeitraum zwischen dem ersten und dem aktuellen Mord weitere Einzelfälle oder sogar Serien gegeben hat. Meines Erachtens sollten alle ähnlichen unaufgeklärten Morde an Schulkindern und

Jugendlichen (Entkleidung, Erwürgen, keine Vergewaltigungsspuren) im Großraum Moskau zwischen Mitte der Siebziger und Ende der Neunziger noch einmal aufgenommen werden. Tatort: Wald. Zeit: Frühjahr ab Mitte März, Sommer und Frühherbst. Später Abend oder Nacht. Besonders aufmerksam sollte untersucht werden, aus welchen Gründen diese Fälle unaufgeklärt geblieben sind. Es ist nicht auszuschließen, dass der Täter mit der Justiz zu tun hat und die Möglichkeit hatte, die Ermittlungen zu beeinflussen.

Die Morde tragen deutliche rituelle Züge. Die Entkleidung, die »Waschung« mit süßlich duftendem Öl (Salbung), das Abschneiden einer Haarsträhne (Haareschneiden bei der Taufe). Zugleich enthalten sie auch ein offenkundig fetischistisches Element (der Täter nimmt die abgeschnittenen Haare mit und bewahrt sie vermutlich auf).

Moloch ist eine starke Persönlichkeit mit hochentwickeltem Intellekt und großer Selbstbeherrschung. Viele Jahre hatte er seine Probleme unter Kontrolle, bis auf einzelne Ausrutscher. Die aktuelle Serie könnte durch Texte oder Bilder pornographischen Inhalts im Internet ausgelöst worden sein (die Website von Mark Moloch). Womöglich stammt die Idee, die Opfer mit Babyöl zu übergießen, ebenfalls von dort (s. Erzählung »Hoffnung« von M. Moloch).

Es ist nicht auszuschließen, dass die getöteten Jugendlichen bei Pornoaufnahmen mitgewirkt haben, sich prostituierten und vom Täter über Zuhälter kontaktiert wurden. Das würde zur Hypothese von der Mission passen und erklären, warum die Kinder freiwillig zum Täter ins Auto stiegen. Und auch, warum niemand sie als vermisst gemeldet oder auf die Aufrufe in Presse und Fernsehen reagiert hat.

Da die Kinderpornographie in Russland gegenwärtig boomt und faktisch ungestraft in bedrohlichem Tempo zunimmt, könnte es bald zu einer Fortsetzung der Mordserie von Moloch kommen.

Der Täter ist ein paranoider Psychopath. Ein Missionar mit Größenwahn. Schlau und vorsichtig. Extrem gefährlich.

Solowjow saß allein in seinem Büro und las die Täterprofile mehrerer Experten. Er hatte sie in seinem Computer gespeichert. Das letzte Profil stammte von Doktor Filippowa und taugte nach Ansicht ihrer Kollegen überhaupt nichts. Ihr Serientäter sei viel zu untypisch.

»Solche gibt es in Russland nicht«, meinten sie.

Intellektuelle Missionare mit einer philosophischen Konzeption treffe man hin und wieder in den USA und in Westeuropa, und auch dort äußerst selten. Der durchschnittliche russische Triebtäter sei dumm und ungebildet.

Olga war unfähig, ihren Standpunkt zu verteidigen, und erwiderte auf die Einwände und selbst auf den Spott der Kollegen stets ergeben: Ja, wahrscheinlich haben Sie recht.

Sie war sicher, dass die Morde an den drei nicht identifizierten Jugendlichen durch Kinderpornos im Internet ausgelöst worden waren. Der Pornograph Mark Moloch erzählte in einem Opus von einem impotenten Mann, der erst dann zu einer Erektion kam, als er ein getötetes Mädchen mit Babyöl übergoss.

Hier in Solowjows Büro hatte sie vor anderthalb Jahren erklärt, dass sie die Gerichtspsychiatrie aufgeben wollte.

»Sonst werde ich noch verrückt.«

Sie hatte geweint. Er kannte sie seit ihrem siebten Lebensjahr und hatte sie noch nie weinen sehen.

Eine Zeitlang waren sie unzertrennlich gewesen. »Ein bisschen verheiratet«, wie der scharfsichtige Guschtschenko es ausgedrückt hatte.

»Sie passen sehr gut zusammen«, hatte der Professor gesagt.

Am liebsten hätte er geknurrt: Das geht Sie nichts an.

Solowjow erlaubte niemandem, sich in sein Privatleben einzumischen. Aber dem großen Guschtschenko blieb natürlich nichts verborgen. Olga hatte erzählt, dass er jeden in seinem Team nötigte, die schlimmsten Erlebnisse seiner Kindheit und Jugend zu erzählen. Manchmal bediente er sich dabei der

Hypnose, damit sich der Kandidat entspannte und zu seinen unterbewussten Phobien zurückkehrte.

Ob sie ihm von uns erzählt hat? Vielleicht bin ich ihre Phobie, dachte Solowjow.

Alles, was mit seiner Beziehung zu Olga zu tun hatte, versetzte ihn zwanzig Jahre zurück und machte ihn empfindlich und misstrauisch wie einen kleinen Jungen.

Dreizehntes Kapitel

»Bäh, bäh!«

Es klang täuschend echt, als tollte auf dem abgewetzten grünen Linoleum tatsächlich ein Schaf herum wie im frischen Gras. Das war Marik, achtzehn Jahre alt. Ein zarter, hübscher Junge, wie sie von klein auf von Schwulen gemocht und von sentimentalen ältlichen Frauen bewundert und verwöhnt werden. Richtigen männlichen Bartwuchs bekommen solche Knaben frühestens mit dreißig, wenn überhaupt.

Als seine Mutter schwanger war, hat sie sich ein Mädchen gewünscht, dachte Mark bei sich.

Der Flur endete in einer großen quadratischen Fläche, die den Patienten als eine Art Wohnzimmer diente. Am Boden festgeschraubte Bänke, ganz weit oben, fast unter der Decke, ein Fernseher. Marik lief auf allen vieren herum und blökte eifrig. Er konnte auch bellen und miauen. Diese Show zog der Junge vermutlich ab, um sich vor dem Armeedienst zu drücken.

Wieso hat unsere Frau Doktor diesen Deserteur eigentlich noch nicht entlarvt, dachte Mark. Oder haben seine Eltern sie ordentlich geschmiert?

»He, kleiner Schwuli«, rief Mark leise.

»Bäh! Mäh!«

Lass gut sein, Kleiner. Ist angekommen, dass du ein Idiot bist und untauglich für den Militärdienst. Obwohl du da einen großen Fehler machst. So hübsche Kerle wie du werden in der Armee anständig gevögelt. Das hätte dir gefallen. So, wie du aussiehst, könntest du eine Menge Kohle machen, müsstest nur den Hintern hinhalten.

Sie waren beide allein in der Flurecke. Es war Abendbrotszeit. Mark war zwar hungrig, konnte aber das Klinikessen nicht ausstehen. Und das Schäfchen Marik wartete, bis die diensthabende Schwester ihn holte. Das war eine Art Ritual. Das Schäfchen wurde aufgehoben, an die Hand genommen und an einen Tisch gesetzt. Um keinen anderen Patienten wurde so ein Gewese gemacht. Hätte Mark ihn vor fünf Jahren kennengelernt, würde er alles darangesetzt haben, um den appetitlichen Jungen für seine alternativen Filme zu bekommen. Er hätte einigen seiner seriösen Kunden bestimmt sehr gefallen.

Vielleicht hätte ich einen von ihnen um Hilfe bitten sollen, überlegte Mark plötzlich. Schließlich haben sie ein vitales Interesse an meinem Geschäft. Kinderpornos und käufliche Kinder gibt es in Russland mehr als genug, aber vorerst übersteigt die Nachfrage noch immer das Angebot. Die seriösen verheirateten Männer wollen ständig etwas Neues, Frisches, und zwar ohne Ansteckungsgefahr und drohende Erpressung. Und die Kinder wachsen schnell heran, außerdem werden viele rasch unbrauchbar, weil sie Drogen nehmen. Viele, aber meine nicht.

Mark stellte sich vor, wie er zum Beispiel einen pensionierten FSB-General anrief, einen Vater und Großvater, der in Fernsehdebatten die Unmoral der heutigen Jugend beklagte und mit beiden Händen für die Einführung einer Zensur gegen »Unzucht« stimmte. Mit denselben Händen begrapschte er regelmäßig, einmal im Monat, den dreizehnjährigen fügsamen stillen Jegorka, bis dieser blaue Flecke bekam.

»Genosse (oder Herr) General, hier ist Mark. Ich stecke in Schwierigkeiten, irgendwelche Idioten sind hinter mir her. Seien Sie so gut und helfen Sie mir, nicht nur mir, sondern auch sich selbst. Wissen Sie, ich habe nämlich in meinem Archiv

Videoaufnahmen von Ihnen und Ihrem Lieblingsjungen Jegorka – Sie und er im Bett. Sie verstehen. Stellen Sie sich vor, was passiert, wenn diese Aufnahmen in fremde Hände geraten!«

Der General würde sich natürlich in die Hosen machen und wissen wollen, wo die Bänder sind. Der Rest war reine Spekulation. Mark ging im Kopf mehrere mögliche Varianten durch. So unterschiedlich sie auch waren, eines war immer gleich: Am Ende stand ein deutlicher schwarzer Punkt. Ein Loch von einer Kugel in Marks Kopf.

Marik tollte noch immer herum, aber irgendwie träge. Schließlich verstummte er und blieb stehen, ein glänzendes blaues Auge auf den Karussellfahrer gerichtet. Seine Wangen waren gerötet, unter der dünnen Haut bewegten sich die Kaumuskeln.

»Was ist, Kleiner?« Mark kicherte und schlug mit einer komischen Geste die Hände vors Gesicht. »Hilfe, ich hab Angst, ich hab Angst! Du bist ja so gefährlich!«

Der Boden bebte leicht. Die diensthabende Schwester Sinaida kam den Flur entlang auf sie zu, eine Dame von hundertachtzig Kilo. Das Schäfchen zeigte Mark noch rasch die Faust mit ausgestrecktem Mittelfinger und begrüßte die Schwester mit einem freudigen »Bäh!«

Nein, an meine Kunden kann ich mich nicht wenden, entschied Mark. Wenn sie mich jagen, weil jemand von den Kleinen hinter meinem Rücken einen Kunden erpresst – wer garantiert mir, dass ich nicht ausgerechnet an denjenigen gerate, der mich verfolgen lässt? Ich muss da selber rauskommen.

»Marik, steh sofort auf!«, befahl Schwester Sinaida. »Und du, Karussellfahrer, wieso sitzt du noch hier rum? Ab in den Speisesaal, essen!«

Die Schwester half dem Schäfchen auf und strich ihm zärtlich über den kahlgeschorenen Kopf.

Mark erhob sich widerwillig und schlurfte in den Speisesaal.

Zum Abendbrot gab es ein hartgekochtes Ei, ein Wurstbrot, geschmorten Kohl und Kakao. Angewidert pellte Mark das graue Ei ab und dachte an sein letztes Abendessen im Restaurant.

»Isst du deinen Kohl nicht?«, erkundigte sich Schpon und griff nach dem Teller. Er aß gierig und geräuschvoll. Als er mit dem Kohl fertig war, schielte er auf das Wurstbrot.

»Na nimm schon«, sagte Mark.

Schpon schob sich das ganze Wurstbrot auf einmal in den Mund, rülpste und sagte: »Sie haben Nikonow in die Box gesperrt. Vielleicht kriegt er Elektroschocks.«

»Hmhm.« Mark nickte und nippte an dem Kakao.

So etwas Widerliches hatte er noch nie getrunken. Warme, hellbraune Plürre, ekelhaft süß und mit einer glitschigen Haut.

»Elektroschocks sind echt beschissen«, sagte Schpon. »Hör mal, trinkst du den ganzen Kakao aus oder lässt du mir die Hälfte übrig?«

»Hier, bitte.« Mark verzog das Gesicht und schob das Glas weg.

Schpon kippte gierig den Kakao in sich hinein, mit einem einzigen Schluck, wie Wodka.

Verdammt, was tue ich hier? Ich muss abhauen, dachte Mark.

Zwei Uhr nachts.

Mama hat mir zum Geburtstag eine Handtasche geschenkt, die sie in einem Fußgängertunnel gekauft hat. Ein billiges Ding, nein, schlimmer – nachgemachtes Chanel, mit großem Goldschnörkel und Strass-Steinen. Natürlich musste ich Begeisterung mimen, als hätte ich mir schon immer so eine Tasche gewünscht und würde mich nun nie mehr davon trennen. Aber Maja ist prima, sie hat mir einen Pyjama geschenkt, nicht teuer, aber sehr hübsch.

Jetzt wird Mama mich dauernd fragen: Warum nimmst du nicht die neue Tasche? Ich werde sagen, dass ich so was Schönes nur zu besonderen Anlässen benutze.

Überhaupt, ich hasse diesen Tag. Ich will nicht wieder ein Jahr älter sein und obendrein so tun müssen, als wäre ich glücklich darüber. Alle gratulieren einem, dabei sollten sie lieber kondolieren.

Papa und ich waren nett essen, er hat mir einen sehr schönen Anhänger mit einem Saphir geschenkt. Ja, das verstehe ich unter einem Geschenk für das eigene Kind. Ein Goldkettchen und ein echter Saphir. Ich hab sie gleich umgemacht. Das ist jetzt mein Talisman.

Nun bin ich also fünfzehn. Ich fühle mich alt, als wäre ich dreißig und hätte schon alles hinter mir. Komisch, Ika ist zweiundzwanzig und fühlt sich noch immer wie ein kleines Mädchen. Ihr Leben war zu Ende, als sie zehn war und ihre Eltern vor ihren Augen getötet wurden. Und begann erst wieder, als sie mit siebzehn Mark kennenlernte.

Ich habe Papa gefragt, warum er sich von Mama scheiden lassen hat. Er hat gesagt, er habe eben eine andere Frau kennengelernt und sich neu verliebt. Und Mama habe einen schwierigen Charakter, das müsse ich doch wissen.

In Wirklichkeit hat das nichts mit Mamas Charakter zu tun. Die andere war einfach jünger. Aber von ihr hat er sich auch getrennt, als er Marina kennenlernte. In drei Jahren wird er sich wieder scheiden lassen. Ich liebe ihn natürlich sehr, aber er ist trotzdem nicht ganz normal. Auf der Jagd nach der ewigen Jugend. Seine eigene kann er nicht zurückholen, also hält er sich an junge Frauen.

Weil er so ist, habe ich furchtbare Komplexe. Schreckliche Angst vorm Alter. Die Zeit rennt wie verrückt, und in meinem Kopf tickt dauernd ein Zähler. Ich glaube, mit dreißig ist das Leben einer Frau eigentlich vorbei. Vor dem Tod habe ich keine Angst, aber vor dem Alter, vor Falten, Pigmentflecken, grauen Haaren, vor der ganzen Hässlichkeit des Alters habe ich große Angst. Ich weiß, es ist albern, mit fünfzehn an solche Dinge zu denken, aber ich kann nicht anders.

Mein Papa betrachtet jede Frau über siebenundzwanzig als

alt. Für Mark ist Ika alt, dabei ist sie erst zweiundzwanzig und sieht jünger aus als ich.

Klar, wenn man genug Kohle hat, kann man sich operieren lassen, Liftings und so, aber das sieht man immer. Außerdem wird man davon abhängig, genauso wie von Drogen. Wenn man einmal angefangen hat, kann man nicht mehr aufhören.

Ach was, wovon rede ich da? Das sind vorerst nicht meine Probleme.

Mein lieber papierner Freund, du hättest diesen neuen alten Sack sehen sollen! Ein ganz Seriöser, auf den ersten Blick stark und kräftig. Kein Mensch ahnt, dass das Ding zwischen seinen Beinen winzig ist, nicht größer als mein kleiner Finger.

Aber das ist kein Grund zur Freude. Wenn ein schwitzender impotenter Kerl auf dir rumhampelt und schnauft, ein Zentner faules, altes Fleisch, möchtest du am liebsten krepieren. Wenn V. nicht wäre, hätte ich schon längst Pillen geschluckt, mit Wodka runtergespült, und keiner hätte mich hinterher wieder wachgekriegt.

Daran denke ich übrigens oft. Besonders, wenn ich nachts auf den Balkon gehe. Es zieht mich richtig runter, im Ernst!

Willst du wissen, warum ich Nick in den Klub mitgeschleppt habe, zum Konzert? Willst du es wirklich wissen, liebes Tagebuch? Dann hör zu.

Erstens musste ich auf die Weise in der Nacht nicht mit ihm vögeln. Wir haben uns einfach getroffen, uns kulturvoll unterhalten und nichts weiter.

Zweitens wollte ich meinem teuren V. zeigen, dass ich kein kleines Dummchen bin, wie manche denken. Ich habe Beziehungen, zum Beispiel einen Italiener, einen Professor, über den könnte ich V. in Italien promoten.

Ich glaube, Nick war sauer. Hat mir Vorträge gehalten, dass solche Orte gefährlich sind. Die ganze Fahrt über hat er rumgenölt. Aber ich war trotzdem zufrieden. Nach V.s Konzert hatte ich echt keinen Bock, mit Nick ins Bett zu steigen.

Eigentlich komisch. Manchmal ist mir jeder andere Kunde lieber als Nick. Seit ich begriffen habe, dass ich V. liebe, und vor allem, seit ich weiß, dass ich schwanger bin, finde ich Nick einfach ekelhaft.

Bei den anderen Kunden ist die Sache klar. Ich bediene sie, kriege mein Geld und Good bye, Kleines. Aber das zwischen Nick und mir ist irgendwie sogar Liebe. Natürlich nehme ich ihn aus, ich bin ja nicht blöd und schlafe ganz umsonst mit so einem alten Knacker, aus purem Mitleid.

Trotzdem ist der schlimmste, dreckigste Kunde besser als Nick. Weil er nicht lügt. Er macht sich nichts vor und tut nicht so, als wäre es die große Liebe. Bei Nick ist das anders. Und das Schlimmste ist, dass ich da mitmache. Ich möchte gern glauben, dass der alte Mann, mit dem ich seit fast zwei Jahren schlafe, mich wirklich liebt. Dabei ist unsere Beziehung in Wirklichkeit schmutziger als schmutzig.

Das Kind in mir ist noch ganz klein und an nichts schuld. Ich schwöre, der Impotente ist der Letzte! Ika sagt, Impotente seien oft Sadisten. Könnte stimmen. Außerdem sagt Ika, wenn V. und ich heiraten, würde es mir eines Tages genauso gehen wie meiner Mutter. Weil so viele Mädchen um V. rumschwirren. Ika meint, V. braucht mich nur, um wieder mal Aufsehen zu erregen. Ein Verhältnis mit einer Minderjährigen, noch dazu mit der Tochter seines Erzfeindes – ein gefundenes Fressen für die Klatschpresse. Sie glaubt, er wird mich nur für eine PR-Kampagne benutzen und mich dann verlassen.

Blödsinn! Ika ist bloß neidisch. Sie war noch schlimmer dran als ich. Ihre Eltern wurden vor ihren Augen getötet, mit zehn stand sie ganz allein da, mit einer bösartigen Tante, bei der sie beinahe verrückt geworden wäre. Vielleicht ist sie das sogar – nur eine Verrückte kann Mark lieben.

Ich habe nur viermal mit V. geschlafen. Es ist übrigens ganz anders, wenn man mit jemandem schläft, den man liebt. Ich bin hinterher rumgelaufen wie in Trance, beinahe hätte ich mich vor Glück in Luft aufgelöst. Was wird er wohl sagen, wenn er von dem Kind erfährt? Er hat ja noch keine Kinder. Dabei ist er schon über vierzig.

Es ist toll, das geheim zu halten! Ich rede gern mit ihm. Draußen ist nur Schmutz, eine fremde Welt, aber in mir drin sitzt mein Sonnenschein, hat es ruhig und gemütlich. Ich weiß, dass es ein Junge wird. Ich gehe jetzt ins Bett und singe ihm ein Schlaflied.

Rodezki blätterte die Seite um, stand auf und lief durch das Zimmer.

Als wir uns getroffen haben, hat Shenja als Erstes nach dem Aufsatz gefragt. Jetzt ist mir klar, was sie so beunruhigt hat. Es stimmt also. Ich habe mich nicht geirrt, dachte er, nervös hin und her tigernd. Was soll ich nur tun? Shenja anrufen, ihr das Tagebuch zurückgeben und noch einmal mit ihr reden? Und Karina? Ob sie Bescheid weiß? Oder verlässt sich Shenja auf ihre Ehrlichkeit, darauf, dass die Freundin das Tagebuch nicht lesen wird? Ach was – Karina ist kurzsichtig, sie könnte hier kaum ein paar Zeilen entziffern. Selbst ich habe damit Mühe.

Rodezki nahm einen alten Strickschal seiner Frau aus dem Schrank und steckte seine Nase in die verwaschene Wolle. In diesem Schal hatte sich Nadjas Geruch am längsten gehalten, doch nun war er weg.

Vor ihm lagen nur noch wenige beschriebene Seiten im Tagebuch.

Im Restaurant erörterte Soja mit dem Kellner endlos lange und qualvoll ausführlich jede Speise. Sazepa wandte sich ab und tat, als schaue er aus dem Fenster. Natürlich hatte genau dieser Kellner vor kurzem Signor Castroni und die kleine Signorina bedient. Sazepa hatte ihn erkannt, und er Sazepa garantiert auch. Kein Wunder, er und Shenja waren ein auffälliges Paar.

Die Vorspeisen wurden gebracht. Soja schob sich ein Stück

Entenleberpastete in den Mund, schloss die Augen und schwärmte: »Mhm, die ist genauso gut wie in Paris im ›Maxim‹. Probier mal, Nikolai!«

Die Gabel mit einem Stück Pastete kam auf seinen Mund zu. Er musste ihn öffnen. Es schmeckte bestimmt wirklich gut, aber Sazepa konnte nichts essen. Der Bissen blieb ihm im Hals stecken. Ihm schien, als sehe der Kellner ihn vielsagend an. Als Sazepa von der Toilette kam, stand dieser Lakai neben Soja und flüsterte ihr etwas ins Ohr. Als er Sazepa zurückkehren sah, verstummte er sofort, richtete sich auf und verschwand. Und Sojas Blick wirkte irgendwie anders.

Sazepa leerte ein Glas Wasser in einem Zug und zündete sich eine Zigarette an.

Es ist vorbei, wiederholte er in Gedanken, das ist nur Einbildung, meine Nerven. Mit mir ist alles in Ordnung, ich habe absolut nichts zu befürchten.

Im Grunde empfand er gar keine besondere Angst. Eher Wehmut. Der geschwächte, aber noch immer lebendige Castroni heulte in ihm wie ein alter Hund, der vor dem Sommerhaus an die Kette gelegt und für den ganzen Winter dort zurückgelassen wird.

Als Shenja und er das Restaurant verließen und in den Wagen stiegen, kam er wieder auf den Nachtklub zu sprechen, darauf, dass sie solche Etablissements nicht besuchen sollte. Sie habe noch das ganze Leben vor sich, sie müsse jetzt lernen und sich auf ihre Zukunft vorbereiten.

»Was redest du da? Was für eine Zukunft?«, schrie die kleine Signora plötzlich auf Russisch. »Was weißt du schon von mir, du alter Idiot?«

Sazepa schrak zusammen, der Wagen machte einen gefährlichen Schlenker nach rechts, dann nach links.

»Vorsicht!«, kreischte Shenja. »Fehlt nur noch, dass wir jetzt irgendwen rammen! Mein Gott, ich hab das alles so satt!«

Sazepa dröhnten die Ohren. Er fühlte, ja, er sah, wie die

Kulissen zusammenbrachen. Shenja hatte zum ersten Mal Russisch mit ihm gesprochen. Ahnte sie, dass er nicht der war, für den er sich ausgab? Oder war sie die fremde Sprache einfach leid?

»Ich verstehe dich nicht, Kleines, übersetze bitte«, bat Castroni kläglich.

»Mein Leben ist kein Leben«, sagte sie auf Englisch, »nur Schmutz, ein einziger verdammter Dreck.«

»Wovon redest du?«, fragte Sazepa heiser und ahnte, dass sie von ihm sprach, von ihrer beider Liebe, die nach Prostitution roch.

»Hast du dir mal Kinderpornos im Internet angesehen?«

»Nein.«

»Aber du stehst auf kleine Mädchen, das müsste dich doch interessieren.«

»Ich liebe ein einziges Mädchen, Signora Shenja. Vor dir hat es nichts dergleichen gegeben. Du weißt, ich habe in Rom eine Frau, zwei Kinder und eine Enkelin.«

»Viele von denen haben eine Frau, Kinder und Enkel.«

»Wer?«

»Egal.«

»Wie kommst du plötzlich auf Kinderpornos?«

»Ich weiß nicht.« Sie rutschte auf ihrem Sitz hin und her, wandte sich ab und schaute aus dem Fenster.

Der vorsichtige Sazepa fragte nicht weiter. Er sah ihre Schultern zucken und hörte sie leise schluchzen. Er war daran gewöhnt, dass sie häufig weinte. Ihr Lachen konnte in Sekunden in Weinen umschlagen und umgekehrt. Er schob es auf die Pubertät. Bis zum Ende der Fahrt schwiegen sie. In der Wohnung in Tscherjomuschki lief Shenja ins Schlafzimmer, warf sich bäuchlings aufs Bett und vergrub ihr Gesicht im Kissen. Castroni trat zu ihr und zog ihr die Stiefel aus. Plötzlich drehte sie sich abrupt um, wobei sie mit dem Fuß beinahe sein Gesicht erwischte.

»Nick, wie alt ist deine Enkelin?«

»Elf. Warum fragst du?«

Sie lachte auf und sagte auf Russisch: »Genauso alt war ich, als das Ganze anfing.«

»Ich verstehe nicht. Sprich bitte Englisch, Shenja.« Castroni blinzelte nervös.

»Ach, Nick, lieber nicht. Besser, du verstehst nicht, wovon ich rede. Es geht mir beschissen, Nick. Du kannst dir nicht vorstellen, wie beschissen. Ich liebe ihn, er ist ein Genie, er ist der beste Mensch auf der Welt. Wir werden bestimmt heiraten. Aber wenn er erfährt … Mein Gott, ich würde das alles gern aus meinem Leben streichen, vergessen, neu anfangen, ein ganz normales Mädchen werden.«

Wer – er? Etwa dieser Sänger, dieser Kannibale und Nekrophile, dem sie sich an den Hals geworfen hat?, stöhnte Sazepa im Stillen.

Wenn er wovon erfährt? Von mir? Aber sie wäre kaum mit mir in den Klub gegangen, wenn sie davor Angst hätte.

»Shenja«, sagte Castroni, »ich mag es ja, wenn du Russisch sprichst, es klingt sehr schön, aber ich verstehe kein Wort. Was ist los mit dir?«

»Liebst du mich wirklich, Nick?« Die Frage stellte sie auf Englisch, in dramatischem Flüsterton.

»Ja doch, Shenja, natürlich, ich liebe dich sehr. Das habe ich dir schon oft gesagt.«

»Worte bedeuten nichts. Könntest du für mich töten? Könntest du den Mann töten, der meine Kindheit zerstört und in den Dreck getreten hat? Der mich gezwungen hat, mich vor einer Kamera nackt auszuziehen und Dinge zu tun, von denen du in deinen schlimmsten Träumen nichts ahnst? Und wenn es nur das gewesen wäre! Aber nein, das hat ihm nicht gereicht. Er musste mich auch noch verkaufen.«

Sazepa kam es vor, als probe sie eine Rolle in einem Melodram. Castroni stöhnte leise vor Erregung und Mitleid.

Na prächtig, dachte Sazepa. Noch eine Person mehr. Erst waren wir nur zu zweit, sie und ich, nun sind wir schon vier.

Der Dritte ist, wenn ich das richtig sehe, dieser Vaselin. Wer ist wohl der Vierte? Wen soll ich töten?

»Shenja! Hör auf! Was phantasierst du da, Kleines? Warum?«, flüsterte Castroni, der das Spiel der Signorina ernsthaft mitspielte.

»Warum?«, jaulte Shenja. »Weil ich so nicht mehr weiterleben kann. Ich will Schluss machen. Aber er hat Videobänder. Wenn ich aussteige, wird er dafür sorgen, dass meine Eltern, meine Lehrer und meine Mitschüler das alles zu sehen kriegen. Dazu ist er imstande, das weiß ich. Das hat er schon mal gemacht; er hat reiche, berühmte Männer mit mir oder anderen Mädchen und Jungen gefilmt und sie dann erpresst. Und die haben gezahlt. Jetzt erpresst er mich. Er verlangt einen Haufen Geld. Er hat schon Bilder ins Internet gestellt, auf denen man nicht nur den Körper sieht, sondern auch das Gesicht.«

Das kann nicht sein, schrie Castroni im Stillen. Das denkt sie sich aus!

Du weißt nicht das Geringste von ihr, widersprach Sazepa müde, so oft triffst du dich nicht mit ihr. Wie ihr Leben außerhalb eurer Beziehung aussieht, kannst du gar nicht wissen.

Wenn das wahr wäre, beharrte Castroni, dann hätte ich es doch gemerkt, ich hätte es gespürt.

Gemerkt? Gespürt? Sazepa lachte bitter. Erinnere dich, wie mühelos sie sich mit dir eingelassen und wie geschickt sie dir Geld aus der Tasche gezogen hat. Glaubst du im Ernst, sie hat Freude an euren Bettspielen? Oder hoffst du vielleicht, sie wäre verliebt in dich alten Kretin? Komm zu dir! Sie hat für Geld mit dir geschlafen. Warum meinst du, dass sie das nicht auch mit anderen tut?

»Wer ist er? Wie heißt er?«, fragte Sazepa, als Shenja verstummte.

»Mark. Wie weiter, weiß ich nicht. Seine Adresse auch nicht. Er mietet immer mehrere Wohnungen gleichzeitig und wechselt sie häufig. Er ist schlau und vorsichtig, der Mistkerl. Er arbeitet allein, ohne Komplizen. Im Moment hat er nur vier von uns zu laufen, zwei Mädchen und zwei Jungen. Er sucht die Kinder sehr sorgfältig aus, keine Waisen, nicht drogensüchtig, sondern gesund und normal, aber so drauf, dass sie ihren Eltern nichts erzählen.«

Castroni bebte vor Mitleid, aber Sazepa unterdrückte sein zweites Ich und stellte Shenja eine weitere Frage: »Hast du ihm von uns beiden erzählt, von mir?«

»Nein. Niemals.« Sie schluchzte auf. »Keine Angst, Nick. Du fliegst zurück nach Rom, dich kennt hier niemand. Wenn du Russe wärst und einen hohen Posten hättest, dann sähe das anders aus.«

»Wie meinst du das?«

»Von Ausländern lässt Mark die Finger.«

»Du hast es ihm also doch erzählt?«

»Nein, hab ich nicht! Beruhige dich.«

»Moment – wieso hast du gesagt: Wenn ich Russe wäre? Was würde das ändern?«

»Keine Ahnung! Lass mich in Ruhe!« Sie heulte auf. »Du bist genau wie alle! Du denkst nur an dich, ich bin dir scheißegal! Ich kann so nicht mehr leben! Wenn ich nicht von ihm wegkomme, schlucke ich Tabletten und springe aus dem Fenster!«

Castroni wurde ohnmächtig. Vermutlich erlitt er einen Herzinfarkt, starb langsam dahin und streckte mit letzter Kraft die zitternde Hand aus, um seine kleine Signorina zu berühren, aber der böse Sazepa hinderte ihn daran.

»Wenn ich richtig verstanden habe, brauchst du Geld, um dich von diesem Mark loszukaufen. Wie viel?« Diese Frage stellte Sazepa, hart und ruhig.

Sie hob die Hände mit gespreizten Fingern, als wolle sie sich ergeben.

»Zehn?«, hakte Sazepa nach.

Sie nickte schuldbewusst.

Wenn er zusammenrechnete, wie viel er in den zwei Jahren für sie ausgegeben hatte, kam er auf weit mehr.

»Bist du sicher, dass er dich in Ruhe lässt, wenn du ihm das Geld gibst?«

»Ganz sicher.«

»Wie kommst du auf diese Summe? Hat er so viel verlangt?«

»Ich weiß es eben. Ein anderes Mädchen wollte auch weg, und die hat ihm zehntausend gegeben. Danach hat er sie in Ruhe gelassen.«

Na, jetzt hast du dich verheddert und schwindelst ungeschickt, meine Liebe, dachte Sazepa, auf die Frage warst du nicht vorbereitet. Meine nächste Frage bringt dich bestimmt auch in Verlegenheit.

»Angenommen, du gibst ihm das Geld. Wird er nicht wissen wollen, woher du es hast?«

Das verlogene kleine Luder umschlang seinen Hals, küsste ihn und stammelte: »Nick, mein Liebster, mein Bester, rette mich! Bitte! Ich kann so wirklich nicht weiterleben. Du wirst doch nicht zulassen, dass deine Signorina stirbt?«

»Aber Nikolai, du hast alles kalt werden lassen.« Sojas Stimme drang durch den Nebel, der Sazepa einhüllte.

»Hat Ihnen das Fleisch nicht geschmeckt?«, fragte der Kellner.

»Wie? Doch, danke. Es hat alles sehr gut geschmeckt.«

Soja sah ihren Mann streng an und schüttelte den Kopf. »Wie kannst du das sagen? Du hast ja nicht einmal probiert! Iss bitte, das ist ganz frisches Kalbfleisch.«

Vierzehntes Kapitel

Solowjow saß in seinem Büro über einem Stapel von Vernehmungsprotokollen und fand genau wie vor zwei Jahren keinen einzigen Anhaltspunkt. Ihm fiel die paradoxe Idee von Professor Guschtschenko ein, der 1998 behauptet hatte, bei dem Serienmörder, der im Gebiet Kaliningrad Prostituierte tötete, und dem Anonymus, der bei jeder Live-Diskussion in Radio und Fernsehen anrief und sich über den Verfall der Sitten und die Zügellosigkeit der Jugend aufregte und sofortige Maßnahmen dagegen forderte, handele es sich um ein und dieselbe Person.

Guschtschenko schlug vor, auf dem lokalen Fernsehsender eine Talkshow zu initiieren und per Liveschaltung über die Dinge zu diskutieren, die dem Anonymus so am Herzen lagen. Er war sicher, dass dieser anrufen würde. Das tat er tatsächlich. Guschtschenko erkannte ihn sofort, verwickelte ihn in ein Gespräch und hielt die Verbindung so lange, wie die Techniker brauchten, um seinen Standort zu ermitteln.

Schon während des Gesprächs konnte Guschtschenko den Mann zu einem indirekten Geständnis bewegen.

»Und Sie selbst«, fragte Guschtschenko, »tun Sie denn etwas dafür, die Gesellschaft vom Schmutz zu reinigen?«

Der Mann kam in Fahrt. Zum ersten Mal hörte man ihm öffentlich zu, sprach jemand ernst und respektvoll mit ihm.

»Ich lege nicht die Hände in den Schoß«, rief er, »ich bekämpfe das Böse. Das ist mein wichtigstes Ziel im Leben.«

»Ein großes Ziel. Sie sind ein redlicher, nobler Mensch. Ich frage Sie nicht nach den Mitteln Ihres Kampfes, aber sagen Sie, spüren Sie, dass er erfolgreich ist?«

»Es gibt Ergebnisse.«

»Welche denn?«

»Ich habe diesen Weibern eine anständige Lektion erteilt, wie sie sich zu verhalten haben, jetzt haben sie wenigstens Angst! Jede Schlampe weiß nun, was sie erwartet! Das Schwert der Strafe wird jede treffen, jede!«

Die Aufzeichnung dieser Talkshow diente inzwischen als Lehrmaterial für Kriminalisten und Gerichtspsychiater. Anfangs aber war Guschtschenko mit seiner Idee auf Skepsis gestoßen, wie mit vielen seiner oft paradoxen, überraschenden Ideen.

Guschtschenko war gewöhnt zu siegen. Moloch war seine einzige ernsthafte Niederlage.

Vielleicht will er deshalb nicht glauben, dass der Mord an Shenja die Fortsetzung der Serie ist, überlegte Solowjow. Der Professor hat eine Reihe von Hypothesen aufgestellt. Ein Kinderarzt, ein Lehrer, der erwachsene Liebhaber des Mädchens, der Vater ihres Kindes. Meint er wirklich, Shenja wurde nicht von Moloch getötet?

Solowjow war nervös und ärgerte sich über sich selbst. Er hätte gern Olga angerufen. Sie hatten sich seit anderthalb Jahren nicht gesehen, sie wussten beide, dass das keinen Sinn hatte. Es konnte keine Fortsetzung geben. Sie würde ihren Filippow nie verlassen, obwohl sie mit ihm vermutlich nicht glücklich war. Und heimliche Rendezvous, Lügen, gestohlene Stunden für kurze Treffen – das war nichts für sie. Das konnte sie nicht. Er könnte es wahrscheinlich. Wenn er ehrlich war, wäre ihm alles recht, Hauptsache, er könnte sie ab und zu sehen.

Sie hatten gleich nach der zehnten Klasse heiraten wollen. Die Eltern, seine und ihre, hielten das für eine Dummheit. Für Dimas Mutter war Olga eine Egoistin und zu intellektuell. Sie wünschte sich für ihren Sohn etwas Einfacheres, eine ganz normale Ehefrau, die keine Bücher las, sondern ihm die Wäsche wusch und Essen kochte. Olgas Mutter behauptete, sie habe nichts gegen Dima Solowjow, er sei ein lieber Junge, aber mit siebzehn zu heiraten sei zu früh. Sie sollten erst einen Beruf haben und eine materielle Grundlage.

Eine Grundlage besaßen sie in der Tat nicht, jedenfalls keine materielle, nur ihre Liebe. Die Eltern erklärten, Liebe sei vor allem Verantwortung. Dima und Olga hätten die Meinung ihrer Eltern gern ignoriert, aber sie waren beide noch vollkommen von ihnen abhängig. Zusammen bei den Eltern zu leben war ausgeschlossen, dazu waren die kleinen, übrigens identischen Zweizimmerwohnungen viel zu klein.

Dima entlud nachts Güterwaggons, um Geld für eine eigene Behausung zu verdienen. Doch nach den Nachtschichten schlief er bei den Vorlesungen ein und wäre beinahe durch die Prüfungen gefallen, und was er verdiente, war lächerlich wenig. Die Sache endete damit, dass ein betrunkener Kollege eine Kiste mit Fleischkonserven auf Dimas Arm fallen ließ. Ein komplizierter Bruch, mehrere Knochen waren gesplittert und wuchsen lange nicht richtig zusammen.

Danach suchte sich Dima eine Stelle als Hauswart, da stand ihm nämlich eine Unterkunft zu. Ein halbes Jahr lang wohnten sie in einer Gemeinschaftswohnung im Souterrain und gingen zum Duschen zu ihren Eltern. Doch dann sollte das Haus abgerissen werden, und sie mussten das Zimmer gleich nach Neujahr räumen.

Wo sie nun leben sollten, wussten Dima und Olga nicht. Beide waren erschöpft von ihrer Unbehaustheit, von den unschönen Auseinandersetzungen mit den Eltern. Sie empfanden eine dumpfe Gereiztheit und Kränkung, nicht gegeneinander, nicht einmal gegenüber den Eltern, sondern gegenüber dem Schicksal, das ihnen keine Chance gab, kein Dach über dem Kopf.

Da hatte das Schicksal gleichsam ein Einsehen.

Am 31. Dezember feierten sie in ihrem Hauswartquartier Silvester.

Jeder, der wollte, konnte kommen, Kommilitonen, ehemalige Mitschüler, Freunde aus der Kindheit. Das Haus stand auf einem großen, weitläufigen alten Hof mit vielen Durchgängen und einem Durcheinander von Hausnummern.

Alexander Filippow war zu einer Feier in einem Nachbarhaus eingeladen. Zwei Stunden vor Neujahr irrte er mit einem vom Schnee aufgeweichten Zettel mit der Adresse durch den Hof. Aus den Souterrainfenstern des Hauswartzimmers drangen Musik und Lachen, und Filippow klopfte an. Dima versuchte gerade, in dem schrottreifen Backofen eine Gans mit Äpfeln zu braten. Olga, in einem leichten

Kleid und Pantoffeln, lief hinaus zu dem verzweifelten, durchgefrorenen Unbekannten und brachte ihn zu dem gesuchten Hauseingang.

Nach zwei Stunden, kurz vor zwölf, eine seiner beiden Flaschen Sekt noch in der Tasche, klopfte Filippow erneut ans Souterrainfenster und erklärte, er wolle sich erstens bedanken und zweitens sei es da drüben langweilig, hier dagegen viel lustiger.

So lernten sie sich kennen. Filippow besaß eine winterfeste Datscha ganz in der Nähe von Moskau. Sie stand im Winter leer, und er war bereit, Olga und Dima bis Ende April dort unterzubringen, für eine symbolische Miete oder sogar kostenlos. Er und seine Eltern seien nämlich immer sehr unruhig, wenn das Haus unbeaufsichtigt war.

Das kam wie gerufen! Filippow war sehr nett, still und »häuslich«, wie Olga es nannte. Auch Dima mochte ihn auf Anhieb. Er ahnte nicht, dass der liebe, dicke, tolpatschige, blasse rothaarige Historiker sich schon bei der ersten Begegnung in der Silvesternacht in Olga verliebt hatte.

Außer der Datscha besaß Filippow noch einen uralten kleinen Shiguli. Und wer konnte dem Besitzer der Datscha einen Besuch dort verwehren?

Das Blockhaus stand am Rand eines Kiefernwalds. Eine Veranda mit bunten Mosaikfenstern, eine Vortreppe mit knarrenden Stufen und geschnitztem Geländer, auf dem Dach ein Wetterhahn aus rostigem Blech, der Schnabel abgebrochen. In diesem Pfefferkuchenhäuschen hatte Solowjow vor einundzwanzig Jahren drei Monate verbracht, Januar, Februar und März, zusammen mit Olga, als sie »ein bisschen verheiratet« waren.

Der Weg von der Bahnstation zur Siedlung führte an einem verschneiten Feld vorbei und durch einen Kiefernwald. Sie kamen spätabends an. Über dem Feld leuchteten die Wintersterne. Der Schnee knirschte unter ihren Füßen, der Frost verklebte die Nasenlöcher und machte sie leicht schwindlig.

Im Haus gab es außer der Heizung auch einen Ofen. Sie heizten ihn immer und buken in der Asche Kartoffeln. Kartoffeln mit grobem Salz und Tee aus getrockneten Johannisbeerblättern – das war ihr Abendbrot. In der Siedlung fiel oft der Strom aus, und sie verbrachten die Abende bei Kerzen und dem Schein einer Petroleumlampe.

Olgas Gesicht bekam eine gesunde, gar nicht städtische Rosigkeit, und das stand ihr sehr. Überhaupt wurde sie in diesen drei Monaten noch schöner.

Filippow besuchte sie an Wochenenden und übernachtete im Nebenzimmer, hinter einer dünnen Wand. Nur diese beiden Zimmer waren beheizbar. Dima und Olga hörten ihn atmen und sich herumwälzen, und auch er hörte jede Bewegung, jedes Flüstern, jeden Seufzer.

Abends gingen sie zusammen spazieren. Der Frost färbte Filippows Nase rot und ließ seine Brille beschlagen. Zu dritt gingen sie den schmalen Pfad zwischen den Föhren entlang. Filippow erzählte von Napoleons Afrika-Feldzügen und von dem Franzosen Jean-François Champollion, der als Erster die ägyptischen Hieroglyphen entziffert hatte. Mit elf Jahren hatte Champollion den berühmten Physiker Fourier kennengelernt, seine ägyptische Sammlung gesehen und verkündet: »Ich werde das entziffern.«

Olga hörte zu, und ihre Augen glänzten im Dunkeln. Filippow gestikulierte eifrig, die Hände in dicken Fäustlingen.

Das Telefonklingeln durchbrach die Stille im Büro.

Olga, rief Solowjow in Gedanken und griff nach dem Hörer. Aber es war nicht Olga.

Erst um Viertel neun konnte Olga durchatmen. Der Tag war vollgestopft gewesen, und sie hätte beinahe vergessen, dass ein Wagen vom Fernsehsender sie um neun abholen würde. Die Beine taten ihr weh von der Rumrennerei zwischen den Etagen und den Gebäuden, allein oder mit einer Schar Studenten.

Sie warf einen kritischen Blick in den Spiegel und fand, dass sie furchtbar aussah. Blaue Ringe unter den Augen, das Gesicht grünlich bleich. Egal, das konnte die Maske richten. Aber ihre Haare sahen nach der Rennerei bei Schnee und Regen aus wie Werg.

Neben dem Bereitschaftszimmer war eine Dusche. Olga borgte sich von einer Schwester Shampoo und Gummilatschen und schloss sich in der Kabine ein. Ein kräftiger heißer Wasserstrahl – das war fast eine Wiederbelebung. Zehn Minuten unter der Dusche, und das Leben konnte weitergehen.

Während sie ihre Gedanken für das Fernsehgespräch sortierte, fragte sie sich zum wiederholten Mal, warum Serientäter auf so großes öffentliches Interesse stießen.

Die schlimmsten Verbrecher, Kannibalen und Vampire waren in der Regel höchst graue, langweilige Geschöpfe. Nichts Geheimnisvolles. Ihre psychische Pathologie war nichts anderes als eine konzentrierte Manifestation ihrer Mittelmäßigkeit.

Das Innenleben der Vergewaltiger und Serienmörder, mit denen Doktor Filippowa gearbeitet hatte, war arm und öde, es bestand im Wesentlichen aus sexuellen Problemen, als seien die Genitalien das A und O des Menschen. Die Misshandlung der Opfer war ein Versuch, sich von der eigenen beschämenden Unzulänglichkeit zu befreien. Nicht einen fremden Leib zerfetzten und zertrampelten die Täter, sondern ihre eigenen Komplexe.

Anatoli Pjanych, der Würger von Dawydowo, bestätigte diese Theorie. Ein hässlicher Mann mit einer Hasenscharte, ein wandelnder Minderwertigkeitskomplex.

Dass es in den Archiven keinerlei Informationen über Pjanych gab, war nicht weiter erstaunlich. Ende der achtziger, Anfang der neunziger Jahre waren viele Strafakten vernichtet worden. Mit der UdSSR war auch das alte Rechtssystem zusammengebrochen. Ein neuer Minister kam auf die Idee, die Archive zu säubern. Besonderer Eifer galt dabei den Fällen von Serienmördern, Vergewaltigern und Kannibalen. Ein Tribut an die Scheinheiligkeit der sowjetischen Nomenklatura.

Die Funktionäre und Parteibeamten verzogen das Gesicht, wenn von Prostitution, Pornographie, Homosexualität oder Sexualmördern die Rede war. Vor allem aber waren bei der Untersuchung von Serienmorden zu viele Fehler gemacht, hier und da sogar Unschuldige hingerichtet worden.

»Ach was«, sagte Dima, »das reden wir uns gern ein, dass hinter der Vernichtung der Archive eine Absicht steckte, eine bestimmte Logik. In Wirklichkeit war es nichts weiter als die dumme Laune eines neuen Ministers. Wenn dir der unglückselige Pjanych keine Ruhe lässt, besuch doch mal meinen alten Freund Lobow. Er war bei den letzten beiden Opfern in Dawydowo mit dem Team am Tatort.«

Olga rief den alten Mann an, er lud sie zu sich ein und erzählte ihr über den Würger von Dawydowo alles, woran er sich erinnerte, oder besser alles, was er glaubte erzählen zu können.

Das erste blinde Kind war im Juni 1983 umgekommen. Es wurde im Heim vermisst, dann fand man seine Kleider am See, schließlich die Leiche im Wasser. Der Vorfall wurde als Unfall behandelt. Das siebenjährige Mädchen war beim Baden ertrunken. Unklar war bloß, warum es mitten in der Nacht baden gegangen war.

Angestellte aus dem Heim erzählten zu Hause hinter vorgehaltener Hand, das Kind sei in Wirklichkeit erwürgt und vergewaltigt und dann in den See geworfen worden. Ein Strafverfahren wurde nicht eingeleitet. Und merkwürdigerweise wurde niemand von der Heimleitung zur Verantwortung gezogen.

»Warum?«, fragte Olga.

Der alte Kriminalist sagte: »Ich weiß es nicht.«

Aber an seinen gerunzelten Brauen und seinem abgewandten Blick erkannte Olga: Er wusste es. Aber er würde es ihr nicht sagen.

Im August »ertrank« ein weiteres Mädchen. Der Vorfall glich dem ersten aufs Haar. Nur war das Kind zwei Jahre älter, neun. Und wieder geschah nichts. Ein Unfall. Das Mädchen war in der Nacht baden gegangen. Für Blinde gebe es ja keinen Unterschied zwischen Tag und Nacht.

Die nächste Leiche wurde Mitte Oktober gefunden. Ein Junge, acht Jahre alt. Nun wurde von einer Serie gesprochen. Ein Ermittlerteam aus Moskau reiste an, alles, wie es sich gehört. Ein ortsbekannter Alkoholiker wurde festgenommen, der zehn Jahre zuvor wegen Vergewaltigung gesessen hatte und in der psychiatrischen Betreuungsstelle registriert war, und zu einem Geständnis gebracht.

Bis Mai 1985 gab es keine Morde mehr, dann, am 9. Mai., am Tag des Sieges – ein zwölfjähriges Mädchen. Zu diesem Zeitpunkt saß der geständige Alkoholiker im Gefängnis. Lobow hatte nicht mehr erfahren, ob er damals freigelassen worden war oder nicht.

Erneut gab es Ermittlungen, Vernehmungen – ohne jedes Ergebnis. Das Kinderheim wurde bewacht, Milizleute aus Moskau saßen getarnt im Wald und als Angler am See – das volle Programm.

Anderthalb Jahre war Ruhe. Die Wachen wurden natürlich abgezogen. Die Kinder konnten das Heimgelände wieder verlassen.

Bei von Geburt an Blinden sind die übrigen Sinne besonders gut ausgeprägt – Gehör, Tast- und Geruchssinn. Das ersetzt ihnen zum Teil das Sehen. Die Heimkinder kannten sich in der Gegend gut aus. Die Älteren bekamen manchmal von den Erzieherinnen Geld für Süßigkeiten und gingen sogar allein in den Laden an der Bahnstation, das gehörte zum Erziehungs- und Adaptionsprogramm. Die Kinder durften auch sonst das Heimgelände verlassen und zum Beispiel an den See gehen, allerdings nicht allein, sondern in Begleitung ihres Sportlehrers, eben jenes Anatoli Pjanych. Wer schwimmen konnte, durfte im Sommer baden. Aber natürlich nur am Tag.

Im Juli 1986 geschah ein weiterer Mord. Ein sechzehnjähriges Mädchen, nicht vollkommen blind, sondern stark sehbehindert. Sie trug eine Brille mit sehr dicken Gläsern. Wieder fanden sich keine Zeugen. Eine Sackgasse.

Ministeriumskommissionen gaben sich im Heim die Klinke in die Hand, wichtige Beamte aus dem Bildungs- und dem Gesundheitsministerium verlangten sofortige Maßnahmen, hielten flammende Reden über Verantwortung und Barmherzigkeit, nannten die Kinder »unser aller Kinder, die uns am Herzen liegen«. Doch es geschah nichts. Das heißt, es geschah einiges, tonnenweise Papier wurde mit offiziellen Berichten vollgeschrieben, aber alles vergeblich.

Am Tag nachdem das letzte Mädchen gefunden worden war, kam der Sportlehrer Pjanych ins Büro der Heimleiterin gerannt. Dort saßen gerade drei Kriminalisten. Pjanych erklärte, er wolle eine Aussage machen.

»Ach, hast dich endlich entschlossen?«, fragte die Direktorin. »Lässt dir das Gewissen keine Ruhe? Du hast doch die Kinder vergewaltigt und umgebracht!«

Pjanych stürzte sich mit erhobenen Fäusten auf die Direktorin, schrie und beschimpfte sie. Er war angetrunken.

Der Sportlehrer Pjanych war ein sonderbarer, stiller und schüchterner junger Mann. Wegen seiner Hasenscharte arbeitete er mit Blinden – er schämte sich seiner Hässlichkeit.

Bei der Durchsuchung wurde im Holzschuppen neben Pjanychs Haus eine Schatulle aus Birkenbast gefunden. Darin lagen in Zigarettenpapier eingewickelte Haarsträhnen, insgesamt fünf. Eine Brille mit durchsichtigem Plastikrahmen und dicken Lupengläsern, ein geflochtenes Perlenarmband, ein billiger silberner Ring mit einem Türkis, ein kleines Kreuz an einer zerrissenen Schnur. Diese Dinge hatten den getöteten Kindern gehört.

Alle waren sehr erstaunt. Warum waren sie darauf nicht schon früher gekommen? Der Erste, der auf die psychische Abnormität des Sportlehrers hingewiesen hatte, war übrigens Guschtschenko gewesen. Er war nach dem vierten Leichenfund mit einer der Kommissionen vom Gesundheitsministerium im Heim gewesen.

Die Frage, ob Pjanych die Kinder vergewaltigt hatte oder nicht, blieb ungeklärt. Offiziell hieß es, er habe es getan. Die Experten erklärten, die getöteten Kinder seien wiederholt missbraucht worden, lange vor ihrer Ermordung.

Pjanych gestand – die Morde und die Vergewaltigungen.

Olga gehörte zur Expertenkommission, sie hatte Pjanych gesehen und hielt es für einen großen Fehler, dass er für zurechnungsfähig erklärt und nach der Untersuchung ins Gefängnis gebracht wurde. Er litt an einer schweren reaktiven Depression. Ihm war alles gleichgültig. Er verweigerte das Essen und wurde über eine Magensonde ernährt.

Noch bevor es zur Gerichtsverhandlung kam, erhängte sich Pjanych in seiner Zelle. Die Akte wurde geschlossen.

Heute befand sich bei Dawydowo, dreißig Kilometer entfernt von Moskau, eine teure Sommerhaussiedlung mit kostspieligen Villen. Schöne Lage, direkt an der Moskwa, Kiefernwälder, ein sauberer See.

Ich werde hinfahren, dachte Olga. Es ist ja nicht weit. Das Heim ist zwar abgebrannt, aber es leben noch Leute, die dort gearbeitet haben.

Als Olga aus der Dusche kam, stieß sie mit der Krankenschwester Irina zusammen. Irina hielt Olgas Telefon in der Hand.

»Hier, da hat ein Kind gerufen: Mama, geh ran!, ich hab gar nicht gleich kapiert, dass das Ihr Handy ist. Da kann man ja glatt durchdrehen. Ihre Tochter ist dran, ich hab ihr gesagt, dass Sie in der Dusche sind, aber sie meint, es ist wichtig.«

»Mama, heute um sieben war Elternversammlung, du hast versprochen zu kommen! Und es ist überhaupt nichts zu essen im Haus!« Katjas Stimme zitterte vor Empörung.

»Katja, meine Liebe, erstens, schrei nicht so. Die Versammlung habe ich wirklich vergessen. Ich hatte einen verrückten Tag.«

»Bei dir ist jeder Tag verrückt. Du arbeitest schließlich in einem Irrenhaus!«

»Was soll das? Schämst du dich nicht?«

»Schon gut, entschuldige. Aber die Versammlung war wirklich wichtig. Andrej und ich standen da wie zwei Waisenkinder, alle Eltern waren da, nur unsere nicht.«

»Hast du Papa angerufen? Er hätte doch auch hingehen können.«

»Er hat Wissenschaftlichen Rat. Mama, Andrej hat eine Vier in der Mathearbeit. Und jetzt hat er Fieber, glaub ich. Ich kann das Thermometer nicht finden. Hör mal, wieso duschst du in der Klinik? Komm sofort nach Hause! Ich sterbe vor Hunger! Und Papa hat gesagt, er kommt nicht vor elf.«

»Das Thermometer ist im Medizinschränkchen im Bad oder im Nachtschrank. Sieh bitte gleich mal nach.«

Olga hörte ein verärgertes Schniefen, dann Poltern und Rascheln.

»Was ist passiert, Katja?«

»Nichts. Ein Bein von eurem Nachtschrank ist abgebrochen, dabei ist ein Haufen Papier rausgefallen. Oh, das ist ja Papas Aufsatz über rituelle Tötungen bei den alten Inkas! Den wollte ich schon lange lesen, aber er hat es nicht erlaubt. Ah, da ist das Thermometer.«

»Prima. Und jetzt geh und miss bei Andrej Fieber. Und lies den Aufsatz bitte nicht, wenn Papa es nicht erlaubt hat.«

Erneutes Schniefen, dann die Stimme ihres Sohnes. »Lass mich in Ruhe, ich schlafe.«

Nach Olgas Weggang aus Guschtschenkos Team hatte sich ihre Familie daran gewöhnt, dass sie oft zu Hause war. Sie verdiente nur noch halb so viel Geld, hatte dafür aber mehr Zeit und Kraft für die Familie. Die Arbeit im Expertenteam war aus irgendwelchen speziellen Fonds gut bezahlt worden, ein normaler Arzt in einer staatlichen Klinik dagegen verdiente wenig, selbst mit Doktortitel und Habilitation.

Ihr Mann hatte oft genug angedeutet, dass sie für das Geld, das sie seit anderthalb Jahren verdiente, ebenso gut zu Hause bleiben könnte. Sein eigenes Gehalt war zwar auch miserabel, aber er hatte Nebeneinkünfte durch Konsultationen, durch Vorlesungen zur antiken Geschichte und heidnischen Religionen an privaten Unis und durch Nachhilfe für Abiturienten. Er erklärte, wenn Olga zu Hause bliebe, könnte er noch mehr verdienen, weil er dann von jeglicher Hausarbeit frei wäre.

»Mama, kommst du endlich nach Hause?«, krächzte Olgas Sohn in den Hörer. »Ich hab Halsschmerzen, und Katja kann mir nicht mal einen Tee kochen. Hält mir bloß das blöde Thermometer hin.«

»Was tut dir noch weh außer dem Hals?«

»Der Kopf. Und sämtliche Glieder. Mama, komm bald, bitte, mir geht's wirklich schlecht.«

»Was ist denn los, Mama?« Katja hatte ihrem Bruder den Hörer entrissen. »Hat das mit dem zu tun, was sie heute heute früh im Fernsehen gezeigt haben? Mit dem toten Mädchen? Beschäftigst du dich wieder mit Mördern? Aber du hast doch versprochen …!«

So lief es nun mal in ihrer Familie, und es war ihre eigene Schuld, dass ihr Mann und die Kinder sie als ihr Eigentum betrachteten. Anderthalb Jahre war es für sie so schön bequem gewesen, sie war jeden Tag relativ früh zu Hause und saß dann nicht nächtelang am Computer. Und kaum blieb sie mal länger weg, wurde prompt Andrej krank, und Katja war wütend, sie weinte beinahe.

»Ich muss zum Fernsehen«, sagte Olga, so fest sie konnte, »in die Sendung ›Ermittlungsgeheimnisse‹. Katja, koch Andrej einen Tee, Lindenblüten und Kamille, und dann mach dir Bratkartoffeln oder Pelmeni aus dem Tiefkühler. So, ich muss gleich los. Ruf mich bitte an, wenn du bei Andrej Fieber gemessen hast.«

»Ich hab's doch gewusst!«, schrie Katja. »Die Pelmeni sind übrigens alle, und die Kartoffeln keimen schon! Und ich habe bestimmt auch Fieber. Mir tut der Kopf weh, und die Glieder auch!«

»Es sind noch Nudeln da und Buchweizengrütze. Katja, ein Mädchen wurde getötet, verstehst du das?«

»Mord ist Sache der Miliz und der Staatsanwaltschaft. Was hast du damit zu tun?«

Aus dem Telefon kam nur noch Tuten. Olga klappte es zu.

Vom Fenster aus sah sie das Kliniktor – vor der Pförtnerbude stand ein blauer Minibus mit dem Senderlogo. Sie hatte noch eine Viertelstunde, um sich die Haare zu trocknen und sich anzuziehen.

Fünfzehntes Kapitel

»Mir ist das mit dem Nuckel wieder eingefallen«, sagte eine heisere Frauenstimme.

Solowjow begriff nicht gleich, wer das war. Die Sportlerin Maja war so aufgeregt, dass sie vergessen hatte, ihren Namen zu sagen.

»Ich weiß nicht, ob das wichtig ist, aber es ist mir wieder eingefallen. Es ist Nikitas Nuckel. Nikita ist Shenjas Halbbruder. Er ist vier Monate alt. Shenja hat ihn sehr lieb ... gehabt. Sie hat ihn manchmal ausgefahren. Sie hat den Nuckel mal eingesteckt und ihn seitdem mit sich rumgeschleppt, sie hat immer wieder vergessen, ihn zurückzugeben. Sie haben gesagt, ich soll Sie anrufen, wenn mir noch etwas einfällt, jederzeit.«

»Ja, danke. Wie geht es Nina?«

»Sie ist betrunken und schläft. Sie hatte ein ernsthaftes Alkoholproblem, vor zwei Jahren hat sie eine Therapie gemacht. Und bis vor kurzem hat sie auch durchgehalten.«

»Aber jetzt hat sie einen Rückfall«, murmelte Solowjow, den Hörer an die Schulter gepresst, während er löslichen Kaffee und Zucker in eine Tasse löffelte.

»Ja. Kein Wunder. Ich habe keine Ahnung, was jetzt aus ihr wird. Sie ist doch ganz allein. Wissen Sie, ich glaube, ich weiß, woher Shenja das viele Geld hatte. Ich wollte neulich nicht darüber sprechen, erstens nicht vor Nina, und zweitens, weil ich noch nicht kapiert hatte, dass Shenja wirklich tot ist.«

»Ja. Ich höre.«

»Shenja hat sich, seit sie zwölf war, mit erwachsenen Männern getroffen. Für Geld.«

»Woher wissen Sie das?« Solowjow hätte auf dem Weg zum Schreibtisch beinahe den Kaffee verschüttet.

»Das tut nichts zur Sache. Aber ich weiß es genau.«

»Trotzdem – woher wissen Sie das?«, fragte Solowjow. »Verstehen Sie doch, was Sie da sagen, ist sehr wichtig.«

Maja flüsterte plötzlich.

»Nicht am Telefon. Aber ich weiß es hundertprozentig. Vielleicht hat einer von denen sie ja umgebracht. Und Marina hat das Ganze eingerührt.«

»Verzeihung – wer?«

»Na, Katschalows jetzige Frau. Haben Sie sie kennengelernt?«

»Ja.«

»Aha, Sie hatten also schon das Vergnügen. Sie war garantiert untröstlich und hat Shenja bedauert. Ich sage Ihnen, das ist nichts als Heuchelei. Würde mich nicht wundern, wenn sie indirekt damit zu tun hätte.«

»Womit?«

»Mit dem Mord, womit sonst! Shenja war ihr ein Dorn im Auge. Wenn jemand einen Vorteil vom Tod des Mädchens hat, dann nur sie, das verfluchte Aas! Oh, ich kann nicht weiterreden, Nina ist aufgestanden. Denken Sie daran, sie weiß von nichts!«

»Warten Sie, Maja, können Sie morgen früh zu mir ins Büro kommen?«

»Nein. Ich muss um acht zur Arbeit, da darf ich mich nicht verspäten.«

Eine Frauenstimme stöhnte betrunken: »Maja! Mit wem quatschst du da? Lass uns was trinken! Scheiße, ist der Kognak etwa alle?«

»Gleich, Nina, ich komme!«, rief Maja und flüsterte in den Hörer: »Wissen Sie was, in zwei Stunden schläft sie wieder, dann komme ich raus, und Sie warten unten vorm Haus, um neun. Oder ist das zu spät? Wir können im Auto reden, oder wir setzen uns in ein Café.«

Es ist immer noch dieselbe Nacht, aber es wird schon hell.

Ich schreibe wieder. Ich kann nicht schlafen. Das passiert mir zum ersten Mal. Nach diesem namenlosen Kyborg fühle ich mich wirklich beschissen.

Er ist gleich ins Bad gegangen und hat sich das Gesicht angemalt. Ich glaube, ich habe sogar geschrien, als ich ihn sah. Grünbraune Streifen und Flecke. So sieht wahrscheinlich eine halbverweste Leiche aus. Ich hab gefragt: Was ist das? Er hat gegrinst und gesagt: Tarnbemalung. So tarnen sich Aufklärer im Hinterland des Feindes. Wir machen jetzt ein Spiel – ich bin der Aufklärer und du ein gefangener Feind.

Ich hab gedacht: Das war's, Shenja, nun bist du an einen echten Irren geraten. Gleich wird er mich foltern. Aber dann hab ich kapiert. Er hatte einfach Schiss, dass im Schlafzimmer eine Wanze ist, eine versteckte Videokamera. Übrigens zu Recht. Es gibt tatsächlich eine Kamera. Ich weiß nur nicht, wo genau.

Dann hat er mich ausgezogen und angefasst. Hat mich abgetastet und untersucht, wie ein Arzt irgendwie. Als wäre ich ein seltenes Exemplar, ein Wesen von anderer Art, kein Mensch. Ich hab regelrecht gezittert, so kalt war er.

Was passiert, wenn V. von dem Kind erfährt, kann ich mir vorstellen. Aber wenn er von dem anderen erfährt? Von Mark, von Nick, von den ganzen alten Knackern und was die mit mir gemacht haben? Womöglich glaubt er dann, das Kind wäre nicht von ihm? Nein, ich will nicht daran denken! Nick hat schließlich auch nichts geahnt, obwohl wir uns schon seit zwei Jahren treffen. Wenn ich nicht gequatscht hätte, würde er noch immer glauben, er wäre der Erste und Einzige.

Vielleicht hätte ich ihm lieber nichts erzählen sollen? Ich weiß nicht, was da in mich gefahren ist. Ich habe überhaupt nicht an die Folgen gedacht, als ich ihn mit meinen Problemen vollgelabert hab. Ich konnte es einfach nicht mehr für mich behalten.

Ich bin natürlich nicht so blöd, dass ich Nick die ganze Wahrheit erzähle. Ich hab ihm einen Haufen Blödsinn aufgetischt, von wegen, Mark hätte mich von Anfang an erpresst und damit eingeschüchtert, dass er die Kassetten an Mama, Papa und an die Schule schicken würde.

Was Nick für ein Gesicht gemacht hat! Ich dachte, wenn er Mark tatsächlich findet, erwürgt er ihn eigenhändig.

Obwohl, ich bin sicher, dass Nick niemanden töten würde. Am Ende hab ich ihn nur um Geld gebeten. Ich will V. nicht zur Last fallen, und Papa wird mir nichts mehr geben, wenn er erfährt, wen ich heirate. Und Mama hat einfach nichts.

Eigentlich schade, dass ich mich von Nick trennen muss. Ich hab mich an ihn gewöhnt. Ich weiß, er würde mich nie umbringen oder mir weh tun. Manchmal habe ich mich mit ihm sogar wohl gefühlt.

Der neue Kunde ist wie geschaffen dafür, der Letzte zu sein. So was Widerliches hatte ich noch nie.

Wenn ich Angst habe, werde ich rotzfrech. Ich hab ihn als alten Bock beschimpft und als impotent und dachte, gleich bringt er mich um. Aber er hat getan, als hätte er nichts gehört.

Ich habe schreckliche Angst vor ihm. Die Angst blieb sogar, als wir bloß geredet haben. Er hat mich nach der Schule ausgefragt, nach meinen Eltern, ob mir das Lernen Spaß macht und was ich studieren will. Dabei war seine Stimme ganz normal, auch sein Lächeln. Ich dachte: Vielleicht ist er ja ganz in Ordnung? Ein netter alter Kerl? Aber so oder so ist er der Letzte. Irgendwie halte ich das schon noch aus.

Es ist wirklich Zeit, Schluss zu machen. Ich muss endlich ein ruhiges Leben führen, ohne Abenteuer. Mein Kind großziehen, V. lieben, nur noch mit ihm schlafen. Dann studieren, eine coole Managerin werden, Geschäftsführerin in einer schicken Firma, mit eigenem Büro.

Der Bioroboter hat mich im Voraus bezahlt, für zwei Mal. Das nächste Mal treffen wir uns nicht in unserem »Hotel«, sondern beim Kunden. Er kommt mit seinem Wagen zum Park vor dem Kasino und gibt mir ein verabredetes Hupsignal: zweimal kurz, einmal lang. Wenn ich den Termin hinter mir habe, ist Schluss. Egal, was Mark sagt, soll er mir ruhig Angst machen. Ich kann ihm auch Angst machen, er wird sich wundern.

Ich werfe eine Münze. Kopf oder Zahl.

Am Sonntag gehe ich mit V. in den Klub. Ich werde ihm sagen, dass ich die Nacht bei ihm bleiben will. Das habe ich noch nie getan, bis jetzt hat er immer gesagt, wenn er das wollte.

Wenn ich Sonntagabend mit zu V. fahre, wartet der Kunde umsonst auf mich. Das wäre »Kopf«.

»Zahl« – wenn V. mich doch nicht mit zu sich nimmt. Vielleicht hat er ja was Dringendes vor? Probe oder Aufnahmen. Dann arbeite ich noch ein letztes Mal.

Ich habe die Münze geworfen – dreimal Zahl! Aber was bedeutet das schon? Ist ja nur eine Münze.

Alles hängt von V. ab. Wenn wir die Nacht zusammen verbringen, erzähle ich ihm von dem Kind und sage ihm, wie sehr ich ihn liebe. Ich weiß, er liebt mich auch, er ist mein Schicksal.

Gute Nacht, Tagebuch! Ich glaube, jetzt kann ich einschlafen. Und werde etwas Schönes träumen.

Hier brachen die Aufzeichnungen ab. Danach kamen nur noch leere Seiten. Rodezki empfand die Stille als lastend und seltsam. Eben noch, beim Lesen des Tagebuchs, hatte er deutlich die Stimme des Mädchens gehört. Nun war sie verstummt, verschwunden, als hätte ihr jemand den Mund zugehalten.

Die Sportlerin Maja erwartete Solowjow vor dem Hauseingang. Er entdeckte die kräftige Gestalt mit dem kleinen Kopf im vom Regen schraffierten Schein der Straßenlampe sofort und hupte. Als sie die Tür öffnete, roch es nach Alkohol.

»Guten Abend. Gehen wir in ein Café, ich muss dringend etwas essen.«

Solowjow nickte. »Ja, das sollten Sie.«

»Ich rieche nach Alkohol, ja? Keine Angst, ich werde nie betrunken.« Sie stieg ein und schlug die Tür zu. »Wir können. Rechts raus auf den Prospekt, da ist ein gutes Café. Nicht teuer, nie voll, und das Essen schmeckt. Ninas Kühlschrank ist leer, wenn Shenja nicht da ist, kauft sie nicht ein und isst nichts. Wissen Sie, ich hätte nie gedacht, dass es so nette Kriminalisten wie Sie gibt. Mein Gott, was rede ich da? Ich kann nicht weinen, also plappere ich. Ich habe einen Kloß im Hals, aber meine Augen sind knochentrocken. Ich habe ja keine eigenen Kinder. Ich habe mich mehr mit Shenja abgegeben als die eigene Mutter. Als Shenja zur Welt kam, hatte ich keine Arbeit, und Nina und Valeri haben mich als Kinderfrau engagiert. So, wir sind da.«

In dem leeren Café war es sehr warm. Im hellen Licht vor dem Garderobenspiegel sah Solowjow, dass seine Begleiterin grob und schlampig geschminkt war. Als sie am Tisch saßen, zündete sie sich eine Zigarette an und rauchte gierig. Ohne einen Blick in die Karte bestellte sie einen Salat und Hähnchenhacksteaks mit Reis.

»Und für Sie, Dima? Das Essen ist wirklich gut hier.«

»Ich glaube, ich nehme dasselbe.«

»Tja, also«, sagte Maja, als die Kellnerin weg war, »ich weiß gar nicht, wo ich anfangen soll. Als Valeri die beiden verlassen hatte, war Shenja vier. Er wollte das Kind mitnehmen, drohte sogar mit Gericht. Er hatte damals schon drei Söhne, aber um die kümmerte er sich kaum. Für Shenja dagegen entwickelte er plötzlich Vatergefühle. Vielleicht, weil er inzwischen das Alter dafür hatte, oder weil Shenja ein Mädchen war und ihm so schutzbedürftig vorkam. Sie war vom ersten Tag an so hübsch wie ein Engel. Und ihr erstes Wort war ›Papa‹. Das zweite war ›Maja‹. Darüber streiten Nina und ich bis heute. Sie meint, das Kind hätte ›Mama‹ gesagt. Valeri erklärte, wir sollten uns beide nichts einbilden, Shenja sage nur ›haben‹. Sie wollte tatsächlich alles haben, immer mehr. Spielzeug, Geschenke, Feiern, Abenteuer, Aufmerksamkeit, Liebe. Ich hatte manchmal das Gefühl, dass Mädchen sei zur falschen Zeit und am falschen Ort geboren und suchte nun nach etwas, das es nicht gibt.« Sie lachte traurig. »Ich labere schon wieder zu viel. Das interessiert Sie bestimmt nicht.«

Das Essen wurde serviert. Maja begann sofort zu kauen, gierig und unschön.

Eine Weile schwiegen sie, ganz auf ihre Teller konzentriert.

»Sehen Sie, ich habe doch gesagt, das Essen ist hier gut.« Maja wischte mit einem Stück Brot die Soßenreste auf. »Sie wollen bestimmt etwas über die erwachsenen Männer hören, mit denen Shenja für Geld geschlafen hat? Ich kann Ihnen leider keine Namen nennen. Aber nehmen Sie Shenjas Stiefmutter, diese miese Marina, mal ordentlich in die Zange, die weiß garantiert was. Dieses Miststück ist die schlaueste von Katschalows Frauen. Sie hat sofort kapiert, wenn eines seiner Kinder eine reale Gefahr für sie darstellt, dann Shenja.«

»Inwieweit eine Gefahr?«, unterbrach sie Solowjow.

»Vor allem in materieller Hinsicht. Valeri ist im Grunde geizig, aber Shenja hat er ständig Geld zugesteckt, auch ihre Englandreisen hat er bezahlt, die Sprachschule im Sommer. Wissen Sie, was so was kostet? Außerdem ist Valeri mit seinen achtundvierzig total am Ende. Krankes Herz, Nierenprobleme. Und im Fall des Falles wäre Shenja nicht leer ausgegangen, sie hätte am meisten geerbt.«

»Na, vorerst ist es ja zum Glück noch nicht so weit«, sagte Solowjow leise. »Achtundvierzig ist noch kein Alter, und gesundheitliche Probleme hat doch jeder, auch Jüngere.«

»Heute noch nicht, aber wer weiß, wie es morgen aussieht? Meinen Sie, Marina hätte ihn aus großer Liebe geheiratet? Sie haben die beiden doch gesehen, das hässliche Wrack und die junge Schönheit. Würde mich nicht wundern, wenn sie den Mörder engagiert und das ganze Spektakel so inszeniert hätte, dass alle denken, es wäre ein Serienmörder gewesen.«

Solowjow versuchte, in ihre nassen Augen zu blicken, die dick schwarz umrahmt waren wie bei einem Stummfilmstar. Er wollte wissen, wie betrunken sie war und ob sie wusste, was sie da sagte.

»Moment, meinen Sie das ernst? Sie glauben, Marina könnte einen Mörder engagiert haben, der die Handschrift eines Serienmörders nachgeahmt hat?«

»Ohne weiteres! Nicht umsonst hat sie Shenja zu allen möglichen Szenetreffs mitgenommen, sie eingekleidet, ihr das Schminken beigebracht und sie ihren Freunden vorgestellt. Das gefiel der Kleinen natürlich. Mit gerade mal elf war sie ständig unter Erwachsenen, noch dazu so coolen Erwachsenen. Marinas Freunde sind moderne Menschen; jeder schläft mit jedem, viele nehmen Drogen. Das nennen sie Freiheit, verdammte Scheiße.«

»Was sind das für Leute?«, fragte Solowjow.

»Tja, wie soll ich sagen? Popstars, Geschäftsleute, junge Models, Seriendarsteller, Galeristinnen, Restaurateure, Kulturbanditen – schlagen Sie ein beliebiges Hochglanzmagazin auf und schauen Sie in die Klatschspalten, da finden Sie Marinas Freundeskreis. Mit einem Wort, die Szene. Shenja mit ihren Ambitionen fand das natürlich toll. Ich habe als Erste bemerkt, wie sie sich veränderte. Ich weiß, sie liebte mich, und ihre Mutter erst recht, aber sie konnte einem so grausam weh tun – mein lieber Mann! Ach, ich will nicht daran denken. Jedenfalls, sie war auf einmal anders, fremd, nervös und bissig. Mal lachte sie wie eine Irre, dann heulte sie. Wurde bei jeder Kleinigkeit wütend. Manchmal sagte sie ihrer Mutter, sie würde zum Vater fahren, und verschwand für drei Tage. Nina ruft nie bei Valeri an, sie reden seit Jahren nicht mehr miteinander. Und hinterher stellte sich raus, dass sie gar nicht bei ihrem Vater gewesen war. Dann setzte sie eine Unschuldsmiene auf und erklärte, sie hätte bei einer Freundin übernachtet. Die Freundinnen waren alle instruiert und haben sie immer gedeckt.«

»Kennen Sie Freundinnen von ihr?«

»Ja, Karina Awanessowa, die beiden sind seit der ersten Klasse befreundet. Ein nettes Mädchen, freundlich, offen und sauber. Sie weiß bestimmt nichts von Shenjas geheimem Leben.«

»Und wer könnte davon wissen?«

»Keiner. Höchstens Ika. Eine finstere Figur. War nie bei Shenja, aber Shenja hat ziemlich oft bei ihr übernachtet. Hat sie jedenfalls behauptet. Ika hat sie immer gedeckt. Sie stammt aus Bykowo, genau wie Marina. Sie ist zweiundzwanzig, sieht aber jünger aus als Shenja. Sie lebt mit ihrem älteren Bruder zusammen.«

»Haben Sie ihre Telefonnummer?«

»Nur die Handynummer.«

»Die haben wir auch. Aber da konnten wir sie bislang nicht erreichen. Kennen Sie ihren vollständigen Namen, ihre Adresse?«

»Natürlich nicht. Nicht einmal, wie ihr Bruder heißt. Aber nach Ika fragen Sie am besten Marina. Ika hat ein halbes Jahr bei ihr und Valeri gewohnt, als Haushaltshilfe. Dann ist sie zu ihrem Bruder gezogen. Wissen Sie was, rufen Sie Marina doch gleich an! Ich sage Ihnen, sie weiß mehr als jeder andere.«

Solowjow sah auf die Uhr, zog sein Notizbuch hervor und wählte Marinas Mobilnummer.

Sie meldete sich sofort und war kein bisschen erstaunt, als

Solowjow nach Ika fragte. Sie erklärte bereitwillig, Irina Drosdowa, geboren 1984, sei ihre Freundin.

»Wir stammen beide aus Bykowo, als Kinder waren wir zusammen in einer Gymnastikgruppe.«

»Und was macht sie zur Zeit?«

»Ika? Eigentlich gar nichts. Sie lebt mit jemandem zusammen, er ist eine Art Schriftsteller. Wissen Sie, Ika hat viel Pech gehabt im Leben. Ihre Eltern sind vor ihren Augen umgebracht worden, da war sie erst zehn. Seitdem stottert sie stark, wenn sie aufgeregt ist.«

»Dieser Mann, eine Art Schriftsteller, das ist ihr Bruder?«

»Ihr Bruder?« Marina lachte. »Wie kommen Sie darauf? Sie leben einfach zusammen. Er ist um die vierzig und heißt Mark. Wie weiter, weiß ich nicht mehr. Die beiden wohnen im Moment irgendwo in der Nähe der Metrostation Poleshajewskaja. Die Wohnung haben sie erst vor kurzem gemietet. Ich kann mal sehen, ob ich die Adresse habe, aber ich kann nichts versprechen. Wenn ich sie finde, rufe ich zurück.«

»Kannte Shenja Ika und diesen Mark?«

»Ika ja, die beiden waren befreundet. Mark kannte sie bestimmt auch, aber Freunde waren sie eher nicht.«

»Was heißt eigentlich – eine Art Schriftsteller?«

»Ach, er schreibt alles Mögliche. Ich hab ehrlich gesagt nichts davon gelesen. Er hat wohl mal einen Roman über Klone geschrieben, der ist auch erschienen, hat sich aber nicht verkauft. Ich habe Mark lange nicht mehr gesehen.«

»Sie sind viel zu höflich zu ihr«, bemerkte Maja, als Solowjow das Telefon weggelegt hatte. »Und, was hat sie gesagt?«

»Nichts Besonderes. Wie Ika weiter heißt. Der Mann, mit dem sie zusammenlebt, ist nicht ihr Bruder. Er heißt Mark.«

»Hab ich mir doch gedacht! Die beiden gehören zu Shenjas geheimem Leben.«

»Sind Sie sicher, dass es ein geheimes Leben gab?«

»Sie nicht?« Maja lachte traurig. »Nina und ich dachten erst an Drogen. Wir haben die Kleine zur Beratungsstelle geschleppt, aber sie war clean. Das hat sie natürlich gleich ausgenutzt, sie war sauer, hat erklärt, ihre Mutter hätte sie furchtbar gedemütigt, und ist zehn Tage lang von zu Hause weggeblieben.«

»Aber wie kommen Sie auf erwachsene Männer? Vielleicht waren es ja Gleichaltrige?«, fragte Solowjow.

»Von wegen Gleichaltrige! Als Sie bei der Durchsuchung das Geld gefunden haben, war die Sache für mich endgültig klar. Für Nina übrigens auch. Darum hat sie behauptet, es wäre ihr Geld. Wahnsinn, zwanzigtausend Euro! Mir ist schon lange aufgefallen, dass Shenja lauter sauteure Klamotten und Kosmetika besaß. Von Papa, von Marina, behauptete sie immer. Die kleine Schwindlerin wusste genau, dass ihre Mutter die beiden nie danach fragen würde.«

»Aber offenkundige Beweise dafür, dass Shenja sich mit erwachsenen Männern traf und von ihnen bezahlt wurde, haben Sie nicht?«, hakte Solowjow nach.

»Nein.« Maja seufzte und zündete sich eine Zigarette an. »Shenja war zu klug und zu vorsichtig, um mir oder ihrer Mutter Beweise zu liefern. Aber von einem weiß ich mit Sicherheit. Vaselin. Der Sänger. Allerdings hat er ihr bestimmt kein Geld gegeben. Er soll unglaublich geizig sein, ein Angeber und Zyniker. Übrigens auch ein angesagter Szenetyp. Shenja und er hatten seit kurzem eine Affäre. Marina hat die beiden miteinander bekannt gemacht.«

»Das heißt, Shenja war in ihn verliebt?«

»Und wie! Sie war verrückt nach ihm. Sie kannte alle seine Songs auswendig.«

»Und er? Wie war sein Verhältnis zu ihr?«

Maja schnäuzte sich in eine Serviette und verkündete mit dröhnender Bassstimme: »Vaselin ist ein selbstverliebtes Arschloch. Ich glaube, ihm geht es nur um die PR. Er braucht ständig öffentliche Skandale, um immer in den Klatschspalten zu stehen. Aber unser kleines Dummchen hat sich in ihn verliebt. Durchaus möglich, dass sie von ihm schwanger war.«

»Sie wussten es?«, fragte Solowjow erstaunt.

»Was dachten Sie? Ich hatte bemerkt, dass sie schon eine ganze Weile keine Regel mehr hatte und dass ihr morgens übel war. Dann kam ich mal in ihr Zimmer, als sie sich gerade anzog, und hab das Bäuchlein gesehen. Sie ist ja ansonsten spindeldürr, also war sie bestimmt schon in der zwanzigsten Woche.«

»Siebzehnte«, sagte Solowjow.

»Was, sie wurde schon obduziert?« Maja schluchzte auf und schüttelte den Kopf. »Mein Gott, das kleine Dummchen wollte das Kind kriegen! Hat sich drauf gefreut. Sie wollte Vaselin heiraten. Schöner Märchenprinz! Danke, dass Sie Nina nichts davon gesagt haben.«

»Haben Sie versucht, mit Shenja über die Schwangerschaft zu reden?«

»Natürlich habe ich das. Sie hat gelacht, allerdings ziemlich künstlich, hat gesagt, das sei Blödsinn, und mich an die Geschichte mit der Drogenberatung erinnert. Ja, ich denke, Vaselin ist der Vater.«

Solowjow fiel die Musik ein, die bei den Katschalows gedröhnt hatte, die heisere Stimme: »Dein za-artes Herz, die geschmeidige Leber, deine Lungentrauben und dein sü-üßes Blut.«

Sechzehntes Kapitel

Eigentlich hieß er Valentin Kuwajew. Vaselin war sein Spitzname in der Kindheit gewesen. Für eine Popgruppe und als Pseudonym des Solisten war der Name durchaus passend. Er war zweiundvierzig, wirkte aber von weitem, besonders auf der Bühne, bedeutend jünger.

1992 hatte er in einer beliebten Late-Night-Fernsehshow seinen ersten öffentlichen Auftritt. Was er dem Publikum bot, erinnerte an klassische Romanzen – Text, Melodie, die Mimik des Interpreten. Tournüre, knarrende Türen, der sanfte

Schatten eines Mädchens, Chrysanthemen, ein gebrochenes Herz. Aber die dritte Strophe enthüllte, dass das Herz nicht im übertragenen Sinn gebrochen worden war, sondern ganz real. Herausgerissen aus der aufgeschlitzten weißen Brust der lyrischen Heldin und zerteilt wie eine reife Tomate. Weiter berichtete der Sänger, noch immer im klassischen Opernbass, wie er es »kaute, das rohe, feste Herz, knirschende Arterien zwischen den Zähnen, und warmes Blut rann still von den Lippen in den Kragen«. In der letzten Strophe spießte er den abgetrennten Kopf seiner jungen Freundin auf den schmiedeeisernen Zaun, steckte eine Chrysantheme in ihre Locken, und »mit traurigen Augen schaut sie nun auf die weißen Akazien«.

Damals, vor zwölf Jahren, hatte der Moderator der Talkshow mit skeptischer Miene verhalten applaudiert und von Postmoderne und Malewitschs schwarzem Quadrat geredet, aber er musste nicht viel sagen – der Sender wurde mit Anrufen bombardiert. Die einen waren empört und wütend, die anderen begeistert. Gleichgültig blieb niemand.

Mit dieser Show fing alles an. Ein cleverer junger Produzent nahm Vaselin unter Vertrag, es folgten Ruhm, Geld, Verehrerinnen, Aufsehen in der Presse, Gastspiele. Fast bei jedem Konzert gab es einen Skandal.

Vaselin blieb nicht bei Romanzen, er verarbeitete auch sowjetische Schlager, patriotische und weißgardistische Lieder und Songs russischer Barden, benutzte die alten Traditionen, warf die gängigsten Klischees auf einen Haufen und schöpfte daraus einen neuen Sinn. Dieses Konglomerat aus Text und Musik vermischte Vaselin mit Blut, Exkrementen und Schmutz aller Art und kippte die aberwitzige Mixtur über dem dankbaren Publikum aus. Der Saal brüllte und stöhnte bei seinen Konzerten. Mädchen rissen sich die Kleider vom Leib und stürmten kreischend die Bühne. Es kam zu Prügeleien, Zuschauer aus den hinteren Reihen drängten nach vorn, trampelten andere nieder.

Aber mit den Jahren ließ das Interesse nach und musste durch immer neue PR-Aktionen ständig neu angefacht werden. Bei jedem Auftritt, besonders in der Provinz, wurde deutlicher: Es musste etwas passieren. Das letzte Konzert in dem Provinznest Lapin war der absolute Tiefpunkt gewesen. Der Saal war fast leer, als bedeuteten zwölf Jahre Ruhm überhaupt nichts.

Alles lief von Anfang an schief. Ihr Bus blieb im Stau stecken, und aus der Fahrerkabine drang die Kieksstimme eines Konkurrenten von Vaselin, des Solisten der Gruppe »Chips«. Der Fahrer hörte dessen neuesten Hit, und zwar nicht mal im Radio, sondern von einer CD.

Auf dem Platz vor dem Konzertsaal war absolut nichts los, sie konnten die Sicherheitsleute ruhig wegschicken. Oder am besten – gleich umkehren und wieder nach Hause fahren. Nur hundert Meter weiter war der Platz etwas belebter – dort gab es einen kleinen Markt und ein Straßencafé mit Bier und Imbiss. Die Leute an den Tischen davor warfen nicht einmal einen Blick auf den Bus, mit dem der berühmte Vaselin in das verrottete Lapin gekommen war.

Dabei war hier noch ein Jahr zuvor der Teufel los gewesen. Eine Einsatzgruppe der Miliz hatte nur mit Mühe die Menge der Jugendlichen bändigen können, die auf ihr Idol warteten. Jungen und Mädchen, nicht nur aus Lapin, sondern auch aus Moskau und anderen Städten, rissen sich darum, ein Autogramm zu ergattern oder Vaselins Kleidung zu berühren.

»Mach dir keinen Kopf«, sagte der Manager. »Wir sind früh dran, es sind noch zwei Stunden bis zum Konzert.«

Vaselin reagierte nicht. Er spürte, wenn er jetzt den Mund aufmachte, würde er brüllen und sich mit den Fäusten auf seinen Manager stürzen, dieses fette, faule Nilpferd.

Er beantwortete die Begrüßung der Leiterin des Konzertsaals, einer fülligen Dame im weißen Kostüm, mit einem zurückhaltenden Kopfnicken.

»Komm, hör schon auf!«, flötete Natascha ihm ins Ohr, als

sie die schmalen Flure entlanggingen. »Du hast selbst gesagt, ein Mal ist nicht wie das andere. Frühling ist nicht die beste Zeit für Konzerte. Zumal bei der Hundekälte. Da gehen die Leute nicht gern aus dem Haus. Nimm's nicht gleich so tragisch.«

Im Büro der Leiterin war der Tisch gedeckt. Tee, Piroggen, belegte Brote. Boris, der Manager, ließ sich in einen Sessel plumpsen und stürzte sich auf das Essen. Grinja, der Schlagzeuger, packte Wodka aus – er hatte fünf Flaschen in der Tasche.

»Greifen Sie zu, bedienen Sie sich«, sagte die Leiterin. »Valentin, Sie sehen heute so traurig aus.« Sie schob ihm den Teller mit den Piroggen hin. »Probieren Sie, die hat unsere Bibliothekarin gebacken. Ach ja, sie hat mir eine CD gegeben – sie hätte gern ein Autogramm für ihren Neffen. Ein Namensvetter, er heißt auch Valentin.«

Vaselin schob den Teller beiseite, öffnete wortlos die CD-Hülle, schrieb schräg über das Cover: »Gruß an meinen Namensvetter!« und setzte seine schwungvolle Unterschrift darunter.

»Geht es Ihnen nicht gut, Valentin?«, bohrte die Leiterin weiter. »Ich erkenne Sie gar nicht wieder, Sie sind doch sonst immer so fröhlich.«

»Wir sind bloß müde, wir sind heute früh erst aus Saratow gekommen«, erklärte Natascha, »der Flug hatte Verspätung, wir haben die Nacht nicht geschlafen.«

Das war gelogen, sie waren schon am Abend zuvor aus Saratow zurückgekehrt.

Das kurze Frühjahrsgastspiel in den Wolgastädten war gar nicht schlecht gelaufen. Die Säle waren meist voll gewesen, Verehrerinnen hatten die Hotels belagert. Aber von Stadt zu Stadt dünnte die Menge mehr aus, wurde das Gekreisch leiser, nirgends wurden Absperrungen niedergerissen, keiner wurde zu Boden getrampelt.

»Wir müssen uns was einfallen lassen, das Repertoire verändern, was Neues finden«, überlegten die Musiker. »Wir arbeiten uns schon das dritte Jahr an einem Dutzend Songs ab. Klar, die sind klasse, echte Hits, aber alles nutzt sich mal ab, und die Konkurrenz ist hart.«

Bevor Vaselin auf die Bühne ging, gönnte er sich in völliger Einsamkeit einen guten Kognak und eine Zigarre. Er rauchte gern vorm Spiegel und beobachtete, wie sein schönes, rassiges Gesicht aus dem Rauchschleier hervortrat. Ein Journalist hatte einmal geschrieben, Vaselin bekäme mit den Jahren immer mehr Ähnlichkeit mit Schaljapin. Eine Verehrerin, Besitzerin einer Herrenmoden-Ladenkette, nähte ihm einen Pelzmantel, wie ihn Schaljapin getragen hatte, und eine altmodische Pelzmütze. Ein teures Männermagazin platzierte umgehend ein Foto von Vaselin in diesem kleidsamen luxuriösen Aufzug auf dem Umschlag. Auch auf dem Cover der nächsten CD prangte dieses Foto: Vaselin mit nachdenklicher Miene und offenem Bojarenpelz vor verschneiten Bäumen.

Ein kleiner, aber prosperierender Verlag bereitete eine Buchausgabe seiner Songtexte vor. Eine Plastikmappe auf dem Schminktisch vor Vaselin enthielt das Vorwort eines gewichtigen Literaturkritikers und einige begeisterte Rezensionen, die zusammen mit dem Buch erscheinen sollten. Grundtenor des Ganzen: »Dies ist echte Poesie, nach der die russischen Leser so ausgehungert sind.«

Natascha kam lautlos in die Garderobe. Seit fast zwei Jahren begleitete das kräftige, tüchtige und ausgeglichene Mädchen ihn auf Gastspiele, holte ihn aus seinen Depressionen, fütterte ihn mit Brei und püriertem Obst, wobei sie jeden Löffel mit einer Portion aufrichtiger Verehrung würzte, massierte, schminkte und tröstete ihn. Schade, dass er sich bald von ihr würde trennen müssen.

Natascha bürstete ihm die Haare.

»Sie fallen schon wieder aus, du musst sie ein bisschen schneiden lassen«, flüsterte sie und küsste ihn auf den Hals. »Du musst jetzt auf die Bühne. Es ist alles bereit.«

»Wie sieht's aus im Saal?«, fragte er und zerdrückte die Zigarre im Aschenbecher.

»Na ja, wie soll ich sagen? Also, Leute sind schon da.«

Der Saal war erleuchtet. Die Lücken in den Reihen gähnten ihn an. Es wurden mit jedem Konzert mehr.

In der Nacht nach dem Reinfall in Lapin konnte er wieder nicht einschlafen.

»Wälz dich doch nicht so herum«, schnurrte Natascha. »Schlaf, mach dir keine Sorgen. Es ist alles in Ordnung.«

Wahrscheinlich hatte sie recht. Alles in Ordnung. Alles wie immer. Auf Schritt und Tritt hingen Plakate mit seinem Konterfei, im Radio liefen seine Songs, er wurde zu den beliebtesten Talkshows und den angesagtesten Szene-Events eingeladen. Seine Website war randvoll mit begeistertem Lob und wütenden Beschimpfungen.

»Alles in Ordnung«, flüsterte er, während er sich auf dem zerknüllten Laken hin und her wälzte und zum zehnten Mal das verfluchte Konzert im Kopf Revue passieren ließ.

Er brauchte unbedingt einen Skandal, um das erlahmende Publikumsinteresse wieder zu entfachen.

Draußen wurde es hell. Er setzte sich im Bett auf. Natascha schniefte leise im Schlaf. Sie hatte sich aufgedeckt. Er fuhr mit dem Finger über ihren kräftigen, geraden Rücken und flüsterte: »Du wirst mir ein wenig fehlen, Kätzchen.«

Der zarte Flaum auf ihrer Haut richtete sich auf. In Vaselins neuester Schöpfung hantierte der Held mit einem elektrischen Küchenmesser. Er sägte seiner Freundin das Rückgrat durch, genau an dieser Stelle, zwischen zwei Wirbeln. Rasch saugten sich die weißen Laken voll mit dickem, schäumendem Blut.

Vor dem Gastspiel an die Wolga hatte Natascha, nachdem sie den Song gehört hatte, das elektrische Küchenmesser aus dem Schrank genommen und weggeworfen.

Siebzehntes Kapitel

Solowjow fuhr Maja wieder zurück. Sie bat ihn, mit hinaufzukommen, weil Nina vielleicht aufgewacht war und sich womöglich etwas angetan hatte. Aber sie schlief. Auf dem Fußboden standen ein überquellender Aschenbecher und eine leere Kognakflasche.

»Ich habe alle gefährlichen Tabletten weggeräumt und in meine Tasche gepackt«, flüsterte Maja, »aber ich habe trotzdem furchtbare Angst um sie.«

Solowjows Handy klingelte. Er verabschiedete sich von Maja und ging hinaus. Es war wieder nicht Olga. Die heisere ältere Stimme am anderen Ende knurrte: »Ich hab drauf gewartet, dass du dich meldest, du hast ja so viel zu tun, da wollte ich nicht stören. Aber ich habe es nicht mehr ausgehalten. Was ist, kommst du heute noch vorbei oder nicht?«

Es war Wjatscheslaw Lobow. Solowjow hatte ein schlechtes Gewissen, denn er hatte den alten Mann ganz vergessen.

»Ich habe nicht gehofft, dass Sie so schnell damit fertig werden«, sagte Solowjow.

»War nicht weiter schwierig. Ich brauchte nur eine Lupe. Und ein kostspieliges Telefonat mit Rom.« Lobow machte eine effektvolle Pause, die Solowjow mit stürmischen Dankesbekundungen füllte und mit der Versicherung, die Telefonrechnung zu übernehmen.

»Bedanken kannst du dich hinterher, ich habe dir ja noch gar nichts erzählt. Das werde ich am Telefon auch nicht. Dazu wirst du mich alten Mann besuchen müssen. Wo bist du im Moment?«

»In Sokolniki.«

»Weißt du noch, wo ich wohne?«

»In der Krasnosselskaja. Ach, das ist ja nur zehn Minuten von hier.«

Unterwegs hielt Solowjow an und kaufte einen Strauß Narzissen für Lobows Frau und eine Schachtel Pralinen.

»Komm rein. Aber leise, Vera schläft. Danke für die Blumen. Oh, und auch noch Pralinen. Na, dann mache ich dir mal einen Kaffee.«

Solowjow registrierte, dass Lobow stark gealtert war; er hatte zugenommen, atmete schwer, sein Gesicht war grau, die Tränensäcke waren geschwollen.

»Was kuckst du so? Sehe ich so schlecht aus?«

»Nein, wieso? Wir haben uns bloß lange nicht gesehen.«

»Ein Jahr und acht Monate. Tja, ich hatte einen Herzinfarkt, hätte beinahe den Löffel abgegeben. Jetzt rauche ich nicht mehr. Und gehe jeden Tag spazieren, laufe wie ein Idiot im Park hin und her. Manchmal kommt Vera wenigstens mit, aber sie hat selten Zeit.«

Sie gingen in die saubere kleine Küche. Solowjow setzte sich auf die Holzbank, und Lobow öffnete das Fenster und schaltete den Wasserkocher ein.

»Du kannst ruhig rauchen. Sag mal, hast du dieses Mädchen, die Graphologin, noch immer nicht geheiratet? Ljuda, oder?«

»Ljuba. Nein, habe ich nicht.«

»Worauf wartest du? Du hast schon graue Haare!«

»Ach, irgendwie … Sie ist jünger als ich, und überhaupt, ich hab mich ans Alleinleben gewöhnt.«

»Du gehst nicht mit der Zeit, Dima. Heutzutage heiraten alle Jüngere. Und was macht dein Kostik? Wie alt ist er jetzt?«

»Siebzehn. Er bewirbt sich dieses Jahr an der Juristischen.«

»Prima, prima.« Lobow schenkte Kaffee ein, goss in seine Tasse außerdem Milch und öffnete die Pralinenschachtel. »So, nun spann mich nicht länger auf die Folter. Erzähl mir, was du herausgefunden hast über die Leiche aus den Fernsehnachrichten.«

Solowjow erzählte, der Alte trank Kaffee und schüttelte den Kopf.

»Ich verstehe nicht, warum sie strikt ablehnen, dass es eine Serie ist. Das ist doch Unsinn.«

»Stimmt, das ist Unsinn.« Solowjow nickte und murmelte: »Sie weisen eine Serie genauso von sich wie damals die Kinderporno-Hypothese.«

»Die These von deiner Olga Luganskaja, dass Moloch Kinder tötet, die mit Kinderpornos zu tun haben?«

Solowjow runzelte die Stirn und trommelte auf das Fensterbrett.

»Olga Filippowa«, sagte er gereizt, »Luganskaja ist ihr Mädchenname. Ja, Doktor Filippowa hat im Team von Professor Guschtschenko gearbeitet und diese Hypothese aufgestellt. Am Ende wurde die Gruppe aufgelöst.«

»Na siehst du! Und das Heim in Dawydowo ist abgebrannt!«

»Was hat Dawydowo damit zu tun?« Solowjow verschluckte sich vor Überraschung.

»Eine Menge! Deine Olga war damals bei mir und hat mich nach dem Würger von Dawydowo ausgefragt.«

»Ich verstehe nicht – was hat das mit der Serie von Moloch zu tun?«

»Das verstehst du nicht?« Der Alte wandte sich ab und kniff die Lippen zusammen. »Sehr bedauerlich. Der Fall liegt nun Jahre zurück, aber dieser Pjanych lässt mich noch immer nicht los.«

»Glauben Sie genau wie Doktor Filippowa, dass er es nicht war?«

»Ich weiß es nicht! Da kam so vieles zusammen. Nach der vierten Leiche, als Guschtschenko seinen Verdacht geäußert hatte, wurde Pjanych vernommen, sein Haus und sein Schuppen wurden durchsucht, aber es wurde nichts gefunden. Und nach der fünften Leiche plötzlich – bumm! Die Schatulle. Ein ganzer Strauß Indizien. Und sofort war vergessen, dass sich in der Nähe des Heims hin und wieder ein blinder alter Mann mit einem Stock herumgetrieben hatte. Keiner wusste, woher er kam und wo er geblieben war. Er war jedesmal vor den Morden gesehen worden. Der Pförtner hatte ihn mal angesprochen, nach seinen Papieren gefragt, aber der Alte hatte nur gegrunzt, seinen Stock geschwungen und war gegangen.«

»Sie glauben, dass war der verkleidete Mörder?« Solowjow lachte skeptisch.

»Gut möglich. Als das Heim dann bewacht wurde, tauchte er nicht mehr auf. Der Pförtner meinte, für einen Blinden habe sich der Alte viel zu sicher bewegt. Außerdem hatte ein Kind erzählt, irgendein Opa schenke ihnen manchmal Bonbons. Die Mutter von Pjanych erklärte, jemand habe mehrere Nächte hintereinander versucht, sich Zutritt zu ihrem Grundstück zu verschaffen, aber nachts lief ihr Hund frei herum. Dann starb der Hund plötzlich; der Tierarzt sagte, er sei vergiftet worden. Und danach wurde im Schuppen die Schatulle gefunden.«

»Das klingt ja alles sehr interessant und überzeugend, aber Pjanych hat gestanden.«

»Bist du wirklich so naiv, Dima? Während der Jagd auf Tschikatilo, Golowkin, Sliwko und Michassewitsch haben eine Menge Leute gestanden, einige sind sogar hingerichtet worden. Die wirklichen Serienmörder wurden erst nach zehn, zwanzig Jahren gefasst. Die Nerven der Ermittler lagen blank, sie griffen nach jedem, der ihnen in die Hände fiel, manipulierten Indizien, übten bei den Vernehmungen Druck aus, erpressten Geständnisse. Das ist ein Grund dafür, warum Anfang der Neunziger die Akten über Serientäter vernichtet wurden.«

»Trotzdem, was hat Moloch damit zu tun?«, wiederholte Solowjow störrisch. »Soweit ich weiß, hat der Würger die Kinder vergewaltigt. Und nie Babyöl benutzt.«

Lobow seufzte und schüttelte den Kopf.

»Aber Wasser. Und was die Vergewaltigungen angeht, ist das gar nicht so sicher. Keiner kam auf die Idee, dass die blinden Kinder schon vor ihrer Ermordung vergewaltigt worden sein könnten, das wurde dem Täter zugeschrieben. Da alle im Wasser gelegen hatten, war eine genaue Untersuchung schwierig.

Aber es gab offenkundige Spuren, die darauf hinwiesen, dass die Kinder regelmäßig sexuell missbraucht worden waren.«

»Mein Gott, wer tut denn so was?« Solowjow sprang auf und lief in der kleinen Küche hin und her. »Kleine blinde Waisen …«

»Genau das ist der Punkt. Blinde können niemanden identifizieren. Höchstens am Geruch, an der Stimme oder mit den Händen. Aber das ist vor Gericht nicht viel wert. Und Waisenkinder können sich nicht bei ihren Eltern beklagen.« Lobow goss sich ein Glas Wasser ein und leerte es in einem Zug. »Einiges wurde ermittelt, allerdings erst später. Das habe ich deiner Olga aber nicht erzählt. Ich wollte sie nicht damit belasten, die Geschichte war zu scheußlich. Und ich selbst wollte auch nicht mehr daran denken. Aber du musst es wissen, Dima.«

»Ich höre.«

»Nein. Du machst ein viel zu skeptisches Gesicht.«

»Tut mir leid.« Solowjow zuckte die Achseln. »Ein anderes hab ich nicht.«

»Egal, dir wird das Lächeln gleich vergehen. Und du wirst begreifen, dass deine Olga damals mit Vielem richtiglag.« Lobow holte tief Luft, runzelte die Stirn und sprach leise weiter.

»Nach dem Brand hat eine Kinderpflegerin auf dem Sterbebett gebeichtet und dem Popen erzählt, auf ihr laste eine furchtbare Sünde. Die reinen Lämmchen, die blinden Waisenkinder, seien nachts in die Wolfshöhle gebracht worden. Die Heimleiterin habe Geld dafür bekommen. Die Pflegerin wusste davon, wagte aber nicht, darüber zu sprechen. Der Pope erließ ihr ihre Sünden und sündigte dann seinerseits – er verletzte das Beichtgeheimnis und erzählte alles seiner Frau. Die flüsterte es dem Nächsten, und so weiter. Es waren alles nur Gerüchte, niemand machte eine richtige Aussage.«

»Aber es gab doch Versuche, herauszufinden, wer die Kinder missbraucht hat und was das für eine Wolfshöhle war?«

»Natürlich. Vor allem befragten wir die Heimleiterin. Sie

erklärte, diese Kinder seien extrem aggressiv, verlogen und undankbar. Und schon früh sexuell hyperaktiv, wer weiß, was sie miteinander alles trieben. Du hättest sie sehen sollen. Eine hochmütige dicke Matrone, mit Brillanten behangen. Hart wie Fels.«

»Und die Kinder, wurden die befragt?«

»Selbstverständlich. Sie waren schrecklich eingeschüchtert, wir mussten ihnen jedes Wort einzeln aus der Nase ziehen. Außerdem gefiel es manchen sogar. Sie bekamen dort gut zu essen.«

»Wo – dort? Was gefiel ihnen?«

Solowjow zündete sich noch eine Zigarette an. Lobow zählte Herztropfen in ein Glas, kippte sie hinunter und verzog das Gesicht.

»In der Nähe des Heims, am anderen Seeufer, lag hinter einer hohen Mauer versteckt ein geheimes Objekt, ein sogenanntes Gästehaus des ZK der KPdSU. Ein Riesengrundstück mit einer luxuriösen zweistöckigen Villa, Schwimmbad, Sauna und Wintergarten. Ständig wohnten dort nur die Wachleute, das Personal und der Verwalter, ein gewisser Matwej Groschew. Ein imposanter Mann, attraktiv wie ein Hollywoodstar. Ab und zu kamen hohe Natschalniks aus Moskau, Wagen mit Blaulicht und abgedunkelten Fenstern, manchmal mit Personenschutz. Dorthin wurden die blinden Kinder nachts gebracht. Groschew war eine Art Funktionärskuppler auf allerhöchster Ebene. Ich nehme an, das ist noch immer sein Gewerbe, bloß unter einem anderen Dach. Die Heimleiterin verdiente mit. Sie wurde später befördert, auf einen Posten im Ministerium. Die Akten wurden aus dem Archiv entfernt, das Heim ist abgebrannt.«

»Und die Villa?«, fragte Solowjow.

»Die stand eine Weile leer. Anfang der Neunziger kaufte ein neuer Russe das Haus. Übrigens ist dein Moloch wirklich ein Missionar. Die Kinder, die er getötet hat, waren Pornodarsteller und Prostituierte. Es gibt nur eine Chance, ihn aufzustöbern – sich die Kinderhändler greifen und sie in die Zange nehmen, damit sie ihre Kunden preisgeben. Aber das wird man bei uns niemals zulassen. Ein zweiter Skandal wie der mit *Verbene* ließe sich vor der Presse nicht geheimhalten. Und wer weiß, wer alles zu den Kunden und Gönnern gehört? Nicht auszudenken.«

»Danke, Wjatscheslaw.« Solowjow seufzte. «Sie haben mich wirklich aufgemuntert und mir Hoffnung gemacht.«

»Keine Ursache. Nimm es einfach als Denkanstoß. Was, wenn nicht Pjanych die Morde begangen hat und der wahre Würger von Dawydowo noch lebt? Finde Groschew. Aber sei vorsichtig. Er hat Beziehungen nach ganz oben.«

»Sie meinen, er könnte es sein? Der Würger? Moloch?«

»Ich weiß es nicht. Ich bin alt. Denk nach, Dima. Na, lass den Kopf nicht hängen, ich hab wirklich was zum Aufmuntern für dich.« Wie ein Zauberkünstler zog Lobow den geschliffenen Flakon aus seiner Flanelljacke und stellte ihn auf den Tisch. »Dein Parfüm stammt aus der Parfümerie Materozoni in Rom. Die kreiert und verkauft seit zweihundertfünfzig Jahren individuelle Düfte. Dein Flakon ist vermutlich sauteuer. Auf dem Etikett stehen Adresse, Telefonnummer und Kundennummer. Ich habe ein bisschen Theater gespielt, habe dort angerufen und in meinem schlechten Englisch eine Lügengeschichte erzählt, von wegen, ich hätte auf dem Flughafen eine teure Damenhandtasche gefunden, da sei viel Geld drin gewesen, aber keine Papiere, nur ein paar Kosmetiksachen, eine Haarbürste, eine kleine Tafel Schokolade und das Parfüm. Und als anständiger Mensch wolle ich gern die Besitzerin ausfindig machen und ihr die Tasche zurückgeben.«

Solowjow lächelte. »Genial.«

»Ja, dafür musste ich vorher erst mal ein Englischwörterbuch konsultieren. Aber ich musste mich nicht lange quälen, ich hatte nämlich bald ein Fräulein an der Strippe, das ausgezeichnet Russisch sprach. Die meisten Kunden der Parfümerie sind nämlich Russen. Neben ein paar Hollywoodstars und einem Dutzend amerikanischer und griechischer Millionäre. Also, Dima, die Besitzerin dieses Parfüms ist Russin.«

Erst nach einer Pause fuhr Lobow feierlich fort: »Signora Soja Sazepa hat eine Zeitlang in Rom gelebt. Ihr Mann war Diplomat bei der Botschaft. Jetzt wohnen sie in Moskau, sind aber oft in Rom. Das nette Fräulein hat mir Adresse und Telefonnummer von Sazepas Wohnung in Rom gegeben, die italienische Mobilfunknummer der Signora und ihre Moskauer Nummer. Hier, habe ich dir alles aufgeschrieben.«

Der Wanderer saß im Auto und beobachtete, wie der elektrische Clown auf der Kasinofassade mit Karten jonglierte. Er hatte extra hier gehalten. Die Erinnerungen versorgten ihn mit zusätzlicher Energie. Er fühlte sich unbesiegbar. Die Hominiden, diese dummen Geschöpfe, würden nie hinter sein Geheimnis kommen.

Selbst diejenigen von ihnen, die sich mit anscheinend seriösen Dingen befassten – Wissenschaft, Business, Kunst – waren hoffnungslos eingesperrt in die Kapsel ihres hässlichen Ichs. Im Reich der ewigen Nacht zielte alles auf Zerstörung. Selbst das nützlichste und vernünftigste Spielzeug wurde in den Händen der Hominiden schädlich und gefährlich. Bomben, Viren, Löcher in der Atmosphäre – das war ihre Wissenschaft. Krieg, Arbeitslosigkeit und Armut – das war ihre Wirtschaft.

Erst vor vierundzwanzig Stunden hatte er hier auf die kleine Hure gewartet und befürchtet, sie würde nicht kommen. Dann wäre er wahrscheinlich innerlich explodiert.

Als er sie endlich entdeckte, wurden seine Hände feucht. Durch den Verkehrslärm und das Dröhnen seines eigenen Herzens hindurch hörte er die Stimme des Engels.

Doch plötzlich war das Mädchen verschwunden.

Eben noch hatte er ihre Silhouette gesehen, die dünnen Beine in den Jeans und die giftgrüne Jacke, die im Dunkeln leuchtete, als wäre sie mit Phosphor getränkt. Wo war sie geblieben?

Er wartete ein paar Minuten, bemüht, das Zittern zu unterdrücken. Wischte sich mit einem Papiertaschentuch die schweißnasse Stirn und die Hände ab und hupte kurz. Keine Reaktion. Er wusste genau, dass sie ganz in der Nähe war. Er hatte den Ruf des Engels in ihr gehört, hatte ihre Gegenwart gespürt.

Er hupte noch einmal, rauchte eine Zigarette und hupte erneut. Da tauchte sie auf. Ein Blick in ihr Gesicht sagte ihm: Sie hatte sich eben im Park mit jemandem getroffen, und das Gespräch war ihr unangenehm gewesen. Ihre Augen hatten einen unruhigen Glanz. Er fragte sie, was los sei.

»Mein Klassenlehrer. Er lässt mich nicht in Ruhe, der alte Schwachkopf.«

Das Mädchen war nervös.

»Beruhige dich. Du hast ihm doch gesagt, dass er sich geirrt hat.«

»Er hat mir nicht geglaubt. Außerdem ...«

»Was?«

»Wenn er nun alles in der Schule erzählt oder meine Mutter anruft?«

»Was ist er für ein Mensch?«

»Ein Lehrer eben, russische Sprache und Literatur. Boris Rodezki. Ziemlich alt. Ich hätte nie gedacht, dass der im Netz rumsurft und sich Pornos ansieht.«

»Hast du seine Telefonnummer?«

»Wieso?«

»Ich könnte ihn anrufen und mich als ein Verwandter von dir ausgeben, als dein Onkel zum Beispiel.«

»Ich habe keinen Onkel!«

»Das kann er doch nicht wissen. Sagen wir, ich habe lange im Ausland gearbeitet, bin wieder zurück und möchte gern mal mit ihm reden.«

»Hm, gar keine schlechte Idee. Du könntest sagen, du

wärst der ältere Bruder meiner Mutter. Und wenn es Probleme gibt, soll er lieber dich in die Schule bestellen als meine Mutter. Du kannst ja sagen, du und meine Mutter, ihr wärt zerstritten oder so. Aber wenn es rauskommt? Wenn der alte Sack auf einer Elternversammlung zu meiner Mutter sagt, ihr Bruder hätte ihn angerufen? Was dann?«

»Geht deine Mutter oft zu den Versammlungen?«

»Nein.« Sie verstummte.

Er redete nicht weiter auf sie ein. Er überredete nie jemanden. Nach fünf Minuten reichte sie ihm ihr Telefon.

»Hier, seine Nummer. Willst du sie dir aufschreiben?«

»Ich merke sie mir.«

Plötzlich brach ihm der Schweiß aus. Er sah das rosa Mobiltelefon in Shenjas Hand vor sich, den leuchtenden Display. Wie hatte er das übersehen können? An alles hatte er gedacht. Nur nicht an das Telefon! Sie hatte es in der Hand gehabt, als sie aus dem Auto stiegen.

»Hier wohnt der Wächter, ich muss bei ihm den Schlüssel für das Haus holen.«

»Aber hier ist Wald!«

»Das ist der kürzeste Weg. Wirst gleich sehen. Komm.«

»Nein danke, ich warte lieber im Auto. Es ist kalt.«

Inzwischen war seine Spannung bereits auf dem Höhepunkt. Es kostete ihn enorme Anstrengung, sich nicht zu verraten und sie zum Aussteigen zu überreden. Eine falsche Geste, ein falsches Wort, und sie würde womöglich weglaufen, schreien oder ein vorbeifahrendes Auto anhalten.

»Die Schäferhündin des Wächters hat gerade Welpen, sieben Stück, ganz süß. Ich möchte einen davon haben, aber ich kann mich für keinen entscheiden. Ich brauche deinen Rat.«

Das funktionierte. Sie ging mit. Sie stiegen auf den Hügel, dann hinunter in die Niederung. Er hatte den Ort zuvor genau erkundet und wusste, dass man ihn von der Chaussee aus nicht einsehen und nichts hören konnte.

Wahrscheinlich hat sie das Telefon fallen gelassen, als sie versuchte wegzulaufen. Ja, sie ist sogar losgelaufen und hat geschrien.

Na und? Sie haben das Handy gefunden und sie dadurch rasch identifiziert. Aber der Letzte, mit dem sie telefoniert hat, war ihr Lehrer. Boris Rodezki. Ich habe ja die Liste der eingegangenen Anrufe gesehen. Es ist also alles bestens. Der Kreis hat sich geschlossen.

»Sie schreibt nie das Datum hin, nur die Tageszeit. Nacht«, murmelte der alte Lehrer. »Wie oft ist mir aufgefallen, dass sie im Unterricht schlief? Ja, sie war ständig müde. Trotzdem hat sie sich hingesetzt und Tagebuch geschrieben. Ihrer Schrift sieht man an, dass sie kurz vor einem Nervenzusammenbruch stand. Das Leben dieses Kindes ist eine ewige Nacht, eiskalt, unbehaglich, bewohnt von fleischfressenden Ungeheuern, Kyborgs und Biorobotern. Zu wem wollte sie nur am Sonntagabend? Zu ihrem V. oder zu dem namenlosen Kyborg-Professor? Wer hat im Auto auf sie gewartet und ungeduldig gehupt, zweimal kurz, einmal lang?«

Er sah plötzlich genau vor sich, wie Shenja eine Münze warf, wie sehr sie sich »Kopf« wünschte. Aber sie landete dreimal auf »Zahl«.

Natürlich machte es ihr Angst, dass ihr Lehrer alles wusste und es womöglich allen erzählen würde. Das arme, arme Mädchen! Erst fünfzehn Jahre alt! Ein gewisser Nick, ein älterer Ausländer, schläft seit fast zwei Jahren mit ihr, für Geld. Und dieser V.? Er ist über vierzig und hat auch mit ihr geschlafen. Ist er etwa besser als die anderen, die sie dafür bezahlten? Aber sie liebt ihn, sie will das Kind von ihm zur Welt bringen. Er ist ihre erste Liebe. Natürlich malt sie sich ein Idealbild von ihm, er ist ihr Prinz. Wahrscheinlich ist er ein übler Bursche. Das Mädchen ist psychisch vollkommen kaputt, sie hat so viel Schreckliches, Krankhaftes erlebt. Und niemand steht ihr bei. Sie hat nur dieses Tagebuch.

Wieder schmerzte Rodezkis Herz.

Bloß jetzt kein Anfall, das fehlte noch. Ich muss mal zum Arzt, mit dem Herzen ist nicht zu spaßen. Und einen Brief an meinen Sohn schreiben. Ihm kann ich alles erzählen. Ich kann dieses schwarze Elend nicht für mich behalten. Dieser Mark ist noch schlimmer als die Kunden, die die Kinder missbrauchen. Die Pädophilen können sich noch irgendwie herausreden: Sie sind krank, ihrer schändlichen Leidenschaft hilflos ausgeliefert.

In einem genialen Roman wird die Pädophilie ästhetisch gerechtfertigt. »Lolita« hat die Welt verändert. Wie viele Männer entdecken an sich etwas von Humbert, freudig oder mit Entsetzen, je nachdem? Wie viele Frauen, deren Kindheit von der Lüsternheit solcher Humberts vergiftet wurde, erkennen in dem zugrunde gerichteten Nymphchen sich selbst?

Als Rodezki vor langer Zeit Nabokovs Roman zum ersten Mal las, erschrak er – vielleicht saß auch in ihm diese gräßliche, mörderische Leidenschaft? Vorher wäre ihm so etwas nie in den Sinn gekommen.

Nach »Lolita« ertappte er sich dabei, dass er die Mädchen in der Schule auf einmal mit anderen Augen betrachtete. Die da ist ein Nymphchen, die da nicht. Na und? Jedes Mädchen, ob Nymphchen oder nicht, ist immer noch ein Kind. Es zu berühren oder auch nur lüstern zu betrachten ist schlimmer als zu töten.

Sie kucken sich also Pornoseiten an?

Nein, das tue ich nicht. Ich bin zufällig darauf gestoßen. Ich muss mich nicht rechtfertigen, ich habe nichts getan. Ich arbeite mein Leben lang mit Kindern, und niemand hat mir je etwas vorwerfen können.

Rodezki saß eine Weile regungslos da und lauschte auf die seltsame Totenstille.

Bei Dante herrscht im letzten, dem neunten Kreis der Hölle nicht Hitze, sondern Kälte. Dort, auf dem Grund der

Hölle, liegen Menschen »vom rauhen Froste eingebettet da«. Eiskalte ewige Nacht.

Die ersten Tränen werden hart, und wie
ein gläsernes Visier verbauen sie
*unter den Brau'n die ganze Augenhöhle.**

Er hatte die Verse aus der »Göttlichen Komödie« laut gesprochen und erschrak, wie dumpf und drohend sie klangen.

In den neunten Kreis der Hölle, dorthin, wo selbst Luzifer, »der Kaiser des gequälten Schattenreiches ragte mit halber Brust über das Eis«, auf den untersten Grund der Hölle, stürzen die Seelen noch lebender Menschen. »Er isst und trinkt und kleidet sich.« Ja, genau das ist dieser Pornograph, der Kinder kauft und verkauft – ein lebender Toter.

Das Telefonklingeln zerriss die Stille.

»Hallo, guten Abend. Könnte ich bitte Boris Rodezki sprechen?«, fragte eine unbekannte Männerstimme.

»Am Apparat.«

»Entschuldigen Sie die Störung. Ich heiße Michail, ich bin der Onkel Ihrer Schülerin Shenja Katschalowa.«

Achtzehntes Kapitel

»Vielleicht sollte ich am besten zu Ihnen nach Hause kommen.«

Die Stimme von Shenjas Onkel klang so ruhig und angenehm, dass der alte Lehrer sofort Vertrauen zu ihm fasste. Zudem war der Anruf gerade im rechten Moment gekommen. Nun schien die Situation nicht mehr hoffnungslos, nun gab es einen vernünftigen Erwachsenen, einen nahen Verwandten, mit dem er reden, dem er zumindest einen Teil der Verantwortung für das Mädchen übertragen konnte.

* Dante, Göttliche Komödie; Die Hölle, Dreiunddreißigster Gesang, dt. von Karl Vossler. Anm. d. Ü.

Soll ich ihm das Tagebuch geben? Oder lieber nicht? Sollte ich lieber noch einmal versuchen, mit Shenja zu reden?

Er überlegte: Wenn Shenja tatsächlich entschlossen war, mit diesem Alptraum Schluss zu machen, sollte er das Tagebuch nicht dem Onkel geben. Was, wenn der überhaupt nichts wusste und mit dem Lehrer über etwas ganz anderes sprechen wollte? Über Nachhilfestunden zum Beispiel. Über Shenjas Leistungen und ihr häufiges Fehlen. Für ihn war Shenja womöglich eine ganz normale Fünfzehnjährige, die ohne Vater aufwuchs.

Noch vor kurzem galt eine Schwangerschaft mit fünfzehn als Schande, als Katastrophe. Aber es gab offenkundig wesentlich Schlimmeres. Wahrscheinlich war es besser, wenn die Nachricht von Shenjas Schwangerschaft die größte Erschütterung für ihre Angehörigen und alles andere ungesagt blieb. Das Mädchen hatte beschlossen, ein neues Leben anzufangen. Gott sei Dank. Vielleicht schaffte sie es sogar, zu vergessen. Kinder hatten ein kurzes Gedächtnis, besonders für Schlimmes. Erfuhr aber die Familie davon, würde sie Shenja nicht so leicht vergessen lassen.

Nein, ich gebe dieses Tagebuch niemandem außer Shenja, entschied Rodezki. Ich sage diesem Onkel nichts davon, wenn er nicht selber danach fragt.

Der alte Lehrer legte die Hefte mit den korrigierten und noch nicht korrigierten Aufsätzen auf zwei Stapel und Shenjas Tagebuch in die Schreibtischschublade. Er schrak zusammen und klemmte sich schmerzhaft den Finger ein, als es an der Tür klingelte: Zweimal kurz, einmal lang.

Vor dem Haupteingang der Fernsehstudios in Ostankino drängten sich aufgeregte, durchgefrorene Jugendliche. Sie standen offensichtlich schon lange hier, vielleicht seit dem Morgen, und warteten. Sie wollten an einem der üblichen Wettbewerbe teilnehmen, um singend oder tanzend eine Chance ergattern, ins Showgeschäft einzusteigen. Sie rochen nach Bier, Zigarettenrauch, Kaugummi und Ozon. Die Atmosphäre um sie war elektrisch aufgeladen, man sah förmlich die Funken sprühen.

Der Chauffeur blieb im Wagen sitzen. Olga musste sich allein einen Weg durch die Menge bahnen. Der Aufnahmeleiter erwartete sie drinnen, beim Milizposten. Genau in dem Moment, als sie durch die Glastür trat, wurde die nächste Bewerbergruppe hereingerufen. Sie stürmten los, Olga bekam ein paar Püffe ab. Direkt neben ihr fragte ein Mädchen keuchend: »Hör mal, Swetka, ist Katschalow wirklich nicht in der Jury?«

»Nein. Weißt du nicht Bescheid? Seine Tochter wurde ermordet.«

Zwei etwa vierzehnjährige Mädchen waren neben Doktor Filippowa in der Menge eingekeilt. Das Mädchen, das sich nach Katschalow erkundigt hatte, blieb mit offenem Mund stehen.

»Was? Moment mal, seine Tochter, Shenja Katschalowa, die aus dem Videoclip, die geht in unsere Schule, in meine Parallelklasse.«

»Genau die wurde umgebracht.«

»Quatsch! Ich hab sie doch vor kurzem noch in der Schule gesehen. Wer soll das getan haben und warum?«

»Angeblich ein Psychopath. Oder jemand, der mit ihrem Vater eine Rechnung begleichen wollte. Ist alles möglich. Na, sie ist selber schuld. Sie soll sich ja mit Vaselin eingelassen haben, und der hat einen Haufen Gestörte und Drogensüchtige um sich.«

Die Menge bewegte sich lärmend weiter, und Olga wurde von den Mädchen getrennt.

Da haben wir ja gleich mehrere Hypothesen, dachte Olga. Rache, Erpressung oder das, was im Kriminalistenjargon »Tod infolge der Lebensweise« genannt wird. Meist in Bezug auf Obdachlose, Prostituierte und Drogensüchtige. Die Tochter von Katschalow war natürlich keine Obdachlose. Aber Prostitution und Drogen sind nicht auszuschließen.

Und wenn es doch ein Nachahmer war? Warum nicht? Die Sache vor anderthalb Jahren hatte in der Presse viel Staub aufgewirbelt. Und wo drei Jugendliche getötet wurden, konnte auch eine vierte Leiche auftauchen. Im Showgeschäft war viel Geld im Umlauf, auch kriminelles. Dieser Katschalow stand schon lange auf der Bühne, seit Ende der Siebziger, und hatte bestimmt auch dubiose Beziehungen. Aber wer hätte seine Tochter umbringen sollen? So etwas taten selbst die schlimmsten Banditen nur selten. Entführung, Erpressung, das ja, aber ein Mord, noch dazu ein derartig inszenierter – wozu?

Olga kämpfte sich durch die Menge, und neben ihr tauchte eine lange, dürre Gestalt in Tarnhose und grünem T-Shirt auf.

»Doktor Filippowa? Ich bin der Aufnahmeleiter der ›Ermittlungsgeheimnisse‹. Kommen Sie.«

Wortlos führte er sie durch das Foyer zur Treppe. Olga stieß ständig mit anderen Menschen zusammen, weil in ihrem Kopf wieder einmal ein Dialog mit Moloch ablief. Das heißt, vorerst war es nur ein Monolog. Sie stellte Fragen und erhielt keine Antworten.

Wie konntest du das Handy am Tatort lassen? Verlierst du deine Form? Nicht genug, dass zum ersten Mal ein Opfer identifiziert werden konnte, es ist auch noch die Tochter eines Prominenten. Hast du das gewusst? Wolltest du gerade sie töten, Shenja Katschalowa? Oder konntest du dich nach tatenlosen anderthalb Jahren nicht mehr beherrschen, und es war dir egal, dass man dich leichter finden kann, wenn das Opfer identifiziert ist? Oder hältst du dich für unverwundbar?

Der Sendeleiter stakste auf seinen Storchenbeinen voran, bahnte Olga den Weg zur Garderobe und verschwand.

Der Maskenbildner, ein femininer junger Mann, begrüßte sie.

»Na, dann wollen wir mal das Gesicht machen, ja?«, flötete er, hob Olgas Kopf an und warf ihr mit einer schwungvollen Bewegung einen Umhang um.

Im Spiegel erschien das Gesicht des Moderators Mischa Ossipow. Auch er wurde geschminkt, und um keine Zeit zu verlieren, versorgte er Olga dabei mit den Informationen, die sein Team zusammengetragen hatte.

Auf einem Tisch lagen, mit rosa Puder bestäubt, Fotos des toten Mädchens. Die hatten sie dem Nachrichtenkorrespondenten abgekauft, der als Erster am Tatort gewesen war. Die Fotos waren nicht sehr gut, aber Olga erkannte den typischen Glanz der Haut vom Babyöl, zusammengedrehte Rastazöpfe und ein glattrasiertes Schambein.

Ein paarmal war auch Dima Solowjow im Bild, ziemlich verwaschen, aber Olga sah, wie düster und konzentriert er war.

»Katschalow hat sechs Kinder von verschiedenen Frauen. Shenja hat in einem seiner Videoclips mitgespielt. Vielleicht kennen sie ihn sogar, er läuft ziemlich oft. Er heißt »Sei nicht traurig, Kätzchen«.

»Nein, den habe ich nicht gesehen.«

»Wir zeigen ihn im Vorspann zur Sendung. Sagt Ihnen der Name Vaselin etwas?«

»Ja. Vor einigen Monaten wurde bei mir ein Junge mit akuter Psychose eingeliefert, ein Fan dieses Sängers.« Olga runzelte die Brauen, und der Maskenbildner klopfte gegen ihre Stirn.

»Sie behindern meine Arbeit!«

»Entschuldigen Sie.« Olga lächelte, und der Maskenbildner versetzte ihr einen leichten Klaps auf die Lippen.

»Schon wieder. Können Sie bitte mal drei Minuten stillhalten? Und bitte die Augen schließen.«

Olga fügte sich, verstummte, senkte die Lider und spürte, dass sie einschlief. Es war ein langer, anstrengender Tag gewesen. Sie war seit halb acht auf den Beinen, und jetzt war es zehn Uhr abends.

»Tatsächlich? Können Sie davon etwas ausführlicher erzählen?«, hörte sie Mischa fragen.

»Bitte.« Olga bemühte sich zu sprechen wie ein Bauchredner, ohne die Lippen zu bewegen. »Marik stammt aus einer gebildeten Moskauer Familie. Achtzehn Jahre alt, seit dem vierzehnten Lebensjahr drogenabhängig. Ständig in Nachtklubs unterwegs. Schließlich Nervenzusammenbruch, Suizidversuch. Die ersten Tage hat er mich genervt mit Songs über Blut, Kot und Menschenleber. Ich glaube, er kannte das ganze Repertoire auswendig. Aber dann vergaß er alles und fiel in die Kindheit zurück, als würde er das Leben von neuem beginnen.«

»Wie finden Sie die Texte?«

»Widerlich. Ich dachte erst, Marik phantasiert in Reimen.«

»Wie beurteilen Sie als Ärztin diese Texte? Halten Sie Vaselin für psychisch gesund?«

»Aber Mischa, ich habe ihn noch nie gesehen. Wie kann ich da eine Diagnose wagen?«

»Was meinen Sie, wäre ein Mensch, der auf derart höhnische, parodistische Weise raffinierte sadistische Morde beschreibt, selbst fähig zu töten? Seine Gedanken, seine Phantasien kreisen schließlich ständig darum. Könnten diese Phantasien nicht eines Tages Wirklichkeit werden?«

»Theoretisch schon.« Olga öffnete endlich die Augen und erkannte sich im Spiegel nicht.

Ein Vamp sah sie an. Der Maskenbildner hatte sich wirklich Mühe gegeben. Die Augen waren blauschwarz umrandet, der Rest war weiß, von unten zu den Wangenknochen, von oben bis zu den Augenbrauen, die ebenfalls weiß geschminkt waren und so gleichsam verschwanden. Ihre Lippen waren fleischig, blutrot und schwarz umrandet. Gekrönt wurde diese Pracht durch hochtoupierte Haare.

»Sehr lebendig, finde ich«, sagte der Maskenbildner.

Olga starrte eine Weile stumm in den Spiegel, dann fing sie an zu lachen. Die Tränen spritzten, und die blauschwarzen Lidschatten liefen über die weißen Wangen.

Sie konnte nicht aufhören, griff nach einem Schminktuch und schnäuzte sich.

»Was machen Sie da?« Der Maskenbildner stieß ihre Hand beiseite und wollte die Schäden reparieren.

»Nein, nicht«, prustete Olga. »Ich möchte mich waschen.«

Mischa, der längst fertig geschminkt war, rauchte und redete weiter.

»Stellen wir uns einen Augenblick vor, Vaselin wäre der Mörder. Was halten Sie davon? Nein, nein, in der Sendung werde ich das natürlich nicht sagen, aber es wäre toll, wenn ich Ihren Patienten filmen dürfte, diesen Marik. Ich denke an eine Serie darüber, wie die moderne Unterhaltungsindustrie von Pop bis Internet die Menschen verrückt macht, besonders Jugendliche. Aber auch die Hausfrauen, die süchtig sind nach Serien und Talkshows, sind ja nicht ganz normal.«

»Wie – waschen?«, fragte der Maskenbildner mühsam beherrscht.

»So kann ich nicht vor die Kamera. Entschuldigen Sie.«

»Sind Sie verrückt? Ich habe aus nichts ein Gesicht gemacht, aus absolut nichts!« Der Maskenbildner kreischte geradezu. »Sie zerstören meine Arbeit! Als ob Sie etwas davon verstehen würden!« Er rannte hinaus und knallte die Tür zu.

»Kinder, in drei Minuten ist Aufnahme«, rief jemand.

Olga wischte sich rasch die Schminke ab, puderte sich notdürftig und zog sich die Lippen nach.

»Ja, viel besser.« Mischa stand auf und betrachtete sie wohlwollend. »Kommen Sie, es ist so weit. Ach ja, was ich noch sagen wollte: Erwähnen Sie die Kinderporno-Hypothese vorerst nicht. Shenja ist die Tochter von Katschalow, er ist ein bekannter Mann mit Beziehungen zu Banditen, Oligarchen und Politikern. Er könnte uns einen Anwalt auf den Hals schicken. Wir reden einfach allgemein über Serienmörder.«

Vor Rodezki stand ein großer Mann in einem offenen hellen Mantel. Darunter trug er einen guten Anzug und Krawatte. In der Hand eine Aktentasche aus weichem schwarzem Leder. Dunkles, graumeliertes Bärtchen, Schnurrbart, getönte

Brillengläser. Er keuchte ein wenig. Wahrscheinlich war er zu Fuß in den dritten Stock gelaufen. Ein angenehmes Lächeln, die großen Zähne blitzten weiß unter dem Schnurrbart hervor. Ein seriöser, anständiger Mann.

»Guten Abend, entschuldigen Sie den Überfall. Ich fürchtete, mich zu verspäten, aber es gab keine Staus, darum bin ich eine halbe Stunde zu früh. Wenn man in Moskau mit dem Auto unterwegs ist, verschätzt man sich dauernd. Haben Sie einen Wagen?«

»Ja, aber ich benutze ihn selten. Meine Schule ist ganz in der Nähe, da gehe ich lieber zu Fuß. Mit dem Auto fahre ich nur manchmal zur Datscha, aber seit dem Tod meiner Frau war ich kaum dort. Kommen Sie bitte herein. Nein, nein, behalten Sie die Schuhe ruhig an.«

Der Gast nickte und zog den Mantel aus. Rodezki bot ihm einen Sessel im Wohnzimmer an und setzte sich ihm gegenüber.

»Wo haben sie ihn?«, fragte der Gast, noch immer lächelnd.

»Wen?«

»Ihren Wagen.«

»Direkt unterm Fenster.«

»Ach!« Der Gast stieß einen leisen Pfiff aus und schüttelte den Kopf. »Haben Sie keine Angst?«

»Um meine alte Kiste? Es ist ein Shiguli.«

Das Gespräch mit dem Fremden fiel ihm leicht, als würden sie sich schon lange kennen. Es war gut, dass er erst einmal über Nebensächliches redete, über Staus und Parkplatzprobleme.

»Ich war lange nicht in Moskau, ich habe im Ausland gearbeitet und bin erst seit kurzem wieder hier, und nun kriegt man nirgends mehr einen Parkplatz. Früher war vor meinem Haus massenhaft Platz, aber heute ist alles zugeparkt, besonders abends. Übrigens – ich habe vor Ihrem Haus gar keinen Shiguli gesehen.«

»Er steht auf der anderen Seite, auf der Straße, direkt unterm Balkon.« Rodezki stand auf und öffnete die Balkontür.

Der Gast ging mit ihm hinaus und beugte sich über die Brüstung. Vom dritten Stock aus war das Auto im Licht einer Straßenlampe gut zu sehen.

»Der Rote da?«

»Nein, der Grüne.«

»Hat er wenigstens eine Diebstahlsicherung?«

»Die habe ich ausgebaut. Sie hat sich dauernd von selbst eingeschaltet und nächtelang geheult.« Rodezki fröstelte und schloss die Balkontür. »Es ist kalt, der Frühling lässt auf sich warten. Einen Tee vielleicht oder einen Kaffee?«

»Danke. Zu einem Tee sage ich nicht nein.«

Als Rodezki mit einem Tablett aus der Küche zurückkam, betrachtete der Gast die Fotos an der Wand.

»Ihre Schüler?«

»Ja.«

»Vollkommen andere Gesichter.« Der Gast schüttelte den Kopf. »Die Schulabgänger der Siebziger und Achtziger sehen ganz anders aus als die heute. Finden Sie nicht?«

»Doch, Sie haben recht, es sind verschiedene Generationen. Aber jede Generation hat ihr Gutes und ihr Schlechtes. Am schwersten hatten es die Schulabgänger Ende der Achtziger, als alles auf den Kopf gestellt wurde. Der Wert der Bildung sank rapide, die jungen Leute meinten, wozu noch lernen, wenn man als Verkäufer in einem Privatgeschäft mehr verdient als ein Professor?«

»Ja, das war eine schlimme Zeit.« Der Gast seufzte und ließ sich in einem Sessel nieder. »Aber heute ist es nicht besser. In mancher Hinsicht sogar schlechter. Schuld daran sind wie immer die Erwachsenen, und die Kinder leiden darunter.«

Rodezki schenkte Tee ein. Der Gast räusperte sich plötzlich nervös und leckte sich die Lippen.

»Es ist furchtbar, wenn Kinder leiden. Das Leben ist manchmal schlimmer als der Tod. Schmutz, Gemeinheit und Verderben. Man muss die Kinder retten, solange sie noch klein sind, solange noch etwas Reines, Helles in ihnen ist.«

Seine Stimme klang nun dumpf und heiser, auf seiner Stirn glänzten Schweißperlen. Seine Augen konnte Rodezki hinter den Brillengläsern nicht sehen, aber ihm schien, dass sie geschlossen waren und der Gast sich in einer Art Trance befand. Das wirkte seltsam, ja, ein wenig lächerlich.

»Ist Ihnen nicht gut, Michail?«

»Wie? Was?« Der Gast schüttelte sich und richtete sich auf. Seine Hände ruhten auf den Knien.

»Sie wollten mit mir über Shenja sprechen«, erinnerte ihn der alte Lehrer sanft.

»Verzeihen Sie. Ich bin aufgeregt. Ich weiß nicht recht, wie ich anfangen soll.« Er räusperte sich noch einmal, dann klang seine Stimme wieder normal. »Wie gesagt, ich habe lange im Ausland gearbeitet. Nun bin ich wieder in Russland und musste erfahren, dass meine Nichte sich in einer katastrophalen Lage befindet. Bei den Verhältnissen, die in der Familie herrschen, kann Shenja weder mit ihrer Mutter noch mit ihrem Vater darüber reden.«

Er runzelte die Stirn, wischte sich den Schweiß ab, griff nach dem Brillenbügel, als wollte er die Brille abnehmen, tat es jedoch nicht.

»Trinken Sie Ihren Tee, regen Sie sich nicht so auf«, ermunterte ihn der alte Lehrer.

»Sie haben gut reden – nicht aufregen. Haben Sie Kinder?«

»Einen Sohn. Er ist erwachsen, lebt in Amerika.«

»Ich habe niemanden außer Shenja. Ich bin natürlich selber schuld. Ich hätte nicht so lange wegbleiben dürfen. Während ich weg war, ist Shenja in eine furchtbare Situation geraten. Sie hat mir alles erzählt. Sie lässt sich in Kinderpornos filmen und bedient pädophile Kunden. Für Geld.«

Der Gast senkte den Kopf und presste die Hände auf die Schläfen. Rodezki trank einen Schluck Tee. Der Gast hatte seine Tasse nicht angerührt.

»Ich weiß«, sagte der Lehrer.

»Ja, sie hat mir erzählt, dass Sie Bescheid wissen. Nun hat sie noch mehr Angst – sie fürchtet, Sie könnten es in der Schule erzählen und ihre Mutter anrufen. Wissen Sie, sie möchte damit Schluss machen. Schluss machen und vergessen, ein neues Leben anfangen. Verstehen Sie, wovon ich rede?«

»Ja, natürlich. Ich werde niemandem in der Schule etwas sagen. Die Mutter wollte ich allerdings anrufen.«

»Aber Sie haben es noch nicht getan?«

»Nein. Sagen Sie, wenn ich richtig verstanden habe, sind Sie der Bruder von Shenjas Mutter?«

»Ja. Der ältere Bruder. Ich bin sehr viel älter als Nina, ich war für sie eine Art Vaterersatz. Aber in den letzten Jahren hat sich unser Verhältnis verschlechtert. Sie hat sich von mir losgesagt und behauptet, sie hätte keinen Bruder.«

»Ach ja?« Rodezki schüttelte mitfühlend den Kopf.

»Ja, leider. Auf Außenstehende wirkt das bestimmt lächerlich. Für Shenja war der Bruch zwischen uns übrigens ein zusätzliches Trauma. Was meinen Sie, warum ihr das alles passiert ist? Weil es in ihrer Familie von Anfang an ständig Konflikte gab. Ihr Vater ist ein Nichts, ein lüsternes Tier. Er hat Nina verlassen, als Shenja noch ganz klein war. Nina fing an zu trinken. Ich bitte Sie, rufen Sie auf keinen Fall Nina an, sie ist sehr labil und unberechenbar, sie könnte wer weiß wie reagieren, bis hin zum Suizid.«

»Angenommen, ich rufe sie nicht an – könnte sie es nicht trotzdem irgendwie erfahren?«

»Woher? Shenja würde es ihr niemals erzählen.«

»Ich habe es ja auch erfahren«, erinnerte ihn Rodezki, »rein zufällig, ich bin im Internet auf ihr Bild gestoßen.«

»Nina benutzt kein Internet. Sie hat schlechte Augen. Apropos Zufall. Da ist noch ein unangenehmes Detail. Es fällt mir schwer, es auszusprechen.« Der Gast warf einen raschen Blick auf die Uhr, stand auf und lief im Zimmer auf und ab.

»Nun reden Sie schon.« Der alte Lehrer versuchte ein Lächeln, doch es wurde eine Grimasse.

»Haben Sie sich am Abend im Park vor dem Kasino mit ihr getroffen?«

»Ja, aber …«

»Sie haben Sie zu einem Rendezvous bestellt.« Der Gast sprach schnell und hart, als verhöre er Rodezki. »Sie haben ihr gedroht, wenn sie nicht zu Ihnen nach Hause kommen wolle, würden Sie der Schuldirektorin von der Pornoseite erzählen.«

»Das ist eine Lüge! Wir haben über etwas ganz anderes gesprochen!« Der Lehrer klammerte sich so fest an die Armlehnen, dass seine Fingerknöchel weiß wurden.

»War außer Ihnen jemand bei dem Gespräch zugegen?«

»Nein.«

»Es war also keine Menschenseele in der Nähe?«

»Hinter den Büschen, draußen vorm Park, stand ein Auto.«

»Was für ein Auto? Haben Sie es gesehen?«

»Nur das Scheinwerferlicht. Es war schon dunkel.«

»Nicht die Farbe, den Typ, die Autonummer?«

»Nein. Hören Sie, ich verstehe nicht …«

»Haben Sie mit Shenja über die Pornoseite gesprochen?«

»Ja, aber ich habe ihr nicht gedroht, im Gegenteil …«

»Sie brauchen sich nicht zu rechtfertigen.« Die Stimme des Gastes klang nun wieder sanft und freundlich. »Ich glaube Ihnen. Ihnen und nicht Shenja. Hätte ich auch nur einen Augenblick an Ihrer Anständigkeit gezweifelt, wäre ich jetzt nicht hier. Shenja war vollkommen hysterisch. Ich habe versucht, sie zu beruhigen, vergeblich. Sie sagte, sie wolle nicht mehr leben, alle Männer seien lüsterne Schweine. Und dann sprach sie von Ihnen. Dass Sie auch … Wie soll ich sagen – dass Sie sich auf ganz bestimmte Weise für sie interessieren würden, nicht als Lehrer. Entschuldigen Sie. Ich hielt es für meine Pflicht, Sie zu warnen.«

»Zu warnen? Wovor?«, fragte Rodezki, löste die Hände von den Sessellehnen, griff nach seiner Tasse, trank einen Schluck Tee, verschluckte sich und hustete.

»Davor, dass Shenja vor nichts haltmacht. Sie ist hart und

aggressiv geworden. Sie will sich an der ganzen Welt rächen. Sie könnte Sie öffentlich beschuldigen oder in der Schule ein Gerücht verbreiten. Vielleicht hat sie schon einer Freundin etwas geflüstert.«

»Was? Was soll sie geflüstert haben?«

»Was auch immer. Sie geben Shenja doch Nachhilfestunden bei sich zu Hause?«

»Aber doch nicht nur ihr.«

»Na sehen Sie! Also werden auch andere Kinder das bestätigen. Halbwüchsige Mädchen bilden sich gern ein, dass jeder erwachsene Mann sich sexuell für sie interessiert. Aber wem erzähle ich das, Sie als Pädagoge mit langjähriger Erfahrung wissen das natürlich.«

»Sie sind ja verrückt!« Rodezki stand abrupt auf. »Ich arbeite seit siebenunddreißig Jahren in der Schule, ich bin Verdienter Lehrer!«

»Beruhigen Sie sich!« Der Gast trat auf ihn zu und schaute ihm durch seine rauchigen Gläser in die Augen. »Warum sind Sie so nervös? Wie gesagt, ich hege nicht den geringsten Verdacht gegen Sie. Sie mit Ihrer pädagogischen Erfahrung, mit Ihrer Autorität sind über jeden Zweifel erhaben. Zumal es ja keinerlei Beweise gibt. Sie sind zufällig auf die Pornoseite gestoßen. Wer käme schon auf die Idee, dass Sie gezielt nach diesem Dreck gesucht haben, dass der Anblick eines nackten Mädchens, Ihrer Schülerin, in Ihnen andere Gefühle auslöst als Entsetzen und Empörung? Machen Sie sich keine Gedanken. Es gibt keine Beweise. Nur Gerüchte, Geflüster hinterm Rücken.«

»Hören Sie, ich verstehe nicht, warum sagen Sie das? Was für Gerüchte?«

Der Gast wich langsam zurück in den Flur, noch immer redend und lächelnd. Er stellte die Aktentasche auf den Boden, nahm seinen Mantel von der Garderobe, zog seine Handschuhe an, griff nach der Aktentasche und öffnete die Tür. Der alte Lehrer stand mitten im Zimmer und sah ihn an.

»Ich hielt es einfach für meine Pflicht, Sie zu warnen, aus Respekt vor Ihnen. Alles Gute. Passen Sie auf sich auf.«

Die Tür klappte zu. Rodezki stand noch eine Weile reglos, bis ein Asthmaanfall ihn zwang, ins Bad zu laufen, zu seinem Spray.

Neunzehntes Kapitel

»Doktor Filippowa, in den Massenmedien heißt es immer, im 21. Jahrhundert würde die Zahl der Serienmörder anwachsen. Was meinen Sie dazu?«

»Wir sollten zunächst die Terminologie klären. Serienmörder ist ein weiter Begriff. Jede Art von mehrfachem Mord, ob von einem Einzelnen begangen oder von einer Gruppe, kann man als Serie bezeichnen. Auch Auftragsmorde und Raubmorde sind eine Serie.«

»Ein Auftragskiller ist also ein Serienmörder.«

»Ja. Aber kein Triebtäter. Obwohl die Grenzen fließend sind. Ein Auftragsmörder kann beim Morden durchaus Befriedigung empfinden, ebenso ein Raubmörder. Übrigens geht sexuelle Gewalt mitunter auch mit Raub einher. Welches Motiv den Täter dabei stärker antreibt, ist schwer zu sagen. Jemandem sein Eigentum nehmen. Jemandem das Leben nehmen. Jemanden demütigen, misshandeln. Dahinter stehen vor allem Neid, Hass auf den anderen, der etwas besitzt, das man selbst nicht hat.«

»Triebtäter sind also vor allem neidisch?«

»Ja. Wie jeder Mörder von Kain an. Mord ist die äußerste, letzte Stufe von Neid. Und Neid ist das älteste aller Motive.«

»Aber in vielen Fällen sind die Opfer doch Prostituierte, Trinker, Drogensüchtige, Menschen vom unteren Rand der Gesellschaft, während der Mörder relativ gutsituiert ist und sozial weit über seinen Opfern steht. Worauf also sollte er neidisch sein?«

»Solche Täter haben eine andere Logik. Ihr Neid gilt dem

Leben, einer geheimnisvollen Energie, an der es ihnen mangelt. Dass sie sich ihre Opfer oft in den untersten Schichten suchen, hat einen ganz banalen Grund: Das ist einfacher und weniger gefährlich. Prostituierte sind in der Gesellschaft nahezu schutzlos. Sie sind leichter zu töten. Sich einem Unbekannten weitgehend auszuliefern gehört zu ihrem Beruf. Prostituierte leben oft nicht in ihrer Heimatstadt, sondern weit weg von ihren Angehörigen. Wenn eine Prostituierte verschwindet, wird sie selten vermisst, die Identifizierung ist oft schwierig. Übrigens vertreten amerikanische Kriminologen die These, jeder Mann, der regelmäßig Prostituierte aufsucht, sei ein verdeckter Psychopath oder, wie sie es nennen, ein Soziopath. Er neige zu Gewalt und Dominanz. Bei normalen Frauen fühle er sich unsicher, habe Angst, Schwäche zu zeigen, und vertrage keine Kritik.«

»Und was ist mit den missionarischen Psychopathen? Die glauben, sie reinigten die Gesellschaft vom Schmutz?«

»Die missionarische Idee ist ein sogenanntes Stellvertretermotiv. Genau wie Raubmord übrigens. Im Vordergrund steht immer das Töten, die Ekstase. Die persönliche Bereicherung oder die soziale Mission dienen als eine Art Begründung. Psychopathen sind in der Regel Megalomanen, das heißt, sie leiden an Größenwahn und möchten in den eigenen Augen gut dastehen. Ein Missionar stammt fast immer aus einem gebildeten Umfeld, hat studiert. Er möchte als ein uneigennütziges, höheres Wesen gelten. Doch genau wie dem Raubmörder geht es ihm um das Töten.«

»Aber es gibt doch bestimmte Typologien, jedenfalls im Westen.«

»Es gibt Versuche, solche Typologien zu erarbeiten, aber die Realität stellt sie immer wieder in Frage. Es kommt vor, dass Kriminologen und Psychiater zum Beispiel davon ausgehen, der gesuchte Täter sei auf jeden Fall jung und die Neigung zu Gewalt habe sich bereits in der Kindheit gezeigt, und dann stellt sich heraus, dass der Täter um die fünfzig oder gar sechzig ist.

Bei uns in Russland gab es einen bekannten Fall, bei dem der Täter erst mit fünfundsechzig anfing zu töten und die Leichen zu zerstückeln. Bis dahin war er gesund und sozial angepasst; alle, die ihn kannten, beschrieben ihn als freundlichen, gutherzigen, bescheidenen Mann. Auch die Thesen von der schwierigen Kindheit, vom psychischen Trauma und vom Schädeltrauma stimmen nicht. Es gibt Triebtäter mit vollkommen normaler Kindheit und ohne jedes Trauma. Und andererseits führen Millionen Menschen mit erlittenen Traumata und schwieriger Kindheit ein friedliches Leben und werden nicht zu Mördern. Überhaupt – was nützen all diese Theorien und Typologien? Erst vor kurzem hat in Wologda ein Psychopath ein achtjähriges Mädchen vergewaltigt und getötet. Er konnte bereits Stunden später gefasst werden. Und wissen Sie, warum? Er kam gerade aus der Haftanstalt. Er hatte wegen Vergewaltigung eines drei Monate alten Kindes gesessen und wurde wegen guter Führung vorzeitig entlassen.«

»Schauen wir uns nun erst einmal den Beitrag an, den unser Reporter vorbereitet hat.«

Mischa lehnte sich entspannt zurück. Der Videoclip »Sei nicht traurig, Kätzchen!« wurde fast in voller Länge gezeigt. Dann folgten vergrößerte Fotos von der Leiche des Mädchens. Nur mit Mühe war darauf die Heldin des Clips zu erkennen. Aus dem Off berichtete der Reporter, wie man die Tote gefunden hatte, die junge Zeugin war zu sehen, einige Szenen aus dem Kriminalreport vom Morgen, der blasse Dima Solowjow; dann verdeckte eine Hand die Kamera, und eine leise, heisere Stimme sagte: »Kein Kommentar! Bitte behindern Sie nicht unsere Arbeit.«

Anschließend folgte eine Montage aus Amateurvideoaufnahmen. Shenja Katschalowa mit sechs, mit sieben, mit zehn Jahren. Ihre Mutter, eine große schlanke Blondine. Kindergeburtstag. Ein großer Plüschteddy, eine Torte mit Kerzen. Ein Tonstudio, Shenja mit Kopfhörern vorm Mikrophon, das lächelnde Gesicht ihres Vaters, ein Stück aus dem Song. Dann wieder ein Foto der nackten Leiche. Und die Stimme des Reporters: »Unmöglich, sich Shenja tot vorzustellen. Das ganze Land kennt und liebt sie. Wie viele wunderbare Songs hätte sie noch singen können? Shenjas Mörder ist noch auf freiem Fuß. Es ist nicht auszuschließen, dass Shenja nicht sein erstes und nicht sein letztes Opfer war. Unsere Sendung wird die Ermittlungen aufmerksam verfolgen.«

»Ich erinnere Sie noch einmal daran, zu Gast im Studio ist heute eine ständige Beraterin unserer Sendung, die Psychiaterin und habilitierte Medizinerin Olga Filippowa. Olga, wir haben eben über Serienmörder gesprochen. Was meinen Sie, haben wir es bei dem Mord an Shenja Katschalowa mit einem Serientäter zu tun?«

»Dazu lässt sich vorerst nichts Konkretes sagen. Ja, es gibt Hinweise auf einen sexuellen Charakter der Tat. Der entblößte Körper, das Babyöl.«

»Ich erinnere mich, dass es vor anderthalb Jahren ähnliche Fälle gab. In einem Zeitraum von sechs Monaten wurden drei Jugendliche getötet, zwei Mädchen und ein Junge. Genau wie Shenja wurden sie in einem Waldstreifen zwanzig Kilometer entfernt vom Moskauer Stadtring gefunden. Übrigens wurden die Opfer bis heute nicht identifiziert. Und der Mörder läuft noch frei herum. Vielleicht ist es derselbe?«

»Das ist nicht auszuschließen. Allerdings könnte es sich auch um eine Nachahmungstat handeln.«

»Das heißt?«

»In der Kriminalgeschichte hat es immer wieder Nachahmer von Serientätern gegeben, besonders, wenn in den Massenmedien viel über sie berichtet wurde. Mitunter wird die Handschrift eines Serientäters imitiert, um die wahren Motive zu verschleiern: Rache, Entführung mit dem Ziel der Erpressung. Bei den ersten drei Opfern handelte es sich um sogenannte soziale Waisen. Niemand hat sie gekannt oder vermisst. Shenja Katschalowa gehört eindeutig nicht in diese Kategorie. Offensichtlich ist bisher nur, dass sie ihren Mörder kannte und ihm vertraute. Er hat den Mord geplant, er hatte das Babyöl dabei, Handschuhe, eine Schere, um die Haare abzuschneiden, und vielleicht sogar ein Nachtsichtgerät.«

»Was meinen Sie – ist das Babyöl ein Ritual? Oder ein notwendiges Element für die sexuelle Erregung? Womöglich etwas, das mit Kindheitserinnerungen zu tun hat? Eine Art Symbol? Der Täter ist vermutlich pädophil?«

»Neben dem rituellen und dem sexuellen Aspekt hat das Öl auch eine ganz pragmatische Seite – es vernichtet Spuren. Der Mörder hinterlässt am Körper des Opfers immer Hautpartikel, Haare oder Körperflüssigkeit – Speichel, Schweiß, Blut, Sperma. Das Öl erschwert eine DNA-Analyse oder macht sie sogar unmöglich.«

»Aber solche Details kann doch nur ein Fachmann wissen! Wollen Sie sagen, dass der Mörder etwas von Kriminalistik versteht?«

»Informationen dieser Art sind jedermann zugänglich. Es gibt Fachliteratur, das Internet. Manche Psychopathen entwickeln ein großes Interesse für Kriminalistik, für Gerichtsmedizin und Chemie.«

»Wissen Sie, Olga, ich überlege mir gerade, dass wir beide womöglich gerade einen Mörder instruieren. Beim nächsten Mal wird er vielleicht ebenfalls eine Flasche Öl mitnehmen, um Spuren zu beseitigen.«

»Sie haben recht, bei Mordfällen mit sexuellem Hintergrund ist es manchmal besser, nicht zu viel darüber zu reden. Oft suchen die Täter die Aufmerksamkeit, wollen sich in den Nachrichten sehen. Wir sollten ihre Eitelkeit nicht unnötig anstacheln. Mitunter ist der Wunsch nach Ruhm das Hauptmotiv für einen Mord, und es kommt zu einer Kettenreaktion. Amerikanische Spezialisten sprechen derzeit von ganzen Mordepidemien, die durch Aufsehen in den Medien ausgelöst wurden. Aber manchmal funktioniert es auch umgekehrt. Professor Guschtschenko hat einmal in einer Livesendung einen Täter praktisch überführt. Der Mörder hatte im Studio angerufen, und Guschtschenko konnte ihn zu einem indirekten Geständnis bewegen.«

»Ja, ich erinnere mich an diesen Fall. Übrigens, das wollte ich Sie noch fragen – warum wurde die Gruppe von Professor Guschtschenko eigentlich aufgelöst? Warum scheiterte der Versuch, bei uns ein ähnliches Profiling-System zu installieren wie beim FBI? Sind unsere Psychologen und Psychiater etwa schlechter als die in Amerika? Können wir nicht ebenso professionelle Täterprofile erstellen und das Verhalten von Tätern vorhersagen? Immerhin hat die Gruppe in den fünf Jahren ihres Bestehens einiges erreicht.«

»Das müssen Sie nicht mich fragen. Es gab einen Wechsel an der Spitze des Ministeriums, und die Gruppe wurde nicht mehr finanziert.«

»Aha, ich verstehe. Das Übliche. Stupide Beamtenwillkür. Olga, unser Team hat die Absicht, im Mordfall Shenja Katschalowa eigene unabhängige Recherchen anzustellen. Ich lade Sie ein, dabei mitzuwirken.«

Im Umkreis des alten Lehrers, in seiner schäbigen Wohnung, waren deutlich die Stimmen von Engeln zu hören gewesen. Engel schauten von den Wänden herab, von den Fotos der Abschlussklassen. Der Lehrer war einer von denen, die Kinder an den Abgrund lockten. Jahrelang nährte er in ihnen die Illusion, es gäbe ein Leben da draußen, wo es doch nur Lüsternheit, Fäulnis und Gestank gab.

Der Wanderer hätte den Lehrer gern getötet. Beinahe hätte er die Beherrschung verloren und sich verraten; in den Augen des halbtoten, aber noch immer gefährlichen Hominiden war kurz das kalte Feuer des Verdachts aufgeblitzt.

Der kosmetische Kleber spannte die Haut an Kinn und Oberlippe. Er hätte den künstlichen Bart gern abgenommen, aber er musste sich gedulden; diese langwierige Prozedur konnte er nur zu Hause erledigen, und anschließend musste er sein Gesicht mit einer speziellen Lotion einreiben.

Er hatte seit seiner Kindheit eine empfindliche Haut, sie reagierte äußerst sensibel auf Tastreize, als fehle die äußere Schutzschicht. Der Hemdkragen hinterließ eine rote Spur am Hals, in der Leiste hatte er juckende dunkelrote Narben von der Naht der Satinunterhosen, die noch immer nicht verheilt waren, obwohl er seit Jahren nur noch die teuerste weiche Unterwäsche trug.

Als Kind war er oft zu warm angezogen und ständig gefüttert worden. Seine Großmutter und seine Mutter hatten im Krieg viel gehungert.

Er war als Siebenmonatskind zur Welt gekommen und anfangs so blau gewesen, dass seine Mutter ihn im ersten Moment für schwarzhäutig hielt.

Seine Mutter war eine anständige, stille Frau, arbeitete als Ökonomin im Ministerium für Schwerindustrie und bewohnte zusammen mit ihrer Mutter ein kleines Zimmer in einer Gemeinschaftswohnung in einem alten Haus unweit vom Platz der drei Bahnhöfe.

Die große, linkische Frau mit den dicken Fesseln war daran gewöhnt, von den Männern ignoriert zu werden. In ihrer Generation waren die Männer ohnehin knapp, Krieg und Straflager hatten Gleichaltrige und Ältere vernichtet.

Sie hätte gern ein Kind gehabt, und kurz bevor sie vierzig wurde, war dieser Wunsch zu einer richtigen Manie geworden.

Es war das Jahr 1946. Ein heißer, feuchter Mai ging zu Ende. Kurze Gewitter, das Rascheln frischer grüner Blätter, die ersten Absatzschuhe nach dem Krieg, ein leuchtendes Kleid aus Crêpe de Chine. Das hatte sie sich auf einer alten Singer-Nähmaschine selbst genäht, aus einem Stück Stoff, das wundersamerweise in der Truhe der Mutter überlebt hatte. Vorm Schlafengehen wickelte sie ihre Haare auf Lockenwickler aus Mull, morgens schminkte sie sich die Lippen und besprühte sich den Hals mit dem Parfüm »Roter Mohn«. Am dritten Juni wurde sie vierzig. Genau in einer Woche.

Die Geschichte der schicksalhaften Begegnung mit dem Mann, der sein biologischer Vater werden sollte, wurde dem Jungen von Jahr zu Jahr anders erzählt und durch immer neue Details ergänzt.

Mal hieß es, er sei Flieger gewesen, er und seine Mutter hätten sich noch vor dem Krieg kennengelernt, aber nicht mehr heiraten können, weil er an die Front musste. Im Mai 1946 seien sie sich wiederbegegnet, aber nur für einen Tag. Er habe auch nach dem Sieg weiterkämpfen müssen, habe nur einen kurzen Urlaub bekommen und sei kurz darauf gefallen.

Dann wieder war er Aufklärer, streng geheim, tief im feindlichen Hinterland, oder aber U-Boot-Kapitän – Ferner Osten, Port Arthur, Schädelkontusion.

Die Wahrheit erfuhr er mit fünfzehn aus einem Küchengespräch.

Am dreißigsten Mai war seine Mutter sehr spät aus ihrem Ministerium nach Hause aufgebrochen. Zu Fuß ging sie durch einsame Straßen und Höfe. In der Metro hatte ein junger Mann sie angestarrt und war ihr gefolgt, und an einem stillen dunklen Ort, auf einer unbebauten Brache, überfiel er sie, versetzte ihr einen Schlag auf den Kopf und würgte sie. Sie verlor das Bewusstsein und konnte nicht einmal schreien. Im Morgengrauen las eine Milizstreife sie auf. Die Handtasche mit den Lebensmittelkarten war gestohlen, ebenso ihre Schuhe und ihre billige Korallenkette. Die Verletzungen waren nicht weiter schlimm; bereits nach einer Woche ging sie wieder arbeiten. Nach einem Monat stellte sie fest, dass sie schwanger war.

Abtreibungen waren damals verboten. Natürlich hätte sie mit einer Bescheinigung von der Miliz eine Genehmigung erwirken können, aber das wollte sie nicht. Sie erinnerte sich, dass der Täter jung, gesund und stark gewesen war. Alles andere war unwichtig. Es war ihre letzte Chance.

Ein Jahr lang glaubte niemand, dass der Junge überleben würde – er war zu früh geboren, noch dazu mit einer komplizierten Lungenkrankheit. Sie legte ihm Flaschen mit heißem

Wasser ins Bettchen und trug ihn tagelang auf dem Arm. Auch später zitterte sie ein Leben lang um ihn, schützte ihn vor Durchzug und Feuchtigkeit.

Kleine Gegenstände konnte er verschlucken, schwere Gegenstände konnten ihm auf den Kopf fallen. Elektrische Leitungen und Steckdosen, ein kochender Teekessel, Schmutz unter den Fingernägeln, Türklinken in öffentlichen Gebäuden, Straßenbahnen, Autos, streunende Hunde, die Jungen auf dem Hof und in der Schule – alles war gefährlich, alles bedrohte seine Gesundheit und sein Leben. Diese Angst um sich sog er mit der Muttermilch ein.

Die Welt um ihn herum war grob und feindselig. Er konnte mit niemandem befreundet sein. Er wurde gehänselt: Fettklops, Memme. Von klein auf fühlte er sich furchtbar verletzlich. Vielleicht war seine Haut deshalb so empfindlich.

Die Handschuhe, die die Großmutter aus billiger Wolle strickte, kratzten, der Schaft der Filzstiefel scheuerte seine Waden durch die Hose hindurch blutig.

Dieser Schmerz war alles, was ihm von seiner Kindheit geblieben war. Schmerz und der brennende Wunsch, sich an allen zu rächen, die über ihn gelacht und ihn gehänselt hatten.

»Das sind keine Menschen, das sind Tiere«, flüsterte seine Mutter, wenn sie ihn nach einem Angriff Gleichaltriger auf dem Hof oder in der Schule tröstete. »Du bist ein Mensch, sie nicht. Du bist besser, klüger und stärker als sie, und das spüren sie, darum verfolgen sie dich, mein lieber Junge.«

Er spielte Aufklärer. Er war im feindlichen Hinterland, um ihn herum Faschisten, Unmenschen, die keine Gnade verdienten. Er allein war ein aufrechter, positiver sowjetischer Held.

»Dieser Junge ist tot«, murmelte der Wanderer und blies den Zigarettenrauch zum Fenster hinaus, »den empfindsamen Jungen mit der sensiblen Seele haben die Hominiden vernichtet.«

Er sah zur Uhr. Dann ließ er den Blick über die Fenster schweifen. Er hatte so geparkt, dass er das Haus des alten Lehrers im Blick hatte. Sobald die Straße still und leer war und das Licht im Fenster im dritten Stock erlosch, konnte er in Ruhe operieren.

Rodezki stand unter der Dusche und vernahm deutlich die hohe, brüchige Stimme der Oberstufenverantwortlichen: »Ich habe immer gewusst, dass mit ihm etwas nicht stimmt. Diese uneigennützige Liebe zu den Kindern, die Nachhilfestunden zu Hause, seine Art, den Mädchen den Arm um die Schultern zu legen … Widerlich, ein untilgbarer Fleck auf dem Ruf unserer Schule.«

»Das ist natürlich unser Fehler, unsere Schande. Das wirft einen Schatten auf unser ganzes Kollektiv. Wie konnten wir das zulassen? Warum waren wir so unverzeihlich kurzsichtig?«, fiel die tiefe, harte Stimme der befehlsgewohnten Direktorin ein.

Rodezki verließ die Dusche, trocknete sich ab, zog seinen warmen alten Bademantel an und wischte den beschlagenen Spiegel ab. Ein verschreckter, müder alter Mann blickte ihm entgegen. Ein guter Name, Respekt, alles, was er sich in seinem langen ehrlichen Leben erarbeitet hatte, bedeutete ihm mehr als das bloße Leben.

Das Tagebuch lag noch immer im Schreibtisch. Komisch – Shenja hätte doch ihren Onkel bitten können, es mitzunehmen, zumal wenn sie ihm alles erzählt hatte und ihm absolut vertraute. Doch der Onkel hatte das Tagebuch gar nicht erwähnt.

Rodezki las die eng beschriebenen Seiten noch einmal, hin und wieder zuckte seine Hand mechanisch, um Fehler zu korrigieren.

Beim erneuten, ruhigen Lesen, ohne Herzklopfen und asthmatisches Keuchen, fiel ihm etwas auf. Das Mädchen erwähnte in ihren Aufzeichnungen alle, die ihr etwas bedeuteten. Den

Vater, die Mutter, eine gewisse Maja, Ika, Stas und Mark, also den Pornographen Moloch. Den älteren Ausländer Nick, der ihr Geld gab. Aber nicht den älteren Bruder ihrer Mutter. Wenn der Onkel ihr tatsächlich so nahestand, dass sie ihm ihr furchtbares Geheimnis anvertraut hatte, warum tauchte er im Tagebuch nicht auf? Wenn er wirklich erst vor kurzem von einem langjährigen Auslandsaufenthalt zurückgekehrt war – musste das für sie nicht ein besonderes Ereignis gewesen sein?

Hör auf, du bist voreingenommen, sagte sich der alte Lehrer. Er hielt es einfach für seine Pflicht, dich zu warnen. Er hat mehrmals betont, er hege keine Zweifel an deiner Anständigkeit.

Er kommt mit seinem Wagen zum Park vor dem Kasino und gibt mir ein verabredetes Hupsignal: zweimal kurz, einmal lang.

Genau so hatte der Besucher an der Tür geklingelt.

»Hast du ein neues Handy?«, fragte Soja. »Hättest dir ruhig was Anständigeres kaufen können als so ein veraltetes Billigteil.«

Sazepa lag im breiten Ehebett, eine Brille auf der Nase und ein Buch in der Hand. Soja kam aus der Dusche, im Bademantel und mit cremeglänzendem Gesicht. An ihrem Finger baumelte Sazepas Reservehandy und dudelte leise Vivaldi.

»Geh endlich ran, Nikolai. Oder soll ich? Es klingelt schon seit zwanzig Minuten.«

»Nein!«

Viel zu hastig sprang Sazepa aus dem Bett, viel zu grob entriss er Soja den Apparat. Das Band, das sich Soja um den Finger gewickelt hatte, ließ sich nicht entwirren, er riss daran, und Soja verzog das Gesicht.

»Spinnst du? Willst du mir den Finger brechen?«

Sazepa lief ins Wohnzimmer. Der Apparat war verstummt, klingelte aber sofort erneut.

»Er ist noch nicht aufgetaucht«, verkündete eine Frauenstimme, »aber in der Wohnung ist ein etwa vierzehnjähriges

Mädchen. Sie ist gerade gekommen, hat einen Schlüssel. Sie wurde mit einem dunkelblauen Mercedes gebracht. Sie ist betrunken oder high.«

»Wie sieht sie aus?«, flüsterte Sazepa und warf einen raschen Blick zur Tür.

»Klein und sehr dünn.«

»Geht's nicht etwas genauer?« Er schluckte krampfhaft, Schweiß rann ihm von der Schläfe zum Kinn.

»Was genauer?«

»Na, über das Mädchen.«

»Ich sag doch, sie ist klein, dünn und hübsch. Dunkelrote enge Jeans, blaue Jacke. Kurze, rötliche Haare. Was wollen Sie noch wissen?«

»Nichts weiter. Alles in Ordnung.« Sazepa räusperte sich heiser.

»Sollen wir vielleicht hochgehen und mit dem Mädchen reden?«

»Nein. Noch nicht.«

»Gut, dann warten wir noch. Auf Wiederhören.«

»Moment! Ihr sagt, ihr habt ihn irgendwo in der Nähe des Kulturparks verloren. Wie ist das genau passiert?«

Die Frau holte tief Luft und schwieg. Sazepa tastete nach den Zigaretten auf dem Kaminsims. Seine Hände zitterten.

»Wir haben die Ausgänge bewacht und bis zur Schließung gewartet, aber es kam keiner durch, der auch nur entfernt so aussah wie er.«

»Idioten!«, blaffte Sazepa, unterbrach die Verbindung und wählte eine Nummer.

»Beruhige dich«, sagte eine Männerstimme, »sie haben getan, was sie konnten, er kann nicht weit sein. Wir wissen jetzt, wie er heißt, und observieren eine seiner Adressen. Früher oder später wird er dort auftauchen. Auf jeden Fall haben wir das Mädchen. Wenn sie ausgeschlafen hat, werden wir uns mal mit ihr unterhalten. Sie weiß bestimmt etwas.«

»Hast du die Meldungen über besondere Vorkommnisse im Park überprüft?«, fragte Sazepa.

»Nein. Wieso?«

»Ich weiß nicht. Sicherheitshalber.«

Er hatte gerade sein Handy zugeklappt, als seine Frau in einem durchsichtigen Nachthemd ins Zimmer schaute.

»Kommst du bald, Nikolai?«

»Ja, ja, gleich, Häschen.«

Soja kam majestätisch quer durch das Zimmer auf ihn zu und warf unterwegs einen Blick in den Spiegel. Sie hatte sich das Gesicht gewaschen, das Haar gekämmt und sich sogar parfümiert.

Seit Sazepa Shenja aus Rom ein Flakon mit Sojas Parfüm mitgebracht hatte, machte dieser Duft, der ihm früher gleichgültig gewesen war, ihn ganz verrückt.

Soja umfasste seine Schultern, sah ihm in die Augen, küsste ihn auf die Lippen und flüsterte: »Ich warte auf dich, Nikolai.«

»Ja, ja, gleich. Nur noch ein wichtiger Anruf.«

In Wirklichkeit musste er, bevor er zu ihr unter die Decke schlüpfte, ein chinesisches Präparat schlucken und einen Kognak trinken. Um kein Fiasko zu erleiden. Soja zauste sein Haar und entfernte sich ins Schlafzimmer.

»Pass bloß auf, sonst drehst du noch durch«, murmelte Sazepa, an sein Ebenbild im Spiegel über dem Kamin gewandt. Für ein paar Augenblicke verwandelte der sich plötzlich in eine Leinwand und zeigte nicht das Penthouse-Wohnzimmer, sondern das Schlafzimmer in Tscherjomuschki.

Der alte Signor und die junge Signorina sitzen auf dem zerwühlten Doppelbett. Sie hat die Arme um seinen Hals geschlungen, ihre kastanienbraunen Rastazöpfe zittern. Sie weint. Er schweigt und streichelt mechanisch ihre magere Schulter. Sein Blick gleitet langsam über die Wände.

Sie hat einen Schlüssel zu der Wohnung. Sie kann hundertmal ohne mich hier gewesen sein, mit sonstwem. Im Schlafzimmer eine Videokamera mit Einschaltautomatik zu installieren ist nicht weiter schwierig. Herauszufinden, dass ich kein Italiener bin, und meinen richtigen Namen zu ermitteln ist noch einfacher: Anhand meiner Autonummer; außerdem habe ich der Vermieterin in Tscherjomuschki meinen Ausweis gezeigt. Und es gibt genügend Leute, die uns zusammen gesehen haben – Kellner, Verkäufer in Boutiquen. Vielleicht hat sie mich ja auch in den Klub mitgenommen, um die Zahl der Zeugen zu erhöhen, und nicht zufällig plötzlich Russisch mit mir gesprochen. Woher will ich wissen, ob sie nicht meine Taschen durchwühlt und meinen Führerschein und meine Kreditkarten gesehen hat?

»Na, schon gut, Kleines, hör auf zu weinen. Ganz so viel kann ich dir nicht sofort geben. Ich muss nach Rom fliegen und zur Bank gehen. Aber das geht nicht so schnell. Ich habe in Moskau noch sehr viel zu tun. Ist denn schon alles weg, was du von mir bekommen hast?«

»Natürlich.« Sie schluchzte und rieb ihre Stirn an seiner Hand. »Du sagst doch selber, Moskau ist ein teures Pflaster.«

»Gut. Ich gebe dir zweitausend. Die übrigen acht besorge ich später.«

»Wann?«

»Das kann ich nicht genau sagen.«

»Verdammter Geizkragen!«, rief sie auf Russisch, sprang aus dem Bett und rannte ins Bad.

Allein im Schlafzimmer, entdeckte Sazepa mindestens ein halbes Dutzend Stellen, an denen eine Kamera versteckt sein könnte. Später, als das Mädchen schlief, saß er in der Küche, rauchte, blätterte in seinem Notizbuch und überlegte, an wen er sich in dieser delikaten Angelegenheit wenden könnte.

Vor allem wollte er herausfinden, ob dieser Mark tatsächlich existierte, und wenn ja, wie gefährlich er war, wer hinter ihm stand, ob er schon einmal jemanden erpresst hatte, ob er Kunden mit versteckter Kamera filmte und wer diese Kunden waren.

Er stieß auf die Nummer eines alten Freundes, eines ehemaligen Klassenkameraden. Matwej Groschew. Er war ein düsterer, verschlossener, aber sehr belesener Junge gewesen. Er wuchs ohne Vater auf, bei Mutter und Großmutter, war ziemlich dick und hatte deshalb schreckliche Komplexe. Er war mit niemandem befreundet und wurde in der Unterstufe oft gehänselt. Dann nahm er ab, in der achten Klasse wurde er männlicher und lernte, sich zu wehren.

Gleich nach der Schule begann Groschew ein Psychologiestudium. Er entdeckte, dass er Heilkräfte besaß, und praktizierte privat, behandelte Depressionen und sexuelle Störungen. Mit einigem Erfolg, bis er wegen eines Devisendelikts beinahe im Gefängnis landete. Einer seiner Kunden hatte ihn mit Dollars bezahlt, Groschew versuchte, sie schwarz zu tauschen, und wurde erwischt. Sazepa hatte ihm damals aus der Patsche geholfen.

Groschew war voller Energie, klug und gerissen und konnte einen guten Eindruck machen. Leute wie ihn hielt Sazepa sich möglichst warm, zumal wenn sie ihm einen Gefallen schuldeten. Wer weiß, wozu man sie mal gebrauchen konnte.

Eine Zeitlang war Groschew Verwalter in einem geschlossenen Gästehaus des ZK der KPdSU in der Nähe von Moskau gewesen. Danach war er Journalist, später persönlicher Referent eines Duma-Abgeordneten; er hatte mit Wählerstimmen gehandelt, mit Wodka, mit Immobilien und mit Nahrungsergänzungsmitteln. Seit sieben Jahren war er im Sicherheits- und Detektiv-Geschäft und leitete eine kleine Agentur.

Groschew war nie verheiratet gewesen und hatte keine Kinder. Seit dem Tod seiner Mutter lebte er allein. Wie sein Privatleben aussah, wusste Sazepa nicht, vermutete aber, dass auch er sein kleines Geheimnis hatte. Jedenfalls war Groschew ihm für die alte Geschichte mit den Devisen noch etwas schuldig.

Bevor Sazepa Groschew anrief, erwog er sorgfältig das Für und Wider. Angenommen, er gab Shenja das Geld und trennte sich von ihr. Wer garantierte ihm, dass die Sache damit erledigt war? Er konnte unmöglich mit dem Verdacht leben, dass irgendwer eine schmutzige Zeitbombe in der Hand hatte, eine Kassette, die Sazepa, einen Mann mit blütenreiner Weste und vorbildlichen Familienvater, mit einer Minderjährigen im Bett zeigte. Und wenn er an ihren Vater dachte und daran, mit was für Banditen er befreundet war …

Am nächsten Morgen um neun war Sazepa so weit. Nach einer Tasse Kaffee und einer Zigarette wählte er die bewusste Nummer.

Es war ein klares, sachliches Gespräch. Groschew stellte keine überflüssigen, taktlosen Fragen. Er bezifferte den Vorschuss, den er verlangte, fragte, unter welcher Nummer er Sazepa am besten erreichen konnte, und versprach, dass er seine Leute sofort darauf ansetzen werde.

Inzwischen waren zehn Tage vergangen. Groschews Leute hatten herausgefunden, dass dieser Mark tatsächlich existierte, Mark Chochlow hieß und im Internet unter dem Namen Moloch auftrat. Sie fanden einen Chatroom, wo er mit seinen Kunden verhandelte, Käufern von Kinderpornos. Sie begaben sich zu einem Treffpunkt, wo er sich mit einem Kunden verabredet hatte, erkannten ihn und hängten sich an ihn. Moloch bemerkte es und entwischte.

»Wir kriegen ihn«, sagte Groschew, »wir kochen ihn schon weich.«

»Und, hast du telefoniert?«, fragte seine Frau, als er ins Schlafzimmer zurückkehrte.

»Ja.«

»Ist etwas passiert?« Sie gähnte und schüttelte das Kissen auf.

»Nein. Alles in Ordnung.«

Sazepa legte sich neben sie.

»Du wirkst so angespannt, du solltest dich entspannen.« Soja knöpfte langsam seine Pyjamajacke auf.

Sazepa schloss die Augen und stellte sich vor, dass Shenja neben ihm lag. Dabei half ihm der Duft, oder besser, dessen Echo, denn auf Sojas Haut roch das italienische Parfüm ganz anders.

Solowjow rannte den leeren Flur entlang, während in seinem Büro das Telefon klingelte. Er meinte, das müsse Olga sein, obwohl es kurz nach Mitternacht war und sie ihn um diese Zeit kaum an seinem Arbeitsplatz anrufen würde.

Ich werde sie auf jeden Fall morgen anrufen. Ich brauche ihre Hilfe. Ich will sie sehen. Sie fehlt mir, mein Gott, Olga fehlt mir wirklich sehr. Sie weiß bestimmt noch nicht, dass Moloch wieder gemordet hat, überlegte Solowjow und schloss sein Büro auf.

Er war von Lobow aus nicht nach Hause gefahren, sondern hierher. Zu Hause wartete der einsame, gekränkte Ganja. Wenn er nach Hause kam, würde er als Erstes mit dem Hund runtergehen müssen, und zwar nicht nur zehn Minuten, sondern eine ganze Stunde. Und dann in die Dusche und ins Bett.

Als er die Tür endlich geöffnet hatte, verstummte das Telefon. Die Nummer wurde nicht angezeigt. Solowjow schaltete den Computer ein. Nach einigen Minuten spuckte er die Daten von zwei Dutzend in Moskau registrierten Autobesitzern mit Namen Sazepa aus.

Solowjow starrte auf den Bildschirm. Ihn interessierte nur ein Sazepa: Nikolai, geboren 1946.

Dieser Sazepa war der Ehemann von Signora Soja, der Besitzerin des exklusiven Parfüms. Er fuhr einen dunkelblauen Peugeot-Sportwagen.

Solowjow blätterte in seinem Notizbuch und entdeckte, dass eben dieser Peugeot gegenüber von Shenjas Haus gestanden hatte. Der Fahrer hatte im Wagen gesessen, geraucht und am Telefon ein gewisses Häschen angeschwindelt, dass er im Büro auf einer Sitzung sei. Dieses Häschen war seine Frau Soja.

Und wenn Shenja zufällig in den Besitz des Parfüms gelangt war? Genau das würde Sazepa natürlich behaupten: »Ich kenne keine Shenja Katschalowa!«

Auf die Frage, warum er ausgerechnet vor deren Haus im Wagen gesessen hatte, würde er antworten: »Zufall. Ich brauchte eine Pause. Ich habe keine Ahnung, wer in diesem hässlichen Plattenbau wohnt.«

Er könnte eine Gegenüberstellung mit Katschalows junger Gattin Marina organisieren, die in ihm bestimmt den Professor für antike Geschichte Nicolo erkennen und sich sehr wundern würde, dass der Italiener akzentfrei Russisch sprach.

Doch was würde das bringen? Ein guter Anwalt würde diese Indizien zerpflücken wie nichts. Im Grunde waren es nicht einmal Indizien.

Also, Nikolai Sazepa. Einundsechzig Jahre alt. Lebt in Moskau. Vorstandschef der Aktiengesellschaft Media-Prim. Ein wohlhabender Mann. Nicht vorbestraft.

Auf der offiziellen Website von Media-Prim und auf einigen internen Seiten des Außenministeriums und der Steuerfahndung fand Solowjow nur karge und absolut sterile Informationen über den Mann. Der einzige dunkle Fleck in Sazepas ansonsten makellosem Lebenslauf war der Zeitraum zwischen 1993 und 1997. In diesen Jahren pflegte er eine enge Beziehung zu einem spektakulär berühmten Oligarchen, der inzwischen auf der Fahndungsliste von FSB und Interpol stand. Aber das hatte nichts mit Shenja Katschalowa zu tun.

Mit seinem Häschen Soja war Sazepa seit dreißig Jahren verheiratet. Sie hatten zwei Söhne und eine Enkelin. Olga ging in ihrem Täterprofil davon aus, dass Moloch allein lebte. Aber sie konnte sich natürlich irren. In Guschtschenkos Täterprofil hieß es, Moloch sei verheiratet, habe Kinder und möglicherweise Enkel.

Aber wenn Sazepa Moloch wäre, hätte er sich kaum am Tag nach dem Mord vor Shenjas Haus blicken lassen – das passte nicht zu seiner sonstigen Vorsicht.

Er wäre auch kaum mit dem Mädchen in einen Nachtklub gegangen, nicht einmal unter falschem Namen.

Das Parfüm, das Geld – das alles sprach für ein relativ dauerhaftes und enges Verhältnis zwischen Sazepa und Shenja.

Dass Sazepa sich mit Shenja getroffen und ihr Geld gegeben hatte, bewies jedoch noch nicht, dass er sie auch getötet haben könnte. Eher im Gegenteil. Er hing auf seine Weise an dem Mädchen – einer der vielen Humbert-Klone. Außerdem gab es in der gesamten Kriminalgeschichte noch keinen Serienmörder, der Millionär war. Und Sazepa war zweifellos Millionär. Er besaß ein Penthouse auf dem Kutusowski-Prospekt, eine Wohnung im Zentrum von Rom und baute gerade ein Haus an der teuren Rubljowka.

Solowjow stand auf und lief im Büro auf und ab. Aus dem Schränkchen am Fenster nahm er eine Büchse löslichen Kaffee, eine große Tasse und einen Tauchsieder.

Der Ex-Diplomat kriegt im Alter einen Rappel und verliebt sich unsterblich in ein minderjähriges Mädchen. Übrigens könnte er sich auch ihr gegenüber als italienischer Professor ausgegeben haben. Eine ausgezeichnete Tarnung. Aber eines Tages findet sie die Wahrheit heraus und fängt an, ihn zu erpressen. Er bekommt einen Schreck und erwürgt sie in Panik.

Aber Moloch plant seine Morde genau, packt vorher seine Ausrüstung ins Auto: Schere, Chirurgenhandschuhe, Babyöl, Taschenlampe oder Nachtsichtgerät. Das passt eher zu dem Sänger Vaselin und seinen sadistischen Songs. Maja glaubt, Vaselin sei der Vater von Shenjas Kind. Von Sazepa weiß sie nichts.

Was mache ich nun mit Ihnen, Herr Sazepa? Einen Bericht an meine Vorgesetzten schreiben? Blödsinn. Mit Leuten wie Ihnen befassen sich meine Vorgesetzten ausschließlich auf Weisung von oben. Auf eine Information von unten hin rührt man einen wie Sie nicht an. Ich weiß nicht, welche Sitten bei der jetzigen Nomenklatura da oben herrschen, aber ich befürchte, Ihr heimliches Verhältnis mit einem kleinen Mädchen würde dort keinen sonderlich schockieren.«

Sazepa, ein angenehmer älterer Herr, sah Solowjow vom Bildschirm entgegen. Ein gebildeter, liberaler Beamter. Graues, elegant geschnittenes Haar, schwarze Augenbrauen, kräftiger, männlicher Unterkiefer, schmale, skeptische Lippen. Nur die Augen hatten nichts Beamtenhaftes; es waren Hundeaugen – klug und traurig.

Zwanzigstes Kapitel

Rodezki lief in seinem warmen alten Bademantel und mit zerrubbeltem nassem Haar durch die Wohnung und versuchte, sich zu beruhigen, sich einzureden, dass an seinem heutigen Besucher nichts Verdächtiges war.

Die Uhr im Arbeitszimmer schlug eins. Er ging normalerweise früh ins Bett, aber heute mochte er nicht schlafen. Er löschte das Licht im Wohnzimmer, setzte sich an den Schreibtisch und sah ein paar Aufsätze durch, darunter auch den von Shenja, den Karina ihm gegeben hatte. Er stellte fest, das Shenja jetzt bedeutend besser schrieb. Zumindest hatte sie ihre Ausführungen zu Puschkins Lyrik diesmal nicht vollständig aus dem Lehrbuch abgekupfert, sondern auch einige eigene Gedanken eingebracht.

»Kluges Mädchen«, murmelte der alte Lehrer.

Die gewohnte, geliebte Arbeit beruhigte ihn. Er gähnte. Zeit zum Schlafengehen. Nach all den Aufregungen konnte er sich eigentlich eine Zigarette gönnen. Früher hatte er viel geraucht, aber wegen des Asthmas aufgehört. Er versteckte die Zigaretten vor sich selbst hinter Büchern im Regal und vergaß immer wieder, hinter welchen. Bei seiner Suche entdeckte er hinter den grauen Dostojewski-Bänden eine rosa Haarspange aus Plastik.

»Die hat bestimmt eins der Mädchen hier vergessen«, murmelte er und suchte weiter nach den Zigaretten. »Aber wie kommt sie ausgerechnet hierher? Ich habe doch vor ein paar Wochen gründlich saubergemacht, alle Bücher ausgeräumt, gesaugt und alles feucht abgewischt.«

Die Zigaretten lagen hinter den blauen Gogol-Bänden. Rodezki zog seine Jacke über den Bademantel und ging hinaus auf den Balkon. Es war sehr windig. Der Nachthimmel war nun ganz klar. Durchsichtige kleine Wolken trieben so rasch vorbei, dass der Vollmond unter ihrer Berührung zitterte, als kitzelten sie ihn. Die Straße schlief. Vereinzelte Autogeräusche schienen besonders laut.

Unten klappte eine Autotür. Rodezki schaute hin und sah eine große Gestalt rasch von den Autos unter dem Balkon weggehen und die Straße überqueren. Heller Mantel, dunkle Schirmmütze. Im Licht der Straßenlampe war er gut zu erkennen, allerdings nur von hinten.

Nein! Das bilde ich mir nur ein, sagte sich Rodezki.

Der Mann im Mantel überquerte die Straße und verschwand in der Dunkelheit. Der alte Lehrer sah nur seine Silhouette, bemerkte aber, dass er sich umdrehte.

In Rodezkis Wohnzimmer brannte kein Licht, trotzdem war er mit seiner brennenden Zigarette auf dem Balkon gut zu sehen. Der Mann ging zu einem unter einer Lampe geparkten dunklen Auto auf der anderen Straßenseite, zögerte kurz, schaute noch einmal hinauf zu den Balkons und lief plötzlich los.

»Nein, nein! Das ist Unfug!«, sagte sich der alte Lehrer streng.

Solowjow war total erschöpft, ihm fielen die Augen zu, aber seine Finger glitten weiter über die Tastatur. Er wollte sich noch einmal überzeugen, dass sämtliches Material zu Anatoli Pjanych tatsächlich verschwunden war, und zugleich nachsehen, was die Datenbanken zu Matwej Groschew hergaben.

Der alte Lobow hatte ihn total verunsichert.

Von dem Würger von Dawydowo hatte Solowjow von Olga zum ersten Mal gehört. Sie hatte unbedingt mit ihm nach Dawydowo fahren wollen, Zeugen suchen. Aber er hatte das abgelehnt, aus Angst, sich völlig zu verirren und wieder in eine Sackgasse zu geraten. Die Fahndung nach Moloch verlief in nervöser Atmosphäre, die Vorgesetzten verlangten mehrmals am Tag Berichte, mündlich und schriftlich, ließen sich jeden Schritt erklären und kommentieren. Obendrein auch noch einen alten, vergessenen, aus den Archiven entfernten Fall wieder aufzurollen schien äußerst dumm.

Blinde Waisenkinder. Eine friedliche Moskauer Vorstadt. Ein Kinderheim. Und ganz in der Nähe ein Parteibordell. Hätte die Kinderpflegerin nicht vor ihrem Tod gebeichtet und der Geistliche nicht das Beichtgeheimnis gebrochen, wäre vielleicht nie etwas ans Licht gekommen.

»Das ist es auch so nicht«, murmelte Solowjow, während er die kurze Information über den Brand im Kinderheim Dawydowo überflog. So viele Leute haben davon gewusst und geschwiegen. Wachleute, Zimmermädchen. Der Arzt im Kinderheim. Die Kinder wurden regelmäßig medizinisch untersucht. Aber alle haben geschwiegen.

Zu Sowjetzeiten existierten überall im Land geheime Bordelle mit Saunen und mit Mädchen, die der Partei- und Staatselite halfen, sich zu entspannen, sich von ihren wichtigen Staatsangelegenheiten zu erholen. Die Mädchen waren ausgewählte, zuverlässige KGB-Kader, mitunter sogar im Offiziersrang. Und ausnahmslos volljährig.

Mit Kindern hatte sich seinerzeit Lawrenti Berija ungeniert amüsiert. Später, unter Chruschtschow, Breshnew und Gorbatschow, hatte es dergleichen nicht mehr gegeben. Zumindest nicht, soweit Solowjow wusste.

Er kniff die Augen zusammen und presste die Hände auf die Schläfen. Matwej Groschew. War der Name im Zusammenhang mit *Verbene* aufgetaucht?

Nein, es ist nicht nur der Name, dachte Solowjow, ich kenne den Mann, ich bin ihm schon einmal begegnet.

Bei Lobows Worten »ein imposanter Mann, attraktiv wie ein Hollywoodstar« hatte Solowjows Gedächtnis eine verschwommene Erinnerung heraufbeschworen: Ein Gesicht, eine Gestalt, einen hellgrauen Anzug, ein charmantes Lächeln, eine tiefe, samtige Stimme, ein Glas Sekt in der Hand.

»Moment, lassen Sie uns zunächst die Grundbegriffe klären. Was ist das überhaupt – Moral, Ethik? Im alten Ägypten war Moral etwas anderes als im antiken Rom oder im mittelalterlichen Europa. Der französische Adlige und Marschall Graf Gilles de Montmorency-Laval, Baron de Rais, ein Kampfgefährte der Jeanne d'Arc, wurde von der Inquisition nicht deshalb verurteilt, weil er in seinem Schloss dreihundert Knaben eingenhändig getötet hatte. Sexuelle Motive galten damals, im Jahr 1440, als mildernde Umstände. Gehängt und anschließend verbrannt wurde der Marschall wegen seiner Beschäftigung mit Alchemie und schwarzer Magie, dafür, dass er einen Pakt mit dem Teufel eingegangen war. Die Knaben kümmerten das Gericht gar nicht.«

Solowjow klatschte in die Hände, und die Müdigkeit war wie weggeblasen. Er erinnerte sich nun nicht nur, wo, wann und unter welchen Umständen er Herrn Groschew kennengelernt hatte, sondern auch daran, worüber sie gesprochen hatten.

Vor zwei Jahren hatte der stellvertretende Minister aus Anlass seines sechzigsten Geburtstags einen Empfang gegeben. Auch Solowjow war eingeladen gewesen. Bei derartigen Veranstaltungen, die sowohl offiziell wie quasi privat waren, fühlte er sich immer unbehaglich und fehl am Platz. Er schlenderte mit seinem Glas ziellos umher und wollte schon unauffällig verschwinden, als er mit Groschew zusammenstieß.

Wie sie auf das Thema Moral und Ethik gekommen waren, wusste Solowjow nicht mehr. Aber er erinnerte sich genau, dass er im Laufe des Abends registriert hatte, dass den stellvertretenden Minister und den sympathischen Herrn im hellen Anzug offenbar eine langjährige Freundschaft verband. Sie duzten sich, und im Blick und in der Stimme des Jubilars schien etwas Devotes zu liegen, als er einen Toast auf seinen alten Freund Matwej Groschew ausbrachte, einen treuen und zuverlässigen, klugen und gebildeten Mann.

Übrigens war dieser stellvertretende Minister damals in den Fall *Verbene* verwickelt gewesen und schließlich zurückgetreten.

»In den alten heidnischen Kulturen galt es als durchaus moralisch, Kinder zu opfern. Die Religion ist ein ewiger Handel der Menschen mit Gott, und Kinder waren dabei lange eine zuverlässige Währung. Eine gigantische kupferne Figur des Gottes Kronos in Kathargo war so konstruiert, dass ein Kind, das man auf die Hand des Idols legte, in eine Feuergrube fiel. Ein lebendes Kind, wohlbemerkt. Der phönizische Gott Baal, der im Buch des Propheten Jeremias erwähnt wird, forderte als Opfer die liebsten Kinder edler Familien, und Moloch, ebenfalls eine phönizische Gottheit, ist das Symbol der rituellen Kindstötung schlechthin.«

Herr Groschew war gebildet und charmant. Er war mit Solowjow ins Gespräch gekommen, weil ihm der Kriminalist zufällig über den Weg gelaufen war und weil er im Gegensatz zu den anderen Gästen relativ nüchtern war und zuhören konnte.

»Sie meinen, er könnte es sein? Der Würger? Moloch?«

»Ich weiß es nicht. Ich bin alt. Denk nach, Dima.«

Jeder andere, aber nicht er. Solowjow zog die Brauen zusammen und rieb sich die Augen.

Die Leiche des ersten Mädchens war eine Woche nach jenem Empfang gefunden worden. Er konnte sich Groschew einfach nicht bei einem Ritualmord im Wald vorstellen. Der Tenor seiner Monologe lief darauf hinaus, dass der Mensch ein bösartiges und primitives Tier sei, allein von Instinkten gelenkt. Moral und Ethik seien ein scheinheiliges Bündel von Verboten, eine amorphe Substanz, die sich ständig verändere und keine feste Basis habe.

Er warf mit Fakten und Namen aus der Weltgeschichte um sich. Er wusste Bescheid über alles, was mit rituellen Kindstötungen zu tun hatte.

Na und?

Um halb zwei kam eine E-Mail von Anton Gorbunow mit allen Daten, die er aus den Anruflisten in Shenja Katschalowas Telefon hatte ermitteln können.

Solowjow interessierten vor allem die Anrufe am Tag vor dem Mord. Es waren nicht sehr viele – acht von Shenjas Mutter, einer von Irina Drosdowa, gemeldet in Bykowo bei Moskau – das war Ika. Shenja hatte sie zurückgerufen und dreieinhalb Minuten mit ihr telefoniert. Ihre Mutter dagegen hatte sie nicht ein einziges Mal zurückgerufen.

Ein Anruf von Valentin Kuwajew. Auch ihn hatte Shenja zurückgerufen; seine Nummer war in ihrem Telefonbuch unter den lateinischen Buchstaben VAZ gespeichert – das war Vaselin.

Drei Anrufe von Boris Rodezki, geboren 1944, wohnhaft in Moskau. Zwei davon hatte Shenja angenommen. In ihrem Telefonbuch stand die Nummer nicht.

»Einundsechzig Jahre alt«, murmelte Solowjow. »Shenja hat keinen Verwandten, der so heißt. Aber dieser Rodezki war der Letzte, mit dem sie telefoniert hat, etwa zwei Stunden vor ihrer Ermordung.«

Zwei Stunden, vielleicht auch länger, streifte der Wanderer durch die Stadt, weil er nicht gleich in sein Auto steigen wollte. Es gab noch immer eine geringe Möglichkeit, dass der alte Lehrer erneut auf den Balkon herauskam. Das Auto stand unter einer Straßenlampe. Womöglich merkte sich Rodezki Farbe, Typ und Nummer. Schließlich hatte er den Wanderer gesehen, als er die Straße überquerte. Zwar hatte er in ihm bestimmt nicht seinen späten Besucher erkannt, aber besser kein Risiko eingehen.

Der Bezirk kam dem Wanderer vage bekannt vor, er musste hier schon einmal gewesen sein.

Plötzlich traf ein scharfer Hominidengeruch seine Nase. Direkt vor ihm tauchte ein Geschöpf aus einem dunklen Torbogen. Von hinten sah es aus wie eine übergewichtige Minderjährige. Kurzer Mantel, die dicken Schenkel in glänzenden schwarzen Strumpfhosen, durch ein Loch in Höhe der Kniekehle schimmerte ein Oval weißer Haut. Die hohen Absätze waren schiefgetreten. Ein kleiner Kopf mit kurzem, schwarzweiß gefärbtem Strubbelhaar.

Die Minderjährige murmelte im Gehen vor sich hin. Als der Wanderer sie eingeholt hatte, vernahm er leises obszönes Fluchen. Sie war sauer, weil sie keine einzige Nadel mehr hatte.

Der Wanderer drehte sich um und sah ihr Gesicht. Nein, sie war nicht minderjährig. Sie war neunzehn, zwanzig. Drogen, Alkohol und Unzucht hatten die letzten Spuren von Attraktivität verbannt. Ihre Augen und Lippen waren nachlässig geschminkt, und sie hatte kaum noch Haare. Sie bemerkte seinen Blick und lächelte. Einige Zähne fehlten. Das Echo der Todesklage des Engels wurde immer deutlicher. Sollte er sie vernichten? Sie war bereits ein lebender Leichnam. Sollte er sie bestrafen für den zugrunde gerichteten Engel?

Seine Trommelfelle schienen zu pulsieren, als wollten sie platzen. Tak-tak-tak. Ein tickendes Uhrwerk. Er begriff nicht gleich, dass das Pulsieren nicht in ihm war, sondern außen. Rasche Schritte hinter ihm, das weiche Trippeln von Kinderfüßen.

»Mama! Mamotschka!«

Ein kleiner Junge, höchstens vier Jahre alt, lief auf die Hominidin zu. Sie blieb stehen und drehte sich um. Ihr aufgedunsenes Gesicht spiegelte weder Erstaunen noch Erschrecken. Höchstens Ärger.

»Verdammt, was willst du, Petja? Geh nach Hause, du erkältest dich.«

»Komm mit, Mama.« Der Junge zerrte an ihrem Ärmel, so heftig, dass sie sich auf ihren Stöckelschuhen kaum halten konnte.

»Wohin? Lass mich los! Ich muss in die Apotheke, ja, Medizin holen. Nun lass schon los, Petja, verdammt!«

»Mama, Ljuda weint, Onkel Kolja, der hat sie …«

»Sei still! Schrei hier nicht die ganze Straße zusammen!« Sie schlug ihm mit der flachen Hand heftig auf den Mund.

Der Junge wiegte den Kopf und schluchzte.

»Komm mit nach Hause, Mama, schick den Kolja weg, nimm kein Geld von ihm, schick ihn weg! Er ist böse, schlecht und böse! Schick ihn weg!« Das Kind sprach wie ein Erwachsener im lauten Flüsterton und schaute immer wieder zu dem Wanderer, der neben ihnen stehengeblieben war.

»He, Mann, alles okay, ja, geh weiter, ja?« Die Schlampe fletschte freundlich die Zähne.

»Mama, komm schnell, Ljuda ist da ganz allein mit ihm, komm!«, jammerte das Kind.

»Lauf schon, Petja, ich muss nur schnell in die Apotheke, ich komme gleich wieder, klar? Nun lauf schon, verdammt!«

»Und Ljuda?«

»Er spielt bloß mit ihr, klar? Sie spielen bloß.«

Sie versetzte ihm einen leichten Schubs. Der Junge lief zurück in den Hauseingang.

»Hilfe, rette mich!«, schrie der Engel.

Direkt gegenüber leuchtete blendend hell ein weißgrünes Schild. 24-Stunden-Apotheke. Ohne zu überlegen, steuerte der Wanderer darauf zu.

Er musste noch Babyöl kaufen. Die Hominidin brauchte Spritzen. Drogen hatte sie schon. Ein gewisser Kolja hatte ihr Geld gegeben, und dafür überließ sie ihm ihre Kinder.

»Hilfe, rette uns!«, schrien nun bereits zwei Engel. Die

kleinen Kinder standen am Rand des Abgrunds; er durfte nicht zögern.

Das Konzert im Nachtklub besserte Vaselins Laune.

Die Zuhörer hingen in Trauben über dem Treppengeländer und strömten hinunter, um näher an der Bühne zu sein. Viele sangen mit, wiegten sich mit geschlossenen Augen. Es roch nach Schweiß, Parfüm und Marihuana.

Vaselin sang ein paar alte Hits und erntete Kreischen, Pfeifen und Beifall. Erhitzte, bekiffte Mädchen warfen sich ihm an den Hals. Er küsste jede auf die Wange und lachte. Natascha bewachte ihn eifersüchtig.

»Du bist klasse, Vaselin! Ich find dich so geil!« Eine etwa fünfzehnjährige kleine Schönheit hielt seinen Hals umschlungen und ließ ihn nicht los. Sie hatte hüftlanges, glattes goldblondes Haar. Ihre riesigen Augen wirkten durch die vergrößerten Pupillen ganz schwarz.

Vaselin bemerkte aus dem Augenwinkel mehrere Blitzlichter. Bestens. Das Konzert musste in die Klatschspalten. Sollten nur alle sehen, wie die kleinen Mädchen ihn liebten.

Er küsste die dünne Blonde auf die Stirn und versuchte behutsam, ihre Arme von seinem Hals zu lösen. Kein Zweifel, sie war hübsch, zu allem bereit und ganz sein Geschmack. Aber er hatte andere Pläne. Über den goldblonden Schopf hinweg blickte er suchend in den Saal. Unter den vielen Mädchengesichtern meinte er immer wieder ein ganz kindliches zu entdecken: Runde blaue Augen, kastanienbraunes, zu Rastalocken geflochtenes Haar.

»Sie ist nicht da«, sagte Natascha leise und half ihm, sich aus der Umarmung der bekifften blonden Schönheit zu lösen.

»Wer?«, fragte er flüsternd.

»Tu doch nicht so.« Natascha lachte traurig auf. »Ich weiß Bescheid.«

Sie konnten sich kaum verständigen, aus den Lautsprechern dröhnte Hardrock, und um ihn herum lärmten die zwitschernden Verehrerinnen. Vaselin packte Natascha an der Hand und zog sie zum Ausgang.

»Und?«, fragte er, als sie im Foyer standen, vor dem Tresen des Wachmanns.

»He, wieso regst du dich so auf?« Natascha zuckte mit der Schulter.

»Wer regt sich auf? Ich? Ich glaube, du bist ein bisschen daneben. Ich bin völlig in Ordnung.«

Sie wird sich nicht einfach so abwimmeln lassen, dachte er gereizt und wehmütig, sie wird rumjammern und mir Vorwürfe machen. Mir zum Abschied noch eine Gemeinheit antun. Ach, wozu sich damit quälen? Es kommt, wie es kommt. Hauptsache, die kleine Shenja legt mich nicht rein. Wieso ist sie nicht hier? Sie hat es doch versprochen.

»Was ist mit dir? Beruhige dich«, wiederholte Natascha und schaute ihm in die Augen.

»Lass mich in Ruhe!«, raunzte er leise, mit einem Blick auf einen jungen Mann, der vor der Toilette stand und rauchte.

Natascha packte Vaselin bei den Schultern und drehte sein Gesicht zum Spiegel.

»Sieh dich an!«

Im grellen luminiszierenden Licht wirkte sein Gesicht bläulich blass und war mit ziemlich hässlichen roten Flecken übersät.

»Was ist das? Ausschlag?«, rief er erschrocken.

»Nur Lippenstift.« Natascha holte ein Papiertaschentuch hervor. »Du solltest nicht so viel mit kleinen Mädchen rumknutschen. Fällt übrigens unter Paragraph 134. Geschlechtsverkehr mit einer Person, die das 16. Lebensjahr noch nicht vollendet hat, wird mit Freiheitsstrafe bis zu vier Jahren bestraft. Sie ist vor kurzem erst fünfzehn Jahre alt geworden, soweit ich weiß, und du hast schon davor mit ihr geschlafen. Du kannst also von Glück reden, dass sie nicht hier ist.«

»Was soll das Gelaber, du Idiotin!«, schrie er so laut, dass der vor sich hin dösende Wachmann zusammenzuckte und die Augen öffnete und der Junge vor der Toilette erstarrte und erstaunt die Brauen hob.

»Schrei nicht so. Du weißt genau, von wem und wovon ich rede. Ich weiß, dass ich eine Idiotin bin und dir nichts bedeute. Aber denk dran, so eine Idiotin findest du so schnell nicht wieder.«

Vaselin bebte förmlich. Er war kurz davor, auszurasten und Natascha so heftig in das runde, farblose Gesicht zu schlagen, dass es knirschte und Blut über den weichen vollen Mund rann.

»Sei still«, flüsterte er leise, wobei er die steifen Lippen kaum bewegte. »Wenn du nicht sofort still bist, dann …«

»Was dann? Na, was? Willst du mich umbringen? Erwürgen? Erstechen? Mir das Herz rausreißen und es aufessen? Du bist verrückt, du brauchst Hilfe. Und ich bin auch verrückt. Jede andere an meiner Stelle hätte dich längst zum Teufel geschickt.«

Natascha stand vor ihm, die kurzen dicken Beine gespreizt und die Arme wie ein Waschweib in die quadratischen Hüften gestemmt. Hinter ihr schimmerte wie ein rosa Fleck das gespannte Gesicht des Wachmanns. Noch weiter hinten, draußen vor der halboffenen Tür, leuchteten blass die Lichter des stillen vormorgendlichen Prospekts.

»Alles in Ordnung mit Ihnen?«, fragte der Wachmann.

»Ja«, antwortete Natascha, »alles in Ordnung mit ihm.«

Sie trat zu Vaselin, packte ihn entschlossen am Arm und führte ihn zurück in den lärmenden, verrauchten Saal. Sie gingen an dem jungen Mann vorbei, der sie nicht mehr zu beachten schien und eine Nummer in sein Handy eintippte.

»Schluss jetzt mit dem Getobe«, zischte Natascha leise. »Du wirst erwartet. Die Leute haben nämlich Eintritt bezahlt.«

Im Saal empfingen sie Applaus, Pfiffe und Schreie, und Vaselin lächelte, schüttelte die verschränkten Hände über dem

Kopf und rief: »Wow! Da bin ich, Kinder! Ich gehöre ganz euch!«

Die Hominidin achtete nun auf nichts mehr. Sobald sie die Schachtel mit den Spritzen in der Hand hielt, rannte sie aus der Apotheke und in einen Torbogen.

Der Wanderer folgte ihr. Er hatte die Brille abgenommen und die Schirmmütze so tief heruntergezogen, dass der obere Teil seines Gesichts vollständig beschattet war. Den unteren Teil bis zur Nase verhüllte ein dünner karierter Schal. Bei dieser Dunkelheit konnte ihn kaum jemand erkennen oder ihn gar später identifizieren.

Er folgte der Frau quer über einen großen Hof mit einem Sportplatz, vorbei an Garagen und dem grauen Plattenbau der Poliklinik. Ja, er kannte diesen Bezirk. Also musste er besonders vorsichtig sein.

Er hatte noch keinen konkreten Plan gefasst. Er wollte nur wissen, wo die beiden weinenden Engel lebten, der kleine Petja und die kleine Ljuda. Die Frau führte ihn zu einem heruntergekommenen dreistöckigen Gebäude ohne Hausnummer. Der Wanderer tauchte hinter ihr in den schwarzen Rachen des Torbogens und entdeckte ein einsames trübes Fenster. Hinter dem Torbogen lag ein weiterer Hof. Dort, auf der Rückseite des alten Hauses, knarrte eine Eingangstür im Wind. Mühsam beherrschte er sich, um der Frau nicht sofort die übelriechende Treppe hinauf zu folgen. Das Heulen einer Sirene ganz in der Nähe und das Klappen einer Tür oben ließ ihn innehalten.

»Raja, bist du's?«, fragte eine heisere Frauenstimme.

Flackernd ging das Licht an. Der Wanderer wich zurück und versteckte sich im Dunkel unter der Treppe.

»Wie? Ja, ich bin's«, antwortete die Hominidin fröhlich.

»Hör mal, ähm, gleich kommt'n Krankenwagen und die Bullen.«

»Was issen passiert?«

»Ähm, Onkel Grischa, der hat sich schon wieder aufgehängt. Diesmal hat's geklappt. Sag mal, was brüllt denn deine Ljuda so? Schreit wie am Spieß, die Kleine. Vielleicht riecht se den Toten? Oder isse krank?«

»Nein, nein, die Ljuda is gesund. Bloß schlecht drauf.« Die Hominidin kicherte heiser.

»Und dein Neuer, ähm, tut der den Kindern auch nichts?«

»Pah, meine Kinder, die tun selber jedem was!«

Wieder lachte sie. Glücklich, voller Vorfreude auf den Schuss.

Der Wanderer hörte nicht weiter zu und verließ das Haus. Das Heulen der Sirene kam näher. Er ging besser nicht wieder durch den Torbogen hinaus; jeden Moment konnten Miliz und Krankenwagen auftauchen.

Zweifellos war der Wanderer hier früher schon gewesen, in seiner Hominidenhaut. Aber er erinnerte sich nicht, wann, warum und bei wem. Er wusste, dass der Hof nicht rundum geschlossen war, auch wenn es so aussah, besonders im Dunkeln. Zwischen den beiden Nachbarhäusern gab es eine Lücke, durch die man in die Parallelstraße gelangte.

In dem engen Durchgang erfasste ihn plötzlich Panik – Schwäche, Zittern, eiskalter Schweiß. Die Haut unter dem angeklebten Bart juckte und brannte so heftig, dass er aufstöhnte. Klaustrophobie. Er hatte geglaubt, dieses Leiden überwunden zu haben, aber dem war offenbar nicht so. Er kam keinen Schritt näher zum Ausgang, bewegte nur hilflos die Beine, während die Wände von beiden Seiten auf ihn zu rückten, um ihn zu zerquetschten.

So wollten die Hominiden ihn also vernichten. Sie hatten ihn in eine Falle gelockt. Ja, genau. Er war hier schon früher gewesen, und irgendwer hatte ihm wie zufällig den Weg zu dem schmalen Durchgang zwischen den Häusern gewiesen, hatte diese Information in sein Hirn gelegt wie eine Zeitbombe, und nun tickte das Uhrwerk.

Vom Hof her drangen Stimmen herüber. Miliz und Krankenwagen waren eingetroffen. Er hielt sich den Mund zu, um nicht zu schreien. Die Hominiden durften ihn nicht entdecken. Ganz in der Nähe saß eine besonders gefährliche Person.

Unter den Hominiden gab es seltene Exemplare mit hohem Intellekt, die am ehesten Menschen ähnelten. Wandlinge. Sie waren feindselig und hinterhältig. Hier ganz in der Nähe lebte ein starker, äußerst gefährlicher Wandling, in der harmlosen Gestalt einer schönen Frau. Sie hatte den Wanderer in diese Falle gelockt. Vor achtzehn Monaten war sie seinem heiligen Geheimnis so nahe gekommen, dass er eine Pause machen und Dutzende hilfloser Engel sterben lassen musste.

Früher einmal hatte der Wanderer sie für einen Menschen gehalten. Er hatte geglaubt, dass es unter den Erwachsenen keinen einzigen Homo sapiens mehr gebe; jenseits der Apokalypse konnte niemand überleben. Alle Erwachsenen strömten widerlichen Bocksgeruch aus, den die sensible Nase des Wanderers auch unter tarnenden Parfümschichten wahrnahm. Aber der natürliche weibliche Geruch der Wandlingsfrau war eine schwere Prüfung gewesen. Die Wandlingsfrau hatte den Wanderer überlistet, hätte ihn fast um den Verstand gebracht und getötet.

Endlich erreichte der Wanderer die Parallelstraße, und vierzig Minuten später stieg er gegenüber vom Haus des alten Lehrers in sein Auto.

Im Bett hörte der Wanderer noch immer das hartnäckige Weinen der Engel. Jetzt, in Ruhe und in Sicherheit, konnte er alles überdenken, die Logik der letzten Ereignisse analysieren und die Zeichen entziffern, die ihm gesandt worden waren.

Die Engel, die er heute gehört hatte, hatten ihn nicht in die Falle gelockt, damit er starb, sondern um seine Wachsamkeit zu wecken. Der Wandling. Die schöne Frau mit dem ausgeprägten Gespür. Sie wollte den Wanderer erneut daran hindern, seine heilige Mission zu erfüllen. Er durfte sie nicht vergessen.

Der Minibus, der Olga vom Fernsehstudio nach Hause brachte, konnte nicht in ihre Straße einbiegen. Aus dem Hof des Abrisshauses fuhr rückwärts ein Krankenwagen heraus. Es war eine sehr schmale, zudem vollkommen zugeparkte Einbahnstraße.

»Ich steige hier aus, danke. Es sind nur noch ein paar Schritte«, sagte Olga zu dem Fahrer.

Der Torbogen war hell erleuchtet. Olga entdeckte ein Milizauto mit eingeschalteten Scheinwerfern. Daneben standen drei Milizionäre und rauchten. Sie verspürte einen Stich ins Herz, ihr fielen sofort die Kinder in dem Abrisshaus ein, Petja und Ljuda, und sie fragte, was passiert sei.

»Ein Penner hat sich aufgehängt«, antwortete ein junger Leutnant ärgerlich, wandte sich ab und spuckte aus. »Die hätte man hier längst alle rausschmeißen müssen.«

»Und die Kinder?«

Die drei Milizionäre sahen sie erstaunt an.

»Welche Kinder?«

»In dem Haus wohnen ein Junge und ein Mädchen, beide noch ganz klein. Im dritten Stock rechts, die Wohnungsnummer weiß ich nicht.«

»Hier gibt's keine Nummern«, sagte der Leutnant.

»Ach ja – trotzdem, könnten Sie nicht überprüfen, ob mit ihnen alles in Ordnung ist?«

Was tue ich hier? Wozu, dachte sie.

Nach der Begegnung mit Petja und Ljuda im Herbst hatte sie mit einer Bekannten, einer Abteilungsleiterin in einer Kinderpoliklinik, über die beiden gesprochen.

»Mal angenommen, wir erreichen, dass der drogensüchtigen Mutter das Erziehungsrecht entzogen wird«, hatte die Ärztin gesagt. »Das ist zwar schwierig, aber im Prinzip möglich. Dann kommen die Kinder ins Heim. Bist du sicher, dass sie dort besser aufgehoben wären? Sie haben eine Mutter, sie ist zwar eine Schlampe, aber es ist ihre leibliche Mutter. Manchmal ist sie sogar nüchtern, und auf ihre Weise liebt sie die beiden.«

»Gehen Sie nach Hause, junge Frau«, sagte ein Milizionär in Zivil und warf seine Kippe weg.

»Sie wollen also nicht überprüfen, was mit den Kindern ist?« Olga verstand selbst nicht, warum sie sich plötzlich so aufregte. »Was kostet es Sie denn, mal hochzugehen? Der Junge ist etwa vier und heißt Petja, das Mädchen, Ljuda, ist erst zwei.«

»Ah ja, verstehe.« Der Leutnant nickte.

Aus dem stinkenden Hauseingang drang Geschrei, zwei Milizionäre führten eine zerzauste dicke Frau in einer löchrigen Jacke und Trainingshosen heraus. Sie fluchte und kreischte. Die Milizionäre verfrachteten sie ins Auto. Olga blieb nichts weiter übrig, als nach Hause zu gehen.

Natürlich war es unsinnig, sich in ein fremdes, schmutziges Leben einzumischen, den Milizionären auf den Geist zu gehen. Das war dumm und sinnlos. Die beiden Kinder, Petja und Ljuda, hatten ihr eigenes Schicksal. Auch Shenja Katschalowa hatte ihr Schicksal gehabt. Professor Guschtschenko war der Ansicht, dass zwischen Opfer und Mörder eine besondere energetische Verbindung existiere, und zwar schon lange bevor sie sich begegnen. Es ziehe sie zueinander, und daran könne man nichts ändern.

Olga dachte plötzlich, wenn man das ernsthaft glaubte, müsse man doch verrückt werden. Sie hätte Guschtschenko gern gefragt, wie er mit diesem Gedanken leben und arbeiten konnte.

Einundzwanzigstes Kapitel

Der alte Nikonow war in eine Box verlegt worden. An seiner Stelle lag im Nachbarbett nun ein fetter alter Debiler mit Weibergesicht, schmalen Hängeschultern und unglaublich breitem Becken. Der Debile hatte die Decke abgeworfen, Mark den Hintern zugewandt und startete einen regelrechten Gasangriff.

Zumindest bin ich hier relativ sicher, tröstete sich Mark, der sich noch immer nicht die wichtigste Frage zu stellen wagte: Was weiter?

Ihm war übel von dem Gestank, er konnte nicht einschlafen.

Wenn er Schlafstörungen hatte, waren die Stunden vor dem Morgengrauen immer am schlimmsten. Die sterbende Nacht infizierte ihn mit Todesangst. Er war gerade mal vierzig, gesund und voller Kraft. Aber die Angst vor dem nahenden Alter, dem physischen Aus nahm ihm in schlaflosen Nächten vor dem Morgengrauen den Atem.

Im Schlaf probt man den Tod. Schlaflosigkeit ist eine Probe dessen, was einen nach dem Tod erwartet. Wenn man schlaflos ist, versagt die Selbstrechtfertigung. Alles, was du getan hast, ob gestern oder vor zwanzig Jahren, siehst du in seiner ganzen Hässlichkeit vor dir, und du weißt nicht, wie du damit umgehen sollst, mit deinem Leben, mit dem unvermeidlich nahenden Tod, und was danach kommt.

Früher einmal hatte er berühmt werden wollen. Er hielt sich wirklich für ein Genie und hasste die anderen, die seine Genialität nicht anerkennen wollten. Die Formel »sie sind bloß neidisch« spendete vorübergehenden Trost.

Er trieb sich in der Szene herum, besuchte Nachtklubs, schnupfte Kokain. Weil er immer knapp bei Kasse war und das Geld nicht für die geliebte Droge reichte, gabelte er in der Szene hässliche Mädchen aus wohlhabenden Familien auf, spielte den Verliebten und ließ sich aushalten.

Das Kokain machte ihn charmant, geistreich und ausdauernd. Er konnte die ganze Nacht Sex haben, wie ein Automat, und dann am Tag eine Erzählung schreiben, zutiefst davon überzeugt, dass er in beidem genial war.

Ließ aber die Wirkung der Droge nach, kamen die Depressionen, eine tiefe, unermessliche Wehmut und Hass auf die Welt, die Menschen und sich selbst. Er hatte Halluzinationen, glaubte, eine unsichtbare, feindselige Person berühre ihn, und unter seiner Haut krabbelten Insekten.

Einmal griff er nach einem Messer, um sich den Arm aufzuschlitzen und die widerlichen Parasiten zu entfernen. Der Schmerz und der Anblick des eigenen Blutes ernüchterten ihn – er begriff, dass es so nicht weitergehen konnte.

Er schaffte es, vom Kokain wegzukommen, und schwor sich, nie wieder etwas zu nehmen.

Aber ohne Drogen war die Depression ein Dauerzustand. Er brachte keine Zeile zustande. Menschen erregten in ihm Übelkeit, er fand sie alle hässlich, er wollte allein sein. Doch allein mit sich selbst fiel er in schwarze Ödnis. Er brauchte eine ständige äußere Bestätigung seiner Existenz in Zeit und Raum.

Mark Moloch langweilte sich immer und überall.

Er zweifelte nicht daran, dass es anderen genauso ging. Die meisten Taten beruhten auf Langeweile. Es gab natürlich auch andere Motive – Habgier, Lüsternheit, Neid, Selbsterhaltungstrieb oder Eitelkeit. Aber das war zweitrangig. Die Grundlage war und blieb die Langeweile. Ein fettes, wabbeliges Biest. Schon immer hatte es Mark vernichten, ihn überwältigen und ersticken wollen. Als er ein Kind war, erschien es in Gestalt der Kindergärtnerin, der Lehrerin, der Schuldirektorin und schließlich der eigenen Eltern.

Die Kindheit war voller Langeweile. Das ewige schmutzige Weiß der Plattenbauten, der verrußten Schneewehen im Winter und des kümmerlichen, staubigen Grüns im Sommer. Moskauer Stadtrand. Die öden Sechziger. Blaue Schuluniform für die Jungen, schwarzbraune für die Mädchen. Lehrerinnen in Synthetikkleidern. Filme über rote Partisanen. Wurst zu zwei Rubel zwanzig. Das allabendliche Nachrichtenprogramm »Wremja«. Blödsinnige Versammlungen, erst bei den Pionieren, dann beim Komsomol. Geburtstage mit fettigen Torten, dünnem Tee und klebriger Limonade.

Sein Blick vergrößerte alles Hässliche und malte es grell aus, sodass es lange im Gedächtnis haftenblieb. Eine zerquetschte Taube auf der Fahrbahn. Seine Banknachbarin, die heimlich ihre eigenen Parasiten aß. Die großen Schuppen auf dem blauen Satinkittel des Werklehrers. Wenn er einen Menschen anschaute, sah er nicht sein Gesicht, sondern abstoßende Details: einen Pickel, eine Warze, einen faulen Zahn.

Schon als kleiner Junge besaß er eine besondere Beobachtungsgabe. Nichts entging seinem aufmerksamen Blick. Er entdeckte und verriet seinen Klassenkameraden, dass die Mathelehrerin eine Perücke trug und sich die Brauen schwarz anmalte, dass die Pionierleiterin sich etwas in den BH stopfte, dass der Sportlehrer trank und ein falsches Gebiss hatte.

Zu Hause war es noch schlimmer als in der Schule. Die psychopathische Mutter, die sich für nichts interessierte als für böhmisches Kristall, afghanische Teppiche, ihre Verdauung und ihren Blutdruck, die bei Kriegs- und Liebesfilmen vorm Fernseher heulte, aber ihren eigenen Sohn wegen eines Flecks auf dem Hemd oder eines zerschlagenen Tellers anschrie. Und der stille Vater mit seinem ungesunden säuerlichen Geruch und den drei Haaren auf der Glatze.

Es war beleidigend, solche Eltern zu haben, in einer solchen Wohnung zu leben, in eine solche Schule zu gehen. Mark fühlte sich als Fremder, der durch ein grausames Missverständnis in eine Welt sprechender Puppen und Pappkulissen geraten war. Er wusste, dass er mehr verdiente, und wenn jemand anders in seiner Umgebung mehr besaß als er, brannte ihm diese Ungerechtigkeit in der Seele.

Die dürftigen sowjetischen Konsumgüter boten reichlich Nahrung für Wünsche. Alles Ausländische war Sendbote einer anderen Welt, des wahren, freien und bunten Lebens. Ein Kaugummi, ein schicker Matchbox-Rennwagen, ein dicker Kugelschreiber mit vielen farbigen Minen und Jeans, selbst wenn sie nur aus Indien oder Polen stammten.

Der eine hatte einen Vater, der Pilot war und Dinge aus dem Ausland mitbrachte, der andere eine Mutter, die in einem großen Kaufhaus an der Kasse saß und auch hin und wieder etwas Ausländisches, Schönes, Leckeres bekam. Ein Dritter aß jeden

Tag Brote mit echter finnischer Zervelatwurst, der Nächste lief im Winter nicht in einem grauen Fischgrätmantel mit Ziegenfellkragen herum, sondern in einer federleichten Daunenjacke mit breitem Reißverschluss und silbernen Litzen.

In der fünften Klasse brachte ein Junge eine zerfledderte ausländische Zeitschrift mit. Auf Farbfotos demonstrierten nackte Frauen in verschiedenen Posen alles, was normalerweise verborgen blieb. Gierig bestaunten die Fünftklässler diese Hochglanzfreuden auf der Brache hinter der Schule, bei den Müllcontainern. Der Junge mit dem Magazin war für eine paar Tage der Held der Klasse.

Im Gegensatz zu den meisten Erwachsenen vergaß Mark nie, wie verdorben und lasterhaft Kinder waren, besonders in Gruppen, wie sehr sie sich für alles Geschlechtliche, für die Kopulation interessierten. Die Reinheit des Kindes – das war ein heuchlerischer Mythos.

Mit diesem Satz begann er seine erste Erzählung. Damals träumte er von großem Weltruhm als Schriftsteller.

Jetzt wollte er nur noch Geld.

Von Ruhm konnte in seinem Gewerbe keine Rede sein. Im Gegenteil, er brauchte vollkommene Anonymität, am besten wäre er überhaupt unsichtbar.

Bevor er hierhergekommen war, hatte er nie freie Zeit gehabt. Er war entweder mit seinem Geschäft befasst gewesen oder hatte aktiv entspannt, in Nachtklubs oder im Kasino.

Er kannte alle guten Moskauer Restaurants, streifte gern durch teure Geschäfte, und wenn er dort etwas kaufte, empfand er eine beinahe erotische Befriedigung. Er hatte ein Ziel, sogar mehrere Ziele: Eine Rolex aus Platin, ein Mercedes-Kabriolett, eine Wohnung im Zentrum, ein Haus an der Rubljowka. Das würde ihn ein wenig mit der Ungerechtigkeit und Scheußlichkeit der Welt versöhnen. Vorerst tröstete er sich mit einer bescheidenen Seiko, drei Mietwohnungen und einem alten VW; und seine Kleidung erwarb er ausschließlich im Ausverkauf.

Zu Hause wurde Olga von ihrem düsteren, gekränkten Mann empfangen. Andrej hatte kein Fieber, aber einen geröteten Hals. Katja schlief schon. Olga brachte ihrem Sohn Kamillentee ans Bett und setzte sich zu ihm.

»Mama, kann ich morgen zu Hause bleiben?«, fragte Andrej.

»Ja, von mir aus.«

»Wie war die Sendung?«, fragte Alexander, als sie in die Küche kam, um eine Zigarette zu rauchen.

»Ganz in Ordnung. Morgen Abend können wir uns ansehen, wie's geworden ist.«

»Warum machst du das, Olga?«

»Was?«

»Diesen ganzen Dreck. Psychopathen, mit Babyöl übergossene Leichen, Kinderpornos.«

»Ich habe keine Ruhe, bis Moloch gefasst ist, ich muss ständig daran denken.« Sie hatte keine Kraft zu reden, etwas zu erklären.

»Wirst du wieder mit Solowjow zusammenarbeiten?«

»Ich weiß nicht.«

Eine Weile saßen sie schweigend zusammen, ohne sich anzuschauen. Dann stand Alexander auf und ging hinaus.

Die Linie zwischen den beiden Zeitpunkten existierte doch, Olga spürte, wie das imaginäre Seil in die Fußsohlen schnitt. Wieder lief sie zurück zu sich selbst vor zwanzig Jahren.

Vor zwanzig Jahren hatte sich Olga mit Dima Solowjow auf dem Hof ihres Hauses getroffen. Sie hatten sich seit dem März nicht gesehen. Nun hatte er angerufen und erklärt, er müsse mit ihr reden. Sie wusste: Das war das letzte Mal. Sie hatte sich entschieden und glaubte, richtig und vernünftig zu handeln.

Zu Hause in ihrem Kleiderschrank wartete ein Hochzeitskleid, das aussah wie aus Schaum. Sie heiratete Filippow, den zuverlässigen, häuslichen Alexander. Auch er wartete zu Hause, er trank in der Küche mit ihren Eltern Tee. Dima hatte aus einer Telefonzelle angerufen und sie gebeten, auf den Hof zu kommen. Die drei am Küchentisch waren voller Verständnis. Natürlich, Olga, geh ruhig und rede mit ihm, verabschiede dich vernünftig von ihm.

Ja, sie und Dima mussten miteinander reden. Aber sie sagten kein Wort, begrüßten sich nicht einmal. Sie küssten sich wie wahnsinnig. Sie standen im warmen Regen am kaputten Zaun. Dann rissen sie sich voneinander los, sie lief weg, und er rief sie nicht zurück. Oder er tat es doch, aber der Regen rauschte zu laut, und sie hörte es nicht.

Das Küchenfenster war offen, der Regen trommelte auf das Fensterbrett, und Olga fröstelte.

Während der Jagd auf Moloch hatte Professor Guschtschenko einmal gesagt, kindliche Ängste und seelische Traumata seien die Hauptursache für sexuelle Pathologien.

»Moloch hat ein ganz anderes Problem«, hatte Olga ihm widersprochen. Seine Mutter hat ihn abgöttisch geliebt, wahrscheinlich hatte er außerdem eine liebe Großmutter. Aber ein Mädchen hat ihn ausgelacht, weil er impotent war. Dafür hat er sie getötet. Permanenter traumatisierender Faktor waren nicht äußere Umstände, sondern seine eigene physische Unzulänglichkeit.«

Guschtschenko war wütend geworden und hatte geschrien: »Woher willst du das wissen? Was redest du da für einen Blödsinn?«

Normalerweise tolerierte Guschtschenko andere Meinungen, hier aber war er ausgerastet. Sein Gesicht wurde dunkelrot, die Adern auf seiner Stirn schwollen an. Einen Augenblick lang fürchtete Olga, er würde sich gleich mit Fäusten auf sie stürzen, und ihr wurde ein wenig mulmig, weil sie allein im Zimmer waren. Doch er war hinausgerannt und hatte die Tür zugeknallt.

Am nächsten Tag wurde offiziell bekanntgegeben, dass der neue Minister angeordnet hatte, die Gruppe von Professor

Guschtschenko aufzulösen. Vermutlich hatte Guschtschenko bereits davon gewusst und war deshalb so ausgerastet. Und weil Olga indirekt daran schuld war. Es war schließlich ihre Idee gewesen, einen Zusammenhang zwischen den Morden und der Produktion von Kinderpornos zu suchen. Am Ende war *Verbene* aufgeflogen, im Zuge des Skandals waren Beamtenköpfe gerollt, und der neue Minister löste die Gruppe auf.

Der alte Minister war ein Anhänger alles Westlichen, Amerikanischen gewesen und hatte versucht, das Innenministerium nach dem Muster der Polizei in den USA umzustrukturieren. Der neue zeigte sich patriotisch und erklärte, es sei für Russland demütigend, den Westen nachzuahmen. Profiling sei Scharlatanerie und unnütze Verschwendung von Zeit und Geld.

Übrigens hatten die Spannungen innerhalb der Gruppe kurz vorm Überkochen gestanden. Guschtschenko hatte, wie er sich ausdrückte, lauter »Einzelkämpfer« um sich geschart. Jeder war tief im Innern ein Genie. Jeder hielt seine Theorie für die einzig richtige und hörte keinem anderen zu. Als Olga erklärte, sie sähe einen Zusammenhang zwischen der alten, angeblich aufgeklärten Mordserie des Würgers von Dawydowo und der Serie von Moloch und halte es nicht für ausgeschlossen, dass es sich um ein und denselben Täter handele, wurde sie von den anderen offen verspottet.

Dima hatte sie damals gewarnt: Sag es ihnen nicht. Sie hatte nicht auf ihn gehört und die Quittung dafür bekommen.

»Ach, und was hat er zwischen 1986 und 2003 getrieben? Kaninchen gezüchtet? Landschaften gemalt? Psychopathen machen keine so langen Pausen. Und wie passt das zu deiner Theorie von Moloch als Missionar und den Kinderpornos? Oder glaubst du, die blinden Waisen aus dem Heim in Dawydowo wären auch nackt gefilmt worden?«

Dima und sie verstanden sich noch immer auch ohne Worte. Als Kinder hatten sie damit gespielt: Sie liefen im Abstand von mindestens zehn Metern die Straße entlang, er vorn, sie hinten oder umgekehrt. Derjenige, der hinten ging, forderte in Gedanken den anderen auf: Bleib stehen! Und der Vordere blieb stehen. Der Hintere kratzte sich an der Nase, bewegte die Brauen, streckte die Zunge raus, zog sich mit der rechten Hand am linken Ohr, und der Vordere tat, ohne sich umzuschauen, genau das Gleiche.

Das konnte sonst niemand. Niemand bis auf Olgas Zwillinge Andrej und Katja, als sie ganz klein waren.

Ich habe mir an jenem nassen Julitag wirklich das Leben versaut. All die Jahre habe ich mich nach ihm gesehnt, aber nicht gewagt, mir das einzugestehen. Als wir uns dann wiedertrafen und zusammenarbeiteten, konnte ich mir einfach nichts mehr vormachen. Dima Solowjow ist der einzige Mann, den ich je geliebt habe und noch immer liebe. Aber wir haben uns getrennt, und daran bin ich allein schuld. Nicht Mama oder Alexander. Ich. Ja und? Was weiter? Ich habe zwei Kinder, und Alexander ist ihr Vater.

Sie wusste, dass Dima jetzt in seinem Büro saß, den Computerbildschirm anstarrte und sich über sich selbst ärgerte, weil er auf ihren Anruf wartete. Von sich aus würde er auf keinen Fall anrufen. Schließlich hatte er damals vor zwei Jahren beim Abschied gesagt: »Wenn du mich sehen willst, ruf an. Ich werde es nicht tun.«

Olga wollte ihn schrecklich gern sehen, jeden Tag streckte sie die Hand nach dem Telefon aus, zuckte aber immer wieder zurück wie vor einem Stromschlag. Dima einfach so anzurufen, ohne einen wirklichen Grund, hieße, wieder von vorn anzufangen. Doch das war unmöglich.

»Unmöglich, unmöglich«, flüsterte Olga.

Die zerkratzte Plastikplatte des Küchentischs, die Schranktür mit der abgeplatzten Ecke, die Stille im Flur, die warme Dunkelheit der Zimmer, in denen ihr Mann und ihre Kinder schliefen – das alles erschien ihr plötzlich klein, schutzlos und verletzbar. Die alte Wohnung, das Familiennest, wo längst einmal renoviert werden müsste, wo niemand Geschirr spülen und die Fußböden wischen mochte, wo die Wasserhähne tropften, der Kühlschrank brummte, die Waschmaschine rumpelte, die Kartoffeln keimten, dauernd Socken verschwanden, das Telefon ewig besetzt war und der Fernseher lärmte.

Die Kinder kamen in die Pubertät. Sie stritten sich ständig. Sie müssten beide ein neues Mobiltelefon mit Kamera bekommen, ein Paar Inlineskates und einen kompletten Satz Sommerkleidung und -schuhe, denn sie waren aus allem herausgewachsen.

Andrej versuchte mit tiefer Stimme zu sprechen, darum hatte er Halsschmerzen. Er hatte sich den Pony bis zur Nase wachsen lassen und warf energisch den Kopf zurück, wenn er ihm ins Gesicht fiel. Katja hatte von einer wohlmeinenden Freundin zu hören bekommen, sie hätte eine Figur wie ein Klotz. Nun aß sie kein Brot mehr und machte jeden Morgen eifrig komplizierte Gymnastikübungen. Andrej lief nur mit Kopfhörern herum, aus denen Krach, Gebrüll und Schamanengeflüster drangen. Katja füllte ständig Fragebögen in Mädchenzeitschriften aus – »Erkenne deinen Charakter!«, »Bist du eine gute Freundin?«, »Was hindert dich, deine Komplexe loszuwerden?« Sie legte sich mitten im Zimmer auf den Fußboden, kritzelte Plus- und Minuszeichen in die Rubriken und rechnete das Ergebnis aus. Das alles tat sie nur, weil sie nicht genug Aufmerksamkeit bekam.

»Du liebst deine Irren und Psychopathen mehr als uns!«, hatte Andrej einmal geschrien.

Danach hatte sie die Gerichtsmedizin aufgegeben. Nicht nur, weil Guschtschenkos Gruppe aufgelöst worden war. Sie hätte im Institut bleiben können und wäre es auch gern, hatte aber wieder einmal nach der idiotischen Regel gehandelt: Überlege, was du in diesem Augenblick willst, und dann tu genau das Gegenteil.

»Willst du gar nicht schlafen gehen?« Alexander stand in der Tür, blass und verärgert, in seinem abgetragenen Bademantel und zerschlissenen Pantoffeln.

»Ich komme gleich. Leg dich schon hin, warte nicht auf mich.«

»Sitzt hier in der Kälte und qualmst wie ein Schlot.« Er trat zu ihr, umarmte sie, legte sein Gesicht auf ihren Scheitel und murmelte: »Es steht schlecht um uns, ja, Olga?«

»Wieso? Es ist alles bestens.«

»Bist du sicher?«

»Natürlich, Alexander.«

Zweiundzwanzigstes Kapitel

Wenn Hunde sprechen könnten, würde der amerikanische Wasserspaniel Ganja jetzt Folgendes sagen: »Schämst du dich nicht, Solowjow? Weißt du, wie spät es ist? Halb drei Uhr früh! Und du bist heute Morgen um acht aus dem Haus gegangen. Ja, du warst vorher schön mit mir draußen. Ja, du hast Futter- und Wassernapf gefüllt. Doch wie du siehst, sind sie noch halbvoll. Hast du vergessen, dass ich zum Essen und Trinken Gesellschaft brauche? Aber Hunger und Durst sind nicht das Schlimmste. Hast du eine Ahnung, was in meinem Bauch los ist? Jeder andere Hund an meiner Stelle hätte seine Geschäfte längst in der Wohnung erledigt, und zu Recht. Aber ich – nein, ich warte. Halte aus. Was stehst du noch rum? Nimm endlich die Leine! Dein Handy kann warten. Ich hasse dieses winselnde Ding! Irgendwann nehme ich mir das mal vor, im Ernst! Überhaupt – kein anständiger Mensch ruft früh um halb drei an.«

Genau das drückte Ganja mit seinem lauten Gebell im Flur wahrscheinlich aus, als Solowjow versuchte, mit einer Hand die Leine am Halsband zu befestigen. In der anderen hielt er das Telefon. Es war Anton Gorbunow; er drang nur mit Mühe durch das beleidigte Gebell.

»Ich habe Vaselin gefunden!«, rief Anton. »Valentin Kuwajew, geboren 1962! Der aus dem Telefonspeicher! Ich bin in einem Nachtklub, er gibt hier ein Konzert.«

Endlich waren sie draußen. Ganja hob das Bein am Rad eines schicken Jeeps und entledigte sich zunächst seines dringendsten Problems. Dann stürmte er vorwärts, schaffte es gerade so bis zum Rasen, stellte sich bequem hin und konzentrierte sich ganz auf sein Geschäft. Die Miene des Hundes spiegelte reines Glück – im höchsten, philosophischen Sinn.

Anton wartete auf Anweisungen – ob er Vaselin sofort als Zeugen vernehmen oder ihn erst einmal ein paar Tage lang observieren sollte.

»Hier sind jede Menge Minderjährige und werfen sich ihm an den Hals«, flüsterte Anton aufgeregt. »Es wird offen mit Drogen gehandelt, auf dem Klo wird geschnupft und gefixt. Ich glaube, dieser Vaselin ist ein Irrer. Sie sollten seine Songs hören! Lauter Sado-Maso!«

»Ja, hab ich schon.« Solowjow lachte auf. »Aber das beweist noch nichts. Keine voreiligen Schlüsse, Anton. Überprüf mal, ob er Auto fährt. Und versuch rauszukriegen, wo er in der Mordnacht war.«

»Er fährt Auto, einen Honda. In der Mordnacht hatte er kein Konzert, war aber in Moskau. Es ist nicht verheiratet, lebt allein. Manchmal übernachtet eine Frau bei ihm, seine Managerin und wohl zugleich seine Geliebte. Ihr Verhältnis scheint angespannt. Überhaupt ist er im Moment sehr gereizt. Benimmt sich merkwürdig, schaut sich dauernd um, als ob er jemanden sucht oder Angst hat.«

»Gib dich als Reporter aus. Verabrede ein Interview mit ihm. Taste ihn erst mal ein bisschen ab, dann sehen wir weiter.«

Solowjow steckte das Telefon weg. Ganja scharrte ein paar Meter neben dem dampfenden Haufen symbolisch mit den Hinterbeinen in der Erde, dann schaute er seinen Herrn fragend an.

Solowjow wollte nach Hause, fühlte sich aber dem Hund gegenüber schuldig. Ihn von der Leine zu lassen, wagte er nicht. Früher hatte er das getan, doch vor einer Woche hatte ein verrückter Autofahrer genau an dieser Kreuzung den Hund eines Nachbarn überfahren, den Scotchterrier Buddy, einen Freund von Ganja. Er könnte natürlich ein paar Blocks weitergehen, zu der kleinen Brache, die einmal ein Sportplatz gewesen und nun ein Hundeauslauf war, damit Ganja sich ein bisschen austoben konnte, aber Solowjow fielen die Augen zu. Er versuchte, mit Ganja zu handeln.

»Morgen kommt Ljuba. Sie geht mit dir auf den Platz, da kannst du laufen, so viel du willst. Aber jetzt gehen wir nach Hause, Junge, sei mir nicht böse.«

Solowjow schwindelte. Ljuba würde bestimmt nicht kommen. Ihre Beziehung steckte in einer Sackgasse, nein, sie war vermutlich beendet. Ljuba erwartete von ihm einen Heiratsantrag, und er machte ihr keinen. Sie war beleidigt, und er unternahm nichts, um sie zu versöhnen. Er fühlte sich schuldig, weil er ihr Hoffnungen gemacht hatte, und machte ihr nun keine mehr.

Ganja setzte sich hin und bellte jaulend: Nein! Er legte eine Pfote auf die Leine. Als wüsste er, dass sein Herr log.

»Doch!«, sagte Dima. »Wir gehen nach Hause. Ich bin müde. Ich muss um sieben aufstehen.«

»Nein!«, widersprach der Hund.

Solowjow kapitulierte.

Die Hundewiese war leer. Er band Ganja los, setzte sich auf einen Baumstamm und wollte sich eine Zigarette anzünden, überlegte es sich aber anders. Er hatte heute mindestens eine ganze Schachtel geraucht. Er musste aufhören. Wenn ich Moloch gefasst habe, rauche ich nach der ersten Vernehmung meine letzte Zigarette.

Solowjow döste fast ein.

Ganja jagte über die Wiese, beschnüffelte eifrig den harten Boden, hob die Pfote und wühlte das Vorjahresgras auf. Das war seine Abendzeitung; so erfuhr er die wichtigsten Ereignisse des Tages: Wer heute vorbeigekommen war, Bekannte und Fremde, Streuner und Sesshafte. Wer gerade läufig war und was er, Ganja, ein Hund in den besten Jahren, in dieser Hinsicht für Chancen hatte. Mehrmals lief er zu Solowjow, stupste ihn mit der Schnauze an, lächelte und wedelte mit dem Schwanz. »Siehst du, ich hatte recht, wie immer. Es gefällt dir auch hier draußen.«

Solowjow streichelte seinen Lockenkopf. Es war still, und die alte Jacke war schon warm. Wahrscheinlich hätte er noch eine Stunde hier gesessen, wäre nicht ohrenbetäubend laute Musik aus einem vorbeifahrenden Auto an sein Ohr gedrungen:

Die Lippen rot geschminkt, die Augen kindlich rein.
Warum willst du schon erwachsen sein?

Die Stimme von Valeri Katschalow schallte durch die ganze Straße, Solowjow fürchtete, zu ertauben. Ein Opel metallic raste vorbei und verschwand um die Ecke, der Schlager aber hallte im Nachtwind noch immer nach. Solowjow stand auf, rieb sich mit den Fäusten die Augen und schaute sich um. Ganja war weg. Er rief nach ihm, doch die einzige Antwort war das entfernte Echo der Musik und das Heulen des Windes. Nein, noch etwas. Ein trockenes Rascheln.

In einer entfernten Ecke der Wiese entdeckte er Ganja, der sich langsam rückwärts bewegte, das Hinterteil hochgereckt, die verdrehten Vorderpfoten fest auf den Boden gestemmt. Der Schlawiner hörte genau, dass er gerufen wurde, und wedelte nachlässig mit dem Schwanz, drehte sich aber nicht einmal um. Er war beschäftigt. Er zog etwas Großes, laut Raschelndes unterm Zaun hervor.

»Ganja!«, rief Solowjow noch einmal und pfiff dreimal kurz, ein Signal, auf das der Hund sofort zu reagieren hatte. Aber er zerrte weiter an seinem Fund. Als er es geschafft hatte, prallte er heftig rückwärts und wäre beinahe hingefallen, wedelte freudig mit dem Schwanz und wollte zu seinem Herrn laufen und ihm seine Beute zeigen. Doch die Beute sträubte sich plötzlich, wehte im Wind und öffnete sich wie ein Fallschirm.

Es war ein großes Stück Plastikfolie. Der nächste Windstoß hüllte Ganja in die Folie wie einen Koffer auf dem Flughafen. Der Hund war vollständig eingewickelt, kämpfte verzweifelt und verhedderte sich immer mehr. Solowjow rannte zu ihm, versuchte ihn auszuwickeln, sah, dass Schnauze und Nase in der Folie steckten, und wollte sie mit den Fingernägeln aufreißen, doch sie war zu dick, zudem nass und glitschig.

Ganja schnappte nach Luft. Solowjow fand in den Jackentaschen nur seinen Wohnungsschlüssel, und damit befreite er den Hund schließlich, indem er ein Loch in die Folie bohrte. Nun konnte der Dummkopf wieder atmen. Anschließend wickelte Solowjow ihn vollständig aus.

Schweigend liefen sie nach Hause. Ganja mit eingezogenem Schwanz, Solowjow mit eingekniffenen Lippen. Im Lift drückte der Hund seine Schnauze gegen Solowjows Hand und wedelte mit dem Schwanz.

»Hör auf«, sagte Solowjow, »ich will jetzt nicht mit dir reden. Du bist ein erwachsener Hund und solltest wissen, was du tust.«

Wäre Ganja der Sprache mächtig gewesen, hätte er wohl geantwortet: »Entschuldige. Ich weiß. Ich tu's nie wieder.«

Der Wanderer öffnete die Augen und starrte in die Dunkelheit. Er hatte höchstens zwei Stunden geschlafen. Er zitterte am ganzen Leib. Er musste handeln, jetzt gleich, sofort. Er hatte viel Kraft verloren – bei der Maskerade für den alten Lehrer und anschließend, als er zwischen den Häuserwänden feststeckte. Er empfand echte Angst, alles in ihm schrie nach einer neuen Dosis Bioplasmid.

Wie Schlaglichter sah er die Gestalten der gefangenen Engel vor sich. Der Junge, der mit dem Schrei »Mama! Mamotschka!« zu der Hominidin gelaufen war. Das ganz kleine Mädchen, das er zwar nicht gesehen hatte, sich aber gut vorstellen konnte.

Den Blick an die Decke gerichtet, sprach der Wanderer leise

und monoton seine endlosen Monologe. Eine Zeitlang hatte er diese Offenbarungen auf Band aufgezeichnet, überzeugt davon, dass es nicht er selbst war, der da sprach, sondern ein archaischer Geist, der ihn seiner göttlichen Aufmerksamkeit würdigte. Doch dann begriff seine andere, reale Hälfte, dass es gefährlich war, diese Kassetten im Haus zu haben, und er vernichtete sie nach und nach. Die letzte hatte er heute Morgen verbrannt. Die wertvollste. Auf ihr hatte er den Beginn der bewussten Erfüllung seiner Mission festgehalten.

Zwischen 1983 und 1986 hatte er fünf Engel befreien können.

Die blinden Waisen, kleine Hominiden, waren meist sich selbst überlassen. In der warmen Jahreszeit kehrten sie manchmal zu Fuß aus der Wolfshöhle zurück, allein, ohne Erwachsene. Sie kannten sich in der Gegend gut aus, und da sie blind waren, machte es für sie keinen Unterschied, ob Tag oder Nacht war.

Die Kinder nahmen einen breiten Weg am See entlang. Zu Fuß war es bedeutend kürzer als mit dem Auto. Normalerweise liefen sie im Gänsemarsch. Der Älteste ging voran und tastete mit einem weißen Stock den Boden und die knorrigen Baumwurzeln ab. Die anderen orientierten sich am Geräusch seiner Schritte.

Mit dieser seltsamen nächtlichen Prozession der blinden Kinder hatte alles angefangen.

Wegen seiner permanenten Schlaflosigkeit ging der Wanderer oft nachts spazieren. Er brauchte Bewegung, und diesen Bewegungsdrang konnte er nachts allein im Wald am besten ausleben. Zum hundertsten, ja tausendsten Mal spielte er im Kopf die Szene auf dem Dachboden durch, bis zur Ekstase, und wenn er zu sich kam, entdeckte er, dass er den schlanken Stamm einer jungen Birke umklammerte wie den Hals des Hominidenflittchens.

Eines Tages also drangen durch das Rascheln der Blätter, durch die geheimnisvollen Geräusche des nächtlichen Waldes lebhafte Kinderstimmen. Er versteckte sich hinter Büschen und erblickte die eigentümliche Prozession. Die Nacht war hell, der Vollmond beleuchtete die Gesichter der Kinder, ihre starren Augen.

Ganz hinten lief die Kleinste, ein Mädchen von etwa sieben Jahren. Sie blieb zurück, weil sie etwas fallen gelassen hatte, sich hinhockte und im Gras herumtastete. Sie rief den anderen zu, sie sollten warten. Er hatte nicht gewagt, sie zu überfallen. Es waren vier Kinder. Mit allen wäre er nicht fertig geworden, womöglich wären die anderen weggelaufen und hätten Hilfe geholt.

Aber seit dieser Mainacht hatten seine Spaziergänge einen bestimmten Sinn und ein konkretes Ziel gehabt. Er kreiste immer um das Kinderheim und den See. Er besann sich erst, als der Wächter des großen Hauses ihn entdeckte und ansprach. Sein Gesicht konnte er nicht gesehen haben, nur die Silhouette, trotzdem wurde der Wanderer nun vorsichtiger.

Als er wieder einmal in Moskau war, kaufte er in einem Kostümgeschäft mehrere künstliche Bärte, Perücken und Schminke. Auf dem Flohmarkt erstand er eine Menge schäbiger Kleidungsstücke und Schuhe. Das alles packte er in eine Sporttasche und legte sie in den Kofferraum.

Sein erstes Opfer, ekelhaft und völlig sinnlos, wurde der nackte betrunkene General.

Dann lauerte er einem Mädchen auf. Sie sammelte am Zaun Erdbeeren, auf der Rückseite des Heims, wo kein Pförtner war und auch sonst niemand. Er beobachtete lange, wie das blinde Kind in der Hocke das Gras und die Erdbeerpflanzen um sich herum abtastete, als spiele es Klavier. Die leichten, sensiblen Finger flogen über die weißen Blüten und fanden und pflückten die noch raren blassgrünen, erst auf einer Seite rosa gefärbten Früchte.

»Na, schmecken sie?«, fragte er und hockte sich neben sie.

»Ja. Sehr. Willst du?« Sie streckte ihm die Hand mit den Erdbeeren hin.

Er nahm sie mit dem Mund, und eine heiße Welle durchfuhr ihn, als seine Lippen die warme Haut berührten.

Die blinden Waisen waren zutraulich, in jedem Erwachsenen vermuteten sie jemanden, der sie adoptieren wollte. Die Kleinsten fragten jede Frau: »Bist du meine Mama?« und jeden Mann: »Bist du mein Papa?« Nur die Männer in der Wolfshöhle fragten sie das nie.

»Bist du ein Opa?«, fragte das Mädchen den Wanderer.

»Ja«, antwortete er, »ich bin ein Opa, aber ein ganz besonderer. Ich bin nämlich ein Zauberer.«

»Wie das?«

»Hast du noch nie von Zauberern gehört?«

»Doch. Aber die gibt es nur im Märchen.«

»Nicht nur. Auch im richtigen Leben. Sag, was wünschst du dir jetzt gerade am meisten?«

»Schokolade«, antwortete das Mädchen, ohne zu zögern.

Er holte einen Schokoriegel aus der Tasche und legte ihn ihr in die Hand. Sie lachte freudig.

»Und was noch?«, fragte er. »Was wünschst du dir noch?«

»Neue Schuhe.«

»An einem Tag kann ich immer nur einen Wunsch erfüllen. Aber du hast insgesamt drei Wünsche frei. Du bist doch ein kluges Mädchen, überleg mal, was wünschst du dir am allermeisten?«

»Dass ich sehen kann und dass meine Mama mich abholen kommt.«

»Das ist schwer zu erfüllen, aber ich werde es versuchen. Doch denk dran, wenn du auch nur einer Menschenseele von mir erzählst, dann wird nichts daraus.«

»Nein, nein, ich erzähle es niemandem! Schwindelst du auch nicht?«

»Ich kann nichts versprechen, aber ich werde es versuchen. Allerdings gibt es eine Schwierigkeit. Du musst in der Nacht an den See kommen, und niemand darf davon wissen.«

»Warum in der Nacht?«

»Weil am Tag das Licht zu grell ist. Wenn deine Augen anfangen zu sehen, müssen sie sich langsam an das Licht gewöhnen.«

Das Mädchen kam in der Nacht zum See, und der Engel, der in ihr weinte, flog in die Freiheit. Der Wanderer hatte sein Versprechen gehalten. Engel waren nicht blind.

Als man die Leiche im See und die Kleider am Ufer fand, wurde das Ganze als Unfall behandelt. Es gab keinerlei Ermittlungen. Also hatte das Mädchen niemandem etwas erzählt. Doch nun wurden die Kinder mit dem Auto von der Wolfshöhle nach Hause gebracht, und sie verließen das Heimgelände nicht mehr ohne Erwachsene. Der Wanderer zog sich zurück und wartete.

Ende August wurden die Kinder wieder mutiger und die Erwachsenen nachlässiger. Ein Stück vom Heim entfernt war ein Haselnusshain. Eines Tages beobachtete der Wanderer, wie ein Mädchen, etwas älter als das erste, einen Ast herunterbog und ihn nach Nüssen absuchte. Es war niemand in der Nähe, also ging er hin, half ihr, pflückte Nüsse für sie und unterhielt sich mit ihr. Das Gespräch verlief fast genauso wie beim ersten Mal, auch die drei Wünsche waren die gleichen: Schokolade, Sehen, Mama.

Der Wanderer hütete sich, das Mädchen zum See zu bestellen, um kein unbewusstes Misstrauen zu wecken. Er sagte, sie solle zu der Stelle kommen, wo der Pfad zur Bahnstation abbiegt.

Wieder schöpfte kein Erwachsener Verdacht. Ein Unfall. Das Einzige, was ihnen hätte auffallen können, waren die abgeschnittenen Haare. Der Wanderer brauchte sie nicht als Souvenir – das Abschneiden der Haare stand symbolisch für die Taufe oder die monastische Weihe.

Er tötete nicht, er zelebrierte ein heiliges Ritual.

Der Wanderer beschloss, sich bis zum nächsten Sommer zurückzuhalten. Doch dann geschah es, dass er eines Nachts im Oktober im Wald auf einen achtjährigen Jungen traf.

Es war niemand in der Nähe. Der Junge war aus dem Heim weggelaufen und auf dem Weg zur Bahnstation.

Diesmal wurden nach dem Fund der Leiche Ermittlungen eingeleitet. Nun glaubte niemand mehr an einen Unfall. Der Wanderer musste sich wirklich zurückziehen, und zwar für lange Zeit.

Es vergingen anderthalb Jahre, bevor er sich entschloss, erneut auf die Jagd zu gehen. Es war Anfang Mai, und nachts liefen keine Kinder im Wald herum. Sie wurden noch immer zum großen Haus gefahren, zu dritt oder zu viert, meist Mädchen, manchmal aber auch Jungen. Zurückgebracht wurden sie ebenfalls mit dem Auto.

Der Wanderer zitterte wie im Fieber. Das Weinen der Engel übertönte alle anderen Geräusche; er wälzte sich auf dem nassen Boden, riss taufeuchtes Gras heraus und Zweige von den Bäumen, grub seine Fingernägel in weiche Birkenrinde.

Mitten in einem solchen qualvollen Anfall vernahm er deutlich eine Kinderstimme.

»Wer ist da?«

Ein zwölfjähriges Mädchen mit einem Stock lief sehr langsam durch das Gras.

Später erfuhr er, dass sie erst vor kurzem erblindet und aus einem normalen Waisenhaus in das Blindenheim umgezogen war. Sie hatte in der Nacht versehentlich das Heimgelände verlassen.

Sie war sehr hübsch. Weißblonde Locken, ein schmales, regelmäßiges Gesicht. Vielleicht war sie noch nie in dem großen Haus gewesen. Aber man würde sie bald dorthin bringen.

Danach lebte der Wanderer sehr lange, ein Jahr und zwei Monate, in der Hominidenhaut und gestattete sich nicht einmal nächtliche Spaziergänge. Die Hominiden waren ernstlich aufgeschreckt. Die Kinder fuhren nicht mehr in die Wolfshöhle. Das Heimgelände wurde rund um die Uhr bewacht. Der Wanderer verwandte seine ganze Kraft darauf, sich abzusichern, durchdacht und umsichtig. Er errichtete einen so tadellosen und zuverlässigen Schutzwall, dass er Mitte Juli, als sich eine Gelegenheit ergab, noch einen weiteren Engel befreite.

Die Wachleute waren abgezogen worden. Der Wanderer fuhr am späten Abend von Moskau nach Dawydowo, in einem normalen Anzug, ohne künstlichen Bart, Perücke und schwarze Brille, unter dem Anzug die dicke Hominidenhaut. Als er an der Bahnschranke halten musste, entdeckte er auf dem Bahnsteig ein Mädchen. Sie war gerade aus dem Zug gestiegen und ging vorsichtig zur Treppe.

Er überquerte die Gleise und wartete auf sie. Sie war fast erwachsen, etwa sechzehn, und nicht vollkommen blind, nur stark sehbehindert. Der Wanderer wusste, dass sie nur ein kurzes Stück die Chaussee entlanggehen und dann in den Wald abbiegen würde. Dort am Waldweg erwartete er sie, überzeugte sich, dass niemand in der Nähe war, kurbelte das Fenster herunter, sprach sie an und schlug ihr vor, sie zum Heim zu fahren. Er lächelte freundlich – Blinde können das Lächeln zwar nicht sehen, erkennen es aber an der Stimme.

Sie willigte ein. In ihrer Tasche lag ein dickes, schweres Buch in Blindenschrift. Im Auto erzählte sie, sie sei in der Blindenbibliothek gewesen, weil sie unbedingt dieses Buch ausleihen wollte – »Vom Winde verweht«. Sie sei so spät dran, weil sie sich verlaufen habe, in den falschen Bus gestiegen sei und sich lange nicht getraut habe, nach dem Weg zum richtigen Bahnhof zu fragen.

»Warst du schon mal in dem großen Haus auf der anderen Seeseite?«, fragte er.

»In welchem Haus? Ich weiß von nichts!«

Ihr Erschrecken und das Zittern in ihrer Stimme verrieten, dass sie schon dort gewesen war und Bescheid wusste.

»Halten Sie an, lassen Sie mich raus! Ich gehe zu Fuß weiter! Bitte, halten Sie an!«

Er hielt, ließ sie aber nicht aussteigen. Sie rüttelte an der Tür.

Er wusste, sie würde weglaufen und schreien. Er versetzte ihr einen Handkantenschlag gegen die Halsschlagader, bog in den Waldweg ein und parkte abseits von der Chaussee.

Sie war schon tot, als er sie durch den Wald zum See schleppte. Er schnitt ihr mit dem Taschenmesser eine Haarsträhne ab, denn er hatte keine Schere dabei. Nachdem er die Leiche den Abhang hinuntergeworfen hatte, untersuchte er sorgfältig die Kleidung des Mädchens. Dann ging er zum Auto zurück, holte ihre Tasche und warf sie weg.

Als Trophäen nahm er außer den Haaren die Brille mit den Linsengläsern und einen silbernen Ring mit einem Türkis an sich.

Die Haare und die anderen Dinge der Toten sammelte er nicht aus Sentimentalität – die Schatulle aus Birkenbast, in der er sie aufbewahrte, gehörte zu seinem Plan.

Es gelang ihm, die Hominiden so geschickt zu täuschen, dass niemand etwas argwöhnte. Die Missgeburt mit der Hasenscharte, der Sportlehrer aus dem Heim, war die ideale Besetzung für die Rolle des Serienmörders. Er stand bereits unter Verdacht. Das letzte Hindernis war der Hund, der das Haus des jämmerlichen Hominiden bewachte, aber das war kein großes Problem.

Viel schwieriger war es, weiter in der ewigen Nacht zu leben, eingesperrt in die dicke Hominidenhaut.

Vor dem Schlafengehen sah Solowjow noch einmal Shenjas Anruflisten durch und beschloss, am nächsten Morgen Professor Guschtschenko anzurufen und ihn nach dem Würger von Dawydowo zu fragen. Dessen Serie hatte vieles gemeinsam mit der jetzigen. Olga und der alte Lobow hatten recht – es schien die Handschrift von Moloch zu sein.

»Was noch?«, murmelte Solowjow ins Kissen. »Valentin Kuwajew. Der Sänger Vaselin. Anton ist an ihm dran. Ich werde doch mal versuchen, mit Sazepa zu reden. Und vorsichtig an Groschew heranzukommen, unter einem harmlosen Vorwand.

Für morgen, nein, heute, bleiben noch zwei: Boris Rodezki und Irina Drosdowa.«

Ika. Das Wesen aus Shenjas geheimem Leben. Oder einfach nur eine Freundin? Nein, sie musste etwas wissen. Sie war zweiundzwanzig, wirkte aber jünger als Shenja, war Waise … Lebte mit einem Schriftsteller namens Mark zusammen … Der Internet-Pornograph hieß auch Mark …

Solowjow schlief ein und träumte, dass er mit Olga durch einen Kiefernwald ging. Die Jahreszeit und ob es warm ist oder kalt, ist unklar, die Sonne scheint nicht, das Licht ist sonderbar. Es ist hell, aber oben ist es finster, Nacht, ohne Mond und ohne Sterne, schwarzes Loch. Auch unter den Füßen gähnt ein Loch. Er hat das Gefühl, über eine elastische Masse zu laufen, wie harte Sülze. Die Kiefern stehen in viel zu geraden Reihen und sehen alle vollkommen gleich aus.

Der Abstand zwischen den Bäumen wird mit jedem Schritt kleiner, bald bilden die Kiefern eine geschlossene Wand. Olga bemerkt das nicht, sie lacht, laut und übermütig. Dima sieht, dass der Korridor, durch den sie laufen, in einem dichten Nebel endet, der nicht aus Wasser besteht, sondern aus schwarzer Tinte.

Olga lacht, zieht ihn vorwärts, in die tintenschwarze Finsternis. Er versucht sie aufzuhalten. Ihre Hand entgleitet ihm, und sie läuft weiter. Er kann nicht laufen, seine Beine sind wie Watte. Er ruft nach ihr, aber es kommt kein Laut. Plötzlich dreht sie sich um, und er begreift, dass sie gar nicht lacht, sondern weint.

Die Schwärze, in die sie hineinläuft, ist lebendig. Sie bewegt sich, pulsiert. Dima kann sich erst wieder rühren, als Olga verschwunden ist. Die widerliche Masse hat sie gleichsam geschluckt. Er geht näher heran und ist ebenfalls drin.

Gefrorene Finsternis, das ist es. Man kann sich darin fortbewegen, aber nur sehr langsam. Der dichte, eisige Raum knirscht. Die Augen gewöhnen sich an die Dunkelheit, und Dima bemerkt, dass er über einen See läuft. Wieder fühlt es sich unter den Füßen an wie Sülze. Unten ist die Finsternis dichter, trotzdem sieht er Wasserpflanzen und Steine und hört dumpfes, entferntes Plätschern.

Vor ihm sind ein hoher Zaun und ein offenes Tor. Dahinter steht ein Haus, ein zweistöckiges kleines Schloss mit Luxusambitionen – Säulen, Türmchen. Dima geht näher heran, und das Ganze entpuppt sich als Attrappe; kaum betritt er eine halbrunde Stufe der Vortreppe, da zerfällt alles zu Staub.

Er steht allein mitten in der Leere. Irgendwo unter ihm raschelt es. Dort bewegen sich Menschen, eingewickelt in dicke, stumpfe Folie, ein Knäuel menschlicher Körper. Als hätte sie jemand in einen gigantischen Plastiksack gesteckt. Sie versuchen sich zu befreien, schnappen nach Luft. Dima sieht Köpfe, Arme, Beine. Alles sehr klein, und er begreift: In dem Sack sind Kinder. Er stürzt zu ihnen, will die Folie zerreißen, aber sie ist fettig und glitschig. Und direkt über dieser trüben Schicht erscheint das weiße Gesicht von Olga.

Die Finsternis neben ihm verdichtet sich allmählich und bildet eine klare Silhouette. Ein Mann, so groß wie er selbst. Eine Kapuzenjacke. Breite Schultern. Unter der Kapuze schwarze Leere, nur zwei trübe weißliche Flecke dort, wo die Augen sein müssten. Das Geschöpf streckt eine Hand im Gummihandschuh aus. Darauf liegt eine kastanienbraune Haarsträhne. Olgas Haar.

Dima schlägt mit der Faust in die Leere unter der Kapuze, die Faust trifft ins Nichts, das Geschöpf lacht leise und löst sich auf.

Er erwachte in eiskaltem Schweiß. Sein rechter Arm schmerzte. Aber das tat er oft. Es war der Arm, auf den ein betrunkener Lagerarbeiter vor vielen Jahren eine Kiste mit Konserven fallen gelassen hatte.

Dreiundzwanzigstes Kapitel

Das Einfachste wäre, Shenja anzurufen und zu fragen, warum sie nicht zum Konzert gekommen war. Aber das wollte Vaselin lieber nicht tun. Frauen wurden so schnell unverschämt. Kaum sagte man einer, dass man sie brauche, schon saß man in der Falle. Klar, sie war beleidigt, weil er sie Sonntagabend nicht zu sich nach Hause eingeladen hatte. Aber er hatte sie nicht mit zu sich nehmen können – Natascha war in seiner Wohnung gewesen.

Hätte Shenja früher was gesagt, hätte er das verhindern können. Aber erst als sie ins Taxi stiegen, hatte sie erklärt, dass sie die ganze Nacht bei ihm bleiben wolle. Das fehlte noch, ihr jede Laune zu erfüllen!

Sie brauchte ihn, nicht umgekehrt. Unzählige Mädchen wie sie waren nur für ein Autogramm von ihm zu allem bereit – sie standen stundenlang in Kälte und Regen, ließen sich von der Menge fast erdrücken, schrien sich die Seele aus dem Leib.

Vaselin war noch keiner hinterhergelaufen. Je lässiger und zynischer er mit den jungen Damen umging, umso mehr hingen sie an ihm. In Interviews und Talkshows zitierte er, wenn es um pikante Themen ging, gern Puschkin, allerdings leicht abgewandelt: »Je wen'ger Liebe wir ihr schenken, je leichter gibt sie sich uns hin.« Ein Teil des Publikums quittierte das stets mit Beifall und Lachen. Vaselin wusste, solange es diesen Teil gab, bei dem das Gehirn unterhalb der Gürtellinie saß, solange war er nicht verloren.

Wenn er gefragt wurde, warum er noch immer nicht verheiratet sei, antwortete er, er könne Eintönigkeit nicht ertragen. Sein Element sei die ewige Suche nach Vollkommenheit. Was, wenn er heirate und dann eine Bessere kennenlerne? Schöne Frauen gebe es viele, ihn dagegen nur einmal. Wenn er sich an eine Dame binde, würden alle übrigen die Hoffnung aufgeben und sich benachteiligt fühlen. Das sei doch nicht gerecht. Jede solle ihre Chance haben.

Er wurde gern zu Talkshows eingeladen. Vaselin war immer für einen Skandal gut, zumindest für eine Provokation.

Er lehnte keine Einladung ab. Speziell für Talkshows hatte er sich das Lächeln eines Katers zugelegt, der sich am Sahnetopf gütlich getan hat, und spielte stets die Rolle des erschöpften Sexgiganten.

In Wirklichkeit war die tüchtige dicke Natascha die Einzige, die ihm die Socken wusch. Geliebt und bewundert wurde er nur aus der Ferne, wenn er auf der Bühne stand oder auf dem Bildschirm flimmerte. Sobald man ihm zu nahe kam, strahlte er Eiseskälte aus. Er interessierte sich für niemanden außer sich selbst.

Die Glamourmädchen hüpften zu ihm ins Bett und verschwanden enttäuscht rasch wieder und suchten neue Abenteuer. Er war kein besonders toller Mann, grob im Bett, faul und ungepflegt im Alltag. Er wusch sich selten die Haare und vergaß oft, sich die Ohren zu säubern und die Socken zu wechseln. Trotzdem befürchtete er ständig, dass ihn eines Tages eine Frau einfangen und zum Heiraten zwingen würde.

»Blödmann«, sagte sein Produzent Boris, »Hochzeiten und Scheidungen sind auch Werbung. Wie viele Affären du hast, interessiert keinen. Um Aufsehen zu erregen, musst du ausschließlich Stars vögeln – Sportlerinnen, Fernsehmoderatorinnen, Ballerinen. Und deinen Betthäschen einen Mercedes, eine Wohnung, Pelze und Brillanten schenken. Dann interessieren sich die Leute auch für deine Liebschaften und reden und schreiben darüber.«

Ja, er hatte recht. Aber Vaselin konnte seinen Rat nicht befolgen. Eine Affäre mit einem Sport- oder Ballettstar kriegte er einfach nicht hin. Er versuchte es nicht einmal, denn er befürchtete zu Recht einen Korb. Er verstand sich nicht aufs Werben, und von sich aus warf sich ihm kein Star an den Hals. Er besaß nicht die Mittel für teure Geschenke wie Autos und Wohnungen, und selbst wenn er sehr reich gewesen wäre, würde er trotzdem niemandem etwas schenken, denn er hielt sich selbst für das größte Geschenk. Vaselin war schlicht geizig.

Doch die Zeit war reif, mehr als reif für eine neue PR-Kampagne. Vaselin verdankte seinen Ruhm ausschließlich kluger, gezielter Werbung. Vaselin war eine Marke, geschaffen von professionellen Produzenten, Imageberatern und gekauften Journalisten.

In der Nacht im Klub, als Shenja nicht gekommen war, hatte ihn ein schmächtiger junger Mann mit kurzen roten Haaren und schicker runder Brille angesprochen, der Kerl, der im Foyer rumgestanden hatte, als er und Natascha sich anschrien. Er war Reporter einer Wochenzeitung, einer von denen mit ausführlichem Fernsehprogramm und Prominentenklatsch. Er wollte ein Interview mit Fotos, für eine ganze Doppelseite. Solche Dinge arrangierte normalerweise Boris. Manchmal bezahlte er dafür, manchmal genügten seine vielfältigen Verbindungen. Eine Doppelseite in einer Zeitung mit Millionenauflage, das war Spitze, eine der wirkungsvollsten Methoden indirekter Werbung.

»Passt es Ihnen gleich morgen Vormittag?«, hatte der Reporter gefragt, wobei er den großen Poeten schüchtern und hingerissen ansah.

»Ist es denn so dringend?«, frage Vaselin mit herablassendem Lächeln

»Sie sollen schon in die nächste Nummer.«

»Na schön. Aber keine Fotos. Morgens bin ich nicht in Form.«

»Der Fotograf kann auch am Abend kommen, doch das Interview brauche ich so bald wie möglich. Ich muss ja den Text noch verschriftlichen und Ihnen zur Überprüfung schicken.«

»Gut, dann morgen so gegen zwölf.«

»Oh, geht es nicht ein bisschen früher?«, fragte der Journalist zögernd. »Ich muss um halb eins in Ostankino sein, bei einer Fernsehshow zum Thema Regenbogenpresse – mein erster Fernsehauftritt.«

Vaselin zeigte sich großmütig und bestellte ihn zu elf Uhr in ein Café in der Nähe seiner Wohnung.

Den Rest der Nacht verbrachte Oberleutnant Anton Gorbunow im Internet und sammelte eine Menge interessanter Informationen über Vaselin.

Er erfuhr, dass Vaselin und Valeri Katschalow langjährige erbitterte Feinde waren. Einmal hätten sie sich fast geprügelt. Bei Konzerten war es ungeheuer wichtig, wer wann und nach wem auf die Bühne kam. Katschalow hatte sich geweigert, nach Vaselin aufzutreten, denn dann sei der Saal halb leer, es würden nur noch Gestörte dasitzen, denn allein Gestörte könnten den blutigen Durchfall ertragen, den Vaselin als Songs bezeichne. Vaselin blieb Katschalow nichts schuldig, bezeichnete seine Produktion als Trash, Sowjetpop und Stagnation. Diesen Wortwechsel hatten mehrere Klatschblätter mit großem Vergnügen ausführlich wiedergegeben.

In anschließenden Interviews bewarfen sich die beiden Sänger gegenseitig mit Schmutz. Vaselin behauptete, Katschalow habe sich mit Banditen eingelassen, sei in seiner Jugend bezahlter KGB-Spitzel gewesen und dem ZK des Komsomol in den Arsch gekrochen. Und er singe nie live, weil er weder Stimme noch Gehör habe.

Katschalow seinerseits erklärte, Leute wie Vaselin und sein Publikum gehörten in die Psychiatrie. Alles, was er schreibe, sei Hohn und Plagiat. Seine, pardon, Songs könnten einen glatt dazu bringen, sich aufzuhängen, zum Säufer oder Fixer zu werden. Er sei ein jämmerlicher Parodist, ein unbegabter Wicht, der ständig von seiner Genialität rede.

Zum Schluss schaute Anton noch in den Kriminalreport, aber er enthielt kein Wort über den Mord an Shenja Katschalowa.

Merkwürdig, dachte Anton, es gab doch einen Fernsehbericht. Und Meldungen in allen Lokalnachrichten … Geht das wieder so los wie damals mit Moloch?

Anton wusste, dass das Internet nicht so unkontrolliert war, wie es mitunter schien. Manche brisante Information verschwand nach einigen Stunden schlagartig von allen Seiten. Möglich, dass die Betreiber der jeweiligen Website sie selbst löschten, aber bestimmt nicht freiwillig.

Informationen über Moloch sind also noch immer unerwünscht? Klar, in der Sitzung beim stellvertretenden Minister wurde strikt geleugnet, dass es sich um eine Fortsetzung der Moloch-Serie handelte. Solowjow hatte nicht einmal die Entschlüsselung der Anruflisten aus dem Handy der Ermordeten auf offiziellem Weg bekommen können. Was für ein Irrsinn.

Es war acht Uhr morgens. Anton schaltete den Computer aus, stellte den Wecker auf zehn und schlief angezogen auf der Couch ein.

Die Nacht steht für das Chaos. Sie ist aus dem Chaos geboren und hat zwei Götter hervorgebracht, Thanatos, den Gott des Todes, und Hynos, den Gott des Schlafs. Tod und Schlaf sind Brüder. Sie haben noch einen Bruder – Momos, den Gott der Schmähsucht. Er ist mit den dunkelsten Tiefen des Bösen verbunden, mit den unterirdischen Abgründen des Tartarus. Die blinden Kinder trugen zweifellos das Zeichen der Finsternis. Sie lebten in einer noch schlimmeren und hoffnungsloseren Finsternis als die übrigen Hominiden, und die Engel in ihnen litten fürchterlich.

Manchmal schien es ihm, als habe er alles, was ihm in den Nächten in der kleinen Moskauer Vorstadt Dawydowo widerfahren war, nur geträumt. Die Hominidenhaut wuchs allmählich in seine sensible Haut ein, und er wollte sie nicht mehr herunterreißen.

Er vergaß seine große Mission und hörte sich immer seltener die Kassetten mit der Stimme des Geschöpfes aus dem Reich des Lichts an.

Wenn er nachts nicht schlafen konnte, fragte er sich mitunter: Ist es wirklich vorbei?

Er wusste: So mühelos und ungestraft wie in der Nähe des Heims in Dawydowo würde er nirgends vorgehen können.

Die Welt der Hominiden faulte von innen heraus, und der Gestank nahm ihm den Atem. Laster und Unzucht überfielen den Wanderer von allen Seiten; was früher hinter Wänden und dichten Vorhängen verborgen war, drängte nun schamlos nach außen, war öffentlich und allgemein zugänglich geworden.

Um die Tiefe des Sittenverfalls zu begreifen und zu ermessen, durchstreifte der Wanderer das Internet, stieß auf die schlimmsten, schmutzigsten Pornoseiten, las, schaute und bebte vor gerechtem Zorn.

Eine besonders starke Wirkung auf ihn hatte eine Erzählung eines Porno-Autors namens Mark. Es war eine verschlüsselte Botschaft an ihn, den Wanderer. Gefunden hatte er sie tief unten im Höllenschlund, auf dem eisigen Boden jenes Abgrunds, in den die Kinder fielen.

In der Erzählung wurde geschildert, wie ein von Geburt reiner Mann, also jemand, der an etwas litt, das die Hominiden Impotenz nennen, eine kleine Prostituierte tötet und ihren Körper anschließend mit einem Öl begießt, mit dem man Babys nach dem Baden einreibt.

Der süße Duft und die Beschreibung, wie das Öl auf den Körper fließt, in die Falten des sündigen Fleisches dringt, den Leib reinigt und ihn vom letzten Schmutz befreit, versetzte den Wanderer in eine gewaltige, überraschende Ekstase und weckte ein heißes Stechen in der Leistengegend.

Dieser Gefühlssturm war nur mit jener ersten Ekstase vor vielen Jahren vergleichbar, als er auf dem Dachboden die erste Hominidin getötet hatte. Damals hatte er den ersten Engel befreit, ohne sich dessen bereits bewusst zu sein.

Das Öl war heiliges Salböl, ein Symbol des Friedens und der Reinheit. Es wusch Spuren ab und würde es den Hominiden erschweren, den Wanderer zu finden.

Das Spinnennetz war bei den Griechen und Ägyptern ein

Symbol des Schicksals. Und nun hatte das Netz mit seiner verborgenen Symbolik und seinem offenen Schmutz dem Wanderer einen einfachen, vernünftigen Weg gewiesen.

Um einen Engel zu befreien, musste er einen jungen Hominiden kaufen, in dem der Engel noch lebte. Im Netz war das Kaufen ungefährlich. Man konnte vollkommen anonym bleiben, erregte keine Aufmerksamkeit. Die Verkäufer wollten nichts als Geld, sie schauten dem Käufer nicht einmal ins Gesicht.

Der Wanderer erwachte und war sehend. Er empfand bittere Scham für die Jahre dumpfer Untätigkeit.

Mit Hilfe des Internets konnte er seine heilige Sache endlos fortsetzen.

In anderthalb Jahren rettete er drei – zwei Mädchen und einen Jungen. Obdachlose Waisen aus der tiefsten Provinz, die Eltern waren tot oder saßen im Gefängnis, die Kinder hatte es nach Moskau verschlagen, in die Fänge von Pornohändlern.

Er hinterließ keine einzige Spur. Er wusste, dass nicht nur die Miliz nach ihm suchen würde, sondern auch die Zuhälter, die ihm die Kinder verkauft hatten. Den Kontakt zu ihnen hatte er in einem Internetcafé hergestellt, dafür benutzte er nie seinen eigenen Computer. Und zum Telefonieren nur Telefonzellen. Er veränderte sein Äußeres und seine Stimme, zahlte im Voraus und legte ein großzügiges Trinkgeld drauf, denn er wusste: Nichts trübt die Wachsamkeit der Hominiden mehr als Geld.

Anderthalb Jahre lang suchten sie aktiv nach ihm, fanden aber keine Spur. Niemand hatte begriffen, dass es eine Fortsetzung war, niemand hatte eine Verbindung hergestellt zwischen diesen Leichen und denen, die zehn Jahre zuvor aus dem See in der Nähe der Moskauer Vorstadt Dawydowo gefischt worden waren. Serienmörder machten keine so langen Pausen.

Aber der Wanderer war ja auch kein Serienmörder. Er tötete keine Kinder. Er befreite Engel.

Die Hominiden waren machtlos gegen ihn. Niemand, weder die Miliz noch die Zuhälter, ahnte seine wahren Motive.

Niemand, bis auf diese Frau, den Wandling. Jetzt, nachdem er wieder einen Engel befreit hatte, würde sie erneut nachdenken und handeln. Also musste er dieses gefährliche Geschöpf so bald wie möglich loswerden, musste die Wandlingsfrau aus dem Weg räumen, ein für allemal.

Vierundzwanzigstes Kapitel

Durch das Wasserrauschen hindurch hörte Ika gleich drei Telefone klingeln, das Festnetztelefon und zwei Handys.

»Ihr könnt mich mal!«, sagte sie und betrachtete ihr Bein. Es war so lebendig und hübsch, dass allein der Anblick ihre Laune hob. Aber tief in ihr drin regte sich ein gemeiner, hässlicher Gedanke. Dieses feste rosa Fleisch würden eines Tages die Würmer fressen. Eines Tages, nicht sehr bald, aber unausweichlich.

Das mit den Würmern hatte Mark einmal gesagt. Hatte ihr Bein gehalten, behutsam wie ein Kunstwerk, und plötzlich mit seinem üblichen spöttischen Lächeln gesagt: »Schade, dass diese Schönheit mal die Würmer bekommen. Stell dir das bloß mal vor, Ika, du mit deinen schlanken Fingern, deinen Brüsten, deinen Lippen, deinem Hals, wirst einmal unterirdische Geschöpfe nähren. Die haben keinen Sinn für Ästhetik. Ihnen ist ganz egal, wen sie fressen, dich oder eine hässliche Missgeburt. Tja, guten Appetit!«

Mark redete viel dummes und widerliches Zeug, sie war daran gewöhnt, versetzte ihm einen Nasenstüber, war eine Zeitlang sauer und vergaß es rasch wieder. Aber das mit den Würmern hatte sie behalten.

»Dieser Mistkerl, ich hasse ihn!«, murmelte Ika und putzte sich die Zähne.

Am Festnetztelefon sprang der Anrufbeantworter an. Eine

Frauenstimme sprach etwas drauf. Dann wurde es still. Die Telefone blieben stumm, ruhten sich fünf Minuten lang aus, um dann erneut unisono loszuklingeln.

Ika drückte sich durchsichtiges grünes Shampoo auf die Hand.

Nun kam das Unangenehmste – das Rasieren der Achselhöhlen. Ika hob einen Arm und betrachtete die goldblonden Stacheln.

Blut tropfte durch den Schaum. Sie hatte sich geschnitten, weil das ständige Telefonklingeln sie nervös machte, und ihre Hände zitterten.

Wäre Mark zu Hause gewesen, hätte sie ihn rufen können, damit er pustete. Er hätte gepustet und sie dann geküsst, überall. Er mochte es, wenn sie nass und erhitzt aus der Dusche kam.

Ika wischte den beschlagenen Spiegel ab. Ein gleichmäßiges Gesicht mit hohen Wangenknochen. Runde grüne Augen, großer, voller Mund und kleine Nase. Ohne Make-up sah sie aus wie vierzehn. In Wirklichkeit war sie zweiundzwanzig.

»Mark, du Schwein, ich hasse dich, eines Tages bringe ich dich um!«

Zu den drei verschiedenen Klingeltönen der Telefone gesellte sich ein vierter – die Türklingel. Ika warf sich einen Bademantel über und eilte barfuß in den Flur.

»Nicht genug, dass er für drei Tage verschwindet und mich hier allein lässt, nein, er vergisst auch noch den Schlüssel, der Mistkerl, und taucht ausgerechnet dann wieder auf, wenn ich im Bad bin! Na warte, du kannst was erleben!«

Ohne vorher durch den Spion zu blicken, riss sie die Tür auf.

Draußen stand eine Unbekannte um die dreißig, eine große falsche Blondine in Jeans und einer so grellrosa Jacke, dass Ika die Auge wehtaten. Die Frau hatte offensichtlich nicht damit gerechnet, dass man ihr ohne irgendwelche Fragen sofort die Tür öffnen würde, und starrte Ika erstaunt an.

»Ist kein Erwachsener zu Hause?«

»Was wollen Sie denn?«

»Ich komme von der Wohnungsverwaltung. Die Nachbarn unter euch haben sich beschwert, Kleine. Von euch läuft Wasser durch.«

Die Augen der Blondine huschten rasch und gierig durch den kleinen Flur.

»Wasser?! Von uns? Blödsinn!« Ika zog den Gürtel des Bademantels fester zu und hob hochmütig das Kinn.

»Ich frage noch mal, ist kein Erwachsener zu Hause?« Die Frau tat einen Schritt in den Flur.

Sie war weit kaltblütiger, als es auf den ersten Blick schien. Geschickt drängte sie Ika beiseite, verschwand durch den Bambusvorhang, der die Tür zwischen dem Flur und dem einzigen Zimmer ersetzte, und stand im nächsten Augenblick mitten im Raum, die stämmigen langen Beine in den engen Jeans und den rosa Lackstiefeletten gespreizt.

»Hören Sie, ich habe Sie nicht eingeladen.« Ika lief ins Zimmer, stellte sich dicht vor sie und starrte in die kleinen hellbraunen Augen. »Wenn von uns angeblich Wasser durchläuft, sehen Sie im Bad nach. Was wollen Sie hier im Zimmer?«

»Ich brauche auch keine Einladung«, sagte die Frau, »ich bin geschäftlich hier.«

Sie war einen Kopf größer als Ika und wog doppelt so viel. Sie ignorierte Ika. In aller Ruhe betrachtete sie das Doppelbett, die zerknautschte Bettwäsche. Auf dem Kopfkissen lag ein altes T-Shirt von Ika, auf dem Boden Marks Bademantel. Der Blick der Frau glitt über die Regale voller Videokassetten und DVDs, dann zum Computertisch. Auf dem Drucker standen ein Spiegel und ein Flakon Kölnischwasser, auf dem ausgefahrenen CD-Laufwerk eine benutzte Kaffeetasse.

»Also, jetzt will ich Ihren Ausweis sehen!«, sagte Ika drohend.

»Vergiss es«, erwiderte die Frau trocken. »Wo sind die Erwachsenen?«

Ika kam nicht zum Antworten. Die Telefone klingelten, wieder alle auf einmal, und die Wohnungstür klappte leise. Ika zuckte zusammen, und ihr Mund wurde trocken. Ihr schien, dass jemand hereingekommen war.

»Ich rufe gleich die Miliz, Sie!«, überschrie Ika die Telefone. Hinter dem Bambusvorhang bewegte sich lautlos ein riesiger schwarzer Schatten.

»Komm rein, Wowa, genier dich nicht«, rief die Frau, während sie die Hüllen der Videos betrachtete, und sagte zu Ika: »Das ist unser Klempner. Nun geh doch endlich ran, wenigstens an eins. Steh nicht da wie angenagelt!«

Der Schattenmensch glitt aus dem Flur ins Zimmer, wobei die Bambusstäbe nicht das geringste Geräusch machten.

Vor der Frau fürchtete sich Ika nicht, sie sah eigentlich ganz nett aus mit ihrer herzförmigen Nase, trotz der kleinen Augen und des schweren, vorgereckten Kinns.

Wowa hingegen war in Ikas Augen ein Ungeheuer. Dünnes graues Haar bis zu den Augenbrauen, kleine Augen, so tief gelegen, dass man nicht hineinsehen konnte. Direkt unter dem schweren Kinn, das an einen Pflasterstein erinnerte, begann der in ein schwarzes T-Shirt gehüllte hügelige Rumpf. Die schwarze Lederjacke platzte an den pudschweren Schultern aus allen Nähten. Wowa war an die zwei Meter groß und wog an die hundertfünfzig Kilo. Er kam wortlos herein, stellte sich neben die Blondine und musterte Ika von oben herab.

Die Telefone schrillten noch immer.

»So ein Dummchen!« Die Frau schüttelte den blondierten Kopf. »Wird angerufen und geht nicht ran. Soll ich, ja?« Sie zwinkerte und lachte. Sie hatte große Pferdezähne.

Ika rannte zum Festnetzapparat und griff unterwegs nach ihrem vibrierenden Handy. Nun klingelte nur noch das Handy von Mark, ganz leise miaute es wie eine hungrige Katze.

»Hallo, Ika, hier ist Stas, morgen ist doch ein Dreh, nicht? Also, mein Alter ist besoffen und hat Mama verprügelt, sie liegt im Bett, es geht ihr sehr schlecht, ich kann sie nicht allein lassen. Und mit dem Kunden kann ich mich auch nicht treffen. Also, er soll Jegorka schicken. Sag Mark, ich arbeite es wieder ab, wenn's ihr besser geht. He, was ist los, Ika? Hörst du mich?«

Der hastige Teenager-Tenor erscholl im ganzen Zimmer. Ika fand einfach die Mithörtaste nicht. Ihre Hände zitterten.

»Ja, Stas, ich höre dich.« Sie erkannte ihre eigene Stimme nicht wieder, so heiser und kläglich klang sie.

»He, bist du erkältet oder was?«, fragte Stas besorgt.

Endlich hatte sie die Taste gefunden, drückte sie und schaute zu der Blondine. Die hatte die obere Schublade des Computertischs aufgezogen und kramte darin herum, als wäre sie hier zu Hause.

»Hör zu, Stas, hier bei mir sind Einbrecher«, murmelte Ika schnell, »also, ruf Ibrahim an, er soll herkommen.«

»Was?«, fragte Stas verblüfft.

Es gab keinen Ibrahim. Das heißt, es gab viele Ibrahims, aber Ika kannte keinen. Sie hatte einfach einen x-beliebigen kaukasischen Namen genannt, um den Besuchern einen Schreck einzujagen. Doch die erschraken nicht. Wowa hörte zu, die Frau wühlte seelenruhig weiter in den Schubladen.

»Stas, tu irgendwas«, flüsterte Ika, »hilf mir bitte.«

»Wo ist denn Mark? Ist er nicht da?«

»Nein! Schon seit drei Tagen nicht. Ich weiß nicht, wo er ist. Ich bin hier ganz allein, und dann tauchen die hier auf. Ich dreh noch durch!«

»Wie viele sind es?«

»Zwei.«

»Warum machst du fremden Leuten die Tür auf?«

»Aus Versehen. Ich dachte, es wäre Mark.«

»Hör mal, äh, vielleicht rufst du die Bullen?« Stas klang ehrlich besorgt. Er war ein lieber, guter Junge und hatte wirklich Angst um Ika, konnte ihr aber nicht helfen.

Er wusste ebenso gut wie Ika, dass sie keine Miliz in Marks Wohnung holen durfte. Das schienen auch die Blonde und

Wowa zu wissen, darum blieben sie so gelassen. Ika sah, dass die Frau Marks Ausweis gefunden hatte, ihn durchblätterte, in die Tasche ihrer rosa Jacke steckte und die Schublade zuschob.

»Schon gut, Ika, nicht weinen. Halt sie hin, vielleicht fällt mir was ein.«

Die beiden Handys waren inzwischen verstummt. Als Ika auflegte, wurde es unheimlich still.

»Du weißt also nicht, wo er ist?«, fragte die Blondine und sah Ika nachdenklich an.

»Was wollen Sie? Vielleicht erklären Sie mir das mal?«

»Mark Chochlow«, antwortete das Mädchen und seufzte, »den wollen wir. Und dass du Bescheid weißt, wir sind keine Einbrecher. Stimmt's, Wowa?« Die Frau lachte.

Von ihrem Lachen wurde Ika kalt.

»Was wollen Sie von Mark? Wieso zum Teufel haben Sie seinen Ausweis genommen?«

»Das geht dich nichts an.« Die Frau musterte Ika kritisch von Kopf bis Fuß. »Wie alt bist du?«

»Zweiundzwanzig. Legen Sie den Ausweis sofort zurück und verschwinden Sie.«

Wowa, der Schattenmensch, gab zum ersten Mal Laut – ein leises Schnauben.

»Sag mal, bist du krank, oder was?«, fragte die Frau, während sie Ika weiter musterte.

»Wieso?«

»Du bist so dünn. Na, egal. Wie heißt du?«

»Gib mir den Ausweis und verschwinde mitsamt deinem Gorilla!« Ikas Schreien klang kläglich und wenig überzeugend.

»Wie du heißt?«, wiederholte die Frau ruhig.

»Irina.«

»Und weiter?«

»Leck mich!«

Die Frau schüttelte tadelnd den Kopf, hob Ikas offene Tasche vom Boden auf, kippte sie aus, griff nach dem Ausweis, schlug ihn auf und las vor.

»Irina Drosdowa. Geboren in Bykowo, Gebiet Moskau. Nicht verheiratet, keine Kinder. Du bist ja gar nicht hier gemeldet, Kleine. Sondern in Bykowo. Da hättest du schön bleiben sollen. Was willst du in Moskau, he?« Sie warf den Ausweis auf den Couchtisch. »Was treibst du so?«

Ika hielt mühsam die Tränen zurück. Sie hasste Mark dafür, dass er sie einfach allein gelassen hatte, ohne ihr etwas von möglichen Problemen zu sagen. Er hatte nur erklärt: »Ich verschwinde für ein paar Tage. Wir haben bald jede Menge Kohle, davon kaufen wir uns eine neue, große Wohnung, fahren auf die Kanaren, und überhaupt wird alles super!«

Sie hatte sich gewundert, dass er weder Geld noch Papiere mitnahm, auch kein Handy, und alte Sachen angezogen hatte.

»He, warum sagst du nichts? Antworte, wenn du gefragt wirst«, meldete sich die Frau.

»Ich bin Schauspielerin«, sagte Ika.

Die Blonde lachte wieder. Diesmal besonders lange und fröhlich.

»Schauspielerin! Hörst du, Wowa? Oje, ich kann nicht mehr!« Die Frau wischte sich die Tränen ab und schnäuzte sich. »Na schön, Kleine. Ich gehe jetzt, aber Wowa bleibt hier. Du musst schon entschuldigen, aber wir müssen unbedingt auf Mark warten. Bis bald!«

Sie ging rasch hinaus. Ika hörte die Tür zuklappen und schaute zu Wowa. Der ließ sich wortlos in einen Sessel plumpsen, schaltete den Fernseher ein und fand auf einem Sportkanal ein Fußballspiel.

»Wie lange willst du hier rumhängen, du Bastard?«, flüsterte Ika, während sie den Inhalt ihrer Handtasche vom Tisch sammelte.

Die Antwort war ein dumpfer Kehllaut, dazu schlug Wowa sich aufs Knie. Eine Mannschaft hatte ein Tor geschossen.

Der Wanderer wusste nicht, ob er diese Nacht geschlafen hatte, aber er fühlte sich ausgeruht und voller Energie. Er hatte noch Zeit für einen morgendlichen Lauf.

In Jogginganzug und Turnschuhen, einen CD-Player am Gürtel, ging er aus dem Haus, grüßte freundlich die junge Nachbarin und half ihr mit dem Kinderwagen die Treppe hinunter.

Er schaltete den Player ein. Aus den Kopfhörern drang Schuberts Fünfte Sinfonie. Nun hörte er nur noch diese feierliche Musik und seine eigenen Gedanken. Er dachte an die Wandlingsfrau, aber jetzt ohne Angst, sondern freudig – eine künftige Beute. Der Körper eines Wandlings war ein Kerker für den Engel, der noch immer lebte und seit vielen Jahren litt.

Der Wanderer hatte lange nicht begriffen, wer sie in Wirklichkeit war. Hominiden besaßen kein so ausgeprägtes Gespür, nicht diese Leichtigkeit und Flexibilität im Denken. Hominiden sahen und hörten nur sich selbst, als wären sie von Spiegeln umgeben, in die sie unentwegt schauten, weshalb sie nichts wahrnahmen außer ihrem eigenen Spiegelbild aus verschiedenen Perspektiven.

Sie rochen auch ganz anders.

Anfangs meinte er, sie sei ein Mensch, genau wie er. Sie konnte zuhören. Sie war nicht von Spiegeln umgeben. Manchmal hatte er das Bedürfnis verspürt, ihr von sich zu erzählen, und geglaubt, sie würde ihn verstehen. Aber er hatte es nicht getan, er hatte rechtzeitig gemerkt: Sie war kein Mensch. Sie war ein Wandling. Und er tauchte für anderthalb Jahre unter.

Das würde nie wieder geschehen. Sie würde für alles büßen. Für ihr teuflisches Gespür und für seine demütigende Angst.

Die Turnschuhe federten weich auf dem feuchten Asphalt. Der kräftige, breitschultrige Mann im hellen Jogginganzug lief durch den Park. Er sah gut aus und wusste es. Das graue Haar und die harten, männlichen Falten machten ihn nur noch attraktiver. Er strahlte Kraft, Gesundheit und Wohlstand aus.

Zwei Mädchen gingen vorbei und drehten sich nach ihm um. Er winkte ihnen und lief weiter, er fühlte, dass sie ihm nachsahen. Zwei tote Hominidinnen. Zwei Schatten im Reich der ewigen Nacht. Mochten sie weitergehen, die Engel in ihnen waren längst erstickt.

Der Wanderer stellte den Ton lauter. Die Fünfte Sinfonie erklang ihm zu Ehren. Die Geigen sangen munter und fröhlich, wie befreite Engel im Himmel. Bald würde ein weiterer Engel hinzukommen.

Am Abend, nach Erfüllung seiner ehelichen Pflichten, hatte Sazepa gewartet, bis seine Frau eingeschlafen war, und das Handy auf Vibrationsalarm umgestellt.

Jetzt schnarrte der Apparat unter seinem Kopfkissen. Sazepa glitt aus dem Bett und ging auf Zehenspitzen ins Wohnzimmer.

»Wir müssen uns dringend treffen«, sagte Groschew mit gedämpfter Stimme.

»Ist etwas passiert?«, fragte Sazepa nervös. »Ist er in seiner Wohnung aufgetaucht?«

»Nein. Ist er nicht und wird er wohl auch nicht.«

»Ich verstehe nicht.«

»Ich erwarte dich in zwanzig Minuten in dem Café gegenüber von deinem Haus.«

»Wo willst du hin so früh?«, fragte die verschlafene Soja, als er nach dem Duschen auf Zehenspitzen durch das Schlafzimmer zum Ankleideraum ging.

»Ein Anruf aus dem Büro. Schlaf weiter.«

»Nicht zu fassen!« Soja setzte sich abrupt auf. »Es ist zehn vor acht, brennt's bei euch, oder was?«

»Die Wahlkampagne für Lawrentjew.« Sazepa streifte den Bademantel ab und mühte sich, auf einem Bein hüpfend, seine Hose anzuziehen.

»Lawrentjew? Du promotest dieses Schwein?«

»Wieso Schwein? Ein ganz normaler Politiker, genau wie alle.« Sazepa hatte die Hose endlich an, aber der Reißverschluss klemmte.

Soja kam aus dem Bett, um ihm zu helfen.

»Klar sind alle Politiker Schurken, aber Lawrentjew – der ist pädophil.«

Sazepa streifte einen Pullover über und fragte gleichgültig: »Wie kommst du darauf, dass Lawrentjew pädophil ist, Häschen?«

»Valja hat's mir erzählt. Wir haben uns vorgestern im Kosmetiksalon getroffen und anschließend zusammen gegessen.«

Valja, eine enge Freundin von Soja, eine bekannte Politikerin, leitete eine Dumafraktion und hatte sich erst vor kurzem um die Verschärfung der Strafen für die Verbreitung von Pornographie und für Verführung Minderjähriger bemüht. In einem Interview in einem Media-Prim-Magazin hatte sie relativ nebulös erklärt, warum die Duma mit so klarer Mehrheit gegen ihre Vorschläge gewesen war, und erzählt, man habe sie bedroht und versucht, ihr Auto in die Luft zu sprengen.

»Hast du denn ihr Interview nicht gelesen?« Soja gähnte, küsste Sazepa auf die Wange und ging wieder ins Bett.

»Doch. Aber was hat Lawrentjew damit zu tun? Sie hat keinen einzigen Namen genannt, sie hat sich sehr allgemein ausgedrückt.«

»Logisch. Alles andere wäre Selbstmord. He, krieg ich keinen Abschiedskuss?«

Er musste noch einmal umkehren. Als er sich zu Soja hinunterbeugte, umschlang sie seinen Hals und zog ihn an sich.

»Sei mir nicht böse, Häschen, aber ich habe es furchtbar eilig!«

Er versuchte sich loszumachen, aber seine Frau hatte einen eisernen Griff.

Zwanzig Minuten später schlüpfte er erneut in seine Hose,

streifte den Pullover über und murmelte entschuldigend: »Du weißt doch, Häschen, morgens kann ich nicht, besonders, wenn ich es eilig habe.«

Groschew war der einzige Gast in dem Café. Sazepa bestellte einen Kaffee und Toast mit Butter. Groschew trank frischgepressten Orangensaft.

»Ich glaube, wir haben ihn gefunden«, erklärte er mit einem breiten, klaren Lächeln.

»Wo?«

»Im Irrenhaus. Wir müssen das natürlich noch mal checken, aber wahrscheinlich ist er es. Du hast richtig gelegen mit den besonderen Vorkommnissen im Kulturpark. Es passt alles. Meine Leute, die du Idioten genannt hast, haben jeden seiner Schritte verfolgt.« Groschew verstummte plötzlich und schaute aus dem Fenster.

»Los, spuck's aus, red schon«, flüsterte Sazepa.

»Du bist doch ein erwachsener Mann, noch dazu Diplomat – wie konntest du so reinrasseln?«

»Hör mal, geht's nicht auch ohne blöde Andeutungen?«, erwiderte Sazepa ärgerlich. »Ich weiß selber, dass ich reingerasselt bin, darum hab ich dich ja um Hilfe gebeten.«

»Reden wir nicht lange drumherum, erzähl mir ganz offen, was wirklich passiert ist.«

»Ich habe dir schon alles erzählt.«

»Du kannst auch dein Geld zurückkriegen, jetzt gleich. Ich habe es dabei.«

»Ich verstehe nicht – du willst mehr, ja? Dann sag das doch gleich.«

Die Kellnerin brachte Kaffee und den Toast für Sazepa und noch einen Saft für Groschew. Als sie weg war, redete Groschew, langsam und so leise, dass Sazepa sich über den Tisch zu ihm beugen musste.

»Du hast gesagt, du hättest mit einem Mädchen geschlafen und hinterher erfahren, dass sie noch minderjährig ist.

Und dabei furchtbares Pech gehabt. Diese Minderjährige hätte dich Ärmsten quasi gewaltsam ins Bett gezerrt, in einer fremden Wohnung, und dann sei herausgekommen, dass sie sich in Kinderpornos filmen lässt, und ihr Zuhälter würde dich nun erpressen. Richtig? Habe ich auch nichts ausgelassen?«

Sazepa nickte schweigend und rührte den Zucker in seiner Tasse um.

»Dann verrate mir doch bitte mal, wozu du seit über einem Jahr die Wohnung in Tscherjomuschki gemietet hast?«

Sazepa bekam einen Schweißausbruch. Ihm fiel ein, dass Groschew es gewesen war, der ihn mit der Wohnungsinhaberin bekanntgemacht hatte. Er hatte kein Risiko eingehen und sich an einen Fremden wenden oder per Zeitungsannonce oder Internet eine Wohnung suchen wollen. Was hatte das zu bedeuten? Spielte Groschew ein doppeltes Spiel? Hatte er selbst die versteckte Kamera installiert? Kannte er diesen Mark schon lange?

»Denk nach, Nikolai, was für Spuren kannst du hinterlassen haben? Was hast du ihr für Geschenke gemacht? Wo warst du mit ihr zusammen? Wem kann sie von dir erzählt haben? Komm schon, Sazepa! Kannte sie deinen richtigen Namen?«

»Nein«, hauchte Sazepa. »Aber warum sagst du ›kannte‹?«

»Erklär ich dir später. Also, du hast dich seit zwei Jahren mit ihr getroffen und jetzt erst rausgekriegt, dass sie eine Prostituierte ist und Pornos dreht?«

»Sie ist keine Prostituierte!«, schrie Castroni. »Wie kannst du es wagen?!«

Groschew lachte. Sein Lachen klang hoch, fast wie das einer Frau.

»Meine Leute warten auf meinen Anruf«, sagte Groschew. »Davon, was du jetzt sagst, hängt ihr weiteres Vorgehen ab. Ich muss wissen, ob man dich da rausholen kann oder nicht. Denk dran, die Zeit ist knapp. Es muss sofort eine Entscheidung getroffen werden.«

»Was heißt rausholen? Was willst du von mir hören?«

»Die Wahrheit, Nikolai. Nur die Wahrheit. Du hast wirklich nichts gewusst?«

»Nein. Ich hätte mir das nie vorstellen können, bis sie es mir selbst erzählt hat!«

»Na, du bist gut! Hättest du dich nicht früher absichern können? Warum hast du mir damals nicht gleich erzählt, wofür du die Hütte in Tscherjomuschki brauchst? Ich hätte das Mädchen überprüft. Ich konnte ja nicht ahnen, dass du einer von uns bist. Als du wegen der Wohnung kamst, dachte ich, du hättest eine erwachsene Geliebte.«

»Was?« Sazepa runzelte die Stirn und schüttelte den Kopf. »Wie meinst du das – einer von uns?«

»Nun reiß dich mal zusammen.« Groschew seufzte. »Das weißt du genau. Du bist nicht der Einzige. Man darf bloß nicht den Kopf verlieren und sich große Gefühle einreden, wo es um ein simples Geschäft geht. Doch du hast dir eine Blöße gegeben und indirekt uns alle in Gefahr gebracht. Aber davon später. Du hast ihr also nicht deinen richtigen Namen genannt?«

»Sie denkt, ich wäre Italiener. Ich habe mit ihr nie Russisch gesprochen.«

»Sehr gut. Und wo wart ihr überall zusammen?«

»In Restaurants. In Boutiquen. In Serebrjany Bor am Strand. Einmal in einem Nachtklub.«

»Gut. Hast du gewusst, dass sie die Tochter von Katschalow ist?«

»Ja.«

»Und das hat dir nicht zu denken gegeben? Du hast trotzdem nicht die Finger von ihr gelassen? Hast du gedacht, das zwischen dir und dieser Kleinen wäre echte beiderseitige Liebe, eine reine, erhabene Beziehung? Dein italienisches Pseudonym ist wohl nicht zufällig Romeo?«

»Nicolo Castroni«, winselte Sazepas zweites Ich.

»Wie?« Groschew lachte. »Du hast ja Humor. Castroni ist

das beste Delikatessengeschäft in Rom. Und die Kleine hat dir geglaubt?«

»Ja, ich denke schon. Entschuldige, aber kannst du mir mal erklären, was eigentlich los ist? Was sollen all diese Fragen?«

»Dazu komme ich gleich. Weiter – was hast du ihr geschenkt?«

»Nichts. Das heißt, ich habe ihr Klamotten gekauft und ihr Geld gegeben.«

Sazepa wurde schwindlig. Er hatte weder den Kaffee noch den Toast angerührt. Sein Herz hüpfte und zuckte. Darin litt Castroni.

»Du bist also sicher, dass du in den zwei Jahren keine Spuren hinterlassen hast?«

»Ich weiß nicht. Darum habe ich mich ja an dich gewandt, damit du das überprüfst.«

Groschew schwieg eine Weile, dann sagte er: »Na schön. Ich werde versuchen, meinen Auftrag zu Ende zu bringen.« Er griff nach seinem Handy und wählte eine Nummer. »Ja! Verstehe. Du hast alles richtig gemacht. Den Ausweis behalt einstweilen und finde raus, was sich da tut, wo er gemeldet ist. Zweiundzwanzig? Interessant … Gut, ich komme selber vorbei und rede mit ihr. Wann? In einer oder anderthalb Stunden. Ich habe noch zu tun.«

»Mit wem willst du reden?«, fragte Sazepa, als Groschew das Telefon weggesteckt hatte.

»Mit dem Mädchen in der Wohnung.« Groschew stand auf, zückte die Brieftasche und warf mehrere Geldscheine auf den Tisch.

»Warte, und was habt ihr mit diesem Bastard vor?«

»Was wünschst du ihm denn? Ein langes Leben? Na, mach's gut, ich ruf dich an.«

Er ging zum Ausgang, blieb kurz stehen, drehte sich um und sah Sazepa einige Sekunden lang seltsam an. Dann öffnete er seine Aktentasche, entnahm ihr einen Umschlag aus festem Papier, ging zurück und legte ihn vor Sazepa auf den Tisch.

»Sieh dir das hier an. Aber nicht jetzt und nicht hier.«

»Was ist das?«

»Ich habe gesagt, später, und möglichst, wenn niemand in der Nähe ist. Sobald du es dir angesehen hast, ruf mich an.«

Groschew ging rasch hinaus. Der Umschlag war zugeklebt. Sazepa wollte ihn aufreißen, doch die Kellnerin kam.

Fünfundzwanzigstes Kapitel

Mark saß im Flur auf einem Hocker. Die Patienten bekamen Besuch von ihren Angehörigen. Frauen mit Essenpaketen und frischer Wäsche. Kein einziger Mann.

Als Besucherraum diente für die Zeit zwischen Frühstück und Mittag der Speisesaal. Durch die offene Tür schauten ständig Patienten, die keinen Besuch bekommen hatten. Die diensthabende Schwester verscheuchte sie träge, aber einige schlüpften doch hinein und kamen stets mit etwas Beute wieder heraus – einer Praline, einer Apfelsinenspalte.

Mark hatte keinen allzu großen Schreck bekommen, als die Ärztin vom »Wahrheitsserum« sprach. Von so etwas hatte er schon gehört oder gelesen. Ein Amythal-Koffein-Mix zur Enthemmung. Unter der Wirkung dieses Präparats verlor der Betroffene für kurze Zeit die Kontrolle über sich, hielt alle um sich herum für seine besten Freunde und redete und redete. Ja, ich muss allmählich weg hier, dachte er und betrachtete die abgeblätterten, scheußlich khakifarbenen Wände und die Irren in Pyjamas. Aber wie? Sagen, dass ich mich wieder erinnere, dass ich wieder gesund bin? Danke für die Gastfreundschaft? Ja, das ist wohl die einzige Möglichkeit. Meine Sachen sind in der Kammer eingeschlossen. Ich habe kein Geld und kein Telefon. Nicht mal einen Schlüssel zu einer der Wohnungen. Ich muss auf jeden Fall Kontakt zu Ika aufnehmen, um zu erfahren, was da draußen los ist. Vielleicht haben sie ja inzwischen unsere Wohnung aufgespürt?

Auf dem Flur erschienen neue Besucher. Eine kräftige große Blondine in kurzem Lederrock und strassbesetzten Stiefeln und ein farbloses Männlein in einem langweiligen Anzug und mit einem Diplomatenkoffer. In der Blondine erkannte Mark Natascha, die Frau des alten Nikonow.

Die Ärztin kam aus ihrem Zimmer, entdeckte Natascha und ging ihr entgegen.

»Guten Tag, Doktor Filippowa!« Natascha verzog die Lippen zu einem zuckersüßen Lächeln. »Wir wollen gerade zu Ihnen. Das hier ist der Notar, wir haben darüber gesprochen, wegen des Testaments, Sie erinnern sich?«

»Guten Tag, Natascha. Daraus wird heute leider nichts. Ihrem Mann geht es schlechter.«

Nataschas Lächeln wurde zur Grimasse.

»Sie wollen sagen, Pawel ist im Moment geschäftsunfähig?«, mischte sich der Notar ein.

»Ja. Kommen Sie lieber in einer Woche wieder. Entschuldigen Sie, ich muss.«

»Einen Moment noch«, zischte Natascha und versperrte ihr den Weg. »Sie haben doch gesagt, er ist geschäftsfähig, Sie wollten ihn sogar entlassen.«

Die Patienten scharten sich um die drei – das hier war interessant.

»Ich, ich will entlassen werden! Ich will nach Hause!«, rief ein dünner kleiner Mann um die vierzig in einem Krankenhauspyjama.

»Wohin sollen sie dich denn entlassen?« Ein beleibter alter Mann in einem guten Jogginganzug klopfte dem Kleinen auf die Schulter. »Du hast kein Zuhause, du bist obdachlos, sie haben dich auf dem Kursker Bahnhof aufgelesen.«

Mark entdeckte, dass die Tür zu Doktor Filippowas Zimmer ein Stück offen stand. Das Zimmer war leer – das Schauspiel im Flur zog alle magisch an. Er schlüpfte vorsichtig hinein, stürzte zum Telefon und wählte Ikas Handynummer.

»Nun geh schon ran, wach auf, geh ran!«

Es piepste im Hörer.

»Hallo!«, rief Mark im Flüsterton. »Hallo, Ika!«

»Nein« – Ikas Stimme klang seltsam –, »Sie haben sich verwählt.«

»Ich bin's. Hör mir gut zu.«

»Nein, das bin ich nicht, Sie sind falsch verbunden.«

»Spinnst du? Ich bin's!«

»Sind Sie taub? Ich sage doch, Sie haben sich verwählt. Rufen Sie nicht mehr hier an, klar? Rufen Sie nicht mehr an!«

Er hörte es poltern, dann schrie Ika: »Lass mich los, du Idiot, das tut weh! Sie sind falsch verbunden!«

Tuten. Sie hatte die Verbindung unterbrochen. Mark warf den Hörer hin und rannte aus dem Zimmer.

Der Schattenmensch schrieb die Nummer auf Ikas Display in ein Notizbuch.

»Hast du nicht gehört, du Idiot, das war falsch verbunden! Der wollte eine Ika sprechen, und ich heiße Irina. Kapiert?«

Der Schattenmensch griff zum Handy. Ika hörte zum ersten Mal seine Stimme, die merkwürdig hoch klang, beinahe quiekend.

»Er hat sich gemeldet«, sagte er, »hier ist die Nummer.«

»Wer hat sich gemeldet? Was redest du da, Schwachkopf? Wie oft soll ich dir noch sagen, das war falsch verbunden«, plapperte Ika nervös.

Er machte eine träge Handbewegung, und sie flog in die Ecke zur Couch und fing an zu weinen. Wowa setzte sich wieder in den Sessel, griff zur Fernbedienung und schaltete den Fernsehton an.

»Ihr kriegt ihn doch nicht«, murmelte Ika unter Tränen, »er hat von einem fremden Telefon aus angerufen. Mann, mir ist schlecht, so schlecht!«

Sie stand auf und schleppte sich in die Küche, um sich wenigstens einen Kaffee zu kochen und etwas zu essen.

»In was für eine Scheiße bist du bloß geraten, du Mistkerl«, knurrte sie, während sie mit Schranktüren und Geschirr klapperte, »hättest du mich nicht wenigstens warnen können? Und dann noch genau im falschen Moment anrufen. Statt dich gestern zu melden oder wenigstens eine Stunde eher. Und ich habe keine Ahnung, wer diese Leute sind. Anscheinend keine Bullen. Banditen?«

Im Kühlschrank fanden sich nur ein Stück alter Käse und ein Glas vergammelte Mayonnaise. In einer Schale lagen noch drei Teekringel und anderthalb Pralinen. Löslichen Kaffe konnte sie gerade noch ein paar Löffel zusammenkratzen.

Nach dem Kaffee zündete sich Ika eine Zigarette an und beruhigte sich fast. Ihr war in ihrem kurzen, aber stürmischen Leben schon einiges widerfahren. Sie wusste, dass sie nicht nervös werden durfte, sonst würde sie wieder anfangen zu stottern. Und das wäre das Allerschlimmste.

Als sie klein war, hatte sie nicht einmal ihren kurzen Namen Ira mühelos aussprechen können. Sie blieb ewig an einem kläglichen »I-i« hängen. Viele glaubten, sie weine oder lache. Sie wurde gehänselt und »Ika« genannt, Stotterin, und dieser Spitzname war hängengeblieben.

Sie wusste bis heute nicht, warum sie als Kind gestottert hatte. Was hatte ihr in ihrem Puppenparadies gefehlt? Vielleicht hatte sie bereits geahnt, was passieren würde? Ja, wahrscheinlich. Nicht umsonst hing sie so an ihrem Papa, wollte ständig auf seinen Arm, klammerte sich an ihn.

Mama war immer zu Hause, Papa arbeitete viel. Er war Unternehmer, hatte 1989 mit zwei Kiosken angefangen. 1993 besaß er drei schicke Supermärkte und das beste Restaurant in Bykowo. Ika erinnerte sich, dass die Eltern ein Haus kaufen wollten, näher an Moskau, und dass sie zu dritt Häuser besichtigt hatten. Richtige Märchenpaläste mit Türmchen, Treppen und Säulen. Sie hatte sich vorgestellt, wie sie in einem weißen Kleid mit Schleier die Marmortreppe hinunterlaufen würde. Das Haus ist von einem Garten umgeben, Apfelbäume blühen, Vögel singen, das Wasser im Pool glitzert, auf dem Tennisplatz ploppt ein Ball, im Pferdestall steht eine ganze Pferdefamilie, und das Fohlen nimmt mit seinen warmen Lippen Zucker aus ihrer Hand.

Ika trainierte künstlerische Gymnastik und wollte Schauspielerin werden. Ihre Mutter kaufte ihr Samt- und Seidenkleider mit Spitze, Schleifchen und Rüschen. Bis zu ihrem zehnten Lebensjahr war Ika nur von Schönem umgeben, wie in einer brasilianischen Fernsehserie oder in einem Hochglanzmagazin. Selbst die Leibwächter ihres Vaters, finstere Gorillas, kamen ihr unwirklich vor, wie die Plastiksoldaten und Supermanfiguren aus der Spielzeugabteilung in Papas Supermärkten.

»Hast du die gekauft?«, fragte Ika.

»Nein. Ich habe sie engagiert.«

»Wozu?«

»Damit sie uns bewachen.«

»Vor wem?«

»Vor Feinden.«

»Wir haben Feinde?«

»Ja.«

»Haben wir Angst vor ihnen?«

»Nicht sehr.«

»Werden wir sie besiegen?«

»Auf jeden Fall.«

Ika schnappte aus den Gesprächen der Erwachsenen auf, dass Papa Probleme hatte. Irgendwer wollte ihm sein Unternehmen wegnehmen. Manchmal erwachte sie nachts vom Telefonklingeln und hörte ihren Papa rufen: »Ich kann Sie nicht verstehen, rufen Sie noch einmal an!«

Das Restaurant brannte ab. Dann kamen Banditen auf Motorrädern zu Papas größtem Supermarkt und verwüsteten ihn. Ein paar Tage später brannte Papas Auto. Es hatte auf dem Hof gestanden, vorm Haus. Der Wachmann, der in der Nacht in der Bude am Tor Dienst hatte, schwor, er habe nichts gesehen.

Er war eben bloß ein Spielzeug, genau wie Papas Leibwächter.

Nachts klingelte weiterhin das Telefon, doch nun schrie Papa nicht mehr »Ich kann Sie nicht verstehen!«, sondern sprach mit jemandem, manchmal leise und höflich, manchmal laut und grob.

»Ika, wir beide machen demnächst Urlaub in Spanien«, sagte Mama.

»Ohne Papa?«

»Er kommt später nach.«

»Gut. Aber meinen Geburtstag feiern wir noch zu Hause, alle zusammen.«

»Natürlich. Und gleich danach fliegen wir.«

Die Tickets waren schon gekauft, die Koffer gepackt. Sie sollten am zweiten Juni fliegen. Am ersten hatte Ika Geburtstag. Sie wurde zehn.

Ika erinnerte sich an jede Minute dieses Tages. Am Morgen wollten sie zu dritt nach Moskau fahren, Geschenke für die kleine Prinzessin kaufen, anschließend essen gehen und um fünf wieder zurück sein. Um sechs sollten die Gäste kommen, Ikas Freundinnen aus ihrer Klasse und aus der Gymnastiksektion.

Das alte, noch vor dem Krieg gebaute Haus, in dem sie wohnten, war das beste Wohnhaus von Bykowo. Darin wurde nie das warme Wasser abgestellt. Es hatte fünf Etagen mit nur je einer Wohnung, einen großen Hof mit einem schmiedeeisernen Zaun darum herum und einem Wachmann in einer Bude.

Sie verließen das Haus um neun. Papa trug einen blassblauen Anzug, Mama eine weiße Hose und eine ärmellose cremefarbene Seidenbluse, Ika ein rosa Sommerkleid. Der Jeep wartete vor dem Tor auf der Straße. Die Leibwächter begleiteten sie, doch als das Telefon des einen klingelte, blieben die beiden Männer stehen.

»Kommt, wir gehen schon zum Auto«, sagte Papa.

Es war ein klarer, sonniger Morgen. Alles ringsum lächelte Ika freundlich an, der Hof, die Schaukel und das Klettergerüst auf dem Spielplatz, alles frisch gestrichen, die Pappeln mit ihren hellen Stämmen, der mit erstem Pappelflaum bedeckte silbrige Asphalt.

Der Wachmann am Tor winkte freundlich. Ein leichter warmer Wind wirbelte Pappelflaum auf, und Ika nieste. Papa und Mama sagten im Chor: »Gesundheit!«

Sie nieste noch einmal, so laut, dass sie das Motorrad nicht gleich hörte. Es kam um die Ecke gerast und bremste ab. Darauf saß ein Mann mit einem schwarzen Helm. Auch er sah aus wie eine Spielzeugfigur, genau wie die Wachleute.

Die vier Plopps gingen im Motorengeheul unter. Der Motorradfahrer schoss zuerst auf Papa, dann auf Mama, zögerte einen Moment und zielte dann auf Ika. Sie konnte sich nicht rühren. Sie hatte Angst, den Kopf zu drehen und zu den Eltern zu schauen. Ihr Blick klebte am Visier des Motorradhelms. Hinter dem glänzenden Plastik verbargen sich die Augen des Mannes, der ihre Eltern getötet hatte. Nun sah er Ika an und überlegte, ob er sie erschießen sollte oder nicht.

Der Motor heulte ohrenbetäubend auf, und im nächsten Augenblick war der Mann verschwunden. Ika fiel auf die Knie, versuchte, Mamas Kopf anzuheben, zog an Papas Arm, fiel mit dem Gesicht auf Mamas Bauch und verlor das Bewusstsein.

Der Rest war Nebel, angefüllt mit fremden Stimmen, Sirenengeheul, Krankenhausgeruch, Gesichtern hinter Mullmasken. Der Nebel wollte und wollte sich nicht auflösen. Nur ein Gesicht drängte sich hartnäckig durch; schmale Lippen, die sich bewegten, und eine hohe, brüchige Stimme sagte immer wieder: »Ach, mein armes Mädchen, du unglückliche Waise, was soll ich jetzt nur mit dir machen, ich hab es ja immer gesagt, ich habe ihn gewarnt, hätte er nur auf mich gehört.«

Papas ältere Schwester war aus Murmansk angereist, Tante Sweta. Da hatte Ika begriffen, dass ihre Eltern tot waren.

Der Schattenmensch sah sich ein Fußballspiel nach dem anderen an und gab nur Laut, wenn ein Tor fiel.

Ika nahm Jeans und Pullover aus dem Schrank und ging ins Bad, sich umziehen. Sie erinnerte sich deutlich an Marks letzte Worte. Sie hatte zu einem Kunden gemusst, einem ziemlich widerlichen Alten, war nervös gewesen und hatte Mark nicht zugehört, egal, was er sagte, und keine einzige Frage gestellt.

Ich verschwinde für ein paar Tage. Wir haben bald jede Menge Kohle.

»Klar, und die beiden wollen dir bestimmt die Kohle bringen, Mark«, murmelte Ika und warf den Bademantel auf die Waschmaschine. »Dieser Wowa wartet auf dich, um sie dir feierlich persönlich zu überreichen. Du verdammter Hochstapler! Was hast du angerichtet? Wo treibst du dich rum? Warum rufst du im unpassendsten Moment an? Du faselst doch immer von deinem einmaligen Gespür, von deiner Intuition, von wegen, dich würde keiner kriegen! Beschissener Superagent! James Bond!«

Wowa saß noch immer vorm Fernseher, und sie baute sich zwischen ihm und dem Bildschirm auf.

»Ich muss mal weg.«

Er sah sie aus seinen leeren Augenhöhlen an und sagte nur ein Wort: »Nein.«

»Was heißt nein?« Sie griff nach ihrer Handtasche und klapperte mit den Schlüsseln. »Tschüss, Schatz!«

»Halt!« Er rührte sich nicht, hatte aber plötzlich eine Pistole in der Hand und richtete die Mündung auf Ika.

Sie war nicht erschrocken, nur erstaunt. Das hatte sie schon einmal erlebt, vor langer Zeit, vor zwölf Jahren.

»Was denn, so ernst?«

»Hmh.«

»Na schön. Dann lass uns reden, vorausgesetzt, du kannst auch mehr als ein Wort sagen.« Ika schaltete den Fernseher aus und setzte sich im Schneidersitz vor Wowa auf den Fußboden. »Ihr wollt Mark, das habe ich kapiert. Aber keiner weiß, wo er ist und wann er auftaucht. Ich habe keinen Kontakt zu ihm. Sein Handy hat er zu Hause gelassen. Erzähl mir doch einfach mal, was ihr eigentlich von ihm wollt, du und deine großnasige Tussi. Vielleicht können wir uns ja in Ruhe einigen?«

Er hörte aufmerksam zu. Dann sagte er: »Nein.«

»Was nein? Hast du einen Sprachfehler? Ich habe als Kind gestottert, ziemlich schlimm. Und weißt du, was der kluge Doktor gesagt hat, der mich behandelte? Um sprechen zu lernen, muss man sprechen. Na komm, versuch's mal. Und steck die Kanone weg.«

Er schob die Pistole in die Tasche seiner weiten Hose. Ika sah ihn an. Er schwieg.

»Ich habe nichts zu futtern im Haus. Die Zigaretten sind alle. Ich muss einkaufen.«

»Nein.«

Er griff wortlos nach der Fernbedienung und schaltete den Fernseher an.

»Du nervst mich echt, Wowa!«, schrie Ika und sprang auf. »Nein, ich rufe jetzt doch die Miliz an.«

»Tu das.« Ein Mundwinkel zuckte, und Ika begriff, dass der Schattenmensch lächelte.

Vaselin hatte natürlich verschlafen und erst um elf die Augen aufgemacht. Natascha wollte ihn begleiten. Er blaffte sie an.

»Nein, du mischst dich bloß ein und störst.«

Sie brachte ihn trotzdem zur Tür, eine kräftige Frau in einem billigen bunten Bademantel.

»Dass du nicht auf nüchternen Magen rauchst! Und lass dir seinen Ausweis zeigen«, rief sie ihm nach, als die Tür klappte.

»Dumme Kuh«, sagte Vaselin zu seinem Spiegelbild im Lift. »Den Ausweis! Damit er dann schreibt, ich sei paranoid!«

»Guten Tag, Sie werden bereits erwartet«, sagte der Empfangschef.

Vaselin war in dem Café bekannt, er traf sich hier oft mit Journalisten oder kam zum Essen her.

Der Reporter trank Kaffee und las Zeitung. Vaselin ließ sich ihm gegenüber nieder.

»Hallo, entschuldige die Verspätung.«

»Kein Problem.« Die weißen Zähne des Journalisten blitzten.

»Wie heißt du gleich? Ich hab's vergessen, entschuldige.«

»Anton.«

»Gut, Anton, ich muss erst mal was futtern. Du hast doch nichts dagegen? Übrigens kannst du mein Frühstück ruhig genau beschreiben. Interessiert doch die Leute immer, wie Stars sich ernähren.«

Er bestellte ein Omelett mit Bacon, Toast, frischen Ananassaft und einen Espresso mit Schlagsahne.

»Sagen Sie, haben Sie Feinde?«, fragte Anton, als der Kellner gegangen war.

»Was meinen Sie denn?« Vaselin grinste. »Wer hat keine? Und ich bin begabt und berühmt.«

»Ach ja?«

»Zweifelst du daran? Warum willst du dann ein Interview?«

»Ich zweifle nicht daran. Ich frage nur, weil begabte kreative Menschen selten von sich selbst angetan sind, sie haben oft Anfälle von Reflexion und Depression, leiden zeitweise unter Schreibhemmungen, und das ist sehr quälend.«

»Ach, ich soll dir was vorjammern, mich beklagen, ja?« Vaselin zwinkerte ihm zu. »Von wegen – Kinder, der große Vaselin ist genau wie ihr. Nein, Kleiner, so was kriegst du von mir nicht zu hören. Ich bin die Sonne der russischen Poesie. Übrigens, schneidest du schon mit oder quatschen wir bloß so?«

»Ich schneide mit.«

»Olga, der Intendant hat die Ausstrahlung unserer Sendung verboten.« Mischa Ossipow schrie so laut in den Hörer, dass es in Olgas Ohr schmerzte. »Stellen Sie sich das vor, ohne jede Begründung!«

»Es wird schon einen Grund geben«, sagte Olga.

»Alles Ausreden. Von wegen, die Informationen seien im Interesse der laufenden Ermittlungen geheim.«

»Aber wir haben doch keinerlei Informationen verbreitet. Nur allgemeine Überlegungen. Hat Ihr Intendant die Aufzeichnung gesehen?«

»Natürlich. Ich glaube, am meisten Bauchschmerzen macht ihm die Frage nach der Auflösung der Gruppe von Guschtschenko. Ich habe vorgeschlagen, das rauszuschneiden – vergebens. Wissen Sie, ich bin seit zehn Jahren beim Fernsehen, aber so etwas habe ich noch nie erlebt. Manchmal muss man ein bisschen glätten, darf keine Namen nennen, aber dass eine Sendung ganz abgesetzt wird, am Tag der Ausstrahlung, obwohl sie schon angekündigt ist – das ist die Höhe!«

»Ich verstehe«, erwiderte Olga zerstreut.

Die Krankenschwester Sina schaute ins Zimmer und gab ihr vielsagende Zeichen. Sie musste zum alten Nikonow. Eben war der Chefarzt mit seinem Gefolge gekommen. Natascha hatte sich schon bei ihm beschwert, dass ihr Mann falsch behandelt werde. Sie kannte irgendein hohes Tier im Ministerium, und den hatte sie aus dem Chefarztzimmer umgehend angerufen.

Der Chefarzt, noch immer sauer wegen der Geschichte mit Iwanow, rieb sich erregt die Hände, und seine Brillengläser funkelten drohend. Olga fürchtete dieses Funkeln nicht und erklärte dem Chefarzt kurz das Wesentliche an der Beschwerde der Nikonowa.

»Die Dame möchte, dass ihr Mann erst ein bisschen geschäftsfähig ist und sein Testament unterzeichnet, und dann sofort entmündigt wird und den Rest seiner Tage im Heim zubringt.«

Es war traurig, den inneren Kampf des Chefarztes zu beobachten. Er wollte gern als guter, ehrlicher Mensch dastehen. Er genierte sich, Schmiergelder zu nehmen und vor Vorgesetzten zu zittern. Es war ihm wichtig, wie die Kollegen über ihn dachten. Aber er wollte auch nicht der Dumme sein und sich eine gute Gelegenheit entgehen lassen oder Unannehmlichkeiten bekommen. Alle nehmen Geld, warum soll ich blöd sein?

Olga war nur in ihr Zimmer gegangen, um Nikonows Patientenakte zu holen, als Mischa Ossipow anrief.

»Was verstehen Sie?«, rief Mischa. »Sie wissen, warum das passiert ist? Dann erklären Sie es mir bitte, denn ich verstehe überhaupt nichts.«

»Entschuldigen Sie, das ist mir nur so rausgeruscht. Ich verstehe es natürlich auch nicht. Klingt ja geradezu mystisch.«

»Mystisch? Ja, scheint so. Sagen Sie, damals vor anderthalb Jahren, als Sie an Moloch dran waren, da haben Sie erzählt, dass Ihr Internetzugang dauernd gesperrt war, nicht?«

»Olga!«, rief Sina laut. »Entschuldigen Sie bitte, aber Sie werden erwartet. Nikonow hat einen hysterischen Anfall, der Chefarzt sagt, er soll ein Insulinkoma und Elektroschocks kriegen, dabei bekommt er schon Thorazine und Haloperidol, und zwar eine Pferdedosis! Er hat doch ein schwaches Herz und niedrigen Blutdruck.«

»Entschuldigen Sie, Mischa, ich muss Schluss machen, ich rufe zurück, sobald ich kann.« Olga wollte auflegen.

»Warten Sie!«, rief Ossipow. »Haben Sie irgendwem erzählt, dass ich Sie in die Sendung eingeladen habe? Haben Sie Solowjow angerufen oder Guschtschenko? Mit Ihnen darüber gesprochen?«

»Hören Sie auf, Mischa, was soll das? Ich habe mit niemandem darüber gesprochen. Und das mit dem Internet, das ist Quatsch. Mein Computer war einfach alt und ist dauernd abgestürzt. So, Mischa, ich muss jetzt wirklich, meine Patienten warten.«

»Noch eine Sekunde. Erinnern Sie sich, Sie sprachen von diesem Sänger, Vaselin, der eine Affäre mit Shenja Katschalowa hatte. Also, am Sonntagabend, kurz vor dem Mord, wurden die beiden in einem Nachtklub gesehen. Sie sind zusammen weggegangen. Sagen Sie, der Junge, Ihr Patient, der verrückt ist nach Vaselin, liegt der noch bei Ihnen?«

»Ja. Wieso?«

»Erlauben Sie mir, ihn zu filmen?«

»Drehgenehmigungen erteilt der Chefarzt. Und wegen des Jungen müssen Sie seine Eltern fragen, ob die das wollen. Aber ich halte eigentlich nichts von der Idee, den kranken Jungen zu filmen. So, nun muss ich wirklich. Ich habe einen schwerkranken Patienten.«

Im Flur hielten zwei Pfleger den armen Nikonow fest. Der Chefarzt stand mit seiner treuen Suite daneben und erteilte kurze, ärgerliche Anweisungen. Olga bemerkte, dass kein Haar mehr aus seiner Nase hing und er ein schneeweißes Hemd unterm Pullover trug.

»Ah, Doktor Filippowa gibt uns endlich die Ehre«, flötete der Chefarzt.

»Doktor, retten Sie mich! Ich darf keine Elektroschocks bekommen, mein Herz! Holen Sie einen Kardiologen!«

»Schon gut, Pawel, Sie bekommen keine Elektroschocks, nachher wird der Kardiologe Sie untersuchen, und jetzt gehen wir in Ihr Zimmer, Sie müssen sich hinlegen.«

»In mein Zimmer?«, fragte der Alte misstrauisch. »Sagen Sie denen, sie sollen mich loslassen.«

Der Chefarzt gab den Pflegern mürrisch ein Zeichen. Nikonow wäre beinahe gestürzt, als sie ihn losließen. Olga packte geistesgegenwärtig seinen Arm und brachte ihn zur Box. Der Alte schluchzte leise und murmelte: »Bitte keine Schocks, ich habe Angst, ich kann nicht mehr, ich kann nicht mehr, ich kann nicht mehr.«

»Olga«, sagte der Chefarzt hinter ihr, »wir erwarten Sie in Ihrem Zimmer.«

»In Ordnung.«

Als sie sich umdrehte, entdeckte sie einen neuen Pfleger, einen Jungen um die zwanzig, groß und kräftig, mit einem freundlichen, gutmütigen runden Gesicht.

Nachdem Vaselin gegangen war, streifte Natascha einige Minuten lang durch die Wohnung, wischte mechanisch Staub und ordnete Sachen auf den Regalen.

Wieder, zum hundertsten, ja tausendsten Mal hatte er sie beleidigt. Sie hatte sich längst an seine Unverschämtheiten gewöhnt und nahm sie als unvermeidlich hin. Vaselin war ein kreativer Mensch. Kreative Persönlichkeiten waren eben so. Das wusste Natascha genau, denn sie hatte einen Großteil ihres Lebens hinter den Kulissen der Unterhaltungsmusik verbracht.

Verglichen mit den Pop-Idolen, die zu Playback-Musik nur auf der Bühne herumhüpften und den Mund auf- und zumachten, war Vaselin wirklich ein Genie. Er sang live und schrieb seine Texte und seine Musik selbst. Er hatte seinen eigenen Stil, und das allein war den PR-Aufwand wert. Außerdem war er sehr sexy. Tiefe samtige Stimme, Topfigur, breite Schultern, schmale Hüften, rassiges, männliches Gesicht. Ständig umschwärmten ihn Mädchen, jünger und schöner als Natascha, und natürlich war sie eifersüchtig, aber nicht zu sehr, denn sie wusste, dass er doch immer wieder zu ihr zurückkam.

Als Natascha so im Bademantel durch die Wohnung streifte, fand sie ein antikes silbernes Rasiermesser und musste an den Song von der silbernen Klinge und der durchtrennten Kehle der jungen Angelina denken. Gerade heute Nacht hatte sie geträumt, dass Vaselin mit diesem Rasiermesser auf sie losging.

Sie hatte Alpträume. Sie hörte ständig seine Songs, hatte sich daran gewöhnt und schien sie gar nicht mehr wahrzunehmen. Doch sie setzten sich in ihrem Gehirn fest wie Rost in alten Rohren. Sie träumte, dass Vaselin mit ihr all das machte, wovon er sang: Sie erwürgte, erstach, vergewaltigte, ihr Blut trank, Leichen aus Gräbern holte.

In wachem Zustand war sie ehrlich empört über die Leute, die ihn kritisierten, und nannte sie talentlose Neider. Doch im Traum wurden die von Vaselin erdachten Alpträume lebendig. Sie sah Vaselin mit einem Beil, mit einem elektrischen Messer, mit bluttriefendem Mund, mit hervorquellenden Augen und warf anschließend heimlich die gefährlichsten Dinge weg – das Fleischerbeil, das elektrische Küchenmesser.

Natascha nahm das Rasiermesser mit zwei Fingern, wickelte es in Zeitungspapier ein und warf es in den Mülleimer. Da rief Vaselins Produzent Boris an. Er sagte, sie müssten ein neues, billigeres Studio anmieten, niemand wolle die Präsentation von Vaselins Gedichtband sponsern, und überhaupt stünden die Dinge miserabel. Er versuche ständig, Interviews in Hochglanzmagazinen zu arrangieren, immer vergebens. Vaselin sei keine Marke mehr, sie müssten etwas unternehmen.

»Wieso vergebens?«, fragte Natascha erstaunt. »Er sitzt doch gerade im Café und gibt ein Interview.«

»Wem?«

Natascha erzählte von dem Journalisten, teilte dem Produzenten stolz und ein wenig giftig mit, der Reporter habe Vaselin nach dem Konzert von sich aus angesprochen und wolle eine Doppelseite mit Fotos machen, ganz umsonst, ohne dass Boris etwas dafür getan hatte.

»Das kann nicht sein«, sagte Boris, »von denen habe ich gerade eine Absage gekriegt. Wie, sagst du, heißt der Reporter?«

»Anton. Wie weiter, haben wir nicht gefragt.«

»Und wo sitzen sie gerade?«, fragte Boris besorgt.

»Ganz in der Nähe, in einem Café, zwei Häuserblocks von hier.«

Augenblicklich übertrug sich Boris' Unruhe auf Natascha.

Nicht umsonst hatte sie Vaselin gebeten, sich den Ausweis des Reporters zeigen zu lassen. Immer wieder wurde Vaselin von Verrückten belästigt, die sich als Journalisten ausgaben; von Fans oder im Gegenteil von Leuten, die ihn hassten, von Kämpfern für die Reinheit der russischen Poesie. Unter den Fans waren mitunter Fetischisten; sie rissen Knöpfe von seinen Kleidern, stahlen seine Unterwäsche und seine schmutzigen Socken. Die Hasserfüllten provozierten Vaselin zu Prügeleien, beleidigten oder schlugen ihn, spuckten ihm ins Gesicht.

»Weißt du was, Natascha, lauf hin, in dieses Café«, sagte Boris.

Sechsundzwanzigstes Kapitel

Glücklicherweise war der Autoschlüssel in seiner Jackettasche, er musste also nicht noch einmal nach Hause. Sazepa hätte Sojas Fragen jetzt nicht ertragen, ja, nicht einmal ihren Anblick.

Er ging vom Café aus gleich zur Garage, den geschlossenen Umschlag in der Hand.

Ein paar Minuten lang saß er im Wagen und starrte vor sich hin.

Ich bin einer von ihnen? Wie oft habe ich daran gedacht, zu warten, bis sie volljährig ist, mich von Soja zu trennen, Shenja zu heiraten und mit ihr für immer wegzuziehen, irgendwohin ans warme Meer, nach Spanien oder Griechenland. Dabei wusste ich, dass das nie geschehen würde, dass jede Begegnung die letzte sein konnte.

Die Kulissen waren eingestürzt, der Himmel war nicht mehr der Himmel, sondern eine niedrige graue Decke voller Wasserflecke, Risse und Spinnweben. Licht spendete nicht die Sonne, sondern eine verstaubte nackte Glühbirne an einem schiefhängenden Kabel. Ja, so sah seine Welt nun aus, tot und unerträglich öde; und so würde es für immer bleiben.

»Die Kulissen sind eingestürzt«, murmelte er und drehte den schmalen Ehering am Finger, »ringsum nichts als Schmutz, und ich liege unter den Trümmern. Groschew, der Liebhaber kleiner Jungen, reicht mir, dem Liebhaber kleiner Mädchen, die starke, helfende Freundeshand.«

Das Geträller des Mobiltelefons holte ihn zurück. Das Display zeigte die Nummer seines Vorzimmers.

»Guten Morgen, Nikolai. Ich habe hier einen Kriminalbeamten am Apparat«, informierte ihn die Sekretärin leise und ein wenig verlegen. »Er fragt, wann er vorbeikommen kann.«

»Wie heißt er?«

»Solowjow.«

»Was liegt heute Morgen an, die nächsten anderthalb Stunden?«

»Nichts weiter. Sie wollten heute erst um elf hier sein.«

»Schön, dann richte ihm aus, er soll in einer halben Stunde kommen.«

Sazepa steckte das Telefon weg. Der Besuch eines Kriminalisten löste keinerlei Emotionen aus, keine Aufregung, nicht einmal Neugier. Er war zu träge, darüber nachzudenken, worum es gehen könnte. Nach dem Gespräch mit Groschew hatte ihn eine unüberwindliche Apathie erfasst.

Bevor er die Garage verließ, wählte er auf seinem Reservehandy die Nummer von Shenjas Mobiltelefon. Er wollte nicht mit ihr sprechen, er musste nur ihre Stimme hören. Eine fremde Frau meldete sich. Sazepa unterbrach die Verbindung sofort, steckte das Telefon weg, fuhr los und war zwanzig Minuten später im Büro.

Im Vorzimmer war nur seine Sekretärin.

»Der Kriminalist ist noch nicht da?«

»Nein. Er muss jeden Moment kommen. Was ist denn passiert?«

»Keine Ahnung.«

Sazepa huschte in sein Büro, schleppte sich zum Sofa und ließ sich darauf fallen. Etwas Spitzes stach ihn in die Hand. Es war eine Ecke des Umschlags, den er mechanisch aus dem Auto mitgenommen hatte und noch immer in der Hand hielt.

Eine Großaufnahme eines vertrauten kindlichen Gesichts. Das etwa dreizehnjährige, sehr blasse, erschöpft wirkende Mädchen schien zu schlafen. Ja, wären nicht die merkwürdigen Flecke an ihrem Hals gewesen, hätte man denken können, sie schliefe. Kastanienbraune Rastazöpfe. Er war damals furchtbar enttäuscht gewesen, als sie das mit ihren Haaren angestellt hatte. Vor etwa anderthalb Monaten. Das Muttermal auf der rechten Wange, ein winziger Tropfen dunkler Schokolade. Sie wollte es weglasern lassen. Die schmale, kaum sichtbare Narbe über der linken Augenbraue – mit sechs hatte sie sich an der Ecke des Küchenschranks verletzt.

Sazepas Hände zitterten so heftig, dass er das Foto fallen ließ. Er griff nach dem nächsten, das ihm ebenfalls entglitt, und vernahm einen grässlichen unterdrückten Schrei.

Es war Castroni, der schrie. So schrie, dass die Ohren taub wurden und die Luft vibrierte. Nein, das Vibrieren kam von der Telefonanlage. Sazepa versuchte aufzustehen, um zum Tisch zu gehen und abzuheben, schaffte es aber nicht. Sein Herz hämmerte, nicht in der Brust, sondern am anderen Ende des Büros. Ihm platzte gleich der Schädel, und jedes Geräusch vermehrte die Qual, besonders dieses hartnäckige Klopfen. Sazepa hielt sich die Ohren zu. Das Klopfen kam von der Tür, die gleich darauf geöffnet wurde.

»Nikolai, was ist mit Ihnen?« Die Stimme der Sekretärin kam von weither, er sah, wie sie auf ihn zu gelaufen kam, gefolgt von einem hageren unbekannten Mann mit grauen Haaren, aber jungem Gesicht.

Vaselins Frühstück wurde serviert. Er stürzte sich gierig darauf. Der Reporter hatte noch eine Tasse Kaffee bestellt, wechselte die Kassette im Diktiergerät und fragte: »Vaselin, wie ist Ihr Verhältnis zu Ihren Feinden?«

»Gute Frage. Unterschiedlich. Interessiert dich irgendwer konkret? Womöglich Katschalow?«

»Erraten. Ja, Ihr Verhältnis zu Katschalow, genauer gesagt, zu seiner Tochter Shenja, interessiert mich ganz besonders.«

»Ich habe mich schon gefragt, wann ihr Brüder euch wohl mal damit beschäftigt. Ist doch eine Topstory. Romeo und Julia. Zwei Welten, zwei feindliche Lager. Pop und hohe Kunst.«

»Sie sind Romeo und Shenja ist Julia?«, fragte Anton.

»Ja. Genau. Wir lieben uns und wollen heiraten. Krass, oder? Das werden die Leute gierig verschlingen und mehr verlangen.«

Unterdessen gab es am Eingang Streit. Die Stimmen wurden immer lauter.

»An dem Tisch da drüben, da werde ich erwartet!«, schrie eine Frau.

»Von wem? Uns hat keiner Bescheid gesagt«, antwortete ein Mann.

»Sie werden gleich sehen, von wem!« Natascha, mit wirrem Haar und nachlässig gekleidet, rannte in den Saal.

Vaselin nahm Natascha nie mit in dieses Café. Hierher kam er nur mit Modelschönheiten. Vaselin verschluckte sich an seinem Omelett, und Anton klopfte ihm auf den Rücken.

»Rühr ihn nicht an!« Natascha stürzte sich auf Anton und packte seinen Arm.

»Beruhigen Sie sich, keiner rührt ihn an«, sagte Anton, und zu dem Wachmann und dem Empfangschef, die herbeigeeilt waren, um die zänkische Frau aus dem anständigen Etablissement zu entfernen: »Alles in Ordnung, sie gehört zu uns.«

Vaselin hatte seinen Hustenanfall endlich im Griff und trank einen Schluck Wasser.

»Was willst du hier, he?«, fragte er leise. »Ich hab doch gesagt, du sollst zu Hause bleiben.«

»Vaselin, der Typ ist kein Journalist«, sagte Natascha. Sie wandte sich an Anton: »Wer bist du? Los, zeig deine Lappen.«

Anton zog seinen Ausweis aus der Tasche und legte ihn vor Natascha auf den Tisch.

»Ach, ist ja interessant«, sagte Vaselin und starrte Anton an.

Natascha griff nach dem roten Klappausweis und schlug ihn auf.

»Oberleutnant ...« Sie sah Anton an, leckte sich die trockenen Lippen und flüsterte: »Mein Gott, das hat gerade noch gefehlt. Was ist passiert?«

»Nikolai, was ist mit Ihnen? Das Herz, ja? Soll ich einen Arzt rufen?« Die Sekretärin Nastja war ehrlich besorgt um ihren Chef, trotzdem glitten ihre neugierigen Augen immer wieder zu den auf dem Fußboden verstreuten Fotos.

»Nein«, sagte Sazepa, »keinen Arzt. Mir geht es gut.«

Er hatte fast sofort aufgehört zu schreien, als sie hereinkamen. Er saß auf dem Fußboden vor dem Sofa, blass, tränennass und so gealtert, dass Solowjow ihn nur mit Mühe erkannte, als wäre der Mann auf dem Foto im Internet nicht Sazepa, sondern sein zehn Jahre jüngerer Bruder.

»Bring mir was gegen Kopfschmerzen und was zur Beruhigung, Nastja«, bat Sazepa mit schwerer Zunge.

Inzwischen sammelte Solowjow die Fotos auf und half Sazepa auf das Sofa.

»Sind Sie sicher, dass Sie keinen Arzt brauchen?«

»Ja.«

»Können Sie jetzt sprechen?«

»Ja. Ich will's versuchen. Ich habe starke Kopfschmerzen.«

Solowjow setzte sich Sazepa gegenüber in einen Sessel, wies mit einem Kopfnicken auf den Umschlag und fragte: »Woher haben Sie das?«

»Das hat mir jemand ins Auto gelegt.«

»Wann?«

»Heute Morgen.«

»Kennen Sie sie?«

Sazepa verzog qualvoll das Gesicht und schüttelte langsam und schwer den Kopf.

»Nein.«

»Sind Sie sicher?«

Er schwieg. Die Sekretärin kam mit Tabletten und Wasser. Beim Trinken schlugen seine Zähne gegen das Glas.

»Sie sind also sicher, dass Sie dieses Mädchen nicht kennen?«, fragte Solowjow, als Nastja wieder draußen war, und reichte Sazepa das erste Foto, die Großaufnahme.

»Ich habe sie noch nie gesehen«, flüsterte Sazepa und wandte sich ab.

Solowjow legte das Foto beiseite, stand auf und lief in dem schönen, geräumigen Büro auf und ab. Sazepa saß auf dem Sofa, die Hände im Schoß gefaltet, und starrte vor sich hin. Aus seinen Augen rannen Tränen, aber das bemerkte er nicht.

»Die Flecke an ihrem Hals sind Würgemale«, sagte Solowjow. »Sie ist freiwillig zu ihrem Mörder ins Auto gestiegen. Sie kannte ihn und hatte keine Angst vor ihm. Sie verließen die Stadt. Zwanzig Kilometer hinter dem Stadtring, an einem einsamen, menschenleeren Ort, hielt er an. Er hat sie vermutlich nicht mit Gewalt weggeschleppt. Es war spät am Abend, trotzdem ist die Straße relativ belebt, man hätte sie sehen können. Er handelt stets wohlüberlegt und hinterlässt keine Spuren und keine Zeugen. Sie liefen nur ein kurzes Stück durch den Wald, gerade so viel, dass sie außer Sicht- und Hörweite der Straße waren. Irgendwann begriff oder spürte sie wohl etwas und versuchte wegzulaufen. Vielleicht konnte sie sogar noch schreien. Ich denke, das geschah, als er das Nachtsichtgerät aufsetzte und die Chirurgenhandschuhe anzog. Sie rannte los, er warf einen Stein nach ihr und traf sie am Hinterkopf. Nach dem Bluterguss zu urteilen, ein Aufprall von großer Wucht. Sie fiel hin. Er stürzte sich auf sie und würgte sie.«

»Warum?«, flüsterte Sazepa. »Warum erzählen Sie mir das alles?«

Solowjow reichte ihm eine Packung Papiertaschentücher. »Ihr Gesicht ist voller Tränen.«

»Danke.« Sazepa nahm mechanisch ein Taschentuch, wischte sich das Gesicht ab und schnäuzte sich. »Ich verstehe nicht, was Sie von mir wollen. Wie gesagt, ich kenne dieses Mädchen nicht.«

»Warum weinen Sie dann?«

»Der Anblick des toten Kindes hat mich stark erschüttert.« Das Sprechen fiel ihm schwer. Seine Stimme klang heiser und brüchig, Solowjow musste näher heranrücken, um ihn zu hören.

»Ja, der Tod eines Kindes ist etwas wirklich Schlimmes. Vor allem, wenn es nicht durch Krankheit oder Unfall gestorben ist, sondern ermordet wurde. Ich verbiete mir normalerweise, über solche Dinge nachzudenken, sonst könnte ich nicht arbeiten. Aber jetzt will ich mir zusammen mit Ihnen doch einmal vorstellen, was sie fühlte, als sie am Kopf getroffen wurde.«

»Warum quälen Sie mich? Bitte gehen Sie, ich habe furchtbare Kopfschmerzen.«

»Gut.« Solowjow nickte. »Ich gehe gleich. Aber Sie bekommen von mir eine offizielle Vorladung zur Vernehmung. Und Ihre Frau auch. Das Parfüm der Firma Materozoni, das wir in der Wohnung des toten Mädchens gefunden haben, gehört nämlich ihr. Und wir werden Sie Marina Katschalowa gegenüberstellen. Sie wissen, wer das ist? Shenja hat Ihnen im Nachtklub bei einem Konzert von Vaselin die junge Frau ihres Vaters vorgestellt. Allerdings gaben Sie sich als italienischer Professor namens Nicolo aus, der kein Wort Russisch spricht.«

»M-m«, stöhnte Sazepa und presste die Hände auf die Schläfen.

»Hören Sie, brauchen Sie wirklich keine ärztliche Hilfe?«, fragte Solowjow. »Ich sehe doch, dass es Ihnen schlecht geht.«

»Nein. Nicht nötig. Die Kopfschmerzen gehen gleich vorbei, ich habe eine Tablette genommen. Das ist nichts Ungewöhnliches. Der Blutdruck, Gefäßkrämpfe. Bitte keine Vorladung, halten Sie Soja da raus, ich bitte Sie, lassen Sie mich in Ruhe. Ich weiß nichts. Mein Gott, das ist unerträglich! Öffnen Sie bitte das Fenster, es so stickig hier drin.«

Solowjow erfüllte Sazepas Bitte und setzte sich wieder neben ihn.

»Shenja können wir nicht mehr helfen, aber wir müssen ihren Mörder finden. Es ist ein Psychopath, ein Serienmörder, er hat vor Shenja schon drei Kinder getötet und wird vermutlich noch mehr töten. Er erwürgt sein Opfer, zieht es aus, schneidet ihm Haare ab und nimmt noch ein Souvenir mit. Bei Shenja war es ein Anhänger mit einem kleinen Saphir, ein Geburtstagsgeschenk ihres Vaters. Anschließend übergießt er den Leichnam mit Babyöl. Das ist ein Ritual.«

»Es reicht. Genug.« Sazepa hob den Arm, als wolle er sich vor einem Schlag schützen. »Ich werde Sie nicht weiter anlügen. Aber ersparen Sie mir bitte diese Einzelheiten, bitte. Ich habe sie geliebt. Wir waren seit zwei Jahren zusammen. Ich habe eine Wohnung gemietet. Ich habe ihr Geld gegeben. Wie hätte ich sie sonst halten können? Und mir schien, dass auch sie auf ihre Weise an mir hing.«

»Das alles fing also an, als sie dreizehn Jahre alt war? Und Sie, Verzeihung, achtundfünfzig?«, unterbrach ihn Solowjow.

»Siebenundfünfzig! Ja, ja, ja! Sie war dreizehn, ich siebenundfünfzig. Aber Pornofilme gemacht und sich für Geld mit erwachsenen Männern getroffen hat sie schon mit elf. Das habe ich erst vor kurzem erfahren. Vor knapp zwei Wochen.«

»Von wem?«

»Von ihr selbst, von Shenja. Sie sagte, sie wolle damit aufhören und brauche Geld, um sich von ihrem Zuhälter freizukaufen. Zehntausend Euro. Ich habe ihr zweitausend gegeben und ihr auch die restlichen achttausend versprochen. Danach haben wir uns nicht mehr gesehen.«

»Was hat sie über ihren Zuhälter gesagt?«

»Nichts. Nur, dass er Mark heißt, wie weiter, wisse sie nicht, dass er ein Mistkerl sei und alles mit versteckter Kamera filme.«

»Und Sie haben ihr sofort geglaubt? Ihnen ist nicht der Gedanke gekommen, dass sie sich das vielleicht nur ausgedacht hat?«

»Anfangs glaubte ich ihr nicht. Weil ich es einfach nicht glauben wollte. Aber dann wurde mir klar: Wenn sie von mir Geld genommen hat, warum nicht auch von anderen? Ich beschloss, die Beziehung zu ihr abzubrechen. Das fiel mir sehr schwer und tat weh, aber ich sah keinen anderen Ausweg.«

»Und Sie wollten ihr kein Geld mehr geben?«

»Nein.«

»Hat sie es nicht verlangt?«

»Nein. Nach jener letzten Begegnung hat sie mich nicht mehr angerufen.«

»Sie hat nicht angerufen. Aber Sie sind trotzdem zu ihrem Haus gefahren, haben im Auto lange davor gesessen und Ihrer Frau am Telefon vorgelogen, Sie seien in Ihrem Büro auf einer Sitzung. Haben Sie Shenja beobachtet?«

Sazepa hob den Blick und sah Solowjow zum ersten Mal offen an, verzog aber sofort das Gesicht und wandte sich ab – er hatte offenbar noch immer Kopfschmerzen.

»Ich habe sie nicht beobachtet. Ich hatte Sehnsucht nach ihr. Schreckliche Sehnsucht. Und sie war schon tot! Mein Gott, tut das weh.«

Er stand vom Sofa auf und wankte zu einer unauffälligen Tür zwischen zwei Bücherschränken. Ein Schloss schnappte. Solowjow hörte unheimliche bellende Laute. Sazepa weinte oder übergab sich. Solowjow schaute ins Vorzimmer. Die Sekretärin saß am offenen Fenster auf dem Fensterbrett und rauchte.

»Entschuldigen Sie, hat Sazepa einen Hausarzt?«, fragte Solowjow.

»Ich glaube ja. Aber die Nummer habe ich nicht. Fragen Sie ihn.«

»Das habe ich schon. Er weigert sich.«

»Dann müssen wir Soja anrufen, seine Frau.«

»Ja, tun Sie das bitte. Sonst muss ich einen Notarzt rufen.«

Solowjow ging wieder ins Büro und schloss die Tür. Sazepa war bereits zurück von der Toilette und saß am großen Tisch. Sein Gesicht war feucht, und er atmete noch schwerer. Er hielt sich nur mit Mühe aufrecht. Solowjow fragte nicht nach dem Hausarzt, er sah, dass die Zeit knapp wurde – Sazepa konnte jeden Augenblick zusammenbrechen. Womöglich stand er kurz vor einem Schlaganfall. Solowjow stellte die Frage, die ihm am vordringlichsten schien.

»Woher haben Sie die Fotos?«

»Die wurden mir zugespielt.«

»Sie haben doch versprochen, nicht mehr zu lügen.«

»Nein, bitte, ich kann nicht, dieser Mann ist ein Ungeheuer«, murmelte Sazepa und rutschte langsam zur Seite, über die Armlehne. Solowjow fing ihn auf und setzte ihn in einen Sessel.

Sazepa war bewusstlos. Sein Gesicht war verzerrt, der linke Arm baumelte schlaff herunter.

»Und was habe ich damit zu tun?«, fragte Vaselin.

Anton starrte ihn mit aufgerissenen Augen an. Dieser Mann hatte soeben vom grässlichen Tod der jungen Shenja Katschalowa erfahren, eines minderjährigen Mädchens, das in ihn verliebt war, und seine einzige Reaktion darauf war diese Frage.

»Die Obduktion hat ergeben, dass Shenja schwanger war. Siebzehnte Woche. Ein Junge. Ihr Kind.«

»Woher wissen Sie, dass es meins war?«

»Das hast du nun davon, du Idiot«, flüsterte Natascha.

Sie saß abgewandt da und schaute aus dem Fenster. Ihre Lippen zitterten, Anton wusste nicht recht, ob sie lachte oder gleich in Tränen ausbrechen würde.

»Das kann von sonstwem gewesen sein!«, zischte Vaselin.

»Wann haben Sie Shenja zum letzten Mal gesehen?«, fragte Anton.

»Sonntagabend. Im Klub. Wir sind früh gegangen. Sie sagte, sie müsse sich noch mit ihrem Lehrer treffen. Gegen zehn hab ich sie mit dem Taxi in der Nähe ihres Hauses abgesetzt, vor dem Kasino.«

»Mit ihrem Lehrer? Wissen Sie, wie er heißt?«

»Natürlich nicht. Nur, dass er ihr Klassenlehrer ist und Russisch und Literatur unterrichtet.«

»Hat Sie Ihnen erklärt, warum sie sich so spät mit ihm treffen wollte?«

»Das wusste sie selbst nicht. Er hat sie hinbestellt. Per Telefon. Ich habe gehört, wie sie mit ihm gesprochen hat.«

»Haben Sie ihn gesehen?«

»Nein. Das Taxi hat ziemlich weit entfernt gehalten, auf der anderen Straßenseite. Ich habe sie nur noch rüberlaufen sehen.«

»Er war am Sonntag um Viertel nach zehn zu Hause«, sagte Natascha, »und ist nicht mehr weggegangen. Das kann ich offiziell bezeugen, wenn nötig.«

»Kann noch jemand außer Ihnen das bestätigen?«

»Im Laufe des Abends haben ihn mehrere Leute angerufen. Um zwölf kam die Nachbarin und hat über die laute Musik bei uns gemeckert. Er hat sich bestimmt eine halbe Stunde mit ihr gestritten. Was soll das hier eigentlich? Ist das ein Verhör? Wo ist dann die Vorladung oder was immer da vorgeschrieben ist? Und was zum Teufel sollte das Theater gestern im Klub und heute hier, von wegen, Sie wollen ein Interview?« Natascha bemühte sich sehr, nicht zu schreien, aber ihre Stimme kippte ins Kreischen.

»Nein, das hier ist kein Verhör. Vorerst nur ein Gespräch.«

»Ich habe alles gesagt. Was wollen Sie denn noch von mir?«

Nachdem Anton seinen Ausweis gezeigt hatte, war Vaselin sofort zum »Sie« übergegangen. Anton wusste selbst nicht, was er von der »Sonne der russischen Poesie« wollte.

Es war klar, dass Vaselin nicht Moloch war und die Wahrheit sagte. Sein Alibi war hieb- und stichfest, und es gab keinerlei Indizien gegen ihn. Dass das Kind von ihm war, ließ sich nicht beweisen. Ein Vaterschaftstest konnte eine Vaterschaft nur ausschließen, sie aber nicht eindeutig belegen. Wozu also? Der Popstar Valentin Kuwajew hatte eine Affäre mit einer seiner Verehrerinnen, der Tochter seines ärgsten Feindes, des Popstars Valeri Katschalow, um ihn zu ärgern, um einen Skandal zu provozieren und sich auf diese Weise zu promoten. Das war niederträchtig. Aber nicht strafbar.

Trotzdem weckten selbst die schlimmsten Kriminellen bei dem jungen Oberleutnant keine solche Abscheu wie dieser satte, aalglatte Schönling, der aussah wie Schaljapin.

»Paragraph 135«, sagte Anton, »sexuelle Beziehungen zu einer Person, die das vierzehnte Lebensjahr noch nicht vollendet hat.«

»Sie war fünfzehn«, sagte Vaselin grinsend, »und außerdem können Sie mir das nicht beweisen. Und das wissen Sie auch. Sie sind wütend, weil ich Ihnen unsympathisch bin. Kein Wunder – in Sie verlieben sich keine fünfzehnjährige Nymphchen.«

»Mann, halt bloß die Klappe!« Natascha verzog das Gesicht. »Was quatschst du da? Sie müssen entschuldigen, Leutnant. Er spielt sich immer so auf, er kann nicht anders. Komm zu dir, Schwachkopf. Das Mädchen wurde ermordet. Tut sie dir denn gar nicht leid?«

Vaselin trommelte mit den Fingern auf die Tischplatte, blies die Backen auf und atmete geräuschvoll aus.

»Klar, na und? Soll ich etwa heulen? Nach Hause gehen, mich sinnlos besaufen, in die Wanne steigen und mir die Pulsadern aufschneiden?«

Natascha winkte ab, drehte sich weg und zündete sich eine Zigarette an. Anton zog eine von Solowjow unterschriebene

Vorladung aus der Tasche und legte sie vor Vaselin auf den Tisch.

»Hier, unterschreiben Sie das.«

»Wieso? Wir haben doch schon alles geklärt!«

Sie riefen nicht Sazepas Hausarzt an, sondern den Notarzt. Sazepa hatte einen Schlaganfall erlitten, er war linksseitig gelähmt. Er war bewusstlos. Solowjow war klar, dass er gehen musste, hier kam er nicht weiter. Trotzdem blieb er bis zum Eintreffen des Arztes – und wurde dafür prompt bestraft.

Hinter dem Notarztteam kam Soja Sazepa ins Büro gestürmt. Wie sie es bei den Vormittagsstaus in zehn Minuten von der Smolenskaja in die Bronnaja geschafft hatte, blieb ihr Geheimnis.

Die Sekretärin hatte Soja am Telefon nur gesagt, dass ein Kriminalbeamter bei ihrem Mann war, und kaum hatte die Signora die Schwelle überschritten, rannte sie nicht zu ihrem Mann oder zum Arzt, sondern zu Solowjow.

»Wer sind Sie? Woher nehmen Sie das Recht? Was haben Sie mit ihm gemacht? Zeigen Sie mir Ihren Ausweis!«, schrie die Signora.

»Bitte nicht so laut«, bat der Arzt.

Solowjow reichte der Dame seinen Ausweis. Sie schlug ihn auf, warf ihn auf den Tisch und griff nach einem Blatt Papier und einem Stift.

»Ich schreibe mir alles auf! Ich werde mich gleich heute beschweren! Als er heute früh aus dem Haus ging, fühlte er sich ausgezeichnet.«

»Wann?«, fragte Solowjow.

»Was?«

»Wann ist er aus dem Haus gegangen? Ist er gleich ins Büro gefahren oder hat er sich vorher mit jemandem getroffen?«

Soja zwinkerte heftig und schüttelte das rote Haar, verblüfft über diese Unverschämtheit: Wie konnte er noch Fragen stellen?! Trotzdem antwortete sie mit hochmütiger

Miene: »Nikolai ist kurz nach neun gegangen und gleich hierhergefahren, ins Büro.«

Solowjow sah auf die Uhr. Zehn nach zwölf. Im Büro war Sazepa um elf Uhr fünfunddreißig aufgetaucht. Wo hatte er die anderthalb Stunden dazwischen verbracht? Hatte er sich mit jemandem getroffen?

Solowjow steckte seinen Ausweis wieder ein und hob den Umschlag mit den Fotos vom Boden auf. Gut, dass er sie schon eingesammelt und weggesteckt hatte. Trotz allem tat ihm der Mann, der jetzt auf die Trage gelegt wurde, schrecklich leid. Er versuchte, eine plausible Erklärung für Soja zu erfinden, schaffte es aber nicht.

»Was ist passiert? Warum sind Sie hier?«, attackierte ihn die erzürnte Signora.

»Das kann ich Ihnen nicht sagen«, antwortete Solowjow aufrichtig.

Die Signora öffnete den Mund, kam aber nicht mehr dazu, etwas zu erwidern, denn sie sah, dass ihr Mann hinausgetragen wurde, und stürzte sich auf den Arzt.

»Wohin bringen Sie ihn? Wie ernst ist es?«

»Sehr ernst«, sagte der Arzt. »Ein Schlaganfall. Wir bringen ihn in die Sklifossowski-Klinik, auf die Intensivstation.«

»Ein Schlaganfall? Das kann nicht sein! Nikolai, kannst du mich hören? Warum zitterst du so?«

»Er hört Sie nicht. Er hat Krämpfe«, erklärte der Sanitäter.

Im Vorzimmer drängte sich eine kleine Menschenmenge, durch die sich die Sanitäter mit der Trage den Weg bahnen mussten. Soja rannte ihnen nach, drehte sich noch einmal zu Solowjow um und schrie: »Sie Mistkerl! Dafür werden Sie sich verantworten!«

Alle im Vorzimmer starrten ihn an. Ein dicker Glatzkopf packte Solowjow am Arm und fragte schwer atmend: »Sind Sie von der Steuerfahndung?«

Schlagartig wurde es still. Noch immer sahen alle Solowjow an.

»Nein«, sagte er, »ich bin Kriminalbeamter. Lassen Sie mich bitte durch.«

Die Menge trat beiseite. Draußen heulte eine Sirene. Der Notarztwagen brachte Sazepa weg. Auf der Straße holte Solowjow sein Mobiltelefon heraus und wählte, ohne nachzudenken, eine Nummer. Wen er anrief, wurde ihm erst bewusst, als abgenommen wurde.

»Hallo.«

»Ich bin's. Kannst du gerade reden?«

»Dima, wo hast du gesteckt?« An ihrer Stimme erkannte er, dass sie lächelte. »Weißt du, ich wollte dich anrufen ... Gleich, einen Augenblick. Nein, nicht du. Entschuldige. Ist etwas passiert?«

»Ja.«

»Ja, natürlich, was für eine dumme Frage. Brauchst du meine Hilfe?«

»Ich muss dich sehen. Wann treffen wir uns?«

»Wann du willst. Heute Abend gegen sieben?«

»Ich hole dich um sieben in der Klinik ab.«

»Gut. Ja, ich komme schon. Dima, was ist mit deiner Stimme? Bist du erkältet?«

»Nein, Olga. Ich bin gesund. Ich habe nur schlecht geträumt.«

»Offenbar sehr schlecht, wenn du noch immer so klingst. Aber du hast doch Träume nie ernst genommen, du hast nie einen Traum behalten und behauptet, das sei alles Unsinn. Also, was ist los mit dir?«

»Ich habe gerade mit einem Mann gesprochen, mit einem Zeugen, und er hat einen Schlaganfall erlitten.«

»Aha, also kein böser Traum. Ein Zeuge im Mordfall Shenja Katschalowa?«

»Woher weißt du, wie das getötete Mädchen hieß?«

»Erzähle ich dir nachher. Also, was ist das für ein Zeuge?«

»Ein Mann um die sechzig. Er hat sich zwei Jahre lang heimlich mit dem Mädchen getroffen und für Geld mit ihr geschlafen. Jetzt wird er auf die Intensivstation gebracht. Der Arzt sagt, es gibt kaum eine Chance, dass er es schafft.«

»Wirst du Unannehmlichkeiten haben?«

»Selbstverständlich. Er ist ein hohes Tier. Aber darum geht es nicht. Ich fühle mich, als hätte ich ihn getötet. Er sagt, das Mädchen hätte Pornofilme gemacht. Du hattest wahrscheinlich von Anfang an recht. Er hat den Namen des Pornofilmers genannt. Mark. Mehr weiß er allerdings nicht. Wieder eine Sackgasse.«

»Warum eine Sackgasse? Der Internet-Moloch heißt Mark.«

»Bist du sicher, dass das sein richtiger Name ist?«

»Wer weiß? Hör mal«, sie flüsterte rasch, »ich habe hier einen Patienten, der wurde vom Riesenrad im Kulturpark runtergeholt, er hat angeblich das Gedächtnis verloren, aber er simuliert, er versteckt sich vor irgendwem. Ein widerlicher Typ, mir wird regelrecht übel von ihm. Als ich mit ihm sprach, zitierte er Texte von Moloch, fast wortwörtlich. Ich glaube, das ist er.«

»Wer?«

»Der Pornograph. Irgendwer ist hinter ihm her, und nun verkriecht er sich. Sie haben gleich seine Fingerabdrücke genommen, aber du weißt ja, wie lange so eine Überprüfung bei euch dauert.«

»Ich verstehe, ich versuche, das zu beschleunigen. Behalt ihn ruhig erst mal bei dir. Und heute Abend zeigst du ihn mir.«

»Auf jeden Fall. Ich habe auch Guschtschenko angerufen, er soll ihn sich mal ansehen. Er ist gut darin, Simulanten zu knacken.«

Ihn hat sie angerufen, mich nicht, dachte Solowjow gekränkt, sagte es aber nicht laut.

Durchs Telefon hörte er eine gereizte Frauenstimme.

»Olga, wie lange dauert das denn? Alle warten auf Sie!«

»Ja, ich komme! Entschuldigen Sie. Dima, ich habe schreckliche Sehnsucht nach dir.« Den letzten Satz flüsterte, nein hauchte sie, so leise, dass er nicht wusste, ob er sich nicht getäuscht hatte.

Solowjow steckte das Telefon weg und lief auf Wattebeinen zum Auto. Eigentlich sollte er sofort ins Büro fahren und Meldung erstatten. Formal hatte er nichts falsch gemacht. Er hatte das Recht, Sazepa als Zeugen zu befragen. Aber hätte er ihn ins Büro bestellt, wäre er garantiert mit einem Anwalt im Schlepptau erschienen und hätte nichts zugegeben. Überhaupt – es war ja kein Verhör gewesen. Nur ein Gespräch. Es war nicht seine Schuld, dass Sazepa danach einen Schlaganfall erlitten hatte. Außerdem hatte er sich vor diesem Gespräch mit irgendwem getroffen. Von diesem Jemand hatte er wahrscheinlich die Fotos.

Solowjow stieg ins Auto und zog, bemüht, die fremden Fingerabdrücke nicht zu verwischen, die Fotos aus dem Umschlag.

Die Aufnahmen hatte ein Profi gemacht, im Leichenschauhaus, noch vor der Obduktion. Ausgezeichnete Originalabzüge. Der Jemand musste die Negative aus dem Safe der Kriminaltechnik gestohlen oder seinen eigenen Fotografen in den Sektionssaal geschickt haben. Ja, wahrscheinlich Letzteres.

Wozu, fragte sich Solowjow. Vielleicht wurde Sazepa wirklich erpresst? Aber dafür hätte man ihm doch eher ganz andere Fotos vorgelegt, mit versteckter Kamera aufgenommene Bilder von ihm mit der lebenden Shenja. Doch vielleicht ist das schon geschehen. Und nun wollte jemand dem armen Mann zeigen, dass er ernsthaft in der Tinte saß? Dass er leicht zum Mordverdächtigen werden konnte?

Das Leichenschauhaus wurde nur unzureichend bewacht. Für zweihundert Rubel kam jeder x-Beliebige rein und konnte fotografieren, was er wollte.

Solowjow betrachtete noch einmal den Umschlag. Sehr gutes, teures Papier, fest und schwer, hellblau getönt. Kein Aufdruck, kein Stempel, kein Logo.

Nein, bitte, ich kann nicht, dieser Mann ist ein Ungeheuer.

Sazepas letzte Worte. Also doch Erpressung? Ermittelte hier jemand auf eigene Faust? Oder hatte Sazepa jemanden um Hilfe gebeten? Warum nicht? Womöglich hatte er jemanden beauftragt, diesen Mark aufzuspüren, ihn in die Zange zu nehmen und herauszufinden, wie gefährlich er Sazepa werden konnte.

Ja, wahrscheinlich hatte Sazepa genau das getan.

Bei Olga liegt ein Patient mit Amnesie. Er zitiert den Pornographen Moloch. Aber das muss nicht unbedingt er selbst sein, vielleicht nur ein Irrer, der verrückt ist nach Kinderpornos? Vom Riesenrad runtergeholt. *Irgendwer ist hinter ihm her, und nun verkriecht er sich.* Wahrscheinlich hat Olga recht. Aber wenn die Miliz den Pornographen überwacht hätte, wüsste ich davon.

Der Mörder war ein Kunde von Moloch, hat ihn kontaktiert und für ein Treffen mit Shenja bezahlt. Mark Moloch ist ein Einzelgänger, er arbeitet ohne Helfer und Vermittler, darum ist er so schwer zu fassen. Die Wahrscheinlichkeit, dass sich die beiden begegnet sind, ist also ziemlich groß.

Moloch hat sich mit Moloch getroffen. Der Pornograph und der Mörder. Namensvettern.

Der Mörder ist der Schatten des Pornographen. Niemand kann über seinen eigenen Schatten springen. Aber vielleicht sind sie sich wirklich begegnet?

Bei diesem Gedanken bekam Solowjow einen trockenen Mund.

Nein. Unmöglich. Selbst wenn sie sich begegnet sind – der Mörder-Moloch hat bestimmt sein Äußeres verändert.

Das Telefon klingelte.

»Boris Rodezki, Shenjas Lehrer. Ihr Klassenleiter. Unterrichtet Russisch und Literatur«, sagte Anton.

»Sehr gut. Prima. Und was folgt daraus?«

»Shenja hat sich am Sonntag mit ihm getroffen, gegen zehn Uhr abends.«

»Wo?«

»Im Park in der Nähe ihres Hauses.«

»Woher stammt die Information?«

»Von Kuwajew.«

»Seltsam. Und was ist mit Kuwajew selbst?«

»Fehlanzeige. Er war mit Shenja im Klub, dann hat er sie mit dem Taxi zum Park gebracht, ist nach Hause gefahren und hat die Wohnung bis zum nächsten Morgen nicht mehr verlassen. Ein hieb- und stichfestes Alibi, mehrere Zeugen. Die Vorladung habe ich ihm trotzdem in die Hand gedrückt. Ich glaube, aus ihm ist noch mehr rauszuholen. Ein ganz mieser Typ. Stellen Sie sich vor, es ist ihm scheißegal, dass das Mädchen getötet wurde. Hauptsache, er hat nichts damit zu tun.«

»Schön, darüber reden wir noch. Erkundige dich mal, ob der Lehrer ein Auto hat.«

»Habe ich bereits. Einen Shiguli. Führerschein seit dreißig Jahren.«

Siebenundzwanzigstes Kapitel

»Du hast alles richtig gemacht«, wiederholte die vertraute Stimme, damals wie heute, du hast alles ausgezeichnet geplant, du hast einen Hominiden für dein heiliges Ziel benutzt. Die Ermittler werden sehr bald auf ihn stoßen. Er wird große Schwierigkeiten haben, zu beweisen, dass er nichts damit zu tun hat. Aber das ist nicht genug. Die Zeit läuft, du musst handeln. Die Wandlingsfrau. Sie ist jetzt dein Hauptfeind. Deine achtzehn Monate Passivität sind ihre Schuld. Sie hätte beinahe dein Geheimnis erraten. Sie wird keine Ruhe geben. Wenn du sie nicht tötest, wirst du sterben.«

Er musste sich ein paar Stunden am Vormittag frei machen, um den Ort zu sondieren.

Am Haus des Wandlings war der Wanderer schon gewesen, er kannte die Höfe. Um nicht erkannt zu werden, musste er sein Äußeres verändern, und zwar so, dass er hinterher im Auto rasch wieder in seine normale Gestalt des soliden, saturierten Hominiden schlüpfen konnte.

Die Haut unter der Nase und auf Wangen und Kinn war noch immer leicht gereizt, darum verzichtete er auf einen künstlichen Bart. Um die Augen zu maskieren, malte er sich braune Schatten und schwere Tränensäcke und klebte sich buschige schwarze Brauen an. Er tönte sein Gesicht mit dunklem Make-up, hellte die Lippen auf und machte sie ganz schmal und bläulich. Er setzte eine Perücke mit schulterlangem strähnigem grauem Haar auf und stülpte eine alte Baumwollmütze darüber. Die Trainingshose mit den ausgebeulten Knien zog er über seine Hose. Die drei Nummern zu große gefleckte Tarnjacke verbarg das teure Jackett. Um Hals und Kinn wickelte er einen billigen grauen Wollschal.

Er betrachtete sich im Spiegel. Machte den Rücken krumm, zog den Kopf zwischen die Schultern und beugte die Knie leicht. Das Ganze wirkte ziemlich echt, er war wirklich nicht zu erkennen. Er steckte eine Flasche mit Make-up-Entferner, eine Packung Wattebällchen und einen Spiegel in eine Plastiktüte.

Bevor der Wanderer zu seinem Auto ging, wartete er eine Weile und blickte sich um, ob niemand in der Nähe war. Womöglich beobachtete jemand, wie ein heruntergekommener Trinker in einen teuren Wagen stieg, und alarmierte die Miliz, weil er einen Diebstahl vermutete?

Zwanzig Minuten später parkte er wohlbehalten drei Häuserblocks entfernt von dem Hof, in dem die Wandlingsfrau wohnte.

Bei der Besichtigung des Hofs oder besser der Reihe von Durchgangshöfen skizzierte er im Kopf sofort mehrere Vorgehensweisen. Der schmale Spalt zwischen den Häusern, der gestern eine Falle für ihn gewesen war, konnte als Beobachtungspunkt dienen. Dort konnte er sich verstecken, das Nachtsichtgerät aufsetzen, warten, bis die Wandlingsfrau den

Hof durchquerte, und sie überfallen. Er wusste, dass sie manchmal erst nach Mitternacht nach Hause kam.

Aber die Sache war riskant. Die Wandlingsfrau würde sich wehren. Außerdem agierte der Wanderer nie an Orten, an denen zufällige Zeugen auftauchen konnten.

Eine andere Variante war der Hauseingang. Den Türcode herauszufinden war kein Problem. Er konnte auf einem Treppenabsatz am Fenster warten. Von dort hatte er einen guten Überblick über den Hof und sah jeden kommen. Aber er musste sie so rasch töten, dass sie nicht mehr schreien konnte.

Ein blitzartiger Überfall und ein Messerstich ins Herz.

Doch der Wandling besaß eine enorme innere Energie. Um eine vollwertige Dosis Bioplasmid zu bekommen, brauchte der Wanderer den engen emotionalen Kontakt, den Wechsel von Vertrauen zu Erstaunen und von Erstaunen zum Schreck. Das Opfer musste sich bewusst sein, dass es sich in der Gewalt des Wanderers befand, musste seine eigene Nichtigkeit und die Allmacht des Wanderers spüren. Dann öffneten sich unsichtbare Ventile, das Bioplasmid strömte aus, das Opfer verlor rasch an Kraft. Die Kerkerwände stürzten ein, der Engel breitete die Flügel aus.

Und dann die Agonie, der enge physische Kontakt. Er musste das Gesicht des Opfers sehen, seine Augen. Ein gewaltiger Ausstoß an Bioplasmid. Der Engel drängte in die Freiheit und flog nach Hause, in den Himmel.

Der Wanderer setzte sich auf eine kaputte Bank im Hof vor dem Haus der Wandlingsfrau und zündete sich eine Zigarette an. Mechanisch stellte er fest, dass die Zigaretten und das Feuerzeug nicht zu seiner Tarnung passten. Aber er konnte nichts Billiges rauchen, außerdem war niemand in der Nähe. Bis auf zwei kleine Kinder.

Den Jungen erkannte er sofort. Der kleine Petja. Und das Mädchen Ljuda. In zerlumpten Kleidern und kaputten Schuhen drehten sie sich auf dem windschiefen Karussell auf dem Hof. Durch das Dröhnen vom Prospekt her draußen hörte der

Wanderer ihre Stimmen. Sie sangen, die Worte kindlich entstellend:

Popcorn in Kino un Kekse mit Suckaguss,
Nis isso geil wie ein Sungenkuss.

Das war ein so offenkundiges Zeichen, dass der Wanderer erst fröstelte und dann schwitzte.

Mit diesem Lied hatte für ihn eine neue Etappe begonnen. Er hatte den Videoclip im Fernsehen gesehen, und beim Anblick des Mädchens darin hatte sich sein Herz zusammengekrampft. Der Engel in ihr kämpfte und schrie so, dass der Bildschirm vibrierte. Der Engel flehte den Wanderer an: »Rette mich! Ich sterbe!«

Der Wanderer hatte überlegt, wie er sie finden könnte. Und war plötzlich im Netz auf sie gestoßen. Dort sah sie zwar anders aus, aber er hatte sie natürlich erkannt.

Sie verkaufte sich, und er hatte sie gekauft.

Und nun diese beiden kleinen Kinder. An sie war schwerer heranzukommen, aber ihm würde schon etwas einfallen. Die beiden Engel riefen verzweifelt um Hilfe, mit demselben geschmacklosen Schlager.

Aber erst die Wandlingsfrau.

Das Handy in seiner Tasche klingelte. Noch ein Fehler, registrierte er mechanisch. Er hätte den Apparat ausschalten und im Auto lassen müssen. Aber außer den Kindern war niemand auf dem Hof, also nahm er ab.

Die Stimme im Hörer zwang ihn, in die Realität zurückzukehren und wieder die dicke Hominidenhaut anzulegen. Fünf Minuten später saß er im Auto, streifte die hässliche Trainingshose ab, wechselte die Schuhe und wischte sich das Make-up vom Gesicht.

Er war ruhig und mit sich zufrieden. Nun wusste er, wann und wie er die Wandlingsfrau töten würde.

Den attraktiven grauhaarigen Playboy, der zusammen mit der großnasigen Blondine hereinkam, hatte Ika schon mal gesehen. Oder er sah einem Hollywoodschauspieler verblüffend ähnlich.

Wowa sprang sofort auf und stand stramm. Der Schönling lächelte und zwinkerte Ika fröhlich zu.

»Hallo.«

»Leck mich!«, antwortete Ika.

»Pfui, wie grob.« Der Schönling verzog das Gesicht, sah sich im Zimmer um und setzte sich in einen Sessel. »Ich heiße Matwej. Und du bist Ika, wenn ich das richtig sehe. Komm, setz dich mal ein bisschen näher zu mir, so kann ich mich ja gar nicht richtig mit dir unterhalten.«

Ika saß auf dem Fußboden, zwischen Computertisch und Bett. Das war ihre Lieblingsecke, und dort saß sie, seit der debile Wowa sie mit der Pistole bedroht hatte. Sie hatte nicht die Miliz angerufen. Sie saß da und blätterte in Magazinen.

Nach anderthalb Stunden tauchten die beiden auf, der Schönling und die Blondine.

»Hast du nicht gehört? Steh auf!«, sagte die Blondine.

Ika rührte sich nicht. Wowa ging zu ihr, schleuderte die Magazine beiseite, packte Ika unter den Armen, hob sie hoch wie eine Puppe und trug sie in die Mitte des Zimmers. Sie wand sich und trat ihm mit der nackten Ferse in den Bauch. Sie stieß sich heftig die Ferse, Wowa aber schien den Tritt gar nicht zu spüren. Er hielt sie vor dem Schönling in der Luft, bis dieser sagte: »Setz sie in einen Sessel, mit dem Gesicht zu mir. Und dann lasst uns anfangen, Kinder. Wir verlieren Zeit.«

Die Blondine, die Toma hieß, wie sich herausstellte, setzte sich vor den Computer und schaltete ihn ein.

Das kannst du vergessen, blöde Kuh. Marks Passwortschutz …, dachte Ika.

»Tja, meine Kleine«, sagte Matwej seufzend. »Wir haben deinen Moloch gefunden. Rate mal, wo? Da kommst du nie drauf.«

Ika schwieg mit gesenktem Kopf, betrachtete ihre nackten Füße und registrierte, dass es Zeit war für eine Pediküre.

»Der Ärmste ist durchgedreht, und nun sitzt er in der Klapsmühle. Ich fürchte, da wird er eine Weile bleiben. Du hast also massive Probleme, meine Schöne. Erstens mit der Wohnung. Die hier ist gemietet, und er ist mit der Miete drei Monate im Rückstand. Hier kannst du also kaum bleiben. Aber es gibt ja noch zwei andere Adressen. Die kennen wir nicht, dazu brauchen wir deine Hilfe. He, hörst du mir zu?«

Ika wandte sich ab. Sie sah zu, wie Toma in Marks Computer herumfuhrwerkte. Diese Ratte hatte wahrhaftig alle schlauen Passwörter geknackt und schaute sich nun Szenen aus dem letzten, noch nicht geschnittenen Film an.

»Professionell gemacht, da kann man nicht meckern«, sagte Matwej, der Ikas Blick gefolgt war. »Schade, dass er ein Idiot ist. Weißt du, Kleines, ich denke, wir beide werden uns schon einigen. Bist du das, die da so schön tanzt?«

Im Film strippte Ika zum Song der Barry Sisters »Yuh, Mein Tiere Dochter«. Ein Plagiat natürlich – die Idee hatte Mark aus dem Film »Der Nachtportier« geklaut. Zu Beginn trug Ika weite Reithosen mit Hosenträgern, Uniformjacke und Schirmmütze.

»Was für ein Körper, was für eine Elastizität, einfach super«, sagte Matwej und schnalzte widerlich mit der Zunge. »Du bist ein tolles Mädchen, weißt du das?«

Ich will kein Mädchen sein, auch keine Frau, ich will gar nichts sein, ich will nicht leben. Lieber Gott, hol mich weg aus dieser Welt, zu Mama und Papa, dachte Ika.

Das wiederholte sie fast jede Nacht, wie ein Gebet oder eine Sprechübung.

»Um zu sprechen, musst du sprechen«, hatte der Logopäde zu ihr gesagt, »und versuche, auch laut zu denken.«

Also dachte sie laut, murmelte vor sich hin – unter der Dusche, mit der Nase im Kopfkissen oder auf dem Friedhof am Grab ihrer Eltern.

Papas Supermärkte hatte der Mann bekommen, der den Killer gedungen hatte. Das wusste jeder, trotzdem wurde er nicht vor Gericht gestellt und nicht ins Gefängnis gesteckt. Er fuhr unbehelligt in einem riesigen Jeep durch die Stadt.

An Besitz war Ika und ihrer Tante nur die Wohnung geblieben. Die Tante verkaufte sie sofort und erwarb stattdessen eine kleine Zweizimmerwohnung eine Straße weiter. Da sie Buchhalterin war, fand sie relativ schnell Arbeit.

Das erste Jahr mit ihr war für Ika ganz erträglich. Ika, bereit, sich jedem menschlichen Wesen anzuschließen, bemühte sich nach Kräften, es Tante Sweta in allem recht zu machen. Sie hatte niemanden mehr außer ihr. Abgesehen von Mamas Vater in Amerika, aber der hatte eine neue Familie, neue Kinder und Enkel. Er war nicht einmal zur Beerdigung gekommen.

»Was kuckst du so? Passt dir was nicht? Warum hast du diese Bluse angezogen? Die ist ja durchsichtig! Wen willst du damit anlocken? Ganz die Mutter, du benimmst dich wie eine Prostituierte. Wer spült denn so Geschirr? Los, komm mal her! Warum hast du nicht Staub gewischt? Was machst du eigentlich den ganzen Tag?«

Die Tante war fünfzig, nie verheiratet gewesen und kinderlos.

Sie gehörte zu den Menschen, die jeden hassen und ihren Hass in die wohlanständige Form einer »Meinung« kleiden. Ihre Standardformel lautete: »Ich meine …«

Vermutlich hatte sie im ganzen Leben noch nie etwas Positives gemeint. Nur Böses und Schlechtes.

Lieblingsobjekt ihrer »Meinung« war Ikas Mama.

»Ich meine, sie ist an allem schuld. Deine liebe Mama! Sie hat Pawlik eingewickelt und zur Heirat genötigt. Dann hat sie ihn zu diesem verdammten Business gezwungen und selber faul zu Hause gesessen. Er musste schuften, aber sie konnte nie genug bekommen – allein das viele Gold, das sie sich gekauft hat! Ich meine, ich hatte im ganzen Leben nie so viel, dabei hätte Pawlik seiner leiblichen Schwester ruhig auch mal einen Ring oder ein Paar Ohrringe schenken können, aber nein, alles nur für dieses blonde Flittchen, deine liebe Mama. Was war sie denn, frage ich dich? Eine ungebildete dumme Gans, das Einzige, was sie konnte, war mit dem Hintern wackeln. Und an dem war auch nicht viel dran.«

Anfangs weinte und schrie Ika, stürzte sich mit Fäusten auf die Tante, wofür sie heftige Ohrfeigen und weitere »Meinungen« kassierte.

Einen Teil des Schmucks von Ikas Mutter versetzte die Tante, einen Teil behielt sie. Ika bebte jedesmal vor Wut, wenn sie sah, wie die Tante Mamas Ohrringe anlegte oder Mamas Ringe, die sie eigens hatte weiten lassen, auf ihre dicken Finger schob.

»Was glotzt du so, he? Geh Schularbeiten machen! Das ist mein volles Recht, ist alles vom Geld meines Bruders gekauft. Verschwinde, Schmarotzerin, ich will dich nicht mehr sehen! Ich steck dich ins Kinderheim, damit du kapierst, wer du bist. Ich meine, in einem normalen Heim nehmen sie dich bestimmt gar nicht, du bist ja debil, das Einzige, was du kannst, ist, mit dem Hintern wackeln und die Beine schwenken bei deinem Geturne. Kannst ja nicht mal richtig sprechen – i-i-i!« Sie zog eine Grimasse und ahmte Ikas Stottern nach.

In Gegenwart Fremder war die Tante ganz anders. Sie verzog die Lippen zu einem einschmeichelnden Lächeln, ließ die Augen hin und her huschen und sprach mit gedehnter, tränenfeuchter Stimme.

»Ich meine, wir sind arme Leute, von meinem Bruder ist mir nichts geblieben, nur das arme Waisenkind. Ich ziehe sie groß, so gut ich kann, aus letzter Kraft – ich bin ja durch und durch krank, ich habe Zucker und hohen Blutdruck.«

Ika wagte nie, sich bei jemandem zu beklagen. Sie fürchtete, man würde ihr nicht glauben oder der Tante davon erzählen, und die würde sie ins Heim stecken. Sie stotterte immer heftiger, einen ganzen Satz zu sprechen war eine schreckliche Qual. Trotzdem war sie eine gute Schülerin. In schriftlichen Arbeiten bekam sie Einsen und Zweien, nur im Mündlichen versagte sie und wurde aus Mitleid kaum an die Tafel gerufen.

Freunde hatte sie so gut wie keine. Früher wollten viele mit ihr befreundet sein, ihre Eltern hatten Kinderfeste arrangiert, bei denen alle Gäste Geschenke erhielten. Nun konnte sie niemanden mehr zu sich einladen, die Tante erlaubte es nicht. Und wegen ihres Stotterns konnte sie sich kaum mit jemandem unterhalten.

Die Tante redete ihr ständig ein, sie sei hässlich, sie brauche sich gar nicht vorm Spiegel zu drehen. Die Kleider, die sie für Ika kaufte, waren solide und nicht billig, damit niemand dachte, sie würde an der armen Waise sparen. Aber all die Röcke, Pullover, Jacken, Schuhe und Stiefel waren so hässlich, dass Ika jedesmal übel wurde, wenn sie sie anzog, und tatsächlich nicht mehr in den Spiegel schauen mochte.

Ika konnte ihre Tante, die ständig Gemeinheiten über sie und ihre tote Mutter erzählte, nicht zum Schweigen bringen. Sie musste sich das alles anhören und fühlte sich wie eine Verräterin, wie ein Nichts. Die Gymnastik hatte sie längst aufgegeben und war schlaff, träge und gleichgültig geworden. Sie trug einen absichtlich hässlichen Haarschnitt und aß unentwegt. In anderthalb Jahren nahm sie zehn Kilo zu. Ihr Gesicht war hässlich aufgedunsen, die Haut unrein. Ihr Haar stand nach allen Seiten ab. Sie ging krumm, den Kopf zwischen den Schultern.

Ika litt still unter Einsamkeit, Demütigung und dem bodenlosen Hass der Tante. Der einzige Mensch, der sich hin und wieder um sie kümmerte, war ihre Freundin Marina. Sie wohnte gleich nebenan und war mit ihr zusammen in der Gymnastiksektion gewesen.

Marina war zwei Jahre älter und sah umwerfend aus. Eine große schlanke Blondine mit blauen Augen und vollen Lippen. Mit fünfzehn wurde sie »Miss Bykowo«. Sie fuhr nach Moskau, bewegte sich im Dunstkreis von Modelagenturen und Schönheitswettbewerben und heiratete schließlich den Popstar Valeri Katschalow.

Sie kam oft nach Bykowo, besuchte ihre Eltern und traf sich mit Ika.

»Was ist los mit dir?«, fragte sie Ika eines Tages. »Bist du krank? Wirst du mit Hormonen behandelt?«

»Nein. Das mache ich mit Absicht«, bekannte Ika und erzählte ihren Kummer zum ersten Mal nicht ihrem Kopfkissen oder einem Grabstein, sondern einem lebendigen Menschen. Marina hörte sie so geduldig und mitfühlend an, dass Ika kaum stotterte.

Sie saßen in der Nacht in der sauberen kleinen Küche von Marinas Eltern, rauchten und tranken Kaffee und teuren französischen Cognac.

»Weißt du was, hau doch einfach ab«, sagte Marina, »mach die Schule fertig, und dann hau ab.«

»W-wohin? W-er b-braucht mich d-denn? W-wo soll ich w-wohnen?«

»Wohnen kannst du erst mal bei uns. Die Wohnung ist groß, du hilfst mir ein bisschen im Haushalt. Immer noch besser als bei deiner Tante.«

Ja, das war wirklich besser.

»Hör mal, du hast echt Talent«, sagte Matwej.

Sie zuckte zusammen und wandte sich um. Auf dem Bildschirm strippte sie noch immer.

Die Naziunform hatte Mark aus dem Fundus eines alten Filmstudios ausgeliehen. Auch die gestreiften Anzüge mit den Nummern, die Stas und Shenja trugen, stammten von dort. Jegorka spielte den Offizier. Großer Schwachsinn, das Ganze. Bis auf Ikas Tanz. Bis sie nur noch die Mütze trug – der Rest war ein gewöhnlicher Porno. Aber Mark meinte, eine Story müsse unbedingt sein.

»Tja, meine Sonne, wenn er sie nicht nebenbei noch verkauft hätte, könnte man ihn glatt einen Künstler nennen«, sagte Matwej. »Schön, den hübschen Film sehen wir uns später an. Wie du vielleicht schon kapiert hast, interessieren uns die anderen Filme, die unschönen. Du weißt doch bestimmt, wo Mark die Videos mit den Kunden aufbewahrt.«

»Er hat keine K-kunden gefilmt«, sagte Ika und wusste im selben Moment, wie sinnlos das war.

»Wenn er das nicht getan hätte, säßen wir jetzt nicht hier und würden mit dir reden, mein Kind. Und er würde nicht in der Klapsmühle verfaulen.«

»Wenn Sie ihn g-gefunden haben, dann fragen Sie ihn doch selbst. F-fahren Sie in die Klapse und fragen Sie ihn. Ich w-weiß nichts.« Ika schien wieder zu sich gekommen und redete endlich mit Matwej, ohne zu merken, dass sie stotterte.

Der Schweiger Wowa wühlte inzwischen die Kassetten und DVDs durch. Er war offensichtlich nicht ganz blöd. Die mit einem kleinen schwarzen Stern gekennzeichneten Videos legte er auf einen separaten Stapel.

Logisch, dachte Ika, diese Sternchen sind sogar mir aufgefallen, und ich hab mir ein paar von den Videos angesehen. Mark hat mit versteckter Kamera Kunden gefilmt. Eine Kamera ist in der Hotelwohnung installiert, direkt überm Bett. In dem riesigen Jugendstilkronleuchter. Mark ist wirklich blöd, auch wenn er sich für unglaublich clever hält. Die Kamera schaltet sich ein, wenn man das Licht ausmacht. Er hat uns allen eingeschärft, immer das Deckenlicht auszuschalten. Wenn der Kunde Licht will, dann nur die Wandlampe.

Die Blondine Toma durchsuchte weitere Dateien. Auf dem Monitor erschien eine Liste. Namen und Telefonnummern. Matwej stand auf, trat zu Toma, schüttelte den Kopf und stieß einen leisen Pfiff aus.

Ika erinnerte sich noch genau an ein kürzliches Gespräch mit Mark. Sie lagen im Bett, erschöpft vom stürmischen Liebesspiel, zupften mit dem Mund Beeren von einer Weinrebe, und sie sagte: »Hör mal, es gibt CDs zu kaufen, da kann man zu jeder Telefonnummer den Namen finden.«

»Klar gibt's die«, bestätigte Mark. »Und?«

»Na, damit könntest du ganz leicht die echten Namen der Kunden rauskriegen.«

»Wozu? Ich will von denen bloß Kohle, nicht die Ausweisdaten. Ich bin nicht auf Erpressung aus, wenn du das meinst. Ich bin kein Idiot.«

Vielleicht war er wirklich nicht auf Erpressung aus, aber die Daten der Kunden hatte er sich trotzdem heimlich besorgt und im Computer gespeichert.

»Lass gut sein, Toma«, sagte Matwej, »bau die Festplatte aus. Wowa, wie sieht's bei dir aus?«

Wowa griff nach einer Kassette mit schwarzem Sternchen und legte sie schweigend in den Videorekorder. Ika drehte sich zum Fernseher. Die Aufnahme war von ziemlich schlechter Qualität, aber es war zu sehen, wie Shenja auf einem fetten alten Kerl ritt. Auch das Gesicht des Alten war recht deutlich zu erkennen.

»Das ist übrigens die bewusste Kleine«, sagte Matwej und seufzte.

»W-elche b-bewusste?«, fragte Ika.

Matwej, Toma und Wowa starrten sie an. Die eingetretene Stille wurde nur vom heiseren Stöhnen des alten Mannes aus den Lautsprechern unterbrochen.

»Die von dem Psychopathen erwürgt wurde«, sagte Matwej schließlich. »Komisch, dass du das noch nicht weißt.«

Achtundzwanzigstes Kapitel

Boris Rodezki hatte kaum die Schule betreten, als die Grundschullehrerin Vera auf ihn zustürzte.

»Was für ein Kummer! Das einzige Kind ihrer Mutter. Da lebt man so vor sich hin, regt sich über jeden Unsinn auf und vergisst, was eine echte Tragödie ist. Im Lehrerzimmer sitzt gerade ein Kriminalist und befragt Karina Awanessowa, ihre Freundin. Im Kriminalreport kam gestern ein Bericht, da haben sie keine Namen genannt, da hieß es nur: ein Mädchen zwischen zwölf und vierzehn. Der Kriminalist ist übrigens derselbe wie gestern im Fernsehen, er ist eben erst gekommen, zwei andere Milizionäre waren schon vor ihm da.«

Sie gingen in die Lehrergarderobe. Mechanisch stellte Rodezki seine Aktentasche auf den Boden, zog den Mantel aus und nahm den Schal ab. Er wollte ihn in den Mantelärmel stecken, doch der Schal rutschte immer wieder heraus.

»Ich kannte sie ja schon, als sie noch ganz klein war, ich kann es einfach nicht fassen«, murmelte Vera, schluchzte und schnäuzte sich. »Es heißt, es sei ein Psychopath gewesen. Er treibt schon lange sein Unwesen, er ermordet Frauen und Mädchen in Grün. Sie hatte ja eine grüne Jacke an.«

»Entschuldigen Sie«, sagte Rodezki, noch immer mit dem Schal kämpfend, »ich verstehe nicht, wovon Sie reden. Eine grüne Jacke? Wer hatte eine grüne Jacke an?«

In Wirklichkeit hatte er längst begriffen, wollte es aber nicht glauben. Shenja Katschalowas Jacke war tatsächlich grün, salatgrün, die Kapuze mit silbrigem Nerz abgesetzt.

Vera schrie auf und schlug die Hände zusammen.

»Sie wissen noch nicht Bescheid?! Ach ja, Sie sind ja eben erst gekommen. Die ganze Schule weiß es schon. Was für ein Unglück, mein Gott! Shenja Katschalowa wurde im Wald gefunden, am Stadtring. Ermordet.«

Die Klingel schrillte, und im nächsten Augenblick füllten sich die Flure mit Geschrei und Gepolter. Rodezki war an diesen Lärm gewöhnt und mochte ihn, doch jetzt zerfetzten die Kinderstimmen und das Getrappel unzähliger Füße ihm das Gehirn. Er lief den Flur entlang, noch immer den Schal in der Hand knüllend. Schwankend und mit den Beinen rudernd, als liefe er über Wasser, erreichte er schließlich das Lehrerzimmer am Ende des Flurs, in einiger Entfernung von den Klassenräumen. Hier war es wesentlich ruhiger.

»Regen Sie sich nur nicht auf«, flüsterte Vera ihm ins Ohr und reichte ihm die Aktentasche, die sie aus der Garderobe mitgenommen hatte. »Wenn was ist – ich habe Baldrian und Valocordin.«

»Danke.«

Die Tür ging auf. Aus dem Lehrerzimmer kam Karina Awanessowa, die Augen tränennass. Als sie Rodezki entdeckte, packte sie ihn am Arm, als fürchte sie zu fallen, und flüsterte: »Sagen Sie denen nichts von dem Tagebuch, bitte!«

Ein rothaariger junger Mann in Jeans und weitem grauem Pullover erschien in der Tür und ließ seinen Blick über das Gesicht des alten Lehrers gleiten.

Lehrer waren keine im Raum. Der Rothaarige war Oberleutnant Anton Gorbunow. Außer ihm waren noch zwei weitere Männer anwesend. Ein beleibter uniformierter Major stand am Fenster und telefonierte leise. Der zweite, ein hagerer Mann in Zivil mit grauem Igelschnitt, saß am Tisch und schrieb sehr schnell.

»Guten Tag, setzen Sie sich«, sagte der Grauhaarige und schrieb weiter. »Ich bin Dmitri Solowjow, ich leite die Ermittlungen.«

»Das kann nicht sein«, sagte Rodezki und wunderte sich über den Klang der eigenen Stimme, als hätte nicht er gesprochen, sondern ein anderer.

»Verzeihung?« Der Ermittlungsleiter sah auf und legte den Stift beiseite.

»Wann?« Rodezki räusperte sich heiser. »Wann ist es geschehen?«

»In der Nacht von Sonntag zu Montag. Zwischen zwölf und eins.«

»Das kann nicht sein, das ist ein absurder Irrtum.«

»Wann haben Sie Shenja Katschalowa zum letzten Mal gesehen?«

»Wann ich Shenja … Ja. Wir haben uns am Sonntagabend getroffen, gegen zehn. Aber sagen Sie, haben Sie schon mit ihrem Onkel gesprochen?«

»Mit ihrem Onkel?« Der Kriminalist hob leicht die Braue. »Shenja hat einen Onkel?«

»Der ältere Bruder ihrer Mutter. Er war gestern Abend bei

mir zu Hause, er wollte mit mir über Shenja reden. Das Mädchen hat große Probleme, und er ist der Einzige, der davon weiß. Shenja hat ihm alles erzählt. Ich wusste es schon, durch Zufall, sie hat es mir nicht selbst erzählt. Aber das ist ein Thema für sich. Davon später.« Rodezki fürchtete, sich gleich vollends zu verheddern und die Kriminalisten zu verwirren, und redete hastig weiter. »Der Onkel heißt Michail. Er war lange im Ausland und ist erst kürzlich zurückgekehrt. Sie müssen sich unbedingt mit ihm in Verbindung setzen. Nein, warten Sie. In der Nacht von Sonntag zu Montag, sagten Sie? Dann war Shenja also schon tot, als er mit mir über sie sprach? Das heißt, er wusste noch nichts davon? Ja, so war es wohl.«

Es wurde still im Raum. Die drei Männer sahen den alten Lehrer an. Er stand in der Mitte, die Aktentasche in der einen Hand, den Schal in der anderen. Plötzlich verstummte er, hustete und presste die Hand auf die Brust. Aktentasche und Schal fielen zu Boden. Sein Gesicht wurde kreideweiß, Schweiß trat ihm auf die Stirn. Er atmete keuchend und heiser.

»Ist Ihnen nicht gut?«, fragte der Ermittlungsleiter.

Rodezki suchte in seinen Taschen nach dem Asthmaspray. Seine Hände zitterten. Er förderte eine Packung Papiertaschentücher, eine Brille und einen Stift zutage. Alles fiel herunter, aber er schien es gar nicht zu bemerken. Das Spray fand er nicht. Er hatte es in die Manteltasche gesteckt.

»Bitte ... In der Garderobe ... Mein Mantel ...«, keuchte er.

»Was? Ein Medikament? Was haben Sie? Das Herz?« Der rothaarige Leutnant rannte zur Tür.

»Asthmaspray«, sagte Rodezki und erlitt einen erneuten Hustenanfall.

»Brauchen Sie einen Arzt?«, fragte der Ermittlungsleiter. »Setzen Sie sich doch wenigstens.«

Rodezki sank auf einen Stuhl und knöpfte sich den Hemdkragen auf. Solowjow hob die heruntergefallenen Sachen vom Boden auf. Die Aktentasche, den Schal, die Papiertaschentücher, die Brille, den Stift und noch etwas: eine rosa Haarspange in Form einer Schleife mit glitzernden kleinen Strasssteinen. Er nahm sie mit zwei Fingern und hielt sie gegen das Licht. Der dicke Major eilte dazu und stieß einen leisen Pfiff aus. In der Spange hing ein spiralförmig eingedrehtes kastanienbraunes Haar.

»Das … das …«, stammelte Rodezki, den Blick auf die Haarspange gerichtet, »das habe ich gefunden … Und mitgebracht …« In seiner Brust rasselte und gluckerte es, schweres Keuchen löste den Husten ab.

»Regen Sie sich bitte nicht auf«, sagte der Ermittlungsleiter freundlich. »Das ist schädlich für Ihr Asthma.«

Draußen näherten sich rasche Schritte. Der rothaarige Oberleutnant kam mit dem Asthmaspray hereingerannt.

»Entschuldigen Sie, ich musste in Ihre Taschen fassen, ich wollte nicht extra den Mantel herschleppen.«

Er reichte Rodezki das Spray und schaute zu Solowjow. Obwohl es Rodezki schlecht ging, bemerkte er doch, dass das Lächeln im runden Gesicht des Oberleutnants einem ernsten, besorgten Ausdruck gewichen war. Die beiden Milizionäre wechselten schwer zu deutende Blicke.

»Dmitri, einen Augenblick bitte«, sagte der Leutnant leise.

Sie gingen in eine Ecke des Raumes und flüsterten miteinander. Der dicke Major gesellte sich dazu. Der alte Lehrer sprühte sich eine Dosis Asthmaspray in den Mund, hustete ab und fragte: »Wie haben Sie meinen Mantel erkannt?«

Seine Stimme klang leise und heiser, doch der Oberleutnant hatte es gehört und drehte sich rasch um, wieder ein freundliches Lächeln im Gesicht.

»In der Lehrergarderobe hing nur ein Herrenmantel.«

»Ach so, ja. Es arbeiten ja nur drei Männer an der Schule. Außer mir noch der Werklehrer der Jungen und der Sportlehrer. Aber die beiden tragen Jacken.«

Warum sage ich das, dachte er. Ich muss Ihnen etwas Wichtiges mitteilen. Was nur? Mein Gott, was? Nach dem Anfall war sein Bewusstsein leicht getrübt.

»Geht es Ihnen jetzt besser? Sind Sie sicher, dass Sie keinen Arzt brauchen?«, fragte Solowjow.

»Es ist in Ordnung. Danke.«

Solowjow zog einen Stuhl heran und setzte sich Rodezki gegenüber.

»Sind Sie in der Lage, Fragen zu beantworten?«

»Ich will es versuchen.«

»Gestern Abend war also ein Mann bei Ihnen, der sich als Onkel von Shenja Katschalowa vorstellte«, rekapitulierte Solowjow. »Kannten Sie ihn schon vorher?«

»Nein. Ich wusste nicht einmal, dass Shenja einen Onkel hat. Aber er sagte, er habe lange im Ausland gearbeitet. Er und Shenjas Mutter seien zerstritten und redeten seit Jahren nicht mehr miteinander. Angeblich behauptet sie sogar, keinen Bruder zu haben.«

»Er ist ihr leiblicher Bruder, ja?«, fragte der Oberleutnant.

»Ja. Wesentlich älter als sie. Bestimmt zwanzig Jahre.«

»Wie, sagten Sie, heißt er?«

»Michail.«

»Warum war er bei Ihnen?«

»Wegen Shenja. Er rief mich am Montag auf meinem Handy an, so gegen acht, stellte sich vor und sagte, er müsse sich dringend mit mir treffen. Dann kam er zu mir.«

»Sie sagten, Shenja habe große Probleme gehabt. Dem sogenannten Onkel habe sie davon erzählt, Sie dagegen hätten es zufällig herausgefunden. Wenn ich das richtig verstehe, haben Sie deshalb Shenja angerufen und sich am Sonntagabend mit ihr getroffen, und deshalb war auch der Onkel bei Ihnen.« Die Stimme des Kriminalisten klang ruhig, sein Gesicht wirkte müde und angenehm. Seine grauen Augen waren nicht feindselig, im Gegenteil, voller Mitgefühl, ja, Sympathie.

»Warum mussten Sie sich mit ihr eigentlich so spät treffen und ausgerechnet auf der Straße?«, fragte plötzlich der Dicke in Uniform, der bislang geschwiegen hatte.

»Ort und Zeit habe nicht ich bestimmt«, sagte der Lehrer,

»aber ich musste unbedingt mit ihr reden. Ich habe sie mehrfach angerufen, sie war einige Tage nicht in der Schule.«

»Warum wollten Sie mit ihr reden und nicht zum Beispiel mit ihrer Mutter?«, fragte der Dicke.

»Entschuldigen Sie – wie heißen Sie?«

»Einsatzgruppenleiter Eduard Sawidow«, stellte sich der Dicke vor.

Der Lehrer nickte. »Ja, Eduard, Sie haben völlig recht. Für Außenstehende sieht das in der Tat seltsam aus. Es ist so – vor ein paar Wochen stieß ich im Internet zufällig auf eine Pornoseite. Der Autor nennt sich Mark Moloch. Er schreibt widerliche pornographische Geschichten und dreht Kinderpornos. Und darin habe ich Shenja gesehen.«

Es klingelte. Die Pause war zu Ende. Die Oberstufenbeauftragte schaute herein.

»Entschuldigen Sie, ich muss ein Klassenbuch holen.« Sie huschte zu einem Schrank, sah absichtlich langsam die Klassenbücher durch und schaute dabei zu Rodezki.

»Wie geht es Ihnen, Boris?«, fragte sie mit lauter Lehrerinnenstimme. Endlich hatte sie das Klassenbuch gefunden, machte aber keine Anstalten zu gehen. »Sie haben eben einen Anfall erlitten, ja? Kein Wunder, bei dieser erschütternden Nachricht! Wir sind alle schockiert. Soll ich die Schulschwester rufen, damit Sie Ihren Blutdruck misst?«

»Danke. Es geht mir gut.« Ihm gelang sogar ein Lächeln.

»Halten Sie die Ohren steif. Und Sie, meine Herren, quälen Sie unseren Boris nicht allzu sehr. Er ist übrigens Verdienter Lehrer Russlands, unsere Schule ist sehr stolz auf ihn. Die Kinder achten und mögen ihn sehr.«

Er wurde rot.

»Danke. Was ist mit der 10a?«

»Machen Sie sich keine Sorgen. Albina hat eine Freistunde, sie wird Sie vertreten.«

»Und meine Klasse?«

»Ich bin gerade auf dem Weg zu ihr. Vielleicht machen wir

Unterricht, vielleicht rede ich einfach mit ihnen. Sie wissen alle Bescheid, sie sitzen ganz still da, wie betäubt.« Die Lehrerin warf einen Blick auf den grauhaarigen Ermittlungsleiter und fügte herausfordernd hinzu: »Karina hatte nach dem Verhör einen hysterischen Anfall.«

Solowjow ignorierte die Bemerkung. Er rückte seinen Stuhl an den Tisch und füllte Formulare aus, den Kopf tief gesenkt.

»Entschuldigen Sie bitte, Sie müssen zum Unterricht, und wir müssen weiterarbeiten.« Der dicke Major fasste die Lehrerin unter und geleitete sie zur Tür. Zum Abschied lächelte sie Boris traurig an und nickte ihm aufmunternd zu.

»She… She…«, wiederholte Ika, außerstande, die weiche, harmlose Silbe »nja« über die Lippen zu bringen.

Sie stotterte wieder, sogar schlimmer als früher. Dabei hatte sie gedacht, dass nichts auf der Welt sie mehr ernstlich erschrecken, enttäuschen oder erschüttern könnte. Und geglaubt, sämtliche Tränen bereits in ihrer Kindheit geweint zu haben.

Nach der Schule war Ika nach Moskau gekommen, hatte sich aber nicht um einen Studienplatz beworben. Marinas stürmisches Leben hatte sie sofort in seinen Bann gezogen. Halb Freundin, halb Hausangestellte, lebte sie in einem gemütlichen kleinen Zimmer neben der Küche und wusch, putzte und kochte. Wenn Gäste kamen, saß sie gleichberechtigt mit im Wohnzimmer. Marina gab ihr Wirtschafts- und Taschengeld. Katschalow behandelte sie freundlich.

Er war oft auf Gastspiel, und Marina fuhr meist mit. Dann blieb Ika allein in der riesigen leeren Wohnung, sah fern oder schaute sich Videos an, lümmelte auf dem Sofa herum und aß unentwegt. Hin und wieder stellte sie sich auf die Waage im Bad und sah, dass der Zeiger immer dichter auf die 80 zu rückte. Aber das war ihr egal. Sie befand sich noch immer in einer seltsamen, dumpfen Erstarrung. Sie aß, schlief, hantierte mit dem lärmenden Staubsauger, schob einen Einkaufswagen durch den Supermarkt, füllte Spül- und Waschmaschine. Sie trug formlose, sackartige Jeans, weite karierte Männerhemden und Turnschuhe. In den Spiegel schaute sie nie, nicht einmal, wenn sie sich wusch und die Zähne putzte.

Im Januar hatte Katschalow Geburtstag. Er feierte in einem schicken Restaurant außerhalb der Stadt. Marina hatte Ika vorgewarnt, dass sie gegen vier Uhr morgens zurückkommen würden, vermutlich mit einem Haufen Leute, sie sollte also für einen leichten Imbiss sorgen.

Ika bereitete alles vor und schlief ein. Sie erwachte von Lärm und Gelächter und stand auf.

Als sie wieder einmal mit einem Tablett aus der Küche kam, stieß sie auf zwei Männer, die sie nicht kannte. Sie stritten erregt. Der eine war klein, fett und glatzköpfig, um die fünfzig, der andere größer, kräftig gebaut, aber nicht fett, um die dreißig. Breite Schultern, dunkelblondes Bärtchen, das lange Haar zu einem Pferdeschwanz gebunden.

»Klar, in deinen Geschichten kannst du jede Missgeburt in eine Schönheit verwandeln, aber wenn im wahren Leben eine hässlich ist, kannst du das nicht ändern«, sagte der Glatzkopf.

»Und ob!«, rief der Bärtige. »Ich schreibe nie über Dinge, die im wahren Leben nicht vorkommen!«

»Lass gut sein! Dein Aschenputtel, das zur Pornodiva wird – das ist doch kompletter Blödsinn! Du solltest dich endlich entscheiden, was du bist, ein seriöser Schriftsteller oder ein marktorientierter Schreibwütiger, der Hausfrauenträume befriedigt.«

»Wieso Hausfrauen? Die lesen mich überhaupt nicht!«

»Zu Recht! Du bist nämlich ein total amoralischer Typ!«

Ika fürchtete, die beiden würden sich gleich prügeln, aber sie lachten, der Bärtige versetzte dem anderen einen freundschaftlichen Klaps auf die Glatze. Plötzlich verstummten beide und starrten Ika an.

»Halt!«, befahl der Bärtige und packte sie so heftig am Arm, dass sie beinahe das Tablett fallen lassen hätte. »Wie alt bist du?«

»S-siebzehn«, antwortet Ika. »W-was wollen Sie von m-mir? L-lassen Sie mich d-durch!«

Sie brachte das Tablett ins Wohnzimmer, doch als sie wieder in die Küche ging, saßen die beiden dort, rauchten und stritten weiter.

»Der Pygmalion-Mythos ist natürlich ein hübsches Sujet und wurde von vielen mit Erfolg benutzt, aber es ist nur ein Mythos«, sagte der Glatzkopf. »Bei Shaw ist das sehr nett, aber wenn du dich erinnerst, werden dem Mädchen dort nur gute Manieren und eine anständige Sprache beigebracht. Äußerlich war Elisa Doolittle tipptopp. Doch bei dir ist das Mädchen am Anfang ein fettes Schwein und abgrundtief hässlich.«

»Richtig.« Der Bärtige nickte. »Professor Higgins und ich haben unterschiedliche Ziele. Er schafft eine Dame, ich eine Pornodiva.«

Ika war schon zweimal hin- und zurückgelaufen, und die beiden stritten noch immer und schauten dabei dauernd zu ihr.

»Gut«, sagte der Glatzkopf, »ich setze dreihundert Dollar.«

»Willst du mich verarschen?« Der Bärtige lachte. »Allein die Zähne kosten das Dreifache.«

»An wie viel hast du denn gedacht?«

»Wenigstens tausend. Wenn's nicht klappt, kriegst du sie in einem halben Jahr zurück.«

»Vielleicht sollten wir sie erst mal fragen?« Der Glatzkopf packte Ikas Arm. »Halt. Wie heißt du?«

»I-irina.«

»Und du bist also erst siebzehn?«

»Ja. W-was wollen Sie v-von mir?«

»Beruhige dich. Setz dich«, sagte der Bärtige. »Wir müssen mit dir reden.«

Er hatte eine sanfte, tiefe Stimme. Er konnte ihr in die Augen sehen, ohne zu blinzeln. Er griff nach ihrer Hand und streichelte und massierte sie leicht. Mit seinen hervorquellenden braunen Augen und seinen warmen Fingern hypnotisierte er sie gleichsam. Und statt ihn zum Teufel zu schicken, ließ sie sich auf ein Gespräch ein und hörte dabei fast auf zu stottern.

»Irina, möchtest du gern schön sein?«, fragte der Bärtige, während seine warmen Finger ihre Hand kitzelten.

»Ist d-doch egal, das w-wird ja sowieso nichts.«

»Wetten, dass doch?«

»Wie?«

»Ganz einfach. Du musst dreißig Kilo abnehmen, deine Zähne richten lassen, Haut und Haare in Ordnung bringen. Komm, steh mal auf! Dreh dich um! Siehst du, deine Proportionen sind okay und dein Gesicht auch. Du bist ein Schmetterling, wird Zeit, aus der Larve zu schlüpfen und die Flügel auszubreiten. Übrigens, wenn du erst schön bist, wirst du auch nicht mehr stottern. Das kommt nämlich nur von den Komplexen, und die hast du dann nicht mehr nötig. Also, bist du bereit? Ich helfe dir.«

»W-warum?«

»Weil ein Schmetterling sich besser fühlt als eine fette Raupe.«

Der Glatzkopf schwieg, lächelte und schüttelte den Kopf. Der Bärtige hielt noch immer Ikas Hand. Marina kam herein, lachend über einen Witz, den jemand im Wohnzimmer erzählt hatte.

»Ich nehme sie mit«, sagte der Bärtige zu Marina.

»Wen?«, fragte Marina lachend.

»Sie hier, deine Haushaltshilfe.«

»Wozu?«

»Ich mache in einem halben Jahr eine Schönheit aus ihr, und dann heirate ich sie vielleicht.«

»Spinnst du?« Marina lachte noch immer. »Ika, hör nicht auf ihn, komm mit, das Geschirr muss abgeräumt werden.«

»Komm mit, Ika. Sie kann dich mal mit ihrem Geschirr!« Auch der Bärtige lachte.

Dass er Mark hieß und Schriftsteller war, erfuhr Ika, als

sie im Taxi saßen. Erst nach drei Tagen rief sie Marina an, entschuldigte sich und sagte, sie könne ihre Sachen alle wegwerfen oder Obdachlosen schenken. Marina zog über Mark her – er sei ein Mistkerl und Hochstapler, das sei wieder mal eine seiner typischen Spinnereien, er würde Ika bald satthaben und sie rausschmeißen.

»Ich warte natürlich noch eine Weile ab, aber du weißt, lange komme ich ohne Hilfe nicht aus …«

Ika hörte sich alles brav an, dankte Marina und sagte, sie brauche nicht abzuwarten.

Das folgende halbe Jahr war das glücklichste in ihrem Leben. Mark hatte eine kleine Wohnung in der Woikowskaja gemietet. In dem einzigen Zimmer standen ein Computertisch, eine kleine Kommode mit Fernseher und Videorekorder, Marks breites Bett und ein Klappbett für Ika. Jeden Morgen wurde das Klappbett weggeräumt, eine Decke auf den Boden gelegt, und Ika machte Gymnastik, erst zwanzig Minuten, dann vierzig, dann anderthalb Stunden. Zum Frühstück gab es einen Becher Joghurt oder eine Schale eingeweichter Haferflocken mit Honig, zum Mittag einen Teller grünen Salat ohne Salz, zum Abendbrot einen Apfel oder eine Apfelsine. Drei Liter Mineralwasser am Tag. Zweimal in der Woche ein Stück gekochtes Fleisch oder Fisch.

Mark verließ fast nie das Haus. Er saß am Computer und schrieb an einem Buch. Manchmal las er Ika längere Abschnitte daraus vor. Es war ein phantastischer Roman. Ein Wissenschaftler schafft Klone verschiedener berühmter Menschen, sie sollen sich vermehren und so die menschliche Rasse verbessern. Ika hörte gern zu, es gefiel ihr, sie fand nur, dass zu viel Sex und Obszönes darin vorkam. Mark lachte spöttisch und erklärte: »Du hast keine Ahnung, ohne das verkauft sich heutzutage gar nichts.«

Sie glaubte ihm unbesehen. Er wurde der wichtigste Mensch in ihrem Leben. An seiner Seite hatte sie keine Angst, und alles fiel ihr leicht; das Hungern und die anstrengende Gymnastik, von der ihr der Schweiß in Strömen herunterrann und alle Muskeln schmerzten.

Wenn es sehr hart war für sie, hungerte er mit ihr zusammen und machte mit ihr zusammen Gymnastik. Sie waren Verbündete. Beide arbeiteten fanatisch auf ihr Ziel hin. Er schuf den wichtigsten Roman seines Lebens, hoffte auf großen Ruhm und das große Geld, sie wurde neu geboren.

Gleich am Anfang kaufte Mark ihr drei Paar Jeans. Eine große Größe, eine mittlere und eine kleine. Nach einem Monat hing die Große an ihr wie ein Sack. Nach zwei Monaten rutschte sie herunter, und sie zog die Mittlere an. Die trug sie drei Monate. Ende Mai rutschte auch die herunter.

An dem Tag, an dem Ika sich entschloss, die kleinste Jeans anzuziehen, beendete Mark seinen Roman. Ika umarmte ihn stürmisch, küsste ihn und kreischte vor Begeisterung. Er hob sie hoch, schwang sie im Kreis, und sie fielen auf das knarrende Bett. Ika begriff, was es hieß, ein Schmetterling zu sein.

Irgendwann schlief sie ein. Sie erwachte davon, dass Mark sie auf den Mund küsste. Er lag neben ihr, die Fernbedienung in der Hand.

»Na, schauen wir uns mal an, wie es geworden ist.«

Zuerst traute Ika ihren Augen nicht. Auf dem Bildschirm lief ein Porno. »Kuck mal, der sieht dir ähnlich!«, rief sie und entriss ihm die Fernbedienung.

»Und sie dir!«, schrie er lachend.

Da begriff sie endlich. Sie schaltete den Fernseher aus und versetzte Mark eine Ohrfeige. Noch immer lachend, packte er ihre Handgelenke, presste sie zusammen und zog sie an sich.

»W-warum? W-wie konntest du d-das tun?«, murmelte Ika, wobei sie sich wand und seinen Küssen auswich.

Doch bald verstummte sie. Und genau wie bei diesem ersten Mal brachte er sie auch später stets gekonnt zum Schweigen. Nach zehn Minuten fühlte sie sich wieder wie ein glücklicher Schmetterling. Und Schmetterlinge geben keinen Laut von sich, sie rascheln nur ganz leise mit den Flügeln.

Am nächsten Tag brachte Mark das Romanmanuskript in den Verlag. Am Abend aßen sie zusammen mit dem Glatzkopf im Restaurant. Der Glatzkopf hieß Garik. Er erging sich in Komplimenten, schnalzte mit der Zunge, schaute Ika immer wieder an und schüttelte den Kopf.

Ika betrachtete sich zufrieden in den Restaurantspiegeln und lächelte, wobei die schönen, geraden und schneeweißen Zähne blitzten. Und sie stotterte nicht mehr, sondern sprach ruhig und sanft, als würde sie singen.

»Was willst du sagen, he?« Matwej beugte sich dicht zu ihr hinunter, fasste sie unters Kinn und sah ihr in die Augen.

Sie sagte immer wieder: »She... She...«

Eben hatte Matwej ihr erzählt, wie der Mörder Shenja getötet hatte. So ausführlich, als wäre er selbst dabei gewesen. Er schien Spaß an den Einzelheiten zu haben.

Toma brachte ihr ein Glas Wasser. Wowa bot ihr eine Zigarette an. Matwej erklärte, sie seien eigentlich wegen Shenja hier, sie wollten den Bastard finden, der sie ermordet hatte. Er sei ein Psychopath und würde weitermachen, aber die Miliz würde ihn nie erwischen. Vor anderthalb Jahren habe er drei Kinder getötet, die in Pornos mitgewirkt hatten. Auf dieselbe Art ermordet wie Shenja.

»Kapierst du, was für ein Glück du hast, dass wir eher hier waren als die Miliz? Du bist volljährig, sie könnten dir mühelos gleich mehrere Paragraphen anhängen.«

Sie hatte Marks spöttische Worte im Ohr: »Er wird dich vielleicht töten, aber schlagen wird er dich nicht.«

Das hatte Mark zu Shenja gesagt, als er sie zu dem neuen Kunden schickte.

Das erste Mal hatten sich die beiden in der Hotelwohnung getroffen. Shenja hatte hinterher erzählt, dass er irgendwie unheimlich sei. Absolut impotent, aber etwas Schlimmeres sei ihr nie begegnet. Als wäre er kein Mensch, sondern ein Roboter.

»Mach mal halblang, entspann dich«, hatte Mark gesagt.

Shenja wollte nicht zum zweiten Treffen gehen. Sie hatte Angst. Zumal dieser Roboter mit ihr nach irgendwohin außerhalb fahren wollte. Aber Mark hatte sie überredet. Ihr versprochen, ihr diesmal das Doppelte zu zahlen.

»Kapier doch, er will dich und keine andere. Das ist Liebe, dumme Gans! Erhabene Gefühle muss man respektieren.«

Schließlich war Shenja einverstanden gewesen, aber nicht wegen des Geldes. Nachdem Mark Fotos und Clips auf seine Website gestellt hatte, auf denen man die Gesichter sah, hatte Shenja höllische Angst davor, Mark könnte eins dieser Bilder an ihren Vater, ihre Schule oder den Schwachkopf Vaselin mailen, in den sie sich blöderweise verliebt hatte, den sie sogar heiraten wollte.

Ja, am Sonntagabend hatte sich Shenja mit diesem neuen Kunden getroffen.

Laut Matwej wurde sie in der Nacht von Sonntag zu Montag im Wald gefunden, zwanzig Kilometer entfernt vom Stadtring.

Ika holte tief Luft, dann sagte sie heiser und deutlich: »Sh-shenja war mit ihm in der W-wohnung, wo eine Kamera ist. Er ist auf der K-kassette, wenn Mark die nicht rausgenommen hat.«

»Sie haben Shenja Katschalowa auf der Pornoseite von Mark Moloch entdeckt«, sagte der Ermittlungsleiter langsam, »und sie sofort erkannt?«

»Ja. Das heißt nein. Erst traute ich meinen Augen nicht. Ich war zuvor noch nie mit solchen Dingen in Berührung gekommen. Mit Kinderpornos, meine ich. Und dann sehe ich Shenja, meine Schülerin, noch ein Kind, in diesem Dreck! Der Computer blieb hängen, ich hatte irgendeine falsche Taste gedrückt, und das Bild ging einfach nicht weg. Ja, es war eindeutig Shenja.«

Der alte Lehrer bemühte sich, deutlich zu sprechen, nur

die Fakten wiederzugeben und niemandem seine Emotionen aufzudrängen. Doch das fiel ihm schwer, er verhedderte sich, wurde rot und hustete. Solowjow unterbrach ihn hin und wieder mit kurzen Fragen.

»Haben Sie Shenja nicht gefragt, warum sie es so eilig hat und wer in dem Auto auf sie wartet?«

»Nein. Ich war nervös, ich hatte einen Asthmaanfall. Sie hätte mir sowieso nicht die Wahrheit gesagt, da bin ich sicher. Sie sagte nur immer wieder, ich hätte mich geirrt, und auch sie war sehr nervös.«

Das Telefon des Kriminalisten klingelte. Er entschuldigte sich, stand auf, ging zum Schrank, sprach leise ein paar Worte und reichte den Apparat dann dem jungen Leutnant.

Der dicke Major rückte seinen Stuhl näher zu Rodezki und fragte: »Wie lange haben Sie auf dieser Bank gesessen?«

»Bestimmt eine Stunde oder länger. Es ging mir sehr schlecht. Aber dann kam eine Frau vorbei und begleitete mich bis zu meiner Haustür.«

»Eine Frau.« Der Major wiegte den Kopf. »Ihren Namen wissen Sie natürlich nicht.«

»Nein.«

»Woher haben Sie die Haarspange?«

»Die habe ich bei mir zu Hause gefunden, hinter den Büchern.«

»Sie leben allein?«

»Ja. Meine Frau ist gestorben. Mein Sohn lebt in Amerika.«

Warum fragt er das? Das haben Sie doch bestimmt schon herausgefunden. Dieser dicke Major bringt mich dauernd durcheinander.

»Was glauben Sie, wie ist die Haarspange zu Ihnen gelangt?«, meldete sich der Ermittlungsleiter.

»Manchmal kommen Schüler zu Nachhilfestunden zu mir nach Hause. Eines der Mädchen könnte die Spange bei mir vergessen haben. Deshalb habe ich sie heute mitgebracht, um zu fragen, wem sie gehört.«

Doch nicht etwa Shenja? dachte er.

Der junge Leutnant verabschiedete sich und ging schnell hinaus.

»Vergaßen Ihre Schüler manchmal auch andere Sachen bei Ihnen?«, mischte sich der unfreundliche Dicke wieder ein.

»Ja, das kam vor. Hefte, Stifte, verschiedene Kleinigkeiten.«

»Kam Shenja Katschalowa auch zu Nachhilfestunden zu Ihnen nach Hause?«

»Ja. Aber das ist lange her. Das war im Herbst. Hören Sie, ich wollte Ihnen noch etwas sehr Wichtiges sagen. Es ist nämlich so, dass mir zufällig Shenjas Tagebuch in die Hände gefallen ist. Sie führte es in einem gewöhnlichen Schulheft und gab es versehentlich anstelle ihres Aufsatzes ab. Das habe ich erst gestern erfahren, am Montag, nachdem ich mich mit ihr getroffen hatte. Es ist sehr schwer zu entziffern; eine furchtbare Schrift.«

»Sie haben es also nicht gelesen?«, fragte der Major.

»Ich kann jede Schrift lesen. Das bringt der Beruf so mit sich.«

»Worum geht es darin?«

»Das kann ich nicht mit zwei Worten wiedergeben. Um einen Pornographen, um einen Sänger, in den sie verliebt war und von dem sie …«

»Halt, halt«, unterbrach ihn der Major. »Ist ja interessant, wie viele Dinge des toten Mädchens sich bei Ihnen befanden. Die Haarspange, das Tagebuch, und alles rein zufällig. Und dann taucht plötzlich dieser mysteriöse Mann auf, der sich als Shenjas Onkel ausgibt. Und dem haben Sie wahrscheinlich das Tagebuch gegeben.«

»Nein. Das habe ich nicht. Ich habe es hier.« Rodezki nahm ein Heft in einem Papierumschlag mit Teddybären aus der Aktentasche.

Der Major wollte danach schnappen, doch der Ermittlungsleiter kam ihm zuvor. Der alte Lehrer bemerkte die Blicke, die beide wechselten.

»Das können Sie bestimmt nicht lesen«, sagte Rodezki.

Der Kriminalist schlug das Heft auf und hob eine Braue. »Stimmt, eine scheußliche Handschrift.«

»Macht nichts, unsere Graphologen schaffen das schon«, meldete sich der Major wieder und ließ plötzlich seine Hand vorschnellen. »Sagen Sie bitte, wie ist das hier in Ihren Besitz gelangt?«

Vor Rodezkis Nase baumelte eine schmale Goldkette mit einem kleinen Anhänger.

»Das habe ich noch nie gesehen«, sagte er, während er den Anhänger mit dem winzigen blauen Stein betrachtete.

»Sind Sie sicher?«

»Selbstverständlich bin ich sicher.«

»Merkwürdig.« Der Major blies die Backen auf und runzelte die Brauen. »Dieser Anhänger gehörte dem ermordeten Mädchen, Ihrer Schülerin Shenja Katschalowa. Sie hatte vor kurzem Geburtstag. Ihren fünfzehnten. Den Saphiranhänger hat ihr Vater ihr geschenkt. Haben Sie eine Erklärung dafür, wie er in Ihre Manteltasche gelangt ist?«

Neunundzwanzigstes Kapitel

Sie hatten es nicht eilig, in die Hotelwohnung zu fahren, sie setzten in Ruhe die Durchsuchung fort. Die falsche Blondine Toma kippte schweigend sämtliche Schubladen aus und sah sich jedes Papier an. Schließlich sagte sie »Wow!« und reichte Matwej eine Plastikmappe.

»Ein Mietvertrag für ein Bankschließfach«, murmelte Matwej, »sehr gut. Welche Bank? Ah, kein Problem.«

Sein Handy klingelte.

»Ja. Was sagst du, wie heißt sie? Olga Filippowa? Ach was? Mein Lieber, das weiß ich selber, dass sie in Guschtschenkos Team gearbeitet hat. Bist du sicher, dass der Anruf aus ihrem Zimmer kam? Hm. Verstehe. Dann handle wie abgesprochen.« Matwej stand mit besorgter Miene auf und verließ rasch das Zimmer.

Als er wiederkam, wirkte er mürrisch und schwerfällig, als wäre er schlagartig gealtert.

»Warum fahren wir nicht?«, fragte Ika. »Ist der Mörder jetzt nicht das Wichtigste?«

»Wir wissen ja nicht, wohin.«

Er schaute sie eine ganze Weile merkwürdig an. Ika fröstelte. Sie wollte schon den Mund öffnen, um die Adresse zu nennen, dachte aber plötzlich: Klar, ich sag sie ihnen, und dann bringen sie mich um!

Zum ersten Mal fiel ihr auf, wie eigenartig Matwejs Augen waren. Furchtbar kalt. Nicht böse, nein, einfach totes Glas ohne jeden Ausdruck. Sie erinnerte sich, dass Shenja ihren letzten Kunden als Kyborg bezeichnet hatte.

»Weißt du, er hat eigentlich ein ganz nettes, sympathisches Gesicht, aber die Augen bohren sich richtig in dich rein. Er schaut dich an, ohne zu blinzeln, und du denkst, gleich stürzt er sich auf dich und verschlingt dich.«

Genau dieses Gefühl hatte Ika jetzt unter Matwejs Blick – als würde er sich gleich auf sie stürzen und sie verschlingen.

Ohne sich dessen bewusst zu sein, hatte sie gelernt, Menschen einzuschätzen, und ein untrügliches Gespür für Gefahr entwickelt. Mark verkaufte sie nicht häufig an Kunden, seltener als die anderen, aber sie fürchtete jedes Mal, an einen Sadisten oder einen Sexualmörder zu geraten. Besonders seit der Geschichte, an die Matwej sie gerade erinnert hatte.

Damals, vor anderthalb Jahren, waren drei von einem Psychopathen getötete Jugendliche gefunden worden, zwei Mädchen und ein Junge. Mark hatte gesagt, sie seien Kollegen von Ika, Shenja, Stas und Jegorka gewesen.

Mark wusste alles über Kinderpornographie. Er sah sich ständig die Produktionen seiner Konkurrenten an.

Einmal hatte Ika ihn in der Wohnung in der Woikowskaja mit zwei kleinen Mädchen erwischt, die eine war acht, die andere neun. Ika kam zufällig vorbei und schloss mit ihrem eigenen Schlüssel auf. Nein, sie stieß auf nichts Schlimmes, Mark unterhielt sich nur mit den Kleinen. Nach einer Viertelstunde begleitete er sie hinunter.

»Da siehst du, wie gut das Ganze organisiert ist«, sagte er zu Ika, »die Kinder werden mit dem Auto gebracht und wieder abgeholt. Zwei Stunden mit diesen Kleinen kosten fünfhundert Dollar. Dabei habe ich sie noch runtergehandelt, eigentlich sind's siebenhundert. Davon kriegen die Ärmsten nur fünfzig pro Kunde. Und sie sind total unfähig. Ich hab sie übrigens gefilmt. Willst du mal sehen?«

Dafür kassierte er von ihr zum zweiten Mal eine Ohrfeige.

»He, he, was regst du dich so auf, dumme Gans? Ich hab die beiden nicht angerührt. Ich habe sie nur gebeten, mir zu zeigen, wie Mädchen lieb miteinander sind, und sie dabei gefilmt. Ich muss mich schließlich um neues Personal kümmern, denn du bist alt, Shenja zickt rum und drückt sich dauernd, und Stas hat neulich sogar einen splitternackten Kunden sitzengelassen. Ich hab euch Schmarotzer zu sehr verwöhnt.«

»Du hast sie wirklich nicht angerührt, nein?«, fragte Ika weinend.

»Was soll das, eifersüchtig?« Er lachte.

»Quatsch, Eifersucht! Von mir aus kannst du ficken, wen du willst. Aber die Kinder tun mir leid. Sie sind noch so klein.«

»Weißt du, wie die Firma heißt, die sie geschickt hat? Vergissmeinnicht. Eine Kindermodelagentur. Nicht aus Moskau, nein, aus der altehrwürdigen Stadt Kirjajewsk an der Wolga. Alle Schulmädchen in Kirjajewsk möchten Topmodels werden, und ihre Eltern wollen das auch. Sie zahlen für Provinzverhältnisse einen Haufen Geld, hundert Dollar im Monat, damit ihre lieben Kinderchen lernen, die Hemmungen abzulegen. Hin und wieder werden sie nach Moskau gebracht, angeblich zu Kindermodenschauen und Fotoshootings für Hochglanzmagazine. Mit ehrlich erarbeitetem Geld kommen sie dann wieder nach Hause. Und alle sind zufrieden – die Kinder, die Eltern, die Zuhälter und die Kunden.«

»Sie werden dich einsperren«, flüsterte Ika, »und zwar zu Recht.«

»Dich aber auch«, sagte Mark spöttisch, »wir beide sind Partner. Du bist genauso mit im Geschäft. Das übrigens nicht das schmutzigste ist. Wir handeln nicht mit Drogen und Waffen, wir rauben niemanden aus und töten nicht. Wir machen schöne Filme. Was ist denn daran schlecht?«

Das war eine seiner ständigen Floskeln: Was ist denn daran schlecht?

»Du verschaffst einfach einem Menschen Vergnügen. Was ist denn daran schlecht?«, hatte er gesagt, als er mit ihr in das Restaurant ging, in dem sie sich mit dem kleinen Glatzkopf Garik trafen.

Von dort fuhren sie nicht nach Hause, sondern zu Garik. Er besaß eine luxuriöse Wohnung, die Ika an die ihrer Kindheit erinnerte. Ähnliche auf antik getrimmte Möbel, Sofas und Sessel mit weichem Lederbezug, Schiebetüren. Sie saßen eine Weile zu dritt in dem gemütlichen Wohnzimmer, dann brach Mark auf. Ika begriff nicht gleich, dass sie dableiben sollte, und rannte ihm nach in den Flur.

»Ich schulde Garik tausend Dollar«, sagte er.

»Die zahlst du ihm zurück, wenn der Roman erscheint!«, flüsterte Ika, die Arme um seinen Hals geschlungen. »Bitte nicht, Mark, bitte, ich will nicht mit ihm, ich liebe dich sehr, lass mich nicht hier!«

»Hör auf zu jammern«, sagte er und löste sich von ihr.

Wo sollte sie hin? Zurück nach Bykowo, zur Tante? Nein, lieber sterben als das. Außerdem konnte sie sich ein Leben ohne Mark nicht mehr vorstellen. Sie hatte ihm all ihre in den Jahren seit dem Tod ihrer Eltern angestaute Liebe geschenkt, dem erstbesten Mistkerl, der ihr über den Weg gelaufen war. Egal, was er tat – sie fand für alles eine Rechtfertigung, sie war ihm absolut hörig.

Den Roman über die Klone wollte lange niemand drucken. Mark erklärte ihr nicht, warum, er sagte nur, die Verleger seien Schwachköpfe und hätten keinen Schimmer von echter Literatur. Endlich erschien das Buch in einem kleinen Verlag, doch es wurden nur wenige Exemplare verkauft.

Eine Zeitlang lief Mark wütend und finster herum. Ika musste ständig nackt vor der Kamera posieren. Er veröffentlichte auf seiner Website Geschichten und dazu Fotos von ihr. Er verkaufte Ika, und davon lebten sie.

Stas und Jegorka brachte Mark mit. Die beiden hatten auf einem Hof Fußball gespielt, und er hatte sie angesprochen, ihnen erzählt, sie könnten bei ihm Geld verdienen. Sie waren ohne weiteres mitgekommen in sein Studio. Mark redete ihnen ein, das alles wäre nur ein Spaß, sie sollten tanzen lernen und die Hemmungen ablegen. Es war sogar ganz lustig. Die Junge zogen sich aus, bewarfen sich dabei mit ihrer Kleidung und mit Kissen und lachten viel.

Shenja war Ikas Entdeckung. Sie hatte sie bei einem ihrer sporadischen Besuche bei den Katschalows kennengelernt und sie dann mehrfach dort getroffen.

Shenja war noch ziemlich klein, nervös und voller schrecklicher Komplexe. Sie hielt sich für hässlich, konnte nicht in den Spiegel schauen, hielt sich krumm und kämmte sich die Haare ins Gesicht. Ika erzählte ihr ihre eigene Geschichte und machte ihr weis, das zwischen ihr und Mark sei wahre Liebe, und sie würden bald heiraten. Shenja hörte mit offenem Mund zu.

Mein Gott, sie war damals erst elf, dachte Ika plötzlich. Und ich achtzehn. Keiner von denen, die bei ihrem Vater ein und aus gingen, hat das kleine Mädchen beachtet. Und ich sprach mit ihr wie mit einer Erwachsenen, von gleich zu gleich. Manchmal machten wir zusammen einen Einkaufsbummel. Dann stellte ich sie Mark vor. Ohne Hintergedanken, rein zufällig. Ich wollte das wirklich nicht. Jedenfalls trafen wir uns eines Tages zu dritt in einem Café. Mark kann gut mit Kindern. Shenja war sofort von ihm begeistert. Dabei hat er nichts weiter getan, hat sie zum Lachen gebracht und ihr erzählt, wie schön sie sei und wie toll sie sich vor der Kamera machen würde.

Warum habe ich damals nicht geschrien: Lauf weg, Dummchen! Und warum ist sie später nicht weggelaufen, als wir bei Mark im Studio waren und sie sich ausziehen sollte? Sie wollte erwachsen sein, cool und ohne Komplexe. Und sie wollte Geld. Mark hat ihr sofort hundert Dollar hingeblättert und gesagt, die hätte sie ehrlich verdient. Sie wünschte sich schon lange echte Marken-Inlineskates. Sie hatte es satt, ständig ihren Vater anzubetteln.

Ika fiel ein, wie sie und Shenja vor anderthalb Jahren einmal darüber gesprochen hatten, dass einer ihrer Kunden womöglich der Psychopath war, der die drei Jugendlichen umgebracht hatte.

»Weißt du, ich will aufhören«, sagte Shenja. »Ich kann nicht mehr.«

»Na, dann hör doch auf.«

»Na klar, und Mark schickt meine Fotos an meinen Papa und meine Schule. Ich hab mir einen Videoclip ausgedacht, der wird bestimmt super. Aber wenn Papa von dem hier erfährt, macht er meinen Clip bestimmt nicht und sagt sich von mir los. Und überhaupt ...«

Ika wusste, was dieses »überhaupt« bedeutete. Geld. Mark hatte Shenja und Stas vom Geld abhängig gemacht. Die beiden arbeiteten ausschließlich des Geldes wegen. Ika hatte einfach keine andere Wahl. Sie hatte keine Ausbildung, keine Wohnung und keinen Menschen auf der Welt außer Mark. Sie hasste ihn, und sie liebte ihn. Eigentlich wäre es gerechter gewesen, wenn der Mörder nicht Shenja getötet hätte, sondern sie, Ika.

In Rodezkis Wohnung fand eine Haussuchung statt. Solowjow hatte Shenjas Tagebuch mit einer Lupe gelesen – im

Entziffern schlechter Handschriften war er genauso geübt wie der alte Lehrer. Anschließend nahm Major Sawidow das Tagebuch an sich und bewaffnete sich ebenfalls mit einer Lupe.

Zwei Stunden bevor sie in die Wohnung gefahren waren, hatten sie Karina Awanessowa noch einmal ins Lehrerzimmer gebeten. Ihr Mutter begleitete sie, eine füllige, stimmgewaltige Dame. Sie sprach mit starkem armenischem Akzent und ließ ihre Tochter nicht zu Wort kommen, sondern antwortete an ihrer Stelle.

»Karina liest keine fremden Tagebücher!«, erklärte sie, die Frage unterbrechend. »Was wollen Sie noch von meinem Kind? Sehen Sie nicht, in welcher Verfassung sie ist?«

»Karina, du bist gestern nach dem Unterricht zu mir gekommen und hast gesagt, Shenja hätte die Hefte verwechselt«, erinnerte sie der Lehrer.

»Ich weiß nicht.«

»Bist du zu ihm gegangen oder nicht?«, fragte Solowjow.

»Nein. Ja. Wegen des Aufsatzes.«

»Habt ihr über Shenjas Heft gesprochen?«

»Ja. Nein. Ich erinnere mich nicht.«

»Natürlich erinnert sie sich nicht! Wie soll sie sich in dieser Verfassung an irgendetwas erinnern?«, schimpfte die Mutter.

»Shenja hat dich angerufen und gebeten, die Hefte auszutauschen, sie hatte sie verwechselt und nicht das mit dem Aufsatz abgegeben. Du hast gesagt, Shenja sei krank, chronische Bronchitis«, sagte der alte Lehrer, bemüht, ruhig und sanft zu klingen.

»Ja, sie war krank. Ich habe ihren Aufsatz abgegeben. Ich weiß nichts, ich habe das Heft nicht aufgeschlagen.«

Das Mädchen zitterte und weinte. Die Männer ließen sie gehen, ohne etwas aus ihr herausbekommen zu haben.

»Ich bin sicher, das graphologische Gutachten wird mühelos bestätigen, dass dies eine Fälschung ist«, wiederholte

Sawidow. »Überhaupt ist das alles gelogen, von Anfang bis Ende.«

»Nein, das ist es nicht«, sagte Solowjow leise. »Ich bin mir sicher, dass Shenja dieses Tagebuch selbst geschrieben hat.«

»Wir müssen ihn festnehmen! In der Zelle wird er schon gestehen«, blaffte Sawidow, »der feine Herr Lehrer!«

Der Fernseher stand im Wohnzimmer auf einer kleinen Kommode. In der untersten Schublade lag unter einem Stapel alter Zeitungen und Zeitschriften eine flache Holzschatulle.

»Das gehört mir nicht«, flüsterte Rodezki. »Er war kurz allein im Zimmer, ich habe in der Küche Tee gekocht. Er hatte eine kleine schwarze Aktentasche dabei, von der hat er sich nicht getrennt. Als er sich in diesen Sessel hier setzte, stellte er sie vor sich auf den Boden.«

In der Schatulle lagen in Zigarettenpapier eingeschlagene Haarsträhnen. Eine lang, glatt und hell. Daneben ein Paar silberne Ohrringe mit Amethysten. Eine rot, zu einer Locke gedreht, und ein goldener Ring mit einem winzigen dunklen Rubin. Eine aschblond, kurz und hart und eine Silberkette mit Kreuz.

Im Kofferraum von Rodezkis Wagen fanden sie eine Plastiktüte mit einer Schere, einer Flasche Babyöl und einer Packung dünner Gummihandschuhe.

Marina Katschalowa rief Solowjow an und diktierte ihm die Adresse der Wohnung, die Mark gemietet hatte und in der er zusammen mit Irina Drosdowa wohnte. Marina sagte, sie habe versucht, Ika auf dem Handy zu erreichen und ihr mehrere SMS geschickt, aber sie habe sich nicht gemeldet.

Solowjow übergab den Apparat an Anton. Er wollte die Vernehmung Rodezkis nicht Major Sawidow übernehmen lassen.

»Noch etwas«, sagte Marina, »ich weiß, das spielt für Sie keine Rolle, aber Ikas Tante in Bykowo ist sehr krank, meine

Eltern wohnen gleich nebenan und unterstützen sie, so gut sie können. Die Tante hat sonst keine Angehörigen, nur Ika.«

Anton fuhr zu der angegebenen Adresse.

»Es ist nicht auszuschließen, dass dieser angebliche Schriftsteller Mark, mit dem sie zusammenlebt, tatsächlich der Pornograph Moloch ist, der Namensvetter unseres Täters«, gab Solowjow ihm mit auf den Weg. »Wenn sie dich nicht reinlassen und nicht mit dir reden wollen, setz dich mit dem zuständigen Revier in Verbindung. Hier ist der Durchsuchungsbeschluss. Aber das nur für den Notfall. Eigentlich müsste Irina kooperieren, Shenja war immerhin ihre Freundin.«

Das Haus stand im hintersten Hof. Als Anton den richtigen Eingang gefunden hatte und seinen zerschrammten alten Shiguli hinter einem nagelneuen Volvo parkte, klingelte in seiner Tasche das Handy.

Auf dem Display erschien das Gesicht eines hübschen dunkelhaarigen Mädchens. Große, weit auseinanderstehende grüne Augen, gewölbte reine Stirn, hohe Wangenknochen, schlanker Hals, spitze Schlüsselbeine. Kein Make-up. Sie sah aus wie vierzehn, fünfzehn. Marina hatte ihm eine MMS mit einem Foto von Ika geschickt. Dazu schrieb sie: »Es muss etwas passiert sein. Normalerweise ruft sie zurück. Geben Sie mir Bescheid, wenn Sie etwas wissen. Ich mache mir Sorgen.«

Anton stieg aus dem Auto und wollte an der Wechselsprechanlage klingeln, überlegte es sich aber anders, als er den eingekratzten Türcode entdeckte. Es war immer besser, gleich an der Wohnungstür zu klingeln.

Der Fahrstuhl war besetzt, also stieg Anton zu Fuß in die fünfte Etage.

Als er zwischen dritter und vierter Etage angelangt war, hörte er den Lift unten halten.

»Ich sage noch einmal, ich habe nichts Böses im Sinn. Alles hängt von dir ab«, sagte eine tiefe Männerstimme. »Du bist doch ein kluges Mädchen.«

»Matwej, Sazepa hat sich lange nicht gemeldet. Vielleicht sollten wir ihn doch mal anrufen?«, fragte eine Frauenstimme.

»Dazu ist jetzt keine Zeit. Er wird sich schon melden. Na komm, Kleines, wieso bleibst du stehen?«

»N-nein! W-warten Sie! Ich habe mein T-telefon vergessen!«, meldete sich eine dritte, sehr hohe, fast kindliche Stimme.

Anton hörte nicht, was der Mann dem stotternden Mädchen erwiderte. Die Eingangstür klappte. Wie ein geölter Blitz rannte er die Treppen hinunter. Als er aus dem Haus stürmte, wurde gerade die Tür des Volvo zugeschlagen.

Er konnte noch erkennen, dass am Steuer ein kriminell aussehender Gorilla saß, daneben ein seriös wirkender älterer Herr. Hinten saßen zwei Personen, eine stämmige Blondine um die dreißig und ein dunkelhaariges Mädchen.

»Halt!«, rief Anton. »Anhalten! Miliz!«

Der Volvo fuhr los. Der Gorilla am Steuer war ein As; rasch manövrierte er den Wagen durch die enge Gasse zwischen den Garagen und den am Rand geparkten Autos, fuhr auf die Straße hinaus und verschwand.

»Sag mal, bist du völlig verrückt geworden?« Major Sawidow war mit Solowjow auf den Balkon gegangen und flüsterte ihm laut ins Ohr. »Von wegen Erklärung unterschreiben! Spinnst du? Wir müssen ihn sofort verhaften!«

»Beruhige dich. Er läuft uns schon nicht weg. Ich bin sicher, er ist der Falsche.«

»Warum? Wieso bist du dir so sicher? Weil er gebildet ist und Bücher liest? Deine verehrte Filippowa hat doch gesagt, Moloch sei ein Intellektueller, ein Missionar.«

»Ein bisschen zu viel des Guten.« Solowjow zündete sich eine Zigarette an. »Die Haarspange, der Anhänger, und nun noch die Schatulle, das Babyöl und die Schere.«

»Genau, sämtliche Indizien. Wir müssen ihn verhaften, statt hier chinesische Höflichkeitszeremonien zu exerzieren.«

Solowjow schüttelte den Kopf.

»Der Mann, der gewartet und gehupt hat, wusste von Shenja, dass sie sich mit ihrem Lehrer getroffen hat.«

»Unsinn, keiner hat auf sie gewartet!« Sawidow schlug mit der Faust wütend auf die Balkonbrüstung. »Er selber hat sie unter irgendeinem Vorwand in sein Auto gelockt.«

»Ausgeschlossen«, sagte eine heisere, erkältete Stimme hinter ihnen.

Die Kriminaltechnikerin Vera Sergun kam auf den Balkon und bat Solowjow um eine Zigarette. Die dreißigjährige, spindeldürre und lange Vera mit den kurzen, pechschwarz gefärbten Haaren war mit Fieber zur Arbeit erschienen; sie hatte Halsschmerzen und konnte kaum sprechen.

»Halt du dich da raus!«, blaffte Sawidow sie an. »Klar kann er sie ins Auto gelockt haben und mit ihr sonstwohin gefahren sein. Sie hat ihm vertraut, er war ihr Lehrer! Da war kein mysteriöser Dritter, der gehupt hat, das hat er sich alles ausgedacht, der saubere Literat!«

»Kann schon sein.« Vera blies Rauch aus und hustete. »Aber sein Auto hat er seit mindestens drei Monaten nicht benutzt, sein Führerschein ist abgelaufen, und zur Inspektion war die Klapperkiste seit hundert Jahren nicht mehr. Außerdem wurde der Wagen eindeutig aufgebrochen, am Schloss sind frische Kratzer.

»Also hat er noch ein anderes Auto!« Sawidow blieb stur. »Das ist doch alles nebensächlich. Die Hauptsache sind die entscheidenden Indizien.«

»Das denkt er sich auch«, sagte Solowjow.

»Wer?«

»Moloch.«

»Na schön, mal angenommen.« Sawidow verzog das Gesicht und kniff die Lippen zusammen. »Und woher wusste er die Telefonnummer des Lehrers?«

»Ganz einfach – aus dem Internet. Oder, noch einfacher, Shenja hat sie ihm gegeben«, sagte Solowjow.

»Wieso?«

»Weil sie ein Kind ist«, meldete sich Vera erneut. »Nach dem Gespräch mit dem Lehrer hat sie Angst bekommen und war sehr nervös, sie musste unbedingt mit jemandem reden, egal, mit wem. Und ihr Kunde wollte natürlich wissen, mit wem sie sich getroffen und worüber sie mit demjenigen gesprochen hat. Er kann bestimmt gut mit Kindern umgehen«, sagte Vera und drückte die Zigarette aus.

Solowjow sah sie dankbar an. Er hatte keine Lust mehr, sich mit Sawidow zu streiten. Zum Glück hatte Ermittlungsleiter Solowjow zu entscheiden, welche Sicherheitsmaßnahmen in diesem konkreten Fall zu treffen waren. Solowjow, nicht Sawidow.

»Entschuldige, aber du verhältst dich seltsam. Du hast endlich den ersten Verdächtigen, und wenn wir das sauber durchziehen, spricht das Gericht ihn garantiert schuldig.«

Genauso läuft es immer, dachte Solowjow erschöpft. Wenn ich wollte, könnte ich ihm die Sache mühelos anhängen. Und den Alten damit im Grunde zum Tode verurteilen. Sperr ihn in eine Zelle, zu den Kriminellen, liefere ihn so einem eifrigen Sawidow aus, und in ein, zwei Wochen gesteht er, was immer man will.

Solowjows Telefon klingelte.

»Sie haben sie weggebracht!«, brüllte Anton so laut, dass Solowjow die Ohren dröhnten. »Und ich bin ausgerechnet mit dem alten Shiguli meines Vaters hier, damit kann ich eine Verfolgung vergessen!«

»Wer sie? Wen sie?«

Anton erklärte es ihm hastig und verworren. Solowjow hörte schweigend zu. Sawidow und Vera sahen ihn neugierig an. Wahrscheinlich machte er ein abweisendes Gesicht, das noch abweisender wurde, als Anton den Namen Matwej erwähnte und hinzufügte, in dem kurzen Gespräch sei der Name Sazepa gefallen.

Dreißigstes Kapitel

Nun muss ich wohl mucksmäuschenstill hier sitzenbleiben, dachte Mark. Sie wissen also von der Wohnung in der Poleshajewskaja und sind jetzt dort. Sie werden Kassetten und DVDs finden. Aber nicht alle. Nein, nicht alle. An den Inhalt des Computers werden sie auch rankommen, aber nicht sofort. Hm. Eigentlich gar nicht schlecht. Zumindest Grund zum Verhandeln.

Plötzlich wurde ihm schwindlig, vor Hunger oder weil es so stickig war und stank. Er öffnete die Augen, lehnte den Kopf an die kalte Wand und schloss die Augen wieder.

Gut, dass sie nicht weiß, wo ich bin, und auch nichts von den Kassetten. Oder ahnt sie etwas? Egal, sie würde mich sowieso nicht verraten. Sie ist mir treu ergeben.

»Nimm den Verstand mir nicht, o Gott …«

»Bitte?«

Die Stimme von Doktor Filippowa zwang ihn, die Augen zu öffnen. Er hatte den letzten Satz unwillkürlich laut gesagt.

Sie stand vor ihm, frisch, gesund und schön. Unter ihrem Häubchen quollen kurze, dunkelrote Haare hervor.

»Nein, lieber Bettelstab und Spott … Wie geht das noch weiter bei Puschkin?« Er schaute sie von unten herauf an und entdeckte ein kleines Muttermal an ihrem Kinn.

»Nein, lieber Bettelstab und Spott, nein, lieber Mühsal ohne Lohn. Kommen Sie bitte mit.«

»Wohin?«

»In meinen Behandlungsraum. Ein Kollege wird Sie untersuchen.«

»Was für ein Kollege?«

»Ein sehr erfahrener, kluger Arzt und Professor. Mein Lehrer.«

Am Fenster in ihrem Zimmer stand ein großer Mann im weißen Kittel. Massive Schultern, großer runder Kopf, dichter grauer Igelschnitt, frischer Duft nach teurem Rasierwasser.

Der Professor drehte sich um. Ein angenehmes, regelmäßiges Gesicht. Die Augen waren hinter einer rauchgrau getönten Brille verborgen.

»Kommen Sie herein, setzen Sie sich. Ich heiße Kirill Guschtschenko. Sie haben Ihren Namen vergessen, soweit ich weiß.«

Der Professor setzte sich in einen Sessel. Mark blieb stehen. Die Tür knarrte, eine Schwester schaute herein.

»Olga, kann ich Sie einen Augenblick sprechen?«

»Ja, gleich.« Die Ärztin sah den Professor fragend an.

»Geh nur, wir unterhalten uns so lange von Mann zu Mann.« Der Professor lächelte und zwinkerte ihr zu.

Plötzlich war es sehr still im Raum. Mark stand noch immer. Guschtschenko saß bequem zurückgelehnt im Sessel und streckte die Beine aus. Er trug gute, sehr teure Schuhe aus dunkelgrauem Leder mit dicker weicher Sohle.

»Na, Herr Schreiberling«, sagte der Professor schließlich, »noch nicht genug vom Dummstellen?«

»Guten Tag, Genosse General. Ja, ich bin es, Matwej. Natürlich denke ich an Ihre Bitte. Ich habe bereits mehrere Varianten in petto, ich bringe sie, wann immer Sie wollen, wohin Sie möchten. Entschuldigen Sie, dass ich Sie belästige, aber wir haben hier ein kleines Problem, irgendein Verrückter verfolgt uns, in einem Shiguli. Hellbeige. Das Kennzeichen? Augenblick.«

Toma drehte sich um, entzifferte laut das Kennzeichen, und Matwej gab es weiter.

»Sie sollen rausfinden, wer er ist und woher er kommt. Ja, danke, ich warte.«

Matwej steckte das Telefon weg. Der zerschrammte schmutzig-beige Shiguli hielt sich noch immer hartnäckig hinter ihnen. Ika hatte gesehen, wie ein rothaariger junger Mann in Jeans und weitem grauem Pullover hinter ihnen aus dem Haus gestürmt war, und gehört, wie er rief: »Halt! Miliz!«

Nun fuhr er ihnen nach.

Wenn er wirklich von der Miliz ist, warum hält uns dann kein Verkehrsposten an, fragte sich Ika. Ach ja, Matwej hat irgendeinen General angerufen. Darum stoppt uns niemand. Das Auto hat ein Sonderkennzeichen. Im Film würde der Rothaarige jetzt eine Kanone zücken, die Reifen zerschießen, mich aus dem Wagen zerren, die anderen alle über den Haufen schießen und mich mit seinem Shiguli nach Bykowo bringen, zu meiner geistesschwachen Tante Sweta, damit ich dort ein neues Leben beginne.

»Los, spuck endlich die Adressen aus«, wiederholte Toma zum zehnten Mal.

Sie hatten sämtliche Schlüssel aus der Wohnung mitgenommen und verlangten nun, dass sie ihnen die Adressen von Studio- und Hotelwohnung nannte.

»W-wohin fahren wir?«, fragte Ika.

»Geht dich nichts an.«

Matwejs Handy klingelte.

»Ja. Nein, wie gesagt, am Steuer sitzt ein junger Mann, noch keine dreißig. So, dann hat er sich den Wagen wohl geliehen. Ach, ich sehe, er wird gerade angehalten. Richten Sie dem General meinen herzlichen Dank aus.«

Ika drehte sich um. Der Shiguli stand am Straßenrand, daneben ein Wagen der Verkehrswacht mit eingeschaltetem Blaulicht.

»Die Adressen, raus mit den Adressen«, drängelte Toma.

Ika schloss die Augen – und befand sich in ihrem Kinderzimmer. Wenn es ihr sehr schlecht ging, kehrte sie in Gedanken dorthin zurück, in ihr Puppenparadies, nach Hause zu Mama und Papa, an den einzigen Ort, an dem sie sich in Sicherheit fühlte. Rief sich alle ihre Puppen, Teddys und Äffchen in Erinnerung, roch an den Blüten des kleinen Zitronenbäumchens im Topf am Fenster.

»He, Kleine, was soll das Theater? Du wolltest doch mit uns in die Wohnung mit der versteckten Kamera«, redete

Matwej auf sie ein, »du wolltest uns helfen, den Mörder zu finden, der Shenja getötet hat. Was ist denn jetzt?«

Ika legte den Finger auf die Lippen – sie wollte nicht gestört werden. Sie saß auf der Schaukel in der Turnecke ihres Kinderzimmers. Die Schaukel flog bis an die Decke. Die Decke war hoch und nicht weiß, sondern himmelblau, und Ika und Papa hatten Wolken und eine Sonne darauf gemalt. Das heißt, die Sonne und die Wolken hatte Papa gemalt, Ika hatte nur Augen und Mund ergänzt, damit sie sie anschauten und lächelten.

»Er soll ruhig eine Weile hierbleiben«, sagte Professor Guschtschenko, als Olga in ihr Zimmer zurückkam. »Ich halte ihn eher für krank als für gesund. Ich würde ihm nicht voreilig Simulation unterstellen, Olga.«

Der Patient war blass, seine Augen huschten unruhig umher. Schweiß rann ihm über die rasierte Wange.

»Gedächtnisverlust, Anzeichen für Depersonalisation, das heißt, der eigene Körper wird als fremder Zwilling in Raum und Zeit wahrgenommen, eine eindeutige Spaltung der Psyche. Anzeichen für Wahn. Halluzinationen. Pathetik, Trägheit, Rigidität. Plus emotionale Abgestumpftheit. Schizophrenie, vorerst mit einem ganz kleinen Fragezeichen, aber ich denke, das Fragezeichen wird bald entfallen, die Diagnose wird sich bestätigen. Die Therapie kann sofort begonnen werden. Psychopharmaka und Insulinkoma-Behandlung.«

Der Professor sprach ruhig und ein wenig spöttisch. Olga wusste, dass seine Rede mehr für den Patienten gedacht war als für sie. Er war nur kurz mit dem Karussellfahrer allein gewesen, rund zwanzig Minuten, aber dieser war vollkommen verändert. Seine Dreistigkeit war wie weggeblasen. Er schwieg, und das war besonders seltsam. Er saß zusammengekrümmt auf einem Stuhl, den kahlgeschorenen Kopf tief zwischen die Schultern gezogen, und wickelte eine Ecke seiner Pyjamajacke um einen Finger.

»Also, mein Lieber, fangen wir an mit der Behandlung?« Der Professor stand auf, trat zu dem Karussellfahrer, legte ihm die Hand auf die Schulter und zwinkerte Olga zu.

Der Patient zuckte zusammen und krümmte sich unter der Berührung. Olga tat der freche Schwätzer sogar leid. Er wirkte plötzlich ganz unglücklich und verstört, besonders im Kontrast zu dem ruhigen, selbstbewussten, fröhlichen Kirill Guschtschenko. Olga hatte ihren Lehrer lange nicht mehr in so guter Form gesehen. Vor anderthalb Jahren, als sie sich das letzte Mal trafen, stand er kurz vor einem Nervenzusammenbruch. Aber ihr selbst ging es damals auch kaum besser. Sie hatten viele unangenehme Auseinandersetzungen, Guschtschenko vergaß sich mitunter und brüllte sie grob und beleidigend an.

Nein, nicht mehr dran denken, rief sich Olga zur Ordnung.

»Gehen Sie sich ausruhen«, sagte Guschtschenko zum Karussellfahrer, »alles wird gut, Olga und ich werden Ihnen helfen.«

Der Patient stand auf und wankte hinaus. Bevor er verschwand, warf er einen raschen Blick auf Olga, als wolle er ihr etwas sagen, blieb aber stumm.

»Na, Olga«, der Professor legte ihr den Arm um die Schulter, »öffnen wir das Fenster und rauchen eine?«

Der Wind wirbelte die Papiere auf dem Schreibtisch hoch. Olga zog eine Strickjacke über den Kittel. Sie setzten sich aufs Fensterbrett. Der Professor trug noch immer die Brille, und sie fühlte sich ein wenig unbehaglich, weil sie seine Augen nicht sah.

»Sie haben ihm einen ziemlichen Schreck eingejagt, Kirill.«

»War nicht meine Absicht.« Er lächelte schwach. »Ein widerlicher Typ. Übrigens ist er zweifellos krank.«

»Sie meinen, es handelt sich wirklich um Schizophrenie?« Olga suchte Guschtschenkos Augen hinter der dunklen Brille – vergebens.

»Zweifelst du daran?«

»Ja. Darum habe ich Sie ja angerufen. Danke, dass Sie sofort gekommen sind.«

»Ich war sowieso in der Nähe. Sag mal, wie lange haben wir beide uns nicht gesehen?« Er rückte ein Stück beiseite und nahm endlich die Brille ab. »Gut siehst du aus. Die Haare sind kürzer. Schade. Du hast schönes Haar.«

»War vorher besser, ja?«

»Nein. Es steht dir. Trotzdem schade um das Haar. Dichtes Haar ist heutzutage eine Seltenheit, sogar bei Frauen. Von Männern ganz zu schweigen …« Er seufzte, drückte die Zigarette aus und klatschte sich auf den Kopf.

»Erzürnen Sie Gott nicht, Sie haben keine Spur von einer Glatze.«

»Doch, sieh mal, hier oben lichtet es sich.« Er beugte den Kopf.

»Alles bestens, Kirill. Sie haben übrigens einen zweifachen Scheitel.«

»Ach? Das wusste ich gar nicht. Und was bedeutet das?«

»Sie müssen ein sehr glücklicher Mensch sein.«

»Du bist komisch …« Er strich ihr mit dem Finger über die Wange. »Du glaubst an solchen Quatsch? Zweifacher Scheitel. Na schön, mein Herz, jetzt erzähl mal, warum du mich hergeholt hast.«

»Ich habe Sie gebeten zu kommen«, sagte Olga zögernd, »weil ich glaube, dieser Mann, der Karussellfahrer, ist in Wirklichkeit Mark Moloch.«

»Entschuldige – wer?« Guschtschenko putzte mit dem Kittelsaum seine Brille und setzte sie wieder auf.

Den Namen konnte er nicht vergessen haben. Er war nur erstaunt, und gleich würden sie sich wohl wieder streiten wie vor anderthalb Jahren. Olga spürte seine Anspannung. Er wollte nicht auf diese Geschichte zurückkommen. Kein Wunder, er hatte damals verloren. Sein Team war aufgelöst, der Mörder nicht gefasst worden.

Wie viel Widerwärtiges hatte sie damals im Internet gelesen

und gesehen! Dabei war sie immer wieder auf einen Autor gestoßen: Mark Moloch. Und die Monologe des Karussellfahrers erinnerten stark an dessen Stil.

»Hier, hören Sie sich das einmal an.« Sie schob eine Kassette in ihr Diktiergerät, schaltete es ein und breitete ausgedruckte Pornogeschichten vor Guschtschenko auf dem Tisch aus. Diese Blätter hatten lange in ihrem Schreibtisch gelegen; sie hatte gehofft, sich nie wieder damit beschäftigen zu müssen, sie schon mehrfach zerreißen und wegwerfen wollen. Aber irgendetwas hatte sie daran gehindert.

»Das kleine Mädchen möchte, dass jemand ihm über den Kopf streicht und es hinterm Ohr krault. Das kleine Mädchen mag Gruselmärchen. Der große Onkel könnte ihr von morgens bis abends welche erzählen …«

Nun wurde die Geschichte gruselig. Eine tote Hand mit elastischen Wurmfingern kam aus einem Klavier gekrochen. Dann war sie bei dem Mädchen unter der Decke. In blumigen literarischen Worten, leicht ironisch, wurde beschrieben, wie ein Erwachsener ein Kind vergewaltigt und tötet und ihm dabei Gruselmärchen erzählt. Die Stimme aus dem Diktiergerät klang ebenso einschmeichelnd und sprach in ebenso wohlgesetzten Worten zu Doktor Filippowa wie der Karussellfahrer.

Zutaten der nächsten Geschichte waren Schlittschuhlauf, der Geruch eines frischgebügelten Pioniertuchs und die Pioniersendung im Radio. Sie spielte Anfang der Siebziger. Das Mädchen ist auf dem Weg zur Schule und steigt zu einem gutaussehenden Mann mit grauen Haaren in ein glänzendes schwarzes Auto. »Sag mal, kannst du Schlittschuh laufen? Kannst du eine Schwalbe? Zeig mir doch mal, wie hoch du das Bein schwingen kannst.«

»Konnten Sie eine Schwalbe? Wie hoch konnten Sie das Bein schwingen? Ach, wissen Sie, zu weißen Schuhen gehört eigentlich eine weiße Tasche.«

Guschtschenko schaltete das Diktiergerät aus, nahm die Kassette heraus und schob die Ausdrucke zusammen.

»Ich dachte, du wärst inzwischen zur Vernunft gekommen, Olga«, sagte er langsam und nachdenklich.

»Aber es ist doch wirklich sehr ähnlich. Er zitiert fast wortwörtlich. So kann nur einer diese Texte kennen und lieben – der Verfasser.«

Das Kennzeichen des Wagens der Verkehrswacht und den Namen des Unterleutnants merkte sich Anton für alle Fälle. Sobald dieser ihn wieder wegließ, fuhr er zügig die Choroschewka entlang in Richtung Begowaja. Sollte es einen Stau geben oder eine rote Ampel, konnte er es schaffen. Doch er sollte dem alten Shiguli seines Vaters sicherheitshalber eine Atempause gönnen.

Anton parkte am Straßenrand, sprang aus dem Auto und hob den Arm. Fast sofort hielt ein ramponierter alter Wolga. Am Steuer saß ein Mann um die siebzig, braungebrannt und voller Knitterfalten, das lange graue Haar zum Pferdeschwanz gebunden, Schnauzbart, stone-washed-Jeansanzug.

»Wohin soll's gehen?«, fragte er fröhlich.

»Zur Begowaja!« Anton setzte sich neben den Fahrer. »Aber möglichst schnell.«

Der Rücksitz war vollgepackt mit Holz- und Eisenteilen und Lumpen.

»Eile mit Weile«, sagte der Alte.

»Schnell, bitte!«, bat Anton und zog seinen Ausweis aus der Tasche.

Der Mann warf einen flüchtigen Blick darauf, lachte spöttisch und fuhr los. Er legte gleich ein zügiges Tempo vor und fragte: »Wollen wir einen Verbrecher fangen?«

»Wir versuchen es.«

Nach wenigen Minuten erreichte der Wolga die Begowaja und stand am Ende eines Staus.

»Ende der Fahnenstange«, sagte der Fahrer. »Da vorn hat's anscheinend einen Unfall gegeben.«

Tja, das war's wohl, dachte Anton betrübt, öffnete die Tür,

stieg aus, warf einen Blick auf die dichte Autoschlange und stieg wieder ein.

»Prima, Alter!«, sagte er. »Die sitzen auch fest. Ein grauer Volvo mit zwei Antennen.«

Der Alte öffnete das Fenster, lehnte den ganzen Oberkörper hinaus, drehte sich dann zu Anton um und verkündete fröhlich: »Ja, ich sehe deinen Volvo. Aber was ist eigentlich los, wenn man fragen darf?«

»Sie haben ein Mädchen entführt, eine Zeugin. Direkt vor meiner Nase.«

»Interessant. Und wer sind die?«

»Keine Ahnung.«

»Warum hast du das nicht an die zuständigen Stellen gemeldet, damit die sie anhalten?«

»Das habe ich. Aber die Verkehrswacht hat nicht die angehalten, sondern mich.«

»Ganz im Geist der neuen Zeit! Haben die dein Mädchen gewaltsam entführt?«

»Sieht so aus«, seufzte Anton.

Der Alte schwieg, überlegte, dann sah er Anton an und sagte empört: »He, was sitzt du noch hier rum und jammerst? Los, geh und hol dir das Mädchen!«

»Wie denn?«

»Ganz einfach! Der Schlamassel hier dauert garantiert zwanzig Minuten. Du gehst hin, klopfst an die Scheibe und zeigst deinen Ausweis. Da sind überall Leute, da können die gar nichts tun. Na los, geh schon! Bist du Milizionär oder ein Weichei?«

»Kirill, Sie wissen natürlich bereits, dass Moloch ein weiteres Mädchen getötet hat. Das vierte. Oder nein, das fünfte.«

»Wie kommst du auf fünf?«

»Das erste hat er vor langer Zeit getötet, als er noch ganz jung war. Aber vielleicht ist es auch das zehnte Opfer, wenn man die Kinder aus dem Heim in Dawydowo mitrechnet.«

»Olga« – der Professor schüttelte missbilligend den Kopf –, »du machst mir Angst. Du hast dich total in ihn verbohrt.«

»Sie etwa nicht?«, fragte sie ganz leise.

»Ich?« Er seufzte und lächelte traurig. »Ja, ich wahrscheinlich auch. Ich war gestern auf einer Sitzung beim stellvertretenden Minister, es ging um diesen Mordfall. Da habe ich übrigens deinen Solowjow getroffen, wir haben anschließend in der Kantine zusammengesessen und ein bisschen geplaudert. Er ist als Einziger der Ansicht, dass dieser Mord zu der Serie von damals gehört.«

»Als Einziger? Und die anderen?«

»Na ja, weißt du, es gibt wirklich zu viele Unterschiede.«

»Wieso denn, was für Unterschiede? Es ist dieselbe Handschrift!« Olga registrierte, dass sie die Stimme gehoben hatte. »Dieselbe Serie! Sie dauert schon mehrere Jahre. Das ist nicht die erste und nicht die vierte Leiche, sondern die zehnte! Wenn man den unglücklichen Pjanych mitrechnet, sogar die elfte.«

Guschtschenko tätschelte ihr beschwichtigend die Hand.

»Na, na, reg dich nicht so auf. Pjanych hat er bestimmt nicht umgebracht. Ich sehe, du bist bereit, dich in die Ermittlungen einzuschalten. Hab ich recht?«

Sie nickte und versuchte zu lächeln.

»Ehrlich gesagt, auch mir lässt die alte Geschichte mit den blinden Waisen in letzter Zeit keine Ruhe. Damals war ich mir sicher, aber jetzt habe ich meine Zweifel.«

»Dass Pjanych der Täter war?«

Er nickte.

»Den armen Sportlehrer kann ich nicht wieder lebendig machen. Aber weißt du, in meinem Alter muss man allmählich an seine Seele denken. Wenn ich mich damals doch geirrt habe, muss ich diesen Fehler wiedergutmachen und den Mann wenigstens postum freisprechen.«

»Meinen Sie das ernst?« Olga starrte ihn mit weit aufgerissenen Augen an.

»Ernster geht's nicht.« Er seufzte schwer. »Die Sache quält mich, Olga, sie quält mich sehr.«

»Und was haben Sie vor? Sie wissen doch, die Akten sind aus den Archiven verschwunden, niemand will das noch einmal aufwühlen. Die Sache ist fast zehn Jahre her.«

Er sah sie an und kniff listig die Augen zusammen.

»Mit der Hilfe offizieller Instanzen rechne ich auch gar nicht. Ich weiß sehr gut, dass ich weder bei der Miliz noch bei der Staatsanwaltschaft auf Verständnis hoffen kann, sie würden mich auslachen und sagen, der Professor spinnt auf seine alten Tage. Wenn ich auf irgendjemanden zähle, dann nur auf dich, mein Herz.« Er streichelte ihre Schulter. »Du bist schließlich die Beste aus meinem Stall. Denk an die wunderbaren Worte: Lehrer, zieh dir einen Schüler heran, damit später jemand da ist, von dem du lernen kannst.«

»Kirill, Sie …« Olga stockte, weil sie spürte, dass sie gleich losheulen würde, und wandte sich ab.

Noch nie in all den Jahren hatte er so etwas zu ihr gesagt.

»Na, genug jetzt.« Er zog eine Zigarette heraus, zündete sie aber nicht an. »Sonst bildest du dir noch was darauf ein und wirst hochnäsig. Hast du dich schon mit Solowjow getroffen?«

Olga kam nicht mehr zum Antworten. Die Tür wurde aufgerissen, die blutjunge Krankenschwester Aljona stand draußen. Sie hielt die Katze Duska auf dem Arm. Ihr Fell war verfilzt, an einem Ohr klebte getrocknetes Blut.

»Sie ist wieder da, das Scheusal!«, sagte Aljona.

Die Katze miaute in tiefem Bass, sprang von Aljonas Arm und lief hinkend in die Ecke, wo ihr Fressnapf stand.

»Stellen Sie sich vor, ich laufe den Weg lang, da liegt sie im Gebüsch …« Endlich bemerkte Aljona den Professor, entschuldigte sich, grüßte verlegen und glitt hinaus.

Die Katze leckte den leeren Napf aus. Guschtschenko hatte inzwischen die ausgedruckten Pornogeschichten und die Kassette in seine Aktentasche gesteckt.

»Nun gib dem armen Geschöpf doch endlich was zu fressen«, sagte er und lachte heiser.

»Ja, ja, natürlich.« Olga öffnete den Kühlschrank, fand einen Rest Wurst und gab ihn der Katze. »Kirill, er ist es ganz bestimmt. Gut, dass Sie die Texte und die Kassette mitnehmen. Vergleichen Sie noch einmal, dann werden Sie selbst sehen.«

»Natürlich, das werde ich.« Er trat zu ihr und küsste sie auf die Wange. »Reg dich vor allem nicht so auf. Gib der Katze Milch und dem Karussellfahrer Haloperidol. Er leidet vermutlich an einer paranoiden Form von Schizophrenie. Ich rufe dich an.«

Er ging hinaus. Die Katze hatte die Wurst verschlungen und rieb sich nun laut schnurrend an Olgas Bein.

Sie standen im Stau. Der helle Shiguli war verschwunden.

Im Kofferraum liegen die Kassetten und DVDs, dachte Ika, sie müssen das Zeug schnell irgendwo verstecken. Vielleicht verstecken sie auch mich so lange, bis ich auspacke. Und dann töten sie mich still und heimlich. Wer außer Marina würde mich schon vermissen? Mark? Ha, ha, im Irrenhaus!

Toma und Matwej redeten miteinander, aber sie hörte nicht, worüber. Sie schloss erneut die Augen und tauchte ab in ihr Kinderzimmer, setzte sich auf den Fußboden und drehte die Kurbel der Spieluhr. Die Melodie aus der kleinen runden Blechdose beruhigte und übertönte alle anderen Laute. Ika wollte sich unter der Decke verkriechen. Sie krümmte sich zusammen, um warm zu werden, und setzte Mama und Papa neben sich aufs Bett.

Normalerweise saß nur Mama abends bei ihr am Bett und las ihr ein Märchen vor. Papa kam spät nach Hause, schaute zu ihr herein und küsste sie, wenn sie schon schlief. Doch in ihrer Phantasiehöhle war Ika die unumschränkte Herrin und konnte dafür sorgen, dass beide bei ihr saßen, Mama und Papa.

»Wir erfahren die Adresse auf jeden Fall von dir, aber wir verlieren bloß Zeit, und außerdem wird es unangenehm für dich, also spuck's lieber gleich aus.«

»W-wollen Sie mich f-foltern?«, fragte Ika, ohne die Augen zu öffnen.

»Nein. Wozu? Wir sind keine Unmenschen. Es gibt andere, humanere Methoden. Die moderne Pharmakologie ist sehr weit fortgeschritten.«

Sie wollen mich unter Drogen setzen, dachte Ika. Besser, sie töten mich gleich.

In ihrem Kopf herrschte tönende Leere. Sie wusste auf einmal, dass eine weitere Etappe ihres unsinnigen Lebens abgeschlossen war. Warum lief bei anderen alles glatt und kontinuierlich und bei ihr nur in abrupten Sprüngen, als schneide der liebe Gott ihr Schicksal scheibchenweise ab? Jede neue Scheibe war radikal anders als die vorige. Wie bei dem Kinderspiel, bei dem einer einen Kopf zeichnet, der Nächste den Körper, der Dritte die Beine, und dann faltet man das Blatt auseinander und schaut sich an, was dabei herausgekommen ist.

Ika schlüpfte rasch aus dem Bett, lief barfuß zu ihrem geliebten Schreibtisch, nahm ein Blatt Papier und farbige Filzstifte und malte ein Porträt ihres Lebens. Schlanke Turnerinnenbeine in hübschen teuren Turnschuhen, ein hässlicher fetter Körper und Gott weiß was für ein Kopf – vielleicht sogar hübsch, aber absolut hirnlos.

Bis zu ihrem zehnten Geburtstag war sie eine Ika, dann, bis zum siebzehnten, bei ihrer Tante, eine ganz andere.

Die dritte Ika war anscheinend heute gestorben, mit zweiundzwanzig, die Vierte aber noch nicht geboren – wer weiß, was für ein Mensch das sein würde.

Nur eines wusste Ika genau. Die vierte, neue Ika würde keine Pornofilme drehen und nicht für Geld mit perversen alten Männern schlafen.

Plötzlich sagte eine junge Männerstimme: »In Ihrem Auto sitzt eine Zeugin, Irina Drosdowa.«

Ika öffnete die Augen und erblickte den Rothaarigen. Er stand am halboffenen Beifahrerfenster, neben Matwej, und hielt einen Ausweis in der Hand.

»Ich verstehe nicht – was ist los?«, fragte Matwej ärgerlich.

»Matwej Groschew?«

»Woher wissen Sie meinen Namen?«

Der Rothaarige ignorierte die Frage und wiederholte: »In Ihrem Wagen sitzt Irina Drosdowa. Lassen Sie sie bitte aussteigen.«

»Aus welchem Grund?« Matwejs Stimme klang unheilvoll. Scheinbar ganz ruhig, aber irgendwie zu ruhig und langsam. Er streckte die Hand aus und griff nach dem Ausweis des Rothaarigen.

»Sie ist Zeugin in einem Mordfall.«

»Hören Sie, Oberleutnant, wissen Sie überhaupt, was Sie tun? Ich bin Sekretär eines Duma-Abgeordneten, ich genieße Immunität. Dafür werden Sie sich verantworten.«

»Sie können doch im Auto bleiben. Aber lassen Sie die Zeugin aussteigen.«

»Schicken Sie ihr eine Vorladung«, meldete sich Toma, »Sie haben nicht das Recht, sie auf der Stelle mitzunehmen!«

»Paragraph 294, Behinderung der Ermittlungen in einer Strafsache, Freiheitsentzug bis zu zwei Jahren«, verkündete der Rothaarige ungerührt. »Genießen Sie auch Immunität, Bürgerin?«

Matwej gab ihm den Ausweis zurück. Ika bemerkte, dass ein Geldschein darin steckte, hundert Dollar.

Er wird es einstecken und verschwinden, dachte Ika erschrocken und schrie aus vollem Hals: »N-nehmen Sie mich mit! B-bitte! Die b-bringen mich um!«

Sie schrie so laut, dass sie auch in den beiden Autos daneben gehört wurde. Ein junges Mädchen sprang aus einem Toyota und fragte den Rothaarigen: »Brauchen Sie Hilfe?«

»Danke. Stehen Sie als Zeugin zur Verfügung?«

Das Mädchen nickte. »Gern.«

»Dieser Herr hier, Matwej Groschew, hat soeben versucht, eine Amtsperson im Dienst zu bestechen.« Der Rothaarige schlug den Ausweis auf und zeigte dem jungen Mädchen den Geldschein.

»Dann eben nicht, Leutnant, wie du willst.« Matwej ließ die Scheibe ganz herunter, streckte die Hand aus, griff rasch nach dem Hunderter und steckte ihn ein.

»Irina Drosdowa hat soeben erklärt, dass sie nicht im Wagen bleiben möchte und um ihr Leben fürchtet«, fuhr der Rothaarige mit spöttischer Gelassenheit fort. »Das wäre dann also Paragraph 126, Herr Groschew, Entführung. Da hilft auch keine Immunität. Aber vielleicht ist eine kleine Erläuterung zu diesem Paragraphen hilfreich. Wer einen Entführten freiwillig freilässt, entgeht der strafrechtlichen Verantwortung, wenn seine Handlungen nicht den Tatbestand eines Verbrechens erfüllen.«

»He, kennst du etwa das ganze Gesetzbuch auswendig?«, fragte das junge Mädchen kichernd.

»Klar.« Der Rothaarige nickte, schaute Ika durch die Scheibe an und zwinkerte ihr zu.

Der Stau kam allmählich in Bewegung. Das vorderste Auto rollte langam los, und Wowa, der am Steuer saß, schien zu erwachen. Auch der Volvo fuhr an.

»L-lassen Sie mich raus!«, rief Ika und hämmerte mit der Faust gegen die Scheibe.

Der Rothaarige rannte vor, stellte sich vor den Volvo, verschränkte die Arme vor der Brust und lächelte, als posiere er vor der Kamera.

»Was soll's, lass sie laufen!«, zischte Matwej.

Der Fahrer löste die Türsicherung, und Ika stieg aus. Der Rothaarige nahm sie fest an der Hand, und sie liefen, zwischen den Autos lavierend, zurück zu dem alten Wolga.

Einunddreißigstes Kapitel

Nach dem Gespräch mit dem Professor wankte Mark auf unsicheren Beinen in sein Zimmer und sank ins Bett. Er hatte Kopfschmerzen. Das Schlimmste war, dass er sich nicht erinnerte, worüber sie gesprochen hatten. Die Stimme des Professors dröhnte monoton in seinen Ohren, als zerteile eine elektrische Säge langsam seinen Schädel.

»Er hat mich hypnotisiert!« Mark verzog gequält das Gesicht. »Ich kann ihm sonst was erzählt haben!«

Es gab nur eine Möglichkeit, etwas herauszufinden – er musste mit der Frau Doktor sprechen.

Gegen Schwindel und Schwäche ankämpfend, stand er auf, schlurfte in den Flur und ließ sich auf den erstbesten Hocker sinken, neben dem Neuen, der ihn in der Nacht mit der Gasattacke belästigt hatte. Der Neue verschlang gierig ein Brötchen. Krümel blieben an seinem Kinn hängen und fielen auf seine gewaltigen, von Trainingshosen umspannten Schenkel.

»Platzen sollst du, fettes Schwein«, murmelte Mark.

»I-i …« Der Dicke bleckte die Zähne und versteckte das Brötchen hinter seinem Rücken.

»Wenn du hier krepierst, du Stinktier, sind deine Eltern nur froh darüber.« Mark legte in seine Worte alle Wut, die sich in den letzten Tagen in ihm angesammelt hatte.

»I-i …« Der Debile verzog den mit Speichel und Krümeln bedeckten Mund, sein ganzes Gesicht kam in Bewegung. »I-i!«

Eine Schwester kam vorbei.

»Was ist hier los?« Sie sah den Debilen an, dann Mark.

Der Debile heulte laut, verschmierte Rotz und Tränen auf seinem Gesicht und zeigte auf Mark.

»Mir ist schlecht«, klagte Mark. »Rufen Sie die Frau Doktor.«

»Für dich?« Die Schwester runzelte die Brauen und kniff die Lippen ein. »Mit dir ist alles in Ordnung. Aber ihm geht es wirklich schlecht.« Zärtlich, ohne den geringsten Ekel, schaute sie den Debilen an und strich ihm über den kahlen Kopf. »Hat er dich gekränkt, Kostik? Warum weinst du?«

»Geklänk, Kossik geklänk«, nuschelte der Dicke.

»Na komm, mein Guter, wir gehen uns waschen.«

Die Schwester half Kostik auf und führte ihn in den Waschraum, wobei sie Mark einen Blick zuwarf, als sei er der Debile und nicht der über und über mit Rotz und Krümeln beschmierte Kostik.

Mark schloss die Augen und lehnte den Kopf gegen die kalte Wand.

Kann ich etwas ausgeplaudert haben?, fragte er sich, aber irgendwie träge und gleichgültig. Und wieso habe ich diesen Blöden geärgert? Konnte ich nicht meine Klappe halten? Jetzt beschwert sich Sina bestimmt bei der Filippowa, und dann fallen sie wieder über mich her. Mann, ist das alles eine Scheiße!

Die Elefantin Sina erschien im Flur, Mark erkannte sie an den schweren Schritten, unter denen der Fußboden bebte. Er öffnete die Augen und sprach die Schwester an.

»Sina! Mir ist wirklich schlecht!«

Er hatte es laut sagen wollen, aber es kam nur sehr leise heraus, er konnte kaum die Lippen bewegen.

»Was? Was ist los?« Die Schwester stellte sich vor ihn und musterte ihn misstrauisch von oben herab.

»Ich fühl mich so schwach. Ich hab Kopfschmerzen, und mir ist schwindlig.«

»Weil du nichts isst, deshalb die Schwäche«, erwiderte die Schwester, griff aber trotzdem nach seiner Hand, fühlte seinen Puls und runzelte die Stirn. »Na, komm mit, soll die Frau Doktor dich untersuchen.«

Mark hatte sehr niedrigen Blutdruck – neunzig zu sechzig.

»Davon stirbt man nicht«, erklärte Doktor Filippowa, »bei mir ist er ständig so niedrig. Ich kann Ihnen Glukose und Vitamine verordnen.«

»Das ist es nicht.« Mark schüttelte den Kopf und hatte das

Gefühl, als würde er gleich abfallen. »Ihr Professor, der hat irgendwas mit mir gemacht.«

»Was soll er denn gemacht haben?« Ihre Lippen zuckten leicht; sie lächelte ironisch.

»Ich weiß es nicht. Ich erinnere mich nicht. Bestimmt eine Art Hypnose.«

»Durchaus möglich. Er arbeitet manchmal mit Hypnose. Bei Amnesie übrigens oft mit Erfolg.«

»Nein, nein.« Er verzog gequält das Gesicht. »Er hat mich nicht hypnotisiert, damit ich mich erinnere, sondern im Gegenteil.«

»Das heißt?«

»Ich weiß nicht, wie ich es erklären soll. Sie sind die Ärztin, Sie müssten sich doch mit solchen Sachen auskennen. Was hat er über mich gesagt, als ich draußen war?«

»Nichts. Er hat alles in Ihrem Beisein gesagt. Sie befürchten, dass Sie sich unter Hypnose an Ihren Namen erinnert haben?«, fragte die Ärztin.

»Nein. Das befürchte ich am allerwenigsten. Im Gegenteil, ich will mich daran erinnern. Aber können Sie mir erklären, warum mir so schlecht ist?«

»Gewissensbisse«, antwortete Doktor Filippowa spöttisch.

»Wieso?«

»Sie haben schon wieder einen Patienten gekränkt.«

»Ach so, das. Das war keine Absicht. Er liegt im Bett neben mir und hat die ganze Nacht die Luft verpestet. Deshalb konnte ich nicht schlafen.«

»Sieh an, was für eine empfindliche Nase. Aber sonst können Sie gut schlafen? Haben keine Alpträume? *Blut'ge Knaben hüpfen vor den Augen** und Mädchen …«

»Ich verstehe nicht, was Sie damit andeuten wollen«, murmelte Mark hastig und nervös und rieb sich die Stirn. »Mir ist schlecht, und Sie sind schließlich Ärztin und müssen mir

* Zitat aus Puschkins Drama »Boris Godunow«, 1. Akt. Gemächer des Zaren, dt. von F. Loewe. Anm. d. Ü.

helfen. Geben Sie mir wenigstens was gegen die Kopfschmerzen. Was für Knaben, was für Mädchen?«

Die Ärztin schaute ihn eine Weile schweigend an. Schließlich fragte sie ganz leise: »Nennen Sie sich im Internet Mark Moloch?«

Er hörte auf, sich die Stirn zu reiben, schwankte und klammerte sich mit beiden Händen an die Untersuchungsliege. Sein Kehlkopf hüpfte, er zwinkerte heftig. Seine Hände krallten sich so an der Liege fest, dass sie ganz weiß wurden.

»Sie schreiben nicht nur pornographische Geschichten über Vergewaltigung und die Ermordung von Kindern«, fuhr Doktor Filippowa mit ihrer sanften, ruhigen tiefen Stimme fort, »Sie drehen auch noch Pornofilme mit Kindern. Und damit nicht genug – Sie handeln mit Kindern.«

Mark spürte, wie seine Pyjamajacke nass wurde und am Rücken klebte. Sie waren allein im Behandlungszimmer, die Schwester war hinausgegangen. Die Ärztin stand vor ihm und schaute ihn von oben herab an. Er zählte in Gedanken langsam bis zehn, leckte sich die trockenen Lippen, hob das Gesicht, sah ihr in die Augen und erklärte langsam und ruhig: »Das ist schmutzige Verleumdung. Wie kommen Sie nur auf etwas so Widerwärtiges? Halten Sie mich für einen solchen Dreckskerl? Was für Kinder? Wieso Internet?«

Die Ärztin überhörte das und sprach weiter: »Shenja Katschalowa. Sie ist vor kurzem fünfzehn geworden. Sie haben Sie an einen Serienmörder verkauft. Er hat sie im Wald erwürgt, zwanzig Kilometer vor Moskau. Haben Sie sich mit ihm getroffen und Geld für Shenja bekommen? Na? Der Kunde, der Shenja gekauft hat. Wie sah er aus? Sie müssen nicht sofort antworten. Denken Sie nach. Wenn Sie bei der Fahndung nach dem Serienmörder behilflich sind, wird sich das vor Gericht günstig auswirken. Dann können Sie mit Strafmilderung rechnen.«

Die Tür wurde aufgerissen, ein Pfleger stand draußen.

»Entschuldigen Sie, Olga, Sie möchten bitte in die Notaufnahme kommen. Ein Patient wurde mit dem Krankenwagen eingeliefert.«

»Ja, ich komme.« Sie beugte sich zu Mark und sagte leise: »Denken Sie nach, Mark, denken Sie nach. Das ist Ihre einzige Chance.«

Dann drehte sie sich zu dem Pfleger um.

»Sind Sie neu hier? Wie heißen Sie?«

»Slawa.«

»Angenehm. Slawa, bringen Sie bitte diesen Patienten in sein Zimmer und geben Sie ihm eine Analgin.«

Der alte Lehrer saß am Schreibtisch und schrieb eine ausführliche Aussage nieder.

Seit er erfahren hatte, dass Shenja ermordet worden war, fühlte er sich, als hätte er einen nahen Angehörigen verloren und sei schuld daran. Er hätte das Mädchen an die Hand nehmen und nach Hause zu ihrer Mutter bringen müssen. Warum hatte er nicht gefragt, wer jenseits des Parks auf sie wartete? Natürlich hätte sie ihm nicht geantwortet und ihm ihre Hand entrissen – aber vielleicht auch nicht? Wenn er von Anfang an anders mit ihr geredet hätte, wenn nicht diese Feindseligkeit zwischen ihnen aufgekommen wäre, hätte er sie zurückhalten können.

Und warum hatte er die Aufsätze nicht früher durchgesehen? Das Tagebuch hatte bei ihm zu Hause gelegen. Hätte er es vor der Begegnung mit Shenja gelesen, hätte er sich ganz anders verhalten. Wie sollte er jetzt vor die Klasse treten? Wie auf den leeren Platz in der vierten Fensterreihe blicken? Wie sich im Spiegel in die Augen schauen? Natürlich war er an allem schuld! Er hätte sofort Alarm schlagen, die Mutter des Mädchens anrufen und die Miliz informieren müssen. Vermutlich hätte es einen Skandal gegeben, aber das Mädchen wäre noch am Leben.

Jetzt wusste er genau, dass sein Verdacht gegen den sogenannten Onkel mehr als richtig gewesen war. Der Mörder war bei ihm zu Hause gewesen und hatte ihm Indizien untergeschoben. Er sollte Angst haben. Also würde er keine Angst mehr haben.

Solowjow, Sawidow und die Kriminaltechnikerin kamen vom Balkon wieder herein. Der alte Lehrer griff nach dem Stift.

»Der Mörder hatte sich vollkommen in der Gewalt, aber einmal verlor er doch die Beherrschung. Ein paar Minuten lang wirkte er ganz abwesend, als sei er eingeschlafen oder halb bewusstlos. Seine Stimme klang verändert. Seine Augen konnte ich hinter der getönten Brille nicht sehen, aber ich bin sicher, sie waren geschlossen, als er sagte: *Es ist furchtbar, wenn Kinder leiden. Das Leben ist manchmal schlimmer als der Tod. Schmutz, Gemeinheit und Verderben. Man muss die Kinder retten, solange sie noch klein sind, solange noch etwas Reines, Helles in ihnen ist.*«

Rodezki legte den Stift weg und wandte sich an Solowjow.

»Wissen Sie, ich glaube, ich erinnere mich genau an seine Worte.«

Alle hörten zu, sogar Sawidow.

»Er ist ein Missionar«, sagte Rodezki. »Er meint, er rettet die Kinder, indem er sie tötet. Er ist gebildet und klug. Er verfügt über eine gute Selbstbeherrschung und über Suggestivkraft, vielleicht sogar über Erfahrung mit Hypnose. Ich weiß, für Sie als Profis klingen meine Überlegungen dilettantisch, aber glauben Sie mir, er ist kein simpler Triebtäter. Er ist ein Missionar, ein Fanatiker. Er hat sein Äußeres verändert, der Bart war vermutlich falsch. Dazu die getönte Brille. Trotzdem könnte ich ihn wahrscheinlich identifizieren.«

»Danke«, sagte Solowjow und reichte ihm ein Formular. »Unterschreiben Sie bitte.«

»Was ist das?«

»Eine Verpflichtung, dass Sie die Stadt nicht verlassen.«

»Sie nehmen mich also nicht mit und bringen mich ins Gefängnis?«

»Nein.«

Der neue Patient war ein bekannter Schauspieler. Er war direkt von einem Serienset in die Klinik gebracht worden, mit einer alkoholbedingten Halluzinose. Der verdiente Volksschauspieler, ein genialer Komiker, der mehrere Generationen mit seinem Talent gerührt und zum Lachen gebracht hatte, behauptete, sämtliche Figuren, die er in seinen vierzig Berufsjahren auf der Bühne und im Film verkörpert hatte, hätten sich in seinem Kopf niedergelassen.

»Sie verlangen, dass ich sie sofort bei mir anmelde. Sie sagen, der Wohnraum stehe ihnen rechtmäßig zu«, flüsterte der Schauspieler, wobei er argwöhnisch um sich blickte. »Wissen Sie, einige von ihnen sind Kriminelle, von denen ist alles zu erwarten. Außerdem werden sie von der Miliz gesucht, darum werde ich ständig überwacht, man hat mir Abhörgeräte ins Gehirn montiert. Alles, was darin passiert, wird sofort dem Minister gemeldet.«

Die sechzigjährige Aufnahmeärztin Irina, klein und dünn wie eine Halbwüchsige, weinte fast vor Mitleid. Sie bewunderte diesen Schauspieler und hatte alle seine Filme gesehen. Sie hätte nie gedacht, dass ihr Idol Quartalstrinker war.

Dauernd schauten Pfleger, Schwestern und Ärzte unter irgendeinem Vorwand herein. Die Kunde, dass eine Berühmtheit eingeliefert worden war, hatte sich in der Klinik rasch verbreitet.

»Warum sehen Sie mich an? Überprüfen Sie ihre Papiere und ihre Fingerabdrücke«, sagte der Schauspieler. »Schließen Sie die Tür ab und lassen Sie niemanden herein!«

Schließlich wurde er in eine Box gebracht.

»Weißt du, Olga«, sagte Irina und schnäuzte sich geräuschvoll, »als junges Mädchen war ich in ihn verliebt. Ja, wirklich. Normalerweise verlieben sich Mädchen in schöne Männer, in Helden und Liebhaber, aber ich verliebte mich in ihn. Ich habe sogar meinen ersten Mann nur geheiratet, weil er meinem Idol ähnlich sah. Mein Gott, was für eine banale und traurige Geschichte. Was meinst du, ist er ein hoffnungsloser Fall?«

»Ich weiß es nicht. Vielleicht geschieht ja ein Wunder.« Olga sah auf die Uhr.

»Hast du es eilig? Oder trinkst du noch einen Tee mit mir? Ich brauche nämlich deinen Rat. Der Chefarzt hat mir den Aufsatz eines jungen Mannes gegeben und mich gebeten, ihm beim Zusammenstellen von Faktenmaterial zu helfen. Der Aufsatz hat nicht das Niveau eines Doktors, sondern das eines schlechten Oberschülers. Ich weiß nicht, was ich tun soll.«

»Heißt der schlechte Schüler zufällig Iwanow?«, fragte Olga lächelnd.

»Ja. Sag bloß, bei dir waren sie auch schon?«

»Hmhm.«

»Und du hast dich geweigert?«

»Selbstverständlich.«

»Klug von dir. Ich fürchte, ich kann das nicht.« Irina seufzte. »Der Chef hat angedeutet, er wolle mich in Rente schicken.«

»Das wird er nicht. Für unser Gehalt findet er keinen Neuen.«

Olga schaute in Irinas faltiges Gesicht, sah, wie das graue Haar zitterte, und begriff, dass dieser Iwanow Glück hatte. Er hatte einen gelehrten Idioten, genauer gesagt, eine Idiotin, gefunden, die ihm den Aufsatz und die Dissertation schreiben und nicht einmal Geld dafür verlangen würde – das konnte sie einfach nicht.

»Danke, Olga. Ein Glück, dass du zufällig hier warst.«

»Sie haben mich doch gebeten, vorbeizukommen.«

»Ich?« Die schwarzen Augen rundeten sich erstaunt, die schmalen Brauen hoben sich und verschwanden unter dem Pony. »Nein, Olga, das habe ich nicht. Wer hat das denn behauptet?«

»Komm, steh auf, wir gehen zur Behandlung.«

Die Kopfschmerzen trübten Marks Verstand, seine Gedanken verhedderten sich zu einem scheußlichen Schlangenknäuel.

»Sie hat gesagt, du sollst mir Analgin geben«, erinnerte Mark den Pfleger.

»Jaja.« Slawa nickte. »Gleich. Bleib so lange hier sitzen.« Er setzte Mark auf einen Hocker und ging.

Es war Besuchszeit. Die Patienten strömten zum Speisesaal. Mark wartete nicht auf den Pfleger mit dem Analgin, sondern trottete ans andere Ende des Flurs, wo es jetzt ruhig und leer war. Er ließ sich auf einer Bank nieder, schloss die Augen und versuchte seine Gedanken zu sammeln. Plötzlich sagte eine leise Männerstimme: »Hallo. Lust auf ein bisschen Stoff?«

Ein Kerl um die dreißig setzte sich neben ihn, ein dicker Blonder mit Brille und einem ordentlich gestutzten Bärtchen. Er trug Jeans und Pullover. Über seinem Arm hing eine leichte schwarze Jacke.

»Wer bist du?«, fragte Mark.

»Ich will zu dir, Mark Chochlow«, flüsterte der Mann ihm ins Ohr.

Mark zuckte zusammen und spürte, wie etwas Hartes sich in seine Seite bohrte.

»Keine falsche Bewegung. Die Kanone hat einen Schalldämpfer. Wenn du dich rührst, schieße ich, und keiner hört einen Ton. Also, Folgendes: Die Adresse von zwei Wohnungen, von der, wo sich die Kunden mit deinen Kleinen amüsieren, und von der, wo du deine Filmchen drehst. In der Poleshajewskaja waren wir schon. Deine Irina lässt dich herzlich grüßen.«

»Du Schwein.«

»Also, wenn du die Adressen im Guten ausspuckst, gehst du als gesunder und reicher Mann hier raus. Wenn nicht, krepierst du.«

Mark verspürte plötzlich ein heftiges Bedürfnis nach Kokain. Nur eine kleine Prise, einen Teil geschnupft, einen Teil ins Zahnfleisch gerieben. Das gab sofort eine Kälte und Taubheit wie bei einer Betäubung, man konnte sich einen Zahn ziehen lassen, und es würde nicht weh tun. Überhaupt tat dann nichts mehr weh. Du bist ein Genie, ein Superman, ein Playboy, alle sind verrückt nach dir, nicht mal die Pistole mit dem Schalldämpfer an deiner Hüfte macht dir was aus.

Eine hohe Kinderstimme sang klar und deutlich:

> Komm mit mir Kind und genieß,
> alles dies
> im Kokainpardies.

Es war Shenjas Stimme. Sie sang oft Songs von Vaselin. Manche gefielen Mark sogar. Besonders dieser.

Er fuhr sich mit der Zunge über das Zahnfleisch und dachte an den zartbitteren Geschmack der feinen weißen Kristalle.

> Flieg hinauf, mein Kind, weit hinauf
> Hoch ins Kokainparadies.

Shenjas Stimme war so klar, als säße sie hier auf der Bank. Der Blonde links von ihm, Shenja rechts.

»Du hast also das Gedächtnis verloren, ja? Brauchst du eine kleine Hilfestellung? Ein Schuss in die Leber, und du verreckst lange und mit Schmerzen. Also, ich zähle bis drei. Eins!«

»Bitte nicht«, zischte Mark und nannte langsam und deutlich beide Adressen.

»Na also«, lobte der Blonde, »war doch ganz einfach, Mann!«

Bei »Mann« ertönte ein weicher, dumpfer Plopp, als hätte nebenan jemand eine Flasche Champagner entkorkt. Der Blonde stand auf und ging gelassen den Flur entlang, ohne sich umzuschauen.

Mark verspürte keinen Schmerz, ihm stockte nur der Atem. Er wollte fragen: Was soll das? Er hatte doch beide Adressen genannt. Aber er bekam kein Wort heraus. Und konnte auch nicht mehr einatmen.

Langsam senkte sich Dunkelheit über den Flur. Schwarze Schatten flüsterten, ballten sich zusammen und wurden zu einem beweglichen Konus, dessen spitzes Ende sich in den Fußboden bohrte.

Mark wurde nach hinten geschleudert, wie in einem Auto, das in voller Fahrt abrupt bremst. Dichte schwarze Schatten umkreisten ihn. Er wollte sich losreißen, aber es zog ihn hinab, wie ein Holzspan oder eine Zigarettenkippe bei Regen durch einen Gulli in die Kanalisation gespült wird.

In der Ferne, hinter dem Strudel der Schatten, sah er ein Zimmer, eine breite Öffnung ohne Tür, Bänke, einen Fernseher unter der Decke. Das Zimmer schwebte schwerelos über ihm und drehte sich, sodass er einen Mann im braunen Pyjama von allen Seiten betrachten konnte.

Der Mann saß seltsam zur Seite geneigt da. Sein Mund war weit offen, seine Augen quollen heraus.

»Das bin ja ich! Wo bin ich? Warum? Ich habe doch alles gesagt!«

Durch eine anschwellende Welle neuer Laute, durch Geheul, Weinen, Lachen und Schreckensschreie hindurch sang eine helle Kinderstimme ihm ins Ohr:

Hallo, Kind, es ist Zeit für den Tod,
Weil dir sonst ja das Altern noch droht.
Stirb, flieg fort und verlass dein Verlies,
Flieg in dein Kokainparadies.

Zweiunddreißigstes Kapitel

In der Hotelwohnung fanden sie nichts Interessantes, bis auf die versteckte Kamera im Schlafzimmer, allerdings nicht im Kronleuchter, wie Ika gedacht hatte. Die kleinen Glitzerdinger wirkten wie Dekorativelemente am großen Rahmen des Spiegels gegenüber vom Bett.

Das Videosignal konnte direkt in die Studiowohnung in der siebten Etage in einem Plattenbau eine Straße weiter gesendet werden.

Als die Einsatzgruppe dort eintraf, war die Wohnung schon

voller Leute. Nur Solowjow durfte hinein, die übrigen wurden gebeten, unten auf dem Hof zu warten.

»Das waren sie!«, flüsterte Ika Anton ins Ohr. »Sie haben einen ihrer Leute in die Klinik geschickt und Mark zum Reden gebracht.«

Matwej, Wowa und Toma waren nicht im Studio. Solowjow bedauerte, Groschew nicht anzutreffen.

Spezialisten von der Föderalen Agentur für Information und Telekommunikation waren am Werk. Ein kleiner dicker Mann mit dicken Backen, die seine Nüstern zusammenpressten und gegen die Ohren drückten, trat zu Solowjow. Er zeigte seinen Ausweis – Vizechef des Sicherheitsbüros der Duma – und erklärte: »Alles, was die Datenträger in diesem Raum enthalten, ist Staatsgeheimnis.«

»Mich interessiert nur eine Aufnahme. Es ist wahrscheinlich die Letzte. Darauf ist möglicherweise ein gefährlicher Verbrecher zu sehen, ein Serienmörder.«

»Möglicherweise – Sie sind sich also nicht absolut sicher?« Blanke kleine Augen tasteten Solowjows Gesicht ab.

»Sehen Sie sich die letzten Aufzeichnungen an. Das Gesicht des Mörders ist geschminkt, mit schwarzgrünen Tarnfarben. Die Aufnahme zeigt ihn mit dem Mädchen, das er einige Tage nach der ersten Begegnung ermordet hat.«

Der Hamsterbäckige runzelte die Stirn und schwieg, dann drehte er sich abrupt um, ging hinaus in den Flur, zückte ein Handy und telefonierte.

Solowjow beobachtete, wie die Ausrüstung des Pornographen auseinandergenommen wurde, und dachte, dass es diesmal ganz bestimmt nicht noch einmal zu einem Skandal kommen würde wie damals im Fall *Verbene*. Ika hatte gesagt, Groschew habe sämtliches Videomaterial aus der Wohnung in der Poleshajewskaja mitgenommen und Papiere zu einem Bankschließfach gefunden, wo Mark einen Teil der Videos aufbewahrte.

Der Kofferraum von Groschews Wagen war also voller

Pornos. Ein General hatte für ihn alle Ampeln auf Grün schalten lassen, und der Volvo mit dem Sonderkennzeichen war seelenruhig zu seinem Ziel gefahren.

Ika behauptete, mindestens zwei ihrer Kunden in den Fernsehnachrichten gesehen zu haben, in einer Dumasitzung. Und Stas habe in einem hochgestellten Gast einer Polit-Talkshow einen seiner Kunden erkannt.

Jetzt erkundigte sich Hamsterbacke, ob er einem Kriminalbeamten die DVD aushändigen durfte, auf der ein Serienmörder zu sehen war. Vermutlich hielten sie das für eine vernünftige Lösung – Moloch auszuliefern und alles andere einzukassieren, einschließlich des Pornographen selbst. Ein Glück, dass dieser sogenannte Schriftsteller nicht der einzige Zeuge war. Rodezki hatte den Mörder Moloch auch gesehen. Und nicht nur er.

Einer der Wachleute des Kasinos erinnerte sich, dass am Sonntag zwischen halb zehn und zehn Uhr abends ein dunkelblauer Ford Fokus an der Ecke vorm Park gestanden hatte. Der Wachmann hatte einen Blick aus der Tür geworfen, um zu sehen, wer da hupte. Ihm war sogar das Hupsignal wieder eingefallen: zweimal kurz, einmal lang. Die Autonummer hatte er nicht gesehen, aber er hatte beobachtet, dass ein Mädchen in einer grellgrünen Jacke aus dem Park gelaufen kam und in den Wagen stieg, der sofort losfuhr.

Am nächsten Abend gegen halb neun hatte derselbe oder ein sehr ähnlicher Wagen wieder am selben Platz gestanden. Im Kasino fand ein Schönheitswettbewerb um den Titel »Miss Roulette« statt, es kamen viele Gäste, und der dunkelblaue Ford Fokus blockierte einen Parkplatz. Der Wachmann (diesmal ein anderer) bat den Mann im Ford höflich, wegzufahren. Der Fahrer war um die fünfzig oder älter, hatte ein ordentlich gestutztes Bärtchen und trug etwas Helles, Mantel oder Jacke.

Auch der zweite Wachmann hatte sich die Nummer des Ford nicht gemerkt, versicherte aber, den Fahrer identifizieren zu können.

Der Ford Fokus war ein sehr verbreitetes Modell. Major Sawidow fuhr zum Beispiel einen. Und in Solowjows Hof parkten jeden Abend drei, einer davon war dunkelblau.

Der Hamsterbäckige kam wieder, lief rasch an Solowjow vorbei, beugte sich zu dem jungen Mann am Computer, flüsterte mit ihm und drehte sich zu Solowjow um.

»Gehen Sie bitte hinaus und warten Sie im Treppenhaus. Wir werden versuchen, Ihren Mann zu finden.«

Im Treppenhaus zündete sich Solowjow eine Zigarette an, holte sein Handy heraus und wählte Olgas Nummer. Eine Computerstimme sagte: »Der Teilnehmer ist zur Zeit nicht erreichbar.« Solowjow schickte eine SMS: »Du hast recht. Er ist es, M. M. Isoliere ihn. Sei vorsichtig. Ich komme bald.«

Dann suchte er in seinem Notizbuch nach der Nummer des Arztzimmers und erfuhr, dass Olga gerade in der Notaufnahme sei und einen neuen Patienten untersuche.

»Richten Sie ihr bitte aus, dass Solowjow angerufen hat. Und sie möchte bitte ihr Handy einschalten.«

Alles sinnlos; sie sind hier, also sind sie auch dort schon gewesen, dachte Solowjow. Nein – wenn etwas passiert wäre, hätte sie mich angerufen. Aber sie ist ja in der Notaufnahme, und die ist in einem anderen Gebäude.

Die Tür ging auf. Der Hamsterbäckige reichte Solowjow eine DVD.

»Bitte. Da ist der Mann mit dem geschminktem Gesicht drauf und das Mädchen. Shenja Katschalowa, nicht? Ein widerlicher Anblick.«

Olga rannte durch den Klinikpark zu ihrer Station, ohne Patienten, Ärzte und Besucher zu beachten; jemand rief sie an, sie antwortete nicht, winkte nur ab, prallte gegen einen untersetzten Blonden in schwarzer Jacke und wäre beinahe gestürzt. Der Blonde fing sie ab und entschuldigte sich.

Zwei ältere Frauen mit schweren Taschen gingen die Treppe hinauf. Olga rannte an ihnen vorbei.

»Olga! Warten Sie! Kann ich Sie kurz sprechen?«

»Später, später. Ich habe es eilig!«

Im Stationsvorraum saß Sina. An ihrem ruhigen Lächeln erkannte Olga, dass vorerst nichts Schlimmes passiert war.

»Mein Gott, Sie rennen, als würde es brennen«, sagte Sina und schüttelte den Kopf. »Setzen Sie sich, verschnaufen Sie erst mal. Es ist alles in Ordnung. Ist es wahr, dass ein Schauspieler mit Alkoholdelirium eingeliefert wurde? Wie heißt er doch gleich? Dieser Komische, mit der Stupsnase?« Sie schnippte mit den Fingern, um sich an den Namen zu erinnern.

»Ist wirklich alles in Ordnung?«, fragte Olga.

»Wirklich. Jede Menge Besucher, es kommen immer mehr, ich bin schon ganz erschöpft vom Rein- und Rauslassen. Da, was sage ich? Es klingelt schon wieder!« Sina stand auf und öffnete die Tür.

Die beiden Frauen mit den Taschen, die Olga auf der Treppe überholt hatte, kamen herein.

»Olga, wann kann ich Sie mal sprechen?«

»Später. Entschuldigen Sie mich.«

Im Flur ging nichts Besonderes vor. Die Patienten saßen auf Hockern. Aus der offenen Tür des Speisesaals drang gleichmäßiges leises Stimmengesumm. Mark war nirgends zu entdecken. Olga ging in sein Zimmer – sein Bett war leer. Sie sah Slawa aus dem Behandlungsraum kommen und fiel über ihn her.

»Aber nein, das habe ich mir nicht ausgedacht. Es hat wirklich jemand angerufen, ein Mann, er hat gesagt, ich soll Sie suchen und in die Aufnahme schicken. Das habe ich ausgerichtet.«

»Wo ist der Patient?«, fragte Olga, bemüht, das plötzlich einsetzende unmotivierte Zittern zu unterdrücken.

»Welcher? Der Karussellfahrer, ja? Ach, den hab ich ganz vergessen!« Slawa schlug sich auf die Stirn. »Ich hab ihn hierhergesetzt, und dann wurde ich abgelenkt. Keine Ahnung, wo er hin ist.«

Olga rannte den Flur entlang, Slawa hinterher. Sie erreichten die Ecke, wo die Patienten abends fernsahen, und erstarrten.

Auf einer Bank saß der Karussellfahrer, auf die Seite geneigt. Glasige Augen, offener Mund. Links auf seiner Pyjamajacke war ein kleiner dunkler Fleck.

Zwischen zwei vergitterten Fenstern stand, dicht an die Wand gepresst, sein Namensvetter, der achtzehnjährige Mark, der kleine Marik, der Junge, dem Drogen und die Songs von Vaselin den Verstand getrübt hatten. Er hielt eine Pistole in der Hand. Die Mündung mit dem aufgeschraubten Schalldämpfer bebte dicht an seiner Schläfe.

Olga wagte nicht, sich umzudrehen und Slawa zu sagen, er solle die Patienten aus dem Flur schaffen und die Miliz rufen. Sie fürchtete, den Blickkontakt zu dem Jungen zu verlieren. Außerdem fiel ihr ein, dass die beiden Frauen mit den schweren Taschen Mariks Mutter und seine Tante waren. Sie mussten in ein paar Minuten hier sein. Dann hatte sie keine Chance mehr. Der Junge schoss nur deshalb noch nicht, weil er auf Zeugen wartete.

»Ganz ruhig, Junge, ich bin bei dir. Gib mir das hässliche Ding.«

»Ich bin müde. Ich will nicht mehr leben«, sagte er und schluchzte auf.

»Aber Marik, natürlich willst du leben. Du bist weg von der Nadel. Das hast du geschafft, Marik. Du bist wieder gesund. Gib mir das Ding, bitte.«

Sie sagte absichtlich nicht »Pistole«. Das klang zu schön, zu gewichtig.

»Ich will sterben«, sagte Marik langsam.

»Warum?«

»Ich habe alles satt. Das Leben ist Scheiße.«

»Nein, Junge. Das Leben ist schön. Der Tod ist Scheiße. Gib mir das Ding. Das hat ein Mörder hier weggeworfen, warum hebst du jeden Dreck auf? Du hast versprochen, mir

Stepptanz beizubringen, erinnerst du dich? Ich kenne niemanden außer dir, der das kann. Und du bist darin Spitze; Marik, bitte, nimm die Hand runter, sie zittert doch, siehst du? Fühlst du deine warmen Tränen? Alles ist gut, du lebst, du bist stark und schön. In dich werden sich noch viele Frauen verlieben und ganz verrückt nach dir sein. Nimm die Hand runter, ganz vorsichtig, so, und jetzt die Finger lösen, lass dir Zeit, ja, prima. Du kommst bald hier raus, und niemand wird erfahren, in was für einer Klinik du warst und weshalb. Alles Schlimme ist vorbei. Du bist jetzt erwachsen, du hast die Kinderkrankheiten überwunden. Du wirst nach Hause gehen und ein neues Leben anfangen, mit allem, was dazugehört – Liebe, Arbeit, Freunde. Du wirst die ganze Welt bereisen, wirst auf Berge steigen und auf den Meeresgrund tauchen. Du wirst mir fehlen, wenn du weg bist, Marik. Gib mir bitte das Eisending.«

Das Schwierigste war, seinen Finger vom Abzug zu lösen. Hinter Olga herrschte tiefe Stille, und als sie sich endlich umsah, staunte sie, wie viele Menschen sich hier versammelt hatten.

Am nächsten stand Sina. Mit dem Rücken zu Olga und dem Gesicht zur Menge, die Arme ausgebreitet, schützte sie mit ihrem mächtigen Leib den Raum. Alle waren erstarrt, sogar die Patienten.

Aus der Menge stachen zwei Frauengesichter heraus, beide totenblass. Die Mutter und die Tante.

Olga sicherte die Pistole und gab sie Slawa, der sich als Erster näher heranwagte.

Marik schlang die Arme um Olga und klammerte sich an ihrem Kittel fest, als wollte er sich hinter ihr vor der Menge verstecken; presste sein Gesicht an ihre Schulter und heulte laut auf.

»Marik, mein Junge!« Seine Mutter rannte zu ihm, die Tante hinterher.

Die Menge erwachte aus der Erstarrung, geriet lärmend in

Bewegung, und endlich kam Hilfe. Pfleger, Ärzte und Schwestern scheuchten die Patienten in ihre Zimmer.

»Schon gut, Marik, geh zu deiner Mama.« Olga löste sich vorsichtig aus der Umklammerung des Jungen, ging zum Karussellfahrer und legte einen Finger an seinen Hals.

Natürlich hatte er keinen Puls mehr. Nach dem Fleck auf der Pyjamajacke zu urteilen, hatte der Mörder das Herz getroffen.

»Ich habe die Miliz angerufen, Olga, sie müssen jeden Augenblick hier sein«, sagte Sina dicht neben ihr. »Ich glaube, ich habe ihn gesehen. Mein Gott, ich hab ihn selbst hereingelassen! Ein kleiner dicker Blonder mit Bart. So um die dreißig. Ich bin gar nicht auf die Idee gekommen, zu fragen, zu wem er will. So ein anständiger, höflicher Mann. Bei all den Leuten hier, da fragt man doch nicht jeden. Ach, meine Liebe, Sie sind ja weiß wie die Wand, komm, mein Kind, komm.«

Sina legte Olga den Arm um die Schultern, brachte sie in den Behandlungsraum und goss ihr ein Glas Wasser ein. Beim Trinken hörte Olga ihre Zähne gegen das Glas klappern.

»Ach, das habe ich ja ganz vergessen!« Sina schlug die Hände zusammen. »Ein gewisser Solowjow hat angerufen. Ich soll Ihnen ausrichten, Sie möchten Ihr Handy einschalten.«

»W-was wird jetzt mit m-mir?«, fragte Ika.

»Du fährst nach Hause. Wenn wir noch Fragen haben, rufen wir dich an«, antwortete Anton.

Sie saßen auf der Rückbank eines Milizwolgas. Es hatte angefangen zu regnen. Solowjow war noch immer nicht aufgetaucht.

Ika wandte sich ab und fuhr mit dem Finger über die beschlagene Scheibe.

»W-wohin – nach Hause?«

Anton sah sie an. Sie war viel zu leicht angezogen: Dünner Pullover und ausgelatschte Turnschuhe, enge Jeans, die Taschen leer und keine Handtasche.

»Moment mal – wo wohnst du eigentlich? Wo sind deine Sachen und deine Papiere?«

»Alles d-dort, in der P-poleshajewskaja. D-die Schlüssel haben sie mitgenommen. D-dahin geh ich auf k-keinen Fall z-zurück.«

»Vielleicht rufst du jemanden an?«

»W-wen denn? M-mama und P-papa im Jenseits? Meine T-tante in B-bykowo?«

»Ja, warum nicht?«

»Sie hat A-alzheimer. Sie ist v-verrückt. K-klar fahr ich irgendwann z-zu ihr, aber später, j-jetzt schaff ich d-das nicht.«

»Du hast wirklich niemanden außer einer Tante mit Alzheimer?«

»N-nein.«

Solowjow kam aus dem Haus zum Auto gerannt und sprang auf den Beifahrersitz.

»Schnell, fahren wir.« Er nannte die Adresse.

»Was denn«, fragte der Fahrer, »die Psychoklinik?«

»Ja. Mach Blaulicht und Sirene an. Der Pornograph ist erschossen worden, in der Klinik. Der Killer ist entkommen.«

»M-mark!«, rief Ika klagend. Solowjow drehte sich um.

»Ach, du bist auch hier. Sehr gut. Du wirst ihn identifizieren.«

»N-nein! Ich k-kann nicht, ich w-will nicht! Erschossen! Ich k-kann nicht mehr! M-mama, P-papa und M-mark!«

»Sie hat keine Papiere«, sagte Anton.

»Egal, das erledigen wir später. Aber irgendwer muss ihn identifizieren, und sonst kommt niemand in Frage.«

Wegen der Sirene mussten sie laut sprechen. Der Wagen raste über die Gegenfahrbahn, gefolgt von einem Jeep mit dem Rest des Teams.

»Schon gut, ganz ruhig«, versuchte Anton Ika zu beruhigen und reichte ihr eine noch nicht ganz leere Wasserflasche.

Sie trank sie leer, kam ein wenig zu sich und hörte auf zu zittern.

Der Regen wurde immer stärker. Vor dem Stationsgebäude drängten sich die Besucher. Sie hatten das Gebäude verlassen müssen, gingen aber nicht weg. Die kleine Menge bestand im Wesentlichen aus älteren Frauen, die aufgeregt durcheinanderschnatterten.

»Wie konnte das nur passieren? Eine geladene Pistole im Flur, bei psychisch kranken Patienten!«

»Der Junge hätte sich beinahe umgebracht!«

»Wer trägt dafür die Verantwortung?«

»Ein Glück, dass Doktor Filippowa rechtzeitig da war und die Nerven behalten hat.«

»Wer wurde denn getötet? Wer wurde getötet?«

Ein Stück abseits parkten ein Leichenwagen, zwei Milizautos und sogar ein Minibus mit dem Logo eines Fernsehsenders.

»Verdammt, die sind schon wieder vor uns da«, knurrte Anton.

Vor dem Eingang zur Station nahm Olga sie in Empfang. Neben ihr stand ein junger Mann vom Fernsehen, Mischa Ossipow. Die Tür wurde von zwei Milizionären bewacht.

»Aber mich können Sie doch reinlassen, Olga!«, rief Ossipow. »Nur mich und meinen Kameramann.«

»Das ist nicht meine Entscheidung, Mischa. Die Miliz lässt Sie nicht rein.«

»Dann bitten Sie sie darum. Ach, da ist ja Solowjow höchstpersönlich. Bitten Sie ihn, Ihnen wird er es nicht abschlagen.«

»Doch«, sagte Solowjow, »zumindest vorerst. Warten Sie draußen, wir reden später.«

Er ging zu Olga und küsste sie flüchtig und kühl auf die Wange.

»Wie geht es dir?«

Sie nahm seine Hand und flüsterte: »Dima, du, endlich ...«

Ihre Finger schienen eiskalt und zitterten leicht.

Es verschaffte dem Wanderer keinerlei Befriedigung, dass er den Pornographen getötet hatte. Diese Sorte, das waren die Schlimmsten. Ein anschauliches Beispiel der Degradation, ein gehorsamer Vollstrecker des Willens der ewigen Nacht, eine Marionette, ein Zombie. Was machte es aus, ob er lebte oder nicht? An seine Stelle würden Dutzende, Hunderte ebensolcher Ungeheuer treten.

Er durfte sich nicht mehr von seinem wichtigsten Ziel ablenken lassen. Um weiter leben und handeln zu können, musste er die Wandlingsfrau beseitigen.

Sie erinnerte ihn irgendwie an die Erste damals. Sie hatte die gleichen Augen. Goldgrüne Iris, schwarz eingerahmt, und schwere, wie vom Schlaf geschwollene Lider. Und die gleiche Art, wie eine Katze die Augen zusammenzukneifen, leise und zärtlich zu lachen, den Kopf leicht gesenkt.

Er fühlte sich genauso zu ihr hingezogen.

Bis zu dem Tag, an dem diese erste Hominidin den kleinen Wanderer auf den Dachboden zerrte, hatte er ein paar Monate lang ein anderes Leben kennengelernt. Als wäre in der ewigen Nacht ein Loch aufgebrochen und Tageslicht eingedrungen. Und die Quelle des Lichts schien sie zu sein, das Mädchen.

Er war kein Fettklops und keine Memme mehr. Jeden Tag zehn Liegestütze, Hanteln, Jogging und Sprünge. Er war nun groß, stark und schön. Anfangs hatte er sie nur aus der Ferne betrachtet, und sein Hals hatte sich gereckt wie eine dressierte Schlange beim Flötenton eines indischen Fakirs. Das Mädchen war Musik, eine eigentümliche, bezaubernde Kombination von Tönen. Das Mädchen war Wasser und er ein an Land geworfener Fisch. Das Mädchen war Wodka und er ein Trinker ohne eine Kopeke in der Tasche.

Sie ging in die achte Klasse, er in die neunte. Wie ein Schatten folgte er ihr in den Hofpausen und nach dem Unterricht. Wenn sie ihn ansah, wandte er sich ab und wurde rot. Wenn sie ihn ansprach, stockte ihm das Herz.

Sie wohnte im Hof nebenan. Erst folgte er ihr in einigem Abstand, dann gingen sie nebeneinander. Sie redete und lachte, er schwieg. Er hatte einen Kloß im Hals. Auf dem Heimweg von der Schule kauften sie Eis. Er konnte es nicht essen, und sie schleckte beide Portionen.

Er lud sie ins Kino ein, zu einer französischen Komödie. Sie bog sich vor Lachen und schlug ihm vor Aufregung mit der Faust aufs Knie. Sie wollte, dass er sie küsste. Er konnte nicht, er glaubte, dann müsse er augenblicklich sterben. Was ja im Grunde stimmte. Sie lockte ihn in eine Falle. Sie umgarnte ihn mit honigsüßen Blicken, dem frischen Duft ihrer Haut und sanften, warmen Berührungen. Sie war tückisch und hinterhältig. Die Gottesanbeterin frisst nach der Vereinigung ihren Partner. Die Hominidin wollte den kleinen Menschenjungen verschlingen.

In seiner Generation spielten die Kinder Krieg, nicht nur die Jungen, auch die Mädchen. Auf Dachböden und in Kellern richteten sie Stabsquartiere ein. Sie lud ihn ein, ihr Stabsquartier zu besichtigen.

Er begriff ihre wahren Absichten nicht gleich. Auf dem Dachboden waren sie zum ersten Mal allein. Da büßte er seine Wachsamkeit ein. Sein Puls raste, sein Herz hämmerte nicht nur in der Brust, sondern im ganzen Körper. Er vergaß, dass er anders war.

Als er zur Welt kam, hatte die Hebamme den Säugling lange ratlos betrachtet, bevor sie ein wenig unsicher sagte: »Ein Junge.« Die Ärzte sprachen von einer seltenen, aber nicht gesundheitsgefährdenden Missbildung unbekannten Ursprungs. Eines Nachts hörte er seine Mutter und seine Großmutter darüber tuscheln. Die Großmutter tröstete die Mutter, das würde eines Tages schon noch wachsen. Die Nase sei bei Säuglingen doch auch winzig und wüchse dann.

Als er acht war, riss eine angetrunkene junge Nachbarin aus Versehen die Tür auf, als er gerade duschte, und wollte rasch wieder gehen, blieb aber verblüfft stehen, starrte den nackten Jungen erstaunt an und jammerte: »Ach, du Armer, wie willst du damit leben?«

Später hörte er, wie sie einer anderen Nachbarin erzählte: »Stell dir vor, die Eier sind ganz normal, aber der Schwanz ist so winzig wie ein Spatzenschnabel und ganz blau.«

Schließlich fragte er seine Mutter, warum er untenrum ganz anders aussehe als andere Jungen. Die Mutter antwortete, bei ihm sei alles richtig, bei den anderen stimme etwas nicht. Und überhaupt solle er sich nicht für solchen Unsinn interessieren. Das Ding da unten sei nur zum Pinkeln da. Und das funktioniere bei ihm doch, also sei alles in Ordnung.

Bei der vierzehnjährigen Hominidin löste sein blaues Ding nicht Mitleid aus, wie bei der Nachbarin, sondern hässliches Lachen. Noch Jahre später hallte dieses Lachen in seinen Ohren nach, bis es zum deutlichen Weinen von Engeln wurde, die ihn zu Hilfe riefen, unterstützt von der inneren Stimme, die ihn ständig an seine große Mission erinnerte.

»Ich habe ihn n-noch nie ohne B-bart gesehen, und schon g-gar nicht ohne Haare auf dem K-kopf«, sagte Ika, »aber es ist M-Mark, ja.«

Der Körper wurde auf eine Trage gelegt und mit einem Laken zudeckt.

»W-warten Sie. Darf ich noch von ihm Abschied nehmen?«

Ika stotterte kaum noch. Das Laken wurde zurückgeschlagen. Ika strich über den kahlgeschorenen Kopf und glättete die zottigen Brauen.

»Ach, M-mark, was hast du nur angerichtet? Ich hasse dich, du d-dreckiges Schwein, du hast ja keine Ahnung, wie sehr ich dich geliebt habe. Du bist ein Mörder, nein, schlimmer als ein Mörder. D-deinetwegen ist Shenja jetzt tot, du hast sie an einen P-psychopathen verkauft, d-du hast sie gezwungen, du Mistkerl. Warum habe ich dich bloß geliebt? Warum gerade dich? Warum? Mein Gott, warum?«

»Ja, warum muss sie das alles durchmachen?«, flüsterte Solowjow Olga ins Ohr. »So jung und so unglücklich.«

»Sie wird es schaffen«, flüsterte Olga zurück. »Es wird alles gut.«

Sie standen dicht nebeneinander, ihre Schultern berührten sich. Sie hätten sich gern umarmt, aber das ging nicht. Es waren zu viele Leute um sie herum – Kriminalisten, Techniker, Einsatzkräfte.

Der Chefarzt, puterrot und am ganzen Leib zitternd, nahm in Olgas Behandlungsraum Herztropfen, rief im Ministerium an, meldete den Vorfall und schrie Sina an, sie sei an allem schuld, denn sie habe den Mörder auf die Station gelassen und nicht aufgepasst, wo er die Pistole hingeworfen habe.

Sina stand neben Olga und Solowjow und knurrte: »Ach, er ist ja so schlau! Klar, ich hätte diesen Banditen durchsuchen sollen, ihn röntgen und dann zu ihm sagen: Herr Killer, seien Sie so gut und werfen Sie Ihre Kanone nicht im Flur weg, hier laufen Patienten rum! Dann sollen sie doch Metalldetektoren installieren und einen anständigen Sicherheitsdienst engagieren, der Papiere und Taschen kontrolliert! Oder, Olga, bin ich etwa schuld?«

»Nein, natürlich nicht. Im Gegenteil, du hast mir sehr geholfen, als Marik die Pistole in der Hand hatte.«

»Danke für die guten Worte, aber sagen Sie das mal dem Chef, der Teufel soll ihn holen!« Dann nickte Sina zu Ika hinüber. »Die Kleine da, ist das die Tochter vom Karussellfahrer?«

»Nein. Seine Freundin«, sagte Solowjow.

»Ach was! Sie ist doch noch ein Kind! Mein Gott! Oje, sie fällt gleich um, sehen Sie, wie sie zittert.«

Olga ging zu Ika und legte ihr den Arm um die Schultern.

»Komm, wir trinken einen Tee und reden ein bisschen.«

»T-tee?« Ika hob erstaunt die verweinten Augen. »Ja, m-mir ist so kalt.«

Zu dritt gingen sie ins leere Arztzimmer. Olga setzte Ika aufs Sofa und schaltete den Wasserkocher ein.

»Weißt du, Moloch hat erneut jemandem Indizien untergeschoben«, sagte Solowjow, »und zwar wieder einem Lehrer. Du hattest also recht. Shenja ist schon sein neuntes Opfer. Erst die fünf blinden Waisen in Dawydowo, dann die drei Jugendlichen, und nun Shenja.«

»Du hast noch zwei vergessen. Das erste Mädchen, das er mit fünfzehn, sechzehn getötet hat, und Anatoli Pjanych.«

»Ja, natürlich. Verzeih mir.«

»Was denn, Dima?«

»Dass ich dir nicht geglaubt habe.«

»Ach was, Unsinn. Ich habe mir selbst nicht recht geglaubt. Und außerdem hilft es sowieso nicht, dass ich recht habe. Wir stecken wieder in einer Sackgasse.«

»Wieso? Der Lehrer kann ihn identifizieren, auch der Wachmann aus dem Kasino. Und wenn wir nach Dawydowo fahren, wie du es schon lange vorhattest, dann erinnert sich dort bestimmt auch mancher an dies oder jenes.«

»Hast du etwas, das du ihnen zur Identifizierung vorlegen kannst?«, fragte Olga.

»Nein.«

Sie sprachen sehr leise. Ika hörte sie nicht, sie saß zusammengekrümmt da, den Kopf zwischen den Schultern. Der Wasserkocher schaltete sich mit einem lauten Knacken ab. Ika schrak auf, als wäre sie gerade aufgewacht, und fragte: »War M-mark g-gleich tot?«

»Ja, sofort. Die Kugel hat das Herz getroffen. Er dürfte kaum etwas mitbekommen haben.« Olga stellte Tassen und eine Keksdose auf den Tisch.

»D-den Killer hat M-matwej geschickt!«, sagte Ika.

»Woher weißt du das?«, fragte Solowjow.

»Er hat t-telefoniert. Ich habe n-nicht alles g-gehört. Aber er hat gesagt: Handle, wie abgesprochen.«

»Matwej?« Olga runzelte die Stirn. »Wer ist das?«

»Matwej Groschew. Ich erkläre es dir später«, sagte Solowjow.

»Matwej Groschew?« Olga ließ beinahe die Zuckerdose fallen. »Mein Gott, was hat er damit zu tun?«

»Du kennst ihn?«, fragte Solowjow erstaunt.

»Seit einer Ewigkeit! Matwej Groschew ist Psychologe, er galt eine Zeitlang als gefragter Wunderheiler. Ein Hochstapler, aber charmant und gebildet. Er hat die Vorlesungen von Kirill Guschtschenko besucht. Als unser Team gebildet worden war, hat er für uns eine Reise in die USA organisiert, zum Institut für Verhaltensforschung des FBI. Später gehörte er irgendwie zur Duma, und jetzt ist er Sekretär eines Fraktionschefs. Ach ja, als unser Team aufgelöst wurde, hat er mir eine Stelle in einer Privatklinik angeboten, als Psychotherapeutin. Ein Wahnsinnsgehalt, aber ich habe abgelehnt, das ist nicht meine Fachrichtung, und außerdem gehört diese Klinik wohl zum FSB.«

Olga hängte Teebeutel in die Tassen und goss Wasser auf. Es klopfte, und Anton schaute herein.

»Entschuldigen Sie, die Spurensicherung ist jetzt fertig.«

»Gut. Sie sollen schon fahren. Möchtest du einen Tee?«

»Danke, gern. Bin gleich wieder da.«

»Matwej Groschew also«, murmelte Solowjow, als Anton die Tür geschlossen hatte. »Ich bin ihm einmal auf einem Bankett begegnet. Du hast recht, er ist charmant und gebildet. Weißt du, dass er der Verwalter eines sogenannten Gästehauses des ZK der KPdSU in Dawydowo war? Von 1982 bis 1986.«

»Ein Gästehaus? So eine schicke Villa hinter einer Betonmauer, auf der anderen Seite des Sees?«

Anton kam zurück. Olga schenkte ihm Tee ein.

»Was ich noch sagen wollte, Dmitri, er wird sie bestimmt nicht in Ruhe lassen.« Anton nickte zu Ika hinüber. »Und sie weiß nicht, wo sie hin soll.«

»Was schlägst du also vor?«

Anton räusperte sich, wandte sich ab und betrachtete eingehend einen Fleck an der Wand.

»Ich w-weiß nicht. Sie könnte erst mal zu mir.«

»Was meinst du, Ika?«, fragte Olga. »Was hältst du von dem Vorschlag?«

»Ich b-bin einverstanden. Aber nur, w-wenn er mich nicht hänselt. Ich k-kann nichts d-dafür, dass ich stottere, d-das ist nicht komisch!«

»Das hast du falsch verstanden. Er ist nur sehr besorgt.«

»Um m-mich?«

»Um wen denn sonst?«

Dreiunddreißigstes Kapitel

Nach einem so langen, anstrengenden Tag würde jeder Hominide vor Erschöpfung umfallen. Dem Wanderer genügten zwei Stunden, um wieder zu Kräften zu kommen. Er lag mit ausgebreiteten Armen vollkommen entspannt auf dem Fußboden, zählte seine Atemzüge und zwang sein Herz, gleichmäßig zu schlagen.

Auch das war ein Ritual. Die Ruhe vor dem entscheidenden Sprung. Ein Versenken in die weichen Wellen des Lichts, ins Nirwana. Körper und Seele in vollkommener Harmonie. Keine Gedanken, keine Gefühle.

Genau vierzig Minuten verbrachte er in diesem Zustand. Weitere zwanzig Minuten brauchte er für eine kühle Dusche und eine Rasur, um sich etwas Frisches anzuziehen und den Inhalt der Aktentasche zu überprüfen – Nachtsichtgerät, eine Flasche Babyöl, dünne Gummihandschuhe, eine Schere.

Er hoffte, er würde keinem Nachbarn begegnen. Ein simples »Guten Abend« würde jetzt klingen, als ob mitten in einer genialen Sinfonie jemand hustete oder laut die Luft verpestete.

Aber genau so ging es in der Welt der Hominiden eben zu.

Auf dem Hof traf der Wanderer die alte Frau aus der Etage unter ihm, die ihren Dackel ausführte. Es war ein bösartiges

Tier; wenn sie zusammen Fahrstuhl fuhren, bleckte er die Zähne, knurrte, und sein kurzes Nackenfell sträubte sich. Hielte sein Frauchen ihn nicht auf dem Arm, würde er den Wanderer bestimmt ins Bein beißen. Ihm war schon lange aufgefallen, dass Hunde ein viel feineres Gespür für Fremde besaßen als ihre Halter.

Vor vielen Jahren, nachdem er die Hominidin auf dem Dachboden getötet hatte, knurrte der riesige herrenlose Hund Juri – so hieß er nach Gagarin – ihn plötzlich an. Die Hominidin hatte Juri immer gefüttert. Bis heute erinnerte sich der Wanderer an den finsteren, durchdringenden Blick des Hundes, an das dumpfe Knurren, die gefletschten Zähne, die gelben Hauer und das gesträubte Nackenfell.

Damals, mit sechzehn, war er nicht weggelaufen. Er war ganz ruhig vorbeigegangen, hatte sich mit aller Kraft gezwungen, keine Angst zu haben. Er hatte gelesen, dass das Blut des Menschen und folglich sein Geruch sich bei Angst veränderte. Wölfe und Hunde spürten das und griffen ihr Opfer dann an.

Der Hund griff ihn nicht an, musterte ihn nur mit blutunterlaufenen Augen und rührte sich nicht von der Stelle. Der Junge begriff: Der Hund wusste Bescheid. Der Hund hasste und fürchtete ihn.

Er kaufte ein Stück Leberwurst; zu Hause in der Kammer stand eine Büchse Rattengift. Überzeugt, dass der Hund von ihm nichts nehmen würde, bat er am nächsten Morgen, bevor er zur Schule ging, eine Nachbarin, Juri zu füttern. Sie war gerührt und brachte dem Hund die Wurst. Später sah er den Hauswart den Kadaver fortschaffen. Der Hund war alt gewesen und hatte ständig im Müll herumgewühlt, darum wunderte sich niemand, als er krepierte.

Ein Hund war ein Symbol für Schmutz und Unzucht. Wenn ein Hund in eine Kirche lief, wurde er erschlagen, und die Kirche musste neu geweiht werden. Der Hund wachte über das Laster und spürte jede Gefahr. Davon hatte sich der

Wanderer schon oft überzeugen können. Er kam nie einem Hund zu nahe oder berührte ihn gar. Jeder Hund, dem er zufällig begegnete, ob herrenlos oder nicht, groß oder klein, alt oder jung, Rüde oder Hündin, begann sofort zu zittern, fletschte die Zähne und stellte die Nackenhaare auf. Die Mutigsten versuchten, ihn zu beißen.

»Guten Abend«, sagte die alte Nachbarin.

Der Dackel bellte diesmal nicht, als er den Wanderer witterte, sondern jaulte und zog den Schwanz ein.

»Aber Tschapa, schämst du dich nicht? Hör sofort auf! Er ist doch kein Fremder!«

Olga erklärte am Telefon lange und geduldig erst ihrem Sohn, dann ihrer Tochter, dass sie nicht sofort nach Hause kommen könne. Als ihr Mann den Hörer nahm, musste sie ein drittes Mal erklären, dass auf ihrer Station in der Klinik ein Mord geschehen war und sie jetzt bei der Miliz sei.

»Wo genau?«

»In der Petrowka.«

»Bei Solowjow? Sag schon, Olga, bist du bei ihm?«

Das war unerträglich. Dima saß vor ihr, in Papiere vertieft. Sie rief von seinem Apparat an, aus seinem Büro. Alexander räusperte sich nervös. Wahrscheinlich sollte sie lügen, etwas Zärtliches, Tröstendes zu ihrem Mann sagen. Aber ihr fiel nichts Besseres ein als: »Warte nicht auf mich, geh schlafen.«

Alexander legte als Erster auf.

»Sag bloß, er ist eifersüchtig?«, fragte Dima, ohne den Kopf zu heben.

Sie waren allein im Büro. Es war inzwischen dunkel. Der Regen trommelte aufs Fensterbrett.

»Und wie!« Olga sank in einen Sessel. »Was für ein verrückter Tag. Nicht zu fassen, dass Groschew einen Mörder engagiert haben soll. Dass er ein Zuhälter ist. Die blinden Kinder … Ich kenne ihn seit Jahren, ich hätte ihm alles Mögliche zugetraut – Diebstahl, Schmiergelder. Er ist so charmant, ein kluger Zyniker und ein Erzgauner, alles zusammen. Was meinst du, warum hat diesen Mark früher keiner angerührt? Und warum jetzt auf einmal?«

»Sie sind nicht an ihn rangekommen, Pornographen und Kinderhändler gibt es im Internet massenhaft. Aber als Sazepa sich an Groschew gewandt hat und Mark daraufhin überwacht wurde, stellte sich heraus, dass seine Kunden gewichtige Männer sind. Im Gegensatz zu den vielen anderen ist Mark Moloch für Groschew ein Konkurrent.«

»Ach was, Konkurrent!« Olga winkte ab. »Groschew hat ein ganzes Imperium hinter sich, mächtige Beziehungen, und Mark ist ein Einzelgänger.«

»Ein gewichtiger Kunde wendet sich mitunter lieber an einen Einzelgänger als an Groschew mit seinem Imperium und seinen Beziehungen. Nach der plötzlichen Aufregung zu urteilen, müssen das ziemlich viele getan haben. Wenn sie bei Mark ein Kind kauften, konnten sie ihre Anonymität wahren – oder zumindest die Illusion davon, wie wir jetzt wissen.«

»Hätte er es wirklich gewagt, diese Generale und Abgeordneten zu erpressen?«

»Nein.« Dima lachte bitter. »Er hat sie für die Historie gefilmt. Aber weißt du, ich kriege diesen Groschew trotzdem.«

»Hör auf. Sie werden ihn dir nicht überlassen. Solche wie er kommen nie vor Gericht. Sie werden höchstens klammheimlich getötet.«

»Vielleicht kann ich ihn über den Killer festnageln.«

»Denk an das Mädchen, an Ika. Wenn du gegen Groschew vorgehst, bringst du sie in Gefahr. Sie ist eine Zeugin. Tu das nicht, Dima. Glaub mir, sie werden ihn selber beseitigen. So brisant, wie diese Videos sind, werden sie sich gegenseitig an die Gurgel gehen.«

»Olga, Olenka, du hast mir schrecklich gefehlt«, sagte er plötzlich, so schnell und so leise, als wolle er nicht, dass sie es hörte.

Sie zuckte zusammen. Natürlich hatte sie es gehört, und sie schaute ihn erschrocken und bittend an.

»Bitte nicht, Dima.«

»Warum?«

»Du weißt, warum. Du hast Ljuba, ich habe Alexander und die Kinder.«

»Ljuba?« Er lächelte und schüttelte den Kopf. »Das ist vorbei, es hat eigentlich nie richtig angefangen. Ich bin allein. Ich habe niemanden außer dir. Vor langer Zeit hat Filippow dich mir weggenommen, jetzt bin ich dran. Du musst darauf nicht antworten. Ich teile es dir nur mit.«

»Dima, was willst du mit einer langweiligen alten Tante mit zwei verwöhnten, pubertierenden Kindern?«

»Wir werden das nicht weiter erörtern. Nicht hier und nicht jetzt.«

»Du hast damit angefangen.«

»Stimmt.« Er stand auf und lief durch den Raum. »Ich kann ohne dich nicht sein, ich denke ständig an dich, manchmal glaube ich, dass ich dich hasse. Du bist damals weggelaufen, erinnerst du dich? Wir haben uns auf deinem Hof getroffen, eine Woche vor deiner idiotischen Hochzeit, es hat geregnet, genau wie jetzt, aber der Regen war warm, es war Juli. Wir haben uns geküsst, und dann bist du weggerannt. Das werde ich dir nie verzeihen. Und mir auch nicht. Ich hätte dir nachlaufen müssen. Und das tue ich nun wie ein Idiot seit zwanzig Jahren. Ist dir klar, dass du mein Leben kaputtgemacht hast, und deins auch? Dein Filippow ist zu Recht eifersüchtig. Ich werde ihm dich wegnehmen. Basta. Entschuldige, Olga, ich weiß nicht, was in mich gefahren ist.«

Dima hatte sie die ganze Zeit nicht angesehen, er stand am Fenster und schaute in den Regen. Als er verstummte, saß sie nicht mehr im Sessel, sondern war neben ihn getreten. Er umarmte sie, drückte sie an sich und wühlte sein Gesicht in ihr Haar.

»Nein, Dima, nicht küssen«, flüsterte sie, »das hat vor

zwanzig Jahren ein schlechtes Ende genommen. Das Telefon, Dima! Hörst du das nicht?«

Der Anruf kam von der Staatsanwaltschaft. Eine angenehme Frauenstimme teilte mit, dass Solowjow morgen früh um neun beim stellvertretenden Generalstaatsanwalt sein sollte.

»Sie möchten die DVD mitbringen, Sie wissen schon, welche«, sagte die höfliche Sekretärin. »Einen schönen Abend noch.«

»Oha!«, sagte Dima fröhlich, als er aufgelegt hatte. »Du hast recht, hier kommen wir nicht zum Küssen. Und die haben auch recht.«

»Musst du zum Rapport antreten?«

»Und ob! Beim stellvertretenden Generalstaatsanwalt.«

»Oh.« Olga verzog das Gesicht. »Ist das so ein Fetter mit einer tiefen Stimme, der dauernd im Fernsehen aufritt, bei Pressekonferenzen und Talkshows?«

»Genau der.«

»Ein Hysteriker. Demonstriert nach außen hin heftige Emotionen, ist aber innerlich total kalt, berechnend und schrecklich feige. Er lügt mühelos, ohne rot zu werden, wie alle Hysteriker. Verträgt keinen Widerspruch und keine Kritik.«

»Woher weißt du das?«, fragte Dima erstaunt.

»Berufskrankheit.« Olga lachte. »Ist mir manchmal selber unheimlich. Sei vorsichtig bei ihm.«

»Mach ich.« Dima schaltete den Computer ein und zauberte von irgendwoher eine kleine Papierhülle hervor. »Bist du bereit, einen Blick auf Moloch zu werfen?«

Olga wurde blass.

»Er ist auf dieser DVD? Moloch?«

»Warte, nicht gleich nervös werden, vielleicht erkennen wir auch gar nichts. Und denk dran, es ist kein schöner Anblick. Er ist mit einem Mädchen drauf. Mit Shenja Katschalowa.«

Der Mann auf dem Video war gut gebaut. Groß, kräftig, muskulös; starker, sehniger Hals, der ganze Körper üppig grau behaart.

»Schau hin«, sagte Dima, »du hattest recht. Er ist faktisch ein Kastrat. Was ist das, was meinst du?«

»Augenscheinlich eine angeborene Missbildung, eine Unterentwicklung. Das kommt vor, keiner weiß, warum. Aber in der Regel ist in solchen Fällen auch der Hormonhaushalt gestört. Doch Moloch wirkt wie ein vollwertiger Mann. Vielleicht ein XYY-Chromosom, ein überschüssiges männliches Chromosom. Solche Patienten sind sehr groß, behaart und aggressiv. Allerdings sind sie meist geistig zurückgeblieben. Was man von Moloch nicht gerade behaupten kann. Jedenfalls ist jetzt klar, warum er verrückt geworden ist. Er will, und zwar sehr, aber er kann nicht. Und das sein Leben lang.«

Plötzlich klang Olgas Stimme wie vereist. Dima erwartete, dass sie ihn gleich bitten würde, den Computer auszumachen. Der Anblick war wirklich widerwärtig. Das mit brauner und grüner Farbe beschmierte Gesicht, Shenja, noch lebendig, aber bereits zum Tode verurteilt, die Angst und der Ekel in ihrem Gesicht. Die Hände des Mörders an ihrem Körper. Die eigenartigen tiefen, knarrenden Laute, die er ausstieß.

»Na, immerhin haben wir jetzt ein ›besonderes Kennzeichen‹«, sagte Dima.

»Klar, aber um ihn damit zu finden, müssten wir jedem die Hosen runterlassen.« Olga zündete sich eine Zigarette an. »Kannst du dieses Bild mal anhalten? Und jetzt vergrößern.«

Auf dem Monitor waren Molochs Kopf und sein Rücken.

»Was genau?«

»Den Kopf. Den Scheitel. Gut. Ein bisschen zurück. Ja, stopp.«

Sie drückte die Zigarette aus, stand auf, ging zum offenen Fenster, sog gierig die feuchte Abendluft ein.

»Nein. Das ist unmöglich.«
»Was sagst du?«
»Nichts, Dima, nichts. Ich hab mir was eingebildet.«

Die Räder schleuderten Spritzer nach allen Seiten. Der Regen strömte über die Windschutzscheibe. Die abendliche Stadt war in den Regen gehüllt wie in ein Spinnenetz. Die roten Lichter spiegelten sich auf dem nassen Asphalt. Der gewaltige Leib der ewigen Nacht blutete. Das Blut schäumte im Regen.

Die Finsternis wusste, dass der Wanderer beschlossen hatte, einen ihrer Apostel zu vernichten, die Wandlingsfrau.

Er parkte den Wagen in der Parallelstraße.

Niemand bemerkte, wie ein stattlicher Mann in einer leichten Regenjacke mit Kapuze in den schmalen Spalt zwischen den Häusern schlüpfte.

Von hier war der Hof gut zu überblicken. Über dem Hauseingang brannte eine Lampe. Das Nachtsichtgerät hatte der Wanderer im Auto gelassen. Das würde er erst später brauchen.

In seiner Jackentasche lagen ein Nylonsack und eine Spritze mit Narotal, einem Psychopharmakum der neuen Generation. Es verursachte einen kurzen, sehr tiefen Schlaf. Nach dem Erwachen waren die Reaktionen verlangsamt, der Patient verspürte Mattheit und leichte Übelkeit, war aber bei klarem Verstand.

Der Wanderer presste einen kleinen Affen aus rauchgrauem Sarder in der Hand, für ihn zugleich Talisman und Waffe.

»Wie wär's, fahren wir zu mir?«, fragte Dima, als sie ins Auto stiegen.

Er kannte ihre Antwort, aber er fragte trotzdem, und zwar mit einem so unbekümmerten Lächeln, dass es ihn selbst anwiderte.

»Ich habe keine Zahnbürste dabei«, sagte sie, noch immer mit vereister Stimme.

»Wir können in einen Supermarkt gehen und eine kaufen. Entschuldige, ich höre schon auf. Sag mal, was ist los mit dir? Hast du auf dem Video irgendwas gesehen?«

»Nein, nein, nichts.«

»Komm, mach mir bitte nichts vor. Du hast mich gebeten, ein Bild anzuhalten, und danach warst du wie vor den Kopf geschlagen. Du kannst anlügen, wen du willst, deinen Mann, deine Kinder, deine Eltern, aber nicht mich.«

»Quäl mich bitte nicht. Es war nur Einbildung. Ich bin müde. Außerdem muss ich erst etwas überprüfen. Nein, das ist absoluter Blödsinn!«

»Was denn?«

»Ach, du Dickkopf.« Sie küsste ihn auf die Wange. »Ich sage es dir morgen. Nach deinem Rapport bei dem fetten Stellvertreter. Warum fährst du nicht los? Es ist längst grün.«

»Ich warte, dass du mich noch einmal küsst. Wir sind in zehn Minuten da. Aber ich könnte auch rechts abbiegen, dann wären wir in einer halben Stunde bei mir.«

»Nein. Du biegst nicht ab. Du fährst geradeaus.«

»Und dann sehe ich dich wieder zwanzig Jahre lang nicht?«

»Also erstens haben wir uns nur anderhalb Jahre nicht gesehen, und zweitens, wenn wir uns weiter küssen, kann das durchaus passieren. Dima, hör jetzt auf. Wir essen morgen Abend zusammen. Und reden nicht über Moloch und nicht über Groschew, wir machen eine kleine nostalgische Feier.«

»Bei mir?«

»Das kann ich nicht versprechen. Lass mir Zeit. Wir gehen in ein Café.«

»Du hattest genug Zeit. Zwanzig Jahre.«

Er bremste vor dem Torbogen, der in ihren Hof führte. Olga öffnete die Tür. Er beugte sich über sie und schloss die Tür wieder.

»Dima, du musst morgen früh aufstehen. Und ich auch.«

»Na gut. Ich bringe dich zur Haustür. Es regnet, und du hast keinen Schirm dabei.«

»Du etwa?«

»Nein.«

»Wozu dann? Nein, Schluss jetzt, lass mich raus. Ich werde nicht wieder verschwinden, Ehrenwort!«

Sie sprang aus dem Wagen und lief los. Der Torbogen war hell erleuchtet, der kleine, von allen Seiten von alten Häusern eingeschlossene Hof dahinter wirkte dunkel und düster.

Nein, ich habe mich geirrt. Eine zufällige Ähnlichkeit, sonst nichts. Ich bin ganz durcheinander; es gibt Tage, die das ganze Leben umkrempeln. Vielleicht bilden Dima und ich uns unsere große Liebe nur ein, vielleicht ist das in Wirklichkeit nichts weiter als Sehnsucht nach der Jugend? Wir haben uns eine Phantasiewelt geschaffen, ein anderes Leben, das nicht stattgefunden hat und uns deshalb glücklich erscheint. Wenn Dima Streit hatte mit seinen Ehefrauen, dachte er jedes Mal: Ja, Olga ... Und wenn ich Probleme mit Alexander hatte, bildete ich mir ein, mit Dima wäre alles anders, besser. Ohne Dima kann ich nicht leben, aber wenn ich Alexander verlassen oder ihn heimlich betrügen und anlügen würde, käme ich mir vor wie eine Verräterin. Und die Kinder würden mir das nicht verzeihen.

Das alles wirbelte wie ein Sturm in ihrem Kopf herum. Sie rannte aus dem Torbogen. Der Regen peitschte ihr ins Gesicht. Rechts stand das Abrisshaus. Die Tür war offen. Olga hatte das Gefühl, als stehe dort jemand und beobachte sie. Sie hörte ein Geräusch, ein Rascheln oder ein Seufzen, und etwas wie ein Miauen.

Bis zur Haustür waren es nur noch ein paar Schritte. Aus den Augenwinkeln bemerkte Olga, dass sich hinten im Hof ein Schatten von der Wand löste. Eine dunkle Gestalt bewegte sich mit seltsamen Sprüngen vorwärts. Dort war ein Spalt zwischen den Häusern, schmaler als einen Meter. Eine

Lücke im Häusergeviert. Von dort drang immer Gestank. Die Bewohner des Abrisshauses benutzten diesen Tunnel als Toilette und Müllgrube.

Ein Betrunkener, dachte Olga.

Der Schlag auf den Hinterkopf kam so überraschend, dass sie nicht einmal schreien konnte. Ihr wurde ein schwarzer Sack über den Kopf gezogen und eine Schnur um den Hals gelegt, sodass sie kaum atmen konnte. Eine feste Männerhand presste sich auf den dünnen Stoff und hielt ihr Mund und Nase zu.

Es war eine Sache von Sekunden. Olga verlor das Bewusstsein und spürte nicht mehr, wie sie weggeschleppt und in ein Auto geworfen wurde, wie ihr der Sack abgenommen, die Hände gefesselt, der Rock hochgezogen und durch die Strumpfhose eine Nadel ins Bein gejagt wurde.

Als Solowjow in die Hauptstraße einbog, hörte er eine Kinderstimme rufen: »Mama, geh ran! Geh sofort ran!«

Er bremste abrupt.

Auf dem Boden vor dem Beifahrersitz lag Olgas Handtasche. Er nahm das Telefon heraus. Auf dem Display leuchtete ein Name: Katja.

»Hallo, wer ist dran? Wo ist Mama?«, fragte dieselbe Kinderstimme, die als Klingelzeichen fungierte.

»Katja, hier ist Dima Solowjow. Deine Mama hat ihre Handtasche in meinem Wagen liegengelassen.«

»Die Handtasche? Das sieht ihr ähnlich. Was ist denn in der Klinik passiert? Wer wurde da ermordet?«

»Ist Mama denn noch nicht zu Hause? Ich habe sie vor fünf Minuten am Torbogen abgesetzt.«

»Nein. Sie ist nicht da.«

Dima sprang mit dem Telefon in der Hand aus dem Auto und lief zurück. Im Torbogen hätte er beinahe einen kleinen Jungen umgerannt.

»Onkel, bleib stehn! Die Tante ist weg!«, rief der Junge und zog Dima am Ärmel in den Hof.

Er war noch ganz klein, drei oder vier, und schmutzig und zerlumpt – das sah man sogar im Dunkeln.

Bestimmt der Kleine aus dem Abrisshaus, von dem Olga erzählt hat, dachte Solowjow.

»Ein großer Onkel, ist rausgelannt und hat die Tante auf den Kopf gehaut! Da lang, kuck, da lang hat er die Tante getragt!«

Dima rannte durch den engen Tunnel und kam in der Nachbarstraße heraus. Durch den strömenden Regen sah er die roten Rücklichter eines Wagens und lief so schnell wie noch nie im Leben hinterher. Bevor er das Auto aus den Augen verlor, konnte er noch erkennen, dass es dunkel war, schwarz oder dunkelblau. Doch weder den Wagentyp noch die Nummer.

Vierunddreißigstes Kapitel

Ein klagendes Stöhnen zwang Olga, die Augen zu öffnen. Sie begriff nicht gleich, dass sie selbst es war, die stöhnte. Sie spürte einen dumpfen Schmerz am Hinterkopf. Als sie versuchte, den Kopf zu senken, durchfuhr ein heftiger Schmerz Kopf und Hals. Ihr Mund war mit einem Pflaster zugeklebt, ihre Hände mit einer dünnen, festen Schnur gefesselt.

Er hat mich durch den Häuserspalt geschleppt. Als ich aus dem Torbogen kam, hat er mich von hinten überfallen, mir einen Schlag versetzt und mir einen Sack über den Kopf gezogen. Er hat mir den Mund zugeklebt und die Arme gefesselt. Dann hat er mir irgendwas gespritzt. Darum ist mir jetzt so schlecht. Wie lange war ich bewusstlos? Wie weit sind wir schon gefahren?

Ihre Hände waren vorn gefesselt. Sie versuchte, die Arme zu heben, um das Pflaster abzureißen, aber die Finger gehorchten nicht. Sie waren taub, wie der ganze übrige Körper.

Draußen huschten einzelne Lichter vorbei. Ein Industriegelände. Hohe Betonmauern, Rohre, Garagen, trostlose gewaltige Fabrikgebäude und Lagerhallen.

Olga stöhnte absichtlich laut, um den Fahrer auf sich aufmerksam zu machen. Im Rückspiegel war sein Gesicht nicht zu sehen.

»Hab Geduld, nicht weinen«, sagte eine Stimme, die aus einem tiefen Brunnen zu kommen schien; sie war dumpf und heiser und Olga vollkommen unbekannt.

Olga antwortete mit einem Brummen.

»Du bist bald frei, ich werde dir helfen.«

Im normalen Leben hat er bestimmt eine ganz andere Stimme. Mit wem redet er? Natürlich nicht mit mir. Seinen früheren Opfern hat er nicht den Mund zugeklebt und nicht die Hände gefesselt. Aber sie sind auch freiwillig zu ihm ins Auto gestiegen und haben erst im letzten Moment geschrien, als es schon keine Rolle mehr spielte. Seine Opfer waren Kinder und Jugendliche. Ich bin eine erwachsene Frau. Ich bin seinem Geheimnis zu nahegekommen, darum hält er es für notwendig, mich zu töten. Aber warum hat er es nicht gleich getan?

Der Wagen überquerte ein Schmalspurgleis, bog in eine dunkle Gasse ein und hielt. Der Mann hinterm Steuer stieg aus, öffnete die hintere Tür, packte Olga an den gefesselten Händen und zerrte sie heraus. Er handelte geschickt und schnell. Er trug eine schwarze Jacke mit Kapuze. Es regnete noch immer in Strömen. Olga versuchte sich loszureißen, schaffte es aber nicht. Ihr Körper gehorchte ihr nach wie vor nicht, und ihr war übel, doch im Kopf war sie vollkommen klar.

Die dunkle Kapuze verbarg sein Gesicht. Die Hände, die sie unter den Achseln gepackt hatten, waren wie aus Eisen. Er erinnerte eher an einen Roboter als einen Menschen. Dima hatte gesagt, Shenja Katschalowa habe Moloch in ihrem Tagebuch als Kyborg oder Bioroboter bezeichnet.

Olga hörte ihn atmen. Sie nahm seinen Geruch wahr. Er roch nach Zahnpasta, Kräuterseife und Rasiercreme.

Er wechselt das Auto, also rechnet er mit Verfolgung? Mit Straßenkontrollen? Ja, diesmal hat er sich besonders gut abgesichert.

Moloch verfrachtete sie auf den Rücksitz und schlug die Tür zu. Er setzte sich ans Steuer und ließ den Motor an.

Getönte Scheiben, registrierte Olga. Der erste Wagen war teurer und neuer. Der hier ist alt und eng. Er hat mich gut gefesselt – also lässt die Wirkung der Spritze bald nach.

Ihre eigene Ruhe erschreckte sie. Als widerfahre das alles nicht ihr, als schaue sie einen Film. Vermutlich ein unbewusster Selbstschutzmechanismus. Oder die Wirkung der Spritze?

Sie bogen auf eine belebte Straße ab. Autos rasten vorbei. Darin saßen Menschen, zum Greifen nahe. Vor ihnen flammte eine Ampel rot auf. Olga wollte mit dem Kopf gegen die Scheibe schlagen und schreien. Deutlich sah sie das Profil eines dicken älteren Mannes am Steuer des Wagens neben ihnen. Er rauchte und blickte vor sich hin. Doch selbst wenn er sich umgedreht hätte – durch die getönten Scheiben hätte er sie kaum gesehen. Sie rutschte weiter zur Seite und schlug mit der Schläfe gegen die Scheibe. Es war nur ein schwacher Stoß, trotzdem wurde ihr schwindlig. Die Ampel schaltete auf Grün. Die Autos fuhren los.

Olga stöhnte laut. Über ihre Wangen rannen langsam kitzelnde Tränen.

»Der Wandling, der Apostel der ewigen Nacht, wird bald sterben«, sagte die dumpfe Stimme, »dann fliegst du hinaus aus deinem schrecklichen Verlies, breitest die Flügel aus und steigst hinauf in den Himmel.«

Ich kann stöhnen und brummen, so viel ich will, das ist ihm ganz egal. Er ist eingekapselt in seinen Wahn.

Plötzlich erklang Musik. Ruhige, sanfte Klavierakkorde.

»Franz Liszt. ›Tröstung‹«, sagte der Kyborg.

Ob es an der Musik lag oder ob die Wirkung der Spritze nachließ – jedenfalls begann Olga zu zittern. An die Stelle der unbeteiligten Ruhe trat Panik. Nach dem dritten Versuch gelang es ihr endlich, einen Fingernagel unter das Pflaster zu schieben und es am Rand, neben dem Ohr, ein wenig zu lösen.

Wie es der »Abfangplan« vorsah, wurden auf den abendlichen Moskauer Straßen dunkle Importwagen angehalten, ganz besonders dunkelblaue Ford Fokus. Milizfahrzeuge patroullierten an allen Ausfahrten des Stadtrings. Wegen des Regens herrschte nur geringer Verkehr.

»Wieso glaubst du, dass er mit ihr aus der Stadt rausfährt?«, brüllte Major Sawidow in den Hörer.

Ein alter beigefarbener VW raste über die Choroschewskoje-Chaussee. Solowjow fuhr nach Dawydowo.

»Ein Fokus ist ihnen auf jeden Fall entwischt«, schrie Anton in den Hörer, »auf der Choroschewka, irgendwo zwischen der Dritten und der Vierten Magistrale. Sie hatten gerade einen anderen blauen Ford angehalten, da saßen sechs bekiffte Jugendliche drin, und bis sie mit denen fertig waren, ist ihnen der andere Wagen durch die Lappen gegangen. Und anschließend spurlos verschwunden.«

»Das Kennzeichen hat natürlich niemand erkannt?«, fragte Solowjow.

»Nein. Es war dreckverschmiert.«

»Gut. Bleib bitte erreichbar.«

Klar, dort kann man leicht abtauchen, dachte Solowjow. Der Junge hat gesagt, der Mann hat Olga auf den Kopf geschlagen und sie weggeschleppt. Sie war bewusstlos, aber bestimmt nicht lange. Sie wird zu sich kommen. Sie wird schreien, versuchen, aus dem Auto zu springen. Er wird anhalten müssen. Wenn er sie töten wollte, hätte er das gleich auf dem Hof tun und sie dort liegenlassen können. Er hat also offensichtlich etwas anderes vor. Er bringt sie in den Wald, um dort sein übliches Ritual zu vollziehen.

Draußen ist es dunkel und menschenleer. Solowjow fuhr durch die am wenigsten belebten Gegenden von Moskau. Lager- und Kühlhallen, Garagen. Links der gläserne Würfel einer Autowerkstatt, von totem Licht erleuchtet. Rechts eine hohe Betonmauer.

Dawydowo – das war die einzige Chance. Er wusste nicht,

was ihn so dorthin zog, Intuition oder schiere Verzweiflung. Er sah Olgas Gesicht vor sich, als sie ihn bat, das Video anzuhalten und das Bild zu vergrößern.

Sie hatte zweifellos jemanden erkannt. Und war erschrocken, hatte ihren Augen misstraut. Nicht einmal ihm hatte sie etwas gesagt. Also war es jemand, den sie gut kannte, der über jeden Verdacht erhaben war. Olga hatte von Anfang an vermutet, dass Moloch möglicherweise mit der Miliz zu tun hatte, dass er über die Ermittlungen informiert war und sie vielleicht beeinflussen konnte.

Wer konnte das sein? Wer war über jeden Verdacht erhaben? Wen achtete Olga so sehr, dass es ihr weh tat, als sie ihn auf dem Video erkannte? Wer lebte allein? Wer war ständig auf dem Laufenden über die Ermittlungen und konnte sie beeinflussen?

Die Antwort drängte sich geradezu auf. Bevor Solowjow den Namen aussprach, murmelte er: »Nein. Das ist unmöglich!« Genau dasselbe hatte Olga gesagt, als er den Film angehalten hatte.

Er drosselte das Tempo ein wenig und wählte eine Telefonnummer. Während es klingelte, dachte er: Unsinn. Er fährt keinen Ford Fokus. Er hat eine alte Importkiste, Opel oder Skoda. Er setzt sich nur selten ans Steuer, er fährt lieber Taxi oder Metro. Natürlich ist er zu Hause.

»Guten Tag. Leider kann ich im Moment nicht rangehen, rufen Sie bitte später noch einmal an oder hinterlassen Sie nach dem Signalton eine Nachricht.« Eine vertraute, angenehme Stimme. Solowjow hinterließ keine Nachricht. Er wählte für alle Fälle noch die Handynummer und wunderte sich nun nicht mehr, als er hörte: »Der Teilnehmer ist zur Zeit nicht erreichbar.«

Solowjow überquerte ein Schmalspurgleis und entdeckte, dass die eine Betonmauer endete und zwischen ihr und der nächsten eine nur wenige Meter breite Gasse lag. Er wendete und schaltete das Fernlicht ein. Ganz am Ende der langen

Sackgasse zwischen den Mauern, vor der rostigen Wand einer Garage oder Lagerhalle, stand ein Wagen. Ein dunkelblauer Ford Fokus mit dreckbespritztem Kennzeichen.

Ihre Hände zitterten. Ihr war schwindlig. Sie musste sich ein wenig ausruhen. Jede Bewegung kostete Kraft. Sie näherten sich dem Stadtring. Olga sah zwei Milizautos. Ein Offizier der Verkehrswacht hob den Stab.

Lieber Gott, hilf, rief Olga in Gedanken.

Der Offizier war ganz nah, sie fuhren direkt auf ihn zu. Das blinkende Blaulicht erhellte das Wageninnere. Moloch drosselte das Tempo. Der Offizier senkte den Stab. Ein dunkler Importwagen rollte an den Rand. Moloch fuhr langsam weiter und passierte die Grenze des Stadtrings.

»Jetzt sind wir in Sicherheit. Noch ein wenig Geduld, mein Herz.«

Erneut ertönte Musik. Diesmal ein Sinfonieorchester. Eine ergreifende Streicherwelle brandete auf und traf direkt in die Seele, dann floss langsam und zart, wie eine Träne auf der Wange, ein Violinsolo dahin.

»Johannes Brahms, Sinfonie Nr. 1«, erklärte Moloch.

Mein Herz, mein Herz, wiederholte Olga in Gedanken, außerstande, sich zu rühren. Der zweifache Scheitel. Das Muttermal am Nacken. Ein flacher dunkelroter Fleck, so groß wie ein altes Fünfkopekenstück. Er ist fast völlig unter den Haaren versteckt, aber ich habe ihn gesehen, als er sich beklagte, er bekäme ein Glatze, und den Kopf senkte. Es ist sein Kopf, sein Nacken. 1983 hat er dreißig Kilometer vor Moskau eine Datscha für seine Mutter gemietet und war oft dort. Seine Mutter ist 1987 gestorben. Der Ort heißt Ubory und ist nur zwei Kilometer von Dawydowo entfernt. Mark könnte ihn erkannt haben, aber er hat Mark hypnotisiert. Er hat sein Gedächtnis paralysiert und seinen Willen gelähmt. Darin ist er genial. Er ist der beste Gerichtspsychiater Russlands. Seine Methode »Ich bin er« verlangt absolutes Hineinversetzen in den Täter. Darum waren seine Marotten erklärlich. Er musste sich schließlich jedes Mal in die psychopathischen Monster hineindenken. Niemand konnte ahnen, dass er selbst eines ist.

Sie bemerkte nicht, dass ihre Hände sich hartnäckig auf ihr Gesicht zubewegten. Ihre Finger fanden die lose Pflasterecke, packten sie und rissen daran. Das Pflaster ging erstaunlich leicht ab, vermutlich, weil es nass war von ihren Tränen.

»Kirill«, sagte Olga und erkannte ihre eigene Stimme kaum, »wir beide haben Moloch gefunden. Er ist Sie. Lassen Sie nicht zu, dass er Sie verschlingt.«

Die Autotür ließ sich mit Hilfe des schmalen Schraubenziehers am Taschenmesser überraschend leicht öffnen. Die Alarmanlage schrillte los, doch das hörte niemand. Das Mobiltelefon spendete nur wenig Licht, aber Solowjow bemerkte links hinten, an der Lehne der Rückbank, etwas Glänzendes. Eine kleine Damenuhr mit schmalem Goldarmband. Er erkannte sie sofort – er hatte vor zwei Jahren lange nach einem Geburtstagsgeschenk für Olga gesucht und sich schließlich für die elegante, zierliche Uhr mit dem ovalen Perlmuttzifferblatt entschieden.

Damals hatte die Fahndung nach Moloch gerade erst begonnen. Sie arbeiteten sehr intensiv, und Olga wollte ihren Geburtstag nicht feiern. Sie war erstaunt und verlegen, als Dima ihr das Geschenk überreichte.

»Bist du verrückt, so eine teure Uhr!«

Die Uhr sah an ihrem Handgelenk wunderbar aus. Sie nahm sie nie ab. Solowjow erstarrte, als er auf das Zifferblatt blickte. Die Uhr war stehengeblieben.

Unsinn, alberner Aberglaube, die Batterie war einfach leer. Aber warum ausgerechent um halb elf, zwei Minuten nachdem sie aus meinem Auto gestiegen ist?«

Ein Telefonklingeln übertönte die Alarmanlage des Wagens.

»Hör mal, das ist doch verrückt!«, murmelte Sawidow verwirrt. »Kuck noch mal auf das Kennzeichen, vielleicht hast du dich geirrt?«

Solowjow wiederholte die Autonummer.

»O nein!« Sawidow stöhnte. »Stimmt genau. Das ist der Wagen von Kirill Guschtschenko. Vielleicht bloßer Zufall, oder? Vielleicht ist der Wagen gestohlen?«

»Sei so gut und überprüfe noch was – er muss einen zweiten Wagen haben, Skoda oder Opel. Und dann übermittle die Information sofort an die Abfangposten, aber hinterm Stadtring, auf der Wolokolamka und der Leningradka. Da gibt es mehrere Umfahrungen.«

»Meinst du wirklich, er fährt mit ihr in dieses Dawydowo?«

»Schick Anton zu Lobow. Der Alte soll ihm auf der Karte die Stellen zeigen, wo Moloch die blinden Kinder getötet hat.«

Der Regen strömte über die Scheiben und trommelte aufs Dach. Moloch bog von der Straße ab und fuhr auf Nebenwegen weiter.

»Wachen Sie auf, Kirill! Er wird Sie verschlingen, er hat die Kinder getötet, nicht Sie. Er ist ein Moloch, er belügt Sie, Kirill, Sie sind krank, ich kann Ihnen helfen, das wissen Sie, nichts ist unumkehrbar.« Olga bemühte sich, möglichst ruhig zu sprechen, trotzdem zitterte ihre Stimme.

Sie wiederholte seinen Namen. Er hatte noch nicht die Fähigkeit eingebüßt, sich selbst zu widerstehen. Sein reales Ich existierte noch, sonst hätte er sich nicht so mühelos anpassen, sich so exzellent verstellen können. Olga versuchte, die Kapsel des Wahns zu durchbrechen, aber bislang ohne Erfolg.

»Ich spreche nicht mit dem Wandling, ich wende mich an den Engel. Weine nicht, hab keine Angst, es dauert nicht mehr lange. Ich lasse dich nicht ersticken. Ich werde dich retten.«

»Kirill, ich würde schrecklich gern eine rauchen. Lassen Sie uns anhalten. Heute war ein verrücker Tag. Der Pornograph wurde auf meiner Station ermordet, im Flur. In der

Fernsehecke der Patienten, erinnern Sie sich? Der Killer ist in aller Ruhe rein- und rausmarschiert. Keiner hat ihn bemerkt. Und dann hat er auch noch die Pistole unter eine Bank geworfen, und ein Junge hat sie aufgehoben. Ich habe Ihnen von ihm erzählt. Marik, fast noch ein Kind, gerade achtzehn. Er hätte sich beinahe in den Kopf geschossen. Kirill, kommen Sie zurück, reden Sie mit mir.«

Das Auto machte einen Satz. Ganz in der Nähe pfiff eine Lokomotive, und ein Zug ratterte vorbei. Die Scheiben waren beschlagen, Olga sah nicht, wohin sie fuhren, begriff aber, dass sie eine Bahnlinie überquert hatten.

»Gib dir keine Mühe, Olga«, sagte eine vertraute, lebendige Stimme, »das ist sinnlos.«

»Kirill, mein Lieber, Gott sei Dank, Sie haben es geschafft, ich wusste es.«

»Hast du gehört, was ich gesagt habe? Gib dir keine Mühe. Ich werde dich auf jeden Fall töten.«

Solowjow war nie in Dawydowo gewesen. Als er die Wolokolamka entlangfuhr, rief Lobow an und sagte, kurz hinter dem Denkmal für die Verteidiger Moskaus gebe es eine unauffällige Abzweigung nach links, eine miserable Straße, aber der kürzeste Weg.

»Gleich hinter der Bahnlinie biegst du rechts ab, passierst zwei Datschasiedlungen und stößt direkt auf einen Kiefernwald. Dahinter liegt der See.«

Lobow rief aus dem Auto an. Er begleitete die Einsatzgruppe.

Die Scheibenwischer bewältigten die Wassermassen kaum. Solowjow näherte sich einer Bahnstation. Die Schranke senkte sich langsam, die Glocke klingelte schrill. Ein riesiger, schwerer Güterzug näherte sich. Die Räder ratterten, die Gleise bebten. Solche Züge brauchten immer unendlich lange. Das könnte an die zwanzig Minuten kosten. Durch den dichten Regenschleier sah Solowjow die roten Rücklichter eines Wagens leuchten. Er gab Gas und schlüpfte vor dem Zug durch. Der Lokführer schickte ihm einen empörten Pfiff nach.

Rechts war Wald, links erstreckten sich die Zäune der Sommergrundstücke. Lobow hatte gesagt, zum See, zu der Stelle, wo Moloch die Kinder getötet hatte, komme man nur zu Fuß, durch den Wald.

Er hatte auch die zweite Siedlung passiert. Er war den roten Rücklichtern immer näher gekommen, bis sie plötzlich verschwanden. Der Weg endete vor einer Reihe dunkler Kiefern. Das einzige Geräusch, das Solowjow hörte, war das Rauschen des Regens.

»Du bist wirklich die Beste aus meinem Stall, Olga. Aber bilde dir nichts darauf ein. Das ist nicht dein Verdienst. Das liegt nur daran, dass die anderen alle Hominiden sind, du dagegen bist ein Wandling.«

Die Füße versanken im nassen Lehmboden, der verharschte Schnee knirschte. Olga spürte eine Pistolenmündung im Rücken. Der Regen rauschte, die Kiefernwipfel schwankten im Wind. Olga hörte die alten Stämme knarren, ganz in der Nähe pfiff eine Vorortbahn, und in der Siedlung bellten Hunde. Sie konnte nicht mehr sprechen.

Es gab keinen Kirill mehr, hatte ihn nie gegeben. Ein unbekanntes, fremdes Geschöpf war jahrelang an ihrer Seite gewesen, hatte Vorlesungen gehalten, war durch Hypnose in kranke Seelen eingedrungen und hatte Serienmörder mühelos erkannt, denn sie waren seine Blutsbrüder.

Olga blieb stehen und wandte ihm das Gesicht zu.

Unter der Kapuze schaute das kurze Rohr eines Nachtsichtgeräts hervor. Ein Zyklopenauge. Olga überlegte, ob sie mit den gefesselten Händen von unten dagegenschlagen sollte und dann fortlaufen, in die Finsternis – das wäre eine Chance. Sie hatte sowieso nichts zu verlieren.

Aber sie musste erst ihre Kräfte sammeln und den Schlag

genau berechnen. Ihre Arme waren zu schwach, und ihr war schwindlig. Mit ihren hohen Absätzen würde sie in Schnee und nassem Lehm nicht weit kommen.

»Aha. Ich bin also ein Wandling, die anderen sind Hominiden. Und wer ist ein Mensch?«

»Es gibt keine Menschen mehr. Keinen außer mir. Ich rette Engel.« Das war wieder die Stimme aus dem Brunnen. »Los, geh weiter, der Engel in dir kann nicht länger warten.«

»Ich gehe nicht weiter. Schießen Sie ruhig. Sie wollen Ihren Kick. Bioplasmid, nicht wahr? Enger körperlicher Kontakt im Augenblick der Agonie. Also, Kirill, Moloch oder was sonst noch – Sie kriegen kein Bioplasmid. Scheren Sie sich zum Teufel.«

Plötzlich hörte sie ihn lachen. Unter der dunklen Kapuze blitzten weiße Zähne auf.

»Gute Erziehung und Starrsinn, das sind die Dominanten deiner Persönlichkeit, Olga«, sagte die normale Stimme des Professors. »Sogar unter diesen Umständen siezt du mich, willst aber trotzdem deinen Willen durchsetzen.«

Er steckte die Pistole in die Jackentasche, griff nach der Schnur, mit der Olgas Hände gefesselt waren, und schleifte sie durch den Matsch. Der Schmerz in den Handgelenken nahm ihr den Atem.

Zwischen den Bäumen wurde es licht. Unten schimmerte der See. Olgas Hände waren geschwollen und dunkel vom Blut. Sie spürte keinen Schmerz.

Der Professor warf sie zu Boden, auf den Rücken, direkt am Steilhang.

»Du siehst schlecht aus, mein Herz.«

Durch den Nebel sah sie, wie er die Kapuze abstreifte, das Nachtsichtgerät abnahm, sich hinkniete, eine Schere herausholte und die Schnur zwischen ihren Handgelenken durchtrennte. Mit dieser Schere würde er ihr anschließend eine Haarsträhne abschneiden. Ihre Hände sanken schlaff herab. Sie spürte, wie er sie umdrehte und dabei am Mantelärmel zog. Sie hörte seinen schweren, erregten Atem und ein unheimliches, knarrendes Stöhnen. Er zitterte am ganzen Körper, wie von Stromstößen geschüttelt. Als er ihr die Stiefel auszog, versuchte sie, nach ihm zu treten, verfehlte ihn aber und traf nur die feuchte Luft. Doch der Professor schwankte plötzlich, verlor das Gleichgewicht und fiel hin.

Olga entdeckte eine männliche Silhouette und rief: »Er hat eine Pistole in der Jackentasche!«

Der Schrei verschlang ihre letzte Kraft. Das Dröhnen in ihren Ohren übertönte alle anderen Geräusche. Es wurde dunkel.

Solowjow riss die Hand des Professors zurück. Der Schuss ging in die Luft, die Pistole fiel zu Boden und rutschte den Hang hinab in den See. Mehrere Personen stapften rasch näher, Lichtstrahlen huschten durch die nasse Dunkelheit.

»Stehenbleiben! Die Waffe fallen lassen!«

Der Professor trat einen Schritt zurück, seine Füße gerieten ins Rutschen, er riss die Arme hoch und stürzte ab. Ein hoher Kehllaut, wie der Schrei eines großen Nachtvogels, drang aus seiner Kehle. Wasser spritzte auf und vermischte sich mit dem Regen. Der See war an dieser Stelle sehr tief. Der Wanderer konnte nicht schwimmen.

Er wurde schnell gefunden und herausgezogen. Die spätere Obduktion zeigte, dass er an einem Herzinfarkt gestorben war, noch bevor er die Wasseroberfläche berührte.

Bis zur Chaussee trug Solowjow Olga. Es regnete noch immer in Strömen. Lichter blitzten, Sirenen heulten.

Der Notarzt fühlte Olgas Puls, hob die Augenlider an und schaute ihr in die Pupillen.

»Sie bekommen gleich eine Tetanusspritze. Dann versorgen wir die Wunden, das wird ein bisschen ziepen.«

»Mama, geh ran! Geh sofort ran!«

Alle schraken zusammen und starrten Solowjow an. Die Stimme kam aus seiner Jackentasche.

»Du hast deine Handtasche in meinem Auto liegenlassen.« Dima legte ihr das Telefon ans Ohr. »Hier, rede mit deinem Kind.«

»Mama, wo treibst du dich rum? Ich drehe hier fast durch. Papa und Andrej schlafen schon, dein Solowjow hat gesagt, ich soll sie nicht wecken. Kannst du mir endlich mal erklären, was los ist?«

»Es ist alles in Ordnung, Katja. Wir haben Moloch gefangen.«

»Im Ernst? Ist ja stark! Echt! Gratuliere! Ihr beide, du und Solowjow? Ist mit dir alles in Ordnung? Kommst du bald nach Hause?«

»Ja, bald. Geh schlafen.«

Die Krimi-Zarin Polina Daschkowa

Sie gilt als wichtigste Vertreterin des neuen russischen Spannungsromans. Dabei lagen ihre Anfänge auf ganz anderen Gebieten. Ende der 70er Jahre studierte Polina Daschkowa, geboren 1960 in Moskau, am renommierten Gorki-Literaturinstitut und veröffentlichte Gedichte. Später arbeitete sie für den Rundfunk, leitete die Kulturredaktion einer Wochenzeitung und war Parlamentsberichterstatterin. Daneben übersetzte sie Bücher aus dem Englischen und verfasste gelegentlich Tätergutachten für die Kriminalpolizei.

Geschult an Dostojewski und den englischen Klassikern Agatha Christie und Arthur Conan Doyle versuchte Polina Daschkowa sich Mitte der 90er Jahre an der großen Form des Kriminalromans. Nur widerwillig nahm der Pförtner eines Moskauer Verlags ihr Manuskript entgegen, das aber sofort angenommen und nur wenige Wochen später gedruckt wurde. Mit ihrem Mann, einem Dokumentarfilmer, und ihren zwei Töchtern lebt Polina Daschkowa in Moskau. Ihre ersten Romane entstanden noch am häuslichen Küchentisch. Mittlerweile hat sie ein eigenes Arbeitszimmer. Die zarte, elegante Frau, die an manchen Tagen bis zu zwanzig Seiten schreibt, bezieht ihre Kreativität, wie sie sagt, nicht aus dem Kommerz:

»Um mit Puschkin zu sprechen, ich schreibe für mich und verkaufe um des Geldes willen.«

aufbau

Eine Autorin höchsten Ranges

»Polina Daschkowa erzählt filmreif.« F.A.Z.
»Unglaublich dicht und spannend.« Brigitte
»Sie ist die Königin des Krimis.« Die Zeit

Der ungeheure internationale Erfolg von Polina Daschkowa lässt sich mit einer einzigen Zahl illustrieren: 45 Millionen verkaufte Exemplare weltweit! Übersetzt ins Französische, Deutsche, Holländische, Spanische, Bulgarische, Rumänische.
In nur zehn Jahren hat sie sich eine riesige Fangemeinde erschrieben. In Russland, wo Kriminalromane in Warenhäusern, Kiosken und improvisierten Verkaufsständen allgegenwärtig sind, wird jede ihrer Neuerscheinungen zum großen Ereignis. Fasziniert sind die Leser nicht allein von Daschkowas hochspannenden und stets aktuellen Geschichten, sondern vor allem von ihren feinen Charakterstudien. So trifft man in ihren Büchern den skrupellosen Millionär genauso wie den armen Liedermacher oder die mutige Journalistin. Erscheinen ihre Stoffe auf den ersten Blick sehr russisch, so sind sie doch stets universell. Denn es geht um die großen tödlichen Dramen dieser Welt – um Liebe, Wahn und Geld.
In Deutschland wurde Polina Daschkowa 2006 mit dem Krimi-Preis von Radio Bremen ausgezeichnet.

aufbau

Im Verhör: Polina Daschkowa

Was war für Sie der Durchbruch zum Schreiben?

PD: Das war ein langer Prozess. Als Mutter von zwei Töchtern musste ich ein paar familiäre Probleme lösen. Als meine jüngere Tochter drei war, wurde mir klar, dass ich zu Hause bleiben sollte, zumal ich mich auch um meine kranke Großmutter kümmerte. Da wollte ich etwas schreiben, das es in dieser Form in Russland noch nicht gab: etwas voller Abenteuer, Dynamik und geheimnisvoller Verbrechen. Es sollte leicht lesbar, aber trotzdem seriös sein. In Russland gibt es eine eigenartige Tradition. Viele glauben, dass der ernsten Literatur etwas Dumpfes und Verrücktes anhaftet. Dabei hatten Dostojewski und Tolstoi eine große Lesergemeinde und hohe Auflagen. Dostojewski ist ein Krimi-Autor. Das machte ihn bei Kritikern verdächtig. Literatur muss so beschaffen sein, dass sie von Menschen unterschiedlichster Herkunft und Bildung begriffen wird.

Wie reagierte Ihre Umgebung, als Sie zu schreiben begannen?

PD: Ich hatte zwei Geschichten im Kopf. Eine war aus dem Leben gegriffen und die andere fiktional. Ich erzählte meinem Mann und Freunden davon, die überrascht waren, dass es ein Krimi ist, und meinten, ich sei dafür als Dichterin zu intelligent. Mittlerweile kränkt mich diese Meinung nicht mehr.

Zunächst arbeitete ich nachts in der Küche. Ich schrieb alles per Hand. Dann las ich verschiedenen Leuten meine Texte vor. Sie wollten immer wissen, wie es weitergeht. Als ich 100 Seiten geschrieben hatte, fühlte ich mich sehr erschöpft und legte die Blätter beiseite. Mein Mann meinte, dass ich es mir niemals verzeihen würde, wenn ich nicht weiterschreiben würde. Es wurden 300 Seiten. Das war im Sommer 1996. Ich beendete die Geschichte ganz schnell.

War es schwierig, einen Verlag zu finden?

PD: Ich habe mir einfach Verlage aus dem Telefonbuch herausgesucht. Da wurden mir Fragen gestellt wie: »Wie viele Cops gibt es in der Geschichte? Wir brauchen welche mit sieben Cops.« Das war kurios. Eine weitere Kopie habe ich einem anderen Verleger vorbeigebracht. Innerhalb von zwei Tagen rief er bei mir an. Ich konnte es kaum fassen. Man gab mir sofort einen ganzen Haufen Geldscheine, ich wusste gar nicht, wohin damit. Sie sagten: »Das veröffentlichen wir. Hier haben Sie schon mal Geld. Schreiben Sie bitte noch mal fünfundzwanzig Seiten für einen weiteren Roman.« Ich bekam einen Vertrag mit, den ich nicht kapierte, und eine Plastiktüte für das Geld. Damit ging ich heim. Mein Mann meinte, das sei gar nicht so viel Geld. Im übrigen müsse ich laut Vertrag innerhalb von drei Wochen einen weiteren Roman abgeben. »Dann werde ich es eben tun«, war meine Reaktion. Und tat's, weil ich bereits eine andere Geschichte im Kopf hatte.

Aus einem Gespräch mit Petra Kammann

aufbau

Polina Daschkowa
Das Haus der bösen Mädchen
Roman
393 Seiten. Gebunden
ISBN 978-3-351-03241-8

Die bösen Mädchen von Moskau

Im nächtlichen Moskau greift eine Streife die vierzehnjährige Ljussja auf. Sie behauptet hartnäckig, ihre Tante erstochen zu haben, führt die Polizisten zu der Toten und liefert die Tatwaffe gleich mit. Der Fall scheint klar. Doch Ermittler Ilja Borodin, berüchtigt für seine Fähigkeit, die einfachsten Fälle zu verwirren, glaubt nicht an die Version einer Beziehungstat. Tatsächlich setzt sich die Serie blutiger Morde fort, und zwei Mädchen sind offenbar in einen Anschlag auf ein Einkaufszentrum verwickelt. Eine heiße Spur führt zu einer gewissen »Mama Isa« und ihrem Kinderheim – hier lebte Ljussja. Bildet Isa ihre Schützlinge wirklich zu Dieben, Prostituierten, Attentätern aus? Borodin deckt ein kriminelles Netzwerk auf und bringt die ungeheuerlichen Geheimnisse einer einflussreichen Familie ans Licht, die mehr als eine Leiche im Keller hat.

»Das ist große Kriminalliteratur!« LITERATUREN

»Polina Daschkowa erzählt filmreif.« F.A.Z.

Mehr Informationen erhalten Sie unter www.aufbau-verlag.de oder in Ihrer Buchhandlung

aufbau